다인

일러두기

1. 본문 중의 인명과 지명은 독자들의 친숙함을 고려하여 한자음 그대로 표기하였습니다.
   다만 일부 현대 인물은 중국어 발음에 따랐습니다.
2. 본문 중의 괄호 안에 뜻을 풀이한 것은 모두 옮긴이의 설명입니다.

다인 茶人

5

3부_차로 성을 쌓다

왕쉬펑 장편소설 | 홍순도 옮김

더봄

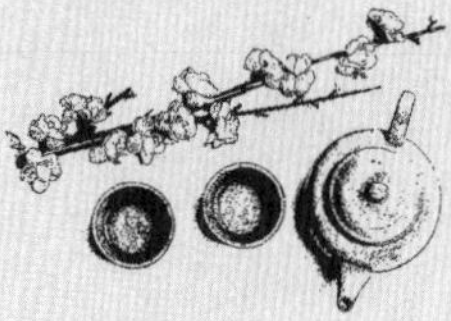

차례

1장 • 05

2장 • 34

3장 • 70

4장 • 103

5장 • 138

6장 • 164

7장 • 189

8장 • 220

9장 • 252

10장 • 277

11장 • 302

12장 • 324

13장 • 348

14장 • 374

15장 • 413

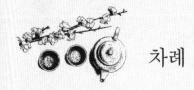

제1장

어느덧 봄도 막바지에 접어들었다. 매우梅雨(매화나무의 열매가 누렇게 익을 무렵 내리는 비)도 이미 몇 차례 내렸다.

어젯밤에도 한바탕 큰 비가 쏟아졌다. 그러나 오늘은 날씨가 활짝 개었다. 옹가산의 노老 혁명가이자 평생 빈농貧農으로 살아온 소촬小撮(소촬착)의 손녀 옹채차翁采茶는 돌부처처럼 꿈쩍 않고 창가에 앉아 있었다. 큰 근심이라도 있는 듯 수심이 가득한 얼굴이었다. 그녀의 새까만 앞머리가 창문으로 쏟아지는 햇살에 유난히도 반짝거렸다. 기름을 바르지 않아도 윤이 나는 머리카락이었다. 그녀의 눈은 증조부처럼 심하게 튀어나오지 않았지만 창밖의 봄 경치를 바라보는 멍한 눈빛은 증조부를 조금 닮은 듯했다. 순박해 보이는 두꺼운 입술 사이로 희고 가지런한 치아가 살짝 보였다. 그녀는 집안의 외모 유전자에서 완전히 벗어났다고 해도 과언이 아니었다. 창밖에서 무성하게 자라는 햇차처럼 생명력이 왕성하고 활력도 넘치는 아가씨였다. 더 정확하게 말하면 갓 돋아난 쌀

알 같은 어린 싹이나 짙푸른 그늘을 드리운 오래된 가지 또는 잎이 아닌, 그야말로 청명을 전후해 참새의 혀처럼 일아일엽一芽一葉이 생기는 최상품 용정차 같은 풋풋하고 싱그러운 아가씨였다.

문 뒤에서 차를 저장할 준비에 한창이던 소촬착이 석회 포대를 손에 든 채 손녀를 불렀다.

"뭘 하고 있느냐? 할 일 없으면 이 할아비 좀 도와주지 그러냐?"

채차가 그러자 네모난 이마를 손바닥으로 지그시 누르면서 퉁명스럽게 내쏘았다.

"잘 아시면서 뭘 물어요?"

버르장머리 없는 대답에 소촬착이 입구가 크고 배가 작은 용정차 항아리를 한쪽으로 밀어놓은 채 화가 난 표정을 지었다. 이럴 때면 누가 할아버지와 손녀가 아니랄까봐 서로를 쏘아보는 모습이 신통하게 닮았다.

채차는 소촬착이 혼자서 키운 손녀딸이었다. 시내에 있는 호빈로초대소湖濱路招待所(관공서 등의 숙박시설)에 보일러공으로 취직한 지 얼마 안 돼서 호적도 아직 시골에 그대로 있었다. 그런데 시내에서 일한답시고 벌써부터 할아비 앞에서 거드름을 피우고 있지 않은가. 소촬착이 불쾌한 기색을 드러내면서 "흠, 흠!" 하고 헛기침을 크게 했다. 이어 한껏 위엄 있는 목소리로 입을 열었다.

"곧 도착할 거야. 잡생각 따위는 그만하거라."

"지금 몇 시인지 보세요. 할아버지는 그래도 그 사람들 역성을 드실 건가요?"

손녀가 뾰로통한 표정을 지으면서 팔선상 위에 있는 자명종을 힐끗 곁눈질했다. 자명종은 토지개혁 이후 항씨네가 소촬착에게 선물한 것이었다. 그 시계는 오늘 10시에 오겠다고 한 사람들이 이미 12시가 넘었는데도 아직 도착하지 않았다는 사실을 분명히 말해주고 있었다. 소촬착은 한상 가득 차린 냉채요리와 손녀를 번갈아보면서 뭐라고 한마디 하려다가 그냥 참고 말았다.

"버릇없는 녀석 같으니라고."

남자 쪽에서 맞선 자리에 지각하는 것은 분명히 예의에 어긋나는 일이었다. 그럼에도 불구하고 소촬착은 따박따박 말대꾸를 하는 손녀가 괘씸하게 느껴지는 기분을 어쩌지 못했다.

"너에게 준비할 시간을 더 주느라 그러는 거 아니냐? 다 준비됐으면 이리 와서 석회나 담거라."

소촬착이 일부러 근엄한 표정을 지으면서 화제를 돌렸다. 남자 측의 잘못을 감싸줄 만한 마땅한 말이 딱히 떠오르지 않았기 때문이었다. 채차가 내키지 않는 얼굴로 느릿느릿 다가오더니 일손을 거들었다.

사실 할 일은 많지 않았다. 용정차를 저장하는 항아리는 높이가 50센티미터도 안 되었다. 기껏해야 찻잎 열세 근과 생석회 네 근을 담을 수 있는 용량이었다. 하물며 소촬착의 집에 그렇게 많은 찻잎이 있을 리 만무했다. 올해 자류지自留地(사회주의 국가에서 농업 집체화 이후에 농민 개인이 경영할 수 있도록 한 약간의 자유 경작지) 차나무 밭에서 수확한 것을 싹싹 긁어모아도 대여섯 근밖에 되지 않았다. 이마저도 생산대生産隊의 눈을 피해 잘 감춰둔 것이었다. 국가에서는 개인이 사사로이 차를 유통시키지 못하도록 엄명을 내렸다. 우편으로는 한 근 이상 보낼 수 없고, 남에게 두 근 이상 선물도 할 수 없었다. 또 집에서 마시는 차도 한 사람당 반 근에서 한 근 정도밖에 남겨둘 수 없었다. 소촬착은 비록 노 혁명가이긴 하나 이미 탈당한 사람이었다. 또 빈농이기는 하나 항주 시내의 자본가와 가깝다면 가까운 사이이기도 했다. 그런 이유로 그는 남몰래 문 뒤에 숨어서 차 저장 작업을 하고 있었던 것이다. 그나마 남들보다 나은 점이라면 이 항아리에 차를 절반이라도 채울 수 있다는 점이랄까? 사실 그의 이웃들은 빈 차 항아리를 마당 한구석에 처박아둔 지 이미 오래였다. 마실 차도 없는데 저장할 차가 어디 있겠는가 말이다.

소촬착은 '홍단'烘壇(항아리를 불에 쬠) 작업이라면 누구보다 자신이 있었다. 망우차장에서 수십 년 동안 해온 일이었기 때문이다. 비록 지금은 생산대 밭일을 하느라 손이 많이 무뎌졌으나 수십 년 쌓인 내공이 어디 가지는 않았을 터였다.

채차는 할아버지의 분부에 따라 종이봉투에 생석회를 담은 후 그 위에 천주머니를 씌웠다. 찻잎은 미리 두 겹의 크라프트지로 한 근씩 꽁꽁 포장해 옆에 있는 낮은 책상에 준비해뒀다.

소촬착이 세 번째 홍단 작업을 시작했다. 용정차를 저장하는 항아리는 불에 세 번 쬐어야 했다. 연사鉛絲(끝에 납덩이를 단 실)로 엮은 바구니에 새빨갛게 달아오른 숯덩이를 담아 항아리 밑굽을 10분 가량 쬔 후 뜨거워진 항아리를 식힌 다음 똑같은 작업을 두 번 더 반복하는 것이다. 소촬착은 대여섯 근밖에 안 되는 차를 저장하기 위해 반나절 동안이나 바쁘게 뛰어다녔다. 다른 준비는 얼추 다 됐고 이제 남은 것은 세 번째 홍단 작업이었다. 그는 항씨네 사람들이 도착하는 시간에 맞춰 이 작업을 할 계획이었다. 항가화杭嘉和가 친히 손자와 생질을 데리고 온다고 했었다. 그는 옛날 추억을 되새기는 화기애애한 분위기 속에서 젊은이들의 혼사를 정하고 싶었다.

항아리는 뜨거웠다 식었다 하기를 이미 두 번이나 반복했다. 하지만 항씨네 사람들은 아직 도착하지 않았다. 더 기다릴 시간이 없었다.

지체하다가는 세 번의 작업을 처음부터 다시 해야 했다. 소촬착이 부지깽이로 숯덩이를 뒤적이면서 속으로 중얼거렸다.

'가화 어르신은 약속시간을 칼같이 지키시는 분인데 오늘은 어찌 된 일이지? 그분은 다성茶聖 육우陸羽가 천리 길에 눈과 얼음이 덮이고 범과 이리가 앞길을 막는 한이 있어도 약속은 반드시 지켰다고 입버릇처럼 말씀하셨어. 그런 분이 아직도 안 오시는 데는 반드시 그럴 만한 이유가 있을 거야. 암, 그렇고말고.'

할아버지와 손녀는 각자 생각에 잠겼다. 시내 초대소에 임시공臨時工으로 취직한 채차는 할아버지의 속마음을 이해할 수 없었다. 채 절반도 차지 않을 그깟 항아리를 불에 세 번 구우면 어떻고 안 구우면 또 어떤가?

채차도 나름 고민이 많았다. 우선 도시 호적을 얻고 싶은데 마음처럼 되지 않아 속상했다. 또 같은 초대소에 근무하는 동료가 남자를 소개해줬는데 할아버지가 한사코 반대하는 것도 속이 상했다. 할아버지는 시내에 있는 항기초杭寄草의 아들 항포랑杭布朗을 그녀의 배필로 정했다고 말씀하셨다. 채차는 항득도杭得荼나 항득방杭得放과는 어릴 때부터 친근한 사이였으나 항포랑은 한 번도 본 적이 없었다. 다만 항포랑이 운남雲南성의 소수민족 지역에서 양부와 함께 살다가 스무 살 무렵에 항주로 돌아온 후 지금은 변변한 일자리도 없이 석탄가게에서 임시공으로 일한다는 말은 들은 적이 있었다. 석탄가게 임시공이면 초대소 보일러공인 그녀보다 나을게 뭐가 있는가? 그런데도 할아버지는 항포랑에 대한 칭찬을 아끼지 않았다. 도시 호적을 가지고 있지, 대대로 교분이 있는 집안의 아들이지, 게다가 인물도 훤칠하게 잘 생겼겠다, 그야말로 초롱

불을 들고 찾아다녀도 못 찾을 일등 신랑감이라는 것이었다.

채차는 할아버지의 말은 다 들어보지도 않고 매가오梅家塢로 달려갔다. 매가오는 할머니의 고향이었다. 채차의 아버지가 데릴사위로 들어왔기 때문에 채차와 할아버지를 제외한 나머지 가족들은 모두 매가오에 살고 있었다. 다른 일이라면 몰라도 딸의 인륜지대사를 부모가 어찌나 몰라라 하겠는가? 긴장한 기색이 역력하던 채차 부모는 딸의 하소연을 듣고 다행이라는 표정을 지었다.

"도시 남자에게 시집가면 좀 좋으냐? 네 할아버지는 토지개혁 전에 고향으로 돌아온 것이 가장 큰 실수였어. 당신이 빈농이 된 것은 나쁘지 않다만 우리 가족 전체를 농촌 호적으로 만들었으니 말이야. 네가 지금은 어렵사리 도시 임시공으로 일하고 있다만 어느 세월에 정규직이 될지 모르잖니."

채차의 말투가 격해졌다.

"기초 할머니의 남편은 아직도 감옥에 있다고요. 다 아시잖아요?"

채차의 부모가 잠시 멍한 표정을 짓더니 문을 걸어 잠그고 목소리를 낮췄다.

"억울하게 누명을 쓴 게 아니더냐? 자신은 아무런 죄가 없다고 끝까지 혐의를 인정하지 않는다고 들었는데……."

채차가 입을 삐죽거렸다. 그녀는 시내에서 일한 두 달 동안 윗사람들의 차 심부름을 하면서 얻어들은 정보가 적지 않았다.

"그래 봤자죠. 백년 넘게 억울함을 주장해봤자 아무 소용없어요. 결국 15년 형을 선고받았잖아요."

채차 어머니가 손가락을 꼽아보더니 말했다.

"15년이면 얼마 안 남았네. 진짜 죄인이든 가짜 죄인이든 그게 무슨 대수냐? 아무튼 우리 집 자식들은 모두 노동계급 아니면 빈하중농貧下中農(대체로 농촌의 무산자를 가리킴)과 결혼시킬 테니 그리 알거라."

채차가 즉각 부모에게 불만을 터트렸다.

"너무하시잖아요? 다른 자식들은 모두 좋은 사람과 결혼시키고 왜 하필 저만 노동교화범의 며느리로 들어가라는 거예요?"

채차 부모가 한참의 침묵 끝에 입을 열었다.

"1960년에 너희들이 모두 굶어죽을 지경에 처했을 때 양패두羊壩頭 항씨네가 도와줬던 일을 벌써 잊었느냐?"

"아무리 그렇다고 해도 왜 하필 저냔 말이에요. 다른 딸들도 많은데."

"채차, 억지 좀 그만 부려. 너희 할아버지가 굳이 너를 지목하셨는데 우리라고 별 수 있겠느냐. 그리고 따지고 보면 여러 딸들 중에서 너만 시내로 들어가 일하게 된 것도 다 할아버지가 힘써주신 덕분이 아니냐. 너를 키워주시고 일자리까지 구해주신 할아버지에게 고마워하지는 못할망정 무슨 불만이 그리 많으냐?"

채차는 더 말하지 않고 터덜터덜 집으로 돌아왔다. 그녀는 부모와 별로 살가운 사이가 아니었다. 자식을 많이 둔 그녀의 부모는 입이라도 하나 덜기 위해 어린 그녀를 절남浙南(절강성 남쪽) 시골에 있는 농민 가정에 입양을 보내려고 했었다. 그때 다행히 그녀의 할아버지가 그녀를 집으로 데려왔다. 그리고 양패두의 항씨네 집에서 조금씩 얻어온 분유와 연유를 먹여가며 손녀를 애지중지 키웠다. 그렇게 키워주신 할아버지의 은혜를 이제 그녀가 보답해야 할 때가 온 것이다.

매우가 천지를 푹 적시며 내리는 계절에 그녀는 마지못해 할아버지의 요구를 승낙했다. 그리고 연 며칠을 혼이 나간 사람처럼 살았다. 오늘도 속으로 딴 생각을 하느라 할아버지가 시키는 일에 정신을 집중할 수가 없었다. 소촬착은 여섯 봉지의 차를 조심스럽게 항아리에 넣고 석회자루를 집었다. 그런데 석회자루는 항아리에 들어가기도 전에 툭 하고 터져버리고 말았다. 성격이 꼼꼼한 가화와 수십 년을 함께 해온 소촬착은 일을 대충대충 하는 사람을 제일 싫어했다. 그가 항아리를 꼭 끌어안고 손녀를 향해 버럭 소리를 질렀다.

"소흥紹興에 보물이 묻혀 있다더냐? 왜 맨날 얼굴이 우거지상이냐?"

손녀의 눈에서 기다렸다는 듯 눈물이 왈칵 쏟아졌다.

"그이는 해방군解放軍이에요."

채차의 동료가 그녀에게 소개해준 남자는 소흥 태생으로 절강성 군구軍區의 간사幹事라고 했다.

소촬착의 목소리가 높아졌다.

"군복을 벗으면 다 똑같은 평민이야."

"계속 승진하면 되잖아요?"

채차도 맞받아 소리를 질렀다.

"이런 버르장머리를 봤나!"

소촬착이 조금 놀란 표정을 짓더니 이내 콧방귀를 뀌었다.

"그 녀석이 승진할지 말지 네가 어떻게 알아? 네가 그 녀석 상관이냐?"

"딱 보면 알아요."

"너, 그 사람을 만났어? 언제 만났어?"

할아버지가 화가 났는지 항아리를 내려놓았다. 툭 튀어나온 눈동자가 마치 개구리 눈동자 같았다.

"사진을 봤어요."

소촬착이 손을 내밀었다.

"이리 내놔봐."

채차가 주머니를 손바닥으로 꾹 누르며 뒷걸음질쳤다.

"싫어요!"

할아버지가 빈정대는 투로 말했다.

"안 봐도 뻔해. 틀림없이 별 볼 일 없는 인간일 테지."

"할아버지!"

채차가 눈을 크게 떴다.

"감히 해방군을 '별 볼 일 없는 인간'이라고 하다니요? 그건 반동反動이에요!"

소촬착은 깜짝 놀랐다. 황급히 퉤, 하고 침을 뱉고는 더듬더듬 말했다.

"아니, 아니야! 방금 한 말은 취소야. 나는 그 사람의 외모, 그래, 외모가 별, 별 볼 일 없을 거라고 말했어."

할아버지의 말은 채차의 정곡을 그대로 찔렀다. 사실 채차는 명함판 크기의 사진 속 남자를 보고 첫눈에 반해버렸다. 소홍 태생의 젊은 군인은 누가 봐도 탄성이 나올 정도로 잘 생긴 얼굴이었다. 어릴 때부터 뻐드렁니와 툭 튀어나온 눈동자 일색인 시커먼 시골사람 사이에서 자란 그녀에게 군복을 멋지게 차려입은 미남 총각은 하늘의 태양처럼 눈부시고 황홀했다.

"그이는 아주 잘 생겼어요. 마치 그……."

채차는 할아버지의 말에 발끈했다.

"맞아요, 주周 총리를 꼭 닮았어요."

다시 한 번 할아버지의 두 눈이 튀어나올 듯 휘둥그레졌다. 그렇게 한참을 멍해 있던 할아버지가 정신을 차리고는 화난 표정을 지었다.

"그만해! 방금 한 말은 취소하거라. 주 총리가 어떤 분이신데 누구를 감히 그분하고 비교해? 네가 뭘 안다고 그래? 너 주 총리를 봤어? 그 분은 천인天人이야, 천인. 내가 매가오에서 그분을 두 번 뵀었지. 그분 뒤에서 후광이 쫙 퍼지는데 다른 사람들은 하나도 눈에 들어오지 않았어. 온 세상에 그분 하나밖에 없는 것 같더라."

이번에는 채차가 입을 딱 벌렸다. 주 총리가 중국의 '4대 미남자'로 꼽힌다는 말은 그녀도 초대소에서 들은 바 있었다. '4대 미남자' 중 나머지 세 사람이 누군지는 몰랐다. 그녀는 주 총리와 차 따기의 고수인 심순초沈順招 두 사람이 함께 찍은 사진도 본 적이 있었다. 사진 속의 주 총리는 소문대로 미남자였다.

"그이가 주 총리를 닮은 건 맞아요."

채차가 우물쭈물하며 작은 소리로 말했다. 물론 그녀가 말한 '그이'는 속옷 주머니에 소중하게 간직한 사진 속 해방군 남자였다.

"누가 주 총리하고 닮았어요? 누가 주 총리하고 닮았는데요?"

그때 앳된 목소리와 함께 어린 소녀가 쪼르르 뛰어 들어왔다.

"소촬착 할아버지, 소촬착 할아버지. 배고파요. 밥 줘요……."

곧이어 두 젊은이가 노인 한 분을 모시고 뒤따라 들어왔다. 노인이 읍을 하면서 말했다.

"늦었네. 늦어서 미안하네……."

노인의 왼쪽에 서 있던 안경을 쓴 젊은이가 말했다.

"모두 제 탓입니다. 학교 일 때문에 늦어졌습니다."

채차는 그가 가화 할아버지의 손자 득도라는 것을 알고 있었다. 그렇다면 가화 할아버지의 오른쪽에 서 있는 남자가 오늘의 '맞선남'일 터였다. 채차는 쑥스럽고 긴장이 돼 고개를 푹 숙였다. 이어 큰 결심이라도 한 듯 입술을 꼭 깨물면서 고개를 번쩍 들었다. 그 순간 남자가 큰 소리로 웃으면서 손가락으로 채차를 가리켰다.

"누군가 했더니 당신이었군!"

채차는 순간적으로 다시 눈을 감았다. 귀가 먹먹해져서 아무 소리도 들리지 않았다. 품속에 고이 간직하고 있던 '태양'은 눈앞에 새로 등장한 더 크고 밝은 '태양'에 의해 완전히 빛을 잃고 산산이 부서지고 말았다.

항포랑은 중국 서남부의 밀림에서 자랐다. 항주와는 매우 멀리 떨어진 곳이었다. 다행히도 '소방외'小邦崴가 잘 키워준 덕분에 건강하게 자라서 어느덧 연애를 할 나이가 됐다. 그는 노래를 잘 불렀다. 커다란 차나무 아래에서 목청 높여 연가戀歌를 부를라치면 사방 수십 리 안에 있는 처녀들이 모두 넋을 놓고 귀를 기울일 정도였다. 그런 그가 항주로 돌아올 수밖에 없었던 이유는 호적이 항주였기 때문이었다.

포랑은 항주로 돌아오자마자 어중이떠중이 술친구들을 많이 사귀었다. 기초가 명절에 먹으려고 남들 눈을 피해 키우고 있던 암탉 몇 마리는 진작 이들의 배 속으로 들어가버렸다. 포랑은 친구들을 불러들여 사흘 동안 술판을 벌였다. 같은 동네에 사는 할머니들이 시끄럽다고 항의하러 찾아오자 그는 할머니들에게도 술과 닭고기를 권했다. 길지도 않은 인생 까짓것 실컷 즐기면서 살아야 하지 않겠는가? 닭고기를 다 먹고 난 뒤에는 닭 국물을 담은 커다란 양푼을 통째로 할머니들 앞에 내놓기도 했다. 그 무렵에는 〈다섯 송이 금화金花〉, 〈경파景頗 아가씨〉, 〈산속에 방울소리와 함께 마방馬幫이 왔네〉 등과 같은 변방 지역을 소재로

한 드라마와 영화가 유행했다. 포랑은 남자답게 잘 생긴 얼굴에 도시에서 중학교까지 다녀 가방끈도 꽤 길었다. 그러니 자연스럽게 잔소리 좀 하려고 찾아온 할머니들조차 포랑에게 그만 홀딱 반해버렸다. 할머니들 눈에는 포랑이 드라마 〈다섯 송이 금화〉의 남자주인공보다 더 잘 생겨보였던 것이다. 할머니들은 기름기 번지르르한 입술을 손으로 쓱 닦고 집으로 돌아갔다. 이후부터 다들 포랑의 사회주의에 위배되는 행태를 보고도 못 본 체했다.

기초가 어린 포랑을 서쌍판납西雙版納에 두고 올 수밖에 없었던 이유는 두 가지였다. 하나는 양부인 소방외가 포랑에게 정이 많이 들어서 헤어지기 싫어한 것이었다. 다른 하나는 포랑의 생부 나력羅力이 뜻밖에도 감옥에 들어가면서 그의 출신 문제가 애매해졌기 때문이었다. 항씨네 가족들 중에서는 기초와 나력의 이혼을 종용하는 이가 한 사람도 없었다. 다들 나력이 곧 풀려나와 집으로 돌아올 것이라고 믿었기 때문이었다.

나력은 항일전쟁 승리 이후에 중국 공산당의 지하당 조직에 가입했다. 회해전역淮海戰役 당시에는 자신의 원래 소속인 국민당 부대를 성공적으로 공산당으로 귀순시켰다. 조직에서는 그의 공로를 크게 인정했다. 이로써 그의 앞날에는 탄탄대로만 펼쳐질 것처럼 보였다. 하지만 사람의 길흉화복은 예측할 수 없는 것 아닌가. '반혁명분자 숙청운동'이 대대적으로 시작되면서 그는 곤경에 처하고 말았다. 그의 입당入黨 소개인을 찾아내지 못했던 것이다. 그의 해명은 "입당 소개인과는 일대일 비밀접선만 해왔다. 그 입당 소개인은 희생됐다."는 것이었다. 사실 입당 소개인을 찾아내지 못한다고 해서 징역 15년형을 선고받을 이유는 없었다. 하지만 나력 스스로 일을 크게 만들었다. 그의 사건을 맡은 수사관이 몇 마디 험한 말을 내뱉었다고 길길이 날뛰면서 수사에 협조하지 않았던 것이다. 잡혀 들어간 뒤에는 입이 열 개라도 할 말이 없었다. 황소고집인 나력은 그래도 끝까지 '죄'를 시인하지 않았다. 항씨네가 오히려 더 안달이 나서 뻔질나게 찾아와 설득했을 정도였다.

"일단 잘못을 시인하는 척이라도 해봐요. 감형이 될지도 모르잖아요."

하지만 나력은 요지부동이었다. 기초가 말했다.

"그이는 지하당 당원이 분명해요. 제가 잘 알아요, 그이는 틀림없이 지하당 당원이에요."

그때 마침 기초의 옛 친구 양진楊眞이 연안延安에서 항주로 왔다. 북경으로 가는 길에 항주에 들른 것이었다. 외국어에 능통한 그는 외교관에 임명돼 곧 출국할 예정이었다. 양진과 나력은 똑같이 오랜 혁명가이지만 두 사람의 처지는 천지 차이였다. 양진이 안쓰러운 표정으로 기초에게 물었다.

"나력이 공산당원이라는 증거가 있어요? 그가 본인 입으로 그런 말을 한 적이 있어요? 당신은 그의 조직 활동에 참가한 적이 있어요?"

기초는 눈이 휘둥그레졌다. 대답이 궁해지자 자기 가슴을 가리키면서 말했다.

"제 양심을 걸고 맹세할 수 있어요. 그이는 공산당원이 확실해요."

양진이 한숨을 쉬면서 고개를 저었다.

"당신의 양심은 문제 해결에 아무 도움이 안 돼요."

화가 난 기초가 욕설을 퍼부었다.

"양진, 배은망덕한 인간 같으니라고. 당신네 공산당원들은 양심을 안 믿으면 뭘 믿어요? 이따위 인간들에게 기대를 한 내가 바보야."

그러자 가화가 여동생을 말렸다.

"그만해. 양진이 아니었으면 나력은 벌써 잘못됐을지도 모른다."

가화의 말은 틀린 말이 아니었다. '반혁명 숙청운동' 열기가 뜨거운 세월에 '반혁명분자' 하나쯤 총살한다고 해서 아무도 뭐라고 할 사람이 없었으니까. 사실 나력은 양진 덕분에 목숨을 부지하게 됐다고 해도 과언이 아니었다.

양진은 떠나기 전에 기초를 한 번 더 만났다. 상황이 상황인 만큼 정말로 친한 친구가 아니라면 쉽지 않은 일이었다. 하지만 기초는 별로 고마워하지도 않았다.

"왜 왔어요? 나 같은 반혁명분자 가족에게 또 무슨 할 말이 있다고?"

첫마디부터 퉁명스럽게 짝이 없었다. 양진이 고개를 저으면서 쓴웃음을 지었다. 그는 '정풍整風운동(중국에서 1940~1950년대 일었던 당원활동 쇄신운동)'과 '반동분자 숙청운동'에 대해 설명해주려다가 그냥 입을 다물고 말았다. 말해봤자 기초가 제대로 알아들을 것 같지 않았다. 두 사람은 말없이 서로를 멀뚱멀뚱 쳐다봤다. 기초의 눈에서 눈물이 흘러내렸다.

'당신은 옛날의 양진이 아니야. 누더기 이불에 누워 밤하늘을 보면서 공산주의를 동경하던 젊은이는 이제 없어. 우리 두 사람 사이의 미묘한 감정도 완전히 사라졌어.'

여자에 대해 잘 모르는 양진은 기초가 나력 때문에 속상해서 우는 줄 알고 좋은 말로 위로했다.

"하늘땅을 뒤집을 정도로 큰 운동이다 보니 무고한 사람이 다치는 일도 피할 수 없어요. 나도 연안에서 비슷한 경우를 당했었어요. 그 당시 보육회保育會와 당신이 나서서 도와줬기에 망정이지 안 그랬다면 아마 지금쯤 내가 나력처럼 잡혀 들어갔을 거예요."

양진이 조심스럽게 덧붙였다.

"나력은 성격이 너무 불같아요. 조직을 믿고 인내심 있게 수사에 협조하면 언젠가는 억울한 누명을 벗을 수 있을 텐데."

기초는 그동안 이런 말을 귀에 못이 박히도록 들었다. 그녀가 비난하는 투로 되쏘았다.

"만약 당신이 나력과 같이 억울한 상황에 처했다면 어떻게 했을 것 같아요?"

양진이 웃으면서 대답했다.

"정말 그런 날이 온다면 나를 보러 오는 사람은 당신 한 사람뿐일걸요."

양진의 재치 있는 입담 덕분에 둘의 사이는 조금 풀어진 듯했다.

나력은 운이 나빴다. 신분을 증명해야 하는데 증명할 방법이 없었다. 성격이 급한 그는 매사에 버럭버럭 화를 냈다. 감옥 안에서도 고분고분하지 않으니 감형은커녕 가중처벌을 받았다. 이 지경이 되자 항씨네도 무작정 나력의 편만 들 수가 없었다. 현실적이고 이성적인 항가평杭嘉平은 기초 모자의 장래를 걱정해 포랑의 성을 급기야 '나'씨에서 '항'씨로 바꿀 것을 제안했다.

"이것은 현실적인 문제입니다."

이때 가평은 성省 정협政協(공산당 자문기관) 위원으로 활약하고 있었다.

"사람들이 아이의 성을 듣고 아이의 아버지에 대해 물으면 뭐라고 대답할 겁니까? 아예 '항'씨로 하는 게 나아요. 새로운 사회에서는 남녀

평등을 지향하기 때문에 어머니의 성을 따라도 무방합니다."

아무도 가평의 말에 이의를 제기하지 않았다. 방서령의 아들 이월李越도 두 번이나 성을 고쳤으니까. 처음에는 생부 이비황의 성을 따라 '이'씨로 했다가 그가 한간漢奸이 된 후 어머니의 성을 따라 '방'씨로 바꿨다. 공산당 정권이 들어서고 호적을 새로 만들게 됐을 때는 양부인 가화를 따라 다시 '항'씨로 호적에 올렸다. '항방월'杭方越, 얼마나 부르기 좋고 듣기 좋은 이름인가.

포랑은 '항'씨 성을 가졌으나 항주에 있는 한 '나'씨 성을 가진 '문제 아버지'의 영향에서 벗어날 수 없었다. 결국 기초는 독한 마음을 먹고 아들을 머나먼 운남에 있는 소방외에게 보냈다. 당시 다들 '비정한 어미'라고 기초를 비난했다. 그러나 유독 가화만은 여동생의 결정을 지지했다.

"방학 때 친척집에 놀러간 셈 치면 돼. 곧 돌아오게 될 거야."

이후 '눈 깜짝할 사이'에 15년이 흘렀다. '반동 장교' 나력도 형기를 마쳤다. 그러나 당국은 그를 집에 보내지 않고 노동개조농장에 보냈다. 잘 모르는 사람들이 보기에는 노동개조농장도 감옥과 별반 다를 게 없었다. 나력을 보는 사람들의 시선은 달라진 게 없었다. 기초는 그제야 큰 결심을 내리고 포랑을 항주로 데려왔다.

포랑의 큰외삼촌 가화는 석탄가게에서 삽으로 석탄재를 퍼내는 임시 일자리를 그에게 구해줬다. 사실 이만한 일자리도 가화가 여러모로 애썼기 때문에 가능한 것이었다. 하지만 포랑은 매일 새까만 석탄먼지를 뒤집어쓰면서 일해야 하는 이곳 생활이 마음에 들지 않았다. 더구나 퇴근하고 나서도 어머니와 말 몇 마디 나누기가 쉽지 않았다. 기초가 중간 교대로 일을 나가기 때문이었다. 항주에 있는 친척들은 커다란 차나무 아래에서 함께 생활하는 운남 고향마을 사람들과 많이 달랐다. 다들 포랑을 친절하고 따뜻하게 대해주는 것은 나쁘지 않았다. 그러나 그들은 어울려 노는 법을 모르고 있었다. 포랑은 외로웠다. 어릴 때부터 무리 지어 노는 데 익숙해져서 혼자 노는 법도 몰랐다.

포랑은 매일 퇴근하면 대문 앞에 앉아 통소를 불면서 적적한 마음을 달랬다. 얼마 안 지나 마시가馬市街 일대에 "젊은 유랑자가 밤마다 대문 앞에 앉아 발정 난 소리를 낸다."는 소문이 파다하게 퍼졌다.

일자리도 없이 실의에 빠진 어중이떠중이들이 소문을 듣고 우르르 몰려왔다. 그들은 저녁 무렵이면 밥그릇을 들고 포랑네 대문 앞 계단에 서서 그가 부르는 노래를 들었다.

포랑은 노래를 잘 불렀다. 그는 '외국민요 200곡' 따위의 노래는 별로 좋아하지 않았다. 그가 즐겨 부르는 노래는 〈졸졸 흐르는 시냇물〉이라는 중국 민요였다. 물론 이 노래를 부를 줄 아는 사람은 많았다. 하지만 다른 젊은이들이 부르는 노래는 포랑에 비하면 말 그대로 밍숭맹숭한 '맹물' 그 자체였다. 반면에 포랑이 부르는 노래는 특급 용정차처럼 구수하고 깊은 맛이 느껴졌다.

달이 떴네,

휘영청 밝은 달이 떴네.

심산 속에 있는 내 오라버니,

저 달을 보면 오라버니 얼굴이 떠오르네.

오라버니, 오라버니, 오라버니,

맑은 시냇물이 산 아래를 졸졸 흐르네.

……

근처의 처녀들은 애절한 '오라버니' 소리에 혼을 쏙 빼앗겼다. 강남 소도시에서 곱게 자란 어여쁜 처녀들이 심산 속에서 목청을 틔운 사내의 노래를 언제 들어봤겠는가. 평소에 주민위원회 할머니들을 따라다니면서 신문을 읽고 수다를 떨고 쥐약 따위를 나눠주며 소일하던 처녀들은 매일 저녁이 되기만 고대했다. 저녁이 되면 만사 제쳐두고 '오라버니'를 보러 항씨네 집으로 달려간 것이다.

이렇게 되자 처녀들의 가족들이 난리가 났다. 딸 가진 어머니들은 앞을 다퉈 주민위원회로 달려가서 포랑의 험담을 했다.

"저희 아이는 오성홍기 아래에서 자란 아이예요. 그런데 요즘은 매일밤 국민당 노동교화범 집 앞에서 '오라버니'니, '누이'니 하면서 질 나쁜 무리들과 어울리고 있어요. 속이 터져 죽겠어요. 오라버니 좋아하고 있네. 출신이 나쁜 그 따위 '오라버니'는 한 트럭을 갖다 줘도 싫어요."

주민위원회 책임자는 사태의 심각성을 깨닫고 기초를 찾아갔다. 기초는 소규모 공장에서 풀로 종이상자를 붙이는 일을 하고 있었다. 기초는 아들을 위한 변명은 한마디도 하지 않고 묵묵히 듣기만 했다. 그리고 집에 돌아오자마자 아들에게 물었다.

"너 노래만 부른 거 맞지? 다른 짓은 안 했지?"

아들은 억울한 표정을 지었다.

"다른 짓이라니요? 노래를 가르쳐주겠다고 해도 서로 눈치만 보면서 쑥스러워하는 사람들이에요. 한인漢人들은 겁쟁이예요. 한인들은 재미없어요!"

기초는 아들이 상처를 받을까봐 "너는 다른 사람들과 다르다."는 말을 하지 않았다. 하지만 다시 생각해보니 다 큰 아들이 그런 사실을 모르는 것 같지는 않았다. 그녀는 듣기 좋게 아들을 타일렀다.

"정 참을 수 없다면 혁명적인 시나 읊는 게 좋을 것 같구나. 58년 '대약진'大躍進 때처럼 말이야."

포랑은 난색을 표했다. 갑자기 어디서 혁명적인 글을 구한다는 말인가? 항씨 가족 중에는 문학을 전공한 사람이 없었다. 득도가 문과 출신이기는 하나 전공은 문학이 아닌 역사였다. 집에 《당시삼백수》唐詩三百首라는 책은 있었다. 하지만 당시를 혁명적인 글로 보기는 애매했다. 기초는 온 집안을 샅샅이 뒤진 끝에 조카 항한杭漢이 소련에서 가져온 차 관련 잡지를 찾아냈다. 그 속에 중국어로 번역된 시가 한 편 있었다. 현 세대 사람들에게 잘 알려진 시인 마야코프스키의 시였다. 포랑이 큰 소리로 시를 읊었다.

흰곰, 순록, 에스키모……
차관리국의 차는
누구나 다 즐겨 마신다네.
북극에서도 이 차 한 모금이면
온몸이 따뜻해진다네.

"하하하하, 뭐 이 따위 시가 다 있어?"

포랑이 배를 잡고 웃었다.

"좋아, '오라버니' 노래를 못 부르게 하면 마야코프스키의 시를 읊으면 되지."

그날 저녁, 항씨네 마당은 여느 때보다도 더 북적거렸다. 포랑은 목청을 높여 시를 읊기 시작했다. 영문을 모르는 사람들은 항씨네가 차장을 새로 개업했나 싶어 항씨네 대문 안을 기웃거렸다.

나는 전 세계를 향해 맹세할 수 있노라,
사기업의 차는
품질이 형편없지만,
차관리국의 차는
믿어도 되노라.
믿지 못하겠으면
직접 한 잔 우려보시라,
방안 가득 향기가 진동할지니,
마치 온갖 꽃이 만발한 꽃밭 같을 것이다.

참견쟁이 할머니들은 이번에는 제대로 알아들었다. '차관리국'이라는 곳에 가면 원하는 차를 살 수 있다는 말에 귀가 번쩍 뜨였다. 안 그래도 몇 년 전부터 차 구매제한 정책 때문에 한 사람당 기껏해야 반 근밖에 살 수 없어서 감질이 나던 참이었다. 할머니들이 포랑을 붙잡고 물었다.

"차관리국은 어디 있느냐? 이놈아, 차관리국이 어디 있느냐고? 빨리 대답 좀 해!"

포랑은 짐짓 뜸을 들였다.

"차관리국 말인가요? 차관리국은 당연히 소련에 있지요."

"뭐라고? 망할 놈 같으니라고."

할머니들이 씩씩거리면서 물러갔다. 중국인이 소련에 있는 차관리국을 칭송하다니 말이 될 법한 소리인가? 그것도 이렇게 많은 사람들을 모아놓고 단체로 춤을 추고 노래를 부르면서 난리법석을 떨다니, 이 녀석은 겁대가리를 상실한 게 틀림없어, 하지만 할머니들은 그렇게 생각만 했을 뿐 포랑의 행동이 '반혁명 행위'에 해당하는지 판단이 서지 않아 뭐라고 비난할 수가 없었다. 물론 할머니들이 이 세상에 정말로 '차 관리국'이라는 기구가 존재하는지 여부도 알 리 만무했다.

그날 밤, 할머니들은 막 퇴근한 기초를 붙들고 단도직입적으로 말했다.

"자네는 시내에 있는 높은 간부와 잘 아는 사이라고 들었네. 자네가 감옥에 들어간 남편의 반혁명죄에 연루되지 않고 무사한 것도 그분의 도움 덕분일 테지. 그러니 자네는 인민정부에 대해 마땅히 고마워해야 하네. 새로운 사회에서는 매일 자기 자신을 반성하고 다른 사람에 대한 고마움을 되새기면서 살아야 하는 법이라네. 그게 사람의 도리지."

기초가 쓴웃음을 지었다.

"내가 어떤 사람인지는 내가 제일 잘 알아요. 나는 새로운 사회에서 사람의 도리를 지키면서 살고 있을 뿐만 아니라 낡은 사회에서도 그렇게 살아왔어요."

할머니들은 기가 차서 말이 나오지 않았다. 그렇다고 기초의 말이 '반동적 발언'이라고 단정 지을 수도 없었다. 그녀들은 풀죽은 소리로 말했다.

"그렇게 함부로 말하면 안 되네. 공안국에 잡혀갈라. 이번에도 지난번처럼 운이 좋을 거라고 생각하지 말게."

할머니들이 기초가 "운이 좋았다"고 한 데는 다 그럴 만한 이유가 있었다. '삼반오반三反五反(1950년대의 정풍 운동) 운동'시기에 누군가가 "항기초는 반동 장교의 마누라"라고 고발을 한 적이 있었다. 당시는 '반혁명분자'를 잡아내야 '선진'先進적인 영예를 차지할 수 있었던 시대라 주민위원회는 옳다구나 하고 기초를 투쟁대상으로 정했다. 곧 기초네 대문 안팎에 크고 작은 표어를 잔뜩 붙여놓고 매일같이 우르르 몰려가서 "죄를 자백하라."고 못살게 굴었다. 공교롭게도 기초를 고발한 여자도 '깨끗한' 사람이 아니었다. 기방 출신으로 국민당 연대장의 첩실로 들어갔다가 나중에 그가 공산당에게 쫓겨 소식이 끊기자 그의 당번병에게 개가했던 것이다. 당번병이 해방군에 투항한 후 노동자계급이 되자 이 여자 역시 '노동자계급 마누라'가 됐다. 전직 기생이 떳떳한 신분으로 탈바꿈한 것이다. '노동자계급 마누라'는 원래 탐욕스럽고 나대기 좋아하는 성격이었다. 그가 기초를 '희생양'으로 물고 늘어진 이유는 두 가지였다. 하나는 '반혁명분자'를 고발해 조직의 인정을 받는 것이었다. 다른 하나는 기초의 마당 딸린 널찍한 집이 욕심났기 때문이었다. 조기객趙寄客은 죽기 전에 "양녀 항기초에게 사저를 물려준다."고 유서를 남겼었다. 그래서 기초는 항일전쟁이 끝나 항주로 돌아온 뒤로 이곳에서 살 수 있었다. '노동자계급 마누라'는 기초에게 '반혁명' 누명을 씌워 감옥으로 쫓아 보낸 다음 공로를 핑계로 기초의 집을 차지할 속셈이었던 것이다.

하지만 '노동자계급 마누라'는 운이 나빴다. 그날도 사람들이 기초를 마당에 세워놓고 "죽일 년! 살릴 년!" 하면서 신나게 투쟁하고 있을 때였다. 마침 소촬착이 찾아왔다. 소촬착은 '노동자계급 마누라'의 살기등등한 표정을 보고 머리끝까지 화가 치밀어 올랐다. 멀쩡한 사람에게 억울한 누명을 씌워 사지로 몰아넣다니, 이것들이 인간인가? 소촬착은 무산계급이었다. 게다가 1927년에 입당한 오랜 당원이자 오랜 혁명가였다. 비록 지금은 탈당해 당원이 아니지만 그는 항상 스스로를 '당원'이라고 생각하고 있었다. 나이가 있고 경력도 있는 사람이니 당연히 아무도 그에게 함부로 하지 못했다. 소촬착이 큰 소리로 고함을 쳤다.

"어디에서 굴러먹다 온 역귀 같은 여편네가 감히 여기서 행패야? 인민정부가 네년 같은 창녀의 말을 믿을 것 같으냐? 기초가 국민당 장교와 결혼한 게 뭐가 어때서? 낡은 사회에서 있었던 이미 다 지나간 일이야. 하물며 중매인을 내세워 정식으로 혼례를 올린 정실부인이야. 네년처럼 몇 번째인지도 모르는 첩실로 들어앉은 게 아니라는 말이다."

사람들은 모두 입을 딱 벌렸다. '노동자계급 마누라'는 외마디 비명과 함께 그 자리에서 그만 졸도하고 말았다.

마침 북경에서 누군가가 기초의 보증인으로 나섰다. "항기초 동지는 항일전쟁 시기에 지하당원을 구해주고 혁명동지와 열사 유가족 호송을 엄호하는 등 혁명사업을 위해 큰 공을 세웠다. 기초 동지는 혁명의 공신이다. 반역을 꾀할 사람이 아니고 그녀 남편의 죄와는 무관하다."는 내용으로 보증한 것이다.

그때는 양진이 북경에서 한창 잘 나갈 때였다. 한마디로 양진 덕분에 기초는 '삼반오반 운동'때 무사히 살아남을 수 있었던 것이다. 이를 갈면서 복수의 기회만 노리고 있던 '노동자계급 마누라'는 10년도 더 지난 지금 드디어 기회를 잡았다. 아들 포랑을 빌미로 다시 기초를 괴롭히기 시작한 것이다.

열성분자들이 막 퇴근한 기초를 골목 어귀에서 가로막은 그날 밤이었다. '노동자계급 마누라'가 눈짓을 하자 한 할머니가 말했다.

"항 간호사, 이번 일은 허투루 넘어갈 일이 아니네. 자네 아들이 소련 차관리국을 칭송했다고. 우리 사회주의보다 소련 수정주의가 더 좋다고 대놓고 선전한 것이 아니고 뭔가?"

할머니들이 기초를 가운데 세워놓은 채 장단을 맞추면서 나불대고 있을 때였다. 갑자기 저쪽에서 전족을 한 할머니가 뒤뚱거리면서 달려왔다. 이어 멀리서부터 헐떡거리면서 숨넘어가는 소리를 질렀다.

"큰일 났어, 큰일 났어! 포랑이가 집에 불을 질렀어!"

"집요? 누구 집에요?"

"당연히 자기 집이지. 자기 집 마당에 불을 질렀어!"

얼마 후 가까이 다가온 할머니가 기초를 가리키면서 말했다.

"항 간호사, 빨리 집에 가지 않고 뭐해? 배운 것 없이 막되게 자란 자네 아들 때문에 큰불이라도 나면 어쩌려고 그러나? 우리 모두를 길거리에 나앉게 할 셈인가?"

서쌍판납의 큰 차나무 아래에서 내 것 네 것 구별 없이 공동체 생활을 해왔던 포랑은 항주에 온 후에도 예의 '공산주의적' 습성을 버리지 못했다. 큰외삼촌 가화가 아껴 모은 용정차를 그에게 준 것이 결국 사달을 일으키고 만 것이다. 아무려나 포랑은 용정차를 한 모금 마셔보더니 이맛살을 찡그렸다.

"에이, 너무 심심해."

포랑이 말을 마치기 무섭게 놀러온 친구들에게 남은 차를 한 줌씩 다 나눠줬다. 그렇게 차도 없어졌으니 이제 친구들에게 뭘 대접해야 하는가? 하기야 친구라고 해봤자 매일 빈둥거리면서 허송세월하는 백수건달들뿐이었지만 말이다. 그러나 국가의 '농촌과 변방 지원' 정책에 호응해 곧 시골로 내려가야 한다는 부담감 때문에 울적한 나날을 보내고 있던 이 건달들에게 때맞춰 나타난 포랑은 달랐다. 말 그대로 '가뭄에 단비' 같은 존재였다. 낙천적이고 열정적인 포랑은 친구들의 기대를 저버리지 않았다. 매일같이 그들에게 노래와 춤을 가르쳐주면서 재미있는 얘기도 들려줬다. 기초가 저녁에 출근하고 나면 그녀의 집은 그렇게 어중이떠중이들의 아지트가 되곤 했다.

포랑은 친구를 위해 기꺼이 목숨도 바칠 수 있는 사람이었다. 친구들에게 뭘 대접할까 심각하게 고민하던 그가 갑자기 무릎을 탁 쳤다.

"아참, 운남에서 가져온 죽통차竹筒茶가 있지. 우리 그걸 구워먹자."

한 번도 죽통차를 보지 못한 항주 젊은이들은 즉각 큰 관심을 보였다.

"좋아, 좋아. 빨리 가져와."

"죽통차를 마시려면 화로가 있어야 돼."

"이야, 재미있겠다. 우리 오늘 여기서 야영 체험을 하는 거야?"

처녀들도 호들갑을 떨었다. 일동은 땔감을 주워와 마당에 모닥불을 지폈다. 포랑이 기다렸다는 듯 대나무통을 반으로 쪼갰다. 그러자 단단하게 뭉쳐진 기다랗고 시커먼 차 덩어리가 툭 떨어졌다. 여기저기에서 놀란 소리가 튀어나왔다.

"이걸 어떻게 먹어?"

"내가 하는 걸 봐."

포랑이 곧 특이하게 생긴 다구를 가져왔다. 까마귀 형태의 다관은 시커멓게 그을려 있었다. 또 네 개의 찻잔은 탁구공보다 작았다. 소수민족 지역에서 '노아관'老鴉罐으로 불리는 다구였다.

처녀들은 포랑의 지시에 따라 차를 잘게 부수어 쟁반에 담았다. 포랑이 노아관을 불로 굽기 시작했다. 이어 한 젊은이가 자그마한 질항아리를 가져왔다. 포랑이 젊은이의 어깨를 툭툭 치면서 말했다.

"잘 가져왔어."

포랑이 질항아리에 물을 담아 불 위에 올려놓았다. 노아관에서 연기가 피어오르기 시작했다. 포랑은 잘게 부순 차를 한줌 집어 노아관에 던져 넣었다. 구수한 향기와 함께 죽통차 볶아지는 소리가 툭툭, 탁탁, 구수하게 들려왔다.

포랑은 천천히 사방을 둘러봤다. 맑은 하늘에서 깜박깜박 별이 빛나고 있었다. 빨갛게 타오른 모닥불은 춤추듯 너울거리고 있었다. 포랑은 갑자기 가슴이 찌르르해지는 기분을 느꼈다. 눈시울도 뜨끈해졌다.

'이 얼마 만에 보는 익숙한 풍경인가? 아버지, 나의 방외 아버지. 멀리 운남에 계시는 방외 아버지가 오늘따라 사무치게 그립구나. 다들 차나무의 고향은 운남성이라고 했어. 운남성에 있는 커다란 차나무가 여기 있는 차나무들의 '조상'이라고 했어. 하지만 나는 커다란 차나무 아래에 사는 사람들의 자손으로 태어나지 못했다. 방외 아버지의 친아들로 태어났더라면 이곳에서 숨 막히는 삶을 살지 않아도 됐을 텐데.'

포랑은 갑자기 울컥 눈물이 쏟아지는 것을 어쩌지 못했다. 하지만 애써 정신을 차리고는 질항아리 속의 펄펄 끓는 물을 노아관에 부었다. '치지지직' 하는 요란한 소리와 함께 불인 것 같기도 하고 물인 것 같기도 하고 안개 같기도 한 하얀 연기가 뿜어져 나왔다. 항주 젊은이들이 탄성을 지르기도 전에 마치 머나먼 밀림 속에서 들려오듯 크고 우렁찬 노랫소리가 터져 나왔다.

저기 말 모는 오라버니,
왜 아직도 안 오는가요?
어서 말을 몰고 이리 오세요,
처녀가 딴 햇차를 어서 말 등에 싣고 가세요,
나의 마음속 노래도 함께 싣고 가세요.
처녀 마음속에 간직한 아름다운 말들,

가시는 길에 천천히 음미해주세요,

오라버니……

노래가 끝났다. 그러나 박수소리도, 환호성도 없었다. 젊은이들은 뻣뻣하게 굳어진 채 입을 딱 벌리고 있었다. 맙소사! 그네들에게는 그야말로 신선한 충격이 따로 없었다. 청량한 밤하늘 아래 모닥불을 피워놓고 자오록한 차 연기를 마시면서 목청껏 연가를 부르는 삶, 동화 속 혹은 꿈속에서만 등장할 법한 이런 삶을 사는 사람이 진짜 있다는 것이 눈으로 보고도 믿겨지지 않는 모양이었다.

노아관은 당장이라도 끓어 넘칠 듯 부글부글 요란한 소리를 내고 있었다. 동시에 마치 머나먼 원시림 속에서 전해져오는 듯한 진하고 거친 차 향기가 코끝을 강렬하게 자극했다. 포랑은 노아관 속의 펄펄 끓는 찻물을 찻잔에 부었다. 이어 친구들 손에 찻잔을 하나씩 쥐어주고 자신도 하나 집어 들었다. 그리고는 별이 빛나는 창공을 한참 동안 올려다보더니 또 소리 높여 노래를 부르기 시작했다.

……

차를 끓이는 것은

비단에 수를 놓는 것과 같다네.

차 덩어리로 차 탕관에 수를 놓으니,

꽃무늬 없는 비단은 아름답지 않다네.

물은 세 국자 넘으면 안 되고,

차는 세 숟가락으로 부족하니,

소금은 세 줌이면 맛이 딱 맞는다네.

홍차 색깔을 바꾸는 데는 우유가 으뜸,

새하얀 소젖을 짜는 데도 기술이 필요하니,

우유 넣고 끓인 차는 미주美酒보다 더 향기롭다네.

……

포랑은 문득 호기가 치밀었다. 즉각 노래를 멈추고 큰 소리로 물었다.

"너희들, 우유 좀 없어?"

힘든 시기를 막 겪고 난 뒤라 우유는 쉬이 구하기 힘든 귀한 식품이었다. 다행히 한 처녀가 잠깐 머뭇거리더니 비장한 표정으로 대답했다.

"우리 집에 우유가 있어."

그 우유는 특별한 것이었다. 처녀의 할아버지가 영양부족으로 몸져눕자 가족들이 백방으로 구하러 다닌 끝에 겨우 조금 얻어온 귀한 물건이었다. 포랑은 처녀가 그 귀한 우유를 가져오자 사정없이 노아관에 들이부었다. 이어 득의만면한 채 말했다.

"이것이 우유차야."

젊은이들이 경이로운 표정으로 우유차와 포랑을 번갈아 바라봤다. 곧이어 한 사람이 한 잔씩 우유차를 받아들었다. 난생 처음 마셔보는 우유차는 쓰고, 달고, 진하고, 맵고, 텁텁한 것이 말로 형언하기 어려운 맛이었다. 하지만 아무도 맛없다는 말은 하지 않았다. 대신 서로 잔을 부딪치면서 입에 발린 찬사를 토해냈다.

"정말 향기로워. 정말 맛있어. 이렇게 맛있는 차는 태어나서 처음이야."

우유를 가져온 처녀가 큰 소리로 말했다.

"용정차는 이 우유차에 비하면 차도 아니야!"

처녀의 말에 반론을 제기하는 사람은 없었다. 다들 동감이라는 듯 고개를 주억거렸다. 그때 기초가 진한 차 향기가 진동하는 마당에 들어섰다.

기초는 붉게 상기된 얼굴로 마당 가득 서 있는 젊은이들을 보고는 아들 포랑에게 불안한 눈빛을 보냈다. 포랑은 그러거나 말거나 한껏 신이 난 표정으로 어머니에게 말했다.

"어머니, 방외 아버지가 가르쳐주신 대로 죽통차를 끓였어요. 한잔 드셔보세요."

기초가 안도의 한숨을 내쉬면서 따라온 할머니들을 향해 웃음을 지었다.

"아이들이 죽통차를 마시고 있군요."

기초의 말이 끝나기 무섭게 새된 비명소리가 들려왔다.

"우유……! 내 우유……, 아이고……."

처녀의 할머니가 목이 터져라 울부짖고 있었다.

제2장

항씨네 가족은 급기야 긴급 가족회의를 열었다. 포랑의 비행을 이대로 내버려두다가는 항주성의 유명한 '불량배'로 낙인찍히는 것은 시간문제일 만큼 사태가 심각했던 것이다. 당연히 아래 세대는 회의에 참가시키지 않았다. 다만 소촬착은 가족이 아님에도 방청객 자격으로 참석했다.

여느 때와 마찬가지로 정협 위원인 가평이 회의를 주재했다. 그는 포랑의 최근 행태를 분석하고 나름 세 가지 해결방안을 내놓았다. 하나는 포랑을 운남성에 있는 큰 차나무 아래로 돌려보내 자유로운 '촌사람'이 되게 하는 것, 또는 하루에 8시간씩 근무하는 정규직 일자리를 구해주어 딴 짓을 할 여유를 주지 않는 것, 세 번째는 적당한 처녀를 물색해 결혼시키는 것이었다. 가정을 이루면 밖으로 적게 나돌고 딴 생각을 적게 할 것이라고 했다.

첫 번째와 두 번째 방안은 즉석에서 부결됐다. 기초가 완강하게 반대했다.

“안 돼요, 운남으로 보낼 수는 없어요. 모자의 연을 끊지 않는 한 그렇게 할 수는 없어요. 그리고 좋은 일자리는 말처럼 쉽게 구할 수 있는 게 아니에요. 포랑은 성분成分(출신)이 나빠서 정규직 일자리는 하늘의 별따기예요.”

적합한 처녀를 찾아 결혼시키면 좋다는 데는 아무도 이견이 없었다. 포랑도 스무 살이 넘었다. 적지 않은 나이였다. 하루 종일 거리와 골목을 쏘다니면서 허풍이나 떨고 쓰잘데기 없는 짓을 하는 그를 누군가가 손아귀에 꽉 틀어쥐고 꼼짝달싹 못하게 한다면 그보다 더 좋은 일이 있겠는가? 하지만 굴레 벗은 말 같은 그를 온순한 양처럼 만들어줄 그런 여자를 어디에서 찾는다는 말인가?

모든 사람의 눈길이 일제히 가화를 향했다. 가화는 예순 되는 해에 평차사評茶師(차 감별사) 자리에서 은퇴했다. 하지만 항씨 가문에서는 여전히 최고 결정권을 가지고 있었다. 그는 주위에 모인 사람들의 말을 다 듣고 난 후에도 한참을 침묵하다가 긴 한숨을 내쉬었다. 기초가 큰오빠의 한숨소리를 듣고 앞질러 입을 열었다.

“오빠, 괜찮아요. 포랑의 일은 어미인 제가 알아서 할게요.”

“내가 차 가공공장에 가서 알아볼게.”

가화가 무겁게 입을 열었다.

“내가 평차사 자리를 그만두기 전에 괜찮은 제자들을 몇 명 키웠는데 전부 다른 곳으로 발령이 났어. 지금 일손이 부족하다고, 나와서 좀 도와줄 수 없냐고 벌써 몇 번이나 부탁이 들어왔어.”

기초가 찌푸렸던 미간을 폈다. 큰오빠는 허투루 말을 내뱉는 사람이 절대 아니었다.

"차 가공공장이라면 괜찮아요."

"글쎄, 꼭 된다고 장담할 수는 없구나."

가화가 기초를 보면서 말을 이었다.

"아무튼 이제부터 빈둥대고 다니지 못하도록 잘 단속해라. 고루鼓樓 옆에 있는 석탄가게도 괜찮은 것 같더구나. 당분간 그곳에서 일하게 하고."

"그 애에게 석탄먼지 뒤집어쓰는 일을 시킬 건가요?"

기초가 참지 못하고 목소리를 높였다. 그러자 가화의 표정도 바로 굳어졌다.

"석탄가게가 왜? 다 사람이 하는 일이야. 정직하게 일해서 밥을 먹는 게 뭐가 잘못이냐? 포랑은 자유분방한 습관을 고치는 게 우선이야. 차 공장에 출근해서라도 이 늙은이의 체면에 먹칠하는 일은 없어야 하지 않겠느냐?"

기초는 큰오빠의 화가 난 표정을 보고는 입을 다물었다. 다른 사람들도 별다른 의견을 내놓지 못했다. 가화가 가족들을 둘러보면서 말했다.

"천천히 잘 찾아보면 포랑에게 적합한 배우자를 찾을 수 있을 거야. 꼭 도시 사람이 아니어도 괜찮아."

가화의 뜻은 자명했다. 멀쩡한 사람들이 노동교화범 아들에게 딸을 시집보낼 리가 없으니 찬밥 더운밥 가릴 때가 아니라는 것이었다. 곧이어 기초가 말했다.

"우리 공장에 괜찮은 처녀들이 몇 명 있어요. 다만 흠이라면 듣지 못하거나 보지 못한다는 거죠."

기초가 출근하는 곳은 닭털 먼지떨이와 종이상자를 만드는 소규모 작업장이었다. 직원 대부분이 지역 주민들이고 장애인들도 꽤 있었다. 가만히 듣고만 있던 소촬착이 그예 참지 못하고 불쑥 끼어들었다.

"방금 항 선생의 '꼭 도시 사람이 아니어도 괜찮다.'는 말을 듣고 하는 말이네만, 멀리서 찾지 않아도 될 것 같네. 나에게 예닐곱 명이나 되는 손자손녀가 있으니 괜찮다면 그중에서 하나 골라도 되네."

모두의 표정이 삽시간에 환해졌다. 소촬착이 내친김에 시원스럽게 덧붙였다.

"내가 지금 데리고 있는 채차도 괜찮은 아이라네. 지금은 임시직이지만 운이 좋으면 조만간 정규직으로 바뀔 수도 있지. 그리고, 포랑이 정 시내에 살기 싫다면 옹가산으로 오는 것도 괜찮을 것 같네. 시내에서는 일자리 구하기도 쉽지 않으니 말이네."

좌중의 사람들은 체격이 다부지고 앞니 두 개가 약간 튀어나온 시골 아가씨의 얼굴을 떠올리면서 서로를 멀뚱멀뚱 쳐다만 봤다. 그 누구도 먼저 입을 열지 않았다. 결국 또 가화가 먼저 입을 열었다.

"기초, 포랑의 일은 큰외삼촌인 내가 알아보마."

큰오빠의 말에 기초가 왈칵 눈물을 쏟았다. 이어 손수건으로 눈물을 훔치면서 말했다.

"저도 마음을 굳혔어요. 며칠 있다 십리평十里坪에 갔다 오겠어요."

십리평이라면 절강성 금화金華에 있는 두메산골이었다. 그곳에 노동개조농장이 있었다. 나력을 만나러 가겠다는 얘기였다. 그렇다면 기초는 나력을 만나서 도대체 무슨 말을 할 것인가? 다들 대충 짐작은 갔으나 입을 다문 채 무거운 표정으로 기초의 다음 말을 기다렸다. 역시나 예상한 대로였다.

"오라버니, 제가 그이에게 이혼을 요구하면 우물에 빠진 사람에게 돌을 던지는 몹쓸 년이 될까요?"

말을 마친 기초가 참지 못하고 울음을 터뜨렸다. 요코와 항분杭盼도 함께 눈물을 흘렸다.

가화의 눈에도 눈물이 고였다. 따지고 보면 여동생 기초와 매부 나력 둘 다 불쌍한 사람들이었다. 기초는 장장 15년을 독수공방했다. 사람들 말로는 "고생 끝에 낙이 온다."고 하지만 이제 머리카락이 희끗희끗 반백이 돼가고 있는데도 '낙'은 그 어디에도 보이지 않았다. 가화는 매부 나력이 15년 형기를 마치고 돌아와 서호 호숫가에서 함께 차를 음미하면서 담담하게 옛날 얘기를 나누게 될 날을 손꼽아 기다렸다. 동북 태생의 사나이 나력은 가화에게 좋은 인상을 남겼다. 실제로도 나력은 진솔한 사람이었다. 흠이라면 고집이 세고 굽힐 줄 모른다는 것이었다. 그는 처음부터 끝까지 "억울하다"는 말만 되풀이했다. 물론 감형을 받을 수 있는 방법이 아예 없는 것은 아니었다. 상부에서는 나력이 죄를 인정하기만 하면 감형, 심지어 석방도 가능하다고 넌지시 귀띔했다. 가화는 그 소식을 듣자마자 나력을 찾아갔다. 나력은 가화의 말을 듣고 커다란 손을 쫙 펴면서 그에게 물었다.

"제가 투옥된 지 몇 년이나 됐습니까?"

가화가 나력의 상처투성이 손을 보면서 대답했다.

"10년이 넘었네."

그러자 나력이 말했다.

"그렇다면 제가 고작 몇 년을 더 버티지 못해서 개가 될 필요가 있을까요?"

가화가 자신의 가슴에 한 손을 대고 다른 한 손으로는 나력의 손을 잡으면서 말했다.

"3년 뒤에 자네를 데리러 오겠네."

그리고 3년이 지났다. 하지만 나력은 돌아오지 못했다.

눈물은 질색인 가평이 재빨리 화제를 돌렸다.

"잘 생각했어. 죄책감 따위는 안 가져도 돼. 너처럼 15년을 기다릴 수 있는 사람이 몇이나 되겠느냐? 게다가 나력은 지금 감옥이 아닌 농장에 있고, 포랑도 결혼을 해야 하니 예전과 상황이 다르지 않느냐. 나력은 내가 잘 알아. 그는 아들을 위해서라면 기꺼이 모든 것을 감수할 사람이야."

가평이 잠깐 뜸을 들이더니 가슴을 치면서 덧붙였다.

"기초, 둘째 오빠가 십리평에 같이 가줄까?"

기초가 손사래를 쳤다.

"또 우파右派의 감투를 쓰고 싶으세요? 이번에는 오빠를 도와줄 사람도 없어요."

가평은 1957년에 본인의 경력이 오래된 것만 믿고 눈치 없이 나댄 적이 있었다. 그러다 하마터면 진짜 '우파'로 몰릴 뻔했었다. 다행히 오각농吳覺農 선생이 보증을 서줘서 화를 면했지만 사람의 길흉화복은 누구도 예측할 수 없는 법이었다. 가평이 쓴웃음을 지으면서 말했다.

"양진도 참 안 됐더구나. 아직 감옥에 가지도 않았는데 마누라와 자식새끼들이 벌써 연을 끊었다지. 기초 너는 15년이나 기다린 것도 모자라 아직도 양심의 가책을 느끼고 있구나."

양진 얘기가 나오면 항씨네 사람들은 탄식을 금치 못했다. 그는 외교관을 지낸 다음 북경의 모 이론 연구부처의 책임자로 근무하면서 한때는 진짜 잘 나갔었다. 하지만 입 간수를 잘하지 못했다. 급기야 1959

년에 '우경右傾기회주의자' 감투를 쓰고 말았다. 그러나 다행히 1957년의 '반우파 운동' 때보다는 처벌 강도가 약했기 때문에 항주 모 대학의 교수로 '좌천'되는 데 그쳤다. 이렇게 마르크스의 충실한 추종자인 양진은 웅대한 뜻을 품고 국가의 부름에 응해 북경으로 갔다가 상갓집 개 신세가 돼 쓸쓸하게 항주로 쫓겨 왔다. 그 소식을 들은 기초는 삼담인월도三潭印月島의 아심상인정我心相印亭에서 차를 준비하고 양진을 만났다.

1958년부터 시작된 '3년 대기근'의 시대였지만 서호는 여전히 아름다웠다. 양진은 그러잖아도 힘든 기초에게 걱정을 끼치고 싶지 않은지 일부러 밝은 표정으로 농을 던졌다.

"그것 봐요, 당신의 예지력은 대단하다니까요. 내가 곤경에 빠지니 당신이 제일 먼저 나를 보러 왔잖아요."

기초는 혼자서 힘들게 살아가느라 거의 하층민이 다 된 모습이었다. 지난 2년 동안은 제대로 먹지도 못해 뺨이 쑥 들어가고 낯빛도 시커멓게 변했다. 누가 봐도 억척스러운 아낙네의 모습이었다. 그녀는 가지고 온 해바라기씨를 빠른 속도로 까먹으면서 옛 친구의 말에 잠깐 귀를 기울이더니 덤덤하게 말했다.

"당신과 나력은 달라요. 그이는 '계급의 적'이지만 당신의 문제는 '인민 내부의 모순'에 불과해요. 그래서 벼슬을 잃고 교수로 내려앉은 거죠. 나는 당신이 대체 무슨 잘못을 했는지 궁금해요."

양진은 그동안 넓은 세상 구경을 두루 다니고 다른 책도 많이 읽었다. 하지만 옛 친구 앞에서는 자기도 모르게 젊은 시절의 '책벌레' 모습이 다시 튀어나왔다.

"마르크스주의자들은 역사유물론자입니다. 그들은 역사가 점진적으로 발전한다고 믿고 있지요. 당신은 혁명으로 역사의 비약적인 발전을 이끌어낼 수 있다고 믿나요? 이를테면 반봉건 반식민지 국가가 혁명을 통해 일약 사회주의, 즉 초기 공산주의에 진입하는 것이 가능할까요? 나는 소련에서 외교관으로 일한 몇 년 동안 레닌이 무엇 때문에 시월혁명 이후에 신경제정책을 도입했는지 그 이유를 알게 됐어요. 당신은 모르겠지만 소련은 지금 항공기를 비롯해 원자폭탄까지 보유하고 있어 겉으로는 대단히 강해 보여요. 하지만 소련의 농업생산은 제정러시아 시대보다 한참 뒤떨어진 상태예요."

기초가 퉤 하고 해바라기씨 껍질을 뱉어내고 말했다.

"알겠어요. 소련 사람들이 제정러시아 때보다 배를 곯고 있다 이 말이죠?"

양진이 놀란 표정을 지었다.

"나를 비판하던 사람들도 그렇게 말했어요."

기초가 풋, 하고 웃었다. 그녀의 말투나 목소리는 하층민 생활에 오래 찌든 탓에 거칠고 투박해졌다. 그러나 찬찬히 뜯어보면 미색美色이 남아 있었다.

"내가 지금 이 모양 이 꼴이 됐다고 아무것도 모르는 사람 취급하지 말아요. 당신이 무슨 말을 하는지 알아요. 당신은 지금 우리가 옛날보다 더 어렵게 살고 있다는 거잖아요? 그게 사회주의 제도를 모독하는 말이 아니면 뭔가요?"

양진이 황급히 주위를 둘러봤다. 이어 탁자를 두드리면서 작은 소리로 말했다.

"그렇게 말하지 말아요. 나는 인류사회의 발전이 특정 단계를 건너뛰어 이행할 수 있는지 이론적으로 분석하고 싶었을 뿐입니다. 이것은 단지 학술적인 문제예요."

기초가 눈을 부릅뜨고 말했다.

"눈 가리고 아웅 하지 말아요. 백성들이 쌀알 구경을 못한 지 벌써 몇 년째예요. 당신의 이론이 굶주린 사람들에게 밥을 먹여줘요? 백성들에게 하등 도움도 안 되는 그 따위 이론을 어디에다 써먹어요?"

양진이 말없이 기초를 바라봤다. 기초의 직설적인 성격은 예나 지금이나 변함이 없었다. 아마 평소에도 저런 '반동적 발언'을 서슴없이 내뱉지 않을까? 그러고도 나력처럼 감옥에 들어가지 않은 것이 신기했다.

양진은 "눈 가리고 아웅 한다"는 기초의 말에 마땅히 반박할 말을 찾지 못했다. 기초의 말이 옳았다. 이론이 아무리 거창하고 위대하다고 한들 실천과 연결되지 못하면 아무 쓸모가 없는 법이다. 그렇기 때문에 양진은 이론뿐만 아니라 실천방안에 눈을 돌렸던 것이다. '우경 기회주의자'로 몰려도 전혀 억울할 게 없었다.

기초가 양진이 눈만 크게 뜨고 한마디도 못하는 것을 보고 나직이 한숨을 내쉬었다. 순간 아주 오래 전 학질에 걸려 몸을 벌벌 떨던 '혁명서생'革命書生의 모습이 아련하게 떠올랐다.

"당신이 나를 걱정해주고 있다는 걸 알아요. 하지만 나는 당신이 더 걱정돼요. 벼슬살이를 몇 년이나 했다는 사람이 어떻게 배운 게 하나도 없어요? 당신처럼 할 말 안 할 말 구분할 줄 모르는 사람은 일반인으로 살기도 힘들어요. 게다가 이제는 홀몸까지 됐으니……."

"어쩔 수 없죠, 뭐. 당신도 몇 년을 그렇게 살아왔잖아요?"

기초가 씁쓸한 웃음을 지었다.

"내 꼴을 좀 봐요. 한심하죠? 솔직히 아침까지만 해도 당신을 만난다는 생각에 좀 꾸며보려고도 했어요. 하지만 거울을 본 순간 자신감이 뚝 떨어졌어요. 그러니 당신도 더 늦기 전에 새 가정을 만들어요. 교수라는 직업은 여자들에게 인기가 꽤 있잖아요."

"당신 같은 사람을 어디 가서 만나겠어요?"

양진이 자신도 모르게 불쑥 내뱉은 말이었다. 순간 기초의 눈이 반짝 빛나며 얼굴에도 홍조가 어렸다. 그녀가 웃으면서 말했다.

"그러게 말이에요. 당신이 목숨처럼 여기는 《자본론》을 차창 밖으로 던져버릴 수 있는 사람을 어디 가서 또 만나겠어요?"

두 사람은 약속이나 한 듯 자리에서 일어나 수면으로 시선을 돌렸다. 둘 다 제대로 먹지 못해 푸석푸석 마른 몸이 바람에 날리는 가랑잎 같았다. 그래도 기초는 몇 알 남은 해바라기씨를 양진의 손에 쥐어주면서 호기롭게 말했다.

"당신이 먹어요. 남자는 여자보다 더 많이 먹어야 해요."

양진이 뭐라고 하기도 전에 기초는 벌써 호숫가를 따라 걸음을 옮기기 시작했다. 서호도 굶어서 마른 걸까? 수면이 한참 내려가 있었다. 기초는 1937년 가을의 어느 날을 떠올렸다. 그날 그녀는 이곳에서 혈기왕성한 젊은이들과 설전을 벌였다. 그리고 그 젊은이들은 지금 영영 돌아올 수 없는 곳으로 떠나버렸다…….

'만약 나초경那楚卿이 아직 살아 있다면 지금쯤 이곳에서 나와 설전을 벌이고 있지 않을까? 아니면 양진처럼 억울한 누명을 쓰고 고초를 겪고 있을까?'

기초는 양진의 초췌한 얼굴을 보다 문득 그런 생각이 들었다. 그러자 마음속 깊은 곳에서 서글픔이 밀려왔다.

"양진, 나나 나력처럼 살지 말고 우리 큰오빠를 본받아요. 오빠는 '말을 적게 하라, 사람이 많은 곳에서는 입 건사를 잘하라.'고 입버릇처럼 말했어요."

"거 참, 할 말 하라고 있는 입인데 말을 하지 말라니 그게 되나요?"

양진의 농담에 기초가 입을 삐죽거렸다.

"마음으로 대화하면 되죠. 어릴 때 읽었던 무협지에는 복화술로 대화하는 무림고수들이 많이 등장하던데요?"

양진이 불쑥 기초에게 물었다.

"그때 내가 무엇 때문에 당신과 함께 있고 싶어 했는지 알아요?"

기초가 대답을 못하자 양진이 말을 이었다.

"당신과의 대화가 즐거웠기 때문이에요. 당신이 쉬지 않고 말할 때면 나는 듣기만 하고, 내가 쉬지 않고 말할 때면 당신이 들어주기만 하고……. 휴우, 그때가 좋았어요……."

기초의 눈에 이슬이 맺혔다.

기초의 걱정은 현실이 됐다. 양진은 교수 생활을 하면서도 입 건사를 제대로 하지 못했다. 그놈의 방정맞은 입 때문에 조직에 미운 털이 단단히 박혔다. 결국 절강성 북부 두메산골에 있는 노동개조농장으로 쫓겨나고 말았다.

가평의 입에서 양진 얘기가 나오자 기초가 바로 쏘아붙였다.

"양진 마누라는 연안에서부터 혁명에 참가한 오랜 혁명가예요. 간호사도 되지 못하고 콧구멍만 한 작업장에서 닭털 먼지떨이나 만드는 나 같은 사람과는 근본부터 다르죠. 당신들이 아니었으면 나 같은 낙후분자落後分子는 진작 감옥에 들어갔을 거예요……."

요코는 처음부터 끝까지 한마디 말도 하지 않았다. 가평이 있는 자리에서 그녀가 입을 꾹 다물고 있는 것은 이제 하루 이틀의 일이 아니었다. 항씨네 가족들도 다들 그러려니 했다. 그런 그녀가 평소와 달리 비쩍 마른 손으로 기초의 입을 가볍게 막으면서 "쉿!" 하고 소리를 냈다. 기초는 그제야 입을 다물었다.

항분도 말없이 조용히 앉아 있었다. 방금 전 항분과 기초는 함께 양패두로 왔다. 둘은 청년로靑年路 길목에 있는 종루鍾樓를 지나면서 약속이나 한 듯 걸음을 멈췄다. 높다랗게 걸려 있는 종을 보노라니 옛날 생각이 새록새록 났던 것이다. 옛날로 돌아갈 수 있다면 얼마나 좋을까? 기초는 그동안 강인한 정신력으로 힘든 세월을 억지로 버텨왔다. 하지만 이제는 한계에 다다랐다.

'나는 왜 분이처럼 살지 못할까?'

기초는 스스로에게 물었다. 항분은 혼자 용정산에 머물면서 아이들에게 글을 가르치고 있었다. 폐병도 다 나았다. 기초는 항분이 평온하고 행복하게 살 수 있는 이유가 신앙 덕분이라는 것을 알고 있었다. 가끔 그런 항분이 부러울 때도 있었다. 그럴 때면 스스로가 잘 이해되지 않았다. 지금의 삶이 이토록 어렵고 힘든데도 자신은 왜 양진처럼 공산주의를 신봉하거나 항분처럼 하나님을 찾지 않는 걸까. 그녀는 큰오빠 가화와 같은 선택을 했다고 볼 수 있었다. 두 남매에게는 삶이 곧 신앙이었다. 하지만 삶은 그들에게 너그럽지 않았다. 그들이 자신감과 희망을 얻고자 삶에 집착하면 할수록 삶은 매정하게 그들을 배척하기만 했다. 기초가 항분을 보면서 긴 한숨을 내쉬었다.

"버티기 힘들구나."

항분이 대답 대신 작은 소리로 기도했다.

"주여……."

하늘이 갑자기 어두워졌다. 종소리가 크게 울렸다.

가화가 어떤 방식으로 포랑을 설득할지 다들 궁금해 했다. 가화는 "포랑에게 아무 말도 하지 말라."고 여동생 기초에게 분부했다. 늘 그래 왔듯 그는 이번에도 '크고 어려운 일일수록 간단하게 처리하는' 방식을 택했다. 우선 종손녀 영상迎霜을 포랑에게 보내 말을 전하게 했다. "선 보러 간다"는 말 대신 "며칠 후 봄놀이를 갈 것이다"라고 알린 것이다.

열두 살인 영상은 어머니와 함께 큰할아버지인 가화의 집에서 살고 있었다. 영상의 오빠 득방得放은 할아버지인 가평과 같이 살고 있었다. 영상의 아버지인 항한杭漢은 몇 년 전 아프리카 원조를 떠난 뒤로 아직 돌아오지 않았고, 어머니인 황초풍黃蕉風은 시골로 내려가는 날이 집에 있는 날보다 많았다. 어머니를 닮아 성격이 무던한 영상은 친할아버지인 가평보다 큰할아버지인 가화를 더 많이 따랐고 기초 할머니 집에도 자주 놀러갔다. 두 집이 가까이 있는 데다 포랑 삼촌이 아이들과 잘 놀아주기 때문이었다.

영상이 살금살금 기초 할머니네 마당에 들어섰다. 포랑 삼촌은 약초밭에 물을 주고 있었다. 영상이 키득키득 웃으면서 그에게 말했다.

"큰할아버지가 그러시는데……, 이틀 후에……, 우리 다 같이 봄놀이 간대요……. 헤헤헤!"

포랑은 막 퇴근했는지 옷도 갈아입지 않고 약초밭에 물을 주고 있었다. 그는 운남에서 항주로 돌아온 후 원래 있던 닭장 자리에 여러 가지 약초를 심었다. 봉선화, 자등, 작약, 석류, 국화, 맨드라미……. 남들이 보기에는 그냥 꽃밭이었다. 포랑이 키운 맨드라미꽃은 작은 대야만큼이나 컸다. 기초는 포랑이 외할아버지의 유전자를 물려받아 식물을 잘 키운다고 했다. 또 포랑의 외할아버지가 살아 계셨으면 외손자와 함께 약초 재배기술을 연구하면서 즐거워하셨을 것이라는 말도 했다.

포랑이 영상의 말에 고개도 돌리지 않은 채 말했다.

"봄놀이는 무슨……. 나도 다 알거든. 선보러 가는 거 맞지?"

영상은 깜짝 놀랐다.

"누가 말해줬어요, 포랑 삼촌? 선보러 가는 걸 어떻게 알았어요? 저는 아무 말도 하지 않았어요."

포랑이 고개를 돌리고 영상을 향해 미소를 지었다.

"그 여자 예뻐?"

영상이 잠깐 고민하더니 입을 크게 벌리면서 이를 드러냈다. 이어 삐곡하게 자라난 이를 가리키면서 말했다.

"이렇게 생겼어요!"

"소촬착 할아버지하고 똑같아?"

포랑의 표정은 진지했다.

"몰라요, 몰라. 저는 아무것도 몰라요. 아무튼 큰할아버지는 삼촌을 데리고 가겠다고 했어요. 그쪽에서 기다리고 있대요."

포랑이 허리를 숙였다. 이어 귀여운 조카의 볼을 살짝 꼬집으면서 말했다.

"영상, 네가 말해봐. 삼촌이 어떻게 했으면 좋겠니?"

영상이 대답 대신 엉뚱한 말을 했다.

"삼촌이랑 함께 밖에 나가본 지 오래 됐어요."

포랑이 일어서서 손을 툭툭 털었다.

"가자! 이 삼촌이 그 여자의 이빨을 교정해줄 거야. 영상, 이 세상에 삼촌이 못하는 일은 없단다."

영상은 삼촌이 허풍을 잘 떤다는 것을 알고 있었다. 이상한 것은 큰할아버지가 그런 삼촌을 싫어하지 않는다는 사실이었다. 큰할아버지는 평소에 허풍쟁이들을 제일 싫어하셨다. 하지만 유독 포랑 삼촌에게는 예외였다. 포랑 삼촌이 말도 안 되는 허튼소리를 해도 전혀 화를 내지 않았다.

가화는 선보러 갈 때 가져갈 물건들을 정성들여 준비했다. 오산吳山 소유병酥油餠(기름에 바삭바삭하게 튀겨낸 떡), 이향재頤香齋 향고香糕(떡의 일종), 지미관知味觀 행복쌍幸福雙(항주 지역의 떡의 일종. 짝수로 판매한다고 해서 붙여진 이름), 요코가 만든 차엽단茶葉蛋, 그리고 항주 시내의 유명한 요릿집에 가서 사온 규화계叫花雞(진흙과 연잎으로 싸서 조리한 닭)까지 구색을 잘 갖추었다. 기초는 십리평에 가고 없었다. 떠나기 전에 그녀는 "지금 안 가면 언제 다시 나력를 만날 수 있을지 모른다."는 말을 남겼다. 물론 이것은 표면적인 이유였다. 다른 사람은 몰라도 큰오빠 가화는 여동생의 속을 훤히 꿰뚫고 있었다. 기초는 아들이 출신 계급 때문에 여자에게 퇴짜를 맞을까봐 두려운 것이었다. 사실 이런 일이 한두 번이 아니었다. 그래서 이번에는 아예 따라가지 않으려는 것이었다. 안 보는 것이 차라리 속이 편할지도 몰랐다. 그래서 포랑의 인륜지대사를 결정짓는 중대한 임무는 자연스럽게 가화의 어깨 위에 떨어졌다.

이틀 전 기초가 가화를 찾아왔다. 그리고는 무척 다급한 표정으로 주머니에서 돈을 꺼내 오빠에게 내밀면서 말했다.

"바빠서 아무것도 준비 못했어요. 이거라도……."

가화가 그런 기초를 책망했다.

"뭐하는 짓이냐? 나도 돈이 있어."

망우차장이 '공사합영화公私合營化(국가와 민간이 공동 투자·경영하는 일)' 된 후 가화는 고정 이자(공사합영화 후 개인 출자 자본에 대해 일정하게 배당

되는 이자)를 마다하고 원래 받던 노임만 수령했다. 이것이 가화 가족의 생계 자금원이었다. 요코는 직업이 없었다. 득도는 '열사烈士 유자녀' 대우를 받아 열여덟 살까지 국가 지원을 받았다. 하지만 대학에 들어간 이후에는 모든 것을 자비로 해결해야 했다. 그러나 자기 돈으로 학교에 다니는 것이 오히려 마음이 편했다. 여기에 황초풍과 영상은 물론이고 항한도 출국하기 전까지는 양패두에 얹혀살았다. 기초 역시 지난 몇 년 동안 어려울 때면 습관적으로 오빠에게 손을 내밀고는 했다. 한마디로 항씨 가문의 가장으로서 가화의 어깨에 지워진 짐은 결코 가볍지 않았다.

기초가 자그마한 꾸러미를 내놓으면서 말했다.

"운남에서 저희 결혼식 주례를 맡아주셨던 할아버지가 예물로 저에게 주신 거예요. 채차가 우리 포랑을 마음에 든다고 하면 저 대신 이걸 전해주세요."

가화는 꾸러미를 펴봤다. 내용물은 이미 시커멓게 변색되고 돌덩이처럼 딱딱하게 굳어진 타차沱茶(사발 모양으로 압축시킨 차) 두 덩이였다. 중국에서는 예로부터 신랑집에서 신부집에 차를 예물로 보내는 풍습이 있었다. 강남 지역에서는 이 같은 예의를 '하다'下茶라고 했다. 신부집에서 이 예물을 받으면 혼사가 성사된 것으로 간주했다. 중국 고전소설 《홍루몽》에도 왕희봉王熙鳳이 임대옥林黛玉에게 "네가 우리 집 차를 마셨는데도 우리 집 며느리가 되기를 원치 않느냐."라고 말하는 대목이 나온다. 차를 받아들고 가만히 서 있던 가화가 갑자기 좋은 생각이 떠오른 듯 슬며시 미소를 지었다.

"나에게 좋은 생각이 있어."

물론 포랑이 어미의 애타는 속을 알 리 만무했다. 그는 아침 댓바람부터 큰외삼촌 집에 갔다. 이어 외숙모가 만든 차엽단을 단숨에 네 개나 집어먹고는 학교에 간 외조카 득도의 침대에 누워 늘어지게 한숨 잤다. 비몽사몽간에 어디선가 구수한 냄새가 코를 자극해 눈을 떠보니 시내 요릿집에 주문한 규화계가 막 도착해 있었다. 그는 냉큼 닭고기 한 점을 뜯어 입에 넣었다. 맛이 기가 막혔다. 어린 영상도 삼촌의 눈치 없는 행동이 아무런 제재도 받지 않는 것을 보고 살며시 손을 내밀었다. 하지만 닭고기에 손이 닿기도 전에 요코가 아이의 손을 슬며시 잡아당겼다. 먹는 데 정신이 팔린 포랑은 기름이 번지르르한 입술을 혀로 핥으면서 닭고기를 뜯어 영상의 입에도 넣어줬다. 요코가 기름이 잔뜩 묻은 손가락을 깨끗한 셔츠에 문지르려고 하는 포랑의 모습을 보고는 기겁을 하면서 수건을 건넸다. 포랑이 미안한 기색 하나 없이 천연덕스럽게 말했다.

"이 고장에도 구운 통닭이 있었군요!"

가화가 말했다.

"거지들이 진흙을 발라 구워먹었다는 고사에서 유래한 음식 이름이지. 나중에는 황제도 즐겨 먹었지만 황제가 먹었다고 해서 '황제닭'이라고 불리지는 않는단다."

포랑이 가슴을 탕탕 쳤다.

"제가 먹었으니 오늘은 제가 황제군요."

영상이 놀란 표정을 지었다.

"삼촌, 그건 봉건주의 사상이에요."

포랑이 손가락으로 영상의 이마를 쿡 찌르면서 웃었다.

"발 작은 할망구 같으니라고."

영상이 즉각 자신의 발을 내려다보면서 의아한 표정을 지었다.

"큰할아버지, 저는 발이 작지 않아요. 그리고 저는 할망구가 아닌데요?"

가화는 포랑의 말이 주민위원회의 참견쟁이 할머니들을 빗댄 것이라는 사실을 잘 알고 있었다.

'포랑, 그런 말을 하면 안 돼. 다른 사람들이 들으면 또 귀찮게 할 거야.'

가화는 목구멍까지 올라온 말을 겨우 꿀꺽 삼키고 요코에게 물었다.

"요코, 구지재九芝齋에 가서 초도편椒桃片(찹쌀가루에 호두씨, 참깨, 소금을 넣고 만든 과자)은 사왔소?"

요코가 죄 지은 사람처럼 우물쭈물했다.

"아직, 아직 사지 못했어요. 주민위원회 할머니들이 특무 찾는 일을 하라고 하셔서……."

가화가 절레절레 고개를 저었다. 언제부터인가 요코는 작은 일에도 벌벌 떠는 겁쟁이가 돼버렸다. 그러자 포랑이 바로 손사래를 쳤다.

"됐어요. 다른 걸 먹으면 되죠."

하지만 가화는 정색을 하며 고개를 저었다.

"아니야, 반드시 구지재의 초도편을 사야 돼. 만드는 방법부터 다르거든. 먼저 시루에 잘 익혀낸 떡 겉에 잘게 부순 호두를 한 층 입혀서 직사각형 틀로 찍어내지. 다음에 이걸 얇게 잘라서 말리면 하얗고 투명하고 노란 과자가 된단다. 구지재의 초도편은 특히 차하고 같이 먹어야 제맛을 느낄 수 있지. 초도편을 한 조각 먹고 차를 한 모금 마시면 차의 진한 향기가 코를 훅 찌르는 것이 마치 태고太古의 원시림 속에 들어온 느낌이랄까……. 포랑, 너도 먹어보면 알게 될 거야."

"원시림이 뭐예요?"

영상이 궁금해서 못 참겠다는 눈빛으로 물었다. 구지재의 초도편을 먹어봤지만 원시림 속에 있는 느낌 같은 건 가져보지 못했으니 그럴만도 했다.

포랑이 말했다.

"어떤 느낌인지 알 것 같아요. 저도 큰 차나무 아래에서 통소를 불 때면 태고적으로 돌아간 느낌이 들었거든요."

가화와 포랑이 마주 보면서 웃었다. 가화가 포랑의 어깨를 툭툭 치면서 말했다.

"통소도 챙기거라."

포랑이 휙 몸을 돌리더니 손으로 자신의 등을 툭툭 쳤다. 그가 애지중지하는 통소는 허리춤에 매달려 있었던 것이다. 사람들이 모두 웃음을 터뜨렸다. 가화는 신이 나서 헤벌쭉해진 포랑을 보면서 시작이 괜찮다는 생각을 했다. 이제 손자 득도를 기다렸다가 함께 출발하는 일만 남았다. 득도는 약속시간을 잘 지키는 아이였다. 그런데 오늘은 이상했다.

'왜 아직도 안 올까? 무슨 일이지?'

슬슬 걱정이 들 무렵 공중전화 관리원인 내채來彩의 새된 목소리가 들려왔다.

"항씨네……, 전화요~!"

내채는 딱 봐도 색기가 좔좔 흐르는 여인이었다. 키가 늘씬하고 허리는 수양버들처럼 낭창낭창한데 엉덩이는 컸다. 얼굴은 분을 바른 것처럼 뽀얗고 통통한 볼에 비해 턱이 뾰족해 새빨간 입술과 새하얀 이가 도드라졌다. 그녀의 버들잎 같은 눈썹과 추파를 던지는 살구 같은 눈은 남정네들의 혼을 쏙 빼놓기에 전혀 부족하지 않았다. 그녀는 평소에 쪽 진 머리를 하고 남색 저고리를 즐겨 입었다. 목소리는 높고 가늘었다. 손수건을 들고 S자로 몸을 꼬고 문에 비스듬히 기대선 모습은 구시대의 기녀를 연상케 했다.

아니나 다를까 내채는 사실상 기방 출신이었다. 양부에 의해 이곳저곳 많이도 팔려 다녔다고 했다. 심지어 마지막에는 홍콩까지 팔려갔다고 했다. 몇 년 전 장개석蔣介石이 대륙으로 반격을 개시했을 때 내채도 대륙으로 돌아왔다. 그녀의 말에 의하면 가족을 보러 왔다고 했는데 그녀의 가족이라면 물건 되넘기듯 그녀를 이리저리 팔아넘긴 양부뿐이었다. 그런 인간이라면 평생을 미워하고 증오해도 모자랄 판에 일부러 찾아서 먼 길을 돌아오다니, 상식적으로 말이 되는 소리인가? 그녀가 '미제국주의와 장개석이 파견한 간첩'으로 몰린 것은 어쩌면 당연한 일이었다. 결국 그녀는 홍콩으로 돌아가지 못하고 항주에 억류됐다. 하지만 아무리 조사해 봐도 그녀에게서 간첩 혐의는 발견되지 않았다. 그 와중에 그녀의 양부는 시달림을 견디지 못하고 저 세상으로 가버렸다. 그녀 혼자 덩그러니 새 사회에 남겨진 것이다. 그렇게 주민위원회의 '골칫덩어리'로 전락해버린 그녀는 "헌신발도 짝이 있다."고 떠벌리는 사람들에게 등을 떠밀려 자의반 타의반으로 어느 맹인에게 시집을 갔다. 사실 그녀 역시 홍콩으로 돌아가 봤자 찬밥 신세를 면할 수 없는 형편이었다. 홍콩에 있는 남편이 그녀의 불임을 핑계로 버젓이 딴살림을 차린 탓이었다. 그녀의 맹인 남편의 먼 친척 중에는 할머니가 한 명 있었는데 청하방清河坊 주민위원회에서 '요직'을 담당하고 있었다. 할머니는 '계급의 적'으로 몰려 석탄수레를 끄는 내채에게 측은지심이 생겼는지 그녀 부부를 청하방으로 데려왔다. 그리고 자신의 '권위'를 이용해 내채 문제를 '인민 내부의 모순'으로 약화시켰다. 뿐만 아니라 양패두 공중전화를 관리하는 일자리까지 구해줬다. 이때부터 청하방 거리와 골목에서는 그녀의 요염한 모습이 심심찮게 보이기 시작했다.

요코가 일어서는 가화를 가볍게 눌러 앉히면서 말했다.

"제가 갈게요."

가화가 요코의 어깨를 살짝 두드리면서 보일락 말락 따뜻한 미소를 지었다.

"가만히 있어요. 내가 가리다."

포랑은 순간 수줍게 웃는 외숙모의 얼굴에서 머나먼 곳에 있는 때 묻지 않은 커다란 차나무를 떠올렸다.

전화는 득도에게서 걸려온 것이었다. 득도는 기숙사 방을 함께 쓰는 동료 오곤吳坤의 일 때문에 출발이 조금 늦어졌다고 했다. 가화는 손자의 말을 듣고 가슴이 철렁 내려앉았다. 엉겁결에 목소리도 높아졌다.

"그 아이는 아직도 기숙사에서 나가지 않았느냐?"

전화기 너머에서 짧은 침묵이 흐른 뒤 득도가 말했다.

"곧 나갈 거예요. 약혼녀하고 혼인신고도 했다더군요."

가화는 더 캐묻지 않고 한마디만 했다.

"오는 길에 구지재에서 초도편을 사오는 걸 잊지 말아라."

가화는 전화기를 내려놓고는 한참 멍하니 서 있었다. 그리고는 혼자 생각에 잠겨 느릿느릿 걸어갔다. 그런 그의 등 뒤에 내채의 찢어지는 듯한 목소리가 날아와 꽂혔다.

"항 선생, 그냥 가면 어떻게 해요?"

가화가 고개를 돌렸다. 이어 내채의 말을 알아듣지 못한 듯 멍청한 표정을 지었다. 내채가 피식 웃으면서 손을 쑥 내밀었다.

"주세요!"

가화는 그제야 전화요금을 내지 않았다는 사실을 깨달았다. 연신 "미안하다"고 말하며 주머니에서 동전을 꺼내 내채에게 건넸다. 내채가 동전을 세면서 가화더러 들으라는 듯 혀를 끌끌 찼다.

"그 아비에 그 아들이라고. 지난번에는 방월方越이 전화비를 안 내고 갔죠."

가화가 황급히 말했다.

"내가 내겠소. 내가 대신 내겠소."

내채가 손을 휘휘 저었다.

"됐어요. 안 갚아도 돼요. 따지고 보면 불쌍한 사람이죠. 혼자 산에서 노동개조를 하고 있으니 오죽하겠어요."

가화가 그만 말하라는 뜻으로 손사래를 쳤다. 하지만 내채는 모르는 척 하고 싶은 말을 다 쏟아 냈다.

"방월이 벽돌을 구우러 용천龍泉에 간 지도 한참 되지 않았나요? 대체 언제쯤 '우파'의 모자를 벗을 수 있대요?"

가화는 대충 얼버무리고 도망치듯 그 자리를 피해 나왔다. '우파'라는 두 글자만 들어도 심장이 벌렁거렸다. 골목 모퉁이를 벗어나자 그제야 휴우, 하는 안도의 한숨이 새어나왔다. 한 가지 시름을 덜었나 싶으면 또 다른 걱정거리가 생겼다. 정말이지 하루도 마음 편한 날이 없었다.

가화의 걱정거리는 득도의 동료 오곤과 관련된 것이었다.

1945년 항일전쟁 승리 후 항씨와 오씨 양대 가문의 질긴 인연은 끝이 났다. 하나는 절강의 도시에 남고, 하나는 안휘 시골로 내려가면서 서로 연락을 끊고 살았기 때문이다. 반세기 넘게 지속돼온 앙숙 관계는 이로써 깨끗이 청산된 것처럼 보였다. 하지만 그것이 끝이 아니었다. 20년 후의 어느 날, 가화에게 편지 한 통이 도착했다. 북경에서 온 편지였다. '오승吳昇의 질손 오곤'이라 자칭한 발신인은 "오씨와 항씨 양대 가문은 생사를 같이 하는 친한 사이였다는 말을 어릴 때부터 귀에 못이 박히도록 들었다."고 서두를 뗐다. 이어 "비록 오승 할아버지는 돌아가셨으나 그가 자신의 목숨을 내걸고 망우차장 항 사장을 사지에서 구해낸 일화는 아직까지도 오씨 가문에서 미담으로 전해지고 있다."고 덧붙였다. 이어 본론으로 들어갔다.

"저는 북경 명문대학에서 석사과정을 마친 지 얼마 안 됩니다. 여자 친구가 대학 졸업 후 절강 호주湖州에 취직이 됐습니다. 그래서 저도 절강에서 일자리를 구하고 싶은데 절강에 아는 사람이 없군요. 고민 끝에 염치불구하고 항씨 가문의 어르신께 이렇게 연락드립니다. 제가 알아본 바에 의하면 어르신의 손자 득도가 강남江南 대학에서 교편을 잡고 있더군요. 저도 그분과 같은 사학을 전공했습니다. 어떻게 그분에게 부탁해 저 좀 도와주시면 안 될까요?"

가화는 잘려나간 손마디를 쓰다듬으며 밤새 고민을 했다. 그리고 이튿날 득도를 불러다 오곤의 편지를 보여줬다. 편지지는 붉은 색으로 칸이 그어져 있는 누런 종이였다. 작은 해서체로 쓴 붓글씨는 누가 봐도 달필인 데다 정성을 들인 티가 났다. 득도가 편지를 다 읽고 나더니 무척 기뻐했다.

"저희 학과의 강점 영역은 송사宋史 연구입니다. 이분은 마침 북송北宋 역사 전공이군요. 이어서 남송南宋 분야까지 마스터하면 가히 완벽하다고 할 수 있겠습니다. 제가 학교로 돌아가서 알아보겠습니다."

가화는 기특한 손자를 보면서 마음이 따뜻하고 편안해졌다. 득도는 안경을 쓴 것만 빼면 아비인 항억杭憶을 쏙 빼닮았다. 그러나 태어난 후로 아버지의 얼굴을 단 한 번도 못 보았고 세 살 때부터 할아버지 집에 와서 살았다. "씨도둑은 못한다"고 득도는 젊은 나이에 열사가 된 '시인 아버지'의 낭만적이고 사심 없는 품성을 그대로 물려받은 것이 분명했다.

그래서 1958년 '대약진 운동' 시기에 어린 득도가 한 무리의 젊은이들을 데리고 와서 망우차장의 철 대문을 뜯어갈 때에도 아무도 이상하게 생각하지 않았다. 이에 앞서 득도는 주방에 있는 솥, 사발, 국자, 심지어 숟가락까지 쇠붙이라는 쇠붙이는 다 쓸어가 '대련강철운동大煉鋼鐵運動(대약진 운동 시기에 전국적으로 벌인 대대적인 제철사업)'에 쏟아 부은 전력도 있었다. 물론 득도가 한술 더 떠서 망우차장에 있는 탁구대 크기의 탁자를 밖으로 내갈 때에는 가화도 마음이 아파 견디기 힘들었다. 다른 사람은 몰라도 그에게는 특별한 의미가 있는 탁자였기 때문이었다. 솔직히 쇠붙이도 아닌 탁자를 어디에 쓰려고 가져가는지 이해도 되지 않았다.

요코가 가화의 생각을 읽기라도 한 듯 손자를 끌어당기면서 조심스럽게 물었다.

"도도荼荼(득도의 아명), 다탁은 어디에 쓰려고 가져가?"

그러자 득도가 오히려 이상하다는 눈빛으로 두 사람을 쳐다봤다.

"할아버지, 할머니는 이걸 뒀다 어디에 쓰시려고요?"

두 노인은 말문이 막혀 서로 얼굴만 쳐다봤다. 망우차장은 '공사합영'으로 넘어간 지 오래였다. 차를 사러 온 손님들이 다탁 앞에 앉아 차를 시음하던 일도 먼 옛날의 얘기가 돼버렸다. 여럿이 다탁을 중심으로 둘러앉아 명화를 감상하고 담소하던 모습 역시 아련한 추억이 돼버렸다. 득도의 말처럼 다탁은 '무용지물'이 돼버린 것이다.

그랬던 득도는 '3년 자연재해(3년 동안의 대기근)'를 겪으면서 성격이 완전히 변했다. 제대로 먹지 못해서 신경이 날카로워진 것이 아니었다. 그는 대학에 들어간 후 양진과 많이 가까워졌다. 양진의 사상, 학설과 경력은 그에게 큰 영향을 끼쳤다. 심지어 그의 성격, 인생관, 처세관과 학업 선택에 절대적인 영향을 미쳤을 정도였다.

손자의 열정은 할아버지의 마음을 감화시켰다. 더 정확하게 말하면 가화는 참으로 오랜만에 득도의 눈에서 뿜어져 나오는 열정을 읽었다. 그래서 다소 걱정스러우면서도 내심 흐뭇했다. 밤새 잠 못 이루고 했던 고민이 무색해지는 순간이었다. 가화는 자신이 나이가 들었음을 실감하지 않을 수 없었다. 더불어 항씨네가 오곤이라는 젊은이와 연락이 닿은 것은 어쩌면 '운명 같은 우연'일지도 모른다는 그 어떤 예감이 들었다. 또 아직 장담할 수 없지만 항씨네와 오씨네의 인연이 다시 시작될 것 같다는 예감도 들었다. 물론 가화는 예전부터 오씨네 사람들에 대해 복잡 미묘한 감정을 가지고 있었다.

가화의 예감은 적중했다. 득도는 학과 관계자의 명확한 답변을 받고 오곤에게 회신을 보냈다. 그리고 얼마 후 북경에서 날아온 두 번째 편지에는 깜짝 놀랄 만한 내용이 적혀 있었으니, 세상이 넓고도 좁다고 오곤의 여자친구, 즉 '백야'白夜가 놀랍게도 양진의 딸이었다(오곤은 '덕망 높은 고위직 인사의 딸'이라고 소개했다). 백야는 북경의 좋은 일자리를 마다하고 부득부득 강남의 소도시 호주에 취직했다. 호주 장흥長興 고저산顧渚山 농장에서 노동개조 중인 생부와 가까운 곳에 있으려는 것이었다. 오곤은 편지에 "여자 친구를 목숨보다 더 사랑한다. 그녀는 내 전부이자 내 영원한 여신, 내 운명이다. 그녀 없이는 단 하루도 살 수 없다. 그래서 북경에서 더 크게 성공할 수 있는 기회를 마다하고 여자 친구를 따라 강남으로 가서 새로운 인생을 시작하기로 결심했다."라고 썼다. 그는 또 그와 양진 두 사람의 관계가 사람들에게 알려지지 않기를 바란다고 했다(이유는 강남에서 일자리를 찾을 때 걸림돌이 될 수도 있기 때문이라고 했다.).

빠른 속도로 편지를 읽어 내려가는 득도의 눈이 반짝반짝 빛났다. 마치 걸신들린 사람이 맛있는 음식을 보고 흥분을 감추지 못하는 것 같은 표정이었다. 이번 편지는 파란 잉크로 사무용 편지지에 쓴 것이었다. 앞부분은 누가 봐도 감탄을 자아낼 만한 멋진 글씨로 채워져 있었다. 아무래도 펜글씨를 전문적으로 배운 사람 같았다. 하지만 중간쯤 지나서 갑자기 필체가 조잡해지기 시작했다. 마치 사랑에 눈이 먼 젊은이의 조급한 마음과 격한 감정을 대변하듯 성급하고 거칠게 갈겨쓴 티가 역력했다. 득도는 젊은이의 심정이 십분 이해가 됐다. 그래서 편지를 다 읽자마자 자전거를 타고 집으로 향했다. 흥분한 득도와 달리 할아버지는 침착했다. 할아버지는 두 통의 편지를 나란히 펼쳐놓고 꼼꼼하게 비교하기 시작했다. 옆에 서 있는 득도는 할아버지의 의중을 몰라 답답하기만 했다. 편지를 살펴본다고 해서 무엇을 알아낸다는 말인가? 어떤 것들, 이를테면 사랑이라는 감정은 객관적인 비교가 불가능한 것 아닌가. 할아버지는 손자의 마음을 읽기라도 한 듯 편지를 차곡차곡 접으면서 담담하게 한마디 했다.

"편지 두 통이 같은 사람이 쓴 게 아닌 것 같구나."

득도가 두 눈을 빤히 뜨고 할아버지를 주시했다. 이번 일에서는 누구보다도 할아버지의 역할이 중요했다. 하지만 가화는 별말 없이 휘휘 손을 내저었다.

"밥이나 먹자."

가화는 나름대로 다 생각이 있었다. 물론 손자에게 세세하게 설명해줄 필요는 없었다. 그간 가화와 양진 사이에 편지가 오고가고 가평이 가화를 돕고 나서는 등 여러 가지 일이 있었으나 득도는 자세한 사정을 전혀 알지 못했다.

그리고 반년이 지난 후 오곤은 바라던 대로 항주로 내려왔다. 득도는 자신의 숙소 절반을 기꺼이 오곤에게 내줬다. 두 조교는 같은 공간에서 생활하면서 사이좋게 지냈다. 학술 연구와 관련해서도 서로 도움을 주고받았다. 득도는 생각이 깊고 실증적인 연구를 중시했다. 그렇다고 케케묵고 고지식한 성격은 아니었다. 독특한 견해를 가지고 있어도 그것이 정론임이 입증될 때까지 입 밖에 내지 않을 뿐이었다. 반면에 오곤은 표현에 능했다. 또 패기 있고 과감했다. 그는 항주의 학교에 온 지 얼마 안 돼 여러 편의 논문을 발표했다. 그의 논문들은 학계로부터 높은 평가를 받았다. 물론 그가 피력한 관점들 중 상당 부분이 득도에게 들은 바를 옮긴 것이라는 사실을 아는 이는 별로 없었다. 대부분의 사람들은 자신의 것을 타인이 도용하는 것을 싫어한다. 하지만 득도는 그렇지 않았다. 오곤의 행위에 반감을 가지기는커녕 오히려 기뻐했다. 자신이 누군가에게 도움이 된다는 사실에 자긍심을 느꼈다. 두 친구는 보다 일찍 만나지 못한 것을 한탄할 정도로 의기투합했다. 얼마 지나지 않아 둘은 학부에서 '한 쌍의 재자才子'로 소문이 났다.

오곤은 남자답게 잘 생겼으며 네모난 턱은 매일 면도를 해서 그런지 깔끔했다. 숱 많고 새까만 머리카락은 앞이마를 살짝 덮었다. 손은 크고 두꺼웠지만 손동작은 힘 있고 날렵했다. 얼굴표정은 밝고 풍부해서 두꺼운 목을 유연하게 움직일 때면 날쌔고 영민한 표범을 연상시켰다. 성격이 소탈하고 호방하다보니 처음 본 사람과 두세 마디만 나누어도 친해지는 재주가 있었다. 한마디로 오곤은 '매우 훌륭한 젊은이'였다. 다들 처음에는 그렇게 생각했다.

사실 득도는 오곤과 처음 만나 얘기를 나누면서부터 서로 많이 다르다는 것을 느꼈다. 오곤은 성격이 외향적인 데 반해 득도는 내성적이었다. 오히려 정반대의 성격에 끌린 것일까, 아니면 오곤의 매력에 반한 것일까? 아무튼 득도는 처음부터 오곤에게 호감을 느꼈다. 졸업을 앞둔 4학년 여학생들도 앞을 다퉈 오곤에게 추파를 던졌다. 오곤은 미묘한 감정을 즐기기라도 하듯 공공장소에서 거리낌 없이 여대생들과 시시덕거렸다. 아직 이성에 눈을 뜨지 못한 득도는 오곤에 비하면 말 그대로 몸만 어른인 '애송이'였다. 오곤은 여대생들을 만나고 오면 으레 유쾌한 표정으로 어깨를 으쓱하면서 으스대듯 말하고는 했다.

"남방의 여자들은 당돌하고 되바라진 면이 있어."

마치 하기 싫은 일을 억지로 한다는 것 같은 뉘앙스였다. 그럴 때마다 득도는 무엇 때문인지는 몰라도 오곤의 여자친구 '백야'라는 여자를 생각했다. 오곤은 여자친구와 함께하기 위해 이곳으로 왔다고 했다. 하지만 득도는 오곤의 여자친구를 한 번도 보지 못했다.

아무튼 오곤이 온 이후 두 젊은이는 자연스럽게 비교가 됐다. 득도는 차를 즐겨 마시고 오곤은 술을 좋아했다. 득도는 수줍음이 많고 가끔 말을 더듬었다. 항씨 가문의 남자들은 대부분 말을 더듬는 버릇이 있었다. 득도의 연구 분야는 지역 역사학이었다. 그중에서도 사람들에게 별로 알려지지 않은 식화食貨(고대 국가의 경제나 재정에 관한 사항), 예문藝文(예술과 문화), 농가農家(농업생산 및 농업사상) 등이 전공이었다.

"자네 같은 사람에게는 국제공산주의운동사 연구가 제격인데 말이오."

오곤은 득도의 출신을 빗대 농담을 했다. 하지만 득도는 정색을 하고 말했다.

"논리적으로 따지면 내 연구 분야는 출신에 크게 위배되지 않소. 우리 항씨 가문이 혁명열사만 배출했다고 생각하면 오산이오. 우리 가문은 원래 대대로 차상茶商 가문이었소. 그래서 나는 요즘 육우陸羽에 대해 연구하고 있소. 아참, 육우의 《다경》茶經은 호주에서 완성된 것이오."

오곤이 하하 웃었다.

"자네 논리대로라면 진회秦檜(남송 초기의 정치가)에 대해 연구하는 나는 간신 가문의 출신이어야 마땅하겠구먼? 하지만 우리 가문은 간신 가문이 아니오."

득도는 "사람은 평생에 지기 한 사람만 있으면 족하다."는 성인들의 가르침을 받드는 사람이었다. 그는 오곤이 어떻게 생각하든 말든 그를 자신의 '지기'知己로 점찍었다. 또 자신의 마음을 보여주기 위해 오곤을 집에 초대했다. 다른 사람들에게 한 번도 베푼 적이 없는 파격적인 예우였다. 그는 오곤이 차보다 술을 더 좋아한다는 것을 알고 특별히 할머니에게 부탁해 소흥노주紹興老酒를 준비했다. 식사 겸 술자리가 끝나자 득도가 뒤뜰에 있는 작은 방으로 오곤을 안내했다.

오곤이 문미門楣에 새겨져 있는 '화목심방'花木深房이라는 네 글자를 보고 우뚝 걸음을 멈췄다.

"'구불구불한 오솔길 그윽한 곳으로 통하고, 선방에는 꽃나무 우거져 있네.' 자네 좌선도 하는가?"

물론 오곤은 농담으로 한 말이었다. 이곳은 여러 세대가 모여 살면서 '그윽한 곳'의 의미를 잃은 지 이미 오래였다. 득도도 웃으면서 설명했다.

"증조부 시대의 문물이오. 지금은 내가 서재 겸 침실로 사용하고 있소."

선방禪房에는 오곤이 처음 보는 물건들이 많았다. 속으로 놀라움을 금치 못할 정도였다. 이곳에 오니 득도가 어떤 사람인지 더 잘 알 것 같았다. 학교에서는 득도라는 사람에 대해 극히 일부분밖에 알 수 없었다. 득도의 야윈 얼굴에도 웃음이 피어났다. 그는 방안의 물건들을 하나하나 오곤에게 소개했다. 벽에 걸려 있는 〈금천도〉琴泉圖, 그의 증조부가 사용했던 와룡간석臥龍肝石, 60년 전에 일본인 친척에게 선물 받은 천목잔天目盞, 연대年代는 오래됐으나 출처가 불분명한 육홍점陸鴻漸 백자 인형, 그리고 유명한 전설이 깃들어 있는 만생호曼生壺……. 겉으로 보기에는 볼품없어 보이던 물건들이 득도의 설명이 더해지자 전부 괄목할 만한 '보물'들이 됐다. 오곤이 지대한 관심을 보인 것은 벽에 걸려 있는 커다란 그림 두 폭이었다. 하나는 '당육우다기'唐陸羽茶器, 다른 하나는 '남송 심안노인審安老人 〈다구도〉茶具圖'라고 표기돼 있었다. 오곤의 시선은 특히 첫 번째 그림 속의 풍로風爐에 꽂혔다.

삼족양이三足兩耳(발이 셋이고 귀가 둘) 풍로 그림 옆에 '이공갱, 육씨다伊公羹, 陸氏茶; 감상손하리어중坎上巽下離於中; 체균오행거백질體均五行去百疾; 성당멸호명년주聖唐滅胡明年鑄'라는 글귀가 세로로 네 줄 적혀 있었다. 오곤이 글자를 가리키면서 물었다.

"당나라가 오랑캐를 멸망시킨 이듬해라면 764년이겠군?"

"맞네. 육우는 '안사의 난'安史之亂을 피해 호북의 천문天門에서 강남으로 피신했지. 이 다로茶爐도 아마 반란군을 평정한 기념으로 만든 것일 테지."

"육우는 '처사'處士로 알려져 있으나 정치의식이 매우 강한 사람이었던 것 같소."

오곤이 득도의 빤히 쳐다보는 시선을 피하면서 손가락으로 첫째 줄을 가리켰다.

"나는 차학茶學에 대해서는 거의 문외한이오. 번데기 앞에서 주름잡는 격으로 아무 소리나 하는 것이니 개의치 마오. 하지만 육우가 '육씨다'陸氏茶를 '이공갱'伊公羹과 비견한 걸 보면 이윤의 포부를 품고 있었던 게 틀림없소."

이윤伊尹은 중국 상商나라의 이름난 재상으로 사서에 기록돼 있다. 이윤이 "솥을 지고 스스로 요리사가 돼 마침내 뜻을 이뤄 재상이 됐다."는 일화가 유명하다. 이것이 아마 솥을 요리도구로 사용한 최초의 기록이 아닐까 싶다. 중국 역사에서는 '탕왕湯王의 재상 이윤'이라면 '성왕成王을 보필한 주공周公'만큼이나 후대들에게 '성현'聖賢으로 추앙받고 있다. 따라서 오곤의 육우에 대한 평가도 일리가 없는 것은 아니었다.

하지만 득도는 오곤의 말에 동의하지 않았다.

"이 글만 봐서는 육자陸子가 자신의 정치적 입장을 표명했다고 보기 어렵소. 지금까지의 연구결과에 따라 나는 한 가지만은 단언할 수 있소. 육우는 자신만의 분명한 가치관을 가진 사람이었다는 사실이오. 봉건시대 지식인들 중에서 보기 드문 사례지. 이를테면 그가 '육씨다'를 '이윤갱'에 비견한 것은 솥鼎의 용도를 감안했기 때문이오. 솥鼎은 고대에 제례용祭禮用 용기容器 중 하나였소. 훗날 연단煉丹, 분향焚香, 전약煎藥 등등 용도로 사용됐지. 이윤이 솥으로 요리를 하고 육우가 솥 모양의 풍로로 차를 끓인 것 모두 독창적인 시도가 아니었겠소? 육우는 차 연구를 통해, 이윤은 탕왕을 보필해 천추의 위업을 이루었소. 비록 한 사람은 조정에서 정사政事를 논하고 다른 한 사람은 재야에서 다사茶事를 논한 차이는 있으나 두 사람의 귀천과 우열은 가릴 수 없다는 것이 나의 생각이요. 육우는 태자의 스승이 돼달라고 두 번이나 조정의 부름을 받았으나 두 번 다 거절했소. 일본 다도의 '정립자'로 불리는 센노 리큐千利休와 비교되지 않소? 센노 리큐는 도요토미 히데요시의 다도 스승이 됐으나 70세의 나이에 도요토미 히데요시의 명령에 의해 할복자살로 생을 마감했소."

득도는 완전 딴사람처럼 청산유수로 열변을 토했다. 오곤은 그저 신기하고 놀랍기만 했다. 하지만 입씨름만큼은 누구에게 뒤지지 않는 그는 득도의 말에 즉각 토를 달았다.

"자네가 방금 말한 건 개별적인 사례네. 세상의 모든 역사는 정치사政治史라는 걸 잊지 마오."

"정치가들이야 당연히 그렇게 말하겠지."

"역사서에도 그렇게 기록돼 있소."

"역사서에 기록된 것만 역사가 아니라는 사실도 잊지 말았으면 하오. 정치가들에게는 백안시되지만 평민들에 의해 대대로 전승되어 온 역사도 있소. 이를테면 이 그림과 같은 것들이오."

득도가 벽에 걸려 있는 두 폭의 그림을 가리켰다.

오곤은 순간 깜짝 놀라는 한편 불쾌함을 금치 못했다. 과묵한 사람이라고 생각했던 득도가 자신의 서재에서 물 만난 고기마냥 평소와 다른 모습을 보여주는 것이 꼴 보기 싫었던 것이다. 그는 다른 사람의 이견을 쉽게 인정하고 받아들이는 성격이 아니었다. 특히 득도라면 처음부터 한수 아래로 여겼던 터였다. 하지만 사유가 민첩하고 영리한 그는 불쾌한 기분을 전혀 내비치지 않았다. 대신 웃음 띤 얼굴로 가운데 두 줄을 가리키면서 물었다.

"정치가들에게 백안시된 이 두 구절에 대한 해석도 빨리 듣고 싶소."

득도는 친구의 말속에서 가시를 느끼고는 억지웃음을 지었다.

"그만하오. 송나라에 이설을 주창하고 팔괘八卦 풀이에 능한 사람들이 많았다는 건 자네도 잘 알지 않소? 설마 '감'坎, '손'巽, '이'離 세 글자의 뜻을 모른다고 하지 않겠지?"

오곤도 웃으면서 말했다.

"나는 이쪽으로는 도통 관심이 없어서 꼭 필요할 때만 자료를 찾아본다네. 물론 한 번 본 것도 돌아앉으면 다 잊어버리지. 나도 견문을 넓히게 어서 설명해주오."

득도가 그제야 입을 열었다.

"사실 알고 나면 별로 어렵지 않소. 이 네 구절은 모두 육우가 직접 설계한 다로 위에 새겨져 있소. 그중 첫 번째 구절은 '이공'伊公, '갱육'羹陸, '씨다'氏茶 이렇게 세 부분으로 나뉘어 다로 벽에 있는 세 개의 작은 구멍 위에 새겨져 있소. 그리고 나머지 세 구절은 다로의 발 세 개에 각각 새겨져 있소. 감坎은 '물', 손巽은 '바람', 이離는 불을 의미하오. 그러니 '감상손하리어중'坎上巽下離於中은 물이 맨 위, 바람이 가운데, 불이 맨 아래에 있는 차 끓이는 과정을 묘사한 것이 아니겠소? '체균오행거백질'體均五行去百疾은 더 이해하기 쉽소. 주지하다시피, 고대 중국의 중의학은 '금목수화토'金木水火土 오행의 속성을 인체의 내장기관과 대응시키고 '생극승모生克乘侮이론'으로 오장육부 사이의 생리적 현상과 병리적 현상을 설명해 임상치료에 응용했소. 그러니 이 구절은 '차는 맛있는 약'이라고 풀이하면 좋을 것 같소. 그리고 이 풍로도를 자세히 보면 다로의 세 개의 발에 '풍수'風獸를 상징하는 '표'彪, '화금'火禽을 상징하는 '적'翟, '수충'水蟲을 상징하는 '어'魚 이 세 가지 동물도 조각돼 있소. 육우가 《주역》周易을 참고해 설계한 것이오. 그러니 어찌 이 풍로를 평범한 풍로라고 생각해 무심히 사용할 수 있겠소?"

"일개 차 끓이는 다로에도 이렇게 깊은 문화가 깃들어 있다니? 이 다로로 끓여낸 차는 대체 얼마나 맛있을까? 중국 봉건사회가 2,000년 넘게 지속되어온 것도 어쩌면 이 같은 차 끓이는 다로와 관계가 있는지도 모르겠군."

오곤이 씁쓸한 웃음을 지었다. 겉으로 표현하지는 않았으나 마음속으로는 동료의 해박한 지식에 크게 탄복하고 있었다. 비인기 학문을 이렇게 깊이 파고들어 연구하는 사람이 과연 몇이나 될까? 이런 사람이야말로 진짜 학자, 진짜 역사연구가가 아닐까? 물론 오곤은 이 분야에 별로 흥미가 없었다.

득도가 오곤의 빈정대는 듯한 농담에 개의치 않고 진지하게 말했다.

"아무튼 이 또한 역사를 연구하는 또 다른 시각임에 틀림없소. 민족과 국가가 선택한 삶의 방식이 국가의 정사正史에 영향을 끼치는 것은 자명한 일이오. 차를 마시는 민족과 마시지 않는 민족의 역사는 분명히 다르게 쓰이오. 당나라 때 '감로지변'甘露之變이 어떻게 발생했는지 자네도 잘 알거요. 국가의 다사茶事정책 개정이 궁정의 정변으로 이어진 대표적인 사례가 아니겠소? 노신魯迅(중국의 문학가·사상가) 선생이 고서古書에서 제일 많이 본 것은 '흘인'吃人(식인)이라는 두 글자였고, 나는 고서에서 '제왕장상'帝王將相이라는 네 글자를 제일 많이 읽었소. 역사를 다른 방식으로 기재하면 안 된다는 법이 있소? 서민생활의 변화과정은 역사의 일부가 되면 안 되오? 내가 '당자송점명충포'唐煮宋點明沖泡(차의 발전단계: 당나라 때는 말차를 달여 마시는 팽자법烹煮法, 송나라 때는 우려 마시는 충점법沖點法, 명나라 때는 우려 마시는 충포법沖泡法이 성행했음)를 각별히 중시하는 이유도 그것이 우리 서민의 역사이기 때문이오. 말이 길어졌군. 아무튼 나의 다사茶史에 역사관도 포함돼 있다는 것을 알아주기 바라오."

오곤이 웃으면서 말했다.

"'당자송점명충포'는 처음 듣는 말이오. '감로지변'에 대해서도 잘 모르오. 당사唐史는 자네의 전문 분야니까. 하지만 송나라 때 일어난 '왕소파王小波의 난'은 명실상부한 '차농 봉기'였소. 송왕조의 역사에도 큰 영향을 끼쳤지."

그때 요코가 깨끗한 찻잔 두 개를 들고 들어왔다. 득도가 요코에게 말했다.

"할머니, 저희는 만생호를 쓰겠습니다."

요코가 깨끗하게 씻은 만생호를 탁자 위에 놓으면서 작은 소리로 말했다.

"살살 다뤄."

요코는 더 이상 입을 열지 않고 조용히 물러나왔다.

그날 밤, 득도는 만생호에 관한 얘기를 오곤에게 들려줬다. 오곤은 한마디도 참견하지 않고 조용히 귀를 기울였다. 득도가 긴 얘기를 끝내고 덧붙였다.

"차와 관련된 유물들을 수집해 차박물관을 세우는 것이 내 꿈이오."

오곤은 가슴이 뜨거워졌다.

"내 고향인 휘주徽州에는 자네가 말한 유물들이 아직 많이 남아 있소. 내가 반드시 구해다 주겠소."

오곤의 얼굴에는 장난기가 없었다. 말투도 진지했다. 나름 북경 명문대학 명사들의 가르침을 받은 '재자'才子라고 자부해온 그가 강남에서 북경 '재자'들에 비견할 만한 또 다른 '재자'를 만난 것이다.

두 젊은이는 식사를 하고 학교로 돌아갔다. 가화가 어슴푸레한 등불 아래 설거지를 하고 있는 요코에게 불쑥 물었다.

"어떤 것 같소?"

"모르겠어요. 눈이 나빠져서 잘 보이지가 않아요."

가화가 고개를 내저었다.

"거참 이상하네. 나는 눈도 잘 보이는데 어째서 저 젊은이의 얼굴은 잘 보이지 않지?"

제3장

어떤 만남 때문에 또 다른 만남이 늦어졌다. 소활착이 눈이 빠지게 기다린 항씨네 사람들은 득도 때문에 약속시간을 지키지 못했다.

매우梅雨가 내리던 어느 날 이른 아침, 득도는 처음으로 백야를 만났다. 그전까지는 이름만 들어왔었다. 득도는 백야라는 이름을 처음 듣는 순간 19세기 러시아 문학가 도스토예프스키의 소설 《백야》白夜에 들어 있는 삽화를 떠올렸다. 검은자위와 흰자위가 분명한 크고 맑은 눈, 입체적인 얼굴, 레이스가 달린 모자, 열정적인 몸짓에 따라 펄럭거리는 화려한 치마……. 이것이 득도가 상상했던 백야의 모습이었다. 오곤은 틈만 나면 백야에 대해 시시콜콜 얘기했다. 덕분에 득도는 얼굴 한 번 못 본 처녀에 대해 거의 모르는 것이 없게 됐다. 그가 의아하게 생각한 것은 백야가 아버지인 양진을 전혀 닮지 않았다는 사실이었다. 양진은 성실하고 고지식한 혁명가이자 지식인이었다. 비록 지금은 사람들로부터 '반혁명분자'라고 손가락질을 받는 신세가 됐지만 말이다. 아마도 백야는 어머니와 많이 닮은 것 같았다. 백야의 어머니는 천진天津에 있는 매판買辦 가문의 아가씨로 양진과 비슷한 시기에 연안으로 가서 부부의 연을 맺었다고 했다. 오곤의 말에 의하면 수십 년의 세월이 흐른 지금 백야 집안의 가족관계는 온통 뒤죽박죽이 되었다고 했다. 득도는 오곤의 말을 듣고 별로 놀라지도 않았다. 항씨 가문 역시 가족관계가 뒤얽혀 있기 때문이었다. 그런 맥락에서 득도는 양진과의 관계를 공공연히 밝히기 싫어하는 오곤의 마음도 충분히 이해할 수 있었다. 하지만 오곤은 본인이 양진과 얽히기 싫어한다는 말은 절대로 하지 않았다. 늘 그러듯 "모든 것은 그녀의 뜻에 따른 것이다. 그녀가 두 남자의 만남을 싫어한다."라고 해명했다. 자꾸 똑같은 말을 반복하니 별 생각 없던 득도가 오히려 이상하게 생각할 정도였다. 그렇게 싫어한다면서 그녀가 부득부득 이곳으로 온 이유가 무엇인가? 그녀는 생부 가까이에 있고 싶어서 이곳으로 왔다고 했다.

어제 오후, 오곤은 도서관에 있는 득도를 불러내 중요한 결정을 알려주었다. 백야가 오늘 밤 이곳에 올 뿐만 아니라 둘이 내일 아침에 혼인 신고를 하러 가기로 했다는 것이었다. 득도는 오곤의 손을 덥석 잡고 축하했다.

"축하하네, 축하해. 한 쌍의 원앙이 드디어 결실을 맺게 됐구먼, 잘됐소. 정말 잘 된 일이오."

세상을 다 가진 듯 행복한 표정을 짓던 오곤의 눈빛이 갑자기 신중한 눈빛으로 바뀌었다.

"나에게는 결과가 중요하지 동기는 별로 중요하지 않네. 결혼증서를 손에 쥐기 전까지는 안심할 수 없어."

득도가 웃으면서 말했다.

“자네와 나는 역사를 대하는 태도가 다르네. 나는 동기와 결과를 모두 중시한다네.”

여느 때 같았으면 한마디도 지지 않고 날카롭게 받아쳤을 오곤이 웬일로 웃으면서 농담을 했다.

“좋아. 자네가 나의 사학관史學觀을 지지한다는 의미에서 오늘밤엔 숙소를 통째로 나에게 내줘야겠소.”

득도는 오곤의 말이 농담인 줄 알면서도 자신도 모르게 얼굴이 확 붉어졌다. 오곤은 득도가 오해하는 것을 보고 황급히 말했다.

“농담이오, 농담.”

득도가 오곤의 손을 덥석 잡았다. 손에 힘이 너무 들어가서 오곤이 쥐고 있던 신문과 잡지 한 뭉텅이가 득도의 손에 넘어왔을 정도였다. 득도가 더듬더듬 말했다.

“좋네, 좋아. 하지만 조건이 있소. 자네 둘 이번에는 꼭 결혼해야 하오. 알겠소?”

오곤이 조금 화가 난 소리로 변명했다.

“그게 내 잘못이 아니라는 걸 자네도 잘 알지 않소? 지난 1년 동안 질질 끈 사람이 누군데?”

득도가 몸을 돌리면서 말했다.

“내일 아침에 오겠소. 설득이 필요한 사람은 자네요.”

득도는 도서관에 돌아와 자리에 앉은 후에야 자기 손에 아직도 신문과 잡지가 쥐어져 있다는 사실을 발견했다. 잡지는 작년 12월호 〈홍기〉紅旗였다. 펼쳐진 페이지에는 척본우戚本禹의 ‘혁명을 위해 역사를 연구한다’는 글이 있었다. 신문은 〈인민일보〉로 윤달尹達의 ‘사학史學 혁명을 끝까지 견지하자’라는 글이 실려 있었다. 두 편의 글에는 오곤이 했으리라 짐작되는 빨간 밑줄이 죽죽 그어져 있었다.

득도는 스물다섯 살이 되도록 연애라는 것을 못해봤다. 그때까지 그의 마음을 사로잡은 여자는 아무도 없었다. 득도는 어릴 때부터 할아버지 슬하에서 자랐다. 그래서 알게 모르게 몸에 밴 노티가 동년배 여자들과 친해지는 데 걸림돌이 됐는지도 모른다. 또 특수한 출신 계급과 '사학 전공자'라는 신분도 그의 이미지를 '고리타분한 샌님'으로 만드는 데 일조했을 터였다. 사실 백야라는 여자에 대한 그의 첫인상도 오곤의 주관적인 설명에 좌우되었다. 오곤은 득도의 숙소로 들어올 때 백야의 사진도 가지고 왔었다. 사진 속의 여자는 독특한 매력이 있었다. 파마를 한 듯 구불구불한 앞머리, 미소 짓는 두 뺨에 깊게 팬 볼우물, 45도 각도로 살짝 치켜든 머리, 유난히 길고 매끈한 목, 셔츠 단추를 살짝 푼 자유분방한 차림……. 영화배우라고 해도 믿을 정도의 외모였다. 아무리 살펴봐도 양진을 닮은 곳이 없었다. 굳이 찾으라면 약간 꺼져 들어간 큰 눈이 대륙 남쪽 사람임을 보여준다고나 할까. 그날 오곤은 의기양양한 표정으로 말했다.

"백야는 우리 학교의 여신이오. 내 급선무는 얼른 그녀를 아내로 맞이하는 거지."

오곤은 여대생들과 시시덕거리기를 즐겼다. 하지만 백야를 향한 깊은 사랑은 변함이 없었다. 적어도 득도가 보기에는 그랬다. 두 사람의 사랑은 아직 이성에 눈을 뜨지 못한 득도를 감동시키기에 충분했다. 득도는 심지어 오곤이 가끔 백야와의 불화 때문에 마음이 심란해 일부러 사람들과 말싸움을 하는 것이라고 생각했다. 그와는 달리 득도는 여자들과 어울려 노는 데는 전혀 취미가 없었다. 항씨네 남자들은 득도의 할아버지의 할아버지 대부터 여성에 대해 특별한 감정을 가지고 있었다. 그것은 존중을 넘어 존경에 가까운 감정이었다. 항씨 가문에 풍류객은 많았으나 여자를 희롱하는 사람은 없었다. 그럼에도 불구하고 득도는 자신과 많이 다른 오곤을 이해했다.

오곤은 직장 동료들에게 얼굴도장을 찍자마자 서둘러 백야가 있는 호주로 떠났다. 그때까지만 해도 득도는 일을 아주 단순하게 생각했다. 오곤이 곧 영화배우 빰치게 아름다운 약혼녀를 데리고 와서 혼인신고를 하고, 곧이어 다른 곳에 방을 얻어 신접살림을 차릴 것이라고 믿어 의심치 않았다. 하지만 전혀 뜻밖에 사흘이 지난 후 오곤은 혼자서 터덜터덜 돌아왔다. 오곤은 백짓장처럼 창백해진 얼굴로 숙소에 들어서자마자 술을 찾았다. 득도는 사랑에 푹 빠진 젊은이의 거칠고 강렬한 감정의 폭발을 그날 처음 보게 되었다. 술에 취한 오곤은 울다가 웃다가 화내고 원망하고 또 울다가 웃었다. 한참이 지나서야 조금 진정된 오곤의 입에서 놀라운 얘기가 나왔다.

"백야는 부모를 따라 소련에서 청춘 시절을 보냈소. 귀국 후 명문대학 외국어학과에 들어갔지. 장래가 촉망되는 우수한 학생이었소. 외교부에서 그녀를 미래의 외교관으로 점찍었을 정도였지. 학업만 마치면 앞길에 탄탄대로가 펼쳐질 수 있었소. 그런데 예상 밖의 일이 터지고 말았소……."

오곤이 잠시 뜸을 들인 후 다시 말을 이었다.

"물론 그녀처럼 훌륭한 여자에게 추종자가 많지 않다면 오히려 더 이상한 일이겠지. 그녀는 말 그대로 멀리서도 빛이 나는 여자였으니까. 하지만 그런 그녀의 마음을 사로잡은 사람은 한 명도 없었소. 물론 나도 포함해서 말이오. 뭐 내가 잘나지 못해서, 내가 운이 나빠서, 부족해서 그런 거니 어쩔 수 없었소. 패배를 받아들이기로 했소. 문제의 그 자식이 그녀를 더럽히기 전까지 말이오. 그 자식은 도서관에서 노동 개조를 하는 우파분자였소. 물론 그녀는 아무 잘못이 없었소. 그 자식이 천하의 죽일 놈이지. 그 자식은 자신의 죄가 얼마나 무거운지도 모르고 감히 우리의 '여신'에게 집적댔소. 감히 그녀와 함께 러시아어로 소련 문학에 대해 토론하고 도스토옙스키의 책을 번역했다는 말이오. 이게 말이나 될 법한 일이오? 마누라까지 도망간 일개 '무산계급의 적' 따위가 그녀에게 말을 붙일 자격이 있다고 생각하오? 감히 그녀를 바라볼 자격이 있다고 생각하오? 감히 그녀와 함께 도스토옙스키의 책을 번역할 자격이 있다고 생각하오? 우리는 그녀가 그 자식 때문에 더럽혀지고 타락의 구렁텅이로 빠져들어 가는 것을 두 눈 뻔히 뜨고 지켜볼 수가 없었소. 당연히 온갖 노력을 다 해봤소. 그녀의 가족, 학교, 친구, 학우……, 모두가 두 사람을 떼어놓으려고 갖은 수단과 방법을 가리지 않았소. 그녀의 계부가 덕성과 명망이 높은 노 혁명가라는 사실은 자네도 알고 있겠지? 그런 분이 어떻게 자신과 가족의 명예에 먹칠하는 짓을 용납할 수 있겠소? 그녀의 어머니는 내 손을 꼭 잡고 눈물을 글썽였소. 제발 딸을 구해달라고, 어렵사리 이룬 새 가정을 지켜달라고 간청했소. 그때는 나도 눈에 뵈는 게 없었소. 누가 뭐래도 혈기왕성한 나이였으니까. 나는 친구 몇 명을 불러서 그 자식을 흠씬 두들겨 패줬소. 하지만 그런 일은 역효과만 가져왔소. 우리가 그 자식을 못살게 굴수록 그 자식을 향한 그녀의 마음은 더 애틋해지고 깊어졌기 때문이오. 더욱 이해할 수 없는 것은 그 난리를 겪고도 나는 그녀가 밉지 않았다는 사실이었소. 심지어 시간이 갈수록 점점 더 깊이 빠져들었소. 나는 반드시 그녀를 손에 넣고 말리라고 결심했소. 미안하오, 사람을 '손에 넣는다'는 표현이 무식

하고 교양 없어 보인다는 걸 나도 잘 아오. 하지만 그 당시에는 정말 그녀를 손에 넣겠다는 생각밖에 없었소. 그리고 나에게 드디어 기회가 왔소. 여대생을 나쁜 길로 유혹한 우파분자를 노동개조농장으로 쫓아 보낸다는 조직의 결정이 내려왔던 거요. 시간적, 공간적으로 두 사람을 분리시킨다, 이 얼마나 절묘한 해결방안이오? 결국 운명은 우리 편이었소. 그 자식이 아무리 날고뛰는 재간이 있다 한들 무엇을 할 수 있겠소? 타락한 우파분자는 드디어 자신의 한계를 깨달았소. 한때 중문학과의 '대재자'大才子로 불렸던 그 자식에게 남은 길은 막다른 길뿐이었소. 그 자식은 절벽에서 뛰어내렸소. 스스로 우리 인민, 우리 당과 멀어지는 절연의 길을 택한 거지."

무거운 침묵이 흘렀다. 불나방 한 마리가 등갓 위에 가만히 내려앉아 날개를 접었다. 이윽고 득도가 조심스럽게 물었다.

"죽었다는…… 말이오?"

"절벽 아래로 몸을 훌쩍 날렸소. 그렇게 모든 것이 끝난 것 같았소. 하지만 그게 끝이 아니었소. 그 자식은 다른 방식으로 우리에게 맞섰소. 저승에서도 가만히 있지 않고 끊임없이 그녀를 유혹한 것이오. 물론 그녀는 아무 잘못이 없었소. 한사코 그녀를 지옥으로 끌고 가려고 했던 그 자식이 나쁜 놈이지. 그녀는 음독자살을 꾀했으나 내가 그녀를 살려냈소. 졸업 후 그녀는 외교부로 발령받지 못했소. 아마 앞으로도 그녀가 외교부로 들어갈 일은 영영 없을 거요. 그녀의 계부는 그녀와 절연하지는 않았지만 그녀는 가족들에게 환영받지 못하는 존재가 됐소. 그리고 그녀는 자발적으로 천리 밖의 이곳으로 오기로 했소. 그녀 주위를 맴돌던 다른 추종자들은 그제야 체념하고 그녀에게서 떨어져나갔소."

"내가 알기로 그녀는 그녀의 생부와 왕래가 없었다던데……."

"왕래가 없었던 건 사실이오. 하지만 그녀는 생부를 좋아했고 생부의 우익적 사상을 높이 평가했소. 심지어 남들과 얘기할 때에도 그런 사실을 감추지 않았소. 하지만 그녀는 강렬한 마력이 있어서……, 그걸 뭐라고 표현하면 좋을까? 소용돌이? 함정? 올가미? 마약? 아무튼 좋은 건 아니었소."

"하지만 자네는 그 마력에 빠져들지 않았소?"

"'빠져들다', 참 아름다운 표현이군. 하지만 '유혹 당했다', '홀림을 당했다' 이런 표현이 더 정확할 듯싶소."

"그런데 그녀가 이제 과거를 잊었다는 말이요?"

오곤이 고개를 흔들었다.

"그렇게 쉬울 리가 있겠소? 이제부터는 '장기전'이오. 그녀는 지금 남심南潯중학교에서 도서관 직원으로 일하고 있소. 자신만의 방식으로 이미 죽은 그 자식과의 연결고리를 만들어낸 것이지."

"그럼 자네와의 결혼에 아직 동의하지 않았다는 말이오?"

"아니, 그건 아니오. 그녀는 나와 결혼하겠다고 했소. 기꺼이 나와 결혼 약속을 했소. 하지만 그녀는 나를 사랑하지 않소."

오곤은 연신 한숨을 내쉬고는 또 눈물콧물을 쏟아냈다. 득도는 뭐라고 위로해야 할지 몰라 쩔쩔맸다. 사랑이라는 걸 해봤어야 조언이니 충고니 뭐라도 해줄 수 있을 게 아닌가. 멀뚱멀뚱 앉아만 있던 득도는 나름 위로랍시고 책에서 읽은 좋은 구절들을 더듬더듬 풀어놓기 시작했다. 그런 득도를 보고 오곤이 희미한 미소를 지으면서 말했다.

"득도, 자네도 연애를 해봐야 하네. 책에서 배운 것 말고 진짜 사랑을 경험해봐야 하네."

오곤이 한쪽 눈을 찡긋했다. 그의 눈동자는 탁하고 음흉했다. 득도는 오곤이 말하는 '진짜 사랑'이 무엇을 의미하는지 알 것 같았다. 갑자기 혐오감이 들었다. 아무리 취중이라지만 오곤이 무의식적으로 드러낸 저질스러운 동작과 말투는 득도의 거부감을 일으키기에 충분했다. 반사적으로 눈을 감았던 득도가 다시 눈을 떴을 때 오곤은 백야의 사진을 들여다보고 있었다. 이어 한참을 들여다보는가 싶더니 손으로 사진 속 얼굴을 쓰다듬기 시작했다. 그리고는 술 냄새가 풀풀 풍기는 입을 사진 속 여인의 목에 가져다 댔다. 그 순간 득도는 욕지기가 치미는 것을 간신히 참았다. 당장 달려 나가 사진과 맞닿은 오곤의 더러운 입술을 밀쳐버리고 싶었다. 하지만 그는 그러지 않았다. 조용히 일어나 창문을 열고 오곤에게 말했다.

"많이 취했군. 쉬게."

그날 밤, 득도는 여느 때와 마찬가지로 탁상용 전등 아래에서 책을 펼쳤다. 오곤의 코 고는 소리는 우레처럼 요란했다. 방안에 술 냄새가 진동해 질식할 것만 같았다. 무방비상태로 사지를 뻗고 자는 오곤의 모습은 추하기 짝이 없었다. 낮에 보던 정인군자 같은 모습은 눈 씻고 찾아봐도 보이지 않았다. 득도의 눈길이 책상 위에 있는 사진에 머물렀다. 목을 길게 빼든 처녀의 모습은 온갖 박해를 받다 죽음에 직면한 백조를 연상케 했다. 그는 한참을 정신없이 사진을 응시하다가 문득 자신도 저질스러운 사람이라는 생각에 번쩍 정신을 차렸다. 남에게 털어놓을 수 없는 낯선 느낌이 그를 적잖이 당황하게 만들었다. 그는 얼른 고개를 돌려 사진을 외면했다.

한 쌍의 연인이 '달콤한' 시간을 보내게 된 그날 밤, 득도는 학부 자료실에서 밤을 샜다. 예전에도 자료를 찾기 위해 자료실에서 밤을 샐 때가 종종 있었다. 그럴 때마다 자료실 직원도 뭐라고 하지 않고 편의를 봐주고는 했다.

이날 밤도 득도는 농차濃茶를 들고 자료실을 찾았다. 딱히 자료를 찾을 일이 없었기 때문에 밤새 책이나 읽을 생각이었다. 하지만 글이 전혀 머릿속에 들어오지 않았다. 아무리 해도 정신을 집중할 수 없었다. 그는 갓 도착한 〈문물〉文物 잡지를 한쪽으로 밀어놓고 가방 속에서 낮에 넣어 둔 잡지와 신문을 손 가는대로 끄집어냈다. 오곤이 발표한 글이 눈에 띄었다. 제목은 '역사주의를 부추기는 행동의 실상'이었다. 역사주의를 반대하고 계급 관점을 주장하는 격문으로 문장 전체가 물음표와 느낌표로 점철돼 있었다. "역사주의는 인류역사에 존재해온 농민전쟁을 부정하는 사상이다. 그렇다면 우리 신新중국은 농민전쟁을 통해 천하를 얻은 것이 아니고 무엇인가?", "농민과 농민전쟁을 부정하는 자는 반동파이다!" 무심히 읽어 내려가던 득도는 순간 눈살을 찌푸렸다. 학술적 이견을 정치적으로 비판하다니, 대중의 시선을 끌기 위해 허장성세한 것도 모자라서 누명 씌우기에 급급하다니, 득도는 고개를 절레절레 저었다.

득도와 오곤 두 사람이 함께 일하고 생활한 지 1년이 조금 넘었다. 처음에는 서로 너무 늦게 만난 것을 한스러워할 정도로 의기투합하던 둘의 사학관史學觀은 시간이 흐르면서 조금씩 삐걱거렸다. 그러다 나중에는 현저한 차이를 나타냈다. 오곤은 전백찬翦伯贊(중국의 역사학자·교육가)의 역사학 관점에 전혀 문제가 없다고 주장하는 한편, 주류 세력의 주장이라면 묻지도 따지지도 않고 무조건 옳다고 하는 사람이었다. 한마디로 권력이 있고 목소리가 큰 쪽이 항상 진리라는 논리였다. 득도는 오곤의 관점에 동의하지 않았다. 오곤의 논리대로라면 진리는 더 이상

객관적 법칙이 아닌 것이다. 자신만의 궤변으로 국민들을 선동한 요제프 궤벨스가 권력이 있고 목소리가 크다고 해서 진리의 편에 있다고 할 수 있겠는가? 뜻밖에 오곤은 득도의 말을 반박하지 않았다. 실눈을 하고 가볍게 미소 지으면서 묘한 뉘앙스로 말했을 뿐이었다.

"나도 그 문제에 대해 며칠 동안 생각해봤소. 득도, 자네는 나하고 다른 사람이오. 자네는 혁명열사 유자녀이고 특권계층이오. 자네는 무엇이 진실인지 아직 잘 모르오. 하지만 나는? 내가 어떻게 이 자리까지 올라왔는데? 자네에게 한 가지 비밀을 알려주겠소. '진실'과 '진리'는 별개라는 것, 그리고 우리가 따라야 하는 것은 '진리'이지 '진실'이 아니라는 것, 설령 그 '진리'가 수천 번 반복된 새빨간 거짓이라도 말이오."

둘 사이의 의견대립은 점점 커져갔다. 나중에는 자신과 오곤의 진심에 대해서까지 의심할 지경에 이르렀다. 처음 만났을 때 둘이 서로 흉금을 털어놓고 솔직한 대화를 나눴던 것은 진심일까, 거짓일까? 오곤이 술에 취해 탁상등 아래에서 혼잣말처럼 털어놓은 말들은 진실일까, 거짓일까? 이 모든 것이 거짓이라면 그것은 진리일까, 아닐까? 사랑도 진리의 일종이라고 할 수 있다. 그렇다면 오곤의 사랑은 수천 번 반복된 '거짓말'인 걸까?

그럼에도 불구하고 득도는 여전히 오곤을 좋은 친구로 대했다. 솔직히 젊은 조교들 중에 오곤만큼 대화가 잘 통하는 사람도 얼마 없었다. 오곤은 그의 머릿속에 잠들어 있는 수많은 사상과 관점을 활화산처럼 밖으로 분출시키는 '기폭제' 역할을 하는 사람이었다.

여기까지 생각이 미친 득도는 벌떡 일어났다. 빨리 숙소로 돌아가서 오곤과 설전을 벌이고 싶은 마음이 간절했다. 하지만 출입문 앞에서 전등을 끄려고 손을 내미는 순간 갑자기 생각이 바뀌었다. 오늘밤 오곤은 중요한 일이 있다고 했다. 득도의 눈앞에 하얀 빛이 번뜩이더니 여인의 매끈한 목과 살짝 풀린 셔츠 단추가 순식간에 나타났다가 사라졌다. 그는 다시 자리로 돌아와 앉았다. 아예 책을 덮어버리고 눈을 감았다.

어제까지 화창하던 하늘에서 갑자기 광풍폭우가 몰아쳤다. 북채로 바닥을 두드리는 것 같은 빗소리가 요란하게 들려왔다. 득도는 의자 몇 개를 붙여 만든 간이침대에 누워 눈을 감았다. 하지만 잠은 오지 않고 잡다한 생각만 머릿속을 떠다녔다. 명나라 시인 나름羅廩은 "매우梅雨는 기름과 같아서 만물을 살찌우고 맛이 유독 달다."라고 했다. '바람 따라 몰래 밤에 들어와, 만물을 촉촉이 적셔주는' 느낌이라고 할까? 두보杜甫의 〈춘우〉春雨에나 어울릴 법한 표현이군. 지금처럼 사정없이 퍼붓는 비는 '만물을 살찌우는 기름'이라고 할 수 없지 않은가? 그런데 정말 시인 나름이 쓴 글이 맞는가? 한번 찾아봐야겠군…….

득도는 짜증이 잔뜩 묻어난 표정으로 일어나서 불을 켰다. 이어 책꽂이에서 호산원胡山源(중국의 작가·번역가)의 《고금다사》古今茶事를 빼내 펼쳤다. 그의 기억은 틀리지 않았다. 시인 나름은 〈다해〉茶解라는 글에서 "차를 끓이는데 으뜸 물은 감천甘泉, 버금으로 매수梅水이다. 매우는 기름과 같아서 만물을 살찌우고 맛이 유독 달다……."라고 적고 있었다.

새벽 두 시, 비는 여전히 억수같이 쏟아지고 있었다. 득도는 자신의 몸 안에서도 폭우가 쏟아지고 있다고 느꼈다. 심지어 몸 안의 장기를 두드리는 빗소리도 들리는 것 같았다. 그는 다시 불을 껐다. 그리고 어둠 속에 우두커니 한참을 서 있었다. 천인합일天人合一의 이 밤, 때 아닌 폭우에 자료실에서 잠 못 이루는 젊은 남자의 생뚱맞은 조합이라, 자기도 모르게 실소가 나왔다.

다음날 아침, 언제 그랬냐는 듯 하늘은 맑게 개어 있었다. 비온 뒤의 아침 공기는 상쾌했다. 득도는 아침운동을 나갔다가 돌아오는 길에 뜨거운 물을 뜨러 탕비실에 들렀다가 그곳에서 오곤을 만났다. 오곤은 세상을 다 가진 듯 행복한 표정을 짓고 있었다.

오곤이 득도를 보자마자 반갑게 소리를 질렀다.

"득도, 어서 가세. 백야가 자네를 기다리고 있어. 자네에게 전해줄 편지가 있다네. 어서, 어서 가세."

득도가 주먹으로 오곤의 가슴을 툭 쳤다. 오곤이 큰 소리로 웃음을 터뜨렸다. 주위에 있던 사람들이 놀라서 둘을 돌아봤다. 그들 중에 오곤이 갑자기 미친 사람처럼 크게 웃어대는 이유를 아는 사람은 아무도 없었다.

득도는 처음 만난 백야와 할 말이 별로 없었다. 그 흔한 악수도 하지 않았다. 그저 고개를 반쯤 돌린 채 약간 긴장한 표정으로 손을 쑥 내밀었을 뿐이었다.

"편지는요? 누가 보낸 편지입니까?"

조가비처럼 매끄럽고 예쁜 분홍색 손톱이 달린 여인의 손이 편지 한 통을 책상 위에 올려놓았다. 봉투에 쓴 글씨는 양진의 필체였다. 편지 내용은 꽤 길었다. 봉투 속에 사진도 몇 장 들어 있었다. 얼마 전 양진이 차를 따러 고저산顧渚山에 갔다가 차와 관련된 마애석각들을 발견하고는 사진을 찍어 보낸 것이었다. 편지의 내용은 엄청나게 길었다.

얼마 전에 네 편지를 받았다. 차에 관한 유물을 수집한다고 들었다. 티끌 모아 태산이라고 차근차근 조금씩 수집하다보면 나중에 일가를 이룰 수 있을 것이다. 나는 네 성격을 잘 안다. 너는 확신이 없는 일은 입 밖에 내지 않는 사람이지. 나에게 어떻게 생각하느냐고 물었지? 나야 두말할 것 없이 네 계획에 두 손 들어 찬성한단다.

너와 나를 비롯한 우리 모두의 삶은 인민을 위해, 인류의 영원한 행복을 위해 분투하는 삶이 아니더냐. 범중엄范仲淹은 "조정에서 고관으로 있으면 백성의 삶을 걱정하고, 강호에 떨어져 나와 있으면 군주의 일을 걱정한다."고 했다. 지금의 내 처지는 "강호에 떨어져 나와 인민의 일을 걱정한다."고 표현할 수 있겠구나. 네가 선택한 학문도 궁극적인 방향은 인민을 위한 것이 아니더냐. 어떤 의미에서는 나보다 더 직접적으로 인민을 위하고 있는 것이라고 해도 좋겠다. 우리 둘의 목표가 이처럼 일치하니 내가 두 손 들어 너를 지지하지 않을 이유가 있겠느냐?

게다가 차에 관해서라면 지금의 내 처지가 오히려 더 도움을 줄 수 있겠구나.

지금 내가 있는 이곳은 고저산 차 산지란다. 고저산이라는 지명에 대해서는 많이 들어봤으리라 믿는다. 《다경》 〈팔지출〉八之出에도 고저산을 소개한 내용이 있지. 물론 네가 직접 찾아와서 이곳의 모든 것을 두 눈으로 본다면 더할 나위 없이 좋겠지만 그건 나중으로 미루고 일단 내가 수집한 자료들을 보내마. 참고하기 바란다.

잠깐 다른 얘기를 좀 할까 한다. 나는 이곳 차 농장에서 육체적 노동을 하는 외에는 이렇다 할 정신적 활동을 하지 못하고 있단다. 그래서 내가 할 수 있는 것은 가급적 전부 다 시도해보려고 노력하고 있어. 사문한沙文漢(절강 태생의 정치인)도 살아있을 때 노예사회 연구에 전념했다고 들었다. 나는 젊었을 때는 혁명에 참가하고 그 후로는 꽤 오랫동안 외교관으로 일했다. 그리고 교단에 서면서부터 다시 공부를 시작했지. 내 전공 분야는 경제학이었다. 하지만 몇 년도 못 가 이곳으로 와서 세계관을 개조하는 노동을 하게 됐지. 지금 상황을 보면 내가 하고 싶은 일을 끝까지 해낼 수 있을지 확신이 서지 않는구나. 만약 그것이 불가능하다면 나는 기꺼이 '인간사다리'가 되련다. 너와 같은 뜻있는 젊은이들이 내 어깨를 딛고 일어설 수 있다면 그보다 더 보람된 일이 있겠느냐. 나는 역사가 어떻게 흐르든 상관없이 진리는 언젠가 스스로 진리임을 보여줄 수 있을 것이라고 믿어 의심치 않는다. 물론 이 과정은 우리 모두의 노력을 필요로 하겠지. 특히 젊은 너희들의 노력 말이다.

각설하고, 우리 다시 고저산에 대해 얘기해보자. 육우는《다경》에서 "절강에서는 호주湖州의 차, 호주에서는 장흥長興 고저산의 차가 최고다."라고 말했다. 내 기억이 틀리지 않는다면 육우는〈고저산기〉顧渚山記라는 글도 남겼어.《오흥지》吳興志에는 "(고저산 깊은 계곡에서) 명차가 많이 생산된다. 해마다 조정에 납품했다."라는 기록이 있다.《오흥지》에서는 고저산 명월협明月峽에 대해서도 언급했는데 아주 명문이란다.

……명월협, 장흥 고저산의 한쪽 면에 있다. 산 두 개가 서로 마주하고 있는 그곳은 절벽을 깎아 세운 듯 아스라하다. 큰 계곡물이 흐르는 한가운데 기암괴석들이 날아갈 듯 서 있다. 돌들이 어지러이 널려 있는 낭떠러지에 차나무가 무성하게 자라니 가히 절품絶品이라 하겠다. 장문규張文規의 시에 '명월협에서 비로소 차가 났다.'고 한 것이 이것이다……

명나라의 포의布衣 허차서許次紓도《다소》茶疏에서 "요백도姚伯道가 이르되 '명월협에서 나는 차는 최상품이다'고 했다."라고 말했지. 나는 요백도가 누군지 모르겠으니 네가 나중에 편지로 알려주렴.

명나라 사람들은 명월산에서 나는 차를 '개차'岕茶라고 불렀다. 장흥현에는 '개'岕자가 들어간 지명이 매우 많단다. 이를테면 '나개'羅岕, '현구개'懸臼岕 같은 것들 말이야. 이 고장 사람들은 '제'jie라고 발음하지 않고 '카'ka

라고 발음한단다. 아마 '작은 골짜기'를 의미하는 것 같은데 이것도 네가 나중에 찾아보고 알려줬으면 좋겠다.

이 고장이 차 산지로 유명한 이유는 아마 산세와 태호太湖(중국에서 세 번째로 큰 담수호)의 물과 관계 있는 것 같다. 나는 이 분야에 거의 문외한이나 진배없으니 너희 할아버지에게 가르침을 부탁해 보거라. 그분은 이 분야의 전문가이니까.

장흥이 다성 육우의 은거지였다는 사실은 너도 알고 있겠지? 육우는 호북 천문 태생으로 '안사의 난'을 피해 절강성에 와서 절강 경제에 크게 기여한 인물이다. 이 말의 의미가 뭐냐하면, 육우가 장흥에 기거했기 때문에 고저산의 자순차紫筍茶가 황제에게 진상될 수 있었다는 거야. 당나라 대력大曆 5년에 자순차는 공차貢茶로 지정됐어. 이후 양한楊漢, 두목杜牧 등 명인들이 차에 관한 마애석각을 남겼지. 내가 이 귀한 석각들을 처음 발견했을 때의 기쁨은 정말이지 말로 표현할 수 없을 정도란다. 경제학이든 역사학이든 모든 연구의 토대는 '실사구시' 아니겠느냐? '실사구시'는 말 그대로 사실에 근거해 진리를 탐구하는 일이지. 이번에 발견된 마애석각들은 당나라 때의 공차 제도와 밀접하게 연관돼 있어. 아마 고대 절강 경제 연구에 중요한 사료로 사용될 수 있을 거야. 나보다 먼저 이 석각들을 발견해 연구 자료로 활용한 사람이 있는지 잘 모르겠다만, 내 개인적인 입장에서는 이 마애석각들의 발견을 계기로 당과 인민을 위해 계속 일할 수 있는 기회가 주어졌다고 할 수 있어.

내 큰딸 백야가 남심중학교에 근무한다는 걸 너도 알고 있겠지? 그 아이가 일부러 사진기를 가지고 찾아왔더구나. 일요일에 나를 도와 많은 사진을 찍어줬다. 깨끗하게 잘 나온 사진들을 골라서 이 편지와 함께 너에게 보낸다. 물론 네가 직접 와서 실사를 할 수 있다면 더할 나위 없이 좋겠지.

지금의 고저차는 1,000여 년 전처럼 그렇게 유명하지 않단다. 내가 조금 부칠 테니 너희 할아버지와 고모할머니에게 드리거라. 차에 대해서는 네가 나보다 더 잘 알고 있을 테니 한마디만 짚고 넘어가겠다. 좋은 차는 대부분 수출이 돼 여기서도 구하기가 매우 어렵단다. 백야 편에 조금 보내니 너희들도 맛보거라.

우리가 못 본 지 벌써 몇 년이 되었구나. 지금 내 처지에서는 큰딸 백야와 자주 만나는 것도 그 아이에게 독이 될 것 같구나. 그 아이는 아직 젊으니 더 넓고 큰 세상에서 살아야 하지 않을까 싶다. 이번에 나와 백야는 명월협에서 많은 대화를 나눴다. 그럼에도 불구하고 백야가 걱정스럽구나. 너희는 동년배이니 서로 도우면서 함께 성장하기 바란다.

편지가 길어졌구나. 이만 줄일게. 너희 할아버지와 고모할머니에게 내 대신 안부 전해다오. 포랑도 운남에서 항주로 돌아왔다고 들었다. 올해 안으로 학교로 다시 복귀할 수 있을지 모르겠다. 항주에 있는 모든 것이 그립구나.

여름 무사히 보내기를 바란다!

양진, 1966년 5월 28일

'아아, 얼마나 훌륭한 편지인가? 처음부터 끝까지 몇 번 더 읽어봐야겠다.'

득도는 속으로 감탄했다. 하지만 단지 감탄에만 그쳤을 뿐 행동으로 옮기지는 않았다. 백야가 신경 쓰여 아무것도 할 수 없었던 것이다. 편지를 다시 읽을 수도, 그렇다고 읽지 않을 수도 없어서 그는 일단 편지를 내려놓고 사진들을 하나하나 살펴보기 시작했다.

모든 사진의 뒷면에는 설명이 적혀 있었다. 두말할 필요도 없이 백야의 필체일 터였다. 득도는 백야의 글씨가 참 '여성스럽다'고 느껴졌다. 득도의 진지한 표정은 한쪽에 가만히 서 있던 백야의 주의를 끌었다. 그녀가 사진을 가리키면서 설명했다.

"모두 여덟 장이에요. 그중에서 이 두 장은 금산金山 외강촌外崗村 백양산白羊山에 있는 석각이에요. 여기 보면 당나라 시인 두목杜牧의 제자題字가 있어요. '……자사刺史 분천樊川 두목杜牧……공(차)'"

백야가 말을 이었다.

"제가 사료도 찾아봤어요. 이 석각 두 점은 모두 고저산 자순차 공납량이 어마어마할 때 만들어진 거예요. 연간 최고 공납량이 1만 8,400근에 달할 때도 있었대요."

"그렇다면 '당唐 흥원興元 갑자년甲子年'……."

득도가 말을 더듬었다.

"서기 784년이죠."

백야가 득도의 말을 자르고 설명을 계속했다.

"당 흥원 갑자년에 원고袁高가 제사題詞를 썼죠. 여기 보세요. '……대당주大唐州 자사刺史 신臣 원고가 조서詔書를 받들어 공차貢茶를…… 다산시茶山詩를 지어…… 삼춘三春 10일'이라고 적혀 있어요. 그리고 이것은 우적于頔이 정원貞元 8년에 남긴 제자예요. 정원 8년은 서기 792년이죠. 제 말이 틀림없을 거예요. 제가 연대를 정확하게 찾아봤거든요."

백야가 잠시 말을 끊었다가 다른 사진 속의 낙관落款을 가리켰다.

"양한공楊漢公은 호주 자사를 지낸 인물이에요. 공차貢茶 기한을 늦추기 위해 황제에게 상주문을 올렸고 결국 황제의 윤허를 받았죠. 백성들의 목소리를 대변한 진정한 '부모관'父母官으로 알려져 있어요. 그리고 여기 이 석각의 주인공 장문규張文規는 유명한 다시茶詩를 썼어요. 기억나요?"

득도는 저도 모르게 고개를 들고 백야를 쳐다봤다. 솔직히 그는 장문규의 '다시'에 대해 전혀 모르고 있었다. 눈치 빠른 백야가 재빨리 시를 읊었다.

"모란牡丹이 웃고 금비녀(금비녀로 치장한 여인이라는 의미) 움직이는데, 오흥吳興 자순(차) 도착했노라 전갈이 왔네."

득도가 처음으로 백야의 얼굴을 보면서 말했다.

"당신이 차에 관심이 있을 줄은 몰랐어요."

백야가 두 손으로 책상을 짚고 천천히 몸을 일으켰다. 이어 득도의 얼굴을 가까이 마주 보더니 천천히 눈을 감으면서 고개를 흔들었다. 그 표정은 마치 정색을 하는 것 같기도 하고 어리광을 부리는 것 같기도 했다. 아니면 뭔가에 도취됐다가 될 대로 되라고 체념한 것 같기도 했다.

순간 그녀가 어젯밤 오곤과 둘이서 나눴을 운우지정 뒤끝의 진한 향기가 훅, 하고 득도의 코를 자극했다. 득도의 눈길은 자신도 모르게 여인이 입은 꽃무늬 원피스 윗부분으로 향했다. 오늘은 단추가 하나가 아닌 두 개가 풀어져 있었다.

백야의 표정이 돌변했다. 득도의 무례한 시선을 알아차렸는지 목소리에도 날이 섰다.

"그래요. 저는 세상 모든 것에 관심이 있어요."

백야는 사실 오곤을 의식해 일부러 까칠한 척한 것이었다. 하지만 그 사실을 모르는 득도는 백야의 싸늘한 표정에 가슴이 철렁 내려앉으며 온몸에 식은땀이 흘렀다. 책상 위에 올려놓은 손가락이 '주인'의 의

지와는 상관없이 제멋대로 덜덜 떨렸다. 어찌할 바를 몰라 하던 득도는 문득 양진의 편지에서 봤던 '개'䒌자를 떠올렸다. 부랴부랴 사전을 뒤지면서 백야에게 말했다.

"글자 좀 찾아봐야겠어요. 양 선생님이 기다리고 계실 겁니다."

백야의 허스키한 웃음소리가 들려왔다.

"안 찾아도 돼요. 그 글자는 사전에 없어요."

득도가 당혹스러운 표정을 지었다. 백야가 말을 이었다.

"산과 산 사이의 움푹 들어간 곳, '산골짜기'를 의미하는 글자예요. 출처도 필요해요?"

득도가 어리둥절한 채 오곤을 바라봤다. 오곤은 서랍을 뒤지면서 의기양양하게 웃고 있었다. 백야도 웃으면서 말했다.

"오곤, 항득도 선생 얼굴이 빨개졌어요."

그러자 오곤이 서랍을 닫고 난감한 표정을 지었다.

"백야, 득도를 놀리지 마오. 여자 친구도 한 번 없었던 사람이오."

오곤이 말을 마친 다음 서류 한 묶음을 들고 득도를 향해 눈을 찡긋했다.

"득도, 백야는 외강내유형 '여장부'이니 무서워할 필요 없네. 둘이 얘기 나누고 있게. 나는 잠깐 학교에 다녀올 테니."

오곤이 가자 단 둘만 남게 됐다. 득도는 너무 긴장이 돼 숨쉬기조차 힘들었다. 빨리 구실을 찾아 자리를 뜨고 싶었다.

"아참, 당신의 아버지는 '요백도'라는 사람에 대한 자료도 부탁했어요. 내가 가서 찾아볼 테니 여기 앉아계세요. 그럼 이만!"

득도가 문어귀에서 잠깐 머뭇거리다 한마디를 덧붙였다.

"두 분이 행복하시기를 빕니다!"

백야는 아무 대답이 없었다. 득도는 용기를 내 백야의 얼굴을 쳐다봤다. 그리고 그 자리에 굳어졌다. 그녀의 표정은 결혼을 앞둔 여인이 지을 수 있는 표정이 아니었다.

백야가 입을 열었다.

"오곤은 결혼증명서를 받으러 갔어요."

"잘 되실 겁니다."

"한 가지 부탁이 있어요."

백야가 심각한 표정을 지었다.

"오곤이 올 때까지 함께 있어줘요."

득도는 '나도 오전에 할 일이 있어요. 우리 가족의 결혼과 관계된 일이에요.'라는 말이 입에서 맴돌았으나 백야의 심각한 표정을 보고는 정작 엉뚱한 말이 입 밖으로 나왔다.

"그거야 쉽죠."

백야는 안도한 듯 지그시 눈을 감았다. 그러더니 고개를 약간 뒤로 젖혔다. 아마 무엇인가를 특별히 강조하고 싶을 때 습관적으로 나오는 표정과 행동인 것 같았다. 그것은 마치 영화에서 같은 장면을 되풀이해 보여주는 것과 비슷했다. 백야의 표정과 동작은 짧은 순간이었으나 젊은 득도의 가슴에 깊은 인상을 남겼다.

백야가 조금 허스키한 목소리로 입을 열었다. 북경에서 공부한 사람답게 그녀의 표준어는 대단히 유창했다.

"제 짐작이 틀리지 않았어요. 당신이 어떤 사람인지는 아버지에게 워낙 많이 들어서 잘 알고 있었어요."

백야의 직설적인 말은 득도를 또 한 번 놀라게 했다. 백야는 마치 득도를 진정시키는 방법을 아는 것처럼 재빨리 화제를 돌렸다.

"여기 봐 봐요, 제가 고저산 자순차를 가져왔어요."

"와아, 고저산 자순차로군요!"

득도가 어린아이처럼 환호했다. 얼굴이 더욱 붉어졌다. 아마 스스로의 가식적인 '연기'가 부끄러운 것일 터였다.

백야는 득도의 과장된 목소리에 반응을 하지 않았다. 대신 바로 옆에 있는 예쁜 가방에서 봉투 하나를 꺼냈다. 이어 난처럼 매끈한 손가락으로 살며시 봉투를 열어 득도에게 쑥 내밀었다.

"보세요. 향도 맡아보세요."

하지만 득도의 시선은 온통 백야의 예쁜 손에 쏠려 있었다. 백야가 곧 찻잔을 하나 가져왔다.

"찻잔이 하나밖에 없어요."

백야가 찻잔에 차를 담고 물을 부었다. 자순차는 눈썹처럼 가늘고 휘어질 듯했다. 색깔은 자색이었다. 물위에 떠오른 찻잎은 용정차처럼 가지런하지는 않았다. 득도가 차를 보고는 바로 말했다.

"산속의 야생차군요."

"마음에 들어요?"

"이런 차는 구하기 어려워요."

득도는 심란한 마음을 들킬세라 백야의 말에 천천히 대답했다. 그러나 단 둘만 남은 상황이 여전히 어색하고 부끄러웠다. 급기야 눈길을 어디에 뒀으면 좋을지 몰라 괜히 여기저기 둘러보는 척했다.

"마셔요."

백야가 득도에게 찻잔을 밀어줬다.

"아침에 제가 깨끗이 씻었어요."

"마셔요. 우리 집에도 차가 있어요."

"아버지가 당신에게 주라고 했어요."

백야의 말투는 약간 어리광부리는 듯했다. 그럴 때만큼은 영락없이 어린 소녀 같았다.

파랗게 잘 우러난 차와 코를 자극하는 진한 향기는 갈 곳을 잃고 방황하던 득도의 시선을 붙잡아주었다. 그는 가볍게 한 모금 마시고 나직이 감탄사를 토했다.

"훌륭하군요."

"어떻게 훌륭해요?"

"글쎄요, 그 무엇에도 얽매이지 않은 자유분방한 향이랄까요?"

백야는 득도가 막 내려놓은 찻잔을 들었다. 그리고는 얼굴을 똑바로 쳐다보면서 방금 그의 입술이 닿았던 곳에 자신의 입술을 가져다댔다. 득도는 순간 숨이 막히는 것 같았다. 그가 일어서면서 말했다.

"천천히 드세요. 저는 책을 읽겠어요."

득도는 어젯밤 읽으려고 꺼내놓았던 〈문물〉 잡지를 펼쳤다. 하지만 도무지 글이 눈에 들어오지 않았다. 건너편에 앉은 백야가 천천히 차를 마시면서 찻잔과 그를 번갈아 보는 것이 고스란히 느껴졌다. 그는 천천히 심호흡을 하면서 마음을 가라앉혔다. 이어 고개를 들고 말했다.

"양진 어르신이 무척 기뻐하셨을 거예요."

"제가 뵈러 갔기 때문인가요?"

"진작 뵈러 갔어야 했어요. 그분이 그동안 당신을 찾지 않았던 이유는 당신을 안 좋은 일에 말려들지 않게 하기 위해서였어요. 그분이 어떤 사람인지는 제가 잘 알아요."

백야는 하지만 득도의 말을 듣는 둥 마는 둥 했다. 그렇게 한참 동안 혼자 생각에 잠겨 있더니 큰 결심을 한 듯 득도에게 뜨거운 눈빛을 보내면서 엉뚱한 말을 꺼냈다.

“제가 문제를 낼 테니 한번 맞혀 봐요. 말이 어떻게 낙타로 변했을까요?”

백야의 눈동자는 크고 검었다. 그윽한 눈빛은 깊고 맑은 바다를 연상케 했다. 득도는 얼떨떨하기만 했다. 이게 어떻게 된 거지? 결혼을 앞둔 여자가 왜 이러는 거지?

백야가 또렷한 발음으로 천천히 말을 이었다.

“등에 짐을 잔뜩 진 말이 있었어요. 말은 너무 힘들어 목소리조차 나오지 않았어요. 말은 속으로 울부짖었죠. ‘힘들어요. 정말 너무 힘들어요. 나에게 짐을 더 얹지 말아요.’라고 말이에요. 바로 이때 깃털 한 가닥이 바람에 날려 말 잔등에 내려앉았어요. 쿵, 소리와 함께 말의 등뼈가 부러지고 말은 낙타로 변했어요. 말은 이렇게 해서 낙타로 변한 거예요. 알겠어요?”

백야가 득도를 향해 한쪽 눈을 찡긋했다. 그 눈에는 눈물이 맺혀 있었다. 그녀가 무겁게 잠긴 목소리로 마지막 말을 반복했다.

“말은 이렇게 해서 낙타로 변했어요.”

“말은 이렇게 해서 낙타로 변했어요.”

득도는 앵무새처럼 백야의 말을 따라 했다.

“하지만 말은 낙타로 변한 후 더 많은 짐을 지게 됐죠. 심지어 마실 물도 없었대요.”

말을 마친 백야가 풋, 하고 웃음을 터뜨렸다. 그리고 찻잔에 남은 차를 꿀꺽꿀꺽 다 마셔버렸다.

득도는 그렇게 백야에게 다가갈 수 있었다. 백야에게 차를 따라 줬다. 물론 찻잔의 70%만 채우는 것을 잊지 않았다. 부족한 30%는 백야를 향한 그의 마음이라고 해도 좋았다. 백야가 눈물을 글썽이면서 "고맙다."고 말했다. 방금 전의 대담하고 도발적이던 그녀가 맞나 싶을 정도였다.

득도는 고개를 저었다. 이제 더 이상 그녀를 마주보는 것이 두렵지 않았다. 그녀의 진짜 모습을 알게 된 이상 그녀가 불쌍하다는 생각밖에 들지 않았다. 의지할 데 없이 외롭고 쓸쓸한 여자. 어찌할 바를 모르고 방황하는 불쌍한 여자. 운명의 갈림길에서 마지막 지푸라기라도 잡고 싶어 안간힘을 쓰는 여자. 결혼을 하려고 이곳에 왔으나 (사실 이미 결혼한 거나 진배없었다) 진짜 속마음은 결혼을 원하지 않는 여자. 이런 여자의 '등뼈'를 부러뜨린 '깃털'은 누구인가?

오곤은 한참이 지나서야 돌아왔다. 그의 얼굴은 땀투성이였다.

"오늘이 명절인 걸 깜빡했네. '6.1절'(중국의 어린이날) 말이오. 나 원 참, 어른들이 어린이날하고 무슨 상관이 있다고 다들 코빼기도 보이지 않더군. 뭐, 당 중앙의 정신을 전달하는 긴급회의가 있었다나? 그걸 왜 이제야 말하는가 말이오. 아무튼 지난 보름 동안 학과 꼴이 말이 아니었소. 다들 제자리를 지키지 않고 어디를 싸돌아다니는지……. 참, 이건 결혼을 하라는 건지 말라는 건지 몰라."

득도와 백야는 약속이나 한 듯 동시에 벌떡 일어났다.

"그래서? 결혼증명서는 받았나요?"

오곤이 그제야 얼굴에 웃음을 지으면서 손에 쥔 봉투를 흔들었다.

"내가 누군데? 내가 못하는 일은 없어요."

득도와 백야는 의미심장한 눈빛을 주고받고는 동시에 긴 한숨을 내쉬었다. 둘만의 비밀은 그렇게 둘만의 가슴속에 간직됐다. 득도가 어두워진 눈빛으로 오곤을 보면서 말했다.

"나는 이만 가봐야겠소. 미안하오. 집에 일이 있어서……, 정말 중요한 일이오."

득도는 밖으로 나갈 때까지 두 번 다시 백야의 얼굴을 쳐다볼 엄두를 못 냈다.

득도와 동갑이지만 촌수가 높은 포랑은 여자를 다루는 방식 역시 득도보다 '한 수 위'였다. 그는 몇 마디 나누지도 않고 어느새 옹채차와 매우 친숙해져 있었다. 득도는 삼촌 포랑의 지나치게 솔직하고 가감 없는 언행이 조금 거북하기도 했었다. 그런 일은 무수히 많았다. 한번은 포랑이 식사가 끝나자마자 채차를 데리고 문 앞에 있는 탈곡장으로 향했다. 그는 채차를 만나서 기쁘다는 표정을 굳이 숨기려고 하지 않았다. 이어 채차의 얼굴을 지그시 내려다보면서 말했다.

"아가씨, 노래나 부를까요?"

채차의 두 눈이 휘둥그레졌다.

"노래요? 어떤 노래요? 여기서 지금 노래를 부른다고요?"

채차는 자신의 상식으로 볼 때 눈앞의 상황이 도무지 이해가 되지 않았다. 그러나 남자의 제안이 싫지는 않았다.

포랑이 느긋하게 퉁소를 꺼내들었다. 참으로 오랜만에 제대로 실력을 뽐낼 요량인 듯했다. 방송에 자주 나오는 노래를 부르는 건 뭐라고 하지 않겠지? 그는 그렇게 생각하고 퉁소를 불었다.

……

맑디맑은 냇물

굽이쳐 흐르고,

양안의 경치는
아름답기도 하여라.
오라버니는 부지런히
모내기를 하고,
누이는 이 산 저 산
차 따기에 바쁘다네.
오라버니 얼굴에
미소가 번지고
차 따는 누이
살며시 얼굴 붉히네.
……

포랑은 항주에 온 지 꽤 오래 된 터였다. 그래서 노래의 뜻을 대충 알 수가 있었다. 게다가 느낌상으로도 강남의 '채다가'采茶歌는 운남 사람들이 즐겨 부르는 연가戀歌와 별반 다를 것도 없었다. 모내기하는 오라버니와 차 따는 처녀라? 모내기를 하면서 미소를 짓고 차를 따면서 얼굴을 붉힌다면 둘 사이에 정분이 난 것이 아니고 무엇인가?

포랑은 건너편 산비탈에서 차를 따는 처녀들을 향해 머리를 흔들면서 신나게 퉁소 가락을 연주했다. 처녀들이 햇차를 손에 쥔 채 놀란 눈으로 포랑을 마주봤다. 그리고는 저희들끼리 뭐라고 소곤거리더니 입을 막고 키득거렸다. 용감하고 잘 생긴 데다 쾌활한 남자를 싫어하는 여자는 없는 법이다. 성격이 호쾌한 포랑은 숫기 없는 조카 득도에게도 여자들의 주목을 받을 수 있는 기회를 주고 싶었다. 그래서 퉁소 소리에 이끌려 밖으로 나온 득도를 발로 밀고 어깨로 밀치면서 기어이 앞에 내

세웠다. 처녀들이 깔깔 웃음을 터뜨렸다. 비틀거리다가 겨우 중심을 잡은 득도는 부끄러운지 목덜미까지 빨개졌다.

그러자 채차가 앞으로 나섰다. 그러나 지나친 흥분으로 얼굴은 득도보다 더 붉게 상기돼 있었다. 그럼에도 희고 튼튼한 이를 드러낸 채 건너편 산비탈에 있는 처녀들과 큰 소리로 이야기를 주고받았다. 마치 퉁소 연주 중인 잘 생긴 남자가 자신의 남자친구라고 대놓고 자랑하는 것 같은 표정이었다. 누가 여자의 마음은 갈대라고 했던가? 채차는 만난 지 반나절도 채 안 돼 포랑을 자신의 남자친구로 완전히 점찍어버렸다.

포랑은 처녀들이 알아들을 수 없는 사투리로 떠들어대는 것을 보고는 바로 이번 행차의 중요한 목적이 생각났다. 재빨리 퉁소를 등허리에 찔러 넣고는 정신없이 집안으로 달려 들어갔다. 이어 큰외삼촌의 가방에서 보이차 두 덩이를 꺼내들고 다시 밖으로 달려 나갔다. 그의 어머니가 준비해준 예물이었다. 그가 보이차를 채차에게 내밀면서 말했다.

"아름다운 아가씨, 제가 드리는 예물을 받아주시겠습니까?"

채차는 크게 놀랐다. 그녀는 스무 살이 될 때까지 한 번도 "아름답다"는 찬사를 들어본 적이 없었다. 객관적으로 봐서 아름다움과는 거리가 있는 외모였기 때문이었다. 하지만 단순한 그녀는 그렇게 생각하지 않았다. 포랑이라는 이 남자가 처음으로 그녀의 아름다움을 발견한 것이라고 생각했다. 너무 감동적이어서 눈물이 날 것 같았다. 그녀가 보이차를 가리키면서 울먹이는 소리로 물었다.

"이게 뭐예요?"

득도가 항주 사투리로 설명했다.

"포랑 삼촌이 운남에서 가져온 차예요. 이걸 받으면 이 남자와의 결혼을 승낙한 것이 돼요. 결혼을 원하지 않는다면 안 받으면 됩니다.”

득도는 두 사람의 표정을 조심스럽게 살펴봤다. 대화내용을 짐작할 수 있을 것 같았다. 순간 포랑은 자신의 진심을 더 잘 전달하기 위해 한 발자국 앞으로 성큼 다가가 채차의 코앞에 두 손을 쑥 내밀었다.

채차의 가슴은 쿵쾅쿵쾅 뛰었다. 건너편 산비탈에서도 난리가 났다. 처녀들이 환호성을 지르고 비명을 질렀다. 한 처녀가 큰 소리로 물었다.

“예물을 받는 거야? 보석이야? 금이야?”

이쯤 되니 받지 않을 수 없었다. 채차는 포랑의 손에서 보이차를 받아 쥐었다. 건너편 산비탈에서 왁자지껄 웃고 고함지르는 소리가 산이 떠나갈 듯 들려왔다. 채차는 부끄러워 고개를 숙이고 방으로 달려갔다. 그러다 마침 밖으로 나오던 영상과 정면으로 부딪치고 말았다. 채차는 미안하다는 말도 없이 자신의 방으로 뛰어 들어가 화장대 서랍을 열었다. 그 안에는 털실, 손거울, 영화배우 사진 등 시골처녀의 소장품이 들어 있었다. 그녀는 보이차 두 덩이를 조심스럽게 맨 위에 놓았다. 그때 영상이 사진 한 장을 들고 들어왔다.

“채차 언니, 이 해방군 아저씨를 알아요?”

방금 둘이 정면으로 부딪쳤을 때 채차의 품속에 있던 사진이 떨어졌던 것이다. 채차는 마치 낯선 사람 보듯 사진을 보면서 ‘이 사람은 누구지? 나하고는 아무 상관도 없는 사람이야.’라고 생각했다. 자연스럽게 모른다는 대답이 나왔다.

“몰라!”

채차가 고개를 흔들자 영상이 구시렁거렸다.

“누가 흘린 건지 몰라도 정말 너무하네. 바닥에 두면 사람들이 밟고 다니잖아요."

영상이 말을 마치기 무섭게 사진을 자신의 호주머니에 넣었다.

포랑은 퉁소를 내려놓았다. 이어 건너편 차나무 밭을 보면서 밝은 목소리로 말했다.

"일자리가 정 구해지지 않으면 여기 와서 차를 따는 것도 괜찮겠어."

"벌써 결정했어요?"

득도가 의외라는 표정을 지었다. 포랑이 곰곰이 생각하더니 말했다.

"세상에 나쁜 여자는 없어. 나는 세상 모든 여자들을 다 좋아해."

'그건 아니야. 그러면 안 돼. 삼촌은 저 여자를 사랑하지 않아.'

득도는 목구멍까지 차오른 말을 삼켰다. 문득 백야의 얼굴이 떠올랐다. 그러자 왠지 모를 죄의식이 가슴 저 밑바닥에서 차오르고 있었다.

'이제는 다른 사람의 아내가 된 여자야. 안 돼, 그녀 생각을 하면 안 돼.'

그는 잡념을 애써 떨쳐버리고 오늘 이곳에 온 목적을 되새겼다. 지금 이곳에 있는 이들은 모두들 합심해 포랑과 채차 두 사람을 이어주려 하고 있다. 궁극적인 목적은 포랑의 마음을 항주에 붙잡아두고 안정시키기 위해서였다. 채차 생각을 하니 또 다른 여인의 길고 매끈한 목과 허스키한 목소리가 떠올랐다. 그리고 말과 낙타에 관한 얘기도 떠올랐다. 사랑하지 않지만 결혼한다? 결혼이 목적이 아닌 수단이 되다니? 이건 뭔가 잘못된 것 아닌가? 득도는 자신도 잘못된 일에 가담하고 있다는 사실이 무척이나 씁쓸했다.

가화 일행은 그날 밤 날이 완전히 어두워진 여덟 시 무렵에 양패두로 돌아왔다. 몸은 피곤했지만 마음은 홀가분했다. 요코가 허둥지둥 대문을 열면서 말했다.

"득방이 와서 벌써 몇 시간째 기다리고 있어."

동생이 왔다는 말에 득도가 황급히 부엌으로 뛰어갔다. 요코가 소리쳤다.

"거기 아니야. 방에서 방송 듣고 있어."

눈썹이 진하고 눈이 큰 득방은 책상에 엎드려 라디오 뉴스를 듣고 있었다. 득도를 본 그는 일어나지도 않은 채 미간을 찌푸리면서 엉뚱한 질문을 했다.

"형, 우귀사신牛鬼蛇神이 뭐예요?"

득도가 벌컥벌컥 물을 들이키면서 대답했다.

"'큰 입을 벌리는 고래와 엄청난 속도로 뛰어오르는 자라, 소머리를 한 귀신과 뱀의 몸을 한 귀신같은 것으로도 그의 시의 허황되고 환상적인 면을 표현하기에는 부족하다.'라는 내용의 시가 있지. 출처를 보면 두목杜牧이 이하李賀의 풍부한 상상력과 환상적인 시세계를 칭찬하는 의미로 '우귀사신'이라는 말을 사용했다는구나. 나쁜 뜻은 아닌 것 같아."

"틀렸어요, '우귀사신'은 온갖 잡귀신을 가리키는 말이에요. ……이걸 보세요."

득방이 신문 한 장을 내밀었다. 〈인민일보〉 1면 첫머리에 '모든 우귀사신을 쓸어버리자'라는 제목이 크게 적혀 있었다.

득도는 구태여 신문을 읽어 볼 필요가 없었다. 마침 라디오에서 한껏 격앙된 목소리가 흘러나왔기 때문이었다.

……혁명의 근본적인 문제는 정권 문제이다. 정권을 잡으면 모든 것을 가

질 수 있다. 정권을 잃으면 모든 것을 잃게 된다. 때문에 무산계급은 정권을 탈취한 후에는 그 어떤 일이 있어도 정권을 잃으면 안 된다는 것을 명심해야 한다. 올바른 방향과 중심을 잃지 말고 앞으로 나아가야 한다……

득방이 라디오 볼륨을 최대로 높였다. 세수를 하던 가화가 갑자기 높아진 라디오 소리에 놀라서 수건을 든 채 들어왔다.

"무슨 일이냐?"

"할아버지, 천천히 듣고 계셔요. 저는 학교로 돌아가겠어요."

득도가 신문을 쥐고 밖으로 나갔다. 득방이 뒤쫓아 가면서 말했다.

"나도 갈래요. 나도 갈 거예요."

가화는 두 손자를 따라 마당으로 나왔다. 라디오 소리는 마당까지 쩌렁쩌렁 울렸다.

……세계 인구의 4분의 1을 차지하는 사회주의 중국에서 무산계급 문화대혁명이 고조되고 있다…………

득도가 자전거를 끌고 나왔다. 그때 변소에서 나온 포랑이 바지춤을 올리면서 한손으로 자전거 뒷좌석을 잡았다.

"이 거짓말쟁이야, 오늘은 나하고 밤새 수다 떨기로 약속했잖아."

마당에는 불이 없었다. 방에서 나온 희미한 불빛에 득도의 안경알이 반짝반짝 빛이 났다.

"문화대혁명이 시작됐어요!"

"시작됐어요!"

동생 득방이 앵무새처럼 따라 했다. 득방을 실은 자전거는 순식간에 어둠속으로 사라졌다. 뒤집개를 들고 쫓아 나온 요코가 작은 소리로 말했다.

"무슨 일인데 밥도 안 먹고 가느냐? 포랑, 얼른 차엽단이라도 몇 개 가져다 주거라."

포랑은 차엽단을 들고 뛰어갔다. 하지만 대문 밖에는 두 형제의 그림자도 보이지 않았다. 두 노인네가 바둑판 위에서 치열한 접전을 벌이는 모습만 보였다. 거리와 골목은 한산했다. 다들 초여름 밤의 정취를 만끽하러 서호로 갔을 터였다. 은은한 달빛이 온 중국을 굽이굽이 비추는데, 어느 집은 즐겁고 어느 집은 근심에 잠겨 있을까? 포랑은 낮에 있었던 일을 생각했다. 하지만 아무리 기억을 떠올려 봐도 낮에 본 처녀의 얼굴이 잘 생각나지 않았다. 포랑은 바둑판 앞으로 천천히 걸어가 쭈그려 앉았다.

"문화대혁명이 시작됐다고? 시작될 테면 되라지."

제4장

여름이 왔다. 여름의 시작과 함께 항씨네 집에도 낯선 사람들이 연달아 찾아왔다.

이날도 몸매가 미끈한 젊은 처녀가 찾아와서 득도의 방문을 발로 걷어찼다. 처녀는 머리에 군모를 쓰고 누런 군복에 가죽 혁대를 차고 있었다. 어깨는 좁고 앙상했다. 일부러 가슴을 쑥 내밀고 눈썹을 잔뜩 치켜뜬 모습이 마치 중국 고전 무협지에 등장하는 '무림 여고수'를 연상케 했다.

한 달 전부터 중국 전역에는 대동란이 폭풍우처럼 밀어닥쳤다. 때맞춰 등장한 이 처녀와 같은 차림의 '족속'들은 시민들에게 강렬한 인상을 남겼다. 이들은 사람의 다리가 길을 걷고 춤을 추고 축구를 하는 것 외에 다른 용도로 사용될 수 있다는 사실을 전 세계에 보여주지 못해 안달이 난 것 같았다. 휙, 처녀의 길고 곧은 다리가 다시 한 번 바람을 가르는 것과 동시에 득도의 방문이 쾅, 하고 열렸다.

키가 별로 크지 않은 젊은이가 경호원처럼 처녀의 뒤에 버티고 서 있었다. 젊은이는 눈이 크고 눈썹이 진했다. 코는 높고 곧았을 뿐 아니라 미간에 붉은색 점이 있었다. 젊은이 역시 낡은 군복차림이었다.

"바로 이 사람이에요."

군복 차림의 젊은이가 다짜고짜 득도를 가리키면서 처녀에게 말했다.

득도의 얼굴에 불쾌한 표정이 언뜻 스쳤다. 할아버지 슬하에서 교양과 예절 교육을 적잖이 받은 그는 무례한 사람을 싫어했다. 그래도 억지로 화를 참으면서 조용하게 말했다.

"득방, 사람을 잘못 찾아왔어."

"아니오, 이분이 찾는 사람이 이 안에 있어요."

득방이 목소리에 힘을 주며 말했다.

이 며칠 동안 득도는 예고도 없이 들이닥치는 방문객들에게 적잖이 시달렸다. 모두 오곤을 찾는 사람들로, '오곤의 혁명전우'를 자처하고 있었다.

오곤은 결혼식을 며칠 앞두고 '행방불명'이 됐다. 그날 오곤은 결혼 사탕을 사기 위해 득도의 자전거를 빌려 타고 거리로 나갔다. 그런데 뭔가에 쓰인 사람처럼 한 무리의 젊은이들을 따라 절강성 당위원회 청사 안으로 들어가고 말았다. 사람들이 시끄럽게 자기 할 말만 떠들어대는 것을 보고 참다못한 오곤은 앞에 나서서 몇 마디 중재의견을 내놓았다. 그 몇 마디가 그만 '화'를 자초했다. 사람들의 시선이 일제히 그에게 쏠리면서 결국 무리에 잡혀 빠져나오지 못했다. 여기저기에서 "핵심조직에 가입해달라."는 요청이 쇄도했다. 오곤은 사탕봉지를 들고 거부의사를 밝혔다.

"안돼요, 안 돼. 나는 돌아가서 결혼식을 올려야 하오."

누군가가 재빨리 응대했다.

"먼저 혁명부터 합시다. 혁명이 끝나면 우리가 성대한 결혼식을 치러주겠소."

"빌려온 자전거도 돌려줘야 하오!"

무리는 그에게 더 말할 틈을 주지 않았다. 도저히 빠져나갈 수 없는 상황에서 그는 생판 모르는 한 남자에게 열쇠와 사탕봉지를 던져주면서 부탁했다.

"저 자전거를 타고 내 신부에게 이 사탕을 갖다 주시오. 그리고 내가 곧 돌아갈 것이라고 전해주시오."

이것이 그가 결혼식을 앞두고 백야에게 마지막으로 남긴 말이었다.

이틀이 지나도 오곤은 돌아오지 않았다. 상주보다 문상객이 더 서러워한다고 했던가? 백야는 가만히 있는데 득도가 조급해서 안절부절못했다. 그는 몇 번이나 오곤을 찾으러 갔으나 그때마다 그의 코빼기도 보지 못했다. 셋째 날, 백야는 떠날 준비를 했다. 작별인사를 나누기에 앞서 득도가 마지막으로 제안을 했다.

"우리 같이 한 번만 더 찾아볼까요?"

백야의 표정은 담담했다. 심지어 결혼을 못하게 된 것이 오히려 더 잘 된 일이라고 생각하는지 살짝 웃음기도 번졌다. 그녀가 고개를 흔들었다.

"그 사람에 대해 몰라도 너무 모르시는군요."

결혼 상대를 '그 사람'이라고 지칭하다니, 득도는 백야가 단단히 화가 난 것으로 단정하고 황급히 좋은 말로 달랬다.

"화내지 말아요. 그는 당신을 정말 사랑해요. 그가 남방에 온 것도 당신을 위해서예요."

백야가 이상한 사람 보듯 득도를 보면서 말했다.

"그럴 리가요."

백야는 득도가 정말 아무것도 모르는지 확인하듯 한참을 쳐다보더니 말했다.

"정말 모르고 있나보군요. 그는 북방에서 배겨낼 수 없어서 이리로 온 거예요. 그는 원래 전백찬 역사학파의 신예로 주목받다가 그 학파가 비판투쟁을 받게 되면서 오갈 데 없는 신세가 됐죠. 이곳으로 오지 않았다면 틀림없이 큰 봉변을 당했을 거예요."

득도는 자신의 두 귀를 의심했다. 그가 알기로 오곤은 '반反역사학파'의 대표주자였다. 백야는 득도의 충격 받은 표정을 보고 오히려 더 놀라워했다. 그녀가 웃으면서 농담을 했다.

"신부가 신랑의 과거를 까발린 꼴이네요. 설마 그를 비판하는 대자보大字報를 붙이시지는 않겠죠?"

그제야 충격에서 깨어난 득도가 백야를 배웅하겠다고 말했다. 하지만 백야는 손사래를 쳤다.

"제발 그러지 마세요. 이러다가 당신을 사랑하게 될 것 같아요. 저는 정에 약한 여자예요."

"나한테 그런 말투 쓰지 말아요!"

득도가 버럭 소리를 질렀다. 그는 정말로 화가 난 것 같았다. 백야는 아무렇지 않은 듯 어깨를 으쓱해 보이면서 미소를 지었다. 득도는 한사코 마다하는 백야를 기어코 자전거에 태웠다. 내내 말이 없던 백야는 버스정류소에 도착할 때쯤 되자 득도에게 물었다.

"화났어요?"

득도는 귀까지 빨개졌지만 당황한 티를 내지 않으려 애썼다.

"화 안 났어요. 나한테는 안 그래도 돼요. 많이 힘든 거 알아요."

백야가 눈을 크게 떴다. 냉소적인 눈빛이 진지하고 근엄한 눈빛으로 바뀌었다.

백야의 돌변한 표정이 오히려 득도를 불안하게 했다. 그가 그녀의 짐 가방을 빼앗으면서 말했다.

"돌아갑시다, 내가 어떻게든 오곤을 찾아오겠어요."

백야가 고개를 흔들었다. 그리고 한참을 흐느끼더니 고개를 들고 잔뜩 불안한 눈빛으로 말했다.

"아버지가 걱정돼요. 이번 혁명이 앞으로 어떻게 전개될지 오리무중이에요. 일단 학교로 돌아가야겠어요."

"무엇 때문에 오곤과 결혼하려고 했어요?"

득도가 끝내 마지막 질문을 뱉어냈다.

"낙타 고삐를 잡은 사람이 그 사람밖에 없었어요."

백야의 목소리는 공허하고 쓸쓸했다.

백야는 고개를 숙인 채 작별인사를 했다. 그러나 처음 만났을 때처럼 도발적인 눈빛은 하지 않았다. 그리고 악수도 청하지 않았다.

오곤은 백야가 떠나고 일주일이 지나서야 숙소로 돌아왔다. 불과 며칠 사이에 사람이 완전히 변했다. 그는 오자마자 교무처로 가서 종이, 붓과 잉크를 가져다 두 사람의 공용 서재를 난장판으로 만들어놓았다. 외출했다 돌아온 득도는 책상과 침대에 얼룩덜룩 튄 잉크자국을 보고 절레절레 고개를 저으면서 말했다.

"자네는 너무 성급한 게 문제네."

오곤은 "미안하다"면서 건성으로 사과하고 짐을 싸기 시작했다. 이어 득도의 시선을 의식하고는 변명하듯 말했다.

"득도 자네가 들어오기를 기다렸네. 작별인사는 하고 가야지."

득도가 말했다.

"학교에서 내준 신혼집을 조반造反(반란을 일으킴. 문화대혁명 당시 홍위병紅衛兵의 행태를 가리킴)파 본부로 만들다니, 참 잘 하는 짓이오!"

분명 가시 돋친 말이었으나 오곤은 못 알아들은 척 히죽 웃었다. 그러면서 득도의 이마를 쿡 찔렀다.

"여인네처럼 잔소리만 늘었구먼."

오곤은 다행히 득도에게 조직에 가입하라고 강요하지는 않았다. 대신 지나가는 말투로 "최근에 새로운 수확이 없느냐?"고 물었다. 득도는 기다렸다는 듯 잔뜩 들뜬 목소리로 말했다.

"커다란 반장호盤腸壺를 발견했소. 옛날 오산吳山 꼭대기에 있던 찻집에서 사용하던 물건이라오."

오곤이 한숨을 내쉬면서 말했다.

"지금이 어느 때인데 자네는 골동품 타령이나 하고 있는가? 나는 〈진회론〉秦檜論도 한쪽으로 밀어놓았소."

오곤의 주요 분야는 송사宋史였다. 그는 항금抗金(금나라에 대항함) 역사에 대해 연구할 때 여느 학자들과 달리 악비岳飛가 아닌 진회秦檜를 주인공으로 삼았다. 사람들이 흔히 '매국노'로 알고 있는 인물인 진회에게 도덕적 잣대를 들이대지 않고 그 당시(남송 초기)의 시대적 배경과 결부시켜 사회적 측면에서 행동 원인을 탐구했다. 득도는 오곤의 참신한 발상에 박수를 쳐줬다. "진부한 사고방식에서 벗어나 역사주의적 관점으로 역사를 파헤치는 새로운 접근방법이다."라면서 높이 평가했다. 문제는 오곤이 청산유수로 열변을 토해내던 것과는 달리 정작 잡지에는 완전히 동떨어진 내용의 논문을 발표하는 것이었다. 비슷한 일이 여러 번 반복되자 득도는 오곤을 '위선적인 연구자'로 결론 내렸다. 그래서 오곤이 〈진회론〉에 대해 언급할 때에도 응대하지 않고 화제를 돌려버렸다.

"아무리 혁명이 중요하다고 해도 결혼날짜까지 잊어버린 건 너무하지 않소?"

막 나가려던 오곤이 고개를 돌리고 반농담조로 말했다.

"백야도 호주로 돌아간 마당에 자네가 우리보다 더 조급해하는군."

득도는 입만 딱 벌리고 한참 동안 아무 말도 못했다.

얼마 지나지 않아 오곤의 활약상에 관한 엄청난 소문들이 들려오기 시작했다. 우선 농성을 벌인다는 소문이 들려왔다. 이어 아무개를 공개적으로 거론해 비판하거나 북경에 편지를 보낸다는 얘기도 파다했다. 아무튼 누가 봐도 '결혼'할 틈도 없이 바쁘게 보내는 것만은 확실했다. 한동안 득도와도 연락이 끊어졌다.

하지만 '문화혁명' 공작조工作組가 학교에 진주하면서 오곤 일행은 무정부주의자들처럼 비주류 취급을 받고 한쪽으로 밀려났다. 달포가 지나자 형세가 또 바뀌었다. '문화혁명' 공작조는 '자산계급 반동노선'을 채택했다는 이유로 학교에서 쫓겨났다. 최종 승리를 거둔 오곤의 조반파는 학교 밖의 다른 파벌들과 연합해 세력을 확장해나갔다. 그동안 오곤은 득도의 숙소에 한 번 찾아온 적이 있었다. 득도가 "제발 냉정해라. 좀 냉정하게 판단하라."고 설득하려고 들자 오곤이 정색을 하고 말했다.

"거 참, 좋은 일에 동참시켜 주려 했더니 말이 많네. 자네가 끝까지 보수주의 입장을 고집할 줄은 몰랐소."

"차라리 '보황파'保皇派(주자파)라고 욕하지 그러오?"

득도가 웃으면서 농담을 했다. 서로 생각이 다르다고 둘 사이의 우정에 금이 가는 것을 원치 않았기 때문이었다. 오곤도 웃으면서 말했다.

"단순하고 남을 쉽게 믿는 사람들이 쉽게 속임수에 빠지는 법이라오. 역사에도 그런 인물들이 많지."

"내가 하고 싶은 말을 자네가 하는 것 같은데?"

둘 다 미소 띤 얼굴로 날선 말들을 내뱉었다. 오곤은 잠시 멍해 있다가 큰 소리로 웃음을 터뜨렸다. 이어 호주머니에서 편지 한 통을 꺼냈다.

"그만, 그만. 잠시 휴전하세. 이거나 받게."

편지를 뜯어본 득도의 얼굴에 화색이 돌았다. 옛날 휘상徽商(휘주 상인)들이 사용했던 다표茶票였다. 지금은 민간에서 구할 수 없는 것이었다. 그런 '보물'을 오곤이 가져다준 것이었다. 득도가 조심스럽게 다표를 햇빛에 비춰보면서 말했다.

"내가 박물관 얘기를 한 걸 잊지 않고 가져다줬군. 그런데 이것도 4구四舊(없어져야 할 낡은 네 가지)에 해당하는 것 아니오?"

"안휘에 있는 가족이 부쳐준 거네. 받자마자 이리로 달려왔지. 내가 보관할 수는 없으니까."

득도의 눈빛은 마치 첫눈에 반한 여자라도 쳐다보듯 다표에서 떠날 줄을 몰랐다. 조금 전에 있었던 불쾌한 설전은 깡그리 잊은 듯했다. 하지만 그것은 단지 겉모습뿐이었다. 득도와 오곤 두 사람은 머리도 비슷하고 성격도 비슷하게 예민했다. 굳이 따지자면 득도가 오곤보다 조금 더 예민한 편이었다. 다만 득도는 남을 이해하려고 애쓰는 반면 오곤은 일단 의심부터 하고 봤다. 그것이 둘 사이의 차이점이었다. 오곤의 얼굴에는 언제나 미심쩍어하는 표정이 어려 있었다. 오곤의 성격을 아는 득도는 오곤이 맹목적으로 이번 운동에 뛰어든 것이 아니라고 확신하고 있었다. 오곤은 틀림없이 심사숙고한 끝에 결단을 내렸을 것이었다. "당중앙과 모毛(문화대혁명을 일으킨 모택동毛澤東을 일컬음) 주석을 무너뜨릴 자산계급 사령부가 1966년 여름 이전부터 이미 있었다."는 말을 오곤이 과연 진짜로 믿고 있을까?

득도는 오곤이 갈아입을 옷가지들을 가지고 나가려고 하자 서랍에서 백야의 사진을 꺼냈다.

"가져가게."

오곤의 잘생긴 얼굴이 급격히 어두워졌다. 사진을 받고는 혼잣말처럼 중얼거리기도 했다.

"결혼식도 못 올리고, 백야는 가버리고……. 다 내 탓이야. 내가 죽일 놈이지."

"가서 데려오면 되지. 더 늦기 전에 갔다 오게. 다른 일도 아니고 종신대사인데 서둘러야지."

오곤이 감격스런 표정을 지었다. 하지만 사진을 도로 책상 위에 내려놓고 하는 말이 아주 가관이었다.

"정말이지 틈을 낼 수 없네. 특히 지금처럼 언제 어디서 무슨 일이 터질지 모르는 상황에서 다들 나만 바라보고 있는데 난들 어떻게 하겠나? 자네 눈에는 내가 하찮게 보일지 몰라도 저쪽에서는 내가 우리 조직의 '정신적 지주'요. 몸을 빼고 싶어도 뺄 수 없다는 말이네. 그리고 막말로 내가 호주로 간다고 해서 백야를 데려올 수 있다는 보장도 없소. 그녀는 나 때문에 화가 많이 났는지 며칠 동안 전화를 수없이 했는데 끝내 한 번도 받지 않더군. 얼굴은 예쁘장하게 생겨서 고집은 얼마나 센지……. 가끔은 내가 좋아했던 여자가 '반혁명분자'가 아니었나 의심이

들 정도요. 그래서 말인데 차라리 자네가 내 대신 호주에 갔다 오는 게 어떻겠나? 사실 그녀를 호주에 혼자 두는 것도 걱정이오. 부탁할게!"

득도는 오곤이 이런 부탁을 할 줄은 상상도 못했다. 그래서 황급히 손사래를 쳤다. 급기야는 너무 당황해 말까지 더듬었다.

"말…… 말도 안 돼. 어…… 어떻게 그…… 그럴 수가 있어? 자…… 자네의 신부는 자네가 데려와야지."

오곤이 시계를 보고는 바로 두 손을 맞잡아 읍을 하며 부탁하는 자세를 취했다.

"제발 부탁이네. 자네마저 나 몰라라 하면 나는 더 이상 믿을 사람이 없네."

"어떻게 그럴 수가 있나? 백야는 자네 신부인데!"

오곤이 불쑥 손을 내밀었다.

"그럼 그 다표를 돌려주게."

오곤이 득도의 놀란 표정을 보고는 껄껄 웃으면서 그의 어깨를 두드렸다.

"좀 도와주게. 내가 짬을 낼 수 없는 것도 있지만 지금 상황에서는 나보다 자네가 가는 게 더 좋을 것 같소. 내가 가봤자 그녀의 화를 부추기는 꼴이 될 테니까. 자네가 설득하면 들을 거요. 그러니 좀 도와주오."

오곤은 가버리고 책상 위에는 백야의 사진만 덩그러니 남겨졌다. 사진 속 말쑥한 여인의 표정은 마치 "당신들은 대체 나를 어떻게 할 건가요?"라고 묻는 것 같았다. 득도는 커다란 손바닥으로 사진을 슬며시 가렸다.

득방이 데리고 온 처녀도 오곤과 같은 무리인 것 같았다. 득방이 어떻게 이들과 어울리게 됐는지는 알 수 없었다. 득도는 같은 말을 반복했다.

"오곤은 여기 없어. 조반파 본부에 가서 찾아봐."

처녀는 둘의 대화에 끼어들지 않았다. 그저 두 손으로 허리를 짚고 팔자걸음으로 좁은 공간을 왔다 갔다 했다. 고개를 건뜻 쳐들고 잔뜩 인상을 찌푸린 채 여기저기 둘러보는 모습이 마치 중요한 전쟁을 앞두고 전략을 고민하는 고위 장교 같은 태도였다. 득방이 우러러보는 표정으로 '여중호걸'을 응시하면서 작은 소리로 말했다.

"이분은 여자고등학교 '전무적'全無敵 전투대 소속이에요."

"뭐라고?"

득도가 되물었다.

"인민을 해치는 온갖 '해충'과 '독버섯'을 깡그리 없애는 '전무적' 전투대라고요."

처녀의 목소리는 기세등등한 말투와 달리 무겁게 잠겨 있었다. 처녀가 득도를 향해 손을 내밀면서 말을 이었다.

"나는 조쟁쟁趙爭爭이라고 해요. '진귀한 보물 진珍'자가 아니라 '투쟁 쟁爭'자예요. 이름 부를 때 발음 주의해주세요. 당신이 항득도인가요? 예전에 본 적이 있어요. 내가 초등학생일 때 당신은 지금과 다른 모습이었어요. 안경도 쓰지 않았었죠. 전 시市의 우수 소선대원少先隊員들 앞에서 '공산주의 후계자가 되라'고 연설을 했었죠. 그때는 당신을 숭배했었는데 지금은 아니에요. 귀 학교의 일부 동지들은 '혁명의 불씨'를 가지러 벌써 북경으로 떠났어요. 오곤도 갔어요. 그런데 당신은 지금껏 안 떠나고 뭘 하고 있었어요? 열사가문 출신인 당신이 혁명을 안 하면 누가 혁명을 해요? 동지, 동지를 '전우'戰友라 불러도 되죠? 두 사령부 사이에 투쟁이 이미 시작됐어요. 온갖 우귀사신을 쓸어내는 폭풍우가 이미 들이닥쳤다고요. 우리는 모두 '홍색紅色 후계자'로 태어난 사람들이에요. 영웅 아비 밑에서 호한好漢 아들이 자라고, 아비가 반동파이면 아들도 망나니죠. 이것이 세상 이치예요. 동지, 우리 전투대에 가입하세요, 우리는 비록 자산계급 반동노선의 박해와 억압을 받았지만 무섭지 않아요. 우리의 든든한 지원자이신 모 주석께서 계시는 한 칼산도, 불바다도 두렵지 않아요. 아, 괜찮아, 목이 마르지 않아. 우리는 워낙 단련이 돼 이깟 갈증은 참을 수 있어."

마지막 말은 물을 건네는 득방에게 한 말이었다. 득도는 동생을 보면서 눈빛으로 불만을 표시했다. 그가 입을 대고 마신 찻잔을 처녀에게 건넸기 때문이었다. 하지만 이미 늦었다. 목이 마르지 않다던 처녀는 말과는 달리 그가 말릴 틈도 없이 꿀꺽꿀꺽 물을 들이켰다.

득도는 여자가 물을 마시는 틈을 타서 겨우 한마디 물었다.

"그래서 나더러 뭘 하라는 거요?"

여고생 조쟁쟁이 눈을 크게 뜨고 이상한 사람 보듯 득도를 쳐다봤다. 얇고 빨간 입술이 미세하게 떨리고 있었다.

"뭘 하다니요? 당연히 혁명이죠."

얼굴이 예쁘고 목소리도 아름다운 처녀의 말 한마디, 행동 하나하나는 마치 신인 영화배우가 대본을 읽는 것처럼 딱딱했다. 득도는 동생에게 눈길을 돌렸다. 득방이 무엇 때문에 '전무적' 전투대 대원을 이곳으로 데리고 왔는지 도통 알 수가 없었다.

조쟁쟁은 원래 여자고등학교 홍위병 조직을 대표해 오곤을 찾으러 대학에 왔었다. 두 학교가 연합해 혁명연락처를 만드는 일을 추진하기 위해서였다. 하지만 오곤은 못 만나고 학교 대문 앞에서 득방만 만났다.

조쟁쟁과 득방은 1년 전 항주시 공청단(공산주의청년단) 위원회의 주최로 열린 하기 훈련캠프에서 얼굴을 익힌 사이였다. 그래서 득방은 조쟁쟁을 득도에게 데리고 온 것이었다.

"당신들의 요구를 들어줄 수 없소."

예상한 대로 득도는 실망스러운 대답을 내놓았다.

"나는 대학 소속이고 당신들은 고등학생이오. 같은 조직이 아니라는 말이오. 그리고, 나는 당신들의 관점에 완전히 동의하기 어렵소. 적어도 나는 혈통론血統論은 믿지 않소. 조쟁쟁 동지, 문의사항이 있으면 우리 학교 지도자를 찾아가시오……."

조쟁쟁이 눈을 부릅뜨고 득방을 향해 목소리를 높였다.

"이게 어떻게 된 거죠? 학교에 아직도 지도자가 있다니?"

득도가 대답했다.

"아직 철수 명령을 못 받았소."

조쟁쟁이 고함을 질렀다.

"조만간 철수할 거예요."

"그때 가서 다시 얘기합시다."

득도는 건성으로 대답하고 물건을 정리하기 시작했다. 행동으로 축객령을 내린 것이었다.

두 고등학생은 할 말을 잃고 득도를 바라보기만 했다. 이윽고 조쟁쟁이 매서운 눈빛을 보이면서 목소리를 높였다.

"아무튼 연락처를 만드는 일은 조금 더 두고 봐야겠어요. 아무나 원한다고 다 될 수 있는 게 아니니까요. 자격심사가 생각보다 엄하거든요. 어머, 여기에 봉자수封資修(봉건주의와 자본주의 및 수정주의를 일컬음)에 해당하는 물건들이 적지 않군요. 여기, 여기, 저기에도 있어요. 이건 또 누군가요?"

조쟁쟁이 책상 위에 있는 백야의 사진을 가리켰다. 득도는 급기야 인내심을 잃고 폭발했다.

"오곤을 찾아가서 물어보오. 그가 여기에 둔 것이오."

득방은 뭐라고 설명해야 할지 몰라 난처한 표정으로 쩔쩔 매다가 조심스레 입을 열었다.

"우리 다른 데 가서 둘러볼까?"

조쟁쟁이 잠깐 생각하고 나더니 통쾌하게 대답했다.

"항득도 동지, 며칠 후에 다시 올 테니 의견 차이는 그때 토론하기로 해요. 진리는 토론을 통해 밝혀지니까요."

"나도 우리 형하고 의논할 게 좀 있어서 이만……."

득방이 우물우물 겨우 말을 꺼냈다. 조쟁쟁이 득방의 어깨를 툭 치면서 말했다.

"좋을 대로 해, 꼬맹이. 나는 가볼게."

조쟁쟁은 군인처럼 씩씩한 걸음으로 멀어져갔다. 득방이 그녀의 뒷모습을 한참 동안 멀거니 지켜보더니 갑자기 득도의 팔에 매달리면서 소리를 질렀다.

"모 주석 뵈러 북경에 가고 싶은데 저들이 저를 뽑아주지 않아요. 저는 이제 어떻게 해요?"

언제나 자신감이 넘치던 득방의 눈빛이 두려움과 절망으로 가득차서 바들바들 떨고 있었다. 득도가 지금까지 한 번도 본 적이 없는 동생의 모습이었다.

서호의 풍광을 돋보이게 하는 양대 제방이 백제白堤와 소제蘇堤라면 득도와 득방은 항씨 가문의 '젊은 재자'로 쌍벽을 이루고 있었다. 항주 중점고등학교 1학년생인 득방은 어느 모로 보나 형님인 득도보다 못한 구석이 없는 젊은이였다. 득도가 열사 유자녀라면 득방은 학자의 후손이었다. 득도가 대학 졸업 후 모교의 조교로 발탁됐다면 득방은 중학 졸업 후 추천 선발을 통해 중점고등학교에 들어갔다.

득방은 나이는 열일곱 살밖에 안 됐지만 목표의식이 뚜렷하고 야심과 패기가 넘쳤다. 그리고 또래들보다 생각이 앞서고 성숙해 있었다. 외모 역시 아버지와 어머니의 좋은 유전자만 골라서 물려받아 남자답게 잘 생겼다. 우선 이마는 아버지 항한을 닮아 넓고 반듯했다. 여기에 어머니 황초풍을 닮은 동남아인 특유의 깊고 큰 눈, 할머니 요코를 닮은 일본인 특유의 곧으면서 코끝이 약간 휜 매부리코도 봐 줄 만했다. 곧고 튼튼한 목이나 사람들의 시선을 집중시키는 미간의 새까만 점도 매력적이었다. 다만 키는 별로 크지 않았다. 마르고 긴 체형인 항씨 남자들 속에서는 중간 정도의 키였다. 하지만 탄탄하고 균형 잡힌 몸매와 꼿꼿한 허리 덕분에 언뜻 보면 형님 득도보다 더 커 보였다. 할아버지의 체형을 닮은 득도는 스물 몇 살밖에 안 된 나이에 벌써 어깨가 구부정해졌다. 한마디로 득방은 어릴 때부터 용감하고 씩씩한 수탉 같은 외모와 성격으로 사람들의 집중적인 관심을 받았다. 어른들은 득방이 지나갈 때면 "아이가 참 잘 생겼네. 뉘 집 아들인지 몰라도 나중에 큰 인물이 되겠어."라고 칭찬을 아끼지 않았다.

득방은 득도처럼 문학, 역사와 철학을 좋아했다. 또 아버지 항한의 영향을 받아 자연과 생물에도 관심이 많았다. 그는 여느 아이들이라면 놀이에 빠져 있을 어린 나이에도 독서에 심취했다. 고등학교에 입학하기도 전에 벌써 《사랑스러운 중국》, 《강철전사》, 《작은 불티가 들판을 태우다》, 《등에》, 《스파르타쿠스》, 《강철은 어떻게 단련되었는가》 등의 문학작품들을 탐독했다. 또 소설을 각색한 동명의 영화 〈빠벨 꼬르차긴〉 Pavel Korchagin도 여러 번 봤다. 그는 이렇게 강렬한 성취욕과 주입식 교육에 의한 혁명욕구가 더해져 자기도 모르는 사이에 1960년대 중반의 전형적인 '중국식 고등학생'으로 성장했다.

득방은 심지어 고등학교 1학년 첫 활동수업 시간에 당당하게 교단에 올라 높은 소리로 빠벨 꼬르차긴의 명언을 낭송하기도 했다.

……사람에게 가장 귀중한 것은 생명이다. 생명은 사람에게 단 한 번만 주어진다. 따라서 사람은 지나온 삶을 되돌아볼 때 다음과 같이 말할 수 있도록 살아야 한다……

다음날, "학교에 빠벨 꼬르차긴을 꼭 닮은 남학생이 있다."는 소문이 같은 학교 여학생들 사이에 파다하게 퍼졌다. 득방은 아무런 내색도 하지 않고 하루 종일 담담하게 수업에 참가했다. 하교 후에는 조용히 집에 돌아와 자신의 침실 문을 걸어 잠갔다. 그리고 거울 앞에서 영화에서 본 빠벨 꼬르차긴의 자세를 잡아봤다. 보면 볼수록 거울속의 자신이 빠벨 꼬르차긴을 닮은 것 같았다. 계속 보다 보니 《등에》의 주인공 아서, 《스파르타쿠스》의 주인공 스파르타쿠스의 모습도 보이는 것 같았다. 아마 그대로 정신줄을 놓았더라면 거울 속에서 젊은 시절의 마르크스를 발견했을지도 모른다. 다행히 그는 정신줄을 놓지는 않았다. 한참을 거울 앞에서 자세를 취하다가 어느 순간 갑자기 부끄러움이 밀려들었던 것이다. 그는 그대로 선 자리에서 공중제비를 돌아 침대에 철퍼덕 드러누웠다. 순간 쿵, 하는 요란한 소리와 함께 나무침대가 그대로 무너져 내렸다. 그때 마침 문밖에 있던 가평이 먼지를 잔뜩 뒤집어쓰고 밖으로 나오는 손자를 목격했다. 그는 하마터면 손자를 알아보지 못할 뻔했다. 어린 손자가 마치 형장으로 끌려가는 애국지사들에게서나 볼 법한 장엄하고 위대한 표정을 짓고 있었던 것이다.

득방은 할아버지, 화교華僑 할머니(황나)와 함께 널찍한 마당이 딸린 집에서 살았다. 아버지 항한은 교외에 있는 운서雲棲차연구소에 기거하면서 일주일에 한 번씩 집으로 왔다. 출국한 뒤에는 2년이 넘도록 만나지 못했다. 어머니 황초풍은 시어머니(요코)와 함께 양패두에 살았다. 황초풍은 성격이 낙천적이고 온후했다. 자식들을 애지중지 보살피는 게 아니라 친구 대하듯 했다. 가끔 생각이 날 때면 아들을 보러 한 번씩 왔다갔으나 어떤 때는 일주일이 지나도록 찾아오지 않았다. 그래서 득방은 어머니를 마음 털어놓을 상대로 여기지 않았다. 대신 할아버지, 할머니와는 사이가 좋았다. 다만 화교 할머니는 부르주아 사상에 젖은 분이라 일상생활과 학업을 제외하고는 할 말이 별로 없었다. 그런 할머니마저 외국으로 나가버리자 일상생활과 학업에 대해 얘기할 사람도 없어졌다. 할아버지 가평과 함께 있을 때의 대화주제는 주로 사상에 관한 것이었다. 득방은 어렸을 때 가족들 중에서 할아버지 가평과 형님 득도를 제일 숭배했다.

득방은 고등학교 생활 일주일 만에 학급 분위기와 실세 학생들의 상황을 대략 파악했다. 그가 나름대로 분석한 바에 의하면 그의 학급에는 중점 양성 대상이 세 명 있었다. 그중에서 1위는 고위급 간부의 자제였다. 또 2위는 노동자 계층 자제, 그리고 3위는 득방 본인이었다. 사실 재능과 학식만 따지면 1위는 단연 득방이었다. 하지만 출신계급까지 감안할 경우 득방은 종합 순위 3위만 해도 감지덕지해야 할 상황이었다.

그는 어른처럼 자신의 처지를 객관적으로 분석할 줄 알았다. 공산당이 아닌 민주당과 정협政協 위원 출신의 할아버지를 필두로 일본 혈통을 가진 전업주부 할머니, 일본인의 피를 절반 물려받은 차 전문가 아버지, 화교 출신의 화가 할머니(새 할머니), 그리고 교사 어머니까지 보태면 조금 과장해서 족히 국제연합을 이루고도 남을 가족 구성원이었다. 물론 출신 계급을 기준으로 분석하는 방법도 있었다. 이를테면 득방의 증조부는 신해혁명에 투신한 사람, 조부는 애국지사였다. 또 부친은 항일 영웅, 모친은 귀국 화교였다. 굳이 더 추가한다면 항씨 가문에는 이밖에도 혁명열사가 몇 명 더 있었다. 하지만 아무리 사돈에 팔촌까지 가져다 붙인다고 한들 고위급 간부의 자제인 동도강董渡江이나 노동자 계층 자제인 손화정孫華正과는 비교가 안 됐다. 득방은 이 둘을 떠올릴 때마다 자신감이 바닥으로 떨어지는 것을 어쩌지 못했다. 그는 소학교에서부터 고교에 입학할 때까지 단 한 번도 남에게 뒤처진 적이 없었다. 언제나 학급이나 전교에서 두각을 나타냈었다. 항상 남들보다 먼저 소년선봉대에 가입하고 대대장大隊長을 맡았을 뿐 아니라 수월하게 중점중학에 진학했다. 그랬던 그가 공청단에 가입하고 나서부터 본능적으로 누란지위累卵之危를 느끼게 된 것이다. 사람들은 여전히 그에게 신뢰의 눈빛을 보내고 있었으나 그 눈빛 속에는 예전과 달리 말로 꼬집어 설명할 수 없는 의혹과 불신이 담겨 있었다.

득방은 조부인 가평과 분명 닮았으나 다른 점도 있었다. 둘 다 남들보다 뛰어난 것만은 틀림없었다. 하지만 젊은 시절의 가평은 틀에 박힌 질서를 깨뜨리고 자유를 지향하는 '반항아'의 이미지로 사람들에게 깊은 인상을 남겼었다. 불을 훔친 프로메테우스처럼 낡은 제도를 뒤엎고 새로운 사회를 여는 것이 그의 궁극적인 목표였었다. 이에 반해 득방이 지향하는 것은 조부와는 정반대의 삶과 목표였다. 그는 집단에 융화돼 집단의 핵심이 되기를 갈망했다. 그러기 위해서는 '반항'이 아닌 '순종'을 택해야 했다.

결국 따지고 보면 득방의 내적 갈등과 괴로움의 근원은 '반항심'에서 비롯된 것이 아니었다. 공동체에서 밀려날 것 같은 위기감, 그리고 채 충족되지 못한 인정 욕구에서 비롯된 것이었다. 그는 어릴 때는 꿈 많고 조숙한 아이였다. 하지만 철이 들기 시작하면서 끊임없이 걱정, 두려움과 불안감에 시달리기 시작했다. 중학에 올라가서는 저절로 '진영'陣營, '유유상종'이라는 단어의 뜻을 깨우쳤다. "세상 모든 곳에는 '좌'左, '중'中, '우'右의 구분이 따르고 심지어 학생들로 구성된 학급에도 간부 자제, 일반인 자제 및 출신 계급이 나쁜 학생 등 각각의 무리가 구분된다."는 것이 그가 어린 나이에 발견한 '진리'였다. 그는 언제 어디서나 좌파 진영에 가담하기 위해 무던히도 애를 썼다. 그리고 자신의 특출한 재능에 힘입어 그때마다 거의 성공한 것처럼 보였다. 하지만 아무리 해도 자신의 위치에 확신을 가질 수 없었다. 분명히 좌파 진영에 끼여 있음에도 불구하고 사람들이 자꾸 그를 '중간'으로 밀어내는 것 같은 느낌이 들었다. 그는 '중간'이 싫었다. 두렵고 무서웠다. 그가 자본가보다 소기업주를 더 싫어하고, 지주보다 중농中農을 더 싫어하는 이유도 '중간파가 제일 무능하고 위험하다. 불안정한 부류다.'라는 인식 때문이었다. 중간에 갇혀 올라가지도, 내려가지도 못하는 그 느낌은 상상만으로도 끔찍했다. 그에게 있어서 '중간'은 그리스 속담에 나오는 '다모클레스의 칼'처럼 언제 닥칠지 모를 위험 그 자체였다.

그는 '중간'이 되는 것을 피하고자 언제 어디서나 두각을 나타내기 위해 안간힘을 썼다. 고등학교에 입학하고 나서는 그 누구와도 의논하지 않고 스스로 '입당 신청서'를 썼다. 다 쓴 입당 신청서는 아직 철부지인 여동생 영상에게만 보여줬다. 영상은 오빠의 무조건적인 지지자이자 추종자였다. 영상은 오빠와 달리 천부적인 재능을 가지지 못했다. 그래서 유치원 때부터 아무리 노력해도 '중간'을 넘어서지 못했다. 영상은 한껏 숭배하는 표정으로 오빠를 보면서 조언을 구하기도 했다.

"어떻게 하면 오빠처럼 대단한 사람이 될 수 있을까요? 저도 정말 노력하고 있어요. 지금은 학업성적이 학급에서 열 손가락 안에 들어요. 그런데 아직 한 번도 '우수 소선대원少先隊員'에 뽑히지 못했어요."

득방은 잘 접은 입당 신청서를 윗옷 호주머니에 넣으면서 여동생을 향해 의미심장하게 말했다.

"그건 네 노력이 부족하기 때문이야. 우리 같은 사람은 1등을 하지 않으면 안 돼. 2등은 필요 없어, 반드시 1등을 해야 돼. 사람들은 처음 우주 비행에 성공한 유리 가가린만 기억하지 두 번째로 달에 착륙한 사람이 누군지는 관심이 없거든."

영상이 놀란 눈으로 오빠를 바라봤다. 이어 오빠가 한 말을 공책에 받아 적었다. 영상은 뭐든지 열심히 하는 아이였다. 성격이 엄숙하고 진지한 데다 남의 말을 쉽게 믿었다. 또 뭐든지 어딘가에 꽂히면 쉽게 헤어 나오지 못했다. 그래서 밤마다 낮에 사람들에게 들은 '인생 격언'을 공책에 기록하고는 했다.

한번은 침대에 앉아 있던 영상이 갑자기 으앙, 하고 울음을 터뜨렸다. 다들 배를 곯으면서 살던 세월이라 어른들은 아이가 배가 고파서 우는 줄 알았다. 영상의 할머니 황나黃娜가 다가와서 물었다.

"많이 배고파?"

영상이 눈물을 글썽거리면서 울먹였다.

"할머니, 미국 제국주의가 무서워요."

영상은 낮에 학교에서 국제형세 교육을 받았었다. 그때 "미국 제국주의와 장개석 일당이 대륙 침공을 꾀하고 있다. 미국 제국주의의 전투기가 중국으로 날아오고 있다."는 말을 들었다. 영상은 더럭 겁이 났다. 만약 아무것도 모르고 쿨쿨 자고 있는데 미국 제국주의가 원자폭탄을 투하한다면 꼼짝 못하고 폭사할 것이 아닌가? 집에 와서 다시 생각하면 할수록 점점 더 무서워지는 것을 어찌할 수 없었다.

황나는 어이가 없어서 아무 말도 못 하고 손녀를 꼭 껴안았다. 영상은 할머니 품에서 그대로 잠이 드는가 싶더니 갑자기 소스라치게 놀라면서 다시 눈을 번쩍 떴다. 이어 할머니 얼굴을 빤히 쳐다봤다. 그리고 엄숙하게 말했다.

"할머니, 할머니는 미 제국주의의 간첩이 아니죠? 간첩이 맞다면 저에게 꼭 말해주세요. 제가 할머니를 공안국公安局(경찰서)으로 데리고 가겠어요. '솔직하게 고백하면 관대하게 처리하고, 항거하면 엄벌에 처한다.'고 했어요."

황나는 소스라치게 놀랐다. 이것이 일고여덟 살밖에 안 된 아이의 입에서 나올 법한 말인가? 하지만 영상은 정색하고 다시 입을 열었다.

"할머니는 제국주의 나라로 간다고 하지 않았어요?"

아이는 할머니가 외국으로 간다는 말을 어디에서 들은 모양이었다. 이 일이 있고 얼마 뒤 황나는 정말 영국으로 떠났다. 어른들은 "제국주의 나라로 간다고 해서 다 나쁜 사람인 것은 아니다. 할머니는 친척을 방문하러 외국으로 간 것이다."라고 어린 영상을 설득하느라 한동안 애를 먹었다. 득방의 눈에 그런 여동생은 통찰력과 결단력이 부족하고 머리도 그다지 똑똑하지 못한 아이였다. 그래서 틈만 나면 여동생에게 귀에 못이 박히도록 일러줬다.

"우리 같은 사람은 1등이 아니면 아무 의미 없어. 1등을 못하면 사회에서 밀려날 수밖에 없어. 알겠니?"

물론 영상은 오빠의 말을 알아듣지 못했다. 영상은 어머니를 닮아 성격이 단순하고 승부욕이 없었다. 위기감이 뭔지도 몰랐다. 득방은 그런 여동생을 볼 때마다 한숨을 내쉬면서 아버지의 얼굴을 떠올렸다. 아버지는 좋은 사람이었다. 다만 유감인 것은 지금까지도 아버지가 '좌파'인지 아니면 '중간파'인지 알 수 없다는 사실이었다. 아버지는 아프리카로 떠나기 전 대대적인 정치 심사를 받았다. 그때 하마터면 우파의 모자를 쓸 뻔했다. 그때 막 중학생이 된 득방은 아버지가 방월方越 삼촌처럼 우파로 몰릴까봐 걱정이 돼 얼마나 가슴을 쓸어내렸는지 몰랐다.

남들에게 털어놓지 않은 근원적인 득방의 두려움과 불안감은 따지고 보면 '내세울 게 없는 가정 출신'에서 비롯된 것이라고 해도 과언이 아니었다. 애매모호한 가정 출신에 발목을 잡혀 자신의 혁명사상이 "떳떳하지 못하다."고 생각한 것도 문제라면 문제였다. 기존의 사회질서 속에서 그는 무기력한 존재라고 느꼈다. 자신의 힘으로는 '가정 출신'을 바꿀 수 없기 때문이었다. 하지만 이제는 달라졌다. 전 국민이 합심해 낡은 세계를 허물고 공산당 통치하의 새로운 세계를 만들고 있지 않은가? 어쩌면 이는 그를 새로운 사람으로 다시 태어나게 만들 기회일지도 몰랐다. 그는 이번 기회를 결코 놓치지 않으리라 결심했다. 이번에야말로 혁명의 선봉에 나서는 '철저한 혁명가'로 두각을 나타내리라 굳게 다짐했다.

득방은 "나 혼자 혁명에 뒤처지면 어쩌나." 하는 걱정과 불안감에 휩싸여 있었다. 그 결과 실제로는 정치에 거의 문외한인 그가 아이러니하게도 정치에 제일 민감한 사람이 돼버렸다.

'6.1운동'(지식인을 겨냥한 대대적인 숙청운동)이 시작된 그날 밤, 득방은 득도의 숙소에 있었다. 물론 뜬눈으로 밤을 새웠다. 당시 득도와 한 숙소를 썼던 오곤도 형세 변화에 지대한 관심을 보였다. 그는 어렵사리 결혼 약속을 받아낸 '신부'를 제쳐놓고 신문을 한 뭉텅이 꺼냈다. 〈자본계급을 철저하게 비판하자〉, 〈'진리 앞에서 모든 사람이 평범하다'라는 말은 수정주의의 반당反黨 구호이다〉, 〈학술 토론을 빙자해 정치투쟁을 은폐하려는 음모를 까발린다〉, 〈반혁명분자 오함吳晗의 진면목을 폭로한다. -오함의 고향 의오義烏현에 있는 오점공사吳店公社에 대한 조사자료〉 등의 글이 실린 신문들이었다. 득방은 신문을 읽고도 글의 의미를 제대로 이해하지 못했다. 하지만 사태의 심각성은 미뤄 짐작할 수 있었다. 그가 바로 득도와 오곤에게 물었다.

"중학교와 고등학교도 이번 운동에 휘말릴까요?"

그때 그는 득도와 오곤의 차이점을 분명히 파악했다. 득도는 처음부터 끝까지 뜨뜻미지근한 태도를 보이고 있었다. 득방은 형님의 태도가 마음에 들지 않았으나 형님에게는 문제가 없었다. 혁명열사 유자녀인 형님이 뜨뜻미지근한 태도를 보인다고 해도 사람들은 '투쟁의식이 낮다'고 가볍게 치부해버리고 끝날 터였다. 하지만 득방이 똑같은 태도를 취한다면 말이 달라질 것이다. 사람들은 틀림없이 가정 출신이 애매모호한 그가 "계급적 입장도 확고하지 못하다."고 비난할 터였다. 따라서 사람들 입에서 그런 말이 나오지 못하도록 처음부터 처신을 똑바로 하는 것이 중요했다. 이튿날 이른 아침, 득방은 형님의 숙소를 나왔다. 학교로 돌아가는 길에 그의 머릿속은 온통 '계급의 적'으로 가득차 있었다. 심지어 거리를 지나는 행인들마저 모조리 '우귀사신'으로 보일 정도였다.

사태는 사람들이 예상한 것보다 훨씬 더 빨리 전개됐다. 학교는 휴교에 들어갔다. 학생들은 소용돌이에 말려들 듯 혁명에 뛰어들었다. 홍위병 조직이 설립되고 도처에 교사들을 비판하는 대자보가 나붙었다. 득방은 한 군데도 빠지지 않고 모든 활동에 가장 적극적으로 앞장섰다. 하지만 사람들은 그의 노력과 '계급적 입장'을 알아주지 않았다.

득방은 자전거를 타고 서둘러 학교에 도착했다. 학교 안은 학생들로 꽉 차 있었다. 갑자기 불길한 예감이 들었다. 교실에도 학생들이 여기저기 무리 지어 서 있었다. 동도강이 제일 먼저 득방을 발견하고 교실 밖으로 달려 나왔다. 득방을 보고 알은 척을 하는 그녀의 목소리가 어쩐지 부자연스러웠다.

"너 어디 갔었어? 왜 이제 왔어?"

교실 안에서 무슨 일이 벌어졌는지 모르는 득방은 기선제압을 할 요량으로 일부러 열의에 찬 목소리로 말했다.

"나? 강남江南대학에 갔다 왔어!"

학생들이 우르르 몰려왔다. 득방이 교단 옆에 서 있는 손화정을 힐끗 일별하고 높은 소리로 입을 열었다.

"강남대학 조반파는 2,000명이 서명한 청원 전보를 모 주석에게 보냈대. 지금은 성 당위원회 건물 앞에서 농성을 벌이고 있어."

그런데 학생들의 반응이 이상했다. 평소와 달리 엄청난 소식을 듣고서도 놀라기는커녕 득방의 얼굴을 멀뚱멀뚱 쳐다만 볼 뿐이었다. 득방은 한참이 지나서야 영문을 알 수 있었다. 하룻밤 사이에 모든 것이 바뀌었다. 학생들이 그에게 등을 돌렸다. 그것은 그에게 있어 천하를 잃은 것이나 다름없었다. 그는 심지어 오늘 학급모임이 있다는 통지도 받지 못했다. 당연히 북경으로 가게 될 학급대표 선발자 명단에도 그의 이름이 없었다.

"이유가 뭐야?"

손화정이 질문을 기다렸다는 듯 냉랭하게 대답했다.

"네 할아버지에게 물어봐. 대자보에 다 적혀 있어."

득방은 말문이 턱 막혔다.

그는 무슨 정신으로 교실을 빠져나왔는지 몰랐다. 눈에 눈물이 잔뜩 고여 앞이 잘 보이지 않았다. 분노에 가득찬 표정은 평소의 '빠벨 꼬르차긴'처럼 멋있던 모습과는 천양지차였다. 그는 손화정의 말 속에 숨은 뜻을 잘 알고 있었다. 그것은 "무산계급도 아닌 주제에 나대지 마. 네 할아버지도 곧 큰 봉변을 당할 거야."라는 비아냥거림이었다.

득방은 아무 생각 없이 운동장을 걸었다. 곧 그의 멍한 시선이 몇 걸음 앞에서 걷고 있는 한 여학생의 길게 땋은 머리카락에 꽂혔다. 웅대한 꿈과 포부를 가지고 있는 그는 평소에 평범한 여학생들에게는 관심조차 없었다. 이날도 정신적으로 큰 충격을 받지 않았더라면 앞에 있는 여학생의 땋은 머리 따위에 눈길을 줄 이유가 없었을 것이다.

옅은 격자무늬 셔츠를 입고 땋은 머리카락 끝을 진녹색 털실로 질끈 묶은 여학생의 이름은 사애광謝愛光이었다. 득방과는 동급생이었지만 둘은 말 몇 마디 나눠보지 못한 사이였다. 득방의 눈에 사애광은 여동생 영상처럼 그저 평범한 여자아이일 뿐이었다. 더구나 소문에 의하면 사애광은 가정 배경이 매우 복잡하다고 했다. 반장 동도강은 공개석상에서 사애광에 대한 험담을 한 적이 있었다. 사애광이 이 학교에 들어오게 된 것은 미꾸라지처럼 운 좋게 '계급투쟁의 그물'에서 빠져나왔기 때문이라고 했다. 그 뒤로 득방은 사애광을 볼 때마다 구멍 난 그물 사이로 빠져나오는 작은 미꾸라지를 떠올리고는 했다.

미꾸라지, 아니 사애광이 조용히 걸음을 멈췄다.

득방이 다가가자 사애광이 그를 향해 웃음을 지었다. 부서진 나뭇잎 그림자가 그녀의 얼굴에 드리워 분장을 한 연극배우의 얼굴처럼 보였다.

"무슨 일이야?"

득방이 딱딱한 목소리로 물었다.

사애광은 놀란 듯 얼굴이 벌겋게 달아오르더니 입을 반쯤 벌린 채 아무 말도 못했다. 사애광의 입은 아기 입처럼 작았다. 득방도 뭔가 생각난 듯 놀란 표정을 지으면서 물었다.

"너는 왜 먼저 나왔어?"

교실 안에서는 아직 표결이 끝나지 않았다. 표결을 통해 결정해야 할 일이 많았기 때문이었다. 득방은 스스로 '추방'당한 것이었다.

사애광이 작은 소리로 대답했다.

"우리 집은 너의 집과 같은 방향이야."

사애광이 또 살며시 얼굴을 붉혔다. 조그마한 입술을 반쯤 벌린 모습이 물 위에서 숨을 할딱거리는 물고기 같았다. 이마와 목에는 솜털이 보송보송하고 머리카락이 부드럽고 나른하게 떨어져 내렸다.

득방은 눈살을 찌푸렸다. '너 설마 지금 나를 동정하는 거야? 유유상종이라고 나도 너하고 똑같은 부류라고 생각해서 동정하는 거야?'라는 생각이 들었다. 심장이 쿵쿵 뛰었다. 다른 사람들의 눈에 띌까 두려웠다. 그는 주변을 힐끗 둘러보고 재빨리 '빠벨 꼬르차긴'의 표정을 회복했다. 그리고 헛기침을 몇 번 하고는 아무렇지 않은 척 말했다.

"나는 괜찮아."

말을 하던 득방은 아차 싶었다. 상대방이 묻지도 않은 말을 한 것은 스스로 자백한 것이나 다름없지 않은가.

사애광이 고개를 번쩍 들었다. 눈빛은 흔들림이 없었으나 목소리는 많이 떨렸다.

"나는 너를 뽑았어!"

사애광의 눈빛은 그늘져 있었다. 그러나 그 말을 하는 순간은 반짝 빛이 났다. 그러다 이내 다시 어두워졌다.

득방은 외국 영화배우들처럼 어깨를 으쓱했다. 목구멍으로 '나는 괜찮아'와 '고마워'라는 두 마디가 동시에 튀어나오려 하고 있었다. 그러나 간신히 꾹 참고 다른 말을 했다.

"이유가 뭐야?"

사애광은 더 이상 부끄러워하지 않았다. 천천히 득방 가까이로 다가와 그의 얼굴을 빤히 올려다보면서 조금은 격동된 목소리로 대답했다.

"사람은 공정해야 해."

보아하니 사애광도 '항 꼬르차긴'의 추종자였던 것 같았다. 다만 평소에 그런 티를 내지 않았을 따름이었다. 득방이 한참 침묵을 지키다 뜻밖의 질문을 던졌다.

"너희 집에도 대자보가 붙었어?"

사애광은 한 대 얻어맞은 것처럼 멍해졌다. 양쪽 콧방울부터 시작해 귀밑까지, 얼굴 전체가 백짓장처럼 창백해졌다. 볼에 있는 옅은 주근깨도 보이지 않았다. 곧이어 마치 냇물이 차오르듯이 눈가에 눈물이 그렁그렁 고이기 시작했다. 눈물에 젖은 속눈썹 몇 가닥이 새초롬하니 위로 치켜 올라갔다. 득방은 여자의 속눈썹을 이날 처음 봤다. 사애광은 영화의 느린 화면처럼 천천히 뒷걸음질을 쳤다. 그러는가 싶더니 운동장 변두리의 백양나무와 운동장 밖의 모래구덩이를 지나 득방의 시야에서 점점 멀어져갔다. 하늘 중턱에 솟아오른 태양빛이 운동장을 은빛으로 물들였다. 마치 강렬한 태양빛에 빨려 들어간 것처럼 사애광의 모습이 보이지 않았다.

사애광이 사라진 방향을 멍하니 바라보던 득방은 번뜩 정신을 차렸다. 잠깐이나마 잊고 있었던 패배감과 굴욕감이 다시 엄습했다. 억울하고 분해 미칠 것 같았다. 신의를 저버린 인간들에게 한바탕 욕을 퍼붓고 싶었다. 그런데 마땅한 단어가 생각나지 않았다. 또 자신감에 차서 지나치게 방심한 스스로에게도 화가 났다. 낙선될 수도 있다는 생각은 한 번도 해본 적이 없었다.

'작은 수탉? 그래, 사람들은 나를 작은 수탉이라고 불렀지. 하지만 사람들은 틀렸어. 나라는 사람을 잘못 본 거야. 나는 작은 수탉보다 훨씬 소심하고 생각이 많은 사람이야. 나는 중임을 맡기 위해 너무 많은 치욕을 감내해야 했어…….'

자존감이 무너지는 생각을 하니 슬픔과 외로움이 파도처럼 밀려왔다. 이날 밤 그는 뒤척거리면서 잠을 이루지 못했다. 문득 "차가운 가을날에 홀로 서니 상강湘江 북으로 흘러가고……, 창망한 대지에 묻노니 누가 이 세상의 오름과 내림을 주재하는가……."라는 내용의 모 주석의 시가 떠올랐다.

아침이 되자 득방은 공황상태에 빠졌다. 아무리 생각해도 뭔가 단단히 잘못된 것이 틀림없었다. 생각하면 할수록 점점 더 두려워졌다.

'안 돼. 집단을 잃으면 안 돼. 투쟁을 멈추면 안 돼…….'

득방은 본능적으로 강남대학을 향해 전력 질주했다. 지금 이 순간 그에게 절실히 필요한 것은 형님의 지지와 응원이었다. 그의 첫 번째 우상이었던 할아버지는 이미 무너졌다. 이제 남은 것은 형님뿐이다. 형님은 그 어떤 상황에서도 절대로 무너지지 않을 것이다.

강남대학 대문 앞에 선전 차량이 서 있었다. 차 위에 있는 확성기에서 쩌렁쩌렁한 목소리가 흘러나왔다.

……마르크스주의 사상의 핵심은 한마디로 말해 "반란은 정당하다"造反有理는 것이다……

쨍쨍 내리쬐는 햇볕 아래 도처에 누런 군복, 표어, 구호, 풀을 담은 통, 확성기와 넓은 가죽혁대가 물결을 이루고 있었다. 수많은 청춘들의 뜨거운 열기가 태양을 집어삼킬 듯 들끓고 있었다. 득방은 즉시 이곳 분위기에 동화되어 이제부터 '환골탈태'하기로 했다. 사춘기 청소년인 그는 여느 청춘들처럼 고민이 많았다. 하지만 혼자 속으로 끙끙 앓을 줄만 알았지 외부의 힘을 빌려 고민을 해결해볼 생각은 한 번도 못했었다. 하물며 폭풍우처럼 세차고 모진 외력外力은 상상조차 해보지 않았다. 그러나 이제 됐다. 정상적이든 혹은 비정상적이든 이제까지의 모든 번뇌에서 벗어날 탈출구가 드디어 생긴 것이다.

득방은 '비둘기' 브랜드의 자전거를 구석에 대충 세워놓고 선전 차량 앞으로 뛰어갔다.

"중국에 전대미문의 사건이 발생했습니다……."

아하, 그런 거였구나. 감히 모 주석과 무산계급 문화대혁명에 반기를 든 '자본계급사령부'가 나타났구나! 이들은 중국 인민들을 또다시 도탄에 빠뜨리고 홍색강산紅色江山을 뒤엎으려고 시도하고 있구나!

"이래서야 되겠습니까? 안 됩니다! 절대 안 됩니다! 우리는 절대로 가만히 있어서는 안 됩니다!"

카랑카랑한 목소리로 '혁명의 진리'를 설파하는 사람은 여고생 조쟁쟁이었다. 득방과는 지난해 하기 훈련캠프에서 안면을 익힌 사이였다. 그때는 길게 땋은 머리카락에 나비 모양의 리본을 단 예쁜 여학생이었는데 오늘은 풀 바른 솔을 두 손에 든 씩씩한 '혁명전사'로 탈바꿈해 있었다. 득방은 궁금증을 참지 못하고 물었다.

"어떻게 나온 거야? 누가 조직했어?"

조쟁쟁이 기세등등하게 반문했다.

"혁명에 허가가 필요해? 반란에 이유가 있어? 크롬웰은 허가를 받고 영국혁명을 일으켰어? 파리 사람들은 허가를 받고 바스티유감옥을 습격했나? 혁명은 낡은 사슬을 부숴버리고 전 세계를 구하는 길이야! 이론 따위는 필요 없어. 오직 행동, 행동만 필요해! 고개를 들어 주변을 둘러봐. 전 중국이 들끓고 있어. 중앙, 지방, 공장, 학교, 도시, 농촌 등 어디라 할 것 없이 전 국민이 혁명의 열의에 불타고 있어! 용맹한 바다제비는 자랑스럽게 번개를 가르면서 노호하는 바다 위를 선회한다. 그 울음소리는 승리의 예언처럼 기쁨에 넘쳐 울려 퍼진다. 폭풍우여, 더욱 세차게 불어 닥쳐라!"

득방은 외계인이라도 보듯 조쟁쟁에게서 눈을 떼지 못했다. 그래, 이게 바로 혁명이지! 이게 바로 삶이고 이상이야! 추천? 선발? 다 개나 줘버리라고 해! 평소 우러러보고 부러워했던 동도강과 손화정 같은 동급생들은 눈앞에 있는 위풍당당한 '혁명전사' 조쟁쟁에 비하면 애송이에 불과하다는 생각이 들었다. 눈이 번쩍 뜨이고 가슴이 먹먹해졌다. 뭔가 생각해야 하는데 머릿속이 텅텅 비어 아무 생각도 나지 않았다. 다만 눈앞에 있는 '혁명가'들과 함께하고 싶다는 강렬한 열망만이 있었다. 이들과 함께라면 무서울 게 없을 것 같았다. 앞길도, 장래도, 모두 걱정 없을 것 같았다. 득방은 이렇게 조쟁쟁과 함께 형님 득도를 찾아갔다. 물론 형님이 그의 끓어오르는 열정에 찬물을 끼얹을 것이라고는 결코 생각하지 못했다.

득방은 득도가 지역 역사학을 전공하기로 했다는 소식을 들었을 때 다소 이해가 가지 않았다. 그는 미래 지향적인 사람이었다. 새로운 것을 탐구하기를 즐겼다. 식화食貨(고대 국가의 경제나 재정에 관한 사항) 따위의 역사에는 흥미가 없었다. 하지만 그는 형님 앞에서 아무 내색도 하지 않았다. 형님의 뜻을 존중하기로 했다. 그때는 그랬다 치고 형님의 지금의 행태는 정말이지 그냥 두고 볼 수가 없었다. 시대가 어느 때인데 한가롭게 호주로 가서 차에 관한 유물을 연구할 생각을 한다는 말인가. 게다가 그것도 모자라 다른 남자의 '신부'를 데리고 와야 한단다. 이렇게 꾸물거리다가 언제 급변하는 형세에 발을 맞추는가 말이다. 득방이 보기에 형님은 여느 사람과 달리 정세 변화에 대해 냉정한 태도를 유지하고 있었다. 심하게 말하면 냉담하다 못해 거의 무관심하다고 해도 좋았다. 심지어 사랑하는 동생이 북경으로 가는 홍위병 명단에서 제외됐다는 말을 듣고도 무덤덤하니 별 반응이 없었다. 득도가 말했다.

"문화대혁명이 어떤 방향으로 전개될지 그리고 얼마나 더 크게 확산될지는 시간이 지나봐야 알 수 있을 거야. 중화인민공화국은 어차피 중국 공산당의 세상이야. 하룻밤 사이에 정권이 전복되고 전쟁이 발발할 리 없어. 나는 누군가가 일부러 정세를 심각하게 부풀려 여론을 오도한다고 생각해. 이를테면 일종의 음모론인 셈이지."

득방이 어이없다는 표정을 지었다. 형님이 머리가 잘못되었나 하는 생각도 잠깐 들었다. 맙소사, 어떻게 그런 말도 안 되는 추측을 할 수가 있지? 곧 낡은 세상이 무너지고 새로운 시대가 열릴 텐데. 그리 하면 착취 받고 압박받던 노예들이 모두 머리를 들고 살 수 있을 텐데…….

득도 역시 동생의 뜬금없는 격정이 이해 안 되기는 마찬가지였다. 어떤 것이 낡은 세상인가? 왜 낡은 세상을 무너뜨려야 하는가? 누가 노예인가? 득도는 허무맹랑한 구호 따위는 딱 질색인 사람이었다.

하지만 득방은 집요하게 물고 늘어졌다.

"이번에는 형님이 틀렸어요!"

득방이 득도의 눈을 똑바로 마주보며 말했다.

"형님이 틀렸어요! 제 말이 맞다니까요. 두고 보세요, 계속 그렇게 잘못된 노선과 입장을 고집하다가는 큰 대가를 치를 거예요."

"네 말이 맞다는 논거를 대봐. 결론을 강요하지 말고 말이야."

"틀렸어요! 형님은 '이론적 근거'라는 올가미로 저를 옭아매려고 하지만 저는 거기에 말려들지 않을 거예요. 모든 이론은 회색이지만 생명의 나무는 영원히 푸릅니다. 혁명에 논거가 필요해요? 반란에 이유가 있어요? 크롬웰은 논증을 거쳐 영국혁명을 일으켰어요? 파리 사람들은 논증을 거쳐 바스티유감옥을 습격했나요? 이론 따위는 필요 없어요. 오직 행동, 행동만 필요해요! 고개를 들어 주위를 둘러봐요, 전 중국이 들끓고 있어요. 중앙, 지방, 공장, 학교, 도시, 농촌……, 어디든 할 것 없이 전 국민이 혁명의 열의에 불타고 있어요! 용맹한 바다제비는 자랑스럽게 번개를 가르면서 노호하는 바다 위를 선회한다. 그 울음소리는 승리의 예언처럼 기쁨에 넘쳐 울려 퍼진다. 폭풍우여, 더욱 세차게 불어 닥쳐라!"

득방은 작은 방안을 왔다 갔다 하면서 우리에 갇힌 맹수처럼 포효했다. 조쟁쟁에게 배운 논리가 마치 원래부터 그의 머릿속에 있었던 것처럼 자연스럽게 줄줄 흘러나왔다. 천부적인 언변, 풍부한 학식, '작은 수탉'다운 용기와 박력 등 지금까지 억눌러왔던 모든 것들이 한꺼번에 폭발하면서 마구 뿜어져 나왔다.

득방보다 훨씬 연상인 득도는 겉으로는 애써 침착한 척했다. 그러나 동생의 폭풍우처럼 몰아치는 연설을 듣고 속으로 적이 놀랐다. 그는 긴장한 표정으로 동생을 보면서 생각했다.

'혹시 정말로 내가 틀린 것은 아닐까? 인민군중이 새로 만들어내고 있는 역사를 기존의 경험으로만 판단할 수 있을까?'

득도의 주전공은 역사학이었다. 그러나 지금은 눈앞에서 펼쳐지는 생생한 역사의 현장을 목격하고 판단해야 했다. 젊은 득도가 감당하기에는 버거운 상황이 아닐 수 없었다.

득도는 득방에게 차를 한 잔 내밀었다. 동생이 차를 마시는 틈을 타서 혼란스러운 머릿속을 정리하고 싶었던 것이다. 차는 지난번에 백야에게서 받은 고저산 자순차였다. 당연히 맛이 기가 막혔다. 하지만 득방의 기준에 따르면 없애버려야 할 '낡은 문화'에 속하는 물건이기도 했다. 막 발동이 걸린 득방은 차를 한 모금에 들이켜고는 물 만난 물고기처럼 또 열변을 토하기 시작했다.

"무엇 때문에 인민군중들이 일제히 들고 일어났을까요? 무엇 때문에 한 사람의 외침에 천하가 호응하고 나섰을까요? 무엇 때문에 최고

통솔자께서 이번 혁명을 지시하셨을까요? '전대미문'의 의미가 뭡니까? 진짜로 진리를 왜곡한 사람은 누구입니까? 누가 우리 신주대지神州大地에 바늘 꽂을 틈도 없고, 물 한 방울 샐 틈도 없는 '독립왕국'을 세우려고 한 겁니까? 누가 우리 옆에 누워 있는 후르시초프입니까?"

득방은 형님에게 마구 퍼부어댔다. 마치 형님이 '계급의 적'이라도 된 것처럼 온 마음과 영혼을 다 담아 바락바락 고함을 질렀다. 그렇게 한바탕 소리를 다 지르고 나서야 숨을 고르고 득도에게 빈 찻잔을 내밀었다.

"한 잔 더 주세요."

멍하니 침대머리에 앉은 득방은 방금 그렇게 히스테리를 부린 사람이 맞나 싶게 풀이 죽은 얼굴이었다. 어제부로 낙오자, 패배자가 됐다는 가슴 아픈 현실을 다시 자각한 모양이었다.

동생이 조용해지자 득도도 헝클어진 생각을 차분하게 정리할 수 있었다. 그는 동생을 동정했다. 동생의 삶의 신조는 '오직 1등'이었다. 동생은 남에게 지는 것을 죽기보다 싫어했다. 어쩌면 젊은 나이에 허영심, 개인주의와 영웅주의에 빠져 이성이 마비됐는지도 모른다. 다른 것은 차치하더라도 동생이 말끝마다 쏟아낸 '없애버려야 하고', '비판해야 하는' 가장 가까운 대상이 바로 동생 자신이 아니고 무엇인가? 득도는 진실을 애써 외면하는 동생이 안쓰럽기 그지없었다. 그러나 구태여 일깨워줄 생각은 없었다. 그는 동생을 사랑했다. 오직 1등만 원하는 동생의 신조마저도 사랑했다. 그는 동생이 곧 성숙해질 것이라 믿었다.

"세상만사 새옹지마라고 했어. 까짓것 이번에 뽑히지 못한 게 뭐 어때서?"

득도는 형식적이고 상투적인 위로밖에 건넬 수 없었다.

"할아버지도 정협에서 비판을 받고 있어요."

득도는 동생의 말에 별로 놀라지 않았다. 이번 운동에 연루된 사람이 어디 한둘인가? 항씨 가문이라고 비껴갈 수 있겠는가?

"우리에게 닥친 또 한 차례의 시련이라고 생각하자."

득도는 가볍게 말했다.

이 한마디가 득방을 감동시켰다. 득방이 고개를 들고 말했다.

"저도 다시 그들을 설득할게요. 흑오류黑五類(지주와 부자, 반혁명분자, 범죄자, 우파분자 등 출신 성분이 나쁜 다섯 종류의 집단)가 아닌 것만 해도 얼마나 다행이에요?"

득방은 예의 자신감 넘치는 표정을 회복했다. 그가 자리에서 일어나면서 말했다.

"'신부' 데리러 호주로 간다고 하지 않았어요? 언제 떠나요? 형님이 돌아올 때쯤이면 이 세상은 몰라보게 변해 있을 거예요."

제5장

차茶 학자 항한은 말리 수도 바마코에서 항공편으로 귀국했다. 이어 북경에서 하루를 머물렀다. 그러나 시차 적응 때문에 한동안 정신을 차리지 못했다.

항한은 말리가 독립을 달성한 지 3년째 되는 해(1960년대 초)에 그곳으로 날아갔다. 말리 사람들이 현지에 차나무를 재배하고 싶다는 소망을 중국에 전해 왔고, 차의 본고장인 중국이 우방국 '흑인형제'들의 소원을 선선히 들어주기로 했기 때문이다. 얼마 후 말리는 중국 과학자들의 도움에 힘입어 처음으로 차나무 재배에 성공했다. 차 품종은 양국의 개국연도를 따서 '49－60호'로 명명했다. '49－60'호는 생육이 아주 좋았다. 꺾꽂이를 해놓으면 1년에 1미터씩 쑥쑥 자랐다. 매달 가지에 하얀 꽃송이들이 다닥다닥 달렸다. 차 재배학을 전공한 중국인 학자 항한은 열정적이고 호의적인 말리 사람들로부터 정중한 대접을 받았다. 유유자적한 생활도 즐겼다.

그렇게 외국에 있다가 중국으로 돌아오니 모든 것이 새롭게만 느껴졌다. 과장을 좀 하자면 마르코 폴로가 처음 중국 땅을 밟았을 때의 느낌과 흡사하다고 할까. 아무튼 항한의 눈에는 모든 것이 새로운 것투성이였다. 서아프리카 내륙의 차나무 밭은 크고 조용했다. 그곳에서는 '사해가 용솟음치고 비구름이 가득 몰려와 다섯 대륙이 진동할 정도'로 세상 형세가 변화무쌍하다는 의미를 실감하지 못했다. 물론 항한은 환상론자가 아니었다. 그의 방에는 "말과 소, 양, 닭, 개, 돼지와 벗하고, 벼와 수수, 콩, 밀, 기장, 조에 공들이리"라는 대련이 걸려 있었다. 차 학자이자 교수인 장만방莊晩芳 선생이 선물한 것이었다. 장 선생 본인도 젊은 시절에는 이 글을 좌우명으로 농업과 다업茶業 연구에 정진했다고 했다. 항한 역시 장 선생의 실용적 사상을 자신의 좌우명으로 받아들였다.

외국에 있을 때 여러 경로를 통해 들은 소식은 항한을 불안하게 만들었다. 하지만 그것뿐이었다. 그는 머릿속으로 지난 10여 년 동안의 온갖 '혁명'과 '00운동'을 떠올리려고 애썼으나 기억이 흐릿했다. 시간이 흐르고 거리가 멀어지면 날카로운 상처의 아픔도 무뎌지는 법인가 보다.

항한은 얼떨떨한 기분으로 천안문天安門 앞에 서 있었다. 안 그래도 8월의 뜨거운 한여름인데 인산인해를 이룬 사람들 때문에 숨이 턱턱 막혔다. 사방에는 붉은 깃발이 휘날렸다. 사람들의 함성소리가 마치 파도소리 같았다. 사람들이 외치는 구호는 예전 '운동' 때는 들어보지 못한 것들이었다. 항한은 요행히 '만세'와 '타도'라는 두 마디는 알아들을 수 있었다. 문득 항주에 있는 아들딸의 얼굴이 떠올랐다. 그 아이들이 어쩌면 지금 이곳 북경에 있을지도 모른다는 생각이 들었다. 항한은 귀국을 앞둔 몇 달 동안 어느 때보다 집 생각을 많이 했다. 미칠 만큼 집이 그립고 가족들이 보고 싶었다. 하지만 지금 이 순간 그는 온통 붉은 물결로 가득한 천안문 광장에서 이방인 같은 소외감과 고립감을 느끼고 있었다. 해가 지고 불이 켜졌다. 트럭 두 대가 지나갔다. 흥분한 홍위병들이 벗어던진 신발들을 주워가는 트럭이었다. 항한은 그렇게 한참을 서 있었다. 하지만 이곳에서 그는 자신이 중국인이라는 느낌을 끝끝내 가질 수 없었다.

그 느낌은 그가 북경에서 상해를 경유해 항주에 도착할 때까지 쭉 이어졌다. 열차도 사람들로 꽉 차 있었다. 드디어 항주 역에 도착했다. 그는 떠밀리듯 열차 창문을 통해 밖으로 나왔다. 사람들에게 이리 치이고 저리 치여 셔츠 단추가 하나도 남아 있지 않았다. 거지꼴이 따로 없었다.

외국에서 가져온 짐들은 전부 북경에 있는 친구 집에 잠시 맡긴 상태였다. 그렇게 빈 몸으로 기차를 탔는데도 앉을 자리가 없어 하루 낮 하루 밤을 꼬박 서서 와야 했다. 몸은 지칠 대로 지쳤다. 예상했던 대로 아내 황초풍은 마중을 나오지 않았다. 이제는 별로 놀랍지도 않았다. 둘은 꽤나 긴 세월 동안 살 맞대고 아들딸 낳고 살아온 부부였다. 하지만 항한의 눈에 황초풍은 아내가 아닌 거의 딸 같은 존재였다. 항상 아이 셋을 키우는 기분이었다. 황초풍은 제대로 할 줄 아는 게 없었다. 뭘 해도 실수투성이였다. 항한은 그런 그녀가 남편이 없는 동안 어떻게 지냈을지 무척이나 궁금했다. 아내와 가족들 생각을 하자 자기도 모르게 걸음이 빨라졌다. 거리는 온통 '만세'와 '타도'라는 글자 천지였다. 각양각색의 조리돌림 대오도 심심찮게 보였다. 하지만 거리의 풍경은 항한의 관심을 끌지 못했다. 그의 머릿속은 온통 가족들 생각으로 꽉 차 있었다.

어느덧 중산로中山路에 접어들었다. 조금만 더 가면 양패두가 보일 터였다. 문득 시장 한 귀퉁이에 있는 나무통 하나가 항한의 눈길을 끌었다. 통 안에는 살아서 꿈틀거리는 드렁허리가 반쯤 담겨져 있었다. 이 얼마나 오랜만에 구경하는 드렁허리인가? 주체할 수 없이 밀려드는 감격과 함께 드디어 여기가 중국이고 항주라는 느낌이 확 다가왔다.

항한은 드렁허리 세 마리를 샀다. 그리고 판매원에게 잘 손질해달라고 부탁했다. 가족들 중에 큰아버지 가화가 유난히 드렁허리 요리를 좋아하셨다. 항한의 기억으로는 시장 옆에 오랜 찻집이 있었다. 찻집 부뚜막에는 늘 뜨거운 물이 준비돼 있었다. 그래서 드렁허리를 손질할 줄 모르는 사람들은 판매원에게 부탁해 찻집의 뜨거운 물로 잘 손질해서 가져가곤 했었다. 이는 예전부터 쭉 이어져온 관습이었다.

외국에서 살다 온 항한은 이번 '운동'의 중점 방향이 '낡은 관습을 타도하는 것'이고 드렁허리 손질도 '낡은 관습'에 속한다는 것을 알 리 만무했다. 판매원은 젊은 여자였다. 그녀는 항한에게 드렁허리를 팔 때부터 잔뜩 심통이 난 표정이었다. 그도 그럴 것이 그녀보다 가정 성분이 나쁜 다른 판매원들도 모두 '혁명'하러 거리로 나갔는데 그녀만 혼자 남아 드렁허리나 만지고 있어야 했기 때문이었다. 그녀는 잔뜩 부아가 치밀었으나 그렇다고 시장 관리자한테 대들 수도 없었다. 바로 그때 "시어미에게 역정 나서 개 옆구리 찬다."고 마침 화풀이대상이 그녀 앞에 제 발로 찾아왔다. 그녀는 항한의 얼굴을 뚫어져라 쳐다보다가 엄지손가락으로 담벼락을 가리키면서 새된 소리로 고함을 질렀다.

"저기 저 글자들이 안 보여요? 지금이 어느 때인데 감히 혁명군중한테 드렁허리 손질을 맡겨요? 가정 성분을 묻지도 않고 드렁허리를 내준 것만 해도 감지덕지해야 할 판인데 염치가 없어도 유분수지. 잘 들어요, 혁명은 손님접대도 아니고 글짓기도 아니고 수놓는 것도 아니고……, 드렁허리 손질도 아니라고요. 알겠어요?"

항한은 드렁허리를 든 채 그 자리에 얼어붙었다. 너무 놀라서 말이 나오지 않았다. 온순하고 상냥하고 여성스럽기로 유명한 항주 여자들이 언제부터 조직폭력배들처럼 거칠어졌던가? 잠시 생각해보니 슬슬 화가 치밀었다. 그는 어릴 때부터 온화와 선량, 공경, 근검절약, 겸양의 다섯 가지 덕목을 지향하는 가문에서 자랐다. 또 외국에 나가서도 다학茶學의 권위자로 사람들의 존중과 공경을 한 몸에 받았다. 물론 아프리카에 있는 중국인들도 정치학습政治學習을 매우 중요하게 여겼다. 하지만 여기 사람들처럼 매일 《모택동 어록》을 외울 정도까지는 아니었다. 그러니 "혁명은 손님접대가 아니다"라는 말이 조반파들의 좌우명이 됐다는 사실을 그가 모르는 것은 당연한 일이었다. 그는 한참을 멍하니 서 있다가 겨우 입을 열어 한마디를 했다.

"여성 동지, 말이 너무 심한 거 아니오?"

판매원은 '너 잘 걸려들었다.'는 표정으로 들고 있던 저울을 확 팽개쳤다. 그러더니 동네가 떠나가라 고함을 질렀다.

"여기, 여기, 여기 반혁명 현행범이 있어요! 이자가 감히 모 주석의 말씀을 '심하다'고 망발을 했어요. 이자를 조반사령부로 잡아가요!"

'내가 반혁명 현행범이라고?'

항한은 두 눈을 몇 번 끔벅거리다 사태의 심각성을 인지했다. 뭐가 어떻게 된 것인지는 잘 모르겠으나 아무튼 그는 드렁허리 세 마리를 사는 잠깐 사이에 '반혁명 현행범'이 돼버린 것이다! 이제 어떻게 해야 하지? 그때 누군가가 어쩔 줄 모르고 서 있는 그의 팔을 잡아당겼다.

"자자, 그만들 하시게. 보아하니 비약적으로 발전하는 혁명 형세를 잘 모르는 사람이네. 자네는 얼른 집으로 돌아가서 자아비판을 하게. 자네 머릿속의 자본계급 사상과 수정주의 사상을 없애버리지 않으면 '우귀사신'들처럼 고깔모자를 쓰고 거리에서 조리돌림을 당하게 될걸세."

항한을 도와준 사람은 예전에 왕장汪莊 찻집에서 점원으로 일하던 주씨周氏, 즉 주이周二였다. 항씨 가문과 오랫동안 알고 지낸 사람으로 항일전쟁을 앞두고는 서호의 삼담인월도에서 항씨네 사람들에게 차를 대접한 적도 있었다.

항한이 주이를 따라 나오면서 불만을 토했다.

"저 여성 동지는 왜 저래요? 나하고 무슨 원수를 졌다고? 동지를 대할 때는 봄날처럼 따뜻하게 대해야 하는 거 아닌가요? 내가 출국하기 전까지만 해도 다들 뇌봉雷鋒을 따라 배운다고 서로 만나면 웃으면서 인사했는데 말입니다."

주이가 작은 소리로 말했다.

"항 선생, 오늘은 아무 말도 하지 말고 가만히 계셔유. 오늘 내가 소촬착의 말을 듣고 찾으러 나왔기에 망정이지 안 그랬다면 항 선생은 지금쯤 고깔모자를 쓰고 거리에서 조리돌림을 당하고 있을 거유."

둘이 찻집 가까이에 이르렀을 때였다. 낡은 팔선상 뒤에서 한 사람이 긴 걸상을 발로 차면서 벌떡 일어났다.

"눈이 잘 보이지 않아서 한아漢兒를 알아보지 못했군. 하지만 목소리와 말투를 듣고 틀림없이 우리 항씨 가문의 사람이라고 확신했네."

항한을 보고 반색하는 사람은 다름 아닌 소촬착이었다. 예전에 비해 많이 늙었으나 정신은 맑아보였다. 항한이 급히 다가가면서 인사했다.

"소촬착 아저씨도 오셨어요? 주 아저씨 덕분에 제가 큰 화를 면했어요. 몇 년 동안 외국에 있다 보니 여기 세상이 어떻게 돌아가는지 모르겠어요."

소촬착이 손으로 주위를 가리키면서 말했다.

"자네 탓이 아니네. 여기 살고 있는 나도 요즘의 형세 변화에 적응하기가 어렵다네."

주이가 두 사람에게 차를 내주면서 황급히 손사래를 쳤다.

"소촬착, 그 입 좀 조심하게. 홍위병들에게 잡혀가면 어떡하려고……. 어쩌면 나이를 먹어도 여전히 그 모양인가?"

"이 어르신은 1927년에 입당한 노 당원이여. 이 어르신이 피 흘리면서 혁명할 때 저놈들의 할아비는 짜개바지(가랑이 밑을 터놓은 아이들의 바지) 입고 기어 다녔어. 이마에 피도 안 마른 것들이 어디서 감히?"

"그래, 그래. 자네는 1927년의 노 당원이 맞다 치자고. 하지만 나 주이는 자네처럼 경력이 영광스럽지 못하다네. 자네야 차 한 잔 마시고 궁둥이 툭툭 털고 가버리면 그만이지만 나는 이 찻집에서 쫓겨나면 갈 데도 없네."

주이가 부뚜막 앞에서 드렁허리를 손질하면서 소촬착과 주거니 받거니 하는 소리에 항한이 미안한 기색을 보이면서 끼어들었다.

"그럴 일은 없을 겁니다. 우리 망우차장이 '공사합영'으로 넘어갔을 때에도 이 찻집은 무사하지 않았습니까?"

"그건 항 선생이 잘 몰라서 하는 소리유. 저치들이 '자본주의의 꼬리'를 자른답시고 설쳐댄 게 벌써 몇 년째유? 우리 노호조老虎灶도 이제 수명을 다 한 것 같아유."

주이의 목소리에 서글픔이 묻어났다. 항한은 항주 사람들이 일명

'노호조'라고 부르는 부뚜막을 자세히 살펴봤다. 윗면은 평평하고 앞에 커다란 솥 하나, 뒤에 작은 솥 두 개를 건 부뚜막이었다. 멀리서 보면 작은 솥 두 개가 호랑이 눈, 큰 솥이 호랑이 입처럼 보였다. 지붕으로 통한 굴뚝은 호랑이 꼬리를 닮았다.

주이의 가게는 말이 찻집이지 팔선상 몇 개에 긴 걸상 몇 개가 전부인 허름한 집이었다.

그래도 옛날에는 손님들로 북적거렸다. 찻집에 모여든 다객들은 이것저것 잡다하게 한담을 시작하면 시간 가는 줄도 모르고 얘기꽃을 피우기 일쑤였다. 물론 옛날에도 혁명에 관한 얘기는 했었다. 하지만 지금처럼 아침에 눈을 떠서부터 잠들기 전까지 혁명 얘기만 한 것은 아니었다. 항한은 드렁허리 손질이 끝나기를 기다리면서 다른 다객들의 대화에 귀를 기울였다. 마침 한 다객이 운을 뗐다.

"우리 가도街道(주민구역. 동네를 의미함)에 아들 하나 데리고 사는 여자가 있어요. 얼굴이 곱상하고 성격도 좋지요. 그런데 어제 홍위병들이 갑자기 그 여자네 집에 들이닥쳐서는 여자가 대만 간첩이라나 뭐라나? 나도 가봤는데, 하, 땅을 석 자 깊이로 판다는 게 무슨 말인지 내 눈으로 확인했지 뭐요? 송신기를 찾아낸다고 마루까지 전부 다 들어냈더군."

"그래서? 찾아냈소?"

다른 다객들이 이구동성으로 물었다.

"그렇게 허술하게 감춰놨으면 그게 대만 간첩이겠소?"

다객이 쓴웃음을 지으면서 말을 이었다.

"그 여자도 고집이 이만저만 아니었소. 홍위병들이 가죽 혁대로 후려갈기는데도 끝까지 송신기 감춘 곳을 불지 않더군. 나중에는 악에 받친 홍위병들이 펄펄 끓는 물을 여자의 머리에 들이부었소. '화강암 대

가리가 언제까지 버티나 두고 보자.'면서 말이오……."

사람들이 나지막하게 한숨을 내쉬었다.

"그치들은 정말 못하는 짓이 없다니까."

다객이 자리에서 일어섰다. 이어 손에 쥔 작은 깃발을 흔들면서 주위 사람들에게 말했다.

"당신들도 여기서 유유자적 차를 음미할 날이 며칠 남지 않았소. 홍위병들이 언제 갑자기 들이닥쳐 펄펄 끓는 물을 이 탁자 위에 들이부을지 모르니 말이오. 다리를 꼬고 앉아 찻잔을 들고 있는 당신들은 그치들의 눈에는 영락없는 봉건주의, 자본주의, 수정주의 잔재들이오. 그러니 다들 조심하시오. 그치들의 발에 밟히면 골로 가는 수가 있으니까."

말을 마친 다객은 고개를 흔들면서 성큼성큼 가버렸다. 항한은 가슴이 두근두근 뛰었다. 어디 사는 누구인지 물어보려다 이내 다물어버렸다. 대체 뭐가 어떻게 돌아가는 건지 종잡을 수가 없었다. 한편으로는 두렵기도 했다. 마치 천 길 낭떠러지 위에 서 있는 것처럼 위태위태한 느낌이었다. 아프리카를 떠난 지 고작 이틀밖에 안 됐는데 그곳의 차나무 숲이 검은색이었는지 푸른색이었는지 기억도 가물가물했다. 마치 꿈을 꾸고 있는 것 같았다.

멀지 않은 곳에서 종소리가 울렸다. 귀에 익은 청년회青年會의 종소리였다. 종소리는 항한에게 용감무쌍했던 젊은 시절의 기억을 되살려줬다. 하지만 그 기억이 무슨 소용이 있는가? 지금의 그는 손질된 드렁허리 몇 마리를 들고 망연자실한 표정을 짓고 있는 것을. 그는 동쪽을 보고 또 서쪽을 보다 어디로 향했으면 좋을지 몰라 망설였다. 큰아버지를 비롯한 대부분의 친인척들은 모두 양패두에 있었다. 그들이 몹시 보고 싶었다. 하지만 해방가解放街에 살고 있는 아버지와 사랑하는 아들이 더 보고 싶었다. 그래, 일단 해방가로 가자. 어쩌면 정협 위원인 아버지에게 자세한 정세와 관련된 내막을 들을 수 있을지도 몰라.

요란한 구호소리, 징소리와 함께 위풍당당한 홍위병 무리가 거리에 나타났다. 맨 앞의 '젊은 용사'는 녹색 군복을 입은 채 뒷걸음질로 대오를 인솔하고 있었다. 얼마나 목청껏 소리를 지르고 손을 흔들어대는지 새까만 머리카락이 춤을 추듯 아래위로 움직였다. 잔등은 땀에 젖어 옷이 다 젖었다. 대오 한 가운데에서는 '우귀사신'이라는 팻말을 목에 건 채 고깔모자를 머리에 쓴 사람들이 밧줄에 묶여 거의 끌려오다시피 걸어오고 있었다. 마치 사형장에 끌려가는 옛날 영화의 죄수들 같았다. 다른 점이라면 이들은 각자 손에 징을 들고 스스로 길을 연다는 것이었다. 대오의 맨 뒤는 말 그대로 '움직이는 옷 난전'이었다. 두 사람씩 짝을 지어 대나무 장대에 가지각색의 옷가지들을 들고 오는데 모피코트, 비단 치파오旗袍, 나사 양복 등 죄다 고급 의류들이었다.

항한은 잠깐 서서 구경하는 것만으로도 귀가 멍멍해지고 얼굴에 땀이 줄줄 흘렀다. 눈썹에 맺힌 땀이 눈으로 흘러들어가 앞이 잘 보이지 않았다. 그 와중에도 눈에 익은 물건이 언뜻 보였다.

소촬착이 귀엣말을 했다.

"자네도 다 봤지? 지금 사람들은 '혁명'이 뭔지를 모른다네. 남의 집에 있는 옷가지들을 가지고 나와 사람들에게 보여주면 그게 '혁명'인 줄 안다네. '혁명'이 뭐 동네 개 이름인가? 우리 때처럼 적들과 쫓고 쫓기면서 목숨 걸고 싸워야 '혁명'이지, 쯧쯧."

항한이 얼굴의 땀을 손으로 훔치면서 말했다.

"소촬착 아저씨, 제가 지금 잘 보이지 않아서 그러는데 저기 회색 나사 코트 옆에 냄비 같은 걸 들고 걸어가는 여자아이가 혹시 우리 영상이 아닌가요?"

소촬착이 까치발을 하고 보더니 고개를 끄덕였다.

"그 아이 말고 또 누가 있겠는가? 그리고 저건 자네가 소련에서 사와서 자네 아버지에게 드린 차 탕관이 아닌가?"

"설마 저 차 탕관도 '네 가지 낡은 것四舊'에 속한다는 말인가요?"

항한은 자신의 눈을 의심했다. 소련제 차 탕관이 '네 가지 낡은 것'에 속한다는 사실도 놀라웠지만 아직 어린 영상이 그 무거운 물건을 들고 나왔다는 사실이 더 놀라웠다. 영상은 어미를 닮아서 겁이 많은 아이였다. 그런 아이가 저런 물건을 들고 홍위병 대오에 끼여 있다니? 눈으로 직접 보고도 믿기 어려웠다.

소촬착이 발을 구르면서 탄식했다.

"그러게 내가 뭐라고 했나? 자네가 저걸 들고 왔을 때 서양 물건은 함부로 가지고 오는 게 아니라고 하지 않았는가? 소련 수정주의 후르시초프가 쓰던 물건을 가져와서 어쩔 셈인가 말이여? 결국 이 사단이 났지 않은가?"

소촬착은 말을 마치자마자 영상을 데리러 사람들을 헤집고 들어갔다.

영상이 들고 있는 차 탕관은 러시아어로 '싸마바트'라고 하는 것으로 적동赤銅을 단조해 만든 것이었다. 절강농업대학 차 학과의 장만평 교수가 제일 처음 받아들인 외국 유학생은 두 명의 소련 학생이었다. 항한은 그들로부터 소련 차 탕관에 대한 얘기를 처음 듣고 집에 와서 아버지에게 가르침을 부탁했다. 소련 생활 경험이 있는 아버지는 러시아 전통 차 탕관이 '훌륭한 물건'이라고 극찬했다. 그래서 항한은 나중에 중국 차 대표단의 일원으로 소련을 방문했을 때 그 무거운 걸 일부러 들고 와서 아버지에게 드렸다. 그랬던 차 탕관이 지금 8월의 뙤약볕 아래에서 '네 가지 낡은 것'의 효시로 뭇사람들의 질타를 받고 있지 않은가. 항한은 얼굴이 화끈거리고 땀이 줄줄 흘러내렸다. 곧이어 등골이 오싹해지는가 싶더니 가슴까지 서늘해졌다.

딸 영상이 앞에 서 있었다. 1956년 항한과 동료들은 새로운 차나무 우량종을 육성해냈다. 이 품종은 상강霜降 이후에도 새싹이 돋아난다고 해서 '영상'迎霜이라는 이름이 붙여졌다. 그 무렵 항한의 아내는 항주병원에서 포동포동한 딸을 출산했다. 항한은 딸에게도 '영상'이라는 이름을 지어줬다.

영상은 3년 전보다 키가 한 뼘은 더 자란 것 같았다. 통통한 몸매와 이목구비가 엄마와 똑 닮았다. 하지만 오랜만에 아버지를 보고도 좋아하는 기색이 없었다. 그러기는커녕 커다란 두 눈에 두려움만 가득했다. 아이는 기어이 묻지도 않은 말도 했다.

"오빠가 불러서 왔어요. 오빠가 나오라고 해서……."

"오빠는?"

영상은 아까 대오의 맨 앞에서 구호를 부르던 젊은 홍위병을 가리켰다. 항한은 자신의 아들을 알아보지 못한 것이었다.

"너희들, 할아버지 집을 뒤졌어?"

항한의 목소리가 높아졌다. 어쩐지 아까 본 치파오와 외투가 눈에 많이 익었었다.

영상은 고개를 푹 숙였다가 다시 아버지를 쳐다봤다. 눈빛은 공허한 듯 확고했다. 더 물어볼 필요도 없었다. 거리에서 '조리돌림'을 당하고 있는 소련제 차 탕관과 옷가지들은 득방과 영상 두 녀석이 가지고 나온 것이 틀림없었다. 항한은 영상의 손에서 차 탕관을 빼앗아들고 뒤돌아 성큼성큼 걸었다. 영상은 종종걸음으로 아버지의 뒤를 따르면서 울먹이는 소리로 말했다.

"엄마는 외양간에 갇혔어요."

항한이 걸음을 멈추고 뒤돌아서 딸의 얼굴을 찬찬히 바라봤다. 딸의 이마에 어울리지 않게 주름 몇 줄이 보였다. 딸은 마치 낯선 사람 보듯 아버지를 보면서 작은 소리로 물었다.

"아빠, 아빠는 간첩인가요?"

"내가?"

딸이 한 걸음 앞서 걸으면서 말했다.

"어머니는 외양간에 들어갔어요. 아버지의 죄를 자백해야 한대요. 조반파가 벌써 우리 집에 왔다갔어요. 아버지는 일본 간첩, 할아버지는 국민당이라고 했어요. 참, 지금 이러고 있을 때가 아니에요. 우리는 당신들과 선을 그어야 해요!"

영상이 갑자기 걸음을 멈추고 아버지의 품에서 차 탕관을 빼앗았다. 이어 작지만 단호한 소리로 말했다.

"가정 성분도 중요하지만 행동이 더 중요하다고 했어요. 저는 열심히 교육을 받아 새사람이 될 거예요."

항한은 이것이 열두 살짜리 아이의 입에서 나오는 말이라고는 도저히 믿을 수 없었다. 항한이 그렇게 잠깐 멍해 있는 사이에 영상이 차 탕관을 안고 저만치 가버렸다. 항한은 뜨거운 땀인지 아니면 식은땀인지 모를 얼굴의 땀을 닦으면서 멀어져가는 딸에게 물었다.

"너 정말 부모와 인연을 끊을 거냐?"

항한은 자신의 목소리가 떨리는 것을 스스로도 느낄 수 있었다.

딸이 몸을 돌렸다. 미간을 찌푸린 채 아무 말도 안 하는 것을 보니 이 문제에 대해 꽤 오랫동안 고민한 것이 틀림없었다. 딸은 고개를 저으면서 뒷걸음질을 쳤다. 그리고는 커다란 차 탕관을 마치 아기처럼 소중하게 꼭 안은 채 그렇게 고개를 저으면서 점점 멀어져갔다.

항한은 딸의 고갯짓의 의미를 이해할 수 없었다. 역시 오늘 온종일 귀 아프게 들었던 '흑오류'黑五類, '우귀사신', '무산계급사령부' 따위가 무엇을 의미하는지도 알 수 없었다. 정신이 혼미해지는 것 같았다. 지금이 몇 월 며칠인지, 자신이 지금 어디에 있는지조차 헷갈릴 지경이었다. 그는 입을 크게 벌렸다. 하지만 말이 나오지 않았다. 그제야 그는 지금 사람들이 쓰는 말과 그가 예전부터 사용해온 '모국어'가 다르다는 것을 깨달았다. 지금 여기서는 '동지를 대하듯 봄날처럼 따뜻한 대화법'이 통하지 않을 터였다.

항한은 날이 어둑어둑할 무렵 양패두에 도착했다. 낮에 시끌벅적하던 거리는 조용해졌다. '젊은 용사'들은 다들 '군량'을 보충하러 갔는지 보이지 않았다.

큰아버지 집 대문 앞에 이른 항한의 눈길이 쓰레기통 뚜껑 위에 머물렀다. 신문 뭉텅이 사이로 삐죽 고개를 내민 굽 높은 여성용 구두가 어쩐지 눈에 익었다. 새하얀 색깔의 고급 가죽구두였다. 문득 아내 황초풍이 몇 번 신고 몇 년 동안 구석에 내버려뒀던 구두라는 것이 생각났다. 그는 구두를 손에 들었다. 눈시울이 뜨거워졌다. 아내의 따뜻한 온기와 체취가 느껴지는 것 같았다. 그는 반나절 동안 들고 다녀 상하기 시작하는 드렁허리를 쓰레기통에 던져버렸다. 이어 소중한 보물을 안듯 두 손으로 구두를 꼭 안았다.

대문은 잠겨 있지 않았다. 그는 예전 모습을 찾아보기 힘든 마당을 지나 집문 앞에 이르렀다. 방문이 굳게 닫혀 있었다. 그는 구두 굽으로 조심스럽게 문을 두드렸다. 용정산에서 교사로 일하고 있는 항분이 살그머니 문을 열고는 고개를 삐쭉 내밀었다. 항한의 손에 들려져 있는 구두를 본 그녀의 가늘고 긴 눈이 동그래졌다. 급기야 자신도 모르게 소리를 질렀다.

"그걸 가지고 오면 어떡해요!"

항한은 영문을 몰라 어안이 벙벙한 모습으로 서 있었다. 그러자 그의 어머니 요코가 재빨리 아들을 방안으로 끌어당겼다. 그녀가 구두를 받아들고 떨리는 목소리로 물었다.

"다른 사람이 이 신발을 들고 들어오는 걸 봤느냐?"

"잘 모르겠어요, 아마도……."

"설마 들킨 건 아니겠지?"

요코가 따지듯 다시 물었다. 항한이 손을 저으면서 말했다.

"그렇게 벌벌 떨지 않으셔도 돼요. 누가 그깟 신발에 신경 쓴다고요!"

웃으면서 자신의 방에 들어간 항한은 그러나 자신의 말과는 달리 입을 딱 벌리고 말았다. 완전 난장판이 따로 없었다. 항일전쟁 시대에 왜놈들에게 소탕 당했을 때보다 더 심했다. 고개를 돌려보니 큰아버지 가화가 문앞에 서 있었다. 요코가 울면서 말했다.

"그들이 어제 와서 이 지경으로 만들었어."

항한의 표정이 딱딱하게 굳어졌다.

"초풍은 여기에서 끌려갔나요?"

가화가 말했다.

"너무 걱정하지 말아라. 그냥 뒤졌을 뿐 가져간 물건은 없어. 방금 초풍을 만나고 오는 길이야. 교직원들을 대상으로 단체학습반을 연다는구나. 초풍이 잘 설명하면 괜찮아질 거야."

항한이 밖으로 나가면서 말했다.

"제가 갔다 오겠어요."

가화가 항한의 앞을 막아섰다. 요코가 항한의 소매를 잡고 울먹였다.

"내일 가거라. 응?"

항한은 두 노인의 눈을 보고 무언의 암시를 알아차렸다. 지금은 그가 나설 때가 아니라는 의미였다. 지금 가면 홍위병들에게 잡혀가는 일밖에 없을 터였다.

가화는 자정이 될 때까지 잠을 자지 못했다. 어제 불청객들이 들이닥쳐 쑥대밭으로 만든 집안을 정리하기 시작했다.

수십 년의 세월을 거치면서 항씨네 집에는 값비싼 물건이라고는 남아 있지 않았다. 집안 살림 역시 수십 년 전 망우차장에서 일하던 점원들의 생활과 별반 차이 없이 소박했다. 가화는 이런 삶이 차라리 마음 편했다. 하지만 어제 조반파들은 가화네 집에 쳐들어와 황초풍을 데리고 가면서 놀라운 말을 던졌다. 이 집에 '네 가지 낡은 것'들이 가득하다는 것이었다.

이웃들은 서로 경쟁이라도 하듯 '네 가지 낡은 것'을 부수고 태우느라 열기가 대단했다. 곳곳에서 매캐한 냄새가 진동하고 타고 남은 재가 검은 눈처럼 잔뜩 쌓였다. 요코가 발을 동동 구르면서 잔소리를 해댔다.

"빨리 태워버려요! 아직도 태우지 않고 뭘 해요?"

가화는 경거망동하는 사람이 아니었다. 요코가 자꾸 귀찮게 하자 그가 요코의 눈을 보면서 준엄하게 말했다.

“일본놈들이 쳐들어온 것도 아닌데 웬 호들갑이오?”

요코는 잠깐 멍해지더니 눈물을 주르륵 흘렸다. 마음이 약해진 가화는 요코를 안고 볼을 부비면서 달랬다.

“무서워 마오. 내가 있지 않소!”

“무서운 게 아니라 걱정돼서 그래요.”

가화가 요코의 어깨를 가볍게 두드렸다.

“잠깐 나갔다 올게. 갔다 와서 정리할 테니 걱정 마오.”

“자꾸 걱정돼요.”

가화가 한숨을 쉬면서 말했다.

“걱정 마오. 우리는 별의별 일을 다 겪어본 사람들 아니오?”

가화는 진읍회陳揖懷의 집에 가보려는 것이었다. 중학 교사인 진읍회라면 좋은 방법이 있을지도 몰랐다.

진읍회의 집은 십오규항十五奎巷에 있었다. 걸어서 잠깐이면 도착하는 거리였다. 항한이 집 앞에 다가가는데 안에서 좌르륵 두루마리 마는 소리가 요란하게 들려왔다. 들어가 보니 명인들의 서화작품이 책상과 의자에 어수선하게 널려 있었다. 워낙 뚱뚱한 진읍회는 이른 아침부터 문을 닫아걸고 전등 아래에서 바삐 돌아다니느라 온통 땀투성이가 돼 있었다. 확대경을 들고 소중한 ‘보물’들을 애지중지 쓰다듬고 있던 그는 가화를 보자 문인산수화 한 폭을 펼쳐 보이면서 말했다.

“가화, 이 그림은 내가 지난달에 소주에 가서 어렵게 구해온 거네. 문징명文徵明의 진짜 작품이라나. 나야 진위 감별에 서투르니 언젠가 자네를 불러서 봐달라고 할 참이었지. 그런데 두 녀석이 가만 내버려두지 않는군. ‘네 가지 낡은 것’이 틀림없으니 태워버리지 않으면 가만두지 않겠다는 거야. 어제 벌써 이만큼이나 태웠다네, 여기 보게……."

진읍회가 마호가니 탁자 아래에 있는 찌그러진 대야를 발로 툭툭 찼다. 뜯어낸 족자 축들이 대야 안에 가득차 있는 것이 마치 담배꽁초가 가득한 재떨이 같았다. 그때 천씨 부인이 황급히 문틈으로 밖을 내다보더니 작은 소리로 남편을 나무랐다.

"쉿, 목소리 낮춰요. 다 듣겠어요."

말이 떨어지기 무섭게 쾅쾅, 문 두드리는 소리가 들려왔다.

"할아버지!"

"외할아버지!"

진읍회의 손자와 외손자였다. 가화도 친손자처럼 예뻐했던 아이들이었다.

진읍회는 옛 친구를 보면서 어쩔 수 없다는 표정을 지었다.

"왔네, 왔어. '네 가지 낡은 것'을 없애러 왔어."

문을 열자 팔에 붉은 완장을 두른 남자아이 둘이 가슴을 쑥 내밀고 씩씩하게 걸어 들어왔다. 진읍회가 억지웃음을 지으면서 아이들에게 말했다.

"나하고 할머니가 밤새 정리했단다. 여기 다 있어."

두 '젊은 용사'는 양 허리춤에 손을 짚고 선 채 거만한 표정으로 낡은 종이무더기를 내려다봤다. 가화를 보고도 알은 체도 하지 않았다.

"이게 다예요?"

"그래, 그래. 이게 다야. 못 믿겠으면 너희들이 직접 확인해 봐."

천씨 부인이 황급히 대답하고 나서 가만히 서 있는 가화에게 설명을 했다.

"읍회의 학교 홍위병들이 그러는데 원래는 찾아와서 수색해야 마땅하대요. 이 아이들의 얼굴을 봐서 찾아오지 않고 우리 스스로 처리하게 한 거래요. 이 아이들은 학교에 가서 보고해야 하니까……."

천씨 부인은 말끝을 흐렸다.

진읍회는 방금 가화에게 보여줬던 문인산수화를 들고 마당으로 나갔다. 이어 족자 축을 뜯어내 아이들에게 던져주면서 말했다.

"태우거라!"

어렵게 구한 '보물'이 순식간에 재가 돼버렸다. 가화는 가슴이 찢어지는 것 같았다. 반면 두 '용사'는 쭈그리고 앉은 채 칼로 족자 축을 자르면서 신이 나서 소리를 지르고 있었다.

"태워, 태워, 다 태워! 쓰레기는 깡그리 태워 없애야 해."

천씨 부인은 옆에서 죽어라 고개를 끄덕이면서 연신 맞장구를 쳤다.

"그래, 그래, 태워야지. 다 태워버려야 해!"

무슨 뾰족한 방법이 없을까 하고 찾아온 가화는 허탈감을 금치 못했다. 여기서도 저기서도 '내 코가 석자'인 상황은 똑같았다. 그는 가볍게 고개를 끄덕이면서 한마디만 했다.

"수고들 하게, 그럼 이만."

진읍회가 쫓아 나와 가화의 팔목을 잡았다.

"가화, 자네가 보기에 이번 운동은 얼마나 오래 갈 것 같은가? 설마 57년도 운동 때처럼은 아니겠지?"

진읍회는 1957년에 하마터면 '우파분자'로 몰릴 뻔했었다. 그때 일은 다시는 떠올리기조차 싫은 고통스러운 기억이었다.

가화는 아무 대답도 하지 않았다. 뭐라고 대답을 해야 할지 몰랐다. 지금까지 살아오면서 온갖 세상풍파를 다 겪어왔지만 이번 '운동' 같은 것은 처음이었다. 지금 알 수 있는 일은 아무 것도 없었다. 다만 홍위병들이 입버릇처럼 외치는 말처럼 이번 운동이 "전례가 없다."는 것만은 확실했다. 그랬으니 이번 운동이 앞으로 어떻게 전개되고 개인의 운명에 어떤 영향을 끼칠지는 아무도 예측할 수 없는 것이었다.

두 사람이 할 말을 잃고 서로의 얼굴을 쳐다보고 있을 때 골목 어귀에서 진씨 부인의 숨넘어가는 소리가 들려왔다.

"읍회, 읍회, 혁명 용사들이 우리 집으로 오고 있어요!"

두 친구는 하나씩밖에 남지 않은 성한 손을 서로 굳게 맞잡았다. 진읍회가 긴장한 표정을 지으면서 말했다.

"우리 학교 학생들이네. 그 아이들이 올 줄 알았어. 그렇지, 올 줄 알았어. 어제 일부를 태워버리기를 잘했어."

"여학생들이라서 득방네처럼 심하게는 하지 않을 거야. 가만 내버려 두게. 우리는 일본놈들 손에서도 잘 버텨내지 않았는가."

진읍회는 옛 친구의 위로에 큰 힘을 얻은 것 같았다. 그가 맞잡은 손을 풀면서 말했다.

"이 고비를 넘기고 자네를 보러 가겠네. 자네도 조심하게."

가화는 뚱뚱한 몸을 이끌고 집으로 종종걸음 치는 진읍회의 뒷모습이 보이지 않을 때까지 그 자리에 서 있었다. 멀리서 진읍회의 목소리가 메아리처럼 들려왔다.

"갑니다, 가요……."

가화는 물건 정리를 시작하고 나서야 집안에 '네 가지 낡은 것'이 적지 않게 있다는 사실을 발견하고 놀랐다. 지금껏 욕심을 버리고 가급적 검소하게 산다고 했는데도 도처에서 '네 가지 낡은 것'의 흔적이 보였다.

가장 먼저 눈에 띈 것은 황초풍의 굽 높은 구두였다.

요코는 막대기로 침대 밑을 훑을 때만 해도 정말 아무 생각이 없었었다. 그럴 리가 없겠지만 혹시라도 '네 가지 낡은 것'이 있지 않을까 형식적으로 휘저어본 것이었다. 그런데 정말로 막대기 끝에 뭔가가 걸려 나왔다. 요코가 구두를 들고 한참 살펴보다가 집에 온 지 얼마 안 된 항분에게 물었다.

"이 구두 좀 봐봐, 굽이 좀 높은 것 같지 않아? 조반파들이 트집 잡지 않을까?"

구두를 본 항분의 안색이 하얗게 질렸다. 그녀가 가슴에 성호를 그으면서 떨리는 소리로 말했다.

"주여, 이건 황씨 아주머니가 영국에서 올 때 가져온 구두 아닌가요? 초풍은 구두 굽이 높고 발이 아프다고 한 번도 신지 않았어요. 저한테 준다는 걸 제가 싫다고 했어요. 교사인 제가 이런 걸 신고 어떻게 애들을 가르쳐요? 진작 버린 줄 알았는데 침대 밑에 보관하고 있었군요."

"그럼 이 구두도 '네 가지 낡은 것'에 속한다는 말이냐?"

겁이 많은 두 여자는 겁에 질린 눈으로 서로를 마주보다가 거의 동시에 입을 열었다.

"버리자!"

구두를 받아든 항분이 대문을 살짝 열고 바깥을 내다봤다. 그러더니 고개를 돌리고 말했다.

"제가 하면 안 될 것 같아요. 집에 자주 오지도 않는 사람이 구두를 들고 나가면 사람들의 의심을 살 수 있어요."

항분이 구두를 요코에게 건넸다.

요코는 뭔가 잠깐 생각하더니 낡은 신문지로 구두를 둘둘 말았다. 하지만 대문 밖에 나간 지 채 2분도 안 돼 대경실색한 표정으로 다시 뛰어 들어왔다.

"안 되겠어. 대문 앞에서 비판투쟁 대회를 열고 있어. 식량 판매소의 노채老蔡가 '반동장교'로 투쟁을 받고 있어."

항분이 물었다.

"들어올 때 미행하는 사람은 없던가요?"

요코는 얼마나 놀랐는지 식은땀을 줄줄 흘리고 있었다. 그녀가 구두를 도로 침대 밑으로 던져 넣으면서 털썩 주저앉았다.

"모르겠어. 무서워서 뒤를 돌아보지 못했어."

가화가 크고 얇은 손으로 주먹을 꾹 쥐면서 말했다.

"휴우, 부숴버리는 게 낫겠다."

가화가 빗자루로 침대 밑의 구두를 도로 끄집어내면서 명령조로 말했다.

"칼 가져와!"

항씨네 가족은 지금까지 자기 손으로 닭 모가지 한 번 비틀어본 적이 없었다. 고기나 생선을 잡아 손질하는 일은 옛날에는 아랫것들이 했다. 하인을 다 내보낸 뒤에는 소촬착이 도와줬다. 그 뒤에는 필요할 때 이웃들의 도움을 간간이 받았다. 따라서 온 집안을 뒤져봐도 날카로운 물건이라고는 식칼 하나밖에 없었다. 요코가 주방에서 식칼을 가져왔다. 가화는 구두 굽을 식칼로 힘껏 내리찍었다.

"손가락 다치지 않게 조심해요!"

요코는 한마디 더 하려다 말고 입을 다물었다. 예전에 가화가 손가락을 잘랐던 일이 문득 생각났던 것이다.

영국산 구두는 생각보다 튼튼했다. 가화가 식칼로 아무리 내리찍어도 굽은 끄떡도 하지 않았다. 보다 못한 요코가 나섰다.

"이리 주세요, 제가 할게요."

요코가 식칼로 있는 힘껏 내리쳤다. 그러나 살짝 빗맞은 구두는 마치 용수철이 달린 것처럼 휙, 튀어 올랐다가 찬장 위에 있는 찻잔 하나를 박살냈다. 항분이 비명을 질렀다.

"그만하세요, 그러다가 위인상偉人像을 부수겠어요. 어제 우리 학교 1학년 학생이 공안국에 잡혀갔어요. 위인 그림을 휴지로 사용했다고요."

가화 역시 놀라서 식은땀이 났다. 그가 걱정한 것은 위인상이 아니라 찬장 위에 있는 다른 물건들이었다. 둘 다 화목심방에서 가져온 것으로 하나는 돈을 주고도 살 수 없는 보물 만생호, 다른 하나는 천목잔이었다. 다행히 두 보물은 다치지 않고 멀쩡했다. 가화는 가슴을 쓸어내리면서 손을 내밀었다.

"내가 할게."

항분이 식칼을 빼앗았다. 이어 떨리는 손으로 성호를 긋고 짧게 기도한 다음 떨리는 목소리로 말했다.

"제가 해볼게요."

구두는 이미 형체를 알아볼 수 없을 정도로 처참하게 망가져 있었다. 흰색 가죽은 너덜너덜 찢어지고 회색 밑창이 다 드러났다. 하지만 구두 굽은 끝까지 질긴 생명력을 자랑하고 있었다. 말 그대로 속수무책이었다. 가화는 침대에 앉아 멍하니 구두를 내려다봤다. 문득 평생 딱 한 번 오리를 잡았던 일이 떠올랐다. 그때 힘을 너무 준 탓으로 오리목이 툭 부러졌었다. 그럼에도 몸부림치면서 그의 손에서 빠져나온 오리는 부러진 목을 이끌고 방향 없이 온 마당을 휘젓고 다녔다. 마지막에 그의 앞으로 달려와서 사람처럼 절망에 찬 눈으로 그를 쳐다보다가 털썩 쓰러져 죽어버렸다. 가화는 구두를 보면서 엉뚱한 생각을 했다.

'만약 이 구두에도 눈이 달렸다면 지금 어떤 눈으로 우리를 쳐다보고 있을까?'

가화는 말없이 신문지로 구두를 둘둘 말았다. 구두에 칼질하는 '잔인한' 짓을 더 해서는 안 될 것 같았다. 이제 한 번만 더 식칼로 내리찍으면 구두가 목 부러진 오리처럼 절망적인 눈으로 쳐다볼 것 같은 느낌도 들었다. 그는 구두를 들고 대문 앞 쓰레기통이 있는 곳으로 갔다. 쓰레기통 안은 매우 더러웠다. 그는 몇 번이나 손을 내밀었다가 도로 거둬들였다. 하얀 구두를 차마 더러운 쓰레기통에 넣을 수가 없었던 것이다. 그러나 결국 눈을 질끈 감고 구두를 쓰레기통 뚜껑 위에 던졌다. 그리고는 뒤도 돌아보지 않고 집으로 들어왔다.

그렇게 온갖 우여곡절을 겪고 '버림'받았던 구두가 한 식경도 안 돼 다시 집으로 '돌아온 것'이었다.

가화가 긴 한숨을 내쉬고 말했다.

"물건도 사람처럼 각자 타고난 운명이 있나보다."

요코는 구두를 종이상자에 담아 도로 침대 밑에 밀어 넣었다. 다들 들리지 않게 안도의 한숨을 내쉬었다.

항씨네 가문은 지난 수십 년 동안 '신중함'을 근본으로 삼았다. 때문에 그나마 평온한 삶을 영위할 수 있었다. 이제 가화도 많이 늙었다. 아무리 모진 비바람에도 끄떡하지 않을 내공도 쌓였다.

가화가 만생호를 들고 항분에게 말했다.

"이 만생호는 네 덕분에 살아남은 것이니 아무래도 너에게 다시 돌려줘야겠다."

항분의 얼굴이 살짝 붉어졌다. 그녀는 20년 전부터 용정산에서 혼자 살아왔다. 처음에는 폐병을 치료하기 위해 공기 좋은 곳을 찾아 올라간 것이었다. 하지만 병이 다 나은 후에는 그곳에 정이 들어 집으로 내려오지 않았다. 용정산에는 차나무 밭도 있고 순박한 이웃들도 있었다. 비록 지금은 임시직 교사지만 나중에 정규직이 되면 먹고사는 데 아무 지장 없이 계속 용정산에 머물러 있어도 될 터였다. 그녀는 아버지가 이번에 만생호 때문에 자신을 불렀을 줄은 몰랐다. 무슨 말을 하려던 그녀는 목이 메어 말이 나오지 않았다. 가화는 고개를 저으며 항한 쪽으로 눈길을 돌렸다.

"산에는 사람이 적고 이 물건은 깨지기 쉬운 것이니 분이가 보관하는 것이 좋겠다."

가화가 이번에는 천목잔을 가리켰다.

"이 토호잔兎毫盞은 깨졌던 걸 붙인 거라서 '네 가지 낡은 것'에 속하지 않을 거야. 방월이 돌아오면 그 애에게 주거라. 방월은 도요에 일가견이 있는 아이니 그 아이에게 맡기면 나도 안심할 것 같다. 이제 남은 것은 항성모項聖謨의 〈금천도〉뿐이구나. 〈금천도〉만은 그 어떤 일이 있어도 없애지 않을 것이니 그리 알거라. '네 가지 낡은 것'이 아니라 여덟 가지, 열 가지 '낡은 것'으로 분류되는 한이 있어도 태워버릴 수 없다."

〈금천도〉는 도둑 배아장扒兒張이 훔쳐갔다가 돌려준 것이었다. 배아장은 가화가 일본인 고보리 이치로와 바둑 대국을 할 당시 가화를 응원했었다. 그러다 고보리의 총에 맞아죽었다. 배아장은 숨을 거두기 전에 〈금천도〉를 숨겨둔 곳을 가화에게 알려줬다. 그 일이 있은 후부터 가화는 〈금천도〉를 자신의 목숨보다 더 소중히 여겼다. 이 사실을 잘 아는 가족들은 가화의 말에 수긍했다. 다만 가화가 귀한 '보물'을 어디에 숨

길지 궁금할 따름이었다.

가화가 드디어 입을 열었다.

"〈금천도〉는 득도네 학교에 가져다 놓는 게 좋겠다. 거기가 제일 안전할 것 같아."

"나머지 물건들은 태어나면서 가져온 것도 아니고 죽어서 가져갈 것도 아니니…… 좋을 대로 하거라."

가화는 손가락이 하나 없는 손을 뻗어 가볍게 허공을 휘저었다. 항한은 가슴이 저려왔다.

항씨네 일가는 불도 켜지 않은 어두컴컴한 방에서 조용히 각자의 생각에 잠겨 있었다. 식사시간이 지났으나 아무도 입을 열지 않았다. 아마 지금 이대로 시간이 영원히 멈췄으면 좋겠다는 똑같은 생각을 하고 있으리라. 시간이 얼마나 흘렀을까, 밖에서 갑자기 들려온 째지는 듯한 목소리가 방안의 정적을 깼다.

"항씨네……, 전화요."

요코가 소스라치게 놀라면서 펄쩍 뛰어 일어났다. 이어 가화와 함께 허둥지둥 달려 나갔다. 대문을 열자마자 내채가 비집고 들어오면서 한껏 목소리를 낮춰 귀엣말을 했다.

"항 선생, 항 사모, 항방월이 고깔모자를 쓴 채 청하방에서 조리돌림을 당하고 있어요."

청천벽력 같은 소식에 식구들은 모두 그 자리에 얼어붙었다.

"내가 알려줬다는 걸 다른 사람들에게 말하면 안 돼요."

내채가 서둘러 뒤돌아 나가면서 목청을 한껏 높였다.

"혁명군중들은 잘 들으시오! '양패두'는 지금부터 '경골두항'硬骨頭巷으로 이름을 바꿨어요! 혁명군중들은 잘 들으시오……."

제6장

별 볼 일 없는 우파분자 항방월은 혁명군중들로부터 '죽은 호랑이' 취급을 당하고 용천산龍泉山으로 쫓겨난 사람이었다. 이후 산속에서 죽은 듯이 도자기만 구우면서 지냈다. 그런 그가 자기 발로 찾아왔으니 비판투쟁에 혈안이 된 홍위병들이 가만히 내버려둘 리 있겠는가?

방월은 목숨이 질기기는 했으나 운명은 기구한 사람이었다. 우선 어릴 때는 부모와 떨어져 떠돌이생활을 하면서 일본과의 전쟁 통에 몇 번의 죽을 고비를 넘겼다. 다행히 곤경에 처할 때마다 귀인貴人의 도움을 받아 목숨을 부지할 수 있었다. 이후 항씨네 사람들의 영향을 받아 정치에는 딱히 관심이 없는 무던한 어른으로 자라났다. 그렇다고 어리석거나 멍청한 사람은 아니었다. 미술대학에서 공예미술을 전공한 그는 1957년에 "국민들은 미적 감각이 부족하다. 해방 후에 구워낸 도자기는 명청 시대 민요民窯 자기보다도 정교하지 못하다."는 말을 해서 화를 자초했다. 신중국의 공산당 정권이 300년 전의 봉건국가보다 못하다니,

이런 것이 반동 주장이 아니고 무엇인가? 게다가 가족관계를 조사해보니 그의 생부는 한간漢奸, 생모는 미국으로 '도주'한 것으로 나와 있었다. 결국 그는 꼼짝없이 '우파분자' 감투를 쓰고 용천산으로 '유배'됐다. 그렇게 해서 좋아하는 도자기를 죽을 때까지 실컷 굽게 된 것이다.

다행히 방월은 망우忘憂와 함께 산속생활을 오랫동안 했기 때문에 고생이 두렵지는 않았다. 어릴 때 무과無果스님으로부터 도자기 만드는 법을 배워 대학 전공은 공예미술로 했다. 심지어 용천산은 중국 고대 명요名窯인 가요제요哥窯弟窯의 발원지였다. 황소 뒷걸음치다 쥐 잡는 격으로 용천산으로 쫓겨난 것이 그에게는 오히려 잘 된 일이었다.

처음에는 이렇게 산속으로 들어가면 다시는 나오지 못할 것이라고 생각했다. 가요제요 기법은 수백 년 전에 실전失傳된 도자기 제조법이었다. 방월과 동료들은 힘을 합쳐 몇 년 만에 가요제요 기법을 성공적으로 복원했다. 그렇게 세월이 흘러 그가 용천산에서 산 지 어느새 10년이 되었다. 그동안 그는 현지인 여자와 결혼해 아이도 하나 낳았다. 산속 사람들은 순박했다. '우파분자'라고 해서 그를 백안시하는 사람도 없었다. 하지만 팔자 도망은 못한다고 나름 평온한 생활을 누리던 그에게 또 불행이 들이닥쳤다. 마누라가 산에 올라갔다가 독사에게 물려 죽은 것이다. 방월은 하늘이 무너지는 것 같은 막막한 슬픔 속에서 망우 형님을 떠올렸다. 망우 형님은 결혼도 하지 않고 혼자서 지금까지 천목산을 지키면서 살고 있지 않은가, 나라고 여기서 혼자 살지 못할 이유가 어디 있는가? 그렇게 생각하니 마음이 편해졌다. 다만 아직 어린 아들 항요杭窯를 혼자서 어떻게 키워야 할지 막막했다. 걱정이 태산 같던 차에 마침 득도가 편지를 보내왔다. 득도의 양모 다녀茶女가 항요를 키워주겠다는 것이었다. 그렇게 해서 방월은 아들을 다녀에게 보냈다. 이후 다시 용천요龍泉窯 연구에만 매진했다. 이제는 항주로 돌아가지 않고 이곳에 뼈를 묻을 생각이었다. 이번에 항주에 내려온 것은 용천요의 연구 성과를 보고하기 위해서였다. 그런데 기관機關의 대문에 들어서자마자 홍위병들에게 붙잡혀 고깔모자를 쓰고 끌려 다니는 신세가 되었다. 그는 자신이 지금 꿈을 꾸고 있는 것인가 싶어 얼떨떨하기만 했다.

비판투쟁이 한창 고조되고 있을 때였다. 홍위병들이 갑자기 다른 데로 우르르 몰려갔다. 영은사靈隱寺 쪽에 지원이 필요하다는 전갈을 받은 듯했다. 남아있던 '우귀사신'들은 십자로에 버려진 채 우두커니 서 있었다. 그러자 기관에 있던 조반파들이 나와서 그들을 오던 길로 끌고 가기 시작했다. 방월은 운이 꽤나 좋았다. 산속에 오래 있다 보니 조반파들이 그를 알아보지 못했던 것이다. 그는 고깔모자를 벗어들고 우귀사신 무리에서 슬그머니 빠져나왔다. 원래 눈치가 빠르고 지금껏 수많은 '운동'을 겪어왔던 터라 본능적으로 봉변을 면할 수 있었던 것이다. 하지만 이번 홍색 테러가 얼마나 무서운 것인지 잘 몰랐던 그는 도망갈 생각을 못하고 그 자리에 멍하니 서서 주위를 두리번거렸다. 그때 마침 양부 가화와 둘째 형님 항한이 도착했다.

항한이 동생 손에서 모자를 빼앗아 쥐고는 빠른 걸음으로 앞장섰다. 그리고 낮은 소리로 동생에게 일렀다.

"씩씩하게 걸어. 조반파인 것처럼 말이야."

가화가 물었다.

"월아, 왜 이름을 '주수걸'周樹傑로 바꿨느냐?"

방월은 두 사람 사이에 끼여 걸으면서 원망을 늘어놓았다.

"'내 이름은 주수걸이 아니라 방월이다.'라고 몇 번이나 말했는데도 들은 척도 안 하더군요. 기어이 '주수걸'이라는 이름이 쓰인 모자를 씌우더군요. 주수걸은 우리 청廳의 지도자예요. 과거 저에게 '우파분자' 누명을 씌운 사람이죠. 아무래도 이상한 생각이 들어서 돌아봤더니 글쎄 그가 제 이름이 적힌 모자를 쓰고 뒤에서 따라오고 있었어요. 이게 무슨 개판인지, 제가 모자를 바꿔달라고 몇 번이나 항의했는데도 홍위병들은 들은 척도 안 했어요. 저를 거들떠보지도 않더군요."

방월이 마치 남의 말 하듯 설명을 마치고는 또 주위를 두리번거렸다. 그러더니 갑자기 걸음을 멈추고 길 건너편을 가리켰다.

"저기 규원관奎元館이 보이는군요. 저는 하루 종일 아무것도 못 먹었어요."

가화가 측은한 눈으로 양아들을 바라봤다.

'참 다행이야. 이 아이는 어떤 환경에도 잘 적응하고 만족하는 성격 덕분에 10년 세월을 잘 버텨냈어. 다른 사람이라면 버텨내지 못했을 거야.'

가화는 그렇게 속으로 조용히 중얼거린 다음 모자를 넘겨받으면서 말했다.

"너 그동안 항주 면요리 못 먹었지? 가자, 들어가서 드렁허리 국수를 먹자."

가화가 식당 입구에 모자를 아무렇게나 놓고 앞장을 섰다. 규원관은 몇 십 년 전통의 맛집으로 면요리가 특히 유명했다. 혁명의 열기 속에서도 규원관의 드렁허리 국수는 다행히 없어지지 않고 살아남았다.

가화는 과교면過橋面 세 그릇을 시켰다. 종업원이 자리를 뜨자 즉각 방월과 항한을 향해 웃으면서 입을 열었다.

"월이가 오늘 고생이 많았어. 한이도 마침 외국에서 돌아왔으니 오늘은 내가 한턱 쏜다."

과교면은 주문한 국수의 고명을 따로 내어 와 술안주로 먹는 것이었다. 가화는 가반주加飯酒(소흥 황주의 일종)도 한 병 주문했다.

"오늘은 간단하게 마시고 다음에 실컷 마시자."

항한은 눈시울이 뜨거워지고 목이 메었다. 비록 몇 년 만에 다시 보는 얼굴이지만 큰아버지의 마음을 잘 이해할 수 있었던 것이다. 셋은 다 함께 술잔을 들었다. 곧 뜨끈뜨끈한 드렁허리 국수가 올라왔다. 항한은 목이 메어와 국수를 삼킬 수가 없었다. 술이 약한 그였지만 이날만은 큰아버지가 따라주는 대로 술잔을 비웠다. 반면 하루 종일 굶은 방월은 후루룩후루룩 맛있게 국수를 먹으면서 항한에게 물었다.

"둘째 형님, 아프리카는 여기보다 많이 덥죠? 차는 잘 자라던가요?"

항한은 항주에 온 지 며칠 만에 처음으로 아프리카 생각이 났다.

"당연히 덥지. 아프리카에서는 일 년 내내 차를 딸 수 있단다. 또 매달 하얀 차나무꽃이 피어나지. 묘포에 차나무 꺾꽂이를 했더니 1년 사이에 1미터가 넘게 자라더구나. 비가 내리면 더 빨리 자란단다. 차나무 밭 옆에 있는 화염목(아프리카 튤립) 숲은 거리 시위대의 붉은 깃발보다 더 붉어. 망고나무에는 황금빛 열매가 주렁주렁 열리고 바나나나무 잎은 창문보다 더 크지. 그리고 크고 둥그런 파인애플들이 보초들처럼 일정한 간격으로 차나무 밭 옆을 지키고 있단다……."

그때 화기애애한 분위기를 깨는 거친 목소리가 들려왔다.

"주수걸! 주수걸! 누가 주수걸이오?"

고깔모자를 든 종업원이 식당 안의 사람들을 휘휘 둘러보고 있었다. 항한의 안색이 하얗게 질렸다. 방월이 자리에서 벌떡 일어났다. 가화는 미소를 지으면서 다시 앉으라는 손짓을 했다. 방월은 양부의 새끼손가락이 없는 왼손을 보자 마음이 차분해지고 두려움이 사라졌다. 오래

전 깊은 산 속에서 나와 처음 항씨네 집에서 가화를 마주했을 때와 비슷한 느낌이었다. 종업원이 다가와 경계심이 가득한 눈으로 세 사람을 저울질하면서 물었다.

"누가 주수걸이오?"

가화는 못 들은 척 딴소리를 했다.

"여기 화장실이 어디요?"

종업원은 손가락으로 화장실을 알려주고는 모자를 들고 주방 쪽으로 향했다.

가화는 슬며시 미소를 지었다.

"하던 얘기를 마저 해보거라."

"예?"

"아프리카 얘기 말이야."

"아……, 예, 아프리카. 아프리카 차나무 밭 옆에는 합환화合歡花도 있답니다. 차는 양애음림陽崖陰林에서 잘 자란다는 걸 다들 아시죠? 떨기떨기 분홍꽃을 인 합환화 숲이 바로 '음림'陰林 역할을 한답니다. 꼬리가 긴 황금빛 새들이 차나무 위에서 춤추듯 날아다니면서 듣기 좋은 노래를 부른답니다. 아마 그 녀석들의 눈에 우리의 차는 동방에서 온 아름다운 '친구'로 보일 테죠. 아, 깜빡할 뻔했네요, 아프리카에는 바오밥나무도 있어요. '원숭이 빵나무'라고 불릴 정도로 원숭이들이 환장하게 좋아하는 나무랍니다. 선인장은 사람보다 키가 더 크고 선인장꽃은 화려하고 아름답답니다. 아프리카에는 또……."

항한이 갑자기 말을 멈췄다. 두 사람의 눈시울이 붉어진 것을 보고 자기도 모르게 눈시울이 뜨거워졌던 것이다.

"네 얘기를 듣고 나니 나도 아프리카에 꼭 한번 가보고 싶구나……."

가화가 항한과 방월과 잔을 부딪치더니 단숨에 쭉 술을 들이켰다. 항한과 방월은 술을 마시지 않고 가만히 가화를 바라봤다. 그는 힘들고 어려울 때면 언제나 가족들에게 힘이 되고 의지가 되던 듬직한 사람이었다. 항한과 방월이 자라서 어른이 되고 가화가 노인이 된 지금도 마찬가지였다. 항한이 눈물을 글썽이면서 단숨에 술잔을 비웠다.

"큰아버지, 식사하세요. 저는 조금 있다 아버지를 뵈러 가야겠어요."

가평은 집안에 갇혀 외부와의 접촉을 금지 당했다. 홍위병들은 그를 밖으로 나가지 못하게 한 데다 바깥사람들도 안으로 들어오지 못하도록 대문과 방문에 커다란 대자보도 붙였다. 가평은 비판투쟁을 당하면서 조금 얻어맞기는 했으나 다행히 크게 다친 데는 없었다. 홍위병들은 득방의 얼굴을 봐서 그를 거리로 끌고 나가지 않은 것 같았다. 그럼에도 집안을 난장판으로 만들고 으름장을 놓는 것을 잊지 않았다.

가평은 7월 말까지만 해도 이번 '혁명'을 옹호하는 입장이었다. 당내의 주자파走資派를 숙청한다니 이렇게 좋은 일을 왜 좀 더 일찍 시작하지 않았을까 하는 생각마저 들었었다. 일부 간부 당원들의 행태는 정말이지 눈꼴사나워 볼 수가 없을 정도이니 이런 자들은 된통 혼이 나야 한다는 것이 그의 주장이었다. 또 어차피 당원도 아닌 그에게 불똥이 튈 일은 없을 것이라는 안일한 생각도 없지 않아 있었다. 1957년 '반우파 운동' 때 그는 겁 없이 나대다가 하마터면 큰 화를 입을 뻔했다. 다행히 당시 정협 위원이었던 오각농 선생 덕분에 결정적인 순간에 살아남을 수 있었다. 그 일이 있은 후 그는 스스로 반성을 많이 했다. 한때 무정부공단주의工團主義(생디컬리즘)를 주창하고, 소련 유학도 다녀오고, 북벌전쟁에도 참가했던 '항씨네 둘째 도련님'이 어쩌다가 수많은 사람 앞에서 눈물콧물을 질질 짜는 지경에 이르렀는가 말이다. 그때 생각을 하면 창피하고 부끄러워 온몸의 솜털이 삐죽 일어서는 느낌이 들 정도였다. 이후 그는 공산당 노선과 엇나가지 않겠다고 생각했다. 그리고 이번 '혁명'에 대해서도 처음에는 낙관적으로 생각했다. 모택동 주석은 위대하고 영명한 분이시다, 그분은 1957년 때처럼 지식인들에게 의지하지 않고 이번에는 학생, 노동자, 농민, 군인 등 혁명군중을 선봉에 내세웠다, 혁명군중은 지식인들과 달리 아무것도 무서워하지 않는다, 관료주의에 깊이 물든 인간들은 이번에 꼴좋게 됐다, 혁명군중들이 아무 이유 없이 분노를 표출할 리 없지 않은가, 하는 생각들을 했다.

물론 주자파를 숙청하는 과정에 엉뚱한 무소속 인사들이 피해를 입는 일도 발생할 것이다. 예전에도 그래왔지 않은가. 가평은 자신에게 그런 일이 닥친다고 해도 별로 두려울 것 같지 않았다. 문제를 해결할 때에는 찔끔찔끔 조금씩 개선해나가는 것보다 한꺼번에 맹렬한 기세로 확 터뜨리는 쪽이 효과적이지 않겠는가 말이다. 하지만 '혁명'의 양상은 그의 예상과 다르게 흘러갔다. 8월 중국공산당 중앙은 〈무산계급 문화대혁명에 대한 결정〉을 발표했다. 공작조工作組와 연락조聯絡組는 모두 철수했다. 모 주석은 천안문에 올라 군모를 흔들면서 학생들과 혁명군중을 응원했다. 사태는 급격히 극단으로 치닫기 시작했다. 가평은 젊었을 때부터 사상이 극단으로 치우친 면이 있었다. 나이를 먹은 지금도 그런 성향은 별로 바뀌지 않았다. 그런 그마저도 이번 '운동'의 진행상황을 보면서 이해가 안 가는 부분이 많았다. '당내 주자파 숙청' 명목으로 시작된 '운동'의 강도와 범위는 걷잡을 수 없이 커지고 있었다. 당내, 당외 구분 없이 전 국민이 휘말려들었다. 나중에는 전통과 문화도 무자비하게 파괴하기 시작했다. 학교는 휴교하고 공장은 문을 닫았다. 조반파들은 거리의 무법자가 됐다. 모든 사회질서, 공중도덕, 사회규범, 전통 풍속은 타도의 대상이 됐다. 이쯤 되자 가평도 의구심을 가지지 않을 수 없었다. 세상이 지금 어떻게 돌아가고 있는 것인가? 우리 앞에는 무엇이 기다리고 있는가?

가평은 득방 생각만 하면 가슴이 답답했다. 그는 사랑하는 손자가 홍위병의 선두에 서서 할아버지 집으로 쳐들어오리라고는 꿈에도 생각 못했다. 이마에 피도 안 마른 애송이들이 딱 버티고 서서 반동 활동 증거물을 내놓으라고 윽박지르는 것을 보고 그는 어이가 없어 말이 나오지 않았다.

"좋은 말로 할 때 빨리 내놓아요!"

"내가 언제 반동 활동을 했다고 증거를 내놓으라는 거냐? 나는 혁명 활동만 한 사람이야. 너희들, 함부로 사람을 모함하면 안 돼."

득방이 피식 냉소를 흘렸다.

"우리 혁명 용사들이 바보로 보여요? 보름 전부터 매일 아침 몰래 변기에 버린 건 뭔가요?"

가평은 깜짝 놀라 등골이 오싹해졌다. 손자 말대로 그는 보름 전부터 집에 있는 편지들을 몰래 조금씩 없애고 있었다. 편지를 물에 불려 부드럽게 만든 다음 변기에 흘려보내는 교묘한 방법을 사용했다. 편지 쓰기를 좋아하는 그는 받은 답장도 많았다. 사실 편지 내용은 별거 없었다. 특히 1957년 이후의 편지는 대부분 안부편지 아니면 시사詩詞학회 회원 가입 후 쓴 글들이었다. 그럼에도 불구하고 그는 뒤탈을 미연에 방지하고자 편지들을 없애버렸던 것이다. 몇 번인가 변기가 막혀서 손자에게 도움을 청한 적이 있었다. 변기 내용물에 대해서는 손자에게 말해 주지 않았지만 굳이 속이고 싶지도 않았다. 손자가 물어봤다면 숨김없이 대답해줬을 것이었다. 하지만 손자는 묻지도 따지지도 않더니 그의 뒤통수를 쳤다.

득방은 화장실을 뒤져 찾아낸 편지 한 묶음을 가평의 눈앞에 대고 흔들면서 큰 소리로 힐문했다.

"수작 부리지 말고 바른대로 대요. 외국과 내통했죠?"

"그건 네 할머니가 영국에서 보내온 편지야!"

득방이 목소리를 높였다.

"당과 조국을 배반한 자는 불구대천의 원수예요!"

가평은 입을 딱 벌린 채 아무 말도 못했다. 65년을 살고 나서야 비로소 꿈에서 깨어난 것 같았다.

가평의 집은 해방가解放街 마파항馬坡巷 소미원小米園 뒤에 있었다. 소미원은 명明나라 때 대서예가 미불米芾의 아들 소미小米의 옛집으로 청나라 때에는 대시인 공자진龔自珍이 이곳에 살았다. 이곳은 시끌벅적한 도심 속에서 비교적 고요한 공간이었다. 단독주택인 데다 화가인 황나가 운치 있게 꾸며놓아 처음 방문한 손님들은 모두 감탄을 금치 못했었다. 그랬던 곳이 조반파들에 의해 달포 만에 '다른 세상'으로 변했다. 문과 벽 곳곳에 표어와 대자보가 가득 붙었다. 채 마르지 않은 잉크가 빗물처럼 흘러내렸다. 사람 이름 위의 붉은 가위 표시는 보기만 해도 섬뜩했다. 황나가 아끼던 새장도 액운을 면치 못하고 남쪽 복도 바닥에 나동그라졌다. 새장 속에 있던 구관조 역시 같은 운명이었다.

낮에 홍위병들이 왔을 때 대문 앞은 구경꾼들로 북적였다. 그러다 홍위병들이 대문을 봉인하고 가버리자 구경꾼들도 흩어지고 집 안팎은 다시 조용해졌다. 밤이 되고 그믐달이 떠올랐다. 가평은 마당에 앉아 빨랫줄에 걸려 있는 알록달록한 표어들을 멍하니 바라봤다. 붉고 푸른 표어들이 마치 빨랫감처럼 바람을 따라 춤추듯 나풀거렸다. 마당 귀퉁이에서 철벅거리는 소리가 들려왔다. 가평은 그제야 마당에 생명체가 또 있다는 것이 생각났다. 황나가 마당 귀퉁이에 만들어놓은 못에서 금붕어들이 마지막 몸부림을 치고 있었다. 홍위병들이 못을 부숴버려 물이 다 빠져나갔기 때문이었다.

가평은 자리에서 일어났다. 딱히 뭘 해야 할지도 모르겠고 또 뭘 할 수 있을지도 모르는 상황에서 살겠다고 몸부림치는 금붕어들이나 우선 구해줘야 할 것 같았다.

다행히 홍위병들이 미처 발견 못해 부숴버리지 않은 수도꼭지가 마당에 하나 있었다. 가평이 대야에 물을 받고 있는데 뒷문에서 철컥철컥 자물쇠 푸는 소리가 났다. 뒷문은 황나가 간 이후로 한 번도 열지 않았었는데……, 가평은 신경이 곤두섰다. 손자 득방이 돌아왔을까봐 더럭 겁도 났다. 인정하기 싫지만 그는 지금 손자가 무서웠다.

문을 열고 들어온 사람은 뜻밖에 3년 넘게 못 본 아들 항한이었다. 항한은 한달음에 달려와 아버지의 손을 잡으면서 걱정스런 목소리로 물었다.

"아버지, 어디 다치신 데는 없어요?"

가평은 아들의 시선을 피하면서 일부러 아무렇지 않은 척했다.

"너는 왜 와도 하필 오늘 왔느냐? 그들이 문이란 문은 다 막아놨어."

"아버지, 큰아버지도 오셨어요. 들어오셔도 괜찮을까요?"

가평은 홍위병들이 밤에 또 찾아오지는 않을 것 같아 가화를 들어오도록 했다. 그러자 항한이 또 입을 열었다.

"한 사람 더 있어요. 방월도 들어오면 안 될까요?"

방월이 '우파분자'가 된 이후 가평과 방월은 10년이 넘도록 만나지 못했다. 가평이 발을 탕, 굴렀다.

"까짓것, 더 나빠져 봤자 죽기밖에 더 하겠냐."

말이 떨어지기 무섭게 키 작은 방월이 후리후리한 가화를 부축한 채 마당에 들어섰다. 넷은 한참 동안 할 말을 잃고 서로 쳐다보기만 했다. 이윽고 가평이 먼저 입을 열었다.

"이거……, 부끄럽구먼."

가화가 손사래를 쳤다.

"피차 마찬가지일세."

"문을 봉해놔서 방에 들어갈 수가 없어요."

"밖에 앉지 뭐."

그들은 금붕어 못 옆에 있는 시멘트 바닥에 앉았다. 가화가 말했다.

"살아 있으면 된 거네. 살아서 이렇게 만날 수 있으면 그걸로 된 거네."

가화가 다시 방월을 보면서 말했다.

"월아, 가평 삼촌에게 인사해야지. 이게 몇 년 만이냐?"

방월은 코끝이 찡해졌다. 울먹이는 소리로 "가평 삼촌!" 하고 부르고는 고개를 푹 숙였다.

항한은 마당 곳곳에 걸려 있는 표어들을 보자 찢어버리려고 하다가 힘없이 손을 내렸다. 그가 "국민당 반동 장교 항가평을 타도하자"라고 적혀 있는 표어를 가리키면서 아버지에게 물었다.

"이건 누가 쓴 건가요?"

가평이 화를 내면서 말했다.

"직접 와서 찢어버리라고 해!"

항한은 득방의 짓이라는 것을 알고 바로 한숨을 내쉬었다.

"몇 년 전 황씨 아주머니가 영국에 갈 때 딸려 보낼걸 그랬어요."

"그 여자 말은 꺼내지도 마. 국내 사정이 조금이라도 심상치 않으면 외국으로 도망갈 생각부터 하는 사람이야. 네 어머니 봐봐, 지금까지 아무리 힘들어도 항주 시내를 벗어난 적이 있더냐?"

항한은 속으로 탄식했다. 계모 황나가 외국으로 가버린 진짜 이유는 국내에 있는 것이 두려워서가 아니라 아버지의 시도 때도 없는 비교 때문이 아닐까 하는 생각이 들었던 것이다. 황나는 가평과 결혼한 지 2, 30년이나 지난 지금까지도 가평의 전처 요코에 대한 시기와 질투를 멈추지 못하고 있었다. 황나 말이 나오자 항한은 아내 초풍이 염려됐다. 초풍은 열아홉 살에 그와 결혼해 스무 살에 득방을 낳았다. 아직 마흔도 안 된 그녀가 이런 타격을 견뎌낼 수 있을까? 항한은 멍청한 표정으로 홍위병들에게 구박당하는 아내의 모습이 상상이 돼 미칠 것만 같았다.

"초풍은 지금 어떤지 모르겠어요. 설마 거리에서 조리돌림을 당하고 있는 건 아니겠죠?"

"그들의 표적은 초풍이 아니라 너야. 네가 대답해야 할 문제에 대해서나 고민해 보거라."

"말도 안 돼요! 내가 어떤 사람인지 누가 몰라요? 다른 사람은 그렇다 쳐도 그 두 녀석은 왜 덩달아 나서서 소란을 피운대요?"

항한이 참지 못하고 벌떡 일어났다.

"제가 가서 득방 그 자식을 불러오겠어요. 할아버지에게 사과하고 직접 대자보를 떼어내게 하겠어요. 반란이고 뭐고 사람이 집에 들어가야 밥을 먹고 잠을 잘 거 아니에요?"

가평이 손사래를 쳤다.

"네가 집을 비운 몇 년 사이에 그 아이는 배짱이 커졌어. 때로는 이 할아비도 감당하기 힘들 정도란다. 이번에 감히 이 할아비에게 반기를 든 이상 너도 안중에 없을걸? 그 아이는 예전에는 나와 득도를 제일 믿었는데 지금은 나와 척을 지게 됐구나……."

"득도하고도 반목했어."

가화가 가볍게 한숨을 내쉬면서 말했다.

"두 형제가 만나기만 하면 싸우는구나. 지금까지는 득방의 목소리가 더 커."

"거 참 이상하네. 아까 나를 비판투쟁한 그 녀석 말이야……."

가평이 맞아서 피멍이 든 이마를 가리켰다. 항한은 심장이 죄어오는 것 같았다.

"그 자식이 한 짓인가요?"

"누가 그랬는지는 몰라. 아무튼 그 녀석이 데리고 온 무리들이 한 짓이야. 그 녀석이 글쎄 나를 홍차파[紅茶派]라고 했어. 홍차는 제국주의자, 수정주의자, 반동분자들의 전유물이라나 뭐라나. 내가 이해가 안 가는 것은 기왕 홍차파를 비판할 바에는 아비인 너부터 비판해야지 왜 나를 먼저 찾아왔느냔 말이야. 그때 네가 먼저 나에게 중국 홍차 수출상황을 말해줬고, 나는 네 의견에 따라 정협 회의에 제안을 상정한 것이 아니더냐?"

"그러게 말입니다. 이거 뭔가 찜찜하네요. 홍차 생산 확대 제안을 맨 처음 한 것은 오각농 선생입니다. 설마 농업부 부부장副部長까지 지낸 오 선생도 홍차파로 몰려 비판투쟁을 받고 있는 건 아니겠죠?"

"농업부 부부장이 무슨 대수냐? 더 높은 자리에 있던 사람들도 주자파로 몰려 얻어맞는 판국에. 오 선생은 아직 무사하신 모양이다. 전국 정협 부비서장으로 계시는 것 같더구나."

항한은 머리를 긁적였다. 이번 '운동'은 그야말로 이해되지 않는 것 투성이였다. 1950년 12월, 초풍이 집에서 득방을 출산하고 있을 때였다. 항한은 항주에서 열린 '중국 차 기술간부 집중훈련반'에서 공부를 하고 있었다. 개강 다음날 오각농 선생은 중국과 전 세계 홍차 생산추세에 대한 보고를 했다. 항한은 외국의 홍차 수요가 매우 크다는 것을 그때 처음 알았다. 실제로 당시 전 세계 홍차 수요량은 24만 석石인데 반해 중국의 생산량은 14~15만 석에 불과했다. 항한은 당시 오 선생의 보고 내용을 똑똑하게 기억하고 있었다.

"외국 시장의 홍차 수요를 살펴보면, 소련의 경우 홍차와 녹차 중에서 홍차의 소비 비중이 75~80%에 달합니다. 민주독일, 폴란드, 루마니아, 체코, 헝가리 등 신민주주의 국가와 영국, 미국 등 자본주의 국가들도 녹차보다는 홍차를 선호합니다."

항한은 강연 내용을 필기할 때 아무 생각 없이 '소련'과 '미국'의 이름을 나란히 적었다. 이때까지만 해도 이것 때문에 나중에 후환이 있을 거라고는 꿈에도 생각 못했다. 그날 공부가 끝나고 집에 돌아와 보니 아내는 병원에 옮겨지고 없었다. 곧 할아버지가 된다는 기쁨에 들뜬 가평도 아들과 함께 병원으로 달려갔다. 두 사람은 산실 앞에서 새 생명의 탄생을 기다리면서 신 중국 건설과 관련해 얘기를 나눴다.

"방글라데시는 국토 면적이 중국 절강성보다 작지만 홍차 생산량은 중국의 3배에 달해."

"국제 차 시장에서 홍차가 차지하는 수요 비중도 90%에 달합니다."

대화가 여기까지 이르렀을 때 아기는 태어났다. 지천명을 갓 넘긴 가평은 빨갛고 쪼글쪼글한 손자를 보면서 감격을 금치 못했다.

"중국 인민들도 해방을 맞이했으니 아이의 이름을 '얻을 득', '해방 방', '득방'得放으로 하자."

바로 그 아이가 지금 할아버지 가평을 소련, 미국과 한통속으로 몰아 배척하고 있다. 할아버지가 집으로 들어가지 못하게 문을 봉하고 할아버지 이마에 피멍이 들게 한 것이다. 둘은 불과 얼마 전까지만 해도 더할 나위 없이 친밀한 조손祖孫 사이가 아니었던가? 항한이 드렁허리 판매원의 불친절한 태도를 이해하지 못하는 것처럼 가평도 갑자기 돌변한 손자가 도무지 이해가 되지 않았다. 할아버지를 그렇게 좋아하던 아이가 대체 무엇 때문에 그토록 할아버지를 미워한다는 말인가?

가평이 형님과 아들을 번갈아 바라보면서 내뱉듯 물었다.

"오늘밤 여기서 하는 말이지만, 이 모든 게 대체 무엇 때문이요? 도대체 무엇을 위한 짓인가 말이오!"

가화가 가평의 목소리가 높아지려고 하자 일어서서 그만 하라는 손짓을 했다.

"쉿, 조용히 하게. 견뎌내야 하네, 견뎌내야 해……."

네 남자는 다시 쭈그리고 앉아 입을 다물었다. 아무도 다시 입을 열지 않았다. 죽어가며 몸부림치는 금붕어들의 비명소리만 들릴 뿐이었다.

득방은 처음부터 할아버지를 비판하고 투쟁할 생각을 한 것은 아니었다. 처음에는 특정 대상이 없었다. 그저 조반파들에게 보여주기 위해 누군가를 비판 투쟁해야 한다는 조급증만 있었을 뿐이었다.

얼마 전 득방은 형님 득도와 긴 대화를 나눈 후 생각을 바꿨다. 당분간 방관자적인 태도로 사태를 지켜보면서 아무런 행동도 취하지 않겠다는 쪽으로 결심을 굳힌 것이다. 이번 '운동'이 손화정 무리에게만 '날개'를 달아줄지도 몰랐다. 지금이야말로 득도 형님을 배워 숨을 죽이고 기회를 기다려야 할 때인 것이다.

하지만 득방은 급변하는 정세에 유연하게 대처하기에는 아직 어렸다. 이번 '혁명'의 범위, 규모와 파급력은 모든 젊은이들의 상상을 훨씬 초월했다. 하룻밤 사이에 학교에 여러 전투대戰鬪隊가 만들어질 정도였다. 대표적인 것이 동도강을 비롯한 '간부 자녀 전투대'와 손화정을 필두로 하는 '농공工農 자제 전투대'였다. 반면 '흑오류'의 자녀들은 가족들과 함께 비판을 받기 위해 집으로 돌아갔다. 남은 것은 가정 성분이 검지도, 붉지도 않은 어정쩡한 '중간파'였다. 이들은 자체 전투대를 만들지도 못하고 비굴한 표정으로 동도강과 손화정 쪽을 기웃거렸다.

이날 득방이 교실에 들어서자마자 한 학생이 달려와서 그의 소매를 잡아당겼다.

"항득방, 다른 사람들은 다들 행동을 개시했어. 우리는 어떡해?"

득방은 교실 안을 휙 둘러봤다. 그에게 알은 체를 하는 사람은 아무도 없었다. 갑자기 서러움과 분노가 밀려왔다.

'다들 나를 투명인간 취급을 하는구나. 내가 어쩌다가 이 지경이 됐을까? 호랑이가 평지에 내려오면 개 취급을 당한다더니 내가 지금 그 꼴이구나.'

득방은 그렇다고 이도 저도 아닌 '중간파'로 머무는 건 죽기보다 싫었다. 어떻게든 '혁명 진영'에 들어가야 했다. 그는 재빨리 상황 분석에 들어갔다. '농공자제 전투대' 가입은 이미 물 건너간 것이나 다름없다. 하지만 잘만 하면 '간부 자녀 전투대' 가입은 가능할지 몰랐다. 그는 공사公社 부녀회장처럼 체격이 건장한 동도강을 향해 걸어갔다. 그러면서 동도강을 에워싼 학생들과 알은 체를 했다. 하지만 돌아오는 것은 낯선 사람 보듯 냉랭한 시선뿐이었다. 동도강은 유난히 크고 넓은 앞니를 드러내면서 위엄 있게 물었다.

"너, 집안 문제는 다 해결했어?"

"집안 문제? 우리 집에 무슨 문제가 있어?"

"모른 척 하지 마. 네 아버지는 역사적 문제가 있고, 네 어머니도 곧 심사를 받게 될 거야."

"아니야, 그럴 리 없어!"

"뭐가 아니라는 거야? 내가 직접 네 부모 직장에 다녀왔어. 내 두 눈으로 직접 확인한 사실만 말하는 것뿐이야."

"우리 부모님 직장에 다녀왔다고?"

"왜? 가면 안 돼?"

손화정이 기세등등하게 끼어들었다.

"하지만…… 나는 어릴 때부터 할아버지하고 같이 살았어."

득방은 나름 그럴 듯한 핑계거리를 찾았다고 생각했다. 하지만 두 '혁명 용사'는 피식 코웃음을 쳤다.

"할아버지 좋아하고 있네. 정협 대문 앞에 가봐. 네 그 잘난 할아버지를 비판하는 대자보와 표어 천지야."

득방은 꿀꺽 침을 삼켰다. 이어 다시 한 번 꿀꺽 침을 삼켰다. 이렇게라도 하지 않으면 밉살스러운 두 인간에게 달려들어 목덜미를 물어뜯어버릴 것 같았다. 그는 치밀어 오르는 분노를 억지로 삼키면서 목소리를 한껏 낮췄다.

"너희들의 뜻인즉 나는 무산계급 혁명파가 될 자격이 없다 그 말이야?"

"글쎄, 될지 안 될지는 네 행동을 봐야겠지."

득방은 절망감에 사로잡혔다. 행동이라니? 어떤 행동을 해야 한다는 말인가? 비판투쟁 대상인 '우귀사신'들은 죄다 잡혀가고 없었다. 자기들끼리 똘똘 뭉친 전투대에 끼어들 수도 없었다. 이제 무엇을 어떻게 해야 '위대하고 순결한 홍색 혁명'을 향한 자신의 충성심을 증명할 수 있다는 말인가?

그는 주위를 둘러봤다. 굶주린 이리 같은 그의 시선이 잔뜩 겁에 질린 눈빛과 서로 마주쳤다. 그 눈빛의 주인은 미간을 찌푸린 채 가슴 아픈 표정으로 그를 바라보고 있었다. 결정적인 순간에 득방은 마음을 굳혔다. 그는 책상 위에 있는 가위를 집어 들고 크게 고함을 질렀다.

"여기 봐봐, 내가 행동으로 보여줄게!"

득방은 다짜고짜 사애광의 땋은 머리를 움켜쥐고 가위를 휘둘렀다. 그야말로 순식간이었다. 그가 진녹색 털실로 묶은 땋은 머리카락을 휘둘렀다.

"내가 '네 가지 낡은 것'을 잘라버렸어. 혁명적 학우들, 나를 따르라! 반란은 진리다!"

득방은 머리카락을 쥔 채 교실을 뛰쳐나왔다. 등 뒤에서 환호성과 박수소리가 쏟아졌다. 손화정도 웃는 얼굴로 박수를 치고 있었다. 득방의 '혁명적 행동'은 짧은 시간에 학우들의 신임을 얻는 데 부족함이 없었다. 그는 다시금 학생 지도자 자리를 되찾는 데 성공했다. 하지만 의

기양양한 기분은 그리 오래 가지 못했다. 교실 안에서 한바탕 비명소리가 터져 나왔기 때문이었다. 그것은 한 사람의 비명소리가 아니었다. 갑자기 가슴이 심하게 울렁거렸다. 눈앞이 어지럽고 구역질이 올라왔다. 그러나 입 대신 눈에서 끈적끈적한 액체가 흘러나왔다.

'그래, 이건 혁명적 눈물이고 반란의 눈물이야. 혁명은 인민의 축제야. 혁명은 죄가 없어. 반란은 진리야!'

득방은 머리카락을 들고 온힘을 다해 구호를 외쳤다.

"반란은 진리다! 학우들, 나를 따르라!"

득방이 인솔한 대오는 어느새 사거리에 이르렀다. 길 가던 행인들이 걸음을 멈추고 궁금한 표정으로 지켜보았다. 뒤따르던 학우들이 걸음을 멈추고 득방을 바라봤다.

"우리 지금 어디 가? 어디로 가야 하는 거야?"

동도강이 위엄 있게 물었다.

"득방, 다음 목표는 어디야?"

득방은 아직도 손에 들려져 있는 까만 머리카락을 내려다봤다. 머리카락 끝의 진녹색 털실이 가냘프게 떨고 있었다. 다음 목표? 대답은 조금 전부터 이미 정해져 있었다. 그는 진녹색 털실에서 눈을 떼지 못했다. 진녹색 털실이 까만 머리카락에 의외로 잘 어울리네, 집 화장실 변기는 왜 자꾸 막힐까? 그는 두 팔을 높이 들고 목이 갈리도록 고함을 질렀다.

"전우들, 나를 따르라. 우리 집을 향해 돌격!"

득방은 집으로 돌아갈 생각이 없었다. 무산계급 독재정권에게 미운털이 박힌 집으로 돌아가서 뭘 한단 말인가? 지금은 한시바삐 가족들과 선을 긋는 것이 급선무였다. 설령 집으로 돌아가고 싶은 마음이 아주 조금이라도 남아 있었다고 해도 시간이 없었다. 그는 항주에 있는 대학, 고등학교 홍위병들과 함께 홍위병 사령부 설립 준비로 정신없이 돌아다니고 있었다.

이날도 저녁회의에 참가할 준비를 하고 있는데 조쟁쟁이 사람을 보내 그를 불렀다. 그는 혹시나 중요한 임무를 맡기려나 하고 잔뜩 기대하고 갔다가 크게 실망하고 말았다. 형광등 아래에서 방안을 왔다갔다 서성거리던 조쟁쟁은 신경질적인 표정으로 입을 열었다.

"여동생을 집에 데려가. 말도 못 알아먹고 혁명적 자질도 떨어지는 사람은 필요 없어. 내가 '혁명은 한 계급이 다른 계급을 뒤엎는 폭동'이라고 누차 말해줬는데도 소귀에 경 읽기야. 혁명가가 되려면 아직 멀었어."

영문을 모르는 득방은 놀랍고 불안했다.

"하긴, 아직 어리기는 해."

조쟁쟁이 한숨을 쉬면서 덧붙였다.

"양호실에 있어. 얼른 집에 데려가."

여동생 영상은 커다란 차 탕관을 품에 꼭 안고 있었다. 눈동자가 초점을 잃고 온몸을 바들바들 떠는 것이 뭔가에 크게 놀란 모양이었다. 득방이 아무리 어르고 달래도 여동생은 입을 열지 않았다. 옆 사람이 낮에 있었던 일을 말해줬다. 낮에 학교에서 교활하고 악랄하기 그지없는 반혁명분자를 비판, 투쟁했는데 이놈이 똥구덩이에 박혀 있는 화강암처럼 구린내를 풀풀 풍기면서도 끝까지 죄를 자백하지 않았다는 것이었다. 채찍으로 때리고 비행기도 태우고 온갖 방법을 동원했으나 아무 소용이 없었다. 그러자 여자 홍위병들이 영상이 안고 있던 차 탕관으로 반혁명분자의 머리를 내리쳤다고 했다. 득방은 더운 피가 끓어오르는 것을 느꼈다.

"그래서? 악질 반혁명분자가 죄를 불었나?"

"불긴 뭘 불어? 으깨진 화강암 대가리를 달고 염라대왕 만나러 갔지."

"죽었어? 내가 좋은 구경거리를 놓쳤군."

득방은 크게 탄식하며 아쉬움을 금치 못했다. 그제야 '혁명은 폭동'이라던 조쟁쟁의 말이 실감이 났다. 이 말의 출처는 모 주석의 〈호남湖南 농민운동 고찰보고서〉였다.

하지만 아직 어린 영상은 혁명적 폭력행동을 이해하지 못했다. 득방이 부드러운 목소리로 모 주석 어록을 읽어줘도 소용이 없었다. 이빨을 덜덜 떨면서 한마디만 곱씹을 뿐이었다.

"집…… 집에 갈래……. 집에 갈래요……."

득방은 난감했다. 이렇게 큰 차 탕관을 안고 어떻게 집으로 돌아간다는 말인가? 물론 방법이 없는 것은 아니었다. '수정주의 물건'을 부숴버리면 되는 일이었다. 하지만 영상은 아무도 차 탕관에 손을 못 대게 했다. 누가 손을 댈라치면 필사적으로 몸부림치면서 비명을 질러댔다. 득방은 고민에 빠졌다.

'이제 어떻게 하지? 그래, 일단 할아버지 집으로 가자. 차 탕관을 그곳에 버리고 갈아입을 옷가지를 챙겨서 여동생을 양패두, 아니 경골두항으로 데려가자.'

득방은 집에 도착했으나 대문 안으로 들어갈 수가 없었다. 대문에 떡하니 붙어 있는 대자보를 찢을 수도 없고 담을 넘을 수도 없었다. 득방은 쭈그리고 앉아 대문을 봉한 대자보가 찢어지지 않도록 손톱으로 조심조심 긁어냈다. 드디어 대문을 열었다. 득방은 여동생을 끌고 안으로 들어가자마자 차 탕관을 빼앗아 벽 모퉁이에 내던졌다.

"집에 왔으니 이 따위 수정주의 물건은 버려."

영상이 할아버지를 부르면서 담 모퉁이로 달려갔다. 득방은 그제야 달빛 아래 담 모퉁이에 앉아 있는 네 사람을 발견했다. 이어 방월을 가리키면서 소리를 질렀다.

"우파분자, 여기가 어디라고 감히? 당장 우리 집에서 나가요!"

방월은 양패두에 올 때마다 득방을 자주 봤었다. 득방은 득도처럼 싹싹하지 않았다. 그래도 볼 때마다 공손하게 '삼촌'이라고 부르면서 인사하는 것을 잊지 않았었다. 그랬던 아이가 돌변해 축객령을 외치고 있었다. 방월은 가슴이 찢어지듯 아팠다. 반사적으로 몸을 일으키면서 우물거렸다.

"갈게, 지금 갈게……."

가평이 방월의 손을 확 잡아당겼다.

"여기는 내 집이야. 나는 아직 쫓겨나지 않았어."

항한도 참지 못하고 화를 냈다.

"득방, 그 입 다물지 못할까?"

득방이 작은 소리로 으르렁댔다.

"다 당신들 때문이에요! 다 당신들 탓이라고요!"

"다 당신들 때문!"이라는 말은 천 마디의 내용을 함축시킨 한마디였다. 분노어린 성토의 목소리는 어둠에 잠긴 마당 안을 메아리쳤다. 곧이어 무거운 정적이 내려앉았다. 한참이 지난 후 방월이 말했다.

"저……, 갈게요."

그동안 한마디도 하지 않고 있던 가화가 입을 열었다.

"차 한 잔 하고 가거라."

가화가 이어 득방에게 말했다.

"문을 봉한 대자보를 처리하거라. 방안으로 들어가야겠다."

"그건 안 돼요! 절대 안 돼요!"

득방이 장엄하게 말했다.

"할 거냐, 안 할 거냐?"

"싫어요!"

"할 거냐, 안 할 거냐?"

"싫어요!"

가화가 갑자기 금붕어를 담은 물통을 들어올렸다. 누가 말릴 새도 없었다. 비릿한 물이 폭포처럼 득방의 얼굴을 향해 쏟아졌다. 가화가 새끼손가락이 잘려나간 손을 들어 득방을 가리키면서 한 글자씩 힘을 줘 말했다.

"할…… 거…… 야……, 안…… 할…… 거…… 야?"

물은 얼음처럼 차가웠다. 득방은 드디어 올 것이 왔다는 생각을 했다. 차가운 별빛 아래 머리에서 줄줄 흘러내리는 물 사이로 앞에 있는 네 개의 그림자가 눈물을 흘리는 것처럼 보였다. 한참을 목석처럼 가만히 서 있던 득방은 주춤주춤 문 쪽으로 다가갔다. 그리고는 거칠게 대자보를 떼어내고 문을 연 다음 말했다.

"됐어요."

네 개의 그림자는 미동도 하지 않았다. 말없이 득방을 바라보기만 했다. 당황한 득방이 우물쭈물 덧붙였다.

"내일 누가 추궁하면 제가 물건을 가지러 들어갔다고 하시면 돼요."

네 개의 그림자는 여전히 침묵 속에서 득방을 응시하고 있었다. 득방은 얼굴이 찌릿찌릿 저려오는 기분을 느꼈다. 눈에서 뜨거운 것이 흘러내렸다. 주책없이 슬픔이 몰려왔다. 참으로 오랜만에 느껴보는 감정이었다. 사랑과 미움, 그리고 부끄러움까지 여러 가지 감정들이 뒤섞여 혼란스러웠다. 그가 울먹이는 소리로 겨우 한마디를 했다.

"갈게요……."

득방은 몸을 돌려 대문을 열었다. 대문에 반쯤 붙어 있는 대자보가 바람에 펄럭였다. 네 사람은 여전히 미동도 않고 마당에 서 있었다. 이미 있었던 일들만으로도 충분히 마음이 찢어지는 것 같았다. 앞으로 얼마나 더 큰 슬픔이 그들을 기다리고 있을지 아무도 몰랐다.

그때 영상이 갑자기 울음을 터뜨렸다.

"죽었어요……! 엉엉, 진 선생님이…… 차 탕관에 맞아…… 엉엉, 죽었어요! 차 탕관에…… 엉엉, 할아버지……!"

어른들은 가슴이 철렁 내려앉았다.

"뭐라고? 누가 죽었다고? 누가 차 탕관에 맞아죽어? 진 선생님? 여자중학의 진 선생님이야?"

가화는 갑자기 눈앞이 캄캄해지는 것을 느꼈다. 하늘을 올려다보니 별들이 탁탁 불똥을 튀기면서 그를 향해 쏟아져 내리고 있었다. 그는 한참 동안 덜덜 입술을 떨었다. 허나 끝내 '진읍회'라는 세 글자를 뱉어내지 못한 채 힘없이 풀썩 주저앉고 말았다.

제7장

어린 시절의 떠돌이생활은 오늘밤 도피를 위한 예행연습이었던 걸까? 아니면 오늘밤의 도피가 어린 시절 떠돌이생활의 재연인가? 1966년 여름, 방월은 급속도로 늘어난 노숙자 대열에 가담했다.

방월은 어둠이 내려앉은 거리를 터덜터덜 걷고 있었다. 거리는 사람들로 인산인해를 이루고 있었다. '만세'와 '타도' 소리가 하늘땅을 뒤흔들었다. 하지만 방월은 혼자 삭막한 허허벌판을 걷는 느낌이었다. 앞을 봐도 가족의 모습은 보이지 않았다. 뒤를 돌아봐도 아는 사람의 얼굴이 보이지 않았다. 그는 또다시 철저한 외톨이가 돼버린 것이다. 이 얼마나 얄궂은 운명의 장난인가?

방월은 평소 항주에 오는 일이 드물었다. 가끔 올 일이 있을 때면 원래 직장의 콧구멍만 한 숙소에 머물다 가고는 했다. 엄연히 정규직인 데다 국가에 적지 않게 기여한 직원이라 그에게 뭐라고 하는 사람은 없었다. 그러다가 몇 년 전에 젊은 사원 한 명이 새로 입사하면서 상황이 달라졌다. 집이 없는 젊은 사원은 숙소를 혼자 차지한 채 주인 행세를 하기 시작했다. 방월이 조금이라도 오래 머문다 싶으면 대놓고 눈치를 줬다. 그뿐만이 아니었다. 나중에는 방월이 집안에 들어가지 못하도록 아예 자물쇠를 바꿔버렸다. 방월이 자물쇠를 열어달라고 하자 젊은이는 대놓고 방월을 노려보면서 분통을 터트렸다. 그날 밤, 젊은 처녀가 숙소에 찾아왔다. 방월은 두 젊은이에게 자리를 피해주기 위해 일부러 거리를 배회하다가 밤늦게 숙소로 돌아갔다. 처녀는 그때까지도 돌아가지 않고 젊은이와 머리를 맞댄 채 속닥거리고 있었다. 방월은 "미안하다."는 한마디를 하고는 방 안쪽으로 들어가 자리에 누웠다. 설핏 잠이 들었다가 눈을 떠보니 젊은이가 씩씩거리면서 그의 물건을 바닥에 집어던지고 있었다. 하지만 방월은 아무 말도 할 수 없었다.

'동지, 이건 내 침대, 내 책장, 내 가방이오. 그리고 여기는 내 숙소요. 물건을 부수고 화풀이를 해야 할 사람은 동지가 아니라 나라는 말이오.'

방월은 그저 속으로만 중얼거렸다.

그리고 오늘 방월은 거리로 끌려 나갔다가 그 젊은이를 발견했다. 붉은 완장을 차고 활개 치면서 돌아다니는 모습을 보아하니 조반파의 일원임에 틀림없었다. 그러니 오늘밤은 어떤 일이 있어도 숙소로 돌아갈 수 없었다. 일부러 섶을 지고 불구덩이로 뛰어들 이유가 없지 않은가.

그렇다면 어디로 가야 하는가? 그가 갈 수 있는 곳은 어디인가? 그는 가평 삼촌 집에서 나온 후 아예 양패두로 갈 생각을 단념했다. '다른 사람들에게 액운만 가져다주는 재수 없는 인간', 그는 스스로를 이렇게 정의했다. 솔직히 방금 득방으로부터 냉대와 질시를 받았을 때 그는 놀랍다거나 억울하다기보다 부끄러운 마음이 더 컸다. 그냥 '올 것이 왔구나 다른 사람들의 눈에 나는 그런 인간으로 비치는구나.' 하고 체념을 했기 때문이리라.

그는 고개를 들어 하늘을 봤다. 달무리가 지고 구름층이 두꺼운 것을 봐서 비가 내릴 것 같았다. 이제는 다른 것을 생각할 겨를이 없었다. 어떻게든 잘 곳을 찾아서 오늘밤을 무사히 보내는 것이 급선무였다.

우파분자 방월은 큰길을 피해서 좁은 골목으로 접어들었다. 대낮같이 환한 큰길을 서성이다가 눈 밝은 '혁명군중'들에게 다시 끌려갈까 봐 두려웠기 때문이었다. 그는 중하中河 강가를 따라 빈민굴처럼 단층집들이 다닥다닥 늘어선 길을 따라 걸었다. 이곳은 800년 전까지만 해도 번화가였다. 남송의 황제 조구趙構와 대신 진회秦檜는 모두 중하 강가에 살았다. 하지만 지금은 가로등조차 잘 보이지 않는 피폐하고 어두컴컴한 골목으로 변해버렸다.

잠깐 눈 좀 붙일 곳을 찾는 일은 별로 어렵지 않았다. 방월은 외딴집 대문 앞에 황포차黃包車(고무바퀴로 된 인력거) 한 대가 서 있는 것을 발견하고 그리로 다가갔다. 주인은 차를 세워놓고 자러 들어간 것 같았다. 그는 더 생각하지 않고 인력거 안으로 들어갔다. 2인용 좌석은 키가 별로 크지 않은 그가 몸을 웅크리고 눕기에 적당했다. 이 정도면 '훌륭한 침대'라고 해도 좋았다. 그래서일까, 그는 바로 잠이 들었다. 그리고 그는 허공에서 곤두박질쳐 떨어지는 악몽을 꿨다. 떨어지면서는 바닥에 머리를 부딪쳐 "악!" 하고 비명도 질렀다. 그리고 번쩍 눈을 떴다. 꿈이 아니었다. 그는 바닥에 머리를 처박고 엎어져 있었다. 인력거꾼이 살기등등한 표정으로 그를 내려다보고 있었다.

"이런 겁대가리 상실한 놈을 봤나? 잠깐 변소에 갔다 온 사이에 남의 차에서 코를 골아?"

달콤하게 한잠 잘 잤다고 생각했는데 주인이 변소에 갔다 오는 동안 쪽잠을 잔 거였군. 이런 걸 일컬어 '노생지몽'盧生之夢이라고 하나보다. 방월은 재빨리 임기응변을 발휘했다.

"누워서 당신을 기다린 거요. 대자보 구경하러 갑시다."

인력거꾼의 말투가 부드럽게 변했다.

"대자보 말이오? 제일 많이 붙어 있는 곳을 내가 알지. 해방가 백화점 출입문과 의과대학 대문 양옆 담벼락에 다닥다닥 붙어 있소. 죄다 성 위원회 서기를 공격하는 내용들이오."

방월은 깜짝 놀랐다. 일개 인력거꾼이 아무렇지도 않게 '성 위원회 서기'를 입에 올리다니, 도시 전체가 '혁명'의 소용돌이에 휩싸였다는 것이 실감났다. 그가 알고 있는 1957년 당시의 '운동'과는 비교도 안 되는 대규모 '혁명'이 일어나고 있는 것임에 틀림없었다. 그는 재빨리 머리를 굴렸다. 여기 더 있다가 '무식'이 탄로날 것은 그야말로 시간문제일 터였다.

"나도 변소 좀 갔다 오겠소. 잠깐만 기다려 주시오."

방월은 인력거꾼이 가리키는 방향을 따라 가다가 그대로 달아났다.

어둠 속을 얼마나 달렸을까? 좁고 긴 골목에 들어선 방월은 뒤쫓아 오는 사람이 없는 것을 확인하고는 안도의 한숨을 내쉬었다. 이 골목은 눈에 익었다. 골목 이름은 '대탑아항'大塔兒巷, 그의 모교인 항주제7중학이 가까이에 있었다. 문득 옛날 기억이 떠올랐다. 중학교 입학 날이었다. 양부 가화가 직접 그를 학교까지 데려다줬다. 이 골목을 지나면서 양부는 "시인 대망서戴望舒가 기름종이 우산을 들고 라일락처럼 우수에 잠긴 강남아가씨를 찾아 빗속을 거닐던 골목이야."라는 설명도 했다. '대망서'라는 이름은 그렇게 그의 뇌리에 새겨졌다. 하지만 그런들 또 어떠하리? 그 당시 이 골목의 끝에서 대망서를 기다린 것이 '라일락처럼 우수에 잠긴 강남아가씨'였다면 지금 그의 앞에 펼쳐진 것은 언제 끝날지 모를 방랑길인 것을. 그는 망연한 표정으로 무작정 앞만 보고 걸었다. 빗물인지 이슬인지 모를 물방울 하나가 그의 콧등에 떨어졌다. 문득 엉뚱한 생각이 들었다.

'만약 시인 대망서가 지금까지 살아 있었다면, 그리고 여전히 이곳에 살고 있었다면, 그의 시에 나타난 라일락처럼 우수에 잠긴 아가씨는 틀림없이 항주제7중학 여학생일 거야. 그녀는 지금쯤 뭘 하고 있을까? 아마 붉은 완장을 팔에 차고 시인의 집에 쳐들어가서 압수수색을 하고 있겠지. 그렇다면 시인 대망서는 어떻게 됐을까? 시는 더 이상 쓰지 못할 것이니 피를 토하고 죽지 않았으면 목을 매달아 죽었을 거야. 1957년에도 그렇게 죽은 우파분자들이 많지 않았던가.'

방월은 터무니없는 생각을 하면서 다른 골목으로 꺾어들었다. 양옆에 높은 벽이 있는 좁은 골목이었다. 얼마 안 가서 막다른 골목이 나타나고 길모퉁이에 '청음항清吟巷소학교'의 간판이 보였다. 그제야 옛날 봉건왕조의 마지막 재상이었던 왕문소王文韶가 이곳에 살았었다는 생각이 났다. 미꾸라지처럼 교활한 왕문소는 1908년에 죽었다. 만약 지금까지 죽지 않고 살아있었다면 아마 분노한 '혁명군중'들에 의해 산 채로 껍질을 벗겨 죽임을 당했으리라.

방월은 계속 쓸데없는 생각을 떠올리며 상갓집 개처럼 항주의 골목을 누볐다. 그때 길옆에 짓다 만 집이 눈에 들어왔다. 그의 두 눈이 순간적으로 반짝 빛났다. 하늘이 무너져도 솟아날 구멍이 있다고 오늘밤 잠자리가 나타난 것이다.

방월은 눅눅한 바닥에 피곤한 몸을 뉘였다. 곰팡이냄새가 풍겨왔다. 딱딱한 뭔가가 옆구리를 찔러 잠이 오지 않았다. 하늘을 보니 먹장구름 사이로 가뭄에 콩 나듯 별들이 가물거리고 있었다. 또 엉뚱한 생각이 들었다.

'먹구름은 아무리 애를 써도 해와 달, 별을 가릴 수 없는 걸까? 아니면 해와 달, 별은 결국 먹구름에 가려 보이지 않게 되는 걸까?'

방월은 예전에 망우에게 지금 같은 엉뚱한 질문을 한 적이 있었다. 망우는 불성佛性과 혜근慧根이 있는 사람이었다. 평소에도 날카로운 말을 자주 하곤 했었다. 방월의 질문에 망우는 즉각 대답했다.

"그거야 네 마음이 먹구름을 향해 있는지 아니면 삼광三光(해와 달, 별)을 향해 있는지에 따라 결과도 달라지지."

방월은 그때의 기억을 되살리면서 단전에 힘을 주고 별들에게 마음을 집중시켰다. 하지만 그를 비웃기라도 하듯 어느새 먹구름이 새까맣게 몰려와 별들을 가려버렸다. 곧이어 번개가 허공을 쫙 갈랐다. 동시에 우르릉 쾅쾅, 요란한 천둥소리와 함께 굵은 빗방울이 쏟아져 내렸다.

비를 맞고 있을 수는 없었다. 그는 억지로 몸을 일으켜 골목을 빠져나왔다. 문득 기초 고모네 집이 이 근처에 있다는 생각이 났다. 아직 만나지는 못했으나 포랑도 돌아왔다고 들은 기억이 떠올랐다. 당연히 기초 고모도 십중팔구 무사하지는 못할 터였다. 그래도 남몰래 찾아가서 얼굴만 살짝 보고 오는 것은 괜찮겠지.

하지만 기초 고모의 집에서는 그가 결코 보고 싶지 않았던 광경이 펼쳐져 있었다. 대문은 활짝 열려 있고 마당은 대낮처럼 환했다. 들락거리는 사람은 많았으나 기초 모자의 모습은 어디에도 보이지 않았다. 마음이 급해진 그는 발각될 위험을 무릅쓰고 마당 안으로 들어갔다. 집안은 완전 난장판이었다. 뜯겨진 마룻바닥이 비 내리는 마당에 아무렇게나 버려져 있었다. 그는 앞에 있는 구경꾼에게 슬그머니 물었다.

"지금 뭘 하고 있는 거요?"

구경꾼이 눈을 흘기면서 대답했다.

"뭐기는 뭐겠소? 적과 내통한 증거물을 찾고 있는 거지. 그것도 모르오?"

"이 집 사람들이 적과 내통했소?"

"그거야 모르는 일이지."

"그래서? 찾아냈소?"

"간첩이 그리 허술하게 숨겨뒀을 리가 없지."

"그럼, 이 집 사람들은 다들 어디 간 거요?"

"그걸 누가 알겠소? 아무튼 좋은 결말은 없을 거요."

방월은 소리 없이 자리를 떴다. 이마에 식은땀이 흘렀다. 목이 메어 숨도 쉬기 힘들었다. 그는 전봇대 옆에 쭈그리고 앉은 채 헛구역질을 했다. 빗물이 투둑투둑 잔등 위로 떨어졌다. 머릿속이 새하얘졌다. 이제 어디로 가야 하지?

그 시각, 기초 모자는 서호에 있었다.

득방이 홍위병들을 이끌고 할아버지 집에 쳐들어갔을 때 기초도 무사하지 못했다. 직장 동료들이 그녀를 끌어내 비판투쟁을 했기 때문이었다.

사람들은 습관적으로 기초를 '항 간호사'라 불렀다. 하지만 사실 그녀는 남편이 체포된 이후 간호사 일에서 완전히 손을 뗐다. 대신 생계를 유지하기 위해 이 일 저 일 닥치는 대로 했다. 심지어 남의 집 가정부 일도 일했다. 1958년, 그녀는 몇몇 가정주부들과 함께 닭털먼지떨이와 종이상자를 만드는 소규모 작업장을 차렸다. '회사 초창기 멤버'였지만 남편과의 이혼을 거부한 탓에 공장장 자리에 오르지는 못했다. 비록 직급은 '부공장장'에 머물렀으나 공장 내의 거의 모든 업무를 그녀가 총괄 지휘했다.

기초는 외모만 보면 천상 여자였다. 여린 몸매에 얼굴도 깨끗하고 빼어났다. 게다가 최근 몇 년 동안 자주 눈물을 보였기 때문에 잘 모르는 사람들은 그녀를 바람이 불면 날아갈 것처럼 나약한 사람이라고 여겼다. 하지만 그런 그녀를 함부로 대하려다가 큰코다친 사람들이 적지 않았다. 한마디로 기초는 '외유내강'의 소유자였다. 특히 언변만큼은 누구에게도 지지 않았다.

기초가 남편 면회를 다녀온 후 누군가가 기다렸다는 듯 그녀에 대한 험담을 했다. 그녀가 공장 외부에 있는 반혁명분자와 내통했다는 것이었다. 공장 내부에서 그녀를 비판투쟁해야 한다는 목소리가 흘러나왔다. 문제는 누가 비판투쟁대회 주최자를 맡느냐 하는 것이었다. 털어서 먼지 안 나는 사람 없다고, 서로에 대해 잘 아는 동료들끼리 누가 누구를 비판투쟁하느냐는 얘기였다. 그렇게 서로 미루고 떠넘기면서 한참을 실랑이한 끝에 드디어 사팔뜨기 운반공 아수阿水가 비판투쟁대회 주최자로 선출됐다. 아수는 인력거를 몰고 다니면서 작금의 혁명 형세에 대해 얻어들은 것이 많았다. 안 그래도 잘만 하면 단 한 번의 '반란'을 통해 공장의 대권을 손에 넣을 수 있다고 생각하던 참이었다.

사팔뜨기 아수는 어디에서 주워들은 것은 있어서 공장 이름이 박힌 큼직한 도장을 제일 먼저 손에 넣었다. 그런데 하필이면 이날따라 주머니가 없는 옷을 입고 있었다. 도장을 다른 사람에게 맡길 수도 없어 한참을 고민하던 그는 자기 딴에는 묘안을 생각해냈다. 커다란 도장을 허리띠에 매달아 가랑이 사이에 드리운 것이다. 심한 사팔뜨기에 외모마저 어릿광대처럼 우스꽝스럽게 생긴 데다 가랑이 사이에서 호박 같은 물건이 덜렁거리는 꼴이 차마 눈뜨고 볼 수 없을 정도로 우습고 거슬렸다. 비판대 위로 끌려올라가 눈물을 질질 짜던 기초는 사팔뜨기의 꼴불견을 보고 참지 못하고 그만 깔깔 웃음을 터뜨렸다. 단상 아래에 있는 혁명군중들은 원래 '혁명적 각오'가 높지 않은 데다 평소에 '항 간호사'와 사이가 좋았던 사람이 태반이었다. 그들은 기초가 웃는 것을 보고는 덩달아 사팔뜨기를 가리키면서 포복절도했다. 화가 잔뜩 난 아수는 닭털 먼지떨이를 들고 동쪽과 서쪽을 번갈아 가리키면서 눈을 부라렸다. 하지만 그의 눈빛과 반대방향으로 움직이는 손짓은 사람들을 더욱 헷갈리게 만들었다. 자그마한 회의장은 더욱 시끌벅적해졌다.

이런 상태에서 비판대회를 열 수는 없었다. 사람들의 주의력을 한곳에 집중시킬 특단의 조치가 필요했다. 사팔뜨기는 먼지떨이를 책상 위에 내던지고 있는 힘껏 목청을 높였다.

"자, 비판대회를 시작합시다! 과이果兒, 얼른 올라와!"

'과아'라고 불린 사람은 중년의 맹인이었다. 다름 아닌 내채의 남편이었다. 그는 흰자위밖에 남지 않은 눈을 희번덕거리면서 지팡이를 짚고 더듬더듬 비판대로 향했다. 그리고는 《모택동 어록》을 쥔 손을 가슴에 꼭 붙인 채 그 누구의 안내도 받지 않고 멀지도 가깝지도 않게 정확하게 비판대 앞에 걸음을 멈췄다. 이어 비판대 가장자리에 지팡이를 세워놓고 손을 내밀면서 새된 소리로 일갈했다.

"차를 주시오!"

즉각 찻주전자가 대령했다. 맹인 사내는 꿀꺽꿀꺽 반주전자나 들이

킨 후에야 손으로 입을 쓱 닦으면서 말했다.

"어떤 걸 듣고 싶소?"

단상 아래에서는 중구난방으로 떠들어댔다.

"〈인민을 위해 봉사하자〉가 좋겠소!"

"〈노먼 베순을 기념하며〉를 들려주시오!"

"〈우공愚公이 산을 옮기다〉는 어떻소? 지난번에 들었는데 또 듣고 싶소!"

맹인 사내가 히죽히죽 웃으면서 손사래를 쳤다.

"까짓것, 다들 그리 원한다면 하나씩 다 들려주지."

환호성과 박수소리가 터져 나왔다. 과아가 느물거리면서 농을 던졌다.

"백염염白念念, 무슨 좋은 일이라도 생겼는가? 입이 찢어질라."

또 한바탕 웃음이 터졌다. 사람들이 과아에게 동전을 던졌다. 동전 한 개가 곧바로 과아의 둥근 깃 런닝셔츠 속으로 들어갔다. 과아가 몸을 흔들면서 손으로 엉덩이를 만진 후 사타구니를 움켜쥐면서 능청을 떨었다.

"이거, 이놈이 길을 잃었구먼. 암놈인가?"

사람들이 바닥을 구를 듯 웃어댔다. 기초도 배를 잡고 웃었다. 몇몇 아낙네가 과아를 때리는 시늉을 하면서 말했다.

"〈3대 기율, 8항 주의注意〉의 일곱 번째가 뭔가요?"

과아가 대답했다.

"일곱 번째, 부녀자를 희롱하지 않는다."

"그걸 잘 아는 사람이 음탕한 말을 막 던져요? 여러분, 이자를 벌할까요, 말까요? '찰떡 던지기' 어때요?"

"좋소!"

입 가진 사람들이 이구동성으로 호응했다. '찰떡 던지기'는 범인의 두 손 두 발을 묶고 바닥에 패대기치는 형벌이었다. 과아는 보이지 않는 눈을 크게 뜨면서 비명을 질렀다.

"아이고, 내가 잘못했소. 나는 사실 여자요, 여자. 제발 나를 희롱하지 마시오."

기초는 과아와 직장 동료들이 주고받는 음담패설이 아무렇지 않았다. 항씨 가족과 함께 살던 옛날에는 상상도 못했던 말이었으나 지난 몇 년 동안 익숙해졌다. 그녀는 과아와 직장 동료들의 의중을 짐작할 수 있었다. 약자들은 나름의 방법으로 횡포한 세력에 맞서 그들의 '부공장장'을 보호하려는 것이었다.

사팔눈을 떨면서 한참을 웃던 아수가 번뜩 정신을 차렸다. 계급투쟁을 하기 위해 마련한 자리인데 뭔가 단단히 잘못 돌아가고 있지 않은가. 그는 책상을 탕탕 내리쳤다. 그러자 과아가 그제야 헛기침을 몇 번 하더니 길게 목청을 뽑아냈다.

"우리 공산당과 공산당의 영도를 받는 팔로군八路軍과 신사군新四軍은 혁명의 대오요. 우리 이 대오는 인민을 위해 봉사하고 인민의 이익을 위해 일하는 대오라……."

과아가 오산吳山 월수越水 일대에서 유행하는 월극越劇 어투로 멋들어지게 서두를 떼자 아래에서는 난리가 났다. 특히 나이 든 할머니들은 발을 구르고 박수를 치면서 흥분했다.

"똑같아, 똑같아. 서옥란徐玉蘭(중국 경극 배우)이 연기한 '가보옥'賈寶玉과 똑같아!"

옆에 있던 할머니가 즉시 반박했다.

"아니야. 범서연範瑞娟(중국 경극 배우)이 맡은 '양산백'梁山伯과 똑 닮았구먼 뭘."

"아니, 귀가 먹었어? 분명히 서옥란의 목소리야."

"망할 놈의 여편네, 자네는 범서연의 양산백도 못 들어봤나?"

"가보옥이야!"

"양산백이라는데도!"

"가보옥! 가보옥! 가보옥!"

"양산백! 양산백! 양산백!"

"그만들 해요! 지금은 장사덕張思德이 숯을 나르는 대목이오!"

두 할머니는 누군가의 불호령을 듣고 나서야 비로소 입씨름을 멈췄다.

순수한 소흥紹興 방언에 생동감 넘치는 표정과 동작을 곁들여 풀어내는 과아의 얘기는 구경꾼들을 흥분하게 만들기에 충분했다. 심지어 '장사덕' 얘기를 시작하자 다들 장사덕처럼 숯을 나르러 산으로 가고 있는 것처럼 엉덩이를 들썩였다. 중국 혁명을 위해 평생을 바친 의사 '베순'이 등장했을 때는 여기저기서 흐느끼는 소리가 들려왔다. 불원천리 중국으로 와서 포탄이 터지는 전장을 누비면서 인도주의적인 의료 활동을 펼치다 영광스럽게 희생된 베순을 따라 배워 당장이라도 베트남 전장으로 달려가 미제국주의와 결판을 내지 못하는 것을 한스러워하는 것 같았다. '우공이 산을 옮기는' 대목에 이르자 과아는 발로 지팡이를 멀리 차 던지고 책상 위에 있는 먼지떨이를 두 손으로 높이 쳐들었다. '늙은 우공'이 범을 때려잡은 영웅 '무송'武松의 자세를 취하게 된 것이다. 하지만 이런들 어떻고 저런들 어떠랴. 남녀노소를 불문하고 모두들 넋이 나간 표정으로 한 사람에게만 시선을 고정하고 있는 것을.

기초는 문득 세상을 뜬 아버지를 떠올렸다. 아버지는 장대張岱의 《도암몽억》陶庵夢憶의 〈유경정설서〉柳敬亭說書를 유독 좋아하셨다. 그녀가 어릴 때 가끔 격앙된 목소리로 읽어주시기도 했었다.

"……그의 묘사는 머리카락처럼 섬세하고 치밀하되 군더더기 하나 없이 깔끔하다. 그의 고함소리는 거종巨鐘이 울리는 것 같다. 특히 중요한 대목에 이르러서는 목소리가 얼마나 큰지 집이 흔들릴 정도다. '무송武松이 술을 사러 가게에 들어왔는데 사람이 하나도 보이지 않았다. 무송이 그 자리에서 크게 호통을 지르니 가게 안에 있는 빈 독과 빈 항아리들이 웅웅 소리를 냈다…….'"

아버지는 이 대목을 읽으실 때마다 무릎을 치면서 칭찬을 아끼지 않으셨다. 유경정의 뛰어난 구연 실력에 감탄한 건지 아니면 장대의 글에 감동을 받은 건지 기초도 그때는 몰랐었다. 기초는 과아를 보면서 속으로 탄식했다.

'저렇게 능력 있는 사람이 맹인이라니. 게다가 마누라는 창녀 소리를 듣던 여자라지. 장대와 같은 시대에 살았더라면 제2의 유경정이 됐을지도 모르는데, 참으로 아깝구나.'

구연을 마친 과아는 입에 거품을 물고 헐떡거렸다. 기초는 재빨리 찻주전자를 건넸다. 과아는 꿀꺽꿀꺽 차를 들이켰다. 구경꾼들은 박수 칠 생각도 잊은 채 과아의 대사 하나하나를 음미하고 있었다. 모 주석의 말씀을 이토록 감칠맛나게 소화하는 사람이 또 있을까 싶었다. 비판대 위의 기초가 맨 먼저 박수를 치면서 진심으로 찬사를 보냈다.

"과아는 정말 대단한 인재예요."

그러자 아수가 정신을 차리고 사팔눈을 희번덕거리면서 고함을 질렀다.

"얼른 주자파 항기초에게 팻말을 걸어라!"

과아가 입으로 찻물을 뿜으면서 과장된 동작으로 가슴을 부여잡았다.

"아이고, 나 죽겠네!"

과아는 지팡이도 줍지 않고 넘어지고 구르면서 대회장을 빠져나갔다. 사람들은 그의 뒷모습을 보면서 또 한바탕 웃음을 터뜨렸다.

아무도 말을 듣지 않자 아수가 직접 나섰다. 우선 그는 미리 준비한 골판지 팻말을 꺼냈다. 대충 잘라 만든 그 팻말에는 비뚤비뚤한 글씨로 '더러운 국민당 여편네 항기초'라고 적혀 있었다. 게다가 유행을 따른답시고 '항기초'라는 이름 위에 시뻘건 가위표도 그려져 있었다.

조금 전까지 사람들과 함께 웃고 떠들던 기초는 팻말을 본 순간 갑자기 슬픔과 분노가 밀려왔다. 남편 나력 생각이 났다. 그날 십리평에서 그녀와 나력은 이혼에 대해 얘기를 나눴었다. 나력은 그녀 앞에서 이혼 서류에 서명도 했다. 그리고 둘은 서로 부둥켜안고 한참을 통곡했다. 불원천리하고 버마까지 찾아가서 사랑하는 사람과 어렵게 결혼을 했는데 결국은 이렇게 될 줄 누가 알았으랴.

기초가 팻말을 낚아챘다. 이어서 온몸의 분노를 담아 갈기갈기 찢은 후 아수의 머리에 집어던지면서 욕설을 퍼부었다.

"짐승 같은 놈! 짐승보다도 못한 놈!"

아수의 눈이 휘둥그레졌다. 지금이 어느 때인데 '우귀사신' 주제에 감히 팻말을 찢어?

"이년이 감히!"

아수가 다짜고짜 기초에게 달려들었다. 이어 주먹질, 발길질이 날아들었다. 기초 또한 순순히 당하고 있을 사람이 아니었다. 그녀는 비명을 지르면서 아수를 할퀴고 물어뜯었다. 급기야 화가 머리끝까지 치밀어 오른 아수가 씩씩거리면서 누군가를 불렀다.

"춘광春光, 춘광, 얼른 올라오지 않고 뭘 해?"

말이 끝나기 무섭게 똥통을 든 젊은이가 회의장에 뛰어 들어왔다. '춘광'이라 불린 남자는 치정으로 정신이상이 된 사람이었다. 봄이면 공장 처녀들의 꽁무니를 쫓아다니면서 엉덩이를 만지고 팔뚝을 꼬집는 추태를 저질러 공분을 산 자였다. 그런 그가 뭇사람들의 반대에도 불구하고 계속 공장에 남아 있을 수 있었던 이유는 순전히 기초 덕분이었다. 기초는 '사회주의의 우월성'을 강조하면서 춘광을 내치지 않았던 것이다. 하지만 보은報恩이 뭔지 모르는 춘광은 아수가 몇 마디 구슬리자 홀딱 넘어가고 말았다. 이얍, 우렁찬 기합소리와 함께 그가 비판대 위에 있는 사람들을 향해 똥통에 든 액체를 냅다 뿌렸다. 삽시간에 비명소리가 터져 나왔다. 똥통에 담겨 있던 액체는 똥물도, 끓는 물도 아닌 콜타르였던 것이다. 때 아닌 봉변을 당한 사람들은 사방으로 도망갔다. 특히 아수는 옷을 적게 입은 데다 기초와 치고 박고 싸우다보니 미처 피하지 못하고 등에 정통으로 콜타르 세례를 맞았다. 기초의 머리에도 코타르가 몇 방울 튀었다. 다행히 머리숱이 많아 두피에 약한 화상을 입었을 뿐 크게 다치지는 않았다. 여기저기서 아우성이 터졌다. 현장은 아수라장으로 변해버렸다.

이날 포랑은 마침 휴가를 받아 집에 있었다. 기초는 집 밖에 나가지 말라고 아들에게 신신당부를 했었다. 주민위원회 '노동자계급 마누라'가 집에 사람이 없는 틈을 타서 쳐들어올 수 있기 때문이었다. 그런데 뜻밖에 맹인 과아가 포랑을 찾아왔다. 과아는 눈이 보이지 않아 대회 현장을 보지 못했다. 그러나 평소 과장되게 떠벌리기 좋아하는 성격이었다. 포랑을 보자마자 숨넘어가는 소리를 한 것은 당연했다.

"자네, 얼른 가보게. 자네 어미가 당장 죽게 생겼네."

어미가 죽는다는 말에 놀라지 않을 아들이 어디 있겠는가? 포랑은 대문도 잠그지 않고 허둥지둥 위생원(보건소)으로 달려갔다. 다행히 어머니는 크게 다친 데는 없었다. 당장 죽게 생긴 사람은 비판대회 주최자 아수였다. 좋지 않은 예감이 든 기초는 아들을 집으로 쫓아 보내려고 했다. 그러나 아들은 말을 듣지 않았다. 포랑은 화상 치료를 받을 때까지 기다렸다가 어머니를 자전거에 태우고 집으로 돌아왔다. 그런데 포랑이 잠깐 자리를 비운 사이에 '노동자계급 마누라'가 조반파들을 끌고 들이닥쳤다. 조반파들은 닥치는 대로 물건들을 부수고 마룻바닥도 다 뜯어냈다. 포랑이 그 꼴을 보고 가만히 있을 리 만무했다. 나무 몽둥이를 들고 바로 조반파들에게 달려들었다. 기초가 그런 그를 죽을힘을 다해 말렸다. 포랑은 발을 구르면서 소리를 질렀다.

"이거 놔요, 어머니. 저 새끼들을 다 때려죽인 다음 어머니를 업고 운남으로 가겠어요."

기초는 아들을 질질 끌다시피 해서 골목 밖으로 나왔다.

"아서라, 아버지는 네 결혼식에 참석하기를 원하신다."

바람이 세차게 불기 시작했다. 하늘에는 희미한 달빛이 남아 있었다. 방월이 항주의 거리와 골목을 누비고 있을 때 기초와 포랑 모자는 서호의 커다란 녹나무 아래 나무의자에 앉아 서로의 상처를 닦아주고 있었다.

그들의 뒤에는 거대한 석조 사자상과 전사戰士 조각상이 있었다. 조금 더 뒤쪽은 호빈로湖濱路였다. 도처에서 '반란'의 목소리가 들끓는 와중에도 서호는 예나 다름없이 평온하고 부드러웠다. 포랑은 어머니를 의자에 눕게 했다. 호수바람은 뜨거웠다. 포랑의 무릎도 뜨거웠다. 하지만 그는 자신의 무릎을 베고 누운 어머니의 허약한 몸이 떨리는 것을 느꼈다.

포랑이 어머니의 등을 부드럽게 쓰다듬으며 입을 열었다.

"어머니, 걱정 마세요. 제가 있잖아요."

기초가 나지막하게 한숨을 내쉬었다.

"네 아버지는 지금 어떻게 지내시는지 모르겠구나."

"아버지는 안에 계시는 게 차라리 더 나으실 거예요."

포랑이 생각에 잠긴 표정으로 말했다. 기초는 고개를 끄덕였다.

"그래, 지금 여기보다 나으실 거야. 사람을 반죽음이 되도록 때린 것도 모자라서 머리에 콜타르를 들이붓지를 않나, 마룻바닥을 뜯어내고 집에서 쫓아내지를 않나……. 곧 번개가 치고 큰비가 쏟아질 것 같구나."

기초의 말이 끝나기 무섭게 천둥소리가 울렸다. 그러더니 빗방울이 떨어지기 시작했다. 포랑이 벌떡 일어났다.

"어머니, 비를 피할 곳이 있어요."

포랑이 호숫가에 정박해 있는 지붕 있는 배에 날렵하게 뛰어올랐다. 이어 손을 내밀어 어머니를 배 위로 끌어올렸다.

포랑은 원래 잠시 동안만 배 안에서 비를 피할 생각이었다. 하지만 밧줄이 풀린 배는 사람이 오르자 무게를 이기지 못하고 물 위로 스르르 미끄러져 나갔다. 호숫가에 있던 사람들은 갑자기 쏟아진 비에 다 도망을 가고 호수 위에 떠 있는 작은 배 따위에 신경을 쓰는 사람은 아무도 없었다.

포랑은 불안해하는 어머니를 위로하려 일부러 큰 목소리로 말했다.

"차라리 잘 됐어요. 이 배를 타고 금사항金沙港까지 가서 용정산에 있는 항분 누님을 찾아갑시다. 거기 가서 제가 어머니 머리를 다듬어드릴게요."

"너도 참, 그 다음에는 뭘 할 거냐?"

"그 다음 일은 그때 가서 다시 생각해요."

포랑이 의연한 표정을 지었다.

"제가 결혼하게 되면 어머니를 옹가산으로 모셔가겠어요. 함께 차를 따면서 지냅시다."

"세상에 그렇게 좋은 일이 있겠느냐? 사팔뜨기가 가만히 있지 않을걸."

"그 자식은 적어도 보름 동안은 침대에서 일어나지도 못할 거예요."

기초가 등받이가 있는 의자에 기대앉으면서 이를 갈았다.

"배은망덕한 놈 같으니라고. 누구 덕분에 공장에 들어왔는데, 은혜도 모르고."

포랑이 어머니의 불평을 못 들은 척 활짝 웃으면서 딴소리를 했다.

"어머니, 여기 뜨거운 물주전자가 있어요. 찻잔도 있네요. 히힛, 감람(올리브) 한 봉지, 산사편(산사나무 열매로 만든 납작하게 생긴 식품) 반 봉지, 빵도 있어요. 없는 게 없네요. 뭐가 더 있나 찾아볼까?"

아마도 낮에 배를 탔던 손님들이 먹다 남긴 음식들 같았다. 아무려나 포랑은 음식들을 전부 기초 앞에 가져다놓고 뱃머리로 돌아왔다. 기초는 세찬 비바람 속에 우뚝 서 있는 아들의 듬직한 뒷모습을 가만히 바라봤다. 때마침 하늘에서 요란한 천둥소리가 울렸다. 그러더니 바람이 더 세게 불어 닥쳤다. 평온하고 부드럽던 서호는 끝이 보이지 않는 바다를 연상케 했다. 작은 배는 당장이라도 뒤집힐 듯 심하게 흔들렸다. 번개가 번쩍 하면서 보숙탑保俶塔과 백제白堤 단교斷橋가 쏟아지는 빗줄기 사이로 모습을 드러내다 사라졌다. 기초는 두려움과 통증에 몸을 떨면서 차를 한 모금 마시고 빵을 한 입 먹었다. 아들이 잔뜩 상기된 표정으로 선실로 들어왔다.

"어머니, 저 서호에 오줌 쌌어요!"

"서호에 오줌을 싸면 안 돼."

"저도 알아요. 그래도 꼭 싸고 싶었는걸요."

기초는 어둠속에서 아들의 실루엣을 보면서 한숨을 내쉬었다. 그리고 자리에 누웠다.

그날 밤 방월도 나름의 지혜와 순발력으로 갑자기 들이닥친 광풍폭우를 피하고 있었다. 그는 공진교拱宸橋에서 남성교南星橋로 가는 전차에 올라 맨 뒤쪽 구석 자리에 웅크리고 서 있었다. 그렇게 비를 피하기 위해 같은 번호의 전차를 타고 항주 시내 북쪽 끝에서 남쪽 끝까지 몇 번을 왕복했는지 모른다. 그가 자꾸 내려오는 눈꺼풀을 이기지 못하고 꾸벅꾸벅 졸고 있을 때 매표원이 다가와서 툭툭 쳤다.

"'인민을 위해 복무하자.' 같은 번호 차를 몇 번 탔죠?"

놀라서 눈을 뜬 방월은 한 줌이나 되는 차표들을 보여줬다. 그러면서 더듬더듬 대답했다.

"표, 표 샀어요."

매표원은 엄숙한 표정으로 목소리를 높였다.

"내가 '인민을 위해 복무하자.'라고 했잖아요? 못 들었어요?"

"나, 나, 나는……."

방월은 어떻게 대답해야 할지 몰라 쩔쩔맸다. 옆에 있던 노인이 나직이 일러주었다.

"'반란은 정당하다.'라고 말해야지."

방월은 그제야 번뜩 정신을 차리고 고함지르듯 말했다.

"반란은 정당하다!"

차 안의 승객들이 일제히 웃음을 터뜨렸다. 노인이 다시 입을 열었다.

"딱 봐도 시골사람이구먼. 사상 각오가 아직 많이 낮네."

매표원도 키득거리면서 말했다.

"대답을 마저 해야죠. 같은 번호 차를 몇 번 탔느냐고 물었잖아요?"

방월이 한껏 불쌍한 표정을 지으면서 절강 남부 표준말로 응수했다.

"용천龍泉에서 처음 항주로 왔어요. 길을 찾지 못해 헤매는데 비까지 내려 할 수 없이 전차를 탔어요. 몇 번 탔는지는 나도 잘 모르겠어요."

"촌뜨기 같으니라고. 창밖을 봐요. 날이 갠 지 한참 됐어요."

방월이 창밖을 보니 어느새 공진교에 거의 도착하고 있었다. 그가 얼른 말했다.

"지금 내리겠어요, 지금 내릴게요."

매표원이 한결 누그러든 어조로 말했다.

"고지식한 사람 같아보여서 더 추궁하지 않겠어요."

노인도 거들었다.

"그러게 말이오. 우리는 모두 오호사해五湖四海에서 모여 혁명의 공동 목표를 위해 나아가는 사람들이지요."

방월과 함께 차에서 내린 노인이 작은 소리로 말했다.

"자네는 운이 좋네. 요즘 버스에서 잡혀 나오는 '우귀사신'이 수두룩하다네."

방월은 등골이 오싹해졌다. 그는 노인에게 "고맙다"고 인사한 뒤 곧바로 반대방향으로 종종걸음을 옮겼다.

시계를 보니 벌써 새벽이었다. 공진교 일대에 있는 항주 제1면방직 공장에서는 교대를 마친 직원들이 퇴근하는 중이었다. 주변은 어두웠다. 시커먼 어둠속에서 하나밖에 없는 가로등이 청승맞게 희끄무레한 빛을 비추고 있었다. 빼빼 마른 개 한 마리가 가로등 아래 쓰레기통 주위를 어슬렁거리고 있었다. 방월은 자신의 처지가 새삼 처량하게 느껴졌다. 한때는 미술대학의 풍류재자風流才子로 이름을 날렸었는데 지금은 이게 무슨 꼴인가? 이렇게 큰 항주 시내에 이 한 몸 누일 곳을 찾지 못해 정처 없이 떠도는 꼴이라니.

그는 아무 생각 없이 무작정 앞으로 걸었다. 그러다 보니 어느 순간 익숙한 냄새가 코를 찔렀다. 시커멓게 썩은 대운하가 눈앞에 나타났다. 익숙한 악취를 맡고나자 정신이 조금 드는 것 같았다. 적어도 썩은 냄새 나는 대운하는 그를 버리지 않을 터였다. 커다란 돌다리가 운하 위에 웅크리고 있었다. 그는 비틀거리면서 공진교 위로 올라갔다. 시커먼 강물이 내려다 보였다. 멀리서 털털거리는 예인선 소리가 들려왔다. 죽는다는 게 참 쉬운 일이구나. 여기서 뛰어내리면 되겠지?

방월은 고개를 들어 하늘을 봤다. 비가 내린 뒤의 하늘은 구름 한 점 없이 맑았다. 초승달이 하늘에 가볍게 걸려 있었다. 방월은 자기도 모르게 뒤를 돌아봤다. 무엇 때문인지는 몰라도 갑자기 망우 형님의 눈처럼 새하얀 피부가 떠올랐다. 그때 망우 형님은 산을 떠나는 그를 배웅하면서 근심어린 표정을 지었었다.

"형, 우리 같이 떠나요. 형의 고향인 항주로, 서호로 같이 가요. 번화한 도시에 가서 삽시다."

방월이 몇 번이고 간청했으나 망우 형님은 고개만 저을 뿐이었다.

"나는 산이 좋아. 백차나무 아래에서 사는 것이 제일 마음 편해."

방월은 그때까지만 해도 망우 형님을 이해하지 못했다. 장애가 있는 망우 형님이 열등감 때문에 산속에 은거하려는 줄로만 알았다.

"형, 우리 같이 도시로 가요. 내가 형을 먹여 살리겠어요."

그러자 망우가 웃으면서 말했다.

"월아, 누가 누구를 먹여 살려?"

얼마 안 지나 망우 형님의 말이 옳았다는 것이 증명됐다. 방월이 '우파분자'가 되자 망우가 매달 방월에게 돈을 부쳐준 것이다. 은인, 어릴 때나 어른이 되어서나 은인이라는 말밖에 표현할 말이 없었다. 예전에도 지금도 그는 하등 도움이 안 되는 존재였다.

'다들 너무 보고 싶어요. 당신들이 없으면 나는 살 수 없어요.'

방월은 마음속으로 조용히 중얼거리면서 고개를 푹 숙였다. 그리고는 시커멓고 걸쭉한 물속에서 사랑하는 사람들의 모습을 찾으려 애썼다. 하지만 헛수고였다. 항씨네 사람들은 더럽고 탁한 곳에서는 살 수 없는 사람들이었다.

그는 대학생 시절 야외 스케치를 하기 위해 이곳에 온 적이 있었다. 그때 항주에는 서호, 전당강과 대운하 세 종류의 물이 있다는 사실을 비로소 알았다. 그리고 어떤 물을 가까이 하느냐에 따라 사람도 '고아한 사람', '용감한 사람', '비천한 사람'의 세 종류로 나뉜다는 것을 알았다.

방월은 자기도 모르게 몸이 떨렸다. 그때 누군가 뒤에서 그를 툭툭 쳤다. 곧이어 높고 가는 여자의 목소리가 들려왔다.

"저기요, 지금 뭘 하고 있어요?"

방월이 흠칫 놀라서 고개를 돌렸다. 어디선가 본 것 같은 사람이었다. 한참 기억을 더듬고 나서야 그녀가 양패두의 공중전화 관리원 내채라는 것이 생각났다. 그가 자신의 머리를 툭툭 치면서 말했다.

"참, 내가 전에 전화비를 안 낸 적이 있죠? 갚을게요. 지금 갚을게요."

내채가 어깨를 흔들면서 애교를 부렸다.

"기억력이 좋군요. 나는 또 그쪽이 강물에 뛰어드는 줄 알고 가슴이 철렁했잖아요."

"그런데 여기는 어쩐 일로?"

내채가 코맹맹이 소리로 대답했다.

"나는 여기 살아요. 내 양아버지가 당신이 지금 밟고 서 있는 바위 위에서 나를 처음 발견했거든요. 그러니 내가 여기를 두고 어딜 가겠어요?"

내채의 양부는 공진교에 살던 생선장수였다. 매일 생선을 내다 팔며 먹고 사는 사람이었다. 그가 어느 날 아침시장에 나가는 길이었다. 다리 앞에 버려진 여자아기가 눈에 띄었다. 그는 길게 생각할 것도 없이 아이를 집으로 데려와 키웠다. 비록 아이를 몇 번 팔아먹기는 했지만 내채는 길러준 은혜를 잊지 않았다. 게다가 양부가 죽은 후에는 그의 집도 물려받았다.

공중전화를 지키는 일은 자정이 되어야 끝나기 때문에 그녀는 가끔씩만 집에 왔다가 다음날 일찍 양패두로 돌아갔다. 이날도 오랜만에 집으로 돌아왔다가 뜻밖에 우파분자 방월을 만난 것이다. 그녀는 방월이 혹시 자살이라도 할까봐 걱정이 돼 뒤에서 한참이나 지켜봤다. 다행히 자살할 것 같지는 않아 안도의 한숨을 내쉬고는 방월을 불렀던 것이다.

내채가 가늘고 보드라운 손으로 방월의 어깨을 툭, 치면서 말했다.

"아유, 간 떨어질 뻔했어요. 만약 당신이 죽기라도 한다면 내가 내일 당신 아버지께 뭐라고 하겠어요? 내 말 들어봐요. 속담에 '개똥밭에 굴러도 이승이 좋다'라고 했어요. 나도 1962년에 간첩으로 몰려서 온갖 고생을 다했어요. 6월의 염천 더위에 맨발로 석탄수레를 끈 적도 있었어요. 발바닥에 물집이 생기고 피멍도 들고 정말이지 벽에 머리를 박고 죽고 싶은 심정이었어요. 나중에 누가 나에게 맹인 남자를 소개해줬죠. 그때는 일단 살고 봐야겠다는 생각밖에 없었어요. 맹인은 둘째 치고 죽은 남자라도 마다할 수 없을 정도였죠. 봐요, 그래서 지금은 이렇게 멀쩡하게 살아남았잖아요?"

내채가 비감에 잠긴 소리로 말을 이었다.

"방월, 방금 한 말은 당신한테만 얘기한 거예요. 다른 사람에게는 한 번도 이런 얘기를 꺼낸 적이 없어요. 내가 돌아간 뒤 당신이 또 죽을 생각을 할까봐 그런 거예요. 한 사람의 목숨을 구하는 것이 칠층탑을 쌓는 것보다 낫다고 하니까요. 그럼 또 봐요!"

내채는 애교스럽게 손을 흔들어보이고는 다리 아래로 내려갔다. 방월이 아직 정신을 차리지도 못했는데 내채의 가늘고 높은 목소리가 또 다시 들려왔다.

"우리 집 주소는 공진교 ×××예요. 아무 때나 놀러 와도 돼요. 우리 집에도 좋은 차가 있어요. 항씨네 집에 있는 차보다 못하지 않을걸요."

내채는 엉덩이를 실룩대면서 어둠속으로 사라졌다.

방월은 넋을 잃고 멍하니 서 있었다. 내채가 툭 치고 지나간 어깨에서 여인의 따뜻하고 부드러운 손길이 느껴졌다. 가슴이 쓰리면서도 행복했다. 갑자기 꿋꿋하게 살아가야겠다는 용기가 생겨났다. 그는 다리의 난간을 손으로 툭툭 쳤다. 얼음처럼 차가운 것이 여인의 따뜻한 손길과는 정반대였다. 저 아래 대운하의 더러운 물이 흰 비늘을 번뜩이면서 쉼 없이 흐르고 있었다. 그 순간 방월은 생각을 바꿨다.

'그래, 대운하는 비천하지 않아. 대운하는 나를 살게 해주는 모든 길로 통했어.'

방월은 비천하지만 깨어 있는 천민賤民이 돼야겠다고 결심했다. 천민이 잘 수 있는 곳은 많았다. 특히 악취가 진동하는 다리 아래 운하 옆은 홍위병들의 순찰을 피하기에 딱 좋았다.

이튿날 오전, 항주 서쪽 교외에 있는 용정소학교는 그런대로 조용했다. 여름방학이라 학생도 없었다. 몇몇 혁명적인 청년 교사들은 시내 안으로 들어가 있었다. 이번 '혁명'의 열풍은 농촌도 비껴가지 않았다. 다만 진행속도가 도시보다 반 박자 정도 늦을 뿐이었다. 홍위병들은 번갈아 찾아와서 수색을 하고는 했다. 어제도 찾아 왔었다. 다행히 용정산에는 차만 많을 뿐 '네 가지 낡은 것'은 많지 않았다. 홍위병들은 어제 연하동煙霞洞에 있는 부처 돌 조각상을 부수고 돌아간 뒤 오늘은 오지 않았다.

그럼에도 불구하고 용정소학교의 교사 항분은 가슴이 두근거리고 몸이 떨렸다. 예배당에는 갈 수조차 없었다. 무서워서 시내에도 들어갈 수 없었다. 사징당思澄堂(교회 이름)과 야소당耶蘇堂 골목에 있는 교회 목사들 중 대다수는 박해를 당했다. 하나님의 존재를 믿지 않는 불쌍한 이

교도들은《성경》을 변소에 던져버리거나 태워버렸다. 길 잃은 불쌍한 양, 사탄의 꾐에 넘어간 유다여…….

하나님은 항분의 마음속에 있었다. 그녀는《성경》을 전부 외우다시피 했으니 말이다. 그녀는 기도를 하면서 목에 걸었던 작은 십자가를 풀었다. 수십 년 동안 그녀와 함께 했던 십자가였다. 그녀는 십자가를 만생호에 넣었다. 만생호 안에는 다른 물건도 들어 있었다. 고보리 이치로가 서호에서 투신자살하기 전 그녀에게 준 오래된 회중시계였다. 그녀는 그 시계를 한 번도 만진 적이 없었다. 심지어 자세히 눈여겨본 적도 없었다. 그녀는 조심스럽게 시계를 들어올렸다. 하지만 시계에 새겨져 있는 '강해호협江海湖俠 조기객趙寄客'이라는 일곱 글자를 본 순간 이내 눈을 감고 고개를 옆으로 돌려버렸다. 그녀는 지난 수십 년 동안 이 같은 자세로 삶을 대해왔다. 이번에도 예외는 없었다. 그녀는 만생호를 호공묘胡公廟에 가져다놓을 생각이었다. 호공묘의 노스님은 아직 건재했다. 그녀의 아버지 가화와도 자주 왕래하는 가까운 사이였다.

포랑의 눈에 항분 누나는 남들과 많이 달랐다. 좀 이상한 사람 같기도 했다. 항분은 항씨 집안의 다른 여자들보다 작고 마른 편이었다. 눈은 크지 않았으나 속눈썹은 아주 길었다. 게다가 쉴 새 없이 눈을 깜빡거리는 습관이 있었다. 걸핏하면 알아듣지 못할 말을 중얼거리면서 손으로 십자가를 긋기 좋아했다. 그럴 때면 유난히 부산스러워보였다,

기초 모자의 예고 없는 방문에 항분은 무척 당황했다. 그녀는 벌벌 떨면서 두 사람을 안으로 들였다. 또 기초의 몰골을 보고는 거울 앞에 앉히고 목에 수건을 둘렀다.

"고모, 제가 머리를 다듬어 드릴게요."

하지만 항분은 가위를 들고도 한참 동안 "하나님!"만 부르면서 손

을 움직일 생각을 하지 않았다. 기다리다 지친 기초가 가위를 빼앗으면서 말했다.

"내가 할게. 네 하나님을 기다리다가는 속이 터져 죽겠다."

항분과 포랑은 기초가 콜타르가 묻은 머리카락을 잘라내는 것을 말없이 지켜봤다. 성미가 급하고 과감한 기초는 가위질 두세 번 만에 머리손질을 다 끝냈다. 그때 포랑이 바닥에서 머리카락을 한 올 집어 들더니 놀라서 소리를 질렀다.

"어머니, 흰머리가 생겼어요!"

"진작 생겼어. 요즘 같은 세월에 머리가 세지 않는 게 더 이상해."

"어머니, 제가 하수오를 캐다 달여 드릴게요. 분이 누나, 이 산에도 하수오가 있어요?"

"그건 분이가 우리를 이곳에 머물게 한 후에 생각할 일이고."

항분이 또 빠르게 눈을 깜빡거렸다.

"주여, 제가 죽지 않는 한……."

기초가 가위를 내려놓고 근엄한 표정을 지었다.

"우리 한 가지만 약속하자. 지금부터 항씨 집안의 사람들은 아무도 '죽는다'는 말을 입에 올리면 안 돼. 왜놈들 손에서도 살아남았는데 하물며 같은 민족인 공산당이 함부로 사람을 죽이겠느냐?"

기초가 말을 마치고는 아들을 시켜 거울을 하나 더 가져오게 했다. 이어 거울 두 개를 앞뒤에 놓고 한참 동안 가위질을 하더니 만족스러운 웃음을 지었다.

"흠, 머리를 자르니 훨씬 젊어 보이는구나."

기초는 아들에게 수돗물을 길어오라고 했다. 사팔뜨기에게 재수 없게 당한 모욕을 깨끗이 씻어버리려는 것이었다. 포랑은 밖으로 나왔다가 깜짝 놀랐다. 언제 왔는지 문 앞 수도꼭지 옆에 걸인 행색의 사내가 서 있었다. 사내의 몸에서 땀 냄새가 진동했다. 사내는 흰 이를 드러내고 웃으면서 더듬더듬 말을 걸었다.

"'인, 인민을 위해…… 복, 복무하자.' 당신은 누구요?"

"당신은 누구요?"

포랑이 반문했다. 사내가 엷게 웃으면서 말했다.

"'반, 반란은…… 정당하다.'라고 한 다음 '나는 항포랑이오.'라고 대답해야지."

사봉산獅峰山 아래 호공묘의 노스님은 예나 지금이나 변함없이 손님이 오면 차를 대접했다. 이곳은 참배객들의 발길이 뜸해진 지 이미 오래였다. 노스님도 양자를 들여 속가의 생활을 하고 있었다. 용정산 사람들은 순박하고 착해 스님을 찾아와서 귀찮게 하는 법이 없었다. '호공'胡公은 항주에서는 그다지 유명하지 않지만 절중浙中 일대에서는 '대제'大帝로 추앙받는 인물이었다. 그럼에도 호공묘에는 일 년이 가도록 찾아오는 사람이 별로 없어서 조용했다. 마당에 있는 두 그루의 매화나무도 스스로 철에 맞춰 꽃이 피고 지고를 반복했다.

항분이 일행을 데리고 호공묘에 온 이유도 아직 이곳까지는 조반파들의 발길이 닿지 않았을 것이라고 생각했기 때문이었다. 하지만 항분의 예상은 보기 좋게 빗나갔다. 호공묘의 대문은 벌써 반쯤 부서져 있었다. '네 가지 낡은 것'을 수색하기 위한 침입자들의 짓거리가 틀림없었다. 노스님은 항분 일행을 보자마자 합장을 했다.

"아미타불. 마침 잘 오셨네. 어제도 홍위병들이 찾아와서 대문을 부쉈다네. 내가 제발 안에 있는 것들은 건드리지 말아달라고 무릎을 꿇고

빌었지. 부처님 덕분에 '혁명용사'들은 다행히 저 앞에 있는 '용 머리'만 부수고 돌아갔다네. 다들 여기를 보게, 열여덟 그루의 어차御茶는 모두 무사하다네. 아미타불."

호공묘 앞에 있는 열여덟 그루의 어차는 여기저기 부러져 있었다. 또 어떤 것은 뿌리가 훤히 드러나 있었다. 어차의 내력을 모르는 포랑이 스님에게 물었다.

"어차라면 '황제의 차'를 말하는가요? 황제가 심었어요? 황제도 차나무를 심을 줄 알아요?"

물론 어차는 황제가 심은 차가 아니었다. 하지만 황제와 아무 관계가 없다고는 할 수 없었다. 그러니 홍위병들이 이 어차를 '봉건주의 잔재'로 규정 지은 것도 전혀 일리가 없는 것은 아니었다. 건륭제는 강남 지역을 여섯 번 순시하는 동안 서호 일대의 차 산지에 네 번이나 왔다. 그는 이곳 호공묘 앞 돌다리 옆에 말을 세웠었다. 이어 냇가의 찻잎을 친히 따서 책갈피에 끼워 황태후에게 보냈다. 황태후는 건륭제가 보낸 차를 맛보고 대단히 만족스러워했다. 그 뒤부터 용정차는 건륭제가 책갈피에 넣어서 납작하게 만든 형태를 본 따 납작하게 만들었다고 한다. 호공묘 앞에 있는 용정차나무 열여덟 그루는 건륭제가 친히 딴 것이라고 해서 '어차'로 봉해졌다.

어느 정도 원기를 회복한 기초가 입을 열었다.

"건륭제가 친히 어차로 봉했다는 말은 낭설이에요. 후세 사람들이 차의 가치를 높이기 위해 황제의 이름을 빌린 거죠. 차가 '봉건주의와 자본주의, 수정주의의 잔재'라면 중국인들은 이제부터 차를 마시지 말아야죠."

다들 기초의 말에 맞장구를 칠 기분이 아니었다. 그러자 기초가 고개를 푹 숙이고 있는 방월에게 잔소리를 했다.

"얼른 뒤에 있는 샘에 가서 씻고 와. 몸에서 썩은 내가 난다."

샘은 호공묘 뒤편에 있었다. 오랜 연륜을 말해주듯 물이 깊고 벽에 푸른 이끼가 가득했다. 아래를 내려다보니 한기가 얼굴을 덮쳤다. 명나라 장대張岱는 이 샘물에 대해 극찬을 하기도 했다. 샘구멍 위 잡초로 가려진 곳에 '노용정'老龍井이라는 세 글자가 보였다. 노스님은 소동파가 쓴 글자라고 설명했다.

원래는 바위틈에서 나온 물이 '용'의 머리를 통해 용의 입으로 나왔었는데 이제 용의 머리는 부서지고 없었다.

항분이 만생호를 가져왔다.

"스님, 이걸 노용정 옆에 묻고 싶어요."

"만생호군, 이 아까운 걸……."

스님은 말을 잇지 못했다.

"압수당해 깨져버리는 것보다는 낫지 않겠어요?"

기초가 조심스럽게 만생호를 쓰다듬으면서 덧붙였다.

"이 만생호는 제 양부께서 친아버지에게 선물한 거예요. 그분은 절개를 지키면서 죽을지언정 비굴하게 목숨을 보전하지는 않겠다고 하셨죠. 그분이 저 세상에서 이 만생호를 보시게 되면 아마 '기와가 돼 오래 보전될지언정 옥이 돼 부서지지는 않을 물건'이라고 하시겠죠?"

방월이 오래간만에 기발한 말을 했다.

"원래부터 질그릇이었잖아요. 흙에서 왔으니 흙으로 돌아가는 것이 당연하죠."

그 말에 기초가 찬물을 끼얹었다.

"네 말대로라면 너도 관요니官窯니 뭐니 신경 쓸 필요가 하나도 없겠네. 기껏 심혈을 기울여 만들어내 봤자 결국에는 부서지지 않으면 파묻혀질 운명인 것을."

방월은 입을 다물었다. 갑자기 슬픔이 복받쳐 올랐다. 동료들의 얼굴이 떠올랐다. 그와 동료들은 용천 청자를 재현하는 과제를 이미 해결하고 남송 관요를 다음 목표로 정했다. 남송 관요는 세계 도자기 역사에서 몇 손가락 안에 드는 진귀한 '보배'이나 남송 이후 감쪽같이 사라져버렸다. 현재까지 출토된 것도 불과 몇 십 점 정도뿐이었다. 지능과 기술이 뛰어난 엔지니어와 전문가들이 힘을 합쳐 몇 년 동안 연구했으나 아직까지 배합 방법을 찾아내지 못했다. 기초 고모의 말은 틀리지 않았다. 사라진 것을 되찾기는 어려워도 있는 것을 파괴하기는 식은 죽 먹기가 아닌가. 동서고금을 불문하고 이렇게 대규모적인 파괴 행각이 몇 번이나 있었을까? 아름다운 것일수록 더 빨리, 더 쉽게 파괴되는 것은 무엇 때문일까? 갑자기 깊은 슬픔과 절망감이 끝이 보이지 않는 심연 속으로 그의 영혼을 끌어당겼다. 그는 다른 사람들에게 속내를 들키지 않기 위해 먼저 삽을 들었다. 얼마 지나지 않아 노용정 옆에 깊고 큰 구덩이가 생겼다. 그는 나무상자에 넣은 만생호를 구덩이에 조심스럽게 내려놓고 흙을 덮었다. 그리고 어린 차나무 몇 그루를 위에 옮겨 심었다. 그가 일하는 동안 아무도 입을 열지 않았다.

제8장

자전거는 홍춘교洪春橋를 지나 용정로龍井路로 접어들었다. 도로 양옆으로 푸르고 싱싱하게 물이 오른 차나무 숲이 쭉 뻗어 있어 보는 이들의 눈을 시원하게 해주고 있었다. 강남의 여름날 아침, 막 떠오른 태양이 푸른 하늘과 파란 차나무들을 온통 붉게 비췄다. 자전거가 비탈길에 이르자 커다란 종려나무 몇 그루가 마치 닭 무리 속의 학처럼 길옆에 불쑥 나타났다. 넓은 잎사귀가 풍차 돌 듯 바람에 펄럭이면서 아직은 고요한 아침 풍경에 편안함을 더해줬다.

두 손을 놓고 신나게 자전거 페달을 밟고 있는 사람은 다름 아닌 포랑이었다.

야들야들, 보송보송 부추 꽃이 피었네,

가난한 신랑에게는 사랑이 밑천이라네.

둘이 서로 사랑한다면,

찬물에 우린 차도 천천히 진해진다네.

……

포랑은 정체 모를 노래를 흥얼거리며 부지런히 페달을 밟았다. 그는 빨리 결혼을 하고 싶었다. 그러나 아직까지는 손에 쥔 것이 없어서 채차에게 감히 청혼을 하지 못했다. 하지만 지금은 달랐다. 채차에게 줄 반지도 준비되었다. 자신감이 하늘을 찔러 옹가산으로 향하는 걸음이 날듯이 가벼웠다. 그래서일까, 여느 때보다 노래도 더 잘 나오는 것 같았다.

초립 쓰고 꽃 치마 입은 저기 저 아가씨,

차 따러 산에 가는 길인가요?

차를 따려면 새파랗게 어린잎을 따고,

시집을 가려면 새파랗게 젊은 총각에게 가야 된답니다

……

이 노래는 포랑이 운남 서쌍판납에 있을 때 커다란 차나무 뒤에 사는 젊은 과부 태려泰麗가 가르쳐준 것이었다. 젊은 과부는 그에게 노래를 가르쳐줬을 뿐만 아니라 소년이었던 그를 남자로 만들어줬다. 그녀가 그를 유혹할 때의 요염한 눈빛과 몸짓은 지금 생각해도 가슴이 설레는 것이었다. 그녀는 약혼자가 있는 몸이었다. 그런 그녀와 정분이 난 대가로 포랑은 우락부락한 사내들에게 흠씬 두들겨 맞았고 그는 당연하게 받아들였다. 아무렇지 않게 태려의 결혼식에 참석하고 신랑신부가 권하는 술을 받아마셨다. 두 사람을 위한 축가도 불러줬다.

'내 첫사랑 태려, 그대는 세 번째로 따는 찻잎처럼 물이 가득 오르고 맛 또한 진하겠지요? 아마 지금쯤 아들딸 낳고 행복하게 잘 살고 있겠지요? 그대가 사랑했던 포랑도 천리 밖 '차의 고장'에서 차 따는 처녀와 결혼을 하게 되었답니다.'

포랑은 채차에 대해 마음에 들지 않는 곳이 별로 없었다. 게다가 채차는 누가 봐도 티가 나게 포랑을 좋아했다. 그러면서도 채차는 포랑을 볼 때마다 항상 뾰로통한 표정을 지었다. 특히 그가 다른 처녀들 앞에서 퉁소를 불 때면 대놓고 화를 냈다. 채차는 포랑의 직업도 마음에 들어 하지 않았다. 그 때문에 포랑이 일하는 석탄가게에 한 번도 찾아오지 않았다. 어른들은 포랑이 당분간만 석탄가게에서 근무하다가 곧 국영기업으로 이직할 것이라고 다짐했으나 채차는 미심쩍은 생각을 떨쳐버리지 못했다. 그래서 한번은 확답을 듣기 위해 가화 큰외삼촌을 직접 찾아갔다. 채차가 예비 시어머니인 기초를 찾아가지 않은 이유는 그녀를 조금 무서워했기 때문이었다. 채차는 그러나 가화 외삼촌은 무섭지 않았다.

채차는 가화를 보자마자 단도직입적으로 말했다.

"큰외삼촌, 포랑에게 다른 직장을 구해준다고 하셨잖아요?"

가화는 이제 흐릿해지기 시작한 눈으로 채차를 찬찬히 내려다봤다. 채차는 예전에 가화를 '할아버지'라고 불렀었다. 그러나 이제는 호칭을 '외삼촌'으로 바꿨다. 그것은 항씨 집안에 시집오고 싶은 마음을 드러내는 것이었다.

"내가 언제 포랑을 도와주지 않겠다고 하더냐?"

"자꾸만 기다릴 수가 없어서요."

"당장 식을 올릴 생각이냐?"

가화가 천천히 말했다.

“급하면 급한 대로 먼저 식을 올리면 되고, 급하지 않으면 포랑의 일이 해결된 다음에 천천히 식을 올리면 되지 않겠느냐?”

채차의 얼굴이 벌게졌다. 가화가 이렇게 나오리라고는 생각지 못했던 것이다. 가화는 속으로 탄식을 내뱉었다. 가화는 솔직히 채차가 썩 마음에 들지 않았다. 생각보다 성미가 사납고 욕심이 많은 것 같았다. 솔직히 포랑의 형편은 누구나 뻔히 아는 사실 아닌가. 그런데 무엇을 해줄 수 있단 말인가? 더욱이 요즘 같은 세월에 정규직 일자리를 구하기가 쉬운가? 가화가 염두에 두고 있던 차 공장도 지금 ‘반란’을 한다고 난리법석이었다. 다행히 ‘반란파’의 두목과 ‘보황파’의 우두머리가 모두 가화의 제자들이라 기회를 봐서 부탁하면 별 문제 없을 터였다. 다들 그렇게 믿고 있는데 그 새를 참지 못하고 찾아와서 재촉하는 꼴이라니…….그것도 새파랗게 젊은 처녀가 할아버지뻘 되는 사람에게 따지고 드니 가화로서는 기분이 나쁘지 않을 수 없었다.

하지만 가화는 그런 내색을 하지 않았다. 둘이 서로 좋다는데 주변 사람들이 뭐라고 하겠는가. 어떻게 보면 둘이 잘 사귀는 것이 불행 중 다행일지도 모른다. 가화는 방금 자신이 보여준 냉랭한 태도를 사과하는 의미에서 부드러운 말로 채차를 달랬다.

“너무 조급해하지 말거라. 어떻게든 방법을 찾아 해결해줄 테니.”

하지만 채차는 안도하기는커녕 눈시울까지 붉히면서 울먹였다.

“큰외삼촌, 제 할아버지는 시내에 포랑의 집이 있으니 아무 걱정 말라고 하셨어요. 이제 그 집도 다 뺏긴 마당에 어디서 식을 올려요? 식을 빨리 올리고 싶어도 올릴 수가 없잖아요?”

가화는 말문이 턱 막혔다. 한두 마디면 기분이 풀어질 줄 알았는데 어떻게 된 게 더 크게 화를 내고 있지 않은가. 채차는 가화의 대답도 기다리지 않고 다부진 몸을 홱 돌려 가버렸다.

채차는 그길로 포랑을 찾아갔다. 눈치 빠른 포랑은 채차가 화풀이를 하려고 입을 여는 순간 와락 껴안고 입을 맞췄다. 스무 살 먹도록 남자와 손도 잡아보지 못한 처녀가 키스의 달콤한 맛에 어찌 빠져들지 않을 수 있으랴. 채차는 포랑과 헤어져 초대소로 돌아온 뒤에도 얼떨떨해서 제 정신이 아니었다. 손님들에게 차를 따른다는 것이 탁자 위에 물을 쏟는 어이없는 실수도 저질렀다. 동료가 다가와서 물었다.

"해방군 남자는 그냥 포기하는 거야?"

채차가 연신 고개를 흔들었다.

"당연히 포기해야지. 나중에 항주에 남을지 말지도 모르는 사람에게 어떻게 장래를 맡겨?"

그 무렵에는 각계각층의 조반파들이 번갈아가면서 초대소를 들락거렸다. 하지만 채차는 연애에만 정신이 팔려 다른 것은 눈에 들어오지도 않았다.

그러나 채차가 순진하고 생각이 없는 사람이라고 생각하면 큰 오산이었다. 겉모습과 목소리만 사람들에게 그렇게 비춰질 뿐 사실은 매우 꼼꼼하고 영리한 여자였다. 특히 중요한 문제일수록 주도면밀하게 생각할 줄 알았다. 키스? 키스야 많이 할수록 좋은 것 아닌가. 채차는 키스를 거부하지 않았다. 하지만 포랑이 석탄먼지가 묻은 채 그녀를 껴안는 것은 용납하지 않았다. 그리고 더 이상의 진도는 한사코 거부했다. 여자는 일단 남자와 한 침대에 오르고 나면 '을'의 위치가 된다는 것을 너무나 잘 알기 때문이었다. 그렇게 되면 집이고, 호적이고, 일자리고 모두 다 수포로 돌아갈 수 있었다. 다른 한편으로는 도처에서 '혁명'의 열기가 뜨거워지는 것을 보면서 은근히 걱정이 되기 시작했다.

'노동교화범의 며느리로 들어가도 괜찮을까? 나중에 후회하지 않을까?'

물론 포랑은 채차가 이렇게 생각이 많은 줄은 꿈에도 몰랐다. 그는 아무것도 쓰여 있지 않은 여자의 얼굴을 읽을 줄 아는 사람이 못 되었다.

포랑이 요즘 만나는 여자는 둘이었다. 하나는 그의 어머니였다. 집을 빼앗긴 뒤 모자의 생활은 훨씬 더 어려워졌다. 포랑은 어머니가 편히 쉬고 끼니를 거르지 않을 수 있도록 생계를 책임져야 했다. 뿐만 아니라 사팔뜨기 아수가 어머니를 괴롭히지 못하게도 해야 했다. 다른 하나는 채차였다. 요즘 그는 채차와 잠자리를 하기 위해 온갖 노력을 다하고 있었다. 그가 채차와 자지 못해 안달이 난 이유는 두 가지였다. 하나는 단순히 채차의 몸을 탐하고 싶어서였다. 그가 예전에 살았던 운남에서는 처녀에게 작업을 걸 때 퉁소를 불고 노래를 불러주는 것이 관례였다. 하지만 퉁소도 좋고 노래도 좋으나 근본적인 목적은 처녀를 꾀어 한 침대에 오르는 것이었다. 육체적인 결합이 없는 사랑을 진정한 사랑이라고 할 수 있겠는가? 그가 채차와의 동침을 절실히 원하는 두 번째 이유는 현실적인 것이었다. 여자는 남자에게 몸을 허락한 순간부터 남자의 말을 고분고분 듣게 되는 법이다. 집이고, 호적이고, 일자리고 이까짓 것들은 아무것도 아닌 일이 되는 법이다. 항주 사람들은 남녀 관계에서 매우 보수적이었다. 큰외삼촌 가화는 그를 불러서 "여자들 앞에서 함부로 바지를 벗으면 안 된다."고 타일렀었다. 포랑은 억울했다.

'내가 언제 여자들 앞에서 함부로 바지를 벗었는가? 나는 다만 채차 앞에서 바지를 벗고 싶을 뿐인데 왜 다들 반대하는가 말이다. 다들 나더러 채차와 결혼하라고 하지 않았는가? 어차피 결혼할 사이인 두 사람이 한 침대에 오르는 것이 뭐가 잘못인가?'

포랑은 당사자인 채차가 몸을 사리는 것은 더 이해가 되지 않았다. 그래서 늘 "한족 여자들은 다른 것은 다 좋은데 보수적인 면이 마음에 들지 않아. 운남 여자들은 이렇지 않은데 말이야."라고 중얼거리곤 했다. 포랑은 채차와 의견 다툼이 있을 때면 운남에 있는 젊은 과부를 떠올리기도 했다. 물론 '시기질투는 여자의 전유물'이라는 우스갯소리가 있듯 포랑이 다른 여자와 가까이하는 것을 싫어하는 것은 채차와 태려 둘 다 똑같았다.

채차와 젊은 과부의 차이점은 또 있었다. 채차는 걸핏하면 결혼 예물과 혼수 이야기를 꺼냈다.

"할아버지는 남들 못지않게 혼수를 준비해야 한다고 하셨어요. 변기는 붉은 칠을 한 것으로 준비하고 붉은 땅콩과 붉은 계란도 있어야겠죠? 시내에 있는 마당 딸린 집은 언제 도로 찾아올 수 있어요? 우리는 언제 그 집에서 살아요?"

젊은 과부 태려는 그렇지 않았다. 그녀는 술, 노래, 심지어 뜨겁게 달아오른 육체까지 모든 것을 완벽하게 준비해놓고 그를 기다리고는 했다. 그에게 선물이나 돈을 요구한 적은 한 번도 없었다. 물론 포랑도 몰염치한 인간이 아니라 가끔씩 그녀에게 꿩이나 멧돼지를 갖다 주기도 했다. 포랑은 채차에게 자신의 과거를 털어놓고 싶은 충동을 때때로 느꼈다. 운남에 있을 때 얼마나 뜨거운 사랑을 했는지 자랑하고 싶은 마음이 없지 않아 있었다. 하지만 꾹 참고 입을 열지 않았다. 사랑하는 남자의 옛사랑 얘기를 듣기 좋아할 여자는 아무도 없다는 건 바보가 아닌 이상 모를 리 없었다. 더구나 채차는 흉금이 넓은 여자가 아니었다.

붉은 칠을 한 변기를 어디 가서 구해온다는 말인가? 포랑은 일부러 채차에게 으름장을 놓았다.

"지금이 어느 때인데 붉은 변기 타령이오? 그렇게 '네 가지 낡은 것'을 고집하다가는 조리돌림을 당할 수도 있소."

채차가 겁먹은 표정을 지었다. 하지만 순순히 수긍하지 않고 토를 달았다.

"반지 하나 정도는 해주겠죠? 베개 밑에 잘 숨겨두면 아무도 찾아내지 못할 거예요."

포랑이 오늘 노래를 흥얼거리면서 옹가산으로 향하는 것은 바로 이 반지 때문이었다. 어젯밤 용정산에서 그는 염치불구하고 어머니에게 입을 열었다.

"그녀가 반지를 요구해요."

항분의 침대에 누워 꾸벅꾸벅 졸고 있던 기초는 아들의 말에 눈을 번쩍 떴다. 이어 천장을 물끄러미 보면서 대답했다.

"반지 하나 정도야 과분한 요구가 아니지."

항분은 창가 쪽 의자에 앉아 저녁기도를 올리고 있었다.

"여호와는 나의 목자시니 내가 부족함이 없으리로다. 그가 나를 푸른 초장에 누이시며 쉴 만한 물가로 인도하시도다……."

방안은 불을 켜지 않아 컴컴했다. 항분의 기도가 이어졌다.

"내가 사망의 음침한 골짜기로 다닐지라도 해를 두려워하지 않을 것은 주께서 나와 함께하심이라, 주의 지팡이와 막대기가 나를 안위하시나이다. 주께서 내 원수의 목전에서 내게 상을 베푸시고……."

기초가 한숨을 내쉬었다.

"하지만 반지가 어디 있느냐?"

기초의 말이 떨어지기 무섭게 항분이 손가락에 끼고 있던 에메랄드 반지를 빼 기초에게 건넸다. 그 반지는 항씨 집안에서 대대로 전해 내려오는 가보였다. 기초는 얼떨결에 반지를 받았다. 그리고 한참 멍해 있더니 한마디 했다.

"분아, 너의 여호와는 정말 좋은 분이시구나."

항분은 아무 대답도 하지 않고 고개를 숙이고 하던 기도를 계속했다.

기초가 아들을 손짓으로 불러 귀엣말을 했다.

"본래는 반지 하나 정도 주는 것은 아무것도 아니야. 그런데 이 반지가 워낙 귀한 것이라서 하는 말인데, 너 그 아가씨를 진심으로 사랑하니? 이 반지는 네 할아버지로부터 네 외삼촌의 생모, 네 가초嘉草 이모, 네 외삼촌을 거쳐 분이 누나에게 전해진 거야. 수많은 사연이 깃들어 있는 귀한 물건이지. 그러니 너희 둘의 서로에 대한 마음에 확신이 있을 때만 그 아가씨에게 줘야 한다. 너 그 아가씨를 진심으로 좋아하는 거 맞지? 그 아가씨도 네 마음을 받아들인 거 맞지?"

포랑이 잠깐 생각해보더니 대답했다.

"괜찮아요. 둘의 마음이 엇갈리게 되면 반지를 돌려받으면 되죠."

노래도 있겠다, 반지도 있겠다. 자전거 페달을 밟는 포랑은 세상에서 제일 부유한 구혼자가 된 기분이었다. 콧노래가 절로 나왔다.

두 사람 사이의 대화는 처음에는 꽤 순조로웠다. 반지를 본 순간 채차의 눈빛은 놀라움과 기쁨으로 가득찼다. 얼굴도 발갛게 상기됐다. 채차는 포랑의 코앞에 손을 쑥 내밀었다. 반지를 끼워달라는 뜻이었다. 하지만 문득 뭔가가 생각난 듯 손을 내리고 다그치듯 포랑에게 물었다.

"신혼집은요?"

예상했던 질문이라 포랑은 당황하지 않고 태연하게 대답했다.

"여기 있지 않소? 지금 여기보다 더 좋은 신혼집을 어디 가서 찾겠소?"

채차는 실망한 기색이 역력했다. 자나 깨나 시내로 들어갈 생각만 하고 있었던 그녀는 조반파들의 반란이 거세어져 하늘이 무너지고 땅이 뒤집히는 한이 있더라도 시내에서 살고 싶었다.

"당신은 왜 빼앗긴 집을 되찾아올 생각을 안 해요? 당신이 못하겠다면 내가 나서겠어요. 내가 장정들을 데리고 가서 그들의 짐을 밖으로 던져버리겠어요."

"그게 아니고 당분간 참고 기다리는 거요. 어머니 일이 해결되면 그때 가서 되찾아도 늦지 않으니까."

"당신 가족들은 다 이상해요. 어떻게 모든 일이 한꺼번에 터질 수가 있죠? 솔직히 말해서 당신 어머니는 주자파 축에도 못 껴요. 우리 초대소에 숨어 있다가 잡혀 나오는 사람들이 주자파죠. 1927년에 입당한 내 할아버지 같은 사람이 진짜 주자파죠."

"듣고 보니 그러네. 나도 걱정을 덜었소."

포랑이 고개를 끄덕이고는 말을 이었다.

"그러면 곧 시내로 들어가게 될 거요. 그전에 빨리 식을 올려야지."

채차가 잔뜩 경계하는 눈빛으로 물었다.

"그렇게 결혼을 서두르는 이유가 뭔가요?"

포랑이 히죽 웃었다.

"당신하고 자고 싶어서 그렇지. 항주 사람들은 결혼하기 전에는 한 침대에 오르지 않지 않소?"

포랑은 눈 하나 깜짝 하지 않고 듣기 민망한 말을 내뱉었다. 그 말에 놀란 쪽은 채차였다. 남들이 평생 살면서 한 번도 하기 힘든 말을 어쩌면 이렇게 쉽게 할까? 채차는 귀까지 빨개져서 주먹으로 포랑의 가슴을 두드렸다. 한편으로는 기분이 묘하기도 했다. 채차는 속으로 머리를 굴리면서 예의 궁리를 했다.

'포랑은 도시 호적자이고 시내에 집도 있어. 그 집은 조만간 우리 차지가 될 거야. 포랑은 도시사람인데도 기꺼이 시골의 데릴사위로 들어오려고 해. 나를 진심으로 좋아하기에 가능한 일이겠지. 다른 사람은 몰라도 할아버지는 매우 기뻐하실 거야. 할아버지의 길러준 은혜에 보답하는 셈 치고 시내 집을 되찾아올 때까지 당분간 여기서 지내는 것도 괜찮을 것 같네.'

그렇게 궁리를 마친 채차가 수줍게 웃으면서 물었다.

"그럼, 어머님은 혼자 계셔도 괜찮다고 하시던가요?"

"그건 또 무슨 소리요? 식을 올리고 나서 당연히 어머니를 이리로 모셔와야지. 그깟 닭털 공장이야 때려치우면 그만이니까. 여기 있는 방 네 개 중에서 하나는 응접실로 쓰고 나머지 세 개를 네 사람이 나눠 쓰면 딱 좋겠군."

채차는 펄쩍 뛰었다. 이 남자가 미쳤나? 평생 도시에서 살아온 여자를 사면팔방 차나무밖에 없는 시골로 모셔와 뭘 하겠다는 건가? 나한테 신혼부터 시어머니를 모시고 살라는 말인가? 절대 안 돼!

채차가 발을 구르면서 고함을 질렀다.

"누가 당신 어머니를 모시겠다고 했어요?"

이번에는 포랑이 놀라서 눈을 크게 떴다.

"이미 얘기가 끝난 거 아니었소? 할아버지도 동의하셨는데."

"할아버지가 동의하셨으면 할아버지하고 결혼하면 되겠네요."

채차는 절대 양보하려고 하지 않았다. 그제야 포랑은 조심스럽게 본심을 털어놓았다.

"사실 어머니가 지낼 곳이 마땅치 않소. 말이 쉽지 이미 빼앗긴 집을 그리 쉽게 찾아올 수 있겠소? 아마 한동안 다 같이 여기서 지내야 할 거요."

그러자 채차가 포랑의 얼굴에 삿대질을 하면서 목소리를 높였다.

"당신은 나하고 결혼하는 거예요, 아니면 우리 집하고 결혼하는 거예요?"

말로만 듣던 강남 처녀의 사나운 모습을 처음 본 포랑은 한참을 멍하니 있었다. 그러다 그 역시 발을 구르며 대답했다.

"물론 당신하고 결혼하지. 하지만 당신 집하고 결혼한다는 말도 틀리지 않소."

포랑의 솔직한 대답은 채차의 화를 더욱 돋우었다. 생각할수록 화가 치밀어 오른 그녀는 끝내 해서는 안 되는 말을 내뱉고 말았다.

"마음대로 해요. 그럼 나는 당신하고 결혼 못해요."

포랑도 화가 났다. 그도 나름대로 공부도 할 만큼 한 도시남자인데 시골처녀에게 모욕을 당하고서 자존심이 상하지 않을 리 없었다. 그는 반지를 도로 집어넣으면서 딱딱한 말투로 재차 물었다.

"방금 한 말 진심이오? 다시 한 번 말해보오."

"그래요, 진심이에요. 그래서 뭐 어쩌라고요? 불량배 같으니라고."

포랑은 아무 말 없이 창문을 활짝 열었다. 이어 건너편 산비탈에서 차를 따고 있는 처녀들을 향해 반지를 보여주면서 소리쳤다.

"아름다운 아가씨들, 나는 오늘 약혼녀하고 헤어졌어요. 나하고 결혼하고 싶은 아가씨는 언제든 찾아오세요. 나에게는 세상에서 제일 아름다운 보석반지와 보석처럼 아름다운 마음이 있답니다!"

여름차를 따고 있던 처녀들이 일제히 일손을 멈추고 포랑 쪽을 바라봤다. 순간 까치 한 마리가 처녀들의 머리 위를 날아가면서 까악, 까악, 즐거운 듯 울었다. 채차는 바닥에 털썩 주저앉아 통곡을 했다.

"엄마, 엄마……."

포랑에게는 길게 화를 낼 시간이 주어지지 않았다. 자전거를 타고 용정로에 들어서니 그곳은 또 다른 세상이었다. 그는 원래 시내로 들어갈 생각이었다. 그들을 내쫓고 집을 차지한 사람들을 찾아가서 따질 생각이었다. 머무를 곳도 마련해주지 않고 무작정 내쫓는 법이 세상천지 어디에 있다는 말인가? 조금 전 채차의 분노에 찬 고함소리가 그를 정신이 번쩍 들도록 했다. 홍춘교로 접어들자 사람들이 영은사靈隱寺 쪽으로 달려가는 것이 보였다. 누런 군복을 입고 붉은 완장을 찬 홍위병 무리였다. 다들 흥분을 감추지 못한 채 군인들처럼 씩씩하게 걸음을 재촉하고 있었다. 그는 자기도 모르게 자전거 방향을 돌렸다.

자전거 한 대가 그의 옆을 쏜살같이 스쳐지나가면서 앞서가는 홍위병들에게 위협적인 말을 던졌다.

"너희들 두고 봐. 반드시 실패의 쓴맛을 맛보게 될 거야!"

홍위병들은 숨이 차서 헐떡거리는 와중에도 팔을 흔들면서 구호를 외쳤다.

"봉건주의와 자본주의, 수정주의를 타도하자! 모 주석을 보위하자!"

포랑은 호기심을 못 참고 대오에서 떨어진 한 홍위병을 붙들고 물었다.

"지금 어디로 가는 거요?"

홍위병이 귀찮은 어조로 대답했다.

"영은사로 가요."

포랑은 그제야 짧은 머리를 한 홍위병이 여고생 정도 되는 아가씨라는 것을 알았다. 여학생은 너무 말라서 몸에 걸친 군복이 따로 놀았다.

"그런데 얼른 따라가지 않고 뭘 하오?"

"될 대로 되라지요……."

여학생의 말뜻을 이해하지 못한 포랑은 자전거 뒷자리를 가리켰다. 이어 친절하게 말했다.

"내가 자전거로 태워다줄까?"

여학생은 눈을 크게 뜨고 포랑을 아래위로 훑어보더니 잽싸게 앞으로 달려갔다. 그리고는 한참 떨어진 곳에서 걸음을 멈추더니 몸을 돌려 퉤 하고 침을 뱉었다.

"불량배! 꺼져!"

여학생은 눈 깜짝할 사이에 사라져버렸다.

포랑은 입을 삐죽 내밀었다.

'오늘은 운이 아주 안 좋은 날이군. 두 번이나 불량배 소리를 듣다니.'

포랑은 그렇게 속으로 구시렁거리다가 고개를 들었다. 저 앞에 오촌 조카 득방이 보였다. 완전무장을 한 득방은 신바람이 나서 득의양양하게 구호를 부르고 있었다. 가죽띠로 꽉 졸라맨 그의 허리는 마치 여자들 허리처럼 가늘었다. 득방이 인솔한 대오의 맨 뒤에 조금 전 짧은 머리의 여학생이 있었다. 여학생은 너무 멀지도, 가깝지도 않은 적당한 거리를 유지하면서 대오를 따라가고 있었다. 짧게 자른 머리 때문에 뒷모습으로만 봐서는 여자인지 남자인지 분간하기 힘들었다.

포랑이 득방에게 쫓아가서 물었다.

"너, 어디로 뭘 하러 가는 거냐?"

득방이 씩씩 가쁜 숨을 몰아쉬면서 대답했다.

"……봉건주의, ……자본주의, ……수정주의를 부수고, ……영은사를 부수고, ……혁명적 행동을……."

포랑은 득방의 말을 끝까지 듣지도 않고 다짜고짜 손을 내밀어 득방의 군모를 벗겼다.

"모자 좀 빌려줘!"

포랑이 모자를 들고 쏜살같이 여학생 쪽으로 달려갔다.

"불량배 다시 왔소."

여학생이 긴장한 표정으로 물었다.

"뭐하는 짓이에요?"

"뭐하는 짓이라니?"

포랑이 여학생의 머리에 모자를 푹 씌워주고는 대답했다.

"아름다운 아가씨는 공작처럼 깃털을 아낄 줄도 알아야지 이게 무슨 꼴이오? 남자도 아니고 여자도 아니고, 남 보기 부끄럽지도 않소?"

여학생은 그 자리에 그만 굳어져버렸다. 포랑을 멍하니 쳐다보더니 갑자기 입술을 떨면서 눈물을 쏟아냈다. 다른 홍위병들이 이쪽을 흘깃거렸다. 포랑이 재빨리 자전거 뒷자리를 툭툭 치면서 주워들은 말로 익살을 부렸다.

"모 주석에게 맹세코 나는 불량배가 아니오."

여학생은 눈물을 흘리면서 순순히 자전거 뒷자리에 올랐다. 두 사람을 태운 자전거는 어느새 득방을 앞질렀다. 득방은 "하나, 둘, 하나, 둘!" 구령을 붙이면서 포랑의 뒤통수에 곱지 않은 눈빛을 날렸다.

'사애광, 저 멍청이! 처음 보는 사람이 올라타란다고 올라타냐? 그리고 삼촌도 그렇지, 곧 결혼을 앞둔 사람이 여자나 꾀고 잘하는 짓이다. 삼촌은 자신의 행동이 〈3대 기율, 8항 주의〉 제7조에 위배된다는 것을 알기나 할까?'

득방은 삼촌에게 씌울 죄명을 생각해내려고 무척이나 애를 썼다. 그러나 머릿속이 혼란스러워 아무 생각도 나지 않았다.

영은사 밖은 이미 인산인해였다. 고등학생 홍위병 위주의 '파괴파'와 대학생, 노동자와 농민들로 구성된 '보존파'는 며칠 전부터 이곳에서 대치하고 있었다. 각자 나름대로 일리 있는 주장을 펼치면서 서로 한 치도 양보하려고 하지 않았다. 그렇게 극도의 긴장감이 감돌더니 급기야 오늘 오전부터는 무력다툼으로 비화될 조짐이 나타났다.

득방은 도착하자마자 고함을 질렀다.

"썩어빠진 절을 왜 아직도 부수지 않았어?"

득방보다 일찍 도착한 포랑은 그 사이에 얻어들은 말로 소곤거렸다.

"총리께서 영은사는 부수면 안 된다고 지시하셨대. 어떤 일이 있어도 영은사를 보호하라고 하셨대."

득방이 버럭 화를 냈다.

"누가 그런 헛소문을 퍼트렸대요? 권세나 권위를 이용해 남을 위협하거나 기만하는 것은 반동파들의 수작이에요. 역사의 진보를 막는 것이 놈들의 진짜 목적이죠."

"누가 반동파야?"

말문이 막힌 득방은 입을 다물었다. 포랑이 엄지손가락을 치켜세우면서 말했다.

"그래, 그래. 내가 헛소문을 퍼트렸어. 내가 총리의 지시를 날조했어. 이제 됐냐?"

포랑은 항주에 온 기간이 짧았기 때문에 그동안 득방과 별로 대화를 나누지 못했었다. 때문에 득방이 포랑에게서 화약 냄새가 이토록 짙은 말을 듣기도 또 처음이었다. 대뜸 반감이 치밀어 오른 득방은 분노에 찬 표정으로 삼촌을 노려봤다. 나이 차이도 얼마 안 나고, 같은 계급도 아닌 주제에 삼촌이랍시고 으스대는 꼴이 못마땅했던 것이다. 인정하기는 싫지만 방금 사애광이 삼촌 자전거에 앉아 오는 걸 보고 더 화가 치민 것도 부인할 수 없는 사실이었다. 사애광은 군모를 쓴 채 삼촌 옆에서 있었다. 득방이 억지로 웃는 얼굴을 하고 열정적으로 삼촌에게 말했다.

"혁명은 열광적인 것이에요. 혁명에는 적색 테러가 필요해요. 안 그러면 혁명의 웅장한 기세를 보여줄 수 없죠. 낡은 세계를 부술 용기도 없으면서 어떻게 신세계를 건설하겠어요?"

매일 눈만 뜨면 '혁명'을 논하는 홍위병들은 대부분 어려운 용어를 늘어놓으며 유식한 척하곤 했다. 득방 역시 예외는 아니었다. 포랑이 고개를 저었다.

"득방, 네가 하는 말은 도무지 알아들을 수가 없어."

"알아듣지 못하는 게 당연한 거예요."

득방은 어쩔 수 없다는 표정을 지으면서 어깨를 으쓱했다. 포랑은 조카 말 속의 가시를 느끼고 되물었다.

"너 방금 뭐라고 했어? 다시 한 번 말해봐."

"당신이 내 말을 알아듣지 못하는 건 당연한 일이라고 했어요."

득방은 당황한 기색이 역력했다. 무엇 때문에 가시 돋친 말이 나갔는지 스스로도 알 수 없었다. 그러나 한번 내뱉은 말은 되돌릴 수 없었다. 그는 순간 요즘 들어 자기도 모르게 말과 행동이 과격해졌다는 생각이 뇌리를 스치고 지나갔다. 사애광의 머리카락을 잘랐을 때도 그랬다.

포랑이 빙그레 웃음을 지었다. 하지만 말투는 딱딱했다.

"나는 네 삼촌이야. 아무 때건 실컷 두들겨 패줄 테니 단단히 각오해. 지금은 시간이 없어서 봐주는 거다. 나는 저쪽으로 가겠어."

포랑이 대전大殿 위쪽에 새까맣게 서 있는 '보존파' 무리를 가리켰다. 득방은 멀어져가는 삼촌을 보면서 사애광에게 말했다.

"우리 삼촌이야. 삼촌은 곧 결혼할 거야."

사애광은 득방을 힐끗 보고 바로 자리를 떴다. 득방은 그 눈빛을 평생 잊을 수 없을 것 같았다. 그것은 세상에서 제일 싫은 사람에게나 보여줄 눈빛이었다.

이제 양 진영은 확실하게 갈라졌다. 대학생을 위시한 '보존파'는 대전 문 안팎을 차지하고 한 치의 틈도 양보하지 않았다. 포랑은 그쪽으로 달려갔다. 득방 역시 돌계단 아래에서 자신의 자리를 정확하게 찾아냈다. 그쪽에는 홍위병들이 새까맣게 모여 있었다. 시 정부에서 파견한 사람이 양 진영의 가운데로 나왔다. 박수소리가 쏟아져 나왔다. 득방 옆에 서 있던 젊은이가 말했다.

"딱 봐도 주자파야. 뭐라고 지껄이나 들어보자. 우리 앞길을 가로막는 헛소리를 지껄인다면 즉각 끌어내려 현장 비판대회를 하자."

득방이 흠칫 놀라면서 다급히 말했다.

"동도강의 아버지야. 동도강도 지금 여기에 있어."

동도강의 아버지는 곧 한쪽으로 비켜섰다. 대신 고위급 간부 같아 보이는 사람이 가운데 올라서서 시 정부의 의견을 선포했다. 그러나 웅성거리는 소리 때문에 제대로 들리지 않았다. 그럼에도 득방이 대충 들어보니 자신들의 생각과는 다른 쪽이었다.

"영은사는 중국의 명승고적이자 관광지로 역사가 장구하고 세계에 이름이 자자합니다. 비래봉飛來峰의 마애석각, 우뚝 솟은 고목, 절 안의 웅위한 불상, 진귀한 경전 등은 모두 국가의 문물이므로 반드시 보호해야 합니다. 중국은 헌법상 국민에게 종교와 신앙의 자유를 부여했습니다. 항주는 불지佛地입니다. 항주에서 불교신자들이 갈 곳은 현재 영은사와 정사淨寺밖에 남지 않았습니다. 그러니 영은사를 파괴해서는 안 됩니다. 동남아시아인들 중에는 불교신자들이 매우 많습니다. 미얀마의 우누 총리, 캄보디아의 시하누크 국왕 등도 불교신자입니다. 따라서 우리는 국제적 활동 및 홍보의 면을 위해서라도 영은사를 보존해야 합니다."

간부의 말이 끝나기 무섭게 저쪽에서 뜨거운 박소소리와 환호성이 터져 나왔다. 득방은 부아가 치밀었다. 비록 포랑의 얼굴이 보이지는 않았으나 그가 기뻐서 펄쩍펄쩍 뛰는 모습을 상상할 수 있었다. 정부는 '보존파'의 손을 들어줬다. 그러나 이제 와서 정부의 의견 따위는 중요하지 않았다. '혁명'에 필요한 것은 열정과 파괴가 아니던가? 감정의 분출구를 찾지 못한 홍위병들이 술렁대기 시작했다. 득방 옆에 서 있던 키 작은 젊은이가 가장 먼저 《모택동 어록》을 높이 들고 구호를 외쳤다.

"혁명은 죄가 없다! 반란은 정당하다!"

득방은 선수를 친 젊은이에게 곱지 않은 눈길을 보냈다. 다행히 다른 구호도 많았다. 원하기만 한다면 즉석에서 얼마든지 만들어낼 수도 있었다. 잠깐 머리를 굴린 득방이 팔을 휘두르면서 높은 소리로 외쳤다.

"봉건미신 따위는 필요 없다! 모택동 사상을 선전하자!"

홍위병들이 한목소리로 따라 외쳤다. 신이 난 득방은 즉석에서 혁명구호를 만들어냈다.

"시하누크에게 사찰 대신《모택동 어록》을 보여주자!"

홍위병들이 앵무새처럼 따라 외쳤다.

"시하누크에게 사찰 대신《모택동 어록》을 보여주자!"

홍위병들이 곧이어 동시에 웃음보를 터뜨렸다. 캄보디아에 있는 시하누크 국왕에게《모택동 어록》을 보낸다? 이 얼마나 참신한 발상인가! 홍위병들은 키득거리면서 득방에게 엄지손가락을 치켜 올렸다. 득방은 주위를 둘러봤다. 조금 떨어진 곳에 동도강이 서 있었다. 무슨 일인지는 몰라도 안색이 좋지 않았다. 그나마 동도강은 다른 사람들을 따라 억지 웃음이라도 짓고 있었으나 조금 더 떨어져 있는 사애광은 달랐다. 가슴을 두 손으로 부여잡은 채 잔뜩 걱정에 잠긴 표정을 짓고 있었다. 대체 뭐가 그렇게 걱정되는 건지 모를 일이었다.

저쪽의 대학생들도 가만히 있지 않았다. 누군가가 팔을 휘두르면서 높은 소리로 선창했다.

"주 총리의 지시를 끝까지 따르자!"

귀에 익은 목소리에 득방은 고개를 번쩍 들었다. 구호를 선창한 사람은 다름 아닌 득도였다.

'친구의 신부를 데리러 호주로 간다던 사람이 왜 여기에 있지? 지금까지 방관하고 있던 형님이 드디어 이번 운동에 뛰어든 건가?'

득방은 불안한 생각이 들었다. '형님은 저쪽 편에 섰으니 나와는 완전혀 상반되는 입장을 택했군. 형님은 여기 서 있는 나를 봤을까? 벌써 봤을지도 모른다.' 그런 생각이 들자 득방은 오히려 오기가 생겼다.

'낡아빠진 것만 좋아하는 인간 같으니라고. 서재도 낡아빠진 봉건주의 물건들로만 가득차 있지. 화목심방? 서재 이름도 그게 뭐야? 그리고 또 뭐? 차 연구를 한다고? 차 문화 자체가 불교문화처럼 타도해야 할 낡은 것이야. 시대에 뒤떨어진 구닥다리 같으니라고.'

한때 득도는 득방의 '우상'이었다. 그러나 이제는 아니었다. 득방은 형님이 한심하게만 느껴졌다.

하지만 득방의 생각과 달리 득도의 구호는 주변의 농민과 노동자들의 큰 호응을 얻었다. 비래봉 위에 있는 석상도 따라 외치려는 듯 큰 입을 쩍 벌리고 있었다. 영은사를 지키려는 사람의 수가 부수려는 사람들보다 월등히 많았다.

저쪽에서 누군가가 또 외쳤다.

"영은사를 부숴서는 안 된다!"

이번에는 더 많은 사람이 호응했다. 포랑도 젖 먹던 힘까지 쥐어짜내 따라 외쳤다.

"영은사를 부숴서는 안 된다!"

소리를 지르고 나니 가슴이 후련해졌다. 그는 "……해서는 안 된다."는 말이 매우 마음에 들었다. 순간 그의 눈이 득도의 눈과 마주쳤다. 둘은 구호를 더 높이 외치는 것으로 인사를 대신했다.

홍위병들도 지려고 하지 않았다.

"영은사는 반드시 부숴야 한다!"

누군가가 구호를 선창하자 득방도 목이 터져라 따라 불렀다. 홍위병들은 저쪽에 비해 수가 월등히 적었다. 하지만 기가 죽거나 부끄러워하는 사람은 한 명도 없었다. 오히려 소수자로서 "홀로 깨어 있다."는 우월감과 행복감에 한껏 젖어 있는 듯했다. 득방은 포랑과 달리 "……해야 한다."는 말을 좋아했다. 요즘 그는 일이 있든 없든 "반드시 ……해야 한다."는 말을 입버릇처럼 하고 있었다.

영은사 안팎에서 구호소리가 끊이지 않았다. 그때 태반이 떠나고 얼마 남지 않은 영은사 스님들은 전부 밖으로 나와 마당과 문을 지키고 있었다. 홍위병들이 사흘 전부터 밤낮으로 '포위'를 하고 있는 상황에서 아무리 스님이라지만 가만히 앉아서 참선만 할 수는 없는 노릇이었다. 그때 동도강의 아버지가 또다시 일어섰다.

"자자, 다들 진정합시다! 돌아가서 시 당위원회와 다시 의논할 테니 조금만 기다려주시오. 곧 돌아올 테니 조금만 기다려주시오. 홍위병 혁명용사들, 금방 돌아올 테니 제발 경거망동하지 말고 기다려 주시오."

동도강 아버지의 말투는 거의 간청에 가까웠다. 눈이 충혈되고 목이 다 쉰 것이 며칠 동안 잠도 제대로 자지 못한 것 같았다. 동도강은 금방이라도 울음을 터트릴 듯한 표정을 짓고 있었다.

'평소에 그렇게 위세를 부리더니 꼴좋게 됐군.'

득방은 동도강의 아버지와 그녀를 번갈아 바라봤다. 자기도 모르게 입가에 미소가 번졌다.

한바탕 난리를 치르고 나니 너도 나도 극심한 갈증에 입술이 바싹바싹 말랐다. 해는 어느새 중천에 떠 있었다. 시 정부로 간 사람들은 여전히 돌아오지 않고 양측은 긴장을 늦추지 않은 채 자리를 지키고 있었다. 득방은 몇몇 전우들을 불러 주변을 '정찰'했다. 안으로 통하는 옆문이 없는지 살펴봤으나 헛수고였다. 돌로 튼튼하게 쌓은 담벼락은 너무 높아서 넘어갈 수가 없었다. 득방 일행은 풀이 죽어 돌아왔다. 이제는 죽이 되든 밥이 되든 시 정부의 결정을 기다려야 했다.

홍위병들은 갈증을 참지 못하고 냉천冷泉의 물을 들이켰다. 대학생들은 한 사람도 제 자리를 뜨지 않았다. 홍위병들에게 빈틈을 보일세라 조금도 해이해진 모습을 보이지 않으려는 듯했다.

부처님이 목마른 중생들에게 자비를 베풀었을까, 그때 멜대로 물통 두 개를 멘 남자가 절 뒤쪽에서 소리 없이 모습을 드러냈다. 행색을 보아하니 스님은 아니었다. 하지만 스님처럼 검은 옷에 까까머리였다. 눈처럼 하얀 피부가 검은 색 옷과 대조를 이뤄 사람들의 눈길을 끌었다.

남자는 홍위병 진영 앞에 물통 하나를 내려놓았다. 영은사를 파괴하려는 사람들에게 차를 대접한다? 누가 봐도 이해할 수 없는 행동이었다. 하지만 부처님은 자비롭고 공평하다고 했다. 영은사 스님들은 아마 '이성, 온화, 선량, 겸허, 우호'의 덕목을 갖춘 차를 대접함으로써 홍위병들의 뜨거워진 머리를 식히려고 했는지도 모른다. 남자는 대학생들 앞에도 물통 하나를 내려놓았다. 남자를 본 득도의 눈이 반짝 빛이 났다. 남자는 대나무국자를 나눠주면서 득도 가까이로 다가왔다.

"진작 너를 알아봤어."

득도가 목소리를 낮췄다.

"망우 삼촌, 항주에는 언제 오신 거예요?"

망우는 출가出家하지 않은 거사居士였다. 공식 직업은 '천목산 산림지킴이'였다. 그는 가끔 항주에 올 때마다 양패두에는 잠깐 들러 인사만 하고 잠은 영은사에서 잤다. 가족들도 그러려니 하고 별 말을 하지 않았다. 다만 이번처럼 가족들 얼굴도 보지 않고 곧장 영은사로 간 것은 처음이었다.

망우가 말했다.

"가자, 안에 들어가서 얘기하자."

망우가 멜대를 찾으려고 주위를 두리번거렸다. 어느새 포랑이 멜대를 메고 있었다. 포랑과 망우는 안면이 있었다. 포랑이 항주에 막 왔을 때 망우는 그를 만나기 위해 일부러 찾아왔었던 것이다. 오히려 득도가 포랑을 보고 더 놀랐다. 포랑은 평소에 항씨 가족들과 별로 어울리지 않는 사람이었기 때문이었다. 포랑이 먼저 입을 열었다.

"득방 못 봤어?"

셋은 걸으면서 얘기를 나눴다. 망우가 말했다.

"너희 둘은 누가 구호를 더 크게 외치는지 내기라도 한 거냐? 내가 지켜봤는데 둘 다 장난이 아니더구나."

포랑이 히죽 웃었다.

"나는 영은사가 없어지는 걸 원하지 않아요. 영은사가 없어지면 영은사의 좋은 차도 마실 수 없잖아요."

망우가 대답했다.

"나도 따지고 보면 영은사와 인연이 있는 사람이야. 십여 년 전에 영은사에 놀러왔다가 영은사가 재앙을 당하는 광경을 목격했었어. 콰르릉하는 굉음과 함께 절 안의 큰 들보가 부러졌어. 다행히 나는 그때 밖에 있어서 살았지 원래 있던 불상 3기도 다 부서졌어. 영은사는 그 일이 있은 후 3년 동안 문을 닫았어. 나중에 동양東陽 사람이 돈을 내어 절을 중수했지."

득도가 맞장구를 쳤다.

"저도 들었어요, 그때도 주 총리께서 지시를 내리셨다죠. 영은사는 무너지지 않을 거예요, 득방은 헛수고를 하고 있어요."

득방은 돌계단 아래에 서서 세 사람이 담소를 나누며 벽 모퉁이를 돌아 사라지는 것을 멀거니 바라봤다. 깊은 상실감과 분노가 동시에 엄습했다. 가화 할아버지에게 물벼락을 맞았던 그날 밤과 똑같은 느낌이었다. 그는 풀죽은 표정으로 돌계단 아래에 털썩 주저앉았다.

망우가 입을 열었다.

"지금 돌아가는 형세를 보면 우리가 아무리 애를 태워봤자 소용없어. 시 정부 통지를 기다리는 동안 조주趙州스님을 본받아 차나 한잔 하자."

득도는 망우의 말에 긴장이 스르르 풀어지는 느낌을 받았다. 망우가 풍기는 산사람들 특유의 여유가 부럽기도 했다.

망우는 천목산에서 가져온 백차를 내왔다. 망우는 예전에도 양패두에 백차를 가져온 적이 있었다. 하지만 워낙 적은 양이다 보니 포랑은 한 번도 맛을 보지 못했었다. 망우는 특이한 빙렬문冰裂紋(얼음이 갈라진 모양의 무늬)이 돋보이는 청자 찻잔도 내왔다. 득도는 망우의 숱 많고 새하얀 속눈썹을 바라보면서 속으로 생각했다.

'사람들이 말하길 망우 삼촌은 산속에서 썩기에는 아까운 사람이라고 했어. 하지만 오늘 보니 자유롭고 유유자적한 삶도 나쁘지 않군.'

득도가 찻잔을 유심히 보면서 말했다.

"송宋대 가요哥窯 기술로 만든 다기로군요."

"역시 전문가는 달라. 한눈에 척 알아보는 걸 보니."

망우가 찻잔에 차를 우리면서 말을 이었다.

"월이가 시험제작에 성공한 견본이야. 너도 하나 받았지? 자, 이제 차 맛 좀 봐. 올해의 백차는 예년과 맛이 또 다르단다. 득도 너도 아직 마셔보지 못한 거야."

포랑과 득도는 찻잔을 내려다봤다. 찻잎이 동굴 속 종유석처럼 물 속에 꼿꼿이 선 채 가라앉았다 떠올랐다를 반복하고 있었다. 수색水色 또한 용정차와 달리 투명한 주황색이었다. 향과 맛은 연하면서 그윽했다. 득도가 감탄을 토했다.

"좋아요. 예전에 마셔봤던 것과 확실히 다르네요."

백차를 처음 마셔본 포랑은 솔직하게 말했다.

"너무 싱겁네요."

망우가 고개를 끄덕였다.

"맞아, 조금 싱겁다고 느껴질 수 있어. 이 차는 내가 복건福建의 백호은침白毫銀針 제다법을 배워서 제조한 거야. 백차는 흔하지 않은 품종이야. 옛날에는 복건성에서만 백차가 났다고 하지. 《대관다론》大觀茶論에도 '백차는 독립적인 품종으로 여느 차와는 다르다.'라고 적혀 있어. 워낙 귀한 품종이니 제다법에도 각별히 신경 쓰지 않을 수 없단다. 예전에는 백차나무에 싹이 나서 인편鱗片(비늘 모양의 얇은 조각)과 어엽魚葉(새로운 가지 제일 아랫부분의 수확에 적합하지 않은 잎)이 펼쳐지기 시작할 때 손으로 따서 물로 씻었는데 이를 수아水芽라고 했단다. 수아의 인편과 어엽을 제거한 다음 찌고, 덖고, 건조하는 과정을 거쳐 완성품이 만들어졌단다. 지금은 많이 간단해졌어. 갓 펼쳐진 아엽芽葉을 따서 인편과 어엽을 제거한 다음 실하고 솜털이 많은 심아心芽만 골라서 가공한단다. 나도 예전에는 일반적인 미차眉茶 제다법에 따라 백차를 가공했었어. 올 봄에 복건의 행각승 한 분이 선원사禪源寺로 오셨다가 나에게 기막힌 제다법을 가르쳐주셨단다. 그야말로 눈이 번쩍 뜨이는 새로운 경험이었어. 한 그루밖에 없는 귀한 백차나무를 푸대접해서야 되겠냐? 그래서 올해부터는 흔한 제다법이 아닌 특별한 방법으로 백차를 가공하기로 했단다."

포랑이 용정산 호공묘 앞에서 나눴던 대화를 떠올리고는 망우에게 물었다.

"이 고장 사람들은 뭐나 다 황제와 연관 짓기를 좋아하는 것 같더군요. 이 백차도 황제와 연관이 있나요?"

"당연하지. 하지만 그 얘기는 가급적 안 하는 게 좋을 것 같다. 득방무리가 '네 가지 낡은 것'으로 싸잡아 타도하려고 달려들 거야."

"말도 안 돼요!"

득도가 찻잔을 내려놓고 목소리를 높였다.

"걔들은 '반란'에 미쳤어요, 눈에 보이는 건 죄다 '네 가지 낡은 것'이래요. 중국에 명산, 명찰名刹, 명차가 얼마나 많은데요? 명차 중에 황제와 연관되지 않은 차가 어디 있겠어요? 설마 차도 마시지 말라는 건가요?"

"너는 우리가 차를 마셔도 된다고 생각하느냐?"

망우의 질문이 너무 뜬금없었다. 득도는 갑자기 몽둥이로 정수리를 얻어맞은 듯 멍해졌다. 포랑이 명쾌하게 대답했다.

"지금 마시고 있잖아요?"

"이건 몰래 마시는 거지."

포랑이 단번에 잔을 비우고는 다시 말을 이었다.

"몰래 마시는 것도 마시는 거죠."

망우가 가볍게 탁자를 두드렸다.

"포랑, 나는 네 성격이 마음에 들어."

득도가 입을 열었다.

"망우 삼촌은 속세를 떠난 사람이라 육근六根이 청정清淨하지요. 그러니 도처에서 온통 혁명으로 난리치는 와중에도 태연하게 차 얘기를 할 수 있지요."

"산속 생활을 오래 하다 보니 아는 게 차밖에 없구나."

평소에도 망우 삼촌에게는 속마음을 다 털어놓곤 하던 득도가 한숨을 내쉬면서 말했다.

"휴우, 솔직히 저는 이렇게 빨리 운동에 참가하고 싶지 않았어요. 제가 고등학교를 졸업했을 때 할아버지께서 '나중에 어떤 길을 걸을 거냐?'고 물어보신 적이 있어요. 그때 저는 '정치의식도 높고 재능도 뛰어난 사람이 되겠다.'고 대답했어요. 그러자 할아버지는 '두 가지를 다 가질 수는 없다.'고 하셨어요. 그때는 할아버지의 말씀을 이해하지 못했어요. 하지만 지금은 알 것 같아요. '붉고紅 전문적인專 길' 따위는 존재하지 않는다는 것을요. 반드시 두 가지 중에 하나를 선택해야 하는 것이었어요."

망우가 말했다.

"큰외삼촌도 가볍게 말씀하신 게 그 정도야. 사실 우리는 두 가지가 아니라 한 가지도 온전하게 가질 수 없어. 나도 겉으로는 유유자적 신선생활을 하는 것처럼 보이지만 사실은 '간첩' 혐의를 받고 있어."

얼마 전 임업국林業局에서 조사를 내려온 적이 있었다. 그리고는 망우가 열 몇 살 때부터 미국의 첩자 노릇을 했다는 제보를 받았다고 했다. 비행기를 연락수단으로 사용하고 숲속 아지트에서 비밀리에 미국인을 만나는 등 특무활동 증거도 잡았다고 했다. 망우는 어이가 없어서 말이 나오지 않았다. 망우와 방월이 연합군 조종사 에이트를 구해준 일이 어떻게 '특무활동'으로 둔갑했는지 모를 일이었다. 어쨌든 '간첩' 혐의를 벗을 방법을 강구해야만 했다. 망우가 이번에 항주에 온 이유도 관련 부처를 찾아가서 '증명서'를 떼고 방월과 입을 맞추기 위해서였다. 이번 '혁명'은 1957년 '반우파운동'과는 차원이 달랐다. 그때처럼 순순히 혐의를 인정하거나 얕은꾀를 부리려고 들었다가는 큰 봉변을 당할 수도 있었다.

포랑은 두 사람의 말을 한참 동안 잠자코 듣고 난 후 그제야 방월을 비롯한 항씨 가족들이 근래에 겪은 일들을 소상하게 얘기해줬다. 망우와 득도는 깜짝 놀랄 수밖에 없었다. 득도가 자리에서 일어나면서 말했다.

"저는 호주에서 항주로 돌아오자마자 곧장 이곳으로 달려왔어요. 그곳만 난리인 줄 알았더니 여기도 마찬가지군요. 안 되겠어요. 가서 득방을 잡아와야겠어요. 때가 어느 때인데 아직도 저렇게 정신을 못 차리고……."

망우가 다급히 말했다.

"그 일은 나에게 맡겨. 그리고 너희들에게 부탁이 있다."

망우는 얼마 전에 영은사 스님들과 머리를 맞대고 불상들을 보호할 방법을 고민했었다. 논란 끝에 위인상偉人像으로 불상들을 머리부터 발끝까지 도배하기로 하자는 결정이 내려졌다. 홍위병들이 제아무리 간이 크다 해도 감히 위인상에는 손을 대지 못할 터였다.

포랑이 무릎을 치면서 큰 소리로 웃었다.

"나는 왜 그 생각을 못했을까? 위인상은 제가 가서 사오겠어요!"

"네가 갈래?"

망우가 미소를 지었다. 그는 자신보다 몇 살 어린 포랑의 활달하고 대범한 성격이 점점 더 마음에 들었다. 이런 성격 덕분에 지금까지 온갖 풍파를 무난히 견뎌냈으리라.

득도도 작별인사를 했다. 그는 포랑이 위인상을 사올 때까지 수비군들과 함께 영은사 대문을 수호할 생각이었다. 뚜벅뚜벅 걸어가는 두 젊은이의 발걸음이 결연했다.

포랑은 밖으로 나오고서야 주머니가 텅텅 비어 있다는 것을 깨달았다. 위인상은 한 장에 40전이었다. 불상들을 도배하려면 적어도 스무 장은 필요했다. 그러나 임기응변에 능한 그는 당황하지 않고 재빨리 주위를 둘러봤다. 조금 떨어진 곳에 아까 그 여학생이 서 있었다. 그는 여학생에게 가까이 오라는 손짓을 했다. 여학생은 아까처럼 경계하지 않고 순순히 다가왔다.

"무슨 일이에요?"

"돈 좀 있소?"

"어디에 쓰려고요?"

모 주석 위인상을 사려고 한다는 말에 여학생의 안색이 확 변했다.

"말조심해요, 잡혀갈라. '모 주석의 사진을 모셔온다.'고 해야 돼요."

"나는 머리가 나빠서 기억 못하오. 나하고 같이 가주겠소?"

여학생은 한 치의 망설임도 없이 '전우'들을 내버려둔 채 포랑의 자전거 뒷자리에 올랐다. 아까보다 편해 보이는 여학생의 표정을 보고 포랑이 농담을 던졌다.

"조심하오. 나는 불량배요."

여학생이 쑥스러운 표정을 지었다.

"그 얘기는 그만해요."

"알았소. 얼른 갑시다. 늦으면 모 주석의 사진을 모셔올 수 없소."

득방은 망우에게 붙잡혀 결채에서 백차를 마시고 있었다. 그러나 솔직히 차 맛을 느낄 여유가 없었다. 그보다는 망우 삼촌을 설득해 같은 편으로 만들겠다는 생각에만 급급했다.

"……주관적 관념론은 비판받아 마땅해요. 종교는 정신을 좀먹는 아편일 뿐이에요……."

득방은 한참 열변을 토했다. 그리고 난 후 현실적인 문제로 화제를 돌렸다.

"삼촌도 마르크스 레닌주의 신봉자가 되면 결혼도 하고 행복하게 살 수 있어요. 혼자서 산을 지키는 일이 얼마나 무료하고 재미없어요? 고기도 못 먹고, 결혼도 못하고, 남들이 다 하는 '운동', '혁명'에도 참가하지 못하죠. 이번 문화대혁명의 중요한 내용 중 하나가 바로 중과 비구니들을 짝지어 결혼시킨다는 거예요. 원하지 않아도 무조건 해야 돼요. 절에서 쫓아내는데 안 하고 배길 수 있어요? 삼촌은 진정한 출가인도 아니면서 무슨 생각이 그렇게 많아요? 남들이 다 하는 결혼을 왜 안 하시겠다는 거예요? 이깟 불상이 뭐가 그리 대단하다고 일생을 바친다는 건가요? 삼촌도 득도 형님처럼 열사 유자녀죠? 성省에서 몇 번이나 출세할 기회를 줬는데 왜 마다하시는 거예요? '아비가 영웅이면 아들은 호한'好漢이라고 했어요. 삼촌도 혁명의 유지遺志를 받드셔야죠?"

득방이 잠깐 숨을 돌리는 틈을 타서 망우가 입을 열었다.

"나하고 결혼해 줄 여자가 있을 거라고 생각하느냐?"

득방이 망우를 머리부터 발끝까지 쓱 훑어보더니 말했다.

"왜 없겠어요? 포랑 삼촌 좋다고 따라다니는 여자도 있는걸요. 계급 성분만 봐도 삼촌과 포랑 삼촌은 천지 차이예요."

"좋아, 그럼 지금 당장 아무 홍위병이나 불러와 봐. 그녀가 나하고 결혼하겠다면 나도 천목산으로 돌아가지 않고 항주에 눌러앉겠어."

득방은 눈이 휘둥그레져 아무 말도 못했다. 이제까지 그는 망우 삼촌이 무던한 성격인 줄 알았는데 아무 말이나 막 늘어놓다가 생각지도 못하게 정곡을 찔린 것이었다. 득방이 백차만 잔뜩 마시고 밖으로 나오자 동도강이 다급한 목소리로 말했다.

"너 어디 갔다 온 거야? 저것 좀 봐! 저게 무슨 꼴이야?"

마지막 한 장 남은 위인상을 대웅보전 대문에 붙이고 있던 득도가 득방을 향해 입을 열었다. 둘이 영은사에서 만난 후 꺼낸 첫마디였다.

"주 총리의 지시에 따라 영은사를 봉한다!"

제9장

항씨 집안의 또 다른 식구 황초풍은 격랑의 소용돌이에 휘말린 '홍색紅色 중국'에서 어리바리하게 정치무대에 등장했다.

사실 황초풍은 정치의 '정'자가 뭔지도 모르는 사람이었다. 중국에 세차고 모진 비바람이 불어 닥치고 있다는 것도 몰랐을 뿐 아니라 '반동분자'가 무엇이고 '부패한 세력'이 무엇인지도 몰랐다. 그녀는 지난 몇 년 동안 그야말로 '잠꾸러기' 생활을 해왔다. 회의에 참석해서도 큰 목소리가 들리면 졸다 깨서 남들이 하는 대로 따라 외치고 사람들의 목소리가 약해지면 다시 꾸벅꾸벅 졸고는 했다.

초풍은 사십도 안 된 나이에 몸이 많이 불었다. 사람들은 그래서 그녀를 '양귀비'楊貴妃(풍만한 미인의 대명사)라고 불렀다. 그녀는 심지어 어머니 황나보다 더 뚱뚱했다. 외모를 보면, 동그란 얼굴에 보조개가 패어 있고 크고 둥근 눈에 안경을 썼다. 물론 항상 반달 같은 미소를 짓고 다녀서 인상은 매우 좋았다. 새까만 머리카락은 처녀 때처럼 윤기가 자르르했다. 요즘은 귀밑까지 오는 짧은 단발이 유행했지만 초풍은 긴 머리카락을 손수건으로 묶는 자신만의 스타일을 고집했다. 이것은 갑자기 불어 닥친 사회적 분위기로 볼 때 '봉건주의 및 자본주의, 수정주의'에 해당되는 행동이었다. 하지만 그녀가 근무하는 차학茶學 전문학교의 사생들은 아무도 그녀의 장발을 문제 삼지 않았다. 그저 다들 '실험실에 근무하는 화교 출신 여교사가 조금 특이한 사람'이라고 치부하고 넘겼다. 그녀가 '입당신청서'를 제출하지 않아도, 꽃무늬 옷을 입고 출근해도, 한두 번쯤 정치학습에 참가하지 않고 실험실에서 일을 해도 아무도 뭐라 하지 않았다. 심지어 학교 회의시간에 꾸벅꾸벅 졸아도 호명당하지 않았다. 한번은 회의 사회자가 보다 못해 이름을 밝히지 않고 그녀의 행동을 지적했다. 사람들이 모두 그녀를 보면서 웃었다. 그러자 그녀도 따라 웃으면서 이렇게 말했다.

"회의시간에 조는 것은 매우 무례한 행동이에요. 교장 선생에게 큰 결례를 범했어요. 방금 졸았던 동지, 다음부터는 그러지 마세요."

장내에 큰 웃음소리가 터져 나왔다. 사람들은 마치 귀여운 애완동물 대하듯 유독 그녀에게만은 너그러웠다. 마치 그녀가 사상도, 영혼도 없이 단지 사람들의 귀여움을 받기 위해 태어난 것처럼 말이다. 그러나 그녀에게만 주어진 이 같은 특권이 매우 위험한 것이라는 사실을 그녀는 모르고 있었다.

어느 날 농업대학 차학과를 졸업한 여대생 한 명이 초풍이 근무하는 학교에 배치를 받았다. 그녀는 차농장에서 고된 '단련'을 했던 사람이었다. 그런 만큼 실험실에서 근무하는 초풍이 부러웠다. 여대생은 틈만 나면 실험실로 찾아와서 자신의 열정과 전문성을 피력했다.

"신선한 찻잎은 75~78%의 수분과 25~22%의 기타 물질로 구성돼 있다."

"25~22%의 기타 물질은 유기화합물과 무기화합물로 구분된다."

"유기화합물에는 단백질, 아미노산, 알칼로이드, 효소, 폴리페놀, 당류, 유기산, 지방, 색소, 방향성 물질, 비타민 등이 포함된다."

여대생 출신은 밑도 끝도 없는 얘기를 한참이나 늘어놓았다. 초풍은 얘기를 다 듣고 나서야 겨우 눈치를 챘다. 그녀가 실험실에서 일하고 싶다는 뜻을 우회적으로 돌려 말하고 있다는 사실을. 초풍은 매우 기뻐했다. 같이 일하는 사람이 있으면 심심하지도 않고 얼마나 좋은가? 그녀는 즉시 학교 당 서기를 찾아가서 여대생 출신을 실험실로 보내달라고 부탁을 했다. 당 사업 경력이 풍부한 당 서기는 여대생 출신의 뻔한 속셈을 꿰뚫어보고 있었다. 급기야 그녀를 불러다 눈물이 쏙 빠지게 한바탕 사상교육을 했다. 여자의 눈물은 무기라고 했던가? 제대군인 출신인 당 서기는 특히 여자의 눈물에 약했다. 그는 우는 여대생 출신을 달래기 위해 초풍이 그녀를 싫어한다고 거짓 핑계를 댔다. 그녀는 다음날부터 백팔십도로 변했다. 실험실 얘기는 입 밖에도 내지 않았을 뿐 아니라 초풍을 대놓고 적대시했다. 또 빈하중농貧下中農 차림을 하고 출신계급이 좋은 사람들하고만 어울려 다녔다. 어느 날 여대생 출신이 심각한 표정으로 초풍을 찾아와 따졌다.

"황 선생님, 많이 바쁘시죠? 정치와 업무 공부를 할 시간은 있나요?"

초풍이 사람 좋은 웃음을 지으면서 대답했다.

"안 바빠요. 실험실 일은 농장 일보다 바쁘지 않아요."

"황 선생님은 매일 머리를 감고 옷을 갈아입는 데 시간이 얼마나 걸려요?"

"많이 안 걸려요. 시어머니가 빨래를 도와줘요."

"시어머니요? 어느 시어머니요? 시어머니가 둘이잖아요?"

초풍은 멍해졌다. 그녀는 지금까지 살면서 이토록 무례한 말은 처음 들었다. 하지만 여전히 웃음 띤 얼굴로 대답했다.

"다 알면서 왜 그래요? 하나는 내 친어머니잖아요."

초풍의 솔직한 대답에 여대생 출신은 할 말이 궁해졌다. 입도 다물었다. 그때 수돗가에서 실험도구를 씻는 황초풍의 어깨로 새까맣고 윤기 나는 머리카락이 흘러내렸다. 여대생 출신은 시골아낙처럼 부스스한 자신의 머리를 만지면서 초풍에게 부러움과 질투의 눈빛을 보냈다. 그녀는 키가 작았고 용모도 볼품이 없었다. 물론 처음부터 나쁜 마음을 가진 것은 아니었다. 그저 유달리 욕심과 질투심이 많았을 뿐이었다. 그녀는 초풍이 부러워서 얕은꾀를 부리다가 호된 훈계를 당한 이후로 황초풍에게 모든 원망을 쏟아 부었다. 자신이 가지지 못한 것을 초풍이 가지고 있다는 단 한 가지 이유 때문이었다.

여대생 출신은 잠시 머리를 굴렸다. 이어 기선을 제압할 요량으로 엉뚱한 질문을 던졌다.

"입당하려고 노력은 해봤어요?"

예상대로 초풍이 화들짝 놀라면서 반문했다.

"나도 입당이 가능해요?"

"왜 안 돼요?"

초풍이 불안한 표정을 지으면서 해명했다.

"그게 아니라, 당 서기 말씀으로는 나 같은 경우는 입당하지 않고도 혁명에 참가할 수 있다고 하셨어요."

이번에는 여대생 출신이 멍해졌다. 평소 어리숙해 보이던 뚱보 여편네의 언행에서는 조금의 빈틈도 찾을 수 없었다. 정말 밉살스럽기 그지 없었다. 초풍은 여대생 출신이 속으로 이를 바득바득 갈고 있는 것도 모르고 사람 좋은 웃음을 지으면서 친근하게 물었다.

"당신의 일은 어떻게 됐나요?"

여대생 출신은 싸늘하게 가라앉은 얼굴로 아무 말도 하지 않았다. 하지만 '웃음 속에 칼을 품은 악랄한 인간, 꼭 복수하고 말 테다.'라고 속으로 이를 갈았다.

여대생 출신은 이후 차농장에서 1년 동안 엄청난 고생을 하고 돌아왔다. 당연히 초풍을 향한 증오심이 더욱 커졌다. 그래서 '운동'이 시작되자마자 맨 먼저 가위를 들고 실험실로 쳐들어갔다. 이어 다짜고짜 초풍의 머리채를 잡고 가위로 싹둑 잘라버렸다. 그녀의 이 같은 과격한 행동은 증오심의 무의식적인 표출이었다.

무의식의 표출까지는 그나마 괜찮았다. 문제는 '운동'이라는 명분을 빌어 사적인 분노를 악의적으로 마구 쏟아낸 것이었다. 여대생 출신은 초풍의 긴 머리카락을 싹둑 자른 것도 모자라 마구 가위질을 해 초풍의 머리를 쑥대밭으로 만들어놓았다. 뿐만 아니라 초풍의 자질구레한 생활습관들까지 계급적 차원의 문제로 비화시켜 그녀를 '외양간'에 집어넣었다.

"황초풍, 사회주의 진영에 기어들어온 좀벌레 같은 인간, 더러운 자본계급 여편네야, 솔직하게 자백하지 못하겠어? 중국 사회주의 차사업을 망치려고 작정했지?"

영문도 모른 채 외양간에 갇힌 초풍은 놀라움과 두려움으로 완전히 제 정신이 아니었다. 어릴 때부터 험한 말이라곤 모르고 풍족한 환경에서 살아왔으니 그럴 만도 했다. 더구나 그녀는 결혼 후에도 남편과

시부모의 사랑을 독차지하고 직장에서도 상사와 동료들의 관용 덕분에 어려움이라고는 모르고 일만 한 사람이 아니었던가. 따라서 이번 봉변은 그녀가 태어난 이후로 처음 겪는 시련이었다. 그동안 백부 가화와 딸 영상이 몇 번 면회를 오기는 했다. 하지만 이들의 위로는 두려움에 사로잡힌 그녀에게 아무 소용이 없었다. 그녀는 남편이 보고 싶었다.

"한이 오빠는 언제 와요? 한이 오빠는 왜 안 와요?"

항한은 항주에 와 있었지만 그 역시 직장 동료들에 의해 다른 '외양간'에 연금돼 있었다. 항한은 몰래 쓴 쪽지를 영상에게 줘 아내에게 가져다주도록 했다. 쪽지에는 "초풍, 반드시 살아남아야 해."라는 한마디만 적혀 있었다. 하지만 초풍은 남편의 쪽지를 보고 힘을 내기는커녕 아이처럼 큰 소리로 울음을 터뜨렸다.

"아니, 이렇게는 못 살겠어요. 나는 살 수가 없어요……."

그나마 행동의 자유가 있고 정신을 다잡고 있는 가화는 침착하게 초풍을 위로했다.

"걱정 말아라. 곧 진실이 밝혀질 거야. 그리고 무서워하지 말고 하던 대로 하면 돼. 밥 잘 먹고, 잠 잘 자고 온 가족이 다시 모일 때까지 견뎌내야 해."

초풍이 눈물범벅이 돼 진지하게 물었다.

"언제가 되면 가족들이 다시 모일 수 있을까요?"

가화는 말문이 막혔다. 하지만 초풍의 간절한 눈빛을 보고 대답을 하지 않을 수 없었다.

"오래 걸리지 않을 거야. 곧 그렇게 될 거야."

초풍은 큰시아버지의 두루뭉술한 대답이 마음에 들지 않은 듯 다시 물었다.

"늦어도 10월 1일에는 집으로 돌아갈 수 있겠죠?"

"그럼, 그럼."

초풍은 그제야 울음을 그치고 딸에게 말했다.

"오빠를 보거든 엄마 좀 보러 오라고 전해. 외양간에 갇히지도 않고 시험공부도 안 하는 아이가 왜 엄마를 보러 안 오는 거야?"

영상은 할아버지가 잘린 새끼손가락을 살짝 흔드는 것을 보고는 울면서 말했다.

"오빠는 혁명을 하느라 엄청 바빠요. 바쁜 일이 끝나는 대로 엄마 보러 온다고 했어요."

초풍은 그제야 마음이 조금 가라앉은 것 같았다.

"오빠에게 전해. 엄마는 10월 1일이면 여기서 나갈 거니까 그 전에 보러 오라고 말이야. 안 그러면 나중에 만나도 거들떠보지도 않을 거야."

영상은 죄수처럼 머리카락이 마구 헝클어진 어머니를 보면서 또 눈물이 왈칵 쏟아지려는 것을 겨우 참았다. 그녀는 한때 아버지 항한과의 부녀 관계를 청산하려고 했었다. 하지만 마음이 약해서 오빠가 가져다 준 '부녀 관계 청산 성명서'에 끝내 서명하지 못했다.

'오빠는 항씨 집안과의 관계를 진작에 청산했어. 엄마는 그런 줄도 모르고 오빠를 찾고 있어. 엄마는 바보야.'

영상은 돌아오는 길에 할아버지에게 말했다.

"다른 사람들이 뭐라고 해도 나는 엄마와의 관계를 끊지 않겠어요."

가화가 잘린 손가락을 내밀면서 말했다.

"그래, 그래, 착하기도 해라. 우리 이 손가락을 걸고 맹세하자꾸나."

큰할아버지의 '잘린 손가락' 얘기는 항주 시내에서 유명했다. 아이들에게 혁명전통 교육을 할 때에도 많이 인용됐다. 따라서 큰할아버지의 잘린 손가락을 걸고 맹세한다는 것은 그만큼 무거운 의미였다. 영상과 큰할아버지는 그렇게 손가락을 걸고 맹세했다. 하지만 이번 만남을 마지막으로 황초풍의 모습을 다시는 볼 수 없게 될 줄을 그때는 아무도 몰랐다.

초풍은 손가락을 꼽으면서 날짜를 계산해봤다. 10월 1일까지는 아직 달포 이상 남아 있었다. 그 시간을 어떻게 견뎌내야 하나? 초풍은 남편이 준 쪽지를 보면서 눈물을 흘렸다. 마침 그때 여대생 출신이 들어왔다. 초풍은 남편의 쪽지를 들킬까봐 재빨리 입에 구겨 넣었다. 사실 들켜봤자 별것도 아닌데 두려움 때문에 본능적으로 한 행동이었다. 여대생 출신이 새된 소리를 질렀다.

"반혁명분자가 증거를 인멸하고 있어요!"

밖에 있던 사람들이 뛰어 들어왔다. 이어 굶주린 늑대처럼 초풍에게 달려들어 억지로 손가락과 입을 벌리게 했다.

"뱉어! 뱉어!"

초풍은 사람들의 다그침에 당황하지 않을 수 없었다. 급기야 쪽지를 뱉어낸다는 것이 그만 꿀꺽 삼키고 말았다. 세상에는 두 부류의 사람이 있다. 아무리 맞아도 육체적 고통만 느낄 뿐 마음에 상처가 생기지 않는 사람과 슬쩍 건드리기만 해도 평생 잊지 못할 상처를 입는 사람. 초풍은 후자에 속했다. 그녀는 땅에 누워 온몸을 사시나무 떨 듯 떨면서 말을 더듬었다.

"나는…… 나는…… 나는……."

사람들의 의심은 더 커졌다.

'이게 뭐야? 뭔가 켕기는 게 있는 것이 틀림없어. 속담에 '바람이 없으면 파도가 일지 않고, 아니 땐 굴뚝에는 연기가 나지 않는다.'고 하지 않던가. 벌건 대낮에 손수건으로 긴 머리를 묶고 꽃무늬 옷을 입고도 부끄러움을 모르던 자본계급 여편네가 왜 대답을 못하고 말을 더듬는 거야? 대체 뭔데 집어삼킨 거야? 이 여편네가 사회주의 차 사업을 파괴하려고 작정한 게 틀림없어.'

그렇게 생각한 여대생 출신이 버럭 고함을 질렀다.

"솔직하게 불지 못해? 누구와 반혁명 연락을 했어?"

초풍은 죽어라고 고개를 저을 뿐 아무 말도 못했다. 여대생 출신은 눈을 부릅뜨고 책상을 내리쳤다.

"내가 증거를 보여줄까?"

초풍은 여전히 고개만 저었다. 여대생 출신이 목소리를 높였다.

"'찻잎은 따면 딸수록 더 많은 싹이 튼다.' 당신이 한 말 맞지?"

정신을 조금 차린 초풍이 황급히 변명했다.

"아니에요, 내가 한 말이 아니에요. 장만방 선생이 한 말이에요."

"장만방? 자본계급 반동분자 우두머리 말인가? 농업대학에서 파견한 사람들이 그자를 감시하고 있어. 솔직히 자백해. 당신도 '찻잎은 따면 딸수록 새싹이 튼다.'는 말을 지지했어, 안 했어?"

초풍은 어리둥절했다. 자신이 "찻잎은 따면 딸수록 새싹이 튼다."는 말을 지지했었는지 아니면 반대했었는지 도무지 기억이 나지 않았다. 다만 여러 해 전에 장만방 선생의 글이 발표된 후 차 학계에서 찬성과 반대 의견이 명확히 갈렸다는 사실만 어렴풋이 기억날 뿐이었다. 그 당시 그녀의 남편 항한은 "찻잎은 따면 딸수록 새싹이 튼다."는 주장에 찬성하는 쪽이었다. 그러니 아내인 그녀 역시 남편을 따라 '찬성파'였다는 것이 맞을 것이다. 하지만 그게 언젯적 일인가? 그 당시 여대생 출신은 아마 차가 뭔지도 모르는 철부지였을 것이다. 초풍은 일어나 앉으려고 버둥거렸다. 남편의 말에 의하면 "찻잎은 따면 딸수록 새싹이 튼다."는 주장은 자칫 잘못 이해할 경우 오해의 소지가 있다고 했다. 초풍은 동료들에게 제대로 설명해주기 위해 더듬더듬 입을 열었다.

"'찻잎은 따면 딸수록 새싹이 튼다.'는 말을 제일 먼저 꺼낸 사람은 장 선생이 아니에요. 농민의 입에서 먼저 나온 말이에요……."

"말도 안 되는 소리!"

한 남학생이 버럭 소리를 질렀다.

"황초풍, 감히 빈하중농貧下中農을 모함하다니! 죽고 싶어 환장했나?"

원숭이처럼 빼빼 마른 남학생이 발로 초풍을 힘껏 걷어차면서 으르렁댔다.

"황초풍, 투항하지 않으면 파멸하는 길밖에 없다."

초풍은 뚱뚱한 몸을 간신히 일으켰다가 남학생의 발길질에 가슴을 얻어맞고는 구석으로 나가떨어졌다. 진열대가 넘어지면서 유리로 된 실험도구들이 와르르 쏟아졌다. 초풍의 얼굴은 피투성이가 됐다. 그녀는 비틀거리면서 겨우 몸을 일으켰다. 이어 얼굴에 유리조각이 잔뜩 박힌 채 힘겹지만 고집스럽게 또박또박 말했다.

"'찻잎은 따면 딸수록 새싹이 튼다.'는 주장은 농민이 제일 먼저 제기했어요."

이 말을 끝으로 그녀는 유리조각이 널린 바닥에 털썩 쓰러졌다.

이 무렵 장만방 선생은 절강농업대학에서 비판투쟁을 받고 있었다. 집은 벌써 압수수색당했고 장 선생 본인은 '일본 간첩', '반동 우두머리'

등 온갖 죄명을 뒤집어쓴 채 밤낮으로 '혁명 용사'들에게 시달리고 있었다. 아마 그는 누군가가 "찻잎은 따면 딸수록 새싹이 튼다."는 한마디 때문에 죽을 위기에 처했다는 것을 꿈에도 몰랐을 것이다.

"찻잎은 따면 딸수록 새싹이 튼다."는 말이 농민의 입에서 먼저 나왔다는 초풍의 주장은 결코 거짓이 아니었다.

중국에는 차와 관련된 속담이 아주 많다. 그중에 차 채취와 관련한 속담으로는 "첫 사흘 동안 딴 차는 보물이고, 사흘 늦게 딴 차는 풀이다.", "삼은 아무리 베어도 끝이 없고, 차는 아무리 따도 끝이 없다.", "처음 나온 차를 따지 않으면 다시는 싹이 나지 않는다.", "차나무는 많이 따는 것을 두려워하지 않고, 비료가 적은 것을 두려워한다."는 것들이 있다.

자학 교육가이자 차 재배학과 창시자인 장만방 선생은 1959년 〈다엽〉茶葉 잡지 창간호에 '따면 딸수록 새싹이 트는 차의 특성을 논함'이라는 글을 발표해 차학계에서 강렬한 반향을 일으켰다. 이어 1962년에는 〈중국농업과학〉 잡지 제2호에 ''차는 따면 딸수록 새싹이 튼다'는 논점에 대한 해석'을 발표, 자신의 주장을 보충하고 논증했다.

장만방은 첫머리부터 거두절미하고 글을 풀어나갔다. "필자가 '차는 따면 딸수록 새싹이 튼다.'는 논점을 발표한 후 차 학계에서 논쟁이 벌어지고 있다. 혹자는 필자의 관점이 차농들의 단편적인 경험에 근거한 것으로 이론적 근거가 부족하다고 주장한다. 심지어 '차나무는 따면 딸수록 새싹이 트는 특성이 없다.'고 주장하는 사람도 있다. 한마디로 요약하면 차나무는 따면 딸수록 새싹이 트는 특성이 있느냐 없느냐로 의견이 갈린다. 하지만 중요한 것은 우리가 이 논점을 정확하게 증명해 차 생산에 실질적인 도움을 줘야 한다는 것이다. '차나무는 따면 딸수록 새싹이 트는 특성이 있다.'는 것이 사실로 입증됐다고 해서 무분별하고 과도하게 채취하면 농업생산에 아무런 도움도 안 되는 것이다."

이어지는 글에서는 이론적 근거를 토대로 "차나무는 따면 딸수록 새싹이 튼다."는 관점의 정확성을 증명하고 차 생산에 활용할 수 있는 방안을 제시했다. 장 선생의 제자이자 차 재배학 전공자인 항한은 그의 글을 읽고 무릎을 치면서 감탄했다.

"대단한 글이야. 관점이 투철해!"

초풍은 남편이 장 선생의 글을 읽으면서 또 어떤 말을 했는지 잘 기억이 나지 않았다. 다만 그날 시아버지 가평이 형님인 가화를 찾아와 응접실에서 얘기를 나누던 장면만은 또렷하게 기억이 났다. 그날 가화는 항한이 읽고 있던 잡지를 가져다 꼼꼼히 읽어본 후 아무 말도 하지 않고 가평에게 건넸다. 가평은 제목만 읽고 내용은 보지도 않았다. 이어 깊이 생각하지도 않고 입을 열었다.

"뭐가 '따면 딸수록 새싹이 튼다.'는 거야? 차나무를 벌거숭이로 만들려고 작정했군."

초풍이 다른 사람들은 잠자코 있는데 눈치 없이 웃음을 터뜨렸다.

"호호호, 예전 일이 생각나는군요. 그때 노동자, 농민, 군인, 학생, 상인 할 것 없이 전부 일 년 내내 차 따는 일에 동원됐죠. 새벽 두 시에 산에 가는데 얼마나 졸리던지. 한번은 참지 못하고 차나무 숲에 고꾸라져 잠이 들고 말았죠. 사람들이 저를 찾느라 난리가 난 것도 모르고……."

항한이 아내에게 그만하라는 눈짓을 보냈다. 초풍은 기억력이 매우 나빴다. 그날 밤 잠든 그녀를 겨우 찾아서 집으로 데리고 온 후 가평은 정부에 "무분별한 차 채취를 중단해야 한다."는 의견을 올렸다. 그리고 그 일 때문에 나중에 비판을 받았던 것이다.

가평은 정부에 의견을 제기하기 전에 형님 가화의 조언을 구했다. 한겨울에 채취한 늙은 찻잎을 가리키면서 물었던 것이다.

"형님, 이 이파리를 먹어도 될까요?"

한겨울의 찻잎은 먹처럼 시커먼 색깔이었다.

"차나무를 벌거숭이로 만들었구나."

예로부터 차를 딸 때에는 새로 틔운 싹과 잎만을 땄다. 또 봄, 여름, 가을에만 채취하고 늙은 이파리는 남겨뒀다. 사람도 옷을 입어야 추위를 견디는 것처럼 차나무도 잎이 없으면 겨울을 견디기 힘들었으니까. 하지만 '대약진 운동'에 머리가 한껏 뜨거워진 사람들은 한겨울에도 새벽부터 횃불을 들고 차를 따러 산에 올랐다. 남녀노소 불문하고 다들 차농茶農이라도 된 것처럼 달려드는 바람에 잎이 무성하던 차나무들이 며칠 사이에 완전 벌거숭이로 변해버렸다.

그날, 예순을 앞둔 가화 역시 젊은이들과 함께 산에 올랐다. 당시 중학생이던 득도도 동행했다. 차나무 밭은 사람들로 바글바글했다. 차를 처음 따는 그들은 이파리를 손으로 마구 훑어 내리고 있었다. 가화는 그 모습을 보고 안타까움을 금치 못했다.

"용정차를 이렇게 따는 법이 어디 있느냐? 용정차 따는 법은 정해져 있어. 손가락이 아닌 손톱을 이용해 감싸듯 재빠르게 톡 따야 찻잎이 상하지 않는단다."

득도는 할아버지가 시킨 대로 해봤다. 하지만 늙고 질긴 이파리는 가지에 딱 달라붙어서 아무리 꼬집어도 떨어지지 않았다. 득도가 놀라서 물었다.

"할아버지, 옛날 사람들의 손톱은 독수리 발톱처럼 단단했나요? 저는 왜 안 되죠?"

"네가 지금 따고 있는 것은 찻잎이 아니란다. 그리고 지금은 차를 딸 때가 아니란다."

가화는 맷돌로 찻잎을 짓이기는 사람들을 보면서 속으로 한숨을 내쉬었다. '찻잎밥'을 먹고 사는 사람들 중에 차나무가 계절을 타는 식물임을 모르는 사람은 없을 것이다. 오죽하면 속담에 '첫 사흘 동안 딴 차는 보물이고, 사흘 늦게 딴 차는 풀'이라고 했을까. 중국은 땅이 넓은 만큼 지역별로 차를 따는 시기가 달랐다. 해남도海南島의 경우에는 1년 중 열 달 동안 차 채취가 가능하다. 또 강남은 보통 7~8개월, 장강長江 이북에서는 5~6개월 동안 차를 딸 수 있다. 하지만 차 전문가인 가화조차 겨울에 차를 딴다는 말은 듣도 보도 못했다. 차나무를 벌거숭이로 만들어도 된다는 말은 더욱이 금시초문이었다.

육우는《다경》〈삼지조〉三之造에 이렇게 적었다.

"차를 딸 때에는 토양을 가려서 딴다. 비옥한 땅에서 자란 차는 여린 새 가지가 4~5치가 되면 딸 수 있다. 풀숲이나 나무숲에서 자란 연약한 차나무는 가지가 4~5개 나기를 기다렸다가 그중에서 쭉 뻗은 가지의 차를 따면 된다. 차를 딸 때에는 날씨도 가려야 한다. 비가 오면 따지 않고, 날씨가 맑아도 구름이 있으면 따지 않는다. 맑은 날 이슬이 내린 아침에 차를 딴다."

물론 한 치의 오차도 없이《다경》에 적혀 있는 대로 하기는 어렵다. 하지만 "맷돌로 찻잎을 짓이긴다."는 말은 동서고금을 막론하고 전무후무할 것이다.

가화는 속이 터질 것 같았다. 그렇다고 모르는 사람들에게 잔소리를 할 수도 없었다. 그는 차 따는 기계를 수리 중인 항한에게 달려갔다.

"한아, 너에게 할 말이 있어."

항한은 사흘 밤낮을 잠 한숨 못 자고 제강製鋼작업에 매달렸던 터였다. 그래서 큰아버지를 보고도 쭈그려 앉은 채로 맥없이 입을 열었다.

"네, 큰아버지. 말씀하세요."

항한의 목소리는 잔뜩 잠겨 있었다. 가화는 조카의 벌겋게 충혈된 눈과 멍하니 초점을 잃은 눈동자를 바라봤다. 순간 목구멍까지 올라온 말을 꿀꺽 삼키고는 다른 말을 꺼냈다.

"무畝(1무는 200평)당 생산량을 얼마로 예상하느냐?"

"마른 찻잎 기준 500근은 넘겠죠."

가화는 이제 별로 놀라지도 않았다. 사람들은 '대약진운동'이 시작된 후 머리가 뜨거워져 꿈과 현실을 전혀 구분하지 못했다. 누가 봐도 불가능한 목표를 세우고 그것이 가능하다고 큰소리를 떵떵 치는 일이 비일비재했다. 항한이 아무 생각 없이 "무당 생산량이 500근이 넘을 것."이라는 말을 내뱉은 것도 이런 사회적 분위기에 휩쓸린 탓이었다. 가화는 한참 동안 말없이 조카를 바라보다 말을 꺼냈다.

"지난해 중국 전역을 돌면서 차 재배현황을 조사했었어. 오래 된 차밭 면적이 25만 헥타르에 달하더구나. 오래 된 차나무는 뽑아버리고 새로 심거나, 그루터기만 남기고 잘라버려야 한단다."

항한이 멀뚱멀뚱 큰아버지를 쳐다보면서 말했다.

"이 기계를 사용하면 차 따는 작업이 훨씬 수월해질 거예요. 빨리 수리해야 돼요."

가화는 탄식을 내뱉었다. 그의 말은 차를 따면 안 된다는 뜻이었다. 그러나 항한은 어떻게 하면 차를 더 많이, 더 쉽게 딸 수 있는지에만 온통 정신이 팔려 있었다. 가화는 가평처럼 자기 생각을 마구 쏟아내는 성격이 아니었다. 결국 더는 말하지 않고 차나무 밭으로 돌아왔다. 사람들은 여전히 횃불을 환히 켜고 구호까지 부르면서 열의에 차서 찻잎을 '훑고' 있었다. 문득 북송 시인 매요신梅堯臣의 시가 떠올랐다. 그는 감개에 젖은 목소리로 나지막이 읊조렸다. 옆에서 차를 따는 사람들은 한마디도 알아듣지 못했다.

가화가 읊은 것은 매요신의 시 〈남유가명부〉南有嘉茗賦의 한 구절이었다. "……그때가 되면 여자들은 누에치는 것을 잊고, 남자들은 농사짓는 것을 잊고, 밤낮을 가리지 않고 계속 차만 딴다……."

사실 가화는 차나무들이 '벌거숭이'로 변해가는 것이 안타까워서 떠오르는 감개를 토했을 따름이었다. 전혀 다른 뜻은 없었다. 문제는 옆에 있던 가평이 정치협상회의에 상정할 의견 문안에 이 시를 인용했다는 사실이었다. 결과적으로 엉뚱하게 일이 커졌다. 매요신의 이 시는 예로부터 봉건왕조의 폭정을 비난하고 노역에 시달리는 백성들을 동정하는 의미로 많이 인용됐었다. 그러나 지금은 공산당이 정권을 잡은 새 사회가 아닌가? 가평은 "신중국을 봉건왕조에 빗대 비난했다."는 이유로 꼼짝없이 '우파분자'의 모자를 쓰게 됐다. 2년이 지난 뒤 이 '우파분자'의 감투는 '우경 기회주의자'로 바뀌었다.

그 뒤 가평은 자신의 생각이 짧았다고 스스로 비판했다. '대약진운동'의 실상이 무엇인지도 모르는 세월에 그따위 의견이 받아들여졌겠는가 말이다. 다들 눈 감고 아웅 하는 와중에 바른말을 해봤자 들어줄 사람도 없었다.

인내심을 잃어버린 황나는 결국 입만 열면 "중국을 떠나겠다."는 소리를 반복했다. 가평은 그러나 중국을 떠날 생각이 전혀 없었다. 정치투쟁으로 점철된 중국 무대를 떠나는 일은 한 번도 생각해본 적이 없었다.

황나는 남편을 포기하고 딸을 설득하기 시작했다. 하지만 성격이 유약한 초풍은 무조건 남편의 의견에 따랐다. 남편 항한이 안 가겠다고 하니 자기도 가지 않겠다고 했다. 이 일 때문에 가평과 황나 사이에는 말다툼이 잦아졌다. 한번은 가평이 긴 한숨을 쉬면서 아내에게 말했다.

"나나娜娜, 당신은 언제쯤 나를 진정으로 이해할 수 있겠소?"

황나가 말했다.

"가평, 나도 당신 곁을 떠나고 싶지는 않아요. 하지만 더 이상 중국에서는 살 수가 없어요. 지금도 사람이 굶어죽는데 나중에 어떻게 될지 누가 알아요?"

"아무리 그래도 조국을 떠나는 건 아닌 것 같소."

"달링, 우리 이성적으로 생각해봐요. 이 나라의 국민들은 지금 배를 곯고 있고 심지어 이미 굶어죽은 사람도 많아요."

"쉿, 그만!"

가평이 펄쩍 뛰면서 주위를 살폈다.

"대문은 잠갔소?"

황나가 쓴웃음을 지었다.

"참 나, 내 집에서 내 마음대로 말도 못해요? 달링, 예전에 중경 부두에서 국민당과 싸우던 당신이 맞는지 의심스럽군요."

가평도 쓴웃음을 지었다. 그래도 한때는 '영웅호걸' 소리를 듣던 사람이 어쩌다가 남의 눈치나 보는 겁쟁이로 전락했는지 스스로도 자괴감이 들었던 것이다.

"당신도 잘 알다시피 '좋은 사위', '남양 갑부' 소리를 들으면서 부를 누리고 사는 삶은 내게 맞지 않소. 나는 큰 부자가 되고 싶은 생각이 없소. 문천상文天祥은 '자고로 사람은 다 죽는 법, 충심을 역사에 길이 남기리.'라는 명언을 남겼소. 나는 아직 살날이 오래고 기회가 많소. '우경 기회주의자'로 매도돼 비판 받은 건 아무것도 아니오."

황나도 긴 한숨을 내쉬었다.

"나는 당신의 말에 동의할 수 없어요. 당신은 당신에게 씌워진 '우경 기회주의자' 감투가 정당한지 여부는 따지지 않고 초지일관 '무섭지 않다'는 말만 하고 있어요. 마치 당신들이 차나무를 벌거숭이로 만들면서 '차를 마시지 않아도 된다'라고 하는 것과 뭐가 달라요? 속 빈 강정이고 말도 안 되는 논리죠. 영국인들은 사실과 논리를 중시해요. 나는 비록 영국인은 아니지만 영국인들의 그런 면은 높이 평가하고 있어요. 가평, 이 나라는 이대로 가다가는 얼마 못 가서 무너지고 말 거예요. 내가 먼저 가서 자리를 잡고 당신을 부르겠어요. 당신은 한사코 안 가겠다고 하지만 아이들 생각도 해야죠."

가평은 놀라움을 금치 못했다. 황나는 지금까지 이런 말을 한 적이 한 번도 없었다.

"당신 입에서 그런 말이 나오다니. 당신이 생각한 것 맞소?"

"진작부터 하고 싶었던 말이에요. 함부로 입 밖에 냈다가 감옥에 잡혀가고 가족들까지 힘들어질까봐 입 다물고 있었던 것뿐이죠. 당신도 잘 생각해봐요, 지금 상황을 보면 안데르센의 동화 '벌거벗은 임금님'이 떠오르지 않나요? 누가 봐도 벌거벗었는데 사람들은 모두 임금님이 멋진 옷을 입었다고 아부를 떨죠. 아마 누군가 '단추가 비뚤다'는 한마디만 했어도 호되게 경을 치렀을 거예요. 당신이 그랬던 것처럼 말이에요."

가평은 재빨리 황나를 방으로 끌고 들어갔다.

"언제 출발할 거요? 짐은 다 쌌소?"

가평은 황나의 입을 막아버렸다.

초풍은 부모님의 대화를 처음부터 끝까지 다 들었다. 뭔가 알 것 같기도 하고 모를 것 같기도 했다. 하지만 기억력이 나쁜 그녀는 배를 곯다가 배부르게 한 끼를 먹고 나면 배고팠던 느낌이 어떤 것인지도 깡그리 잊어버리는 사람이었다.

황나는 외국으로 떠나고 없었으나 그녀가 한 말은 가평의 뇌리에 깊이 박혔다. 황나가 말한 것처럼 그는 자신에게 씌워진 '우경 기회주의자' 누명을 인정한 적이 없었다. 물론 다른 사람들 앞에서는 불복하는 티를 낼 수가 없었다. 하지만 형님인 가화 앞에서만큼은 안심하고 본심을 드러내도 괜찮았다. 그래서 "차나무는 따면 딸수록 새싹이 튼다."는 말이 나왔을 때도 하고 싶은 말을 줄줄 쏟아냈던 것이다.

"차나무를 벌거숭이로 만들려고 작정했군. 세상이 어떻게 되려고 이러는지 모르겠어, 차 한 잔 마음대로 마실 수 없으니 말이야. 며칠 전 황나에게 보내려고 우체국에 갔더니 차는 한 사람당 반 근밖에 부칠 수 없다고 하더군. 정말이지 그 자리에서 고함을 지르고 싶었어, '이게 무슨 사회주의냐!'라고 말이야."

"그래서 고함을 지르셨어요?"

항한이 긴장한 표정을 지었다.

"휴우, 겨우 참았어. 내가 '우경 기회주의자' 모자를 쓴 것 때문에 네가 이번에 출국할 때 온갖 심사를 다 받지 않았느냐? 나도 '반혁명분자'로 낙인찍히기는 싫어."

항한이 안도의 한숨을 내쉬었다. 그의 눈에 아버지는 반평생을 '영웅호걸'로 살아왔으나 정치적으로는 '애송이'에 불과했다. 더욱이 나이를 먹을수록 불평불만이 많아지고 충동적으로 행동하는 일도 잦아졌다. 반면 항한은 정치에 별로 관심이 없었다. 국가대사는 국가 행정을 책임진 사람들의 소임이고, 그들이 일을 잘하든 못하든 개개인의 업무에 관여하지 않으면 별 문제가 없다는 것이 그의 생각이었다. 물론 "정치적 의식이 없다"고 그를 지적하는 사람도 있었지만 그런 말을 들을 때마다 그는 웃는 얼굴로 겸허하게 받아들이는 척했다. 심지어 '입당신청서'를 제출하라고 그에게 강요 아닌 강요를 하는 사람도 있었다. 항한은 그러나 '자기 주제'를 알았다. 일본인의 피가 흐르는 그가 공산당에 가입한다는 것은 어불성설이었다. 그는 본인뿐만 아니라 항씨네 가족 모두가 실용적인 일에 종사하기를 바랐다. 그래서 아버지가 '정협 위원'이 된 것도 전혀 달갑지 않았다. 헛되고 실속 없는 것만 추구하다가 탈이나 안 나면 다행이었다. 물론 항한은 부친에게 대놓고 그런 얘기를 할 수는 없었다.

항한은 다시 본론으로 돌아와 가화에게 눈길을 돌렸다. 큰아버지의 의견을 듣고 싶었던 것이다.

"큰아버지, 큰아버지는 한평생 찻잎밥을 드신 분이시죠. 큰아버지의 생각을 듣고 싶어요. '차나무는 따면 딸수록 새싹이 튼다.'는 말이 옳다고 생각하세요? 저는 곧 말리로 떠나요. 그곳 사람들에게 틀린 것을 가르치고 싶지 않아요."

가화가 한참을 생각하더니 천천히 입을 열었다.

"'차나무는 따면 딸수록 새싹이 튼다.'는 말은 사실 그렇게 굉장한 발견이 아니야. 장 선생이 억측으로 지어낸 말이 아니라 차농들이 오랜 경험을 통해 알아낸 상식이지. 여기서 분명히 설명하고 있지 않느냐? '차나무의 특성'이라는 이 글에서 말이야. 우선 차나무는 채취 기간이 길어. 채취 횟수도 많지. 또 채취 기간 사이의 시기는 짧아. 단위면적당 생산량은 많고. 이렇게 적혀 있지 않느냐?"

항한이 덧붙였다.

"장 선생은 또 몇 가지 전제도 덧붙였어요. 여기 보세요, '하나는 새 가지로 자라나는 싹의 영양상태가 일정한 수준을 유지해야 하는 것이고, 다른 하나는 차나무가 생장·발육 기간에 정상적인 생리기능을 유지하는 것이다.'라고 돼 있잖아요. 무려 두 가지 측면에서 자세히 설명했어요."

그때 옆에서 영화 잡지를 뒤적이던 초풍이 끼어들었다.

"그러게 말이에요. 별것도 아닌 걸 갖고 서로 얼굴을 붉히고 으르렁대고 있다니까요. 우리 학교 선생들도 두 개의 파벌로 갈라졌어요."

"명심해라, 어떤 말은 말리에서는 괜찮지만 여기서는 하면 안 된다."

항한은 큰아버지의 눈빛을 보고 이해했다. 큰아버지는 장 선생이 제기한 관점의 정확성 여부를 떠나 지금은 가타부타 하지 말고 입을 다물고 있으라고 가르친 것이었다. 큰아버지는 직설적으로 말하는 법이 없었다. 성격이 급한 가평이 그예 옆에서 떠들어댔다.

"원자력을 발견한 과학자가 나쁘냐? 원자력을 이용해 원자폭탄을 만든 미국이 나쁘지. 장 선생의 관점은 단지 학술적 관점에 불과할 뿐이야. 장 선생의 관점을 악용해 차나무를 벌거숭이로 만드는 사람들이 나쁜 거야."

"과학은 죄가 없어요, 과학을 악용한 사람들이 나쁜 거죠. 두 가지를 섞어서 논하면 안 돼요."

항한이 얼굴을 붉히면서 아버지의 말에 반박했다. 그리고 동의를 구하는 눈빛으로 큰아버지를 쳐다봤다. 하지만 가화는 이번에는 항한의 편을 들지 않았다.

"과학이란 무엇이냐? 진리란 무엇이냐? 진리 자체가 진리가 맞는지, 그리고 진리라고 생각되는 것을 언제 공개해야 하는지도 매우 중요한 문제야. 바둑이 좋은 것이냐, 나쁜 것이냐? 좋은 것이야. 과학적인 놀이냐, 비과학적인 놀이냐? 당연히 과학적인 놀이야. 그렇다면 나는 무엇 때문에 바둑을 둘 줄 모른다고 일본인에게 말했겠느냐? 손가락을 자르면서까지 바둑 두기를 거부했겠느냐? 내가 비과학적인 인간이기 때문이냐?"

항한은 어안이 벙벙해 아무 말도 하지 못했다. 가화는 고보리 이치로와의 바둑 대결 얘기를 사람들 앞에서 한 번도 한 적이 없었다. 해방 후 많은 학교와 기관으로부터 강연 요청을 무수히 받았으나 단 한 번도 응하지 않았다. 그렇게 시간이 흐르면서 사람들의 기억 속에서 점차 희미해져간 얘기를 오늘 큰아버지가 본인 입으로 꺼낸 것이다. 오늘의 대화 내용이 단순한 학술적 토론이 아니며 우회적인 표현으로 조카에게는 '사람의 도리'를 가르치고 동생에게는 자신의 입장을 표현한 것이었다.

초풍은 그런 대화 내용을 전혀 이해하지 못했다. 따지고 보면 그녀도 어릴 때부터 항한과 함께 지내면서 차 업계에 '입문'했기에 '다인'이라고 해도 과언이 아니었다. 게다가 그녀는 다인들 중에서도 보기 드문 행운아였다. 뭇 다인들의 존경을 받는 오각농 선생이 항한과 그녀의 결혼식에 친히 왕림해주셨기 때문이었다.

초풍은 천진하고 너그럽고 무던했다. 어머니 황나처럼 똑똑하지도 야무지지도 못했다. 또 머리가 나빠서 공부와도 담을 쌓았다. 황나는 그런 딸을 두고 "제발 못난 아비만은 닮지 말았으면 했는데……."라면서 긴 한숨을 내쉬고는 했다. '못난 아비'는 초풍의 생부를 가리키는 말이었다. 항한은 남들이 뭐라고 하든 맹하고 귀여운 초풍이 처음부터 좋았다. 항씨 집안에는 똑똑한 사람이 많았다. 특히 항씨 집안의 여자들은 보통 남자들은 저리 가라 할 정도로 똑똑하고 야무졌다. 이런 가족들 속에서 늘 긴장하면서 살아온 그로서는 머리를 굴리지 않고 편하게 대화할 수 있는 초풍이 그렇게 좋을 수가 없었다. 초풍과 함께 있는 시간이 그에게는 최고의 휴식이었다.

초풍은 열두 살 때부터 항한의 사랑을 듬뿍 받으면서 자랐다. 나중에 얼굴만 예쁘고 머리 쓰는 것을 싫어하던 '여동생'은 간식을 즐겨 먹는 '젊은 색시'로 신분이 바뀌었다. 그래도 여전히 머리 쓰기는 싫어했다. 초풍은 스무 살도 안 된 나이에 항한과 결혼했다. 또 몇 년 지나지 않아 수월하게 아들 하나, 딸 하나를 낳았다. 남편이 구해준 일자리 역시 마음에 들었다. 그렇게 의식주 걱정 없이 편히 살게 되자 살이 찌기 시작했다. 원래도 마른 몸이 아니었는데 결혼 후에는 더 쪄서 턱이 두 겹이나 됐다. 보는 사람마다 '복 있게 생긴 얼굴'이라고 한마디씩 했다. 실험실 유리병 속에는 찻잎 표본이 들어 있었다. 운남산 대엽종 표본도 있고 현지에서 나는 소엽종 표본도 있었다. 성격이 무던한 그녀는 매일같이 똑같은 일을 하면서도 전혀 따분해하거나 지루해하지 않았다. 그녀와 남편, 아이들은 가화, 요코와 같이 살았다. 노인들이 아이들 양육을 도맡아 해준 덕분에 초풍은 육아에서도 완전히 해방될 수 있었다. 그녀가 아이를 직접 키우는 여느 어머니들과 달리 머리를 길게 기르고 외모를 가꿀 수 있었던 것도 바로 이런 이유 때문이었다.

초풍은 남편이 아프리카로 떠난 후 한동안 적적하고 허전했다. 하지만 이내 마음을 다스리고 남편 없는 생활에 적응했다. 그녀는 찻잎 표본을 정리하기 시작했다. 업무의 일환으로 생각해서 시작한 것이 아니었다. 순전히 따분함을 해소하기 위해 한 일이었다. 가화가 어느 날 표본첩에 얌전하게 붙어 있는 찻잎들을 보고 초풍을 크게 칭찬했다.

"훌륭해, 훌륭해!"

가화는 요코를 불러서 표본첩을 보여주었다.

"요코, 한아가 곁에 없으니 우리 초풍도 생각이 깊어졌나 보오."

요코와 초풍은 세상에서 제일 사이좋은 고부라고 해도 좋았다. 요코는 내성적이고 부지런했다. 초풍은 무던하고 행동이 느렸다. 이런 두 사람이 함께 있으면 싸울 일이 없었다. 한마디로 초풍은 복스러운 외모에 걸맞게 편한 생활을 해온 행복한 여자였다. 그런 그녀가 갑작스럽게 찾아온 시련을 어떻게 이겨낼 수 있었겠는가. 실험실 진열대가 넘어지고 대엽종, 소엽종 표본이 유리파편과 함께 그녀의 얼굴을 강타할 때 그녀의 죽음은 이미 예견된 것이었다.

초풍은 우물에 뛰어들었다. 그녀가 왜 그런 극단적인 선택을 했는지 이해하는 사람은 아무도 없었다. 짐작조차 하지 못했다. 그날 아침, 초풍은 홍위병들이 지켜보는 앞에서 '충자무'忠字舞(모택동을 찬양하는 춤)를 췄다. 산발을 하고 뒤뚱거리며 춤을 추는 모습이 우스꽝스럽기 짝이 없었다. 홍위병들은 그녀를 손가락질하면서 박장대소했다. 그녀의 눈에서 피가 섞인 눈물이 흘러나왔다. 전날 유리파편에 찔려 터진 머리에서도 피가 흘러내렸다. 한참을 눈물을 흘리던 그녀가 얼마 후 갑자기 보이지 않았다. 다시 찾은 그녀는 우물 바닥에서 퉁퉁 불은 싸늘한 주검으로 발견됐다. 사람들은 놀라움을 금치 못하면서 "이해할 수 없다"고 입을 모았다. 홍위병들이 그녀를 그렇게 괴롭혔는가? 비록 그녀의 머리카락을 자르기는 했으나 거리로 끌고 나가지도 않았고 조리돌림을 시키지도 않았다. 목에 팻말을 걸지도 않았고, '비행기를 태우지도' 않았다. 또 채찍으로 때리지도 않았다. 그렇다고 심한 말로 그녀를 모욕했느냐 하면 그것도 아니었다. 홍위병들은 그녀의 시아버지가 '우경 기회주의자'이고 그녀의 남편이 '일본 간첩'일 가능성이 있다고 말했을 뿐이었다. 분명히 '가능성'을 언급했지 단정 짓지도 않았다. 물론 그녀가 "사회주의 건설을 파괴했다"는 혐의를 받고 있다는 말은 했었다. 그러나 '혐의'라는 말이 심한가? 요즘 같은 세월에 한두 가지 혐의를 받지 않고 사는 사람이 어디 있는가!

갑작스런 초풍의 사망 소식은 항씨 일가에게 마른하늘에 날벼락과도 같았다. 가화와 요코는 그 자리에 얼어붙은 채 아무 말도 못했다. 가평은 책상을 두드리면서 울분을 토했다.

"타살이야! 틀림없이 타살이야. 그렇게 순수하고 결백한 아이가 스스로 목숨을 끊었을 리 없어. 학교에 가서 사망원인을 밝혀야 해."

항한은 멍한 눈으로 초풍의 시신을 끌어안고 놓지 않았다. 말할 힘도, 심지어 생각할 힘도 남아 있지 않았다. 그는 이미 굳어지기 시작한 초풍의 발에 흰 구두를 신기려고 애썼다. 아무리 두드려도 부서지지 않고 내다버려도 다시 집으로 '되돌아온' 그 구두였다. 발이 물에 퉁퉁 불어 아무리 해도 구두에 들어가지 않았지만 항한은 고집스럽게 손을 멈추지 않았다. 다른 사람은 몰라도 그는 알고 있었다. 초풍이 무엇 때문에 죽음을 택했는지. 초풍처럼 맑고 순수한 영혼을 가진 사람은 뺨을 한 대 맞아도 죽을 수 있는 사람이었다. 행복한 사람이 더 쉽게 죽는 법 아니던가.

제10장

득도가 지금까지 가까스로 유지해온 심리적 균형은 이번 여름에 철저하게 무너졌다. 당연히 예전에는 그렇지 않았다. 그의 내면에 있는 온화하고 감상적인 또 다른 '그'가 생명력이 충만해 자꾸 나대려는 육체를 적절하게 통제하는 것이 가능했던 것이다. 그래서 삶의 중요한 전환점에 설 때마다 겉으로 보이는 화려하고 위풍당당한 '열사 유자녀'의 모습과 큰 괴리가 생기지 않도록 스스로의 이미지를 유지할 수 있었다. 그는 소년 시절에 매우 잘 나가는 학생이었다. 큰 대회가 열릴 때면 '우수 소년선봉대 대원' 대표로 연단에 올라가 내빈들에게 꽃을 드리는 화동을 도맡았다. 하지만 사람들에게 둘러싸인 채 빛나는 역할은 그의 적성에 맞지 않았다. 여느 학생이었다면 목을 빳빳이 세우고 거들먹거렸을 법도 했건만 그는 오히려 남들의 주목을 받는 일이 피곤하고 힘들었다. 심지어 너무 힘들어서 크게 앓은 적도 있었다. 그때 그는 항가호杭嘉湖평원에 있는 양모의 집에서 요양을 했다. 그곳 차나무 밭 옆에는 그의 생부와 생모가 잠들어 있는 열사무덤이 있었다.

그는 이른 아침이나 저녁 산책길에 열사무덤 앞을 지나다녔다. 그럼에도 불구하고 부모의 죽음과 부재 때문에 슬퍼한 적은 없었다. 아마 너무 어릴 때 겪은 일인 데다 나중에 할아버지 곁으로 돌아왔기 때문이리라. 할아버지는 그에게 잡념이 생길 틈을 주지 않았다. 할아버지와 함께하는 일상생활은 배울 것이 많고 즐거웠다.

양모의 집에서 요양하는 동안 그는 화동 역할과 박수소리에서 해방된 것이 그렇게 홀가분할 수가 없었다. 청빈한 시골생활은 아무래도 도시생활보다는 많이 고달팠다. 그럼에도 불구하고 그는 시골에서 지내고 싶다는 뜻을 할아버지와 할머니에게 비쳤다. 할아버지는 할머니의 반대에도 불구하고 그의 소원을 들어줬다. 그는 그렇게 해서 시골에서 고등학교까지 다니며 여름방학과 겨울방학에만 할아버지가 계신 항주로 왔다. 시골사람들은 순박했다. 마을에서 그의 특수한 신분을 모르는 사람은 없었다. 하지만 그들은 그를 충분히 존중할 뿐 그에게 허영심을 심어주지 않았다. 그는 그곳에서 마음의 평온을 찾았다.

득도는 가끔 할아버지를 따라 다른 집을 방문하기도 했다. 만약 그렇게 직접 두 눈으로 목격하지 않았다면 아마 영원히 상상조차 하지 못했을 수도 있었다. 항주 시내에 두더지처럼 깊숙이 숨어 사는 특이한 사람들이 있을 거라는 사실을 말이다. 그들의 집은 거미줄처럼 복잡하게 얽힌 작은 골목들 사이 깊숙한 곳에 있었다. 사실 그들의 거처는 '집'이라고 하기도 힘들었다. 높은 담벼락으로 둘러싸인 대저택에 딸린 조그마한 행랑채가 그들의 '집'이었기 때문이다. 가끔 집안에 있는 낡아빠진 가구들 틈에서 기막힌 '보물'이 튀어나와 득도를 놀라게 할 때도 있었다. 이를테면 손님이 왔다고 다과상을 내왔는데 이가 빠지고 손잡이가 떨어진 찻잔들 사이에 건륭제 시대의 청화자기 접시가 떡하니 자리 잡고 있다거나 할 때였다. 그처럼 귀한 청화자기가 볶은 해바라기씨를 담는 하찮은 용도로 사용되는 것을 보면 아찔하기도 했다. 그들은 또 예의범절을 매우 중시했다. 득도는 그래서 앉으면 부서질 것 같은 낡은 의자를 놓고 주인과 손님이 서로 양보하느라 한참을 실랑이하는 모습을 심심찮게 볼 수 있었다.

한번은 '기인'奇人을 만나러 간 적도 있었다. 그분은 공진교 옆에 있는 다 허물어져가는 건물에 살고 있었다. 득도는 삐걱거리는 계단을 올라가면서 '비밀 접선하러 가는 지하공작원 같다'는 생각을 했다. 지저분한 방안 곳곳에 종잇조각이 널려 있었다. '기인'은 외모만 봐서는 나이를 가늠하기 힘들었다. 특히 초롱초롱한 눈빛이 매우 인상적이었다. 두 분은 옛사람의 글과 아주 오래 전의 일들에 대해 얘기를 나눴다. 할아버지의 목소리는 매우 낮았다. 득도는 옆에서 책을 읽고 있었다. 그리고 다시 밖으로 나와 눈부신 햇살을 마주하니 마치 다른 세상에 갔다온 것 같은 기분을 느꼈다. 순간 엉뚱한 생각이 떠올랐다. 마치 큰 상자 속에 작은 상자가 있고, 작은 상자 속에 더 작은 상자가 있는 것처럼 이 세상도 여러 겹으로 겹쳐져 있지 않을까 하는 궁금증이었다.

득도는 자기만 행복하고 주변의 가까운 사람들은 불행해 보이는 현실이 몹시 불편했다. 처지가 어려운 사람들 사이에서 혼자만 행복하게 살아가는 모습이 죄스럽고 미안했다. 고모할아버지 나력과 작은 삼촌 방월이 무산계급 독재정권으로부터 배척받고 처벌받을 때 득도는 그다지 어린 나이가 아니었다. 하지만 특수한 신분과 교육 배경 때문에 원하든 원치 않든 '무산계급 독재정권'의 일원이 될 수밖에 없었다. 그러나 언제나 마음속으로는 나력 할아버지와 방월 삼촌의 편이었다. 어린 마음에도 이 두 사람은 죄가 없다는 생각을 했던 것이다. 하지만 다른 한편으로는 '무산계급 독재정권'에 반심叛心을 품은 자신이 낯설고 무서웠다. 손자의 내적 갈등을 눈치챈 할아버지는 조용히 조언을 해주셨다.

"너무 조급해하지 마라. 언제나 해결방법은 있으니까. 시골에 내려가서 학업에만 전념해라. 그리고 두려움 앞에서 벙어리가 되는 법도 배워야 해."

할아버지는 진부한 어른이 아니었다. 그는 일관된 삶의 신조를 갖고 계셨다. 그것이 득도의 든든한 의지처가 돼줬다. 이 점에서 득도는 득방보다 행복한 편이었다. 득방의 할아버지는 득도의 할아버지와 달리 나이가 든 후에도 젊은이들처럼 충동적으로 생각하고 행동하는 버릇을 고치지 못했다.

득도가 강남대학에 입학하기 전이었다. 항주 노화산老和山, 항주 수전반水田畈, 호주 전산양錢山漾 등지에서 양저良渚문화 유적지(항주 근교 양자강 유역의 기원전 3300~2000년경 유적지)가 대거 발굴됐다. 당시 교직에 있던 양진은 가화 형제를 초청해 출토된 문물을 구경할 수 있도록 했다. 득도도 할아버지를 따라갔다. 양진과 가평은 출토된 유물이 반영하는 당시 사회의 계급 등급, 부의 분배, 전쟁, 종교와 이데올로기에 대해 진지하게 얘기를 나눴다. 반면에 가화는 흑도黑陶, 옥기玉器, 석기石器 등 처음 보는 문물 자체에 지대한 관심을 보였다. 득도는 옥玉에도 '벽'璧, '환'環, '종'琮, '경'瓊 등 여러 가지 이름이 있다는 것을 그날 처음 배웠다. 그는 조형이 특이한 청황백青黃白 삼색 옥기에 홀린 듯 한참 동안 눈을 떼지 못했다. 결국 집으로 돌아오는 길에 말없이 걷기만 하던 그가 갑자기 걸음을 멈추면서 할아버지에게 속마음을 얘기했다.

"제가 버린 다탁茶卓이 지금 어디 있는지 모르겠어요."

가화가 손자의 등을 토닥이며 말했다.

"어딘가에 있을 거야."

"도로 가져오고 싶어요."

득도의 방황은 이날 끝이 났다. 그리고 이날 그의 진로도 결정됐다. 어느 날 갑자기 '미'美에 눈을 뜬 그는 사학을 전공하기로 했다. 처음에는 오래되고 아름다운 물건들을 맹목적으로 좋아하다가 점차 진위를 판별하는 방법을 배웠다. 나중에는 아름다움과 비교되는 추함을 발견해내는 경지에까지 이르렀다. 그는 양저문화 유적지에서 출토된 옥종玉琮 수면신상獸面神像을 처음 봤을 때의 놀라움과 감동이 아직도 생생했다. 당시의 그는 얼어붙은 듯 꼼짝 않고 서서 놀라움과 감격에 눈물이 절로 흘렀었다. 아름다운 것을 보고 울 수도 있다는 것을 그때 처음 알았다.

그는 비판력과 통찰력이 뛰어난 사람이었다. 하지만 거짓되고 악하고 추한 것을 굳이 찾아내 비판하기보다 진실하고 아름다운 것을 동경하고 찬미하는 쪽을 택했다. 할아버지의 디테일한 부분까지 꼼꼼하게 신경 쓰는 신중한 성격, 양진 선생의 탁월한 비판능력, 그리고 후에 만난 오곤의 예기銳氣와 향상심은 그의 자아 형성에 지대한 영향을 끼쳤다.

사람들의 눈에 비친 그는 괴벽하고 특이한 사람이었다. 시류에 흔들리지 않고 굳건히 서 있는 것 같다가도 가끔씩 극단적인 결정을 내릴 때가 있었다. 이를테면 그가 선택한 전공 분야는 사람들에게 별로 알려지지 않은 것이거나 학계에서도 비주류로 취급되는 분야였다. 그는 대학을 졸업한 그해 혼자서 안계향安溪鄉 태평산太平山으로 향했다. 그곳에 있는 오래된 무덤이 《몽계필담》夢溪筆談을 집필한 북송 과학자 심괄沈括의 무덤임을 알아보았다. 또 "정사正史가 아닌 잡사雜史라고 해서 정사만큼 중요하지 않은 것은 아니다."라는 진리를 깨우쳤다. 그리고 그때부터 식화食貨 등 민간 경제와 풍속 연구를 전공하기로 마음을 굳혔다. 그의 졸업논문 제목은 〈육우의 출생 연대와 사망 연대 고증〉이었다. 제목 그대로 서기 8세기 경에 활동한 다성 육우의 출생 연대와 사망 연대를 논증한 내용이었다. 당시 학부의 한 교수가 그를 불러 "외국어를 잘하니 전공을 국제공산주의운동사로 바꾸면 어떻겠느냐?"고 권한 적이 있었다. 하지만 그는 딱 10초 고민하고는 "이미 마음을 굳혔다"고 대답했다.

1966년 여름부터 시작된 '운동'은 득도가 감정적으로나 이론적으로 모두 적응하기 힘든 '대변혁'이었다. 사람들은 서로를 미워하고 증오하는 데만 혈안이 돼 있었다. 한평생 미움이 뭔지 모르고 살아온 사람들도 누군가를 미워하기 위해 안간힘을 다하고 있었다. 심지어 득도 본인에게도 증오의 대상이 생겼다. 증오의 대상이 '제국주의, 봉건주의, 수정주의', '부자, 반혁명분자, 우파분자', '계급의 적' 등으로 불리는 추상적인 존재이기는 했다. 그는 구체적인 대상을 미워할 수가 없었다. 상고 시대 옥을 다듬는 사람들의 거친 손가락, 성당盛唐 시대 다기에 새겨진 꽃무늬를 응시하는 사람들의 눈동자, 또 책상 위 사진 속 여인의 옥처럼 매끈하고 아름다운 목……. 머릿속에 떠올리는 것만으로도 가슴이 벅차고 눈물이 나올 것 같은 존재들을 어찌 미워할 수 있겠는가. 그의 심장은 뜨겁게 요동치고 있었다. 바깥세상도 '혁명'의 열기로 들끓고 있었다. 그의 영혼이 바깥세상과의 접점을 피해 외로이 또 다른 정상을 향해 열심히 오르고 있을 때 마침 그에게 특별한 마음여행의 기회가 찾아왔다.

득도에게 호주는 낯선 곳이 아니었다. 득도의 증조할머니 심록애가 바로 호주 덕청德清 태생이었다. 그녀의 죽음은 아주 특별했으니 한간의 괴롭힘과 거짓말에 속아 금을 삼키고 자결했다. 한편 항씨 가문과 심씨 집안은 대립관계에 있었다. 심씨 집안은 심록애뿐만 아니라 망우 아버지의 죽음과도 직접적인 관계가 있었다. 심록애의 오빠이자 악명 높은 한간인 심록촌은 득도의 생모 나초경과 둘째 삼촌 항한에 의해 죽임을 당했다. 한마디로 좁은 의미에서의 중국 현대 혁명사는 득도의 친척들 사이의 서로 죽고 죽이는 혈투로 점철됐다고 해도 과언이 아니었다.

항일전쟁 승리 이후 항씨 집안과 심씨 집안 사이의 왕래는 뚝 끊어졌다. 외견만으로 보면 두 집안 사이의 피비린내 나는 싸움이 종식된 때문이라고 할 수 있었다. 말할 필요도 없이 또 다른 이유도 있었다. 심씨 가족들 중 도망갈 사람은 이미 도망가고 자결할 사람은 자결한 데다 그나마 남아 있는 사람들조차 해방 초기에 심한 박해를 받아 거의 '멸족' 되다시피 했기 때문이었다. 항씨네와 심씨네는 우연히 인연이 닿아 사돈지간이 됐으나 처음부터 사이가 그리 좋지는 않았다. 가화가 심씨 집안과의 관계를 일컬어 "가고자 하는 길이 서로 다른 사람과 굳이 함께 일을 도모할 필요가 없다."고 말한 것을 보면 더 이상의 설명은 사족이었다. 지난해 득도는 학생들을 데리고 호주에서 동남쪽으로 7킬로미터 떨어진 상로향常潞鄉 전산양의 양저문화 유적지에 참관을 다녀온 적이 있었다. 갈 때까지만 해도 그는 전산양에서 멀지 않은 덕청현에 들를 생각을 못했다. 하지만 덕청을 지나는 차안에서 까르르 웃고 떠드는 학생들을 보면서 수많은 상념이 뇌리를 스치고 지나갔다.

덕청현은 항가호평원 서쪽에 위치해 있었다. 항주시에서 100리 정도 떨어진 곳이었다. 그 덕청현 경내에는 피서객들에게 꽤나 잘 알려진 명승지 막간산莫干山이 있었다. '교한도수'郊寒島瘦(맹교孟郊의 시는 차고 가도賈島는 메마르다는 의미)라는 옛 얘기로 유명한 당나라 시인 맹교의 출생지

역시 덕청현이었다. 득도는 어릴 때부터 할아버지를 따라 "자애로운 어머님 손에 실 들고, 길 떠날 아들 위해 옷을 지으시네. 떠나기 전에 촘촘히 꿰매시고, 돌아올 날 늦어질까 염려하시네. 뉘라서 한 치 풀 같은 마음을 갖고서, 한 봄의 햇빛 같은 어머님 은혜 보답하리."라는 맹교의 시 한 편을 외웠었다. 그런데 그렇게 어릴 때 한껏 우러러봤던 위대한 시인의 출생지가 눈앞에 있을 줄 누가 알았겠는가.

대학생들은 산비탈을 따라 끝없이 이어진 차나무 밭을 바라보면서 마땅한 표현을 찾느라 머리를 쥐어짰다. 한 학생이 먼저 입을 열었다.

"'갈래갈래 찢어진 새파란 곡선', 어때?"

"그게 뭐야?"

좌중의 학생들이 고개를 흔들면서 비웃었다.

"'새파란 털실로 올올이 뜬 모자 같다', 이 표현은 어때?"

"오, 괜찮은데. 그런데 산한테 오쟁이를 지게 하는 건 좀 아닌 것 같아(중국어로 '푸른 모자를 쓰다'는 표현은 부인이 바람을 피운 남편 신세를 뜻하는 '오쟁이를 지다'는 의미로 통함)."

한 여학생이 상상력을 최대한 발휘했다.

"'조물주가 파란 색실로 촘촘히 누벼 만든 신발 밑창 같다', 이건 어때?"

학생들이 그제야 고개를 끄덕였다. 여학생이 득도에게 물었다.

"항 선생님은 이름부터 차와 관련이 있잖아요? 선생님은 저 산비탈을 따라 이어져 있는 차나무 밭이 무엇을 닮았다고 생각하시나요?"

득도 역시 마땅한 표현이 떠오르지 않았다. 할 수 없이 노자老子의 《도덕경》 첫머리에 나오는 말을 입에 올리면서 우스개로 마무리했다.

"'도라고 하는 도는 진정한 도가 아니고, 이름이라 하는 이름 역시 진정한 이름이 아니니라. 차라고 그렇지 않겠느냐?"

득도 세대에 이르러 항씨 집안에는 차와 관련된 일을 하는 사람이 그 한 사람밖에 남지 않았다. 그는 육우의《다경》을 전문적으로 연구한 덕분에 덕청 차에 대해서도 잘 알고 있었다. 육우는《다경》의 〈팔지출〉에 다음과 같이 기록했다.

"절강 서쪽에서 나는 차는 호주에서 나는 것이 상품上品이다. 안길安吉, 무강武康 두 현의 산골짜기에서 난다."

〈팔지출〉의 내용은 간결하지만 아주 권위적이었다. 말 몇 마디로 덕청 차의 품질과 인지도를 잘 설명하고 있었다. 득도는 가평 할아버지를 따라 농업대학의 장만방 교수 댁을 방문했던 일 역시 생생하게 기억하고 있었다. 헤어지기 전에 장 선생은 막간莫干 황아차黃芽茶 몇 냥을 가평에게 선물하면서 예전 일을 들려주었다.

"1950년대에 있었던 일이라네. 내가 막간산 음산가蔭山街에서 한 근에 10위안짜리 황아차를 조금 샀지. 어디서 생산된 거냐고 물었더니 차 파는 아낙네가 웃기만 하고 대답을 하지 않더군. 그런데 집에 돌아와서 마셔보니 맛이 기가 막혔네. 나도 모르게 시가 떠오르지 뭔가. '옛날 탑산塔山에서 나던 차 지금은 어디에 있는가, 파는 이 어디에서 왔는지 밝히지 않네.'라는 내용일세."

가평은 장만방 교수가 선물한 차를 양패두에 가져갔다. 가화가 천천히 음미하고 나더니 나지막하게 감탄했다.

"좋은 차야. 산속의 노승을 닮았어."

가화가 장 선생의 다시茶詩를 읽고 웃으면서 말했다.

"그럼 그렇지, 전고典故를 사용하지 않았다면 장 선생의 시가 아니지."

가평이 말했다.

"첫 구절에 대응하는 전고는 저도 알고 있어요. 현지縣誌에 '탑산塔山에서 나는 차가 특히 훌륭하다.'고 기록돼 있어요. 두 번째 구절의 전고는 아무리 생각해도 모르겠어요."

가화가 담담하게 웃었다.

"자네가 말한 것은 옛날 전고네. 두 번째 구절은 현 시대의 상황에서 유래한 것이네. 국무원이 문건을 하달해 차농들의 사사로운 차 판매를 금지했지 않은가? 장 선생이 차 파는 아낙네에게 어디에서 난 차냐고 물었을 때 그 사람이 사실대로 대답할 수 있었겠나? 아낙네가 웃으면서 대답을 피했고, 장 선생은 '파는 이 어디서 왔는지 밝히지 않았다'고 탄식할 수밖에 없었을 테지."

득도는 지난해에도 학생들과 함께 호주를 다녀간 바가 있었다. 그때는 지금처럼 엄청난 일이 생기리라고는 생각지도 못했다. 그는 할아버지를 모시고 호주에 다녀올 계획도 세웠었다. 고저산 아래에서 노동개조를 하고 있는 양진 선생 면회도 다녀올 겸 무강武康에 있는 소산사小山寺에도 들를 계획이었다. 할아버지는 소산사를 속칭 '취봉사'翠峰寺라고 한다면서 젊은 시절에 가본 적이 있다고 하셨다. 《다경》에 따르면 송나라 고승 석법요釋法瑤는 이 절에서 수행을 한 적이 있었다. "수레를 매달아 드리울 나이(60세 이후를 의미함)에는 식사 때마다 차를 마셨다."라는 내용이 그때의 행적을 적은 것이었다. 가화 할아버지는 또 이 절이 서기 5세기에 세워졌다면서 지금도 유적이 남아 있다고 하셨다.

득도는 이번에 오곤의 부탁을 받고 호주로 가는 길이었다. 그런데 지난번에는 뭔가 새로운 것을 배우러 간다는 들뜬 마음이 앞섰으나 지금은 그저 불안하기만 했다. 뭔가 안 좋은 일이 기다리고 있을 것 같은 불길한 예감도 들었다. 하지만 딱히 꼬집어 말할 수 없는 은밀한 감정이 그를 그곳으로 떠나도록 부추겼다. 결국 그는 불안한 마음을 안고 호주행 기차에 올랐다.

호주는 항주에서 기차로 세 시간 거리에 있었다. 호주 교외에 거의 도착했을 때였다. 한 승객이 벌떡 일어서더니 창밖을 가리키면서 흥분한 어조로 말했다.

"내 말이 맞을 거야. 진영사陳英士의 무덤을 가만 놔둘 리 없어. 우리 남편은 내 말을 믿지 않고 내기를 걸었어. 손문의 얼굴을 봐서라도 진영사의 무덤은 건드리지 않을 것이라고 장담하더군. 손문? 손문이 다 뭔데? 지금까지 살아 있다면 '주자파', '후르시초프' 모자를 쓰고 거리에서 조리돌림을 당하고도 남았을걸?"

흥분한 소리로 떠들어대는 사람은 못 생긴 중년 여인이었다. 인상도 사나워보였다. 깡마른 얼굴에 눈꼬리가 올라가고 입꼬리가 아래로 처져 있었다. 득도는 속으로 흠칫 놀랐다. 어딘가 눈에 익은 얼굴이었기 때문이었다. 문득 언젠가 오곤을 찾아왔던 여고생 홍위병이 생각났다. 예쁘게 생긴 여고생과 추하게 생긴 중년 여인이 똑같다고 느껴지다니, 득도는 이내 그 이유를 깨달았다. 1966년 여름부터 사람들 사이에는 똑같은 표정이 전염병처럼 퍼지고 있었다. 그것은 마치 비온 뒤 쑥쑥 자라는 버섯처럼 무서운 생명력과 번식력을 자랑하면서 전혀 다른 사람들의 얼굴까지 완전히 닮은꼴로 만들었다.

득도는 자신도 모르게 창밖을 향해 고개를 돌렸다. 다른 승객들도 모두 일어서서 진영사의 무덤을 가리키면서 수군거렸다.

득도는 지난해 학생들과 함께 전산양으로 가는 길에 진영사의 무덤에 들렀었다. 그의 무덤은 남현산南峴山에 있었다. 겉으로 보기에도 크고 넓었다. 묘소 앞에는 손문의 뇌사誄詞(죽은 사람이 살았을 때 공덕을 칭송해 문상하는 말)가 새겨져 있었다. 묘소 양 옆에는 돌사자 한 쌍이 서 있었다. 또 묘도墓道 앞에는 기둥 네 개가 받들고 있는 돌 패방이 있었다. 패방 가운데 가로로 손문의 '성인취의'成仁取義(인간의 어진 도리를 이루고 옳음을 얻다)라는 네 글자가 새겨져 있었다. 왼쪽과 오른쪽에도 세로로 글씨가 보였다. 임삼林森의 '호기장존'浩氣長存과 장개석의 '정신불사'精神不死라는 제자題字였다.

득도가 진영사에게 동질감을 느끼게 된 데는 가족의 영향이 컸다. 득도의 증조할아버지인 항천취와 그의 손위 처남 심록촌은 신해혁명 때 진영사의 전우였다. 그러나 나중에는 각자 제 갈 길을 갔다. 항천취는 혁명에서 이탈했고 심록촌은 대한간大漢奸이 됐다. 그리고 이 무덤의 주인은 호군총독滬軍總督이 된 후 얼마 지나지 않아 군벌들에게 암살당했다. 호주 사람들은 이 때문에 지난 수십 년 동안 진영사를 '영웅'으로 추앙해왔다. 그런데 그런 사람의 무덤조차 가만 놔두지 않고 부수려 하다니, 득도는 가슴에 돌덩이를 매단 것처럼 마음이 무거웠다.

득도는 기차에서 내려 고개를 들었다. 비영탑飛英塔은 그 자리에 그대로 있었다. 그제야 불안하던 마음이 다소 가라앉았다. 비영탑은 호주의 명물로 유명한 탑이었다. 전해지는 바로는 당나라 함통咸通 연간에 운교雲皎라는 고승이 장안長安에서 구한 사리 일곱 과를 이 탑에 안치했다고 한다. 이후 북송北宋 연간에 탑 꼭대기에서 신비한 빛이 나타났다. 그러자 당시 사람들이 탑 외부에 목탑을 세워 '탑 속의 탑'塔中塔이 되었다. 탑의 명칭은 불경에 나오는 '사리비륜, 영광보현'舍利飛輪, 英光普現이라는 구절에서 따왔다고 했다. 득도는 일 년 전에도 이 탑을 보러 일부러 이곳에 왔었다. 그러나 오래도록 보수하지 않은 탓에 볼썽사납게 외탑의 꼭대기가 무너지고 내탑도 군데군데 파손돼 있었다. 그는 문물 관리부처를 찾아가 수리를 해야 한다고 건의했었다.

"비영탑은 당송唐宋 시대의 유물로 동서고금을 통틀어 독보적인 구조를 자랑합니다. 역대 정부들도 보수를 게을리 하지 않았는데 우리 세대에 이르러 귀중한 문물을 잃어서야 되겠습니까?"

득도가 중뿔나게 나댄 것이 겨우 일 년 전이었다. 그런데 그게 마치 꿈속에서 있었던 일처럼 아득했다.

남심진은 호주에서 60리 떨어져 있었다. 다행히 그곳까지 다니는 버스가 있다고 했다. 점심때가 됐으나 득도는 밥 생각이 없었다. 시내로 들어가면 호주의 대표 음식인 천장포자千張包子(만두의 일종)와 만둣국을 먹을 수 있었다. 하지만 그는 역내 매점에서 다 식은 종자粽子(찹쌀과 소를 대나무 잎으로 감싸서 쪄낸 음식)를 몇 개 사서 대충 요기를 했다. 곧 버스가 왔다. 그는 두근거리는 가슴으로 버스에 올랐다. 강절재단江浙財團(강소성과 절강성을 기원으로 하는 금융그룹)의 발원지로 익히 알려진 강남의 작은 진에서 무엇이 자신을 기다리고 있을지 불안하고 초조한 와중에 은근한 기대감까지 뒤엉킨 감정을 떨쳐버릴 수가 없었다. 인정하기 싫었으나 그는 여자와의 만남을 매우 기대하고 있었던 것이다. 그것은 두려움과 흥분이 묘하게 뒤섞인 처음 느껴보는 낯선 감정이었다.

'이번에는 어떻게 해서든지 그녀를 데리고 와야 한다. 그녀와 오곤이 결혼할지 말지는 그들이 결정할 일이다.'

득도는 가만히 중얼거렸다. 이어 서너 시간의 여정을 백야와 단둘이 함께하는 상상을 하면서 자기도 모르게 얼굴을 붉혔다.

'딱 이번 한 번만이야. 이번이 처음이자 마지막이야. 오곤이 혹시 이런 생각을 눈치채지는 않을까?'

득도는 그런 생각이 들자 입술이 바짝바짝 타들어가는 것 같았다.

득도는 남심진 통진교通津橋 위에 서서 주위를 둘러봤다. 작열하는 태양 때문인지 제대로 눈을 뜨기가 힘들었다. 그 와중에도 강 양안 담벼락에 걸려 있는 커다란 표어들이 눈에 들어왔다. 언뜻 보기에도 항주보다는 고즈넉해 보이는 풍경이었다.

득도는 대학생 때 여름과 겨울 방학을 이용해 강남의 소도시들을 적지 않게 답사했다. 그중에서도 가선嘉善 서당西塘진과 호주 남심진이 그에게 강렬한 인상을 남겼다. 그래서 백야가 남심진에 있다는 말을 처음 들었을 때 이유 모를 안도감을 느꼈다. 당연히 조쟁쟁 같은 홍위병이 허리에 두 손을 얹은 채 야생화가 만발하고 맑은 물이 흐르는 다리 위를 왔다 갔다 하는 모습은 상상조차 하기 싫었다.

득도는 남심중학에 도착했다. 이곳의 '반란행동'은 아직까지 무지막지하게 모든 것을 때려 부수는 지경에는 이르지 않은 것 같았다. 전해오기로 중학 건물은 1912년에 세워졌는데 처음에는 '비단업계 회관'으로 사용됐다고 한다. 그래서일까, 교문에 영어로 된 'SILKGUILD'라는 가로 현판이 아직도 남아 있었다. 득도는 대문 안을 기웃거렸다. 다행히 예전에 단의당端義堂으로 불렸던 대청과 들보 위의 쌍봉雙鳳 도안, 모란꽃 도안도 원래대로 보존돼 있었다. 특히 남심비단공관 사무실로 사용되던 대청은 54개의 탁자를 놓을 수 있을 정도로 널찍했다. 그때는 매년 4월이면 수백 명이 모여 '잠왕회'蠶王會를 열거나 잠신蠶神에 대한 제사를 지내고는 했었다. 득도는 조금 의아한 생각이 들었다. 이치대로라면 이곳은 '혁명'의 직격탄을 제일 먼저 맞았어야 마땅한 곳인데 이상하게도 사람이 아무도 보이지 않았기 때문이었다.

'남심의 혁명은 아직 폭력적 행위로 이어지지 않은 모양이군.'

득도는 이렇게 받아들이고 백야에 대한 걱정도 조금 덜었다.

그런 첫인상은 대문 안으로 들어서자마자 무너졌다. 도처에 표어가 보이고 사람들도 간간이 지나갔다. 이제까지의 경험으로 보아 중학생이 대학생보다 과격한 편이었다. 득도는 마음이 조급해져 빨리 백야를 찾아야겠다고 생각했다. 백야가 홍위병들의 비판투쟁 대상이 되지 않았다고 장담할 수가 없었다. 홍위병들이 이곳에 2년 동안 근무한 그녀의 내막을 캐내기란 그리 어려운 일이 아닐 터였다.

도서관 문에는 가위로 오린 종이가 ×로 붙어 있었다. 안에 있는 물건들이 '봉건주의, 자본주의, 수정주의'에 해당하는 것들이니 출입을 엄금한다는 표시였다. 도서관 창문도 굳게 닫혀 있었다. 순간 득도의 얼굴과 늙은 등나무가 유리창에 비쳤다. 나무 위에 있던 매미가 갑자기 맴맴, 외마디 울음소리를 냈다. 득도는 문득 가슴이 서늘해졌다. 백야는 도서관에서 노동개조를 하던 우파분자를 사랑했다고 했다. 그 남자를 잊지 못해 지금도 이 학교 도서관 직원으로 일하고 있다고 했다. 그런 백야는 도대체 어떤 여자일까? 득도는 유리창에 비친 자신의 흐릿한 얼굴을 보면서 멍하니 생각에 잠겼다. 다른 건 몰라도 자신 역시 오곤이 말한 것처럼 백야에게 '유혹당하고', '홀림을 당한' 것은 부인할 수 없는 사실이었다.

그때 창문이 덜컹거리면서 열렸다. 이어 두 소년이 고양이처럼 날렵하게 창턱에 뛰어올랐다. 손으로 불룩한 배를 부여잡은 채 아래로 뛰어내릴 준비를 하던 둘은 창문 아래에 서 있는 득도를 보더니 갑자기 화들짝 놀랐다.

'요 녀석들, 공을기孔乙己(노신의 소설 속 인물. 책 도둑은 도둑이 아니라는 말을 한 사람)의 범죄를 따라 배운 녀석들이로군.'

득도는 그렇게 생각하고는 도로 안으로 도망가려는 두 소년을 붙잡고 말했다.

"도망가지 마. 나는 나쁜 사람이 아니야."

두 소년은 별로 무서워하는 기색이 없었다. 곧 키가 좀 더 큰 녀석이 입을 열었다.

"무서울 것도 없어요. 다들 책 태우러 가고 없는걸요."

"태우는 건 괜찮아. 도둑질은 안 돼!"

득도는 별 생각 없이 말하고는 이내 후회했다. 스스로 생각해도 말도 안 되는 소리였던 것이다.

두 소년이 도망가려고 버둥거렸다. 득도는 둘을 꽉 잡고 놓지 않았다.

"도서관의 백 선생님을 알아?"

두 소년이 고개를 끄덕였다.

"백 미인을 누가 몰라요?"

이번에는 득도가 멍해졌다. 백야가 남심진에서 그렇게 유명하다는 말인가?

"백 선생님의 숙소가 어딘지 알아?"

한 소년이 머뭇거리다가 대답했다.

"학교 운동장 뒤편에 있는 단층집에 살아요."

다른 녀석이 덧붙였다.

"백 선생님이 지금 어디에 있는지 알아요. 알려드릴 테니 저희를 봐다는 얘기를 하시면 안 돼요."

"당연하지."

득도가 말했다.

"너희들은 집에 가서 몰래 보려고 책을 갖고 나온 거야? 무슨 책이야? 《해저 2만 리》?"

득도는 손을 풀었다. 하지만 소년은 도망가지 않고 재잘거렸다.

"《80일 간의 세계 일주》도 있어요. 그리고……."

다른 녀석이 빠르게 끼어들었다.

"저는 《요재지이》聊齋志異가 있어요. 귀신소설이에요. 볼래요?"

득도는 손사래를 쳤다.

"빨리 내려와. 사람들에게 들키면 다 빼앗겨."

두 소년은 밖으로 나왔다. 득도는 둘의 생김새가 비슷한 것 같아서 물었다. 역시 그의 생각대로였다. 둘은 쌍둥이라고 했다. 쌍둥이 형이 말했다.

"백 선생님은 가업당嘉業堂으로 갔어요."

득도는 깜짝 놀랐다.

"사람들이 감히 가업당 책도 태워?"

"그게 어때서요? 사람도 때려죽이는걸요. 못하는 일이 없어요."

쌍둥이 형이 말했다.

"가업당 책은 아직 태우지는 않았어요. 하지만 언제 태울지 몰라요. 저희는 원래 이곳에서 책을 훔치고 나서 그곳으로 가려고 했었어요. 그런데 생각해보니 가업당 책들은 전부 어려운 고서들뿐이라 생각을 접었죠. 삼촌, 혹시 가업당 책이 필요하세요? 그렇다면 얼른 가서 몇 권 훔쳐오세요. 지금이 좋은 기회예요. 저희도 홍위병들이 압수수색하는 틈을 타서 적지 않게 훔쳐왔어요."

득도가 웃으면서 아이들의 머리를 쓰다듬었다.

"너희들 참 뻔뻔하다. 어떻게 그렇게 대놓고 '훔친다'고 떠들어댈 수 있지?"

두 소년이 불룩한 배를 받치고 걸음을 옮기면서 말했다.

"다른 것도 아니고 책은 괜찮아요. 밖에서는 온갖 물건들을 훔치고 빼앗고 난리라는데 이깟 책 몇 권쯤이야. 삼촌도 얼른 가세요. 가업당에는 값나가는 책이 많아요."

두 소년은 말을 마치자마자 후닥닥 줄행랑을 쳐버렸다.

득도는 잠깐 고민하다가 바로 운동장 뒤편에 줄지어 있는 단층집 쪽으로 향했다. 백야의 집을 찾는 것은 어렵지 않았다. 여느 집과 달리 화려한 꽃무늬 천과 흰색 명주로 된 이중커튼이 눈길을 끈 탓이었다. 득도는 문고리에 쪽지를 걸어뒀다. 쪽지에는 "당신을 만나기 위해 일부러 찾아왔으니, 집으로 돌아오면 아무 곳에도 가지 말고 꼭 기다려 달라."는 내용이 적혀 있었다.

가업당은 남심진 서남쪽 만고교萬古橋 옆 화가농華家弄에 위치해 있었다. 소연장小蓮莊과 이웃하고 옆에는 자고계鷓鴣溪라는 작은 내가 있었다.

가업당은 세워진 지 이미 40년이 넘었다. 1914년, 이곳 건물 주인은 광서光緖황제 황릉에 심을 나무를 통 크게 기부해 애신각라愛新覺羅 부의溥儀로부터 '흠약가업'欽若嘉業이라는 친필 구룡금편九龍金匾을 하사받은 바 있었다. 1924년에는 건물을 짓고 '가업당'이라는 이름을 달았다.

가업당 주인 유승간劉承幹과 가화는 오래전부터 알고 지낸 사이였다. 비록 왕래는 얼마 없었으나 서로 존중하는 사이였다. 잘 알려져 있다시

피 강남의 상인들 중에는 학문이 깊은 선비가 많았다. 항씨네 역시 처음에는 명인들의 서화작품과 선본善本(옛날 문헌 가운데 예술적, 학술적으로 가치가 높은 희귀한 책과 필사본 및 판본) 등을 두루 수집했었다. 그런데 소장품 수집 때문에 집안 살림살이까지 팔아야 할 지경이 되자 눈물을 머금고 선본 소장을 포기했었다. 또 좋은 물건을 발견하면 일단 사들인 다음 장서가 벗들에게 통지해 가져가도록 했다. 영파寧波의 범範씨네와 남심의 유씨네가 이렇게 해서 항씨네 책을 많이 가져갔다.

항씨와 유씨 두 집안의 교분은 가화의 윗대부터 시작된 것이었다. 유승간의 조부 유용劉鏞은 남심진 제일의 부자였다. 남심진의 부자들을 상징하던 '4상 8우 72금구'四象八牛七十二金狗(네 마리의 코끼리, 여덟 마리의 소, 일흔두 마리의 황금개)의 으뜸으로 꼽힌 인물이었다. 이 유용의 아들 유금조劉錦藻는 청나라의 《속문헌통고》續文獻通考 편찬자로 유명했다. 또 청나라 말기 절강철도유한회사 탕수잠湯壽潛 총리總理의 보좌관으로도 일했다. 가화의 아버지 항천취, 그의 절친 조기객과 가화의 큰외삼촌 심록촌은 그 당시 탕, 유 두 사람이 발기한 '철도보위운동'에서 크게 활약하기도 했다.

유승간은 가화보다 나이가 많았다. 가화가 글을 배워 책을 읽기 시작할 때 그는 이미 장서에 재미를 붙이고 있었다. 그는 선통宣統 경술庚戌년에는 자신의 수집벽에 대한 말도 남겼다고 한다.

"남양권업회南洋勸業會(국제박람회)가 금릉金陵에서 열렸다. 진기한 물품이 가득했다. 처음 보는 책들도 많았다. 나는 양손 가득 책을 사들고 귀가했다. 다음날, 책장수들이 소문을 듣고 줄을 지어 찾아왔다. 이때부터 책을 모으기 시작했다."

당시 항천취도 박람회에 참가했었다. 항천취는 특별히 가리는 것 없이 두루 좋아하는 사람이었다. 당연히 책도 좋아했다. 그래서 유승간이 책 구경을 하고 있을 때 그 역시 같은 자리에 있었다. 다만 항천취는 책보다 혁명에 더 정신이 팔려 있었을 때라 책을 많이 사지는 않았다. 그 책들마저도 나중에는 가업당으로 보내주고 말았다.

신해혁명 이후 20년 사이에 가업당의 장서량은 60만 권으로 늘어났다. 신해혁명에 참가했던 남방 사람들이 상해로 이주하면서 집에 있던 책들을 유승간에게 팔았기 때문이었다. 용동甬東 노씨盧氏의 포경루抱經樓, 독산獨山 막씨莫氏의 영산초당影山草堂, 인화仁和 주씨朱氏의 결일려結一廬, 풍윤豐潤 정씨丁氏의 지정재持靜齋, 태창太倉 무씨繆氏의 동창서고東倉書庫 등의 진귀한 소장본 역시 가업당으로 들어갔다. 청나라 말기의 유명한 장서가 무전손繆荃孫도 송원宋元 시대의 선본善本들을 유승간에게 팔았다. 세월이 흐르면서 가업당의 장서량은 엄청나게 늘어났다. 송, 원, 명, 삼대의 선본만 230여 종에 달했다. 가업당에서는 책도 인쇄했다. 심지어 청 조정에서 금서로 지정한 책도 예외가 아니었다. 가업당은 이렇게 해서 영파에 있는 천일각天一閣과 쌍벽을 이루는 호주의 명물 장서루藏書樓로 이름을 세웠다.

항일전쟁이 발발하자 가업당도 전쟁의 불길을 피하지 못했다. 게다가 유씨 집안이 중도에 몰락하면서 적지 않은 장서들이 외부로 유출되기도 했다. 다행히 1949년 5월, 인민해방군이 가업당에 부대를 파견해 장서들을 보호하도록 했다. 그게 고마웠던지 얼마 후 유승간은 절강성 도서관에 일부 장서를 기증했다. 가업당은 즉각 성급 중점 문물 보호기관으로 지정됐다. 1963년 유승간은 상해에서 별세했다. 가화는 친히 애도문을 써 득도를 시켜 유승간의 가족에게 전달했다. 이 일을 계기로 득도 역시 가업당에 대해 더 애정을 갖게 됐다.

하지만 이 시각 가업당 마당은 매캐한 연기와 함께 종이 타는 냄새가 코를 찌르고 있었다. 득도는 가슴이 옥죄어오고 다리가 떨리는 기분을 느꼈다.

"누가 가업당에 불을 질렀어요?"

문지기 노인이 땀과 기름으로 범벅된 얼굴로 달려오면서 말했다.

"나에게는 총이 있네. 우리 일은 우리가 알아서 할 거네. 우리가 책을 태우건 말건 자네들은 간섭할 권리가 없네."

득도는 안도의 숨을 내쉬었다.

"혹시 백 선생님이 어디 있는지 아세요?"

문지기는 총을 든 채 잔뜩 경계하는 표정을 지었다.

"자네는 누군가? 백 선생님은 왜 찾는가?"

득도는 잠깐 망설이다가 적당한 말로 둘러댔다.

"백야의 오빠입니다."

그러자 노인이 득도의 손을 덥석 잡고는 연신 발을 굴렀다.

"아이고, 얼른 진鎭 정부로 가보게. 백 선생님은 방금 조반파들에게 끌려갔네."

득도는 등골이 서늘해졌다. 노인이 연신 손사래를 쳤다.

"백 선생님은 우리 가업당 사람들과 친한 사이라네. 조반파들이 여기로 온다는 소식을 듣고 먼저 달려왔더군. 나에게 총을 가져오게 하고 별로 중요하지 않은 책들을 태우는 척하라고 하더군. 한창 태우고 있는데 조반파들이 들이닥쳐 백 선생님을 끌고 갔어. 간섭하지 말아야 할 일에 간섭했다고 비판받아야 한다더군."

"그들이 백 선생님을 어떻게 할까요?"

"모르겠어. 못할 짓이 없는 자들이야. 그들이 백 선생님에게 무슨 짓을 할지 몰라. 백 선생님은 이곳에서 너무 눈에 띄는 사람이야. 그분은……."

노인이 득도의 얼굴을 유심히 들여다보더니 말했다.

"별로 닮지 않은 것 같군……. 빨리 가보게!"

노인이 총을 휘두르면서 득도의 등을 떠밀었다.

득도는 그곳에서 봐서는 안 되는 것을 보고 말았다. 결국 대가를 지불해야 했다. 신앙이 있는 사람들은 이런 사건을 일컬어 '신이 주신 시련'이라고 한다. 또 운명론자들은 '하늘의 뜻'이라고도 한다. 아무것도 믿지 않는 사람들은 아마도 '비극'이라고 부를지 모르겠다.

아이들이 진 정부 마당에 있는 네 그루의 목련나무에 매달린 채 깔깔대고 있었다. 잔뜩 흥분된 표정으로 얼굴에 땀까지 흘리면서 나무 아래 꿇어 앉아 있는 사람들을 향해 퉤퉤 침도 뱉고 있었다. 아마도 누가 더 정확하게 명중시키는지 내기를 하는 것 같았다. 나무 아래 꿇어 앉아 있는 사람들은 이른바 '오吳 방언'(소주 지역의 사투리)으로 스스로에게 저주를 퍼붓고 있었다.

"나는 우귀사신이다! 우귀사신은 바로 나다! 나는 죽어 마땅하다! 나를 타도하라! 나는 죽어 마땅하다! 나를 타도하라!"

사람들의 얼굴에는 잉크로 가위표시가 그려져 있었다. 도회지 비판투쟁대회와 별반 다를 바가 없는 모습이었다.

득도는 겨우 그녀를 찾아냈다. 한 무리의 사람들이 그녀를 둘러싸고 머리카락과 옷을 잡아 뜯고 있었다. 대부분 여자들이었다. 뭐라고 고함을 지르는 것 같은데 잘 들리지는 않았다.

"싫어!"

백야가 갑자기 고함을 질렀다. 득도는 다른 사람들의 목소리는 잘 듣지 못했으나 그녀의 목소리만은 귀에 똑똑히 박혔다. 그녀의 얼굴은 풀어헤친 긴 머리카락이 목에 건 낡아빠진 신발과 뒤엉켜 보이지 않았다. 그녀는 그러거나 말거나 또 한 번 소리를 질렀다. 그 모습이 마치 연극에 나오는 목을 매단 악귀를 방불케 했다.

"싫어! 싫어!"

득도는 이번에는 제대로 들었다. 그리고 문득 깨달았다. 그녀가 그를 발견하고 그에게 말을 한 것이었다. 그녀는 분명히 "싫다"고 했다. 대체 무슨 일이 있었던 것일까? 그녀는 지금 그에게 구원을 요청하고 있다! 어떻게 해야 하는가? 득도는 머릿속이 하얘져서 멍하니 서 있었다. 더 많은 폭도들이 그녀에게 달려들고 있었다. 더 이상 머뭇거릴 시간이 없었다. 번뜩 정신이 든 그는 마당 뒤편에 있는 대청으로 정신없이 뛰어갔다. 그곳에서 조반파 우두머리를 찾아 오곤과 백야가 혼인신고를 했다는 증명서를 보여줬다. 우두머리가 놀란 눈으로 득도를 쳐다봤다.

"당신이 오곤이오?"

득도는 고개를 저었다.

"아니오. 오곤은 혁명 때문에 짬을 낼 수 없어서 오지 못했소. 대신 나를 보내 그녀를 데려오도록 했소."

우두머리가 말을 더듬었다.

"하지만, 하지만 백야는 반혁명분자와……."

득도가 순간 우두머리의 멱살을 와락 잡고는 으르렁댔다.

"전화기 어디 있어?"

사태의 심각성을 눈치챈 우두머리는 찔끔했다. 사실 '오곤'이라고 하면 조반파들 중에서 모르는 사람이 없었다. 욱일승천하는 기세로 조반파 조직의 성급 지도자 자리를 꿰차고 있었으니까 말이다. 그런데 백야가 오곤의 아내라니?

"그럼 당신은 누구요?"

우두머리가 잔뜩 경계하는 표정을 지었다. 득도는 생각할 겨를도 없이 소리 질렀다.

"오빠요!"

우두머리가 잠시 멍한 표정을 짓더니 곧 부하들에게 소리쳤다.

"백야를 데려와. 아니, 회의실로 데려가!"

득도가 다시 고함을 질렀다.

"집으로 데려가도록 해주시오. 당장 집으로 돌려보내시오!"

우두머리가 다시 명령했다.

"집으로 돌려보내!"

좌중의 사내와 여자들은 흥분이 지나쳤는지 더러운 손으로 백야의 옷을 찢고 몸을 주무르고 있었다. 그러다 무슨 영문인지 몰라 득도 쪽을 흘낏거리더니 넘어진 백야를 일으켜 대문 밖으로 데려갔다. 득도는 눈을 감은 채 고개를 외로 꼬았다. 우두머리가 차를 가져왔다. 득도는 차를 한 모금 마시고는 주먹으로 책상을 쾅, 내리쳤다. 우두머리가 화들짝 놀라면서 득도의 눈치를 살폈다. 한참 지나도 득도가 아무 말도 하지 않자 주저리주저리 변명을 늘어놓기 시작했다.

"우리도 처음에는 당신의 여동생을 괴롭히려는 생각이 없었소. 하지만 자꾸 엉뚱한 행동을 하니 의심하지 않을 수 없었소. 게다가 가업당 노인네에게 몰래 소식을 알려주기까지 했지. 이건 틀림없는 사실이오. 우리가 다 확인했소. 그래서 개인 이력을 조사해봤더니 이건 뭐……. 가족들은 그런 일을 알고 있소? 그리고 오곤은? 오곤도 알고 있소?"

우두머리가 다시 의심의 눈초리를 보냈다.

"백야가 이미 결혼했다는 걸 여기서는 왜 아무도 몰랐을까?"

득도가 크게 한숨을 내쉬고는 갈라진 목소리로 말했다.

"과거? 엄청난 과거? 그녀가 모 주석을 배반했소? 그녀가 반동 표어를 썼소? 그녀가 사람을 죽이고 불을 지르기라도 했소? 그녀가 외국에 국가기밀을 빼돌렸소? 아니면 반동 여론을 살포했소? 잘 생각해보고 대답해주시오. 내가 돌아가서 오곤에게 전할 테니."

우두머리가 또다시 찔끔했다. 이어 억지웃음을 지으면서 연신 사과를 했다.

"미안하오, 미안하오. 뭔가 오해가 있었던 것 같소. 우리가 실수했소. 좋은 사람끼리 부딪친 것은 단순한 오해요. 좋은 사람이 나쁜 놈에게 당하는 것은 영광스러운 일이오. 또 좋은 사람이 나쁜 놈을 족치는 것은 당연한 일 아니겠소? 돌아가서 오곤에게 잘 말해주시오. 본의 아니게 좋은 사람을 오해해서 미안하다고 말이오. 대학생들 가운데 오곤처럼 깃발을 들고 일어선 사람은 몇 명 안 되오. 나는 그의 용기와 패기에 감복하오……."

득도는 속으로 안도의 한숨을 내쉬었다. 그제야 긴장이 풀리면서 등줄기에 식은땀이 흘렀다. 그는 비굴한 표정으로 쉴 새 없이 나불거리는 우두머리를 더 보고 있기도 싫었다. 서글픈 생각이 밀려들었다. 비열하고, 간교하고, 우매하고 야심만 가득한 오합지졸들이 강남의 아름다운 소도시에 거센 폭풍을 일으키면서 오곤 따위 인간들을 위한 대중적 기반을 형성하고 있는 것이 현실이었다. 득도는 이따위 무리에 들어가지 못해 안달복달하는 동생 득방이 갑자기 불쌍하게 느껴졌다.

제11장

어둠이 드리워지기 시작했다. 득도는 밭 사이로 난 오솔길을 따라 되돌아가고 있었다.

절강성 서북부에 위치한 이곳은 여성스러운 느낌의 평원이었다. 군데군데 도도록하게 부풀어 오른 작은 언덕이 부드러운 여성의 가슴을 연상케 했다. 더부룩하게 자란 식물군락, 크지 않지만 맑은 못, 군데군데 흩어진 대나무 숲과 관목 숲, 듬성듬성 한 줄로 늘어선 백양나무들, 그리고 수호신처럼 마을 입구에 떡 버티고 서 있는 늙은 녹나무……. 그것은 아름답고 신비로운 여인의 몸처럼 사람들의 호기심을 불러일으키기에 충분한 땅이었다.

멀리 보이는 두 개의 구릉 사이로 진주처럼 반짝이는 별이 빛났다. 멜대를 짊어진 농민의 모습이 보였다. 하루 일을 끝내고 집으로 돌아가는 길인 것 같았다. 길 양옆으로 펼쳐진 논밭에 한창 수확 중인 올벼와 갓 심은 늦벼가 어우러져 있었다. 꽤 넓은 뽕나무밭도 보였다.

잠시 후 날은 완전히 어두워졌다. 서쪽하늘에 유난히 밝게 빛나는 별이 보였다. 태백성(금성)이었다. 어렴풋이 보이던 먼 산의 윤곽이 어둠에 완전히 묻혀 보이지 않았다. 운하 수면 위에서 간혹 퍼덕거리는 소리가 들려왔다. 득도는 차나무 밭에 이르러 걸음을 멈췄다. 천성적으로 예민하고 감성적인 성격이 자연과 사람에 대한 깊은 생각에 빠지게 했다.

'지금 같은 때에도 자연은 경위가 분명하구나. 자연은 인간세상의 시시비비를 따지지 않고 침묵만 지키고 있구나.'

학교 운동장에서 불길이 하늘로 솟구쳤다. 사람들은 경쟁이라도 하듯 시뻘건 얼굴로 원고뭉치와 아름다운 연극 의상, 예쁜 여배우 사진들을 불속에 던져 넣고 있었다. 이제는 익숙해진 광경이었다. 방금 자연 속을 걸어오면서 '물'의 선의善意를 마음으로 느꼈던 득도에게 이곳은 모든 것을 삼켜버리는 '불'의 현장이었다. 그는 한 줄로 늘어선 삼나무 뒤편의 단층집을 향해 곧장 걸어갔다. 백야의 방은 불이 꺼져 있었다. 하지만 그는 백야가 집에 있다는 것을 알고 있었다. 그는 용기를 내 가까이 다가갔다. 예상대로 문은 잠겨 있지 않았다. 그는 가볍게 문을 두드렸다. 그녀의 목소리가 흘러나왔다.

"이제 왔군요."

득도는 들어가야 하나 말아야 하나 잠시 고민했다. 그녀의 목소리가 또 들려왔다.

"당신이 왜 날이 어두워진 뒤에 왔는지 알아요."

'그런 말은 안 하느니만 못해. 항씨 집안사람이었다면 절대 안 했을 거야. 우리는 해야 할 말과 하지 말아야 할 말을 정확하게 구분하거든. 어떤 말은 입 밖으로 내뱉기보다 속에 묻어두고 천천히 삭기를 기다리는 게 더 낫지. 나는 당신이 낮에 받은 상처가 아물기를 기다렸다가 밤에 찾아왔는데 당신은 굳이 그 상처들을 다시 헤집으려 하지. 마치 스스로를 파멸로 이끌기 위해 불행한 혼인을 선택한 것처럼 말이야. 하지만 이것만은 기억해줬으면 좋겠어. 당신은 이제 혼자가 아니야.'

득도는 생각에 잠긴 채 한참 동안 말없이 문밖에 서 있었다. 유리창에 비친 시뻘건 불길이 마치 모든 것을 흔적도 없이 빨아들이는 무저갱처럼 섬뜩하게 느껴졌다. 득도는 고개를 돌려 운동장을 바라보았다. 사람들이 집단으로 최면에 걸린 것처럼 산을 허물고 바다를 메울 기세로 광란의 진풍경을 연출하고 있었다. 그는 자신이 백야의 집과 운동장 사이에서 갈 곳을 잃은 미아처럼 느껴져 절망감에 빠졌다. 그는 누군가에게 등이라도 떠밀리듯 집의 문을 벌컥 열었다. 이어 어둠속에서 곧장 백야 옆으로 다가가 손을 내밀었다. 악수를 할까? 어깨를 두드려줄까? 그는 어느새 자기도 모르게 백야를 꽉 껴안고 있었다. 의도한 행동은 아니었지만 창밖에서는 시뻘건 불길이 치솟고 온 세상이 미쳐 돌아가는 판에 사람들에게 죽고 싶을 만큼 모욕을 당하고 돌아온 불쌍한 여자에게 그가 다른 무엇을 해줄 수 있을까?

그녀는 득도의 품에 가만히 안겨 있었다. 그녀의 입에서 깊은 한숨이 흘러나왔다. 둘 다 아무 말도 하지 않고 창밖의 광란의 파괴 소리와 환호성에 귀를 기울였다. 그녀의 몸에서는 한 점의 생기도 느껴지지 않았다. 득도는 마치 여자가 아닌 어린아이를 안고 있는 느낌이었다.

백야가 득도에게 귀엣말을 했다. 그것은 심사숙고 끝에 나온 말처럼 무겁고 느렸다.

"나는 내가 어리석은 사람이라는 것을 알고 있어요. 나와 당신은 경수涇水와 위수渭水처럼 서로 다른 사람이에요……."

득도는 백야가 더 말하지 못하게 그녀의 얼굴을 품속으로 끌어당겼다.

"당신은 내가 만난 남자들 중에 두 번째로 순결한 남자예요. ……내 말을 끝까지 들어줘요. 이미 더러워진 나를 다시 깨끗하게 만들기는 힘들 거예요. 바깥세상은 너무 더러워요. 내 오장육부에는 먼지가 꽉 들어찼어요."

백야는 마치 남의 말을 하듯 담담했다.

득도는 허리를 곧바로 세웠다. 이렇게라도 해야 자꾸만 튀어나오려는 예민한 영혼과 떨리는 심장을 진정시킬 수 있을 것 같았다. 그가 천천히 입을 열었다.

"너무 심각하게 생각하지 마오. 이 또한 지나갈 테니. 어떤 상황에서도 자신을 잃어서는 안 되오."

"그런 말은 귀에 못이 박히도록 들었어요. 아버지도 똑같은 말씀을 하셨어요. 하지만 나는 잘 알고 있어요. 그런 말을 하는 사람들도 정작 본인은 그런 의지가 없다는 것을요. 내 말이 무슨 뜻인 줄 알겠어요?"

"……."

"내 첫 번째 연인도 그런 말을 하고 나를 버렸어요. 그 말을 한 지 사흘 만에……."

"버린 것이 아니지 않소? '버렸다'는 표현은 좀 과한 것 같소."

"버린 것이 맞아요!"

백야가 득도의 품에서 빠져나왔다. 목소리는 여전히 낮았으나 말투가 빨라지고 있었다.

"자신의 생명의 일부를 이 더러운 세상에 내팽개친 것이 버린 것이 아니면 무엇인가요?"

"모든 사람이 다 그런 것은 아니오……."

"이를테면 당신? 당신은 그들과 다를 것 같죠? 이것 봐요. 내가 또 하지 말아야 할 말을 한 것 같군요. 당신은 오곤과는 많이 달라요. 하지만 공통점도 있어요. 당신과 오곤 둘 다 말 속에 뼈가 있어요. 그리고 겉으로 보이는 삶을 제외한 또 다른 삶이 있어요……."

"왜 그러오? 내가 한 말 때문에 화가 난 거요? 그런 거요?"

백야는 입을 다물어버렸다. 방안은 불을 켜지 않아 어두컴컴했다. 구석에 가만히 서 있는 그녀의 실루엣이 외로워보였다. 이윽고 그녀가 입을 열었다.

"그래요. 당신 때문에 화났어요. 당신이 내 어리석음을 또 한 번 증명해줬으니까요."

득도의 얼굴이 벌겋게 달아올랐다. 황급히 해명하려다보니 말을 더듬는 습관이 튀어나왔다.

"나, 나는 오, 오곤의 부탁을 받고……, 오곤이 도, 도와달라고 몇, 몇 번이나 부탁을 해서……."

"그 사람이 당신을 보냈겠죠. 하지만 당신 스스로 원해서 온 것도 있을 거예요. 나도 알아요. 내가 깨끗하지 못한 사람이라는 것을. 그들이 이유 없이 나를 능욕한 것이 아니었어요. 당신도 다 봤잖아요. 더러워요. 불결하고 구역질나요. 자업자득이죠 뭐. 스스로 파멸을 자초한 거죠."

득도는 말문이 막혔다. 그녀의 말은 틀리지 않았다. 오곤은 핑계일 뿐이었다. 분명히 그가 원해서 온 것이었다. 그는 그녀를 처음 본 순간 태어나서 처음으로 성性적인 아름다움에 눈을 떴다. 하지만 그 아름다움은 그의 눈앞에서 깨지고 없어지려 하고 있었다. 그는 미칠 것 같았다. 그 아름다움이 사라져서 없어져버린 세상은 상상도 하기 싫었다. 어떻게 해서든지 그 아름다움을 붙들어두고 싶었다. 그리고 그의 곁에 두고 싶었다. 오직 그만이 그녀를 보호하는 사명을 갖고 싶었다. 그녀의 아름다움은 죄악으로 가득찬 이 땅에서 반드시 성스럽게 남아 꽃을 피워야 했다.

백야는 창가로 다가가 커튼을 조금 열었다. 불빛이 쏟아져 들어왔다. 백야는 봉두난발이었다. 하지만 추하지 않았다. 아름답고 처연한 느낌마저 들었다. 그녀는 낮에 광분한 사람들에게 찢겨진 흰 셔츠를 그대로 입고 있었다. 셔츠 깃은 너덜너덜해지고 등 쪽은 뭉텅 찢겨져나가 맨살이 보였다. 그래도 그 모습이 보기 싫지 않았다. 그녀가 창밖을 바라보며 중얼거렸다.

"밖에서 뭘 하고 있는지 알아요? 사람들이 우리 도서관 책을 태우고 있어요."

"……중국 전역이 불타고 있소."

"'파괴의 열정은 곧 창조의 열정이다.'라는 말을 누가 했는지 알아요?"

백야가 고개를 돌렸다. 득도는 중국 전역을 휩쓸고 있는 또 다른 '어록'을 떠올렸다. 백야가 다시 고개를 돌려 창밖의 불길을 보면서 덧붙였다.

"러시아의 무정부주의자 바쿠닌이 100여 년 전에 한 말이에요. 이 얼마나 놀라운 우연의 일치인가요? 사람들이 지금 태우고 있는 것은 '사람을 홀리는 나쁜 물건'들이에요. 물론 나도 포함돼 있죠. 우리가 만약 중세시대에 살았다면 나는 아마 마녀로 몰려 화형당했을 거예요. '나쁜 여자가 남자를 더 잘 홀린다.'고 오곤이 말하지 않던가요?"

"오곤 얘기는 하지 마오. 지금은……."

백야의 쿡쿡 웃는 소리가 들려왔다. 득도는 백야의 웃는 얼굴을 상상할 수 있었다. 그것은 세상 무엇보다 아름다운 얼굴일 터였다. 백야가 커튼을 조금 더 열고 나지막이 읊었다.

"'내일 아침이면 하늘이 활짝 개리라. 아아, 얼마나 아름다운 삶인가! 마음이여, 저 하늘처럼 활짝 열려라.' 이건 누구의 시일까요?"

득도는 무겁게 고개를 저었다. 누구의 시인지는 알 수 없었으나 누가 그녀에게 이 시를 읊어줬는지는 알 것 같았다. 한편으로는 지금 이런 상황에서 그녀가 시를 읊을 수 있다는 것이 놀랍고도 신기했다.

"우리는 누구나 다 사랑이 무엇인지 몰라요. ……오곤은 줄곧 나를 갖고 싶어 했어요. 어쩌면 그가 생각하는 사랑은 정복욕일지도 모르죠."

백야가 천천히 득도 앞으로 다가왔다. 그리고는 책상을 가볍게 두드렸다.

"냉차를 두 잔 준비했어요. 당신이 올 줄 알았거든요. 고저 자순차예요."

둘은 책상을 사이에 두고 마주앉았다. 어둠 속에서 한동안 침묵이 흘렀다. 득도는 점심때 사놓은 종자를 꺼냈다. 이어 조심스럽게 껍질을 벗겨 백야에게 건넸다. 둘은 마치 오랜 세월 동안 알고 지내던 지인처럼 스스럼없이 냉차를 마시고 종자를 먹었다. 백야가 입을 열었다.

"안 그래도 배가 많이 고팠어요. 아까는 고마웠어요. 꼼짝없이 그들의 손에 죽는구나 생각했거든요."

"당신이 조금 더 일찍 항주에 왔더라면 좋았을 텐데. 아니 당신은 처음부터 이곳에 오지 말았어야 했소. 양진 선생을 돌봐드리는 일은 내가 할 일이오. 우리 남자들의 일이지."

"항주요? 항주에 왜 가요? 오곤과 결혼하러 가요? 내가 정말 오곤과 결혼할 거라고 생각해요? 그렇게 생각할 수도 있겠네요. 하긴 나도 내가 오곤과 결혼할 거라고 생각했으니까요. 너무 힘들어서 모든 것을 내려놓고 싶었어요. 스스로를 파멸의 길로 몰아 타락한 삶의 홀가분함을 느껴보고 싶었어요. 나도 예전에는 이런 사람이 아니었어요, 내 망령亡靈과 함께했던 그 세월 동안 말이에요. 아아, 아주 오래 전 얘기군요. 나는 그이와 함께 있을 때 가슴이 찢어지는 느낌밖에 없었어요. 내 말 알겠어요? 우리는 서로 사랑해서는 안 되는 사이였어요. 사랑은 우리 둘 다에게 독이었죠. 나도 그걸 잘 알고 있었어요. 내 머릿속의 세포 하나하나가 그이와 헤어지라고 나에게 명령했죠. 하지만 그이를 향한 사랑을 멈출 수 없었어요. 이 얼마나 가혹하고 잔인한 운명의 장난인가요? 나는 정말 무서워요. 지금 똑같은 과거가 반복되려고 하고 있어요. 내가 방금 당신의 품에 안긴 그 순간부터 말이에요. 무서워요. 당신은 온갖 시달림을 받다가 고통스럽게 죽을 거예요. 그러니 지금 당장 약속해줘요. 내 곁을 떠나줘요……."

득도는 말없이 자리에서 일어났다. 이어 그녀를 으스러질 듯 품속에 꽉 껴안았다. 그녀는 여전히 말을 멈추지 않았다. 달달한 종자의 향이 그녀의 따뜻한 입김을 타고 득도의 얼굴을 간질였다.

"……마지막 지푸라기라도 잡는 심정이 어떤 건지 알아요? 육체가 영혼의 무거움을 감당하지 못할 때 또 다른 육체의 개입이 필요할 수밖에 없었어요. 스스로 죄업을 쌓은 거죠. 오곤의 눈빛은 욕망으로 가득 차 있어요. 당신이 마음을 차분히 가라앉히고 오곤의 눈을 자세히 들여다보면 그의 내면에 수많은 욕망이 담겨 있다는 것을 발견할 수 있을 거예요. 그는 모든 걸 다 갖고 싶어 해요. 많으면 많을수록 좋아해요. 만족을 몰라요. 미안해요. 내가 또 쓸데없는 말을 했어요. 당신은 나보다 생일이 몇 달 빠르죠? 하지만 내 눈에 당신은 마냥 아이처럼 보여요. 나는 산전수전 다 겪었는데 당신은 아직 사랑에 눈도 뜨지 못했어요. 나는 항주를 떠나면서 심한 죄책감을 느꼈어요. 아무것도 모르는 당신을 유혹해 흔들리게 했어요. 나 스스로 자초한 불행으로 당신까지 힘들게 만들었어요. 정말 미안해요. 당신은 순결한 사람이에요. 당신이 찾아올 줄 알았어요. 당신이 이런저런 핑계를 대고 이곳으로 달려올 거라 예상했어요. 당신을 만날 생각에 설레면서도 두려웠어요. 그런데 당신은 하고 많은 이유 중에 왜 하필 제일 나쁜 이유를 택하셨나요? 무엇 때문에 오곤의 '사절' 역할을 떠맡았나요?"

백야가 살며시 득도를 밀치고 도로 자리에 앉았다. 그리고는 말없이 한 입 남은 종자를 입에 넣었다.

득도 역시 자리에 앉았다. 남은 종자를 입에 넣고 우물거렸다. 그러나 아무런 맛도 느껴지지 않았다. 그저 가슴이 울컥하고 목이 꽉 메어왔다. 백야가 한 말의 요지는 간단했다. 그는 그녀를 사랑하지만 그녀는 그를 사랑하지 않는다는 것, 그것이 다였다. 그녀는 지금 그가 손 내밀면 닿을 곳에 앉아 있었다. 그가 그녀를 안는다고 해도 그녀는 거부하지 않을 터였다. 어쩌면 기쁨과 안도의 미소를 지을지도 모를 일이었다. 하지만 그에게는 그녀를 안고 싶은 욕망이 더 이상 남아 있지 않았다. 남은 것은 고통뿐이었다. 그가 입을 열었다.

"당신을 사랑하오. 당신이 당신의 망령을 사랑하듯이."

"천만에요. 비교도 할 수 없을 거예요."

"방금 가슴이 찢어지는 느낌이라고 하지 않았소?"

백야가 일어서서 득도 옆으로 다가왔다. 종자의 향이 여전히 남아 있는 손으로 득도의 머리를 쓰다듬으며 처연한 말투로 물었다.

"당신도 가슴이 찢어지는 것 같은 느낌이 들었어요? 나 때문에? 당신은 나 때문에 당신 자신이 더럽혀지는 것이 두렵지 않아요?"

득도의 손이 백야의 옷자락에 닿았다. 그는 그것을 꽉 잡고 놓지 않았다. 순간 꾹꾹 눌러왔던 눈물이 터져 나왔다. 그의 가슴이 그에게 말해주고 있었다. 뼛속깊이 그녀를 사랑하고 있노라고. 온몸이 덜덜 떨리기 시작했다. 그는 그녀의 허리를 끌어안았다. 그의 손은 점점 미끄러져 그녀의 무릎까지 내려왔다. 그는 그녀의 발치에 꿇어앉은 채 그녀의 무릎을 안고 흐느꼈다. 갈기갈기 찢어진 가슴이 눈물로 변해 그녀의 무릎에 후두둑 떨어져 내렸다. 그녀도 무릎을 꿇었다. 그의 얼굴과 머리를 쓰다듬던 그녀의 손이 멈췄다. 그녀는 운명의 장난이 또다시 시작된 것이 두려운 듯 한참을 그렇게 가만히 있었다. 몇 초간의 정적이 흐른 후 둘은 누가 먼저랄 것도 없이 서로 부둥켜안고 통곡을 했다. 창밖 운동장에서 광란에 빠진 사람들의 환호성이 들려왔다. 두 사람의 울음소리는 환호성에 묻혀 들리지 않았다.

두 젊은이가 시뻘건 불길이 치솟는 학교 운동장 뒤편의 작은 단층집 방안에서 서로 부둥켜안고 오열하는 그 시각, 차 한 대가 절강성 서북쪽 도로를 은밀히 달리고 있었다.

오곤은 친히 지프로 양진을 압송하는 중이었다. 그에게는 다른 선택의 여지가 없었다. 자신의 정치적 입장을 분명히 보여주기 위해서는 이렇게 할 수밖에 없었다. 솔직히 처음에는 일부러 득도를 따돌릴 생각은 아니었다. 그때까지만 해도 양진에게 '문제'가 좀 있고 타격을 받을지도 모르겠다고 가볍게 생각했었다.

그는 양진의 '문제'가 이토록 심각한 것일 줄은 상상도 못했었다. 그가 상부로부터 모종의 통지를 받은 것은 득도가 호주로 떠나기 전이었다. 통지문에서는 "양진이 타도대상 명단에 오른 몇몇 고위직 인사 밑에서 일을 했을 뿐만 아니라 그들과 가까운 사이였다. 사실이 드러났으니 당장 항주로 압송해오라."고 엄히 전달하고 있었다.

벌써 자정이 넘었다. 양진은 지프 뒷좌석에 앉아 코를 골고 있었다. 차에 오르자마자 잠에 빠져든 것이다. 덕분에 오곤은 양진의 얼굴을 자세히 살펴볼 수 있었다. 따지고 보면 양진과 오곤 두 사람의 관계는 매우 복잡했다. 하지만 오곤은 양진에 대해 아는 것이 별로 없었다. 심지어 양진이 그를 알고 있는지도 모르고 있었다. 오곤은 자신의 신분을 꽁꽁 숨기고 드러내지 않았다. 물론 이제 장인어른이 된 양진을 볼 낯이 없어서는 아니었다. 그는 양진을 가족으로 생각하지도 않았다. 다만 일을 크게 만들지 않으려는 것이었다. 무엇이든지 도가 지나치면 곤란한 법이 아니던가. 오곤은 양진의 코고는 소리를 들으면서 생각에 잠겼다.

'이번 정치운동은 이제 막 시작이야. 흐지부지 끝날 것 같지가 않아. 이런 역사적 기회를 잘 잡아야 해. 왕후장상의 씨가 따로 있어?'

장흥長興으로 가려면 호주를 지나야 했다. 호주 남심진에는 그의 법적 아내인 백야가 있었다. 하지만 그는 백야를 만나러 갈 생각이 없었다. 백야가 보고 싶기는 했으나 아직은 때가 아니었다. 적어도 그녀가 화를 풀고 그의 품에 안길 때까지는 양진의 일을 철저하게 비밀에 부쳐야 했다. 그는 그녀와 함께 보낸 그날 밤을 떠올릴 때마다 온몸에 전율이 느껴졌다. 아직 결혼식을 치르지 않았기 때문에 '첫날밤'이라고 하기에는 애매하지만 얼마나 황홀한 밤이었던가. 그는 백야가 그에게 화가 나서 연락도 없고 항주로 오지도 않는 것이라고 믿고 있었다. 하지만 걱정도 되지 않았다. 혼인신고도 했겠다, '첫날밤'도 보냈겠다, 이제 그녀는 빼도 박도 못하고 그의 아내가 된 것이다. 그랬으니 백야 쪽은 별 걱정이 안 됐다. 대신 득도가 새로운 골칫거리가 됐다. 그는 백야를 데려오는 일을 득도에게 부탁할 때까지만 해도 정말 아무 생각이 없었다. 말 그대로 짬을 내기 힘들어서 부탁한 것뿐이었다. 게다가 양진을 압송하라는 비밀통지문도 내려왔다. 눈치 빠른 그는 득도가 백야에게 첫눈에 반했다는 사실을 잘 알고 있었다. 그런 득도를 보면서 '책벌레'인 줄 알았는데 여자 보는 눈은 있다고 속으로 비웃었다. 그래도 백야를 득도에게 빼앗기지 않을까 하는 걱정 따위는 눈곱만큼도 하지 않았다. 쟁쟁한 경쟁자들을 제치고 '내 것'으로 만든 여자를 하루 종일 골동품을 붙들고 씨름할 줄밖에 모르는 '샌님'에게 빼앗기겠는가?

'짝사랑은 죄가 아니라고 했어. 오르지 못할 나무를 쳐다보면서 혼자 애끓는 짝사랑을 실컷 해보라지.'

오곤은 속으로 조용히 중얼거렸다. 미인을 독차지한 승리자만이 느낄 법한 오만한 감정을 느긋하게 즐겼다. 그렇다고 득도가 밉거나 싫은 것은 아니었다. 더 정확히 말하면 그는 득도를 좋아하고 있었다. 그는 동년배 중에서 득도만큼 학술적 내공이 깊은 사람을 보지 못했다. 게다가 득도의 맑은 심성과 겸손한 언행도 마음에 들었다. "군자는 여색을 좋아하나 난잡하지 않다. 정이 일어나도 예에서 그친다."라는 옛말이 있다. 그는 득도가 그런 사람이라고 믿고 있었다.

'괜찮을 거야. 득도라면 안심할 수 있어.'

오곤은 스스로를 위안하듯 속으로 되뇌었다. 하지만 놀랍게도 은근한 불안감이 떨쳐지지 않았다. 지프는 어느덧 남심진을 지나고 있었다.

그가 운전사에게 특별히 부탁해 남심진을 경유하게 한 것이었다.

'득도와 백야는 이미 항주에 도착했을지도 몰라.'

오곤은 마음이 급해졌다. 바로 운전수를 재촉했다.

"더 빨리 갈 수 없어요?"

드디어 항주에 도착했다. 날이 희미하게 밝아오고 있었다. 양진도 잠에서 깼다. 차에서 내린 그는 민남인閩南人(복건성 남부지역 태생) 특유의 쑥 들어간 눈으로 오곤을 똑바로 바라보면서 입을 열었다.

"어젯밤에는 자세히 보지 못했네. 이제 제대로 보이는군."

오곤은 가슴이 철렁했다. 양진은 만만치 않은 상대였다.

'처음부터 나를 알아본 건가? 그래, 틀림없어. 내가 누군지 알았기 때문에 차에 오르자마자 푹 잘 수 있었던 게 틀림없어.'

오곤은 머리를 굴리느라 바빴다. 양진은 그런 사실을 아는지 모르는지 오곤에게 더 생각할 시간도 주지 않고 다시 입을 열었다.

"사진과 실물이 많이 다르군. ……백야가 인사시키러 오지 않은 이유를 알겠어."

"하하, 설마 제가 아버님의 마음에 들지 않을까 걱정한 건 아니겠죠?"

오곤이 슬며시 웃으면서 뼈 있는 말을 내뱉었다.

"나는 자네와의 결혼을 허락할 생각이 없네. 자네는 나에 대해 엄청나게 신경 쓰고 있어. 겉으로는 안 그런 척하면서 말이야. 나는 자면서 자네에 대해 연구를 좀 했어. 다른 사람을 보내도 되는데 굳이 자네가 직접 나를 잡으러 온 이유가 뭘까? 다른 사람을 믿지 못하기 때문이지. 혹시나 나를 잡아오지 못하면 할 말이 없을 테니 말이야. 내 말이 맞지?"

오곤의 두 눈이 휘둥그레졌다. 양진이 시내 안의 여느 '우귀사신'들과는 다를 거라고 짐작하기는 했지만 이 정도일 줄은 몰랐던 것이다.

'망할 놈의 늙다리 같으니라고. 산속에 묻혀 살다보니 세상이 어떻게 돌아가고 있는지 전혀 모르고 있는 것이 틀림없어. 발등에 불이 떨어졌는데도 입만 살아서 나불대고 있어.'

오곤은 화가 머리끝까지 치밀어 올랐으나 마땅히 반박할 말을 찾지 못했다. 순간 '괄목상대'라는 말의 참뜻을 알 것 같았다.

'이 늙다리는 정치판에서 오래 굴러본 사람이야. 만만한 상대가 아니야.'

오곤은 속으로 조용히 부르짖으면서 양진과 입씨름할 생각을 접고 부하에게 명령을 내렸다.

"일단 가둬놔!"

날이 완전히 밝았다. 오곤은 손목시계를 보고 '신혼집'으로 걸음을 재촉했다. 그러나 '신혼집'에는 사람이 없었다. 그는 잠깐 고민하다가 득도의 숙소로 달려갔다. 거기도 비어 있었다. 득도와 백야는 아직 돌아오지 않은 것이 틀림없었다. 그는 백야에게 전화를 걸었다. 받는 사람이 없었다. 그는 전화기를 던지듯 내려놓았다. 걱정과 불안감이 태산처럼 밀려왔다. 그때 조쟁쟁이 활짝 웃는 얼굴로 뛰어오더니 엄지손가락을 치켜들면서 말했다.

"전우, 성공적으로 임무를 완수했군요. 축하해요. 대의멸친한 당신은 진정한 영웅이에요."

"과찬이오! 대의멸친까지는 아직 멀었소."

오곤이 억지웃음을 지었다.

"조만간 그렇게 될 거예요!"

조쟁쟁의 대답은 짧고 단호했다.

득도는 날이 밝아올 무렵, 백야를 데리고 남심진을 떠났다. 학교 대문을 나올 때였다. 텅 빈 경비실에서 요란한 전화벨 소리가 울렸다. 둘은 걸음을 멈추고 지난밤 광란의 흔적이 고스란히 남아 있는 운동장을 뒤돌아봤다. 밤새도록 사람들이 태워버린 것은 다른 것이 아니었다. 둘의 영혼이 필요로 하는 것들이었다. 하지만 그것들은 이미 사라졌다. 더 이상 이곳에 머물 이유가 없었다. 전화벨 소리는 끈질기게도 울렸다. 하지만 둘 다 그쪽으로는 눈길도 돌리지 않았다. 그것은 이미 불타버린 세상에 속하는 소리였다. 그들에게는 들을 필요도 없고 듣고 싶지도 않은 소리였다.

둘은 부랴부랴 장흥 고저산 아래에 도착했다. 아니나 다를까, 청천벽력 같은 소식이 기다리고 있었다. 어젯밤에 강남대학 사람들이 와서 양진을 데리고 갔다는 소식이었다. 득도는 자신의 귀를 의심했다. 강남대학이라면 자신이 근무하는 학교인데 어떻게 아무런 낌새도 채지 못했단 말인가? 노동개조 농장의 관리자는 백야와 구면인 듯했다.

"지금은 남아 있는 사람도 별로 없소. 대부분 기존 직장으로 압송돼갔지. 양진 선생은 그나마 늦게 간 거요. 여기 봐 봐요. 데리러 온 사람의 서명이오."

득도는 자신의 눈을 의심했다. 서명 난에 오곤의 이름이 버젓이 적혀 있었던 것이다. 그의 친필서명이 확실했다.

"데리러 온 사람이 오곤 본인 맞아요?"

농장 관리자는 귀찮은 표정을 지었다.

"다 비슷비슷한 나이의 젊은이들이었소. 한두 사람도 아니고 누가 누군지 어떻게 알겠소? 사전에 전화연락도 받았고, 직인도 확인했는데 뭐가 문제요? 아무 때건 잡혀갈 사람인데 누가 와서 잡아가든 무슨 상관이오?"

득도의 표정이 험상궂게 변했다. 농장 관리자의 말투가 거슬렸던 것이다. 백야가 눈짓으로 득도를 말린 다음 웃는 얼굴로 관리자에게 말했다.

"아버지 방에 좀 가볼 수 있을까요?"

여자의 미모는 '출입증'이라고 했다. 농장관리자는 선선히 승낙해주었다.

양진의 방은 별로 크지 않았다. 남아 있는 물건도 별로 없었다. 백야가 침대와 문틈 사이를 샅샅이 뒤지고 있을 때였다. 득도는 벽에 걸려 있는 신문지 틈에서 낡은 흑백사진을 한 장 발견했다. 백야와 학우들이 함께 찍은 단체사진이었다. 득도가 백야를 불렀다.

"여기, 머리에 동그라미를 쳐놓은 사람이 오곤 아니오?"

백야가 득도의 말을 듣고 사진을 보더니 침대에 털썩 주저앉았다.

"이 사진은 아버지가 요구하셔서 제가 부쳐드린 거예요. 사진을 보내면서 누가 그 사람인지 알려드렸죠. 이제 알겠어요. 아버지는 그가 왔다갔다는 사실을 우리에게 알려주신 거예요. 안 그러면 굳이 그의 머리에 동그라미 표시를 할 까닭이 없죠."

백야의 얼굴에 수심이 가득했다. 득도는 그런 그녀를 보자 가슴이 아려왔다.

"이렇게 된 게 오히려 새옹지마일 수도 있소. 어쩌면 오곤은 당신을 생각해서 직접 양 선생님을 데리러 왔을지도 모르오."

백야가 고개를 저으면서 한숨을 쉬었다.

"당신은 그 사람이 어떤 사람인지 몰라요. 그는 자신에게 이득이 되지 않는 일은 절대 하지 않아요. 제 아버지를 직접 데려간 것도 틀림없이 그럴 만한 이유가 있었을 거예요."

백야와 득도가 꾸물거리자 그예 농장 관리자가 참지 못하고 들어와 빨리 나가라고 윽박질렀다. 백야가 표정이 변하는 득도를 밖으로 끌고 나가면서 말했다.

"이런 건 아무것도 아니에요."

백야는 하룻밤 사이에 부쩍 초췌해졌다. 득도가 그 모습을 보고 안타까운 듯 말했다.

"다른 사람이 당신을 함부로 대하는 걸 보면 나도 모르게 화가 나오."

"그건 당신이 아직 사람을 많이 만나보지 않아서 그래요. 버스가 오려면 한참을 기다려야 하니 우리 저 앞에 있는 명월협明月峽에 가볼까요? 초패왕楚霸王(항우項羽)의 피난처로도 알려진 곳이죠. 아버지와 함께 갔다가 운 좋게 마애석각을 발견했었죠."

득도가 놀란 표정으로 말했다.

"나도 반년 전에 이곳에 현지답사를 오려고 준비했었소. '명월협에서 차나무가 처음 자랐다.'라는 기록도 있지 않소. 여기가 협곡 입구요? 다른 곳과 느낌이 확연히 다르군. 수많은 명사들이 이곳을 다녀갔소. 이를테면 육우, 교연皎然(당나라 중기의 선승 겸 시인), 10년 만에 양주揚州의 꿈같은 기루妓樓 생활에서 깨어났다는 두목杜牧(만당 전기의 시인), 안진경顏真卿(당나라의 서예가), 피일휴皮日休(당나라 말기의 문학가), 육구몽陸龜蒙(당나라 때의 시인) 등의 인물들이오. 그중에서도 육구몽은 이곳에 차나무 밭을 만들었소. 혹시 고저산 토지묘에 가봤소? 그곳에 천수자天隨子라는 사람이 쓴 대련對聯이 있다고 들었소. 천수자가 바로 육구몽이오."

득도가 말을 하다 말고 문득 걸음을 멈췄다.

"내가 연구한 바에 의하면 이 길을 따라 쭉 걸어가면 강소성 의흥宜興에 닿을 거요."

명월협 양옆에는 높게 뻗은 대나무들이 무성하게 자라고 있었다. 득도는 그 모습을 보는 순간 육우가 태자의 스승 자리도 마다하고 이곳에 머물렀던 이유를 알 것 같았다. 말 그대로 '신선들의 거처'로 손색이 없다는 생각이 들었다.

둘은 말없이 왔던 길을 되돌아 나왔다. 이윽고 백야가 입을 열었다.

"혹시 이곳에서 은거생활을 하면 행복할 것 같다는 생각을 했어요?"

득도가 백야의 어깨를 감싸 안으면서 높은 목소리로 말했다.

"그건 당신을 만나기 전의 일이오. 지금은 그렇게 생각하지 않소. 초패왕이 이곳에서 군사를 일으켰다고 들었소."

"당신도 군사를 일으킬 생각인가요?"

"만약 내가 오곤과 똑같은 배역을 맡았더라면, 그리고 양 선생님을 데리고 간 사람이 오곤이 아닌 나였다면 당신은 아무 걱정 안 해도 됐을 거요. 사랑하는 사람을 지켜주지 못하는 사람은 한 푼의 가치도 없는 사람이라고 당신이 어젯밤에 말하지 않았소?"

"나는 그런 말을 한 적이 없어요……."

"아무튼 나는 그렇게 이해했소. 나는 당신을 끝까지 책임질 거요. 그리고 힘도 기를 거요."

"당신은 지금도 충분히 힘이 있어요."

"나는 내 치명적인 약점을 알고 있소. 권력을 배척하고, 강해 보이는 것들을 싫어하는 것이지. 하지만 이제부터 나 자신을 바꿀 거요. 당신을 지키기 위해 힘을 기를 거요."

"초패왕이 되고 싶어요? 당신은 초패왕보다 육우를 더 많이 닮았어요."

"지금 상황에서는 천하의 육우도 초패왕이 되지 않고는 못 배길 거요."

"당신이 걱정돼요."

백야가 득도의 어깨에 살며시 머리를 기댔다.

"다른 사람 때문에 스스로를 바꾸지 말아요."

"당신 때문이 아닐 수도 있소. 나도 오랜 고민 끝에 앞으로의 삶을 어떻게 살아야 할지 마음을 굳혔소."

득도가 손으로 백야의 얼굴을 조심스럽게 쓰다듬었다. 사진에서 봤던 희고 가녀린 목이 득도의 시선을 숨 막히게 사로잡고 있었다. 곧 그가 맹세하듯 말했다.

"아무튼 더 이상 예전처럼 살지 않을 거요."

득도는 백야의 목에 살며시 입술을 가져다댔다. 꿈에 그리던 황홀한 느낌이었다. 시원한 바람이 불어왔다. 대나무 숲이 쇄쇄 소리를 냈다. 차나무는 어디로 숨었는지 한 그루도 보이지 않았다.

득도와 백야는 밤차를 타고 항주로 돌아왔다. 차안에서 둘은 서로 꼭 붙어서 한 순간도 떨어지지 않았다. 늦어서야 강남대학에 있는 득도의 숙소에 도착한 둘은 지금까지 아무 일도 없었던 것처럼 아무 말도 하지 않았다. 서재 책상 위에는 백야의 사진이 그대로 놓여 있었다. 득도는 짐을 내려놓고 사진을 집어 들었다. 이어 백야의 얼굴을 돌아본 후 사진 속 여인에게 입을 맞추면서 세상을 다 가진 듯한 행복한 표정을 지었다. 백야는 와락 득도를 껴안았다. 득도의 이마에 입을 맞추는 그녀의 눈에 눈물이 글썽였다. 그리고 입을 열었다.

"오곤을 불러와요. 당신은 아무 말도 하지 말아요. 내가 그에게 모든 것을 설명해주겠어요."

득도도 이미 각오가 돼 있었다. 사실 각오라 할 것도 없었다. 오곤이 어떻게 나올지 전혀 알 수 없는 상황에서 그가 미리 대비할 것은 아무것도 없었다. 득도는 오곤의 광분을 예상하면서 천천히 전화기를 들었다.

"백야가 돌아왔소. 지금 내 숙소에 있소."

전화기 너머에서 전혀 예상 밖의 말이 들려왔다.

"알겠으니 자네는 얼른 사람들을 데리고 영은사로 가보오. 홍위병들이 장비를 들고 그리로 몰려갔소. 백야에게 조금만 기다려달라고 전해주오. 내가 여기 일을 마무리 짓고 곧 데리러 갈 테니."

오곤은 다짜고짜 자기 할 말만 하고 전화를 끊었다. 득도는 전화기를 든 채 한참을 멍하니 서 있었다. 다시 전화를 걸었더니 이번에는 젊은 여자가 받았다.

"오 사령관님은 지금 안 계시는데요. 용건이 뭐예요?"

득도는 백야에게 상황을 설명했다. 백야가 창백한 얼굴에 처연한 미소를 지으면서 말했다.

"나도 당신과 함께 영은사로 가고 싶어요. 하지만 오곤이 지금 이리로 오고 있을지도 몰라요. 어차피 한 번은 부딪쳐야 해요. 기왕에 빨리 말해주는 게 낫겠죠? 당신 생각은 어때요?"

득도는 으스러질 듯이 백야를 껴안았다. 어젯밤부터 오늘까지 그는 백야를 몇 번이나 안았는지 모른다. 하지만 신기하게도 백야의 몸을 탐하고 싶은 욕정은 한 번도 들지 않았다. 마치 아버지가 딸을 사랑하듯 그저 보듬어주고 싶고 지켜주고 싶은 마음뿐이었다. 결혼은커녕 연애도 해보지 못한 그에게 부성애가 생겨났다는 것이 신기했다. 그가 부드러운 목소리로 말했다.

"당신을 내 배 속에 집어넣고 싶소. 당신이 다른 사람들에게 상처받지 않고 영원히 나와 함께 할 수 있게 말이오. 표현이 과격했다면 미안하오. 동물들도 자기 새끼는 잡아먹지 않는다는데. 내가 당신을 너무 사랑해서 변태가 돼가나 보오. 마치 내가 당신을 백년 넘게 사랑해온 느낌이오. 당신은 태어난 그 순간부터 내 연인이었소. 어떤 일이 있어도 나를 기다려줘야 하오. 당신을 두고 떠나려니 발걸음이 떨어지지 않는구려. 그와 당신 단둘이 남아서 얘기하는 모습을 상상하니 질투심도 생기오. 당신을 더 안아줄 수 없어서 미안하오. 홍위병들의 손에서 영은사를 구하기 위해 가봐야겠소. 안녕……."

득도는 고개를 저으면서 미소 짓는 백야를 남겨두고 서둘러 영은사로 향했다. 그의 불길한 예감은 적중했다. 다시 돌아왔을 때 방안에 백야는 없었다. 오곤 혼자 책상 앞에 서서 싸늘한 웃음을 짓고 있었다.

'그래, 차라리 잘됐어. 툭 터놓고 결판을 내자.'

모질게 결심을 하니 마음이 조금 편해졌다. 둘은 책상을 사이에 두고 마주 섰다. 친구 사이였던 두 사람은 이제 철저하게 남남이 됐다. 오곤이 먼저 입을 열었다.

"양진은 우리 조직의 손에 있네. 우귀사신에게는 무산계급의 재판이 필요하지. 장인어른이라고 봐주는 법은 없어."

득도는 가슴이 철렁 내려앉았다. 무더운 한여름임에도 불구하고 오곤의 말에서는 얼음장 같은 냉기가 흘렀다.

"백야는 어디 있나?"

"자네가 무슨 상관인데?"

"말해주게!"

오곤의 목소리는 한껏 낮아져 비아냥에 가까웠다.

"좋아, 알려주지. 그녀는 북경으로 돌아갔네. 북경에 있는 계부와 모친이 자멸을 택했거든. 하나밖에 없는 딸이 가봐야지, 안 그런가?"

득도는 온몸이 덜덜 떨렸다. 하지만 이쯤에서 주저앉을 그가 아니었다.

"그녀가 돌아올 때까지 기다리겠네."

오곤이 쿡쿡 웃었다.

"그녀가 자네 품으로 돌아올 거라 생각하는가? 잊지 말게. 그녀는 내 법적인 아내야."

득도는 지지 않고 맞받아쳤다.

"당연히 알고 있지. 단지 법적인 아내라는 걸."

"그거면 충분해. 어디 두고 봐!"

오곤은 끝까지 평정심을 잃지 않고 성큼성큼 문가로 걸어갔다. 그러더니 갑자기 몸을 홱 돌려 책상 위에 있는 백야의 사진을 집어 들었다. 득도가 미처 말릴 사이도 없이 액자를 바닥에 내동댕이쳤다. 다시 고개를 든 오곤의 얼굴은 분노로 험상궂게 일그러져 있었다. 눈에는 눈물이 가득 고여 있었다. 득도가 지금껏 한 번도 보지 못한 낯선 얼굴이었다.

제12장

모택동이 천안문에서 홍위병들에게 '총궐기'를 명령한 '8.18사건' 이후 '혁명 용사'들의 행동은 더욱 과격해졌다. '네 가지 낡은 것'을 부수던 것에 그치지 않고 사원, 불상, 고분, 문물을 닥치는 대로 파괴하고 서화작품과 무대의상까지 다 불태웠다. 항주에 있는 평호平湖 추월비秋月碑, 호포虎跑 노호소상비老虎塑像碑, 악분岳墳 진회상秦檜像도 재앙을 비껴가지 못했다.

항씨 가족들 중에서 이번 '혁명'에 제일 적극적으로 뛰어든 사람은 단연 득방이었다. 그가 전우들과 함께 획책한 '영은사 훼손 계획'은 일단 수포로 돌아갔다. 그래도 부술 건 부수고, 잡아들일 사람은 다 잡아들였다. 비판투쟁도 빠짐없이 다했다. 그러다 보니 항주 시내에는 이제 남은 것이 없었다. 물론 영은사처럼 보기 드문 예외도 있기는 했다. 급기야 득방은 항주가 너무 작다고 생각했다. 그는 더 큰 '전장'을 원했다. 항주보다 더 큰 '전장'이라면 당연히 북경이었다. 그는 북경으로 출발하기 전에 부모님이 외양간에 갇혔다는 소식을 들었다. 하지만 놀라지 않았다. 그는 아버지와 어머니에게 편지를 보냈다.

"지금은 어쩔 수 없이 두 분과 연을 끊습니다. 당신들이 반혁명분자가 아니라는 증거가 아직 없기 때문입니다. 심사가 끝나고 두 분이 다시 인민의 품으로 돌아오면 저도 당신들의 품으로 돌아갈 것입니다. 하지만 당신들이 '인민의 적'으로 판정받는다면 저도 어쩔 수 없습니다. 두 개의 계급 진영이 서로 맞붙을 때 다시 보도록 합시다."

대충 이런 내용이었다. 득방은 쫓기듯 황급히 항주를 떠났다. 부모의 혐의에 연루되고 싶지 않았을 것이다. 가는 날이 장날이라고 마침 북경에서 모 주석이 또 홍위병들을 접견하고 있었다. 이번에 모 주석의 접견을 받은 조직은 절강미술대학 홍위병 전투대였다.

홍위병 대표가 천안문 성루에 오르자 우렁찬 환호소리와 박수소리가 천지를 뒤흔들었다. 득방도 목이 터져라 고함을 지르고 팔이 빠지도록 박수를 쳤다. 모 주석의 얼굴도 봤겠다, 북경에 더 머물 이유가 없게 된 득방은 남하하는 기차에 올랐다. 하지만 항주로 돌아갈 생각은 없었다. 그는 다른 도시들을 돌면서 다른 홍위병조직들의 '혁명' 상황을 알아보기로 마음을 굳혔다.

그동안 고향에 남은 '혁명 용사'들도 가만히 앉아 있지 않았다. 다양한 명칭의 '사령부'와 '사령관'이 우후죽순처럼 생겨났다. 사령관들은 각자의 이익에 부합하는 '선언'들을 하루가 멀다 하고 발표했다. 그중에서도 '어리석은 백성'들을 크게 각성시킨 것은 모 홍위병 사령부가 발표한 '혈통론' 관련 선언이었다.

혁명의 시대에 파벌 간 피 터지는 투쟁은 당연한 수순이었다. 유혈사태도 심심찮게 발생했다. 이들은 서로를 견제하는 와중에도 '자산계급 반동노선을 배척하는 위대한 사명'은 한시도 잊지 않았다. '외부의 적'을 물리칠 때에는 힘을 합치고 위험요인이 사라진 뒤에는 아귀다툼을 벌이는 꼴이었다.

득방이 섬서陝西성 연안延安에서 항주로 돌아왔을 때는 어느덧 날이 많이 선선해져 있었다. 거리의 분위기는 여전했다. 서호 호숫가에도 "폭격하자!", "불태우자!", "타도하자!", "기름에 튀기자!" 등 열의에 찬 구호들이 가득 붙어 있었다. 득방은 잠시 헤어졌던 연인을 다시 만난 듯 친밀감을 느꼈다. 물론 그 대상이 서호인지 열의에 불타는 구호들인지는 알 수 없었다.

그는 집에 큰 변고가 생겼다는 사실을 전혀 모르고 있었다. 그동안 가족들과 연락이 완전히 끊어졌기 때문이었다. 그는 어디로 가야 할지 잠깐 고민했다. 당연히 마파항馬坡巷에 있는 자신의 집으로 가면 됐겠지만 3개월 전에 홍위병들을 끌고 가서 집을 난장판으로 만들었던 일을 떠올리니 차마 그쪽으로 발길이 떨어지지 않았다. 그는 고민 끝에 양패두 큰할아버지 댁으로 향했다. 가족들 중에서도 제일 보고 싶은 사람은 어머니였다. 그는 '혁명' 초기에 자신의 입장을 표명하는 편지를 어머니에게 보낸 이후 한 번도 어머니 얼굴을 보지 못했다. 어머니 생각을 하니 조금 불안하기도 들었다.

"어머니는 화가 많이 났을 거야. 어머니는 참 유치해. 아이들처럼 쉽게 화를 내고 또 쉽게 풀어지니 말이야."

그러나 집에는 요코 할머니뿐이었다. 요코는 득방을 본 순간 다리 힘이 풀렸는지 털썩 주저앉았다. 득방은 잡다한 짐들을 내려놓고 할머니를 위로했다.

"할머니, 걱정 마세요. 항일 영웅과 열사 유가족은 비판대상이 아니에요."

좀체 흥분하지 않는 요코가 벌떡 일어나더니 득방을 덥석 껴안았다. 그리고는 알아들을 수 없을 정도로 작은 소리로 중얼거렸다.

"네 어머니가 죽었어……."

득방은 할머니의 말을 용케도 알아들었다.

"어머니가 죽었어요……?"

득방은 할머니의 과격한 애정표현에 쑥스러운 미소를 지으면서 앵무새처럼 할머니의 말을 따라 했다. 하지만 그 미소는 이내 공포로 바뀌었다. 위로 치켜 올라간 굵고 짙은 눈썹에 땀방울이 송골송골 맺혔다.

그는 자신이 뭐라고 하는지도 몰랐다. 다만 어머니가 외양간에 갇혔다가 우물에 뛰어들어 죽음을 택했다는 말만 귀에 들어왔다. 그는 대경실색한 채 주위를 둘러봤다. 언제 왔는지 나이 지긋한 여자 몇몇이 옆에 서 있었다. 그의 입에서 엉겁결에 엉뚱한 말이 튀어나왔다.

"어머니는 스스로 인민과 당에서 멀어지는 길을 택했어요."

득방은 자신이 한 말에 소스라칠 듯 놀랐다. 동시에 거대한 슬픔과 두려움이 몰려왔다. 너무 두렵고 무서워서 머리카락이 치솟는 느낌이었다. 그는 우악스럽게 머리카락을 아래로 잡아당겼다. 입술과 눈이 물이 빠져나간 모래바닥처럼 바싹바싹 타들어갔다. 요코가 손에 들고 있던 걸레로 득방의 입을 마구 문지르면서 울음 섞인 목소리로 소리쳤다.

"퉤퉤, 얼른 퉤퉤 해. 네가 방금 한 말 얼른 취소해. 얼른."

득방은 바닥에 풀썩 주저앉았다. 이어 퉤퉤! 하고 소리를 질렀다. 그러나 이내 소스라치듯 다시 벌떡 일어났다.

"어머니!"

득방은 정신없이 대문 밖으로 달려 나갔다. 거리의 풍경은 여전했다. 도처에 붉은 깃발이 휼날렸다. 눈을 찌르는 표어 천지였다. 하늘은 구름 한 점 없이 맑았다. 뒤에서 누군가의 고함소리가 들려왔다.

"득방, 돌아와. 네 아버지와 할아버지 둘 다 집에 안 계신다. 빨리 돌아와, 어머니 뵈러 가야지!"

득방은 미친 사람처럼 뛰어다녔다. 요코로서는 도저히 득방을 따라잡을 수가 없었다. 요코는 급기야 영상을 불렀다.

"영상, 얼른 오빠를 데려와."

영상은 울면서 오빠 뒤를 쫓아갔다.

"오빠, 마파항에 가면 안 돼요. 마시가馬市街에 가면 안 돼요!"

득방이 걸음을 멈추고 씩씩거리면서 고함을 질렀다.

"너 똑바로 말해! 대체 어디로 가지 말라는 거야?"

영상이 훌쩍이면서 대답했다.

"둘 다 안 돼요. 할아버지는 학습반(외양간)에 들어갔어요. 고모할머니 집도 압수수색당했어요……."

"아버지는? 아버지도 외양간에 갇혔어?"

물어보나마나한 질문이었다. 아버지, 고모할머니와 같은 사람들이 외양간에 들어가지 않으면 누가 들어간단 말인가? 방월 삼촌은 항씨 집안에서 제일 먼저 외양간에 들어갔다. 망우 삼촌은 원래 살던 산으로 돌아갔다. 아마 그곳에서도 외양간에 들어가는 비운을 면치 못했을 것이다. 포랑 삼촌은 외양간에 들어가지 않았다. 하지만 하루 종일 석탄먼지를 뒤집어쓰고 삽질하는 삶이 외양간에 갇혀 있는 것보다 나을 게 있겠는가? 그렇다면 외양간에 들어가지 않은 사람이 누가 있지? 득방은 하늘을 올려다봤다. 갑자기 하늘 아래 온 세상이 외양간으로 꽉 차 있는 느낌이 들었다. 머리가 어질어질해지면서 아무 생각도 나지 않았다.

그야말로 지푸라기라도 잡고 싶은 간절한 심정이었다.

'아니야, 항씨 집안에도 외양간에 들어가지 않은 사람이 분명히 있을 거야. 정신을 차리고 잘 생각해보자.'

득방은 손으로 얼굴을 쓱 훑었다. 차가운 기운이 느껴지면서 찬물을 뒤집어쓴 것처럼 갑자기 눈앞이 환해졌다.

"맞아, 가화 할아버지. 항씨 집안의 기둥이신 가화 할아버지가 계셨어."

득방은 철이 들면서부터 지금까지 가화 할아버지를 존경하긴 하되 가까이하지는 않았다. 가화 할아버지가 그를 별로 좋아하지 않는다고 느꼈기 때문이었다.

"가화 할아버지!"

득방은 왈칵 울음을 쏟아냈다. 이제는 자존심이고 뭐고 따질 때가 아니었다. 어머니가 죽었다. 영영 돌아올 수 없는 곳으로 갔다. 사람이 어떻게 이다지도 허망하게 죽을 수가 있을까? 득방은 어린아이처럼 여동생의 손을 꼭 잡고 엉엉 울었다.

"어머니 무덤은 어디 있어?"

득방은 실컷 눈물을 쏟아내고 나서야 겨우 질문다운 질문을 했다. 하지만 영상은 고개를 저었다.

"몰라요, 비밀이래요. 요즘 자살한 사람들이 그렇게 많대요. 화장터에서 무더기로 태우고, 농민들이 그 재를 가져다 비료로 쓴대요. 큰할아버지한테 물어보세요. 그분은 모르시는 게 없잖아요."

득방은 머릿속이 뒤얽힌 삼가닥처럼 혼란스러웠다.

'누구라 할 것 없이 다 외양간에 들어가는데 가화 할아버지는 왜 들어가지 않았을까? 가화 할아버지는 외양간을 지키는 사람임에 틀림

없어. 아니야, 그렇지 않아. 비록 항일영웅이라지만 누가 뭐래도 자본가잖아.'

득방은 그렇게 한참을 생각하다 말고 다시 영상을 다그쳤다.

"빨리 말해. 가화 할아버지는 어디 계셔?"

영상이 오빠의 험상궂은 표정을 보고 놀랐는지 다시 울음을 터뜨렸다.

"차 감별하러 외지로 갔어요……."

"뭐라고? 때가 어느 땐데 아직도 차 마시는 사람이 있어? 차를 사고 파는 사람도 있단 말이야?"

득방은 흰 찻잔을 손에 들고 신중하게 차 맛을 음미하면서 차 등급을 매기는 사람의 모습을 떠올렸다. 큰할아버지의 모습이었다.

"큰할아버지가 그런 말도 안 되는 짓을 한단 말이야?"

영상이 분노에 찬 오빠의 얼굴을 보면서 더듬더듬 말했다.

"할아버지는 오히려 오빠를 인간 같지 않은 자식이라고 욕하셨어요. 아버지가 외양간에 갇히셔서 큰할아버지와 큰오빠가 어머니 후사를 처리하셨어요. 어머니는 석 달 전에 돌아가셨어요. 오빠가 떠나자마자 그렇게 된 거죠. 오빠는 세상에서 제일 나쁜 사람이에요. 나는 이제 오빠 얼굴 안 볼래요. 오빠는 가고 싶은 곳으로 가요. 다시는 나를 찾지 말아요……."

득방은 그제야 큰형님 득도가 생각났다. 다른 사람은 몰라도 큰형님은 자신의 슬픔에 공감해주고 자신을 도와 어려움을 헤쳐 나가게 해줄 것이라는 확신이 들었다. 지금까지 그는 마구잡이로 부수고 막무가내로 사람들을 타도했다. 괴롭힘을 견디지 못하고 죽은 사람도 많이 봤다. 하지만 세상에서 제일 순진하고 연약하고 아무 문제없는 어머니가 죽을 줄은 꿈에도 생각 못했다.

득도는 득방에게 전혀 위로가 되지 않았다. 득방이 찾아갔을 때 그는 침대에 누워 쿨쿨 자고 있었다. 슬퍼하는 기색이라고는 눈곱만큼도 없었다. 어머니를 여읜 동생을 붙잡고 대성통곡까지는 아니더라도 땅이 꺼지도록 한숨을 내쉬면서 몇 마디 위로의 말이라도 건넬 법한데 전혀 그러지 않았다. 그저 고갯짓으로 앉으라는 시늉을 하고 담배를 꺼내 권할 뿐이었다. 두 형제는 같은 시기에 서로 다른 장소에서 담배를 배웠다. 득방은 가슴이 찢어지는 것 같았다. 세상인심이 아무리 각박하다고 해도 가족이 죽었는데 아무 일도 없었던 것처럼 다들 무감각하게 살아가는 것이 가능한가 말이다. 득방은 책상에 엎드려 소리 없이 눈물을 흘렸다. 눈물도 다 말라버렸는지 몇 방울밖에 나오지 않았다. 책상 위에 젊은 여자의 사진이 있었다. 사진 액자는 정확하게 세 조각으로 깨져 있었다. 득방은 실성한 사람처럼 두서없이 떠들어댔다. 머릿속에 수만 가지 생각이 오가고 가슴은 뜨거워졌다 차가워졌다를 반복했다. 자기가 무슨 말을 하고 있는지도 몰랐다. 이윽고 그가 잔뜩 잠긴 목소리로 결연하게 말했다.

"어머니를 죽게 만든 인간들을 가만 안 둘 거예요."

득도가 침대에 누운 채 천천히 담배를 한 모금 빨았다. 그리고 느릿느릿 말했다.

"너희들도 사람을 죽였잖아!"

득방은 가슴이 뜨끔했다. 득도가 한마디 덧붙였다.

"진 선생도 너희들 손에 죽었지!"

"내가 한 게 아니에요. 조쟁쟁네가 한 짓이에요. 나는 한 번도 사람을 때린 적이 없어요."

"그걸 누가 알아?"

득도가 냉랭하게 맞받았다.

"정말 아니에요. 모 주석 앞에 맹세할 수도 있어요."

득방이 가슴을 두드리면서 말했다. 하지만 득도의 눈빛은 예전과 달리 차갑기만 했다.

"그렇게 애써 변명하지 않아도 돼. 너는 사람을 때리지 않았다고 해도 너희 조직은 지금도 사람을 죽이고 있잖아? 내가 지금 한가하게 먹고 자고 시간을 허비하는 줄 알아? 나는 너희 같은 인간들이 대체 어떤 물건인지 연구하고 있어. 귀엽고 사랑스럽고 다정하던 소년선봉대원과 공청단 단원들이 어떻게 하룻밤 사이에 악귀가 됐는지 너무 궁금해. 처음에는 이해가 되지 않았는데 이제는 그 이유를 알겠어. 다른 사람은 다 제쳐놓고 너에 대해 말해보자. 너는 지금까지 살아오면서 네 부모님을 진정으로 사랑한 적이 있어? 네 할아버지와 할머니를 사랑한 적이 있어? 너에게 자신의 가족을 수족手足처럼 사랑하라고 아무도 가르쳐주지 않았어. 심지어 작은 할아버지조차 너에게 그런 걸 가르쳐주시지 않았어……."

득도가 잠깐 뜸을 들인 뒤 말을 이었다.

"그래서 하는 말인데 너희들은 세상에서 제일 불쌍하고 우매한 인간들이야. 솔직히 나는 영상을 동정하지 너를 동정하지는 않아."

득방은 반쯤 타들어간 담배를 멍하니 바라봤다. 더 이상 변명거리가 생각나지 않았다. 그는 '혁명'에 뛰어든 이후 집단 속에서 생활하면서 집단주의로 무장한 사람들의 말만 들었다. 가끔 형님과 대화할 때에도 사적인 얘기는 일절 하지 않았었다. 오늘 처음으로 형님의 개인적인 견해를 들었다. 지금 이 순간에도 대문 밖에 있는 사람들은 형님과 전혀 다른 목소리를 내고 있을 터였다. 대체 무엇이 잘못된 것일까?

입을 벌린 채 멍하니 앉아 있던 득방이 튕기듯 벌떡 일어났다. 득도가 문밖으로 뛰쳐나가려는 득방을 잽싸게 잡았다. 두 형제는 맞붙어 한바탕 몸싸움을 했다. 득방이 급기야 득도를 끌어안고 엉엉 울음을 터뜨렸다.

"내가 어머니를 죽였어요. 내가 어머니에게 인연을 끊겠다는 편지를 보냈어요. 나는 살인마예요……."

동생의 눈물은 득도의 가슴 속에 가득차 있던 분노를 잠재우기에 충분했다. 그가 동생의 등을 두드리면서 말했다.

"됐다 됐어. 네 잘못이 아니야. 삼촌과 숙모님은 네가 보낸 편지를 보지도 못했어. 영상은 그 편지를 큰할아버지에게 드렸어. 영상은 너보다 공부도 적게 하고 나이도 어리고 여자아이지만 사리분별을 할 줄 알아."

형님의 말에 득방은 화를 내지도, 어설픈 변명을 하지도 않았다. 두 형제는 마주 앉아 이후에 어떻게 할 것인지에 대해 의논하기 시작했다. 득도가 말했다.

"숙모님의 유골은 항씨네 선산에 몰래 모셨어. 아무런 표시도 하지 않고 늙은 차나무 옆에 묻었어. 나중에 정세가 안정되면 그때 가서 무덤을 만들어 드려야지."

득도가 덧붙였다.

"가족들은 이 일에 대해 다 알고 있어. 영상도 알고 있지. 너에게는 잠시 비밀로 하다가 네 태도를 봐가면서 알려주려고 했던 거야."

득도가 뜻밖의 질문을 던졌다.

"지난번에 네가 데리고 왔던 조쟁쟁이라는 학생 말이야, 약간 이상한 사람 아니냐?"

득방이 고개를 저었다.

"아닌데요. 쉽게 흥분하는 성격이라서 그렇지 이상한 애는 아니에요. 춤을 잘 춘다고 들었어요. 왜요? 또 찾아왔어요?"

"응. 방금 전까지 여기 있었어. 네가 오기 몇 분 전에 나갔어."

득방은 그제야 그가 들어왔을 때 형님이 뭔가 못마땅한 표정을 짓고 있었던 이유를 알 것 같았다.

득도는 양진을 구하기 위해 모든 노력을 기울였다. 하지만 쉽지 않았다. 여느 우귀사신들은 대부분 학교에 갇혀 있었으나 양진은 학교에 없었던 것이다. 오곤이 다른 곳으로 빼돌린 것이 분명했다. 이 한 가지만 보더라도 오곤이 마음을 모질게 먹었음을 알 수 있었다. 득도는 자신이 오곤이라는 인간을 과소평가했음을 인정하지 않을 수 없었다. 양진이 '실종'된 후 그는 백야에게 들었던 말을 곱씹어 생각하면서 오곤이라는 인간에 대해 재평가하기 시작했다. 그제야 책 밖의 세상이 조금씩 눈에 들어오기 시작했다. 그는 그 어떤 학생조직과 파벌에도 가담하지 않았다. 그렇다고 예전처럼 수수방관할 생각도 없었다. 그는 처음에는 백야를 찾으러 북경으로 가려고 했었다. 하지만 북경에서 들려온 소식은 백야가 '실종'됐다는 사실이었다. 다행히 백야가 살아 있다는 소식도 들었다. 더 자세한 정보는 알아내지 못했다. 이대로 마냥 앉아서 기다릴 수는 없다고 판단한 득도는 지금 상황에서 할 수 있는 일을 찾아보기로 했다. 우선 양진 선생의 행방을 찾아 보호하는 것이 급선무였다. 문제는 오곤이 양진 선생을 어디로 데려갔는지 전혀 감을 잡을 수 없다는 사실이었다.

이날도 득도는 머리를 감싸쥐고 깊은 생각에 잠겨 있었다. 그런데 갑자기 쾅! 하는 소리와 함께 문이 벌컥 열렸다. 문을 발로 차서 여는 여자가 또 찾아온 것이었다.

득도는 조쟁쟁이 들어오지 못하게 몸으로 문을 막으면서 말했다.

"오곤은 여기 없다고 하지 않았소?"

"알아요."

조쟁쟁은 전혀 당황하지 않고 어깨로 득도를 밀치고 안으로 들어왔다.

"왜 나를 찾아왔소? 나는 당신네 조직과 아무 관계도 없는 사람인데."

"'혁명'이 진행되고 있는 한 아무 관계도 없는 것은 존재하지 않아요. 오곤은 어떻게 그런 여자와 결혼을 했죠? 그 여자는 중대한 문제가 있는 사람이에요. 절대 안 돼요. 절대 안 돼. 제 아버지도 오곤이 그 여자와 결혼하면 절대 안 된다고 하셨어요."

"아버지? 당신 아버지가 누구요? 오곤의 결혼이 당신 아버지와 무슨 상관이오?"

"무슨 상관이라니요?"

조쟁쟁이 흥분하면서 목소리를 높였다.

"제 아버지가 아니었다면 오곤이 중앙문화혁명소조의 상세한 내막을 알 수 있었겠어요? 그리고 모 주석이 두 번째로 홍위병들을 접견하셨을 때 천안문 성루에 오를 수 있었을까요? 잘 들어요, 제 아버지는 임부주석(임표林彪를 일컬음)의 옛 부하이자 강청江青 동지의 친밀한 전우예요."

득도는 그제야 알겠다는 듯 고개를 끄덕였다.

"그건 알겠고, 그런데 왜 나를 찾아온 거요? 오곤을 직접 찾아가지 않고. 내가 백야와 결혼한 것도 아닌데."

득도는 슬며시 얼굴을 붉혔다. 이제는 백야라는 말만 해도 자기도 모르게 긴장되고 가슴이 뛰었다.

"당신이 그의 제일 친한 친구라는 걸 알아요. 당신은 두뇌가 명석하고 경거망동하지 않는 사람이라고 그가 말했어요. 그는 또 당신이야말로 자신의 진정한 상대라는 말도 했어요. 지금 그에게는 당신의 조언이 필요해요. 그에게 전해주세요, 작금의 무산계급 문화대혁명은 그와 같은 사람을 필요로 해요. 이번 혁명의 규모가 얼마나 크고 얼마나 오랫동안 지속될 것인지 일반인들은 몰라요. 하지만 강청 동지, 임표 동지, 장춘교張春橋 동지, 요문원姚文元 동지, 이런 분들은……."

"미안한데,"

득도가 조쟁쟁의 말을 끊었다. 지난번에 봤을 때는 몰랐는데 이 여인은 말투가 매사에 신경질적이었다.

"극소수의 사람들만 안다는 비밀스러운 내막을 당신은 어떻게 알게 된 거요? 당신 아버지에게 들은 거요?"

조쟁쟁이 당황한 표정으로 고개를 끄덕였다.

"그래요, 아버지에게 들었어요. 오곤도 똑같은 말을 했어요. 혁명의 핵심은 권력 탈취라고요. 권력을 가지면 모든 것을 얻고, 권력을 잃는 순간 모든 것을 잃는다고 했어요. 오곤한테 가서 똑똑히 물어봐요, 걸레 같은 여자하고 기어이 결혼할 것인지 아니면 홍색 정권을 선택할 것인지 지금 당장 가서 물어봐요!"

조쟁쟁의 입에서 '걸레 같은 여자'라는 말이 나왔을 때 득도는 주먹을 꽉 쥐었다. 여자의 얼굴을 후려치고 싶은 심정이었다.

득도는 조쟁쟁이 신경질적인 이유를 짐작할 것 같았다. 그는 눈치를 보며 조심스럽게 물었다.

"하지만, 하지만, 오곤과 당신은……, 당신네 둘은……?"

조쟁쟁이 쑥스러워하는 득도와 달리 당당한 표정으로 명쾌하게 대답했다.

"그래요, 우리 둘은 이미 그런 사이가 됐어요. 혁명적 우정이 산보다 높고 바다보다 깊은 애정 관계로 승화된 것이죠. 그러니 그와 그녀는 절대 결혼하면 안 돼요. 절대 안 돼요, 절대! 안 그러면 내가 그녀를 가만두지 않을 거예요. 나는 한번 말하면 말한 대로 하는 사람이에요. 그녀를 없애버릴 거예요. 그녀는 없어져야 마땅해요!"

조쟁쟁이 급기야 울음을 터뜨렸다. 득도는 전율을 금치 못했다. '혁명 시대의 사랑'이란 이런 것인가? 폭풍우를 앞두고 노호하는 바다 위에서 목청껏 승리를 예언하는 바다제비의 모습이 이런 것인가? 득도는 조쟁쟁이 잔뜩 흥분한 틈을 타서 슬쩍 물었다.

"양진도 그쪽에 있다고 들었는데 그게 사실이오?"

"제가 당신을 찾아온 이유도 그것 때문이에요. 오곤을 꼭 만나서 잘 얘기해 봐요. 오곤은 양진을 상천축사上天竺寺에 가뒀어요. 뻔히 속보이는 짓이잖아요? 그 걸레 같은 년(득도는 또다시 주먹을 꽉 쥐었다)이 돌아오기를 기다리는 거죠. 뭐 자기네 둘은 법적인 부부라나? 퉤! 법적인 부부 좋아하고 있네."

조쟁쟁은 할 말을 다 하고는 가버렸다. 득도는 한참을 멍하니 앉아 있었다. 머릿속이 복잡했다. 아직 마음의 준비도 못했는데 삶의 수렁에 깊숙이 빠져들었으니 이 일을 어쩌면 좋은가?

삶의 수렁에 빠진 것은 득방도 마찬가지였다. 그는 연거푸 몇 번이나 차연구소에 전화를 했다. 하지만 그쪽의 조반파는 항한과 득방의 면회를 허락하지 않았다. 그동안 득방은 형님과 여동생을 따라 계롱산鷄籠山에도 다녀왔다. 그러나 빼곡한 차나무 숲에서 초풍이 잠들어 있는 곳을 찾기란 불가능했다. 결국 그는 어머니 유골에 인사도 못 드리고 돌아왔다.

어머니가 없는 삶은 공허하고 무기력했다. 앞으로 어떻게 살아가야 할지 막막하기만 했다. 밤에도 뒤척거리면서 잠을 이루지 못했다. 이날도 그는 한밤중에 일어나 습관적으로 담배를 찾았다. 베개 밑을 뒤지는데 문득 손에 뭔가가 잡혔다. 꺼내보니 진녹색 털실로 묶은 땋은 머리카락이었다. 처음에는 많이 놀랐으나 '작은 미꾸라지'를 닮은 여자아이를 떠올리는 데는 오랜 시간이 걸리지 않았다. 가슴이 쓰리고 억울함이 밀려왔다. 그는 머리카락을 품에 꼭 안고 다시 자리에 누웠다. 담배 생각도 어느덧 사라졌다.

보름 후 그는 집 밖으로 나왔다. 그는 사애광의 집 앞에서 뜻밖에 동도강을 만났다. 오랜만에 학우를 만났는데도 전혀 반가운 느낌이 없었다. 그는 담벼락을 가리키면서 냉랭하게 입을 열었다.

"너희 아버지도 저기에 이름을 올렸구나. 뜻밖이네."

동도강이 잠깐 생각을 하더니 엉뚱한 말을 했다.

"너의 집 소식은 나도 들었어."

'너 보러 온 거 아니야. 여기서 너를 만날 줄은 생각도 못했어.'

득방은 목구멍까지 차오른 말을 삼키고 말했다.

"너희 집에 전화를 했는데 받지 않더구나."

동도강이 황급히 변명을 했다.

"응, 내가 외지로 떠난 후부터 전화가 되지 않았어. 그때는 걱정만 했었는데 나중에 알았어. 전화 교환원들이 자리를 지키지 않고 '혁명' 하러 거리로 나갔으니 전화기가 무용지물이 됐던 거지."

"너희 집에도 이런 날이 오는구나."

득방의 말투는 얼음장처럼 차가웠다. 동도강은 처음 보는 득방의 말투와 표정에 많이 놀란 듯했다.

"그런데 나를 왜 찾아왔어?"

'너를 찾아온 게 아니야.'

득방은 단도직입적으로 그렇게 말하고 싶었다. 그러나 속마음을 감추고 즉석에서 생각해낸 이유를 입에 올리면서 둘러댔다.

"별거 아니야. 나는 이제부터 아무 조직에도 가입하지 않고 아무 활동에도 참가하지 않을 거야. 그러니 두 번 다시 나를 찾아오지 마. 너에게 이 말을 하고 싶었어."

동도강이 고개를 끄덕였다.

"그렇구나. 사실 나도 요즘 상황이 매우 안 좋아."

"너의 아버지 이름에 아직 붉은 가위표도 안 쳐졌는데 뭘 걱정해?"

동도강이 머뭇거리다가 결심한 듯 입을 열었다.

"항득방, 너를 믿어도 돼?"

득방은 동도강이 무슨 말을 할지도 모르고 호기롭게 대답했다.

"마음대로 해."

동도강이 조심스럽게 속내를 털어놓았다.

"안 그래도 너를 찾아가려던 참이었어. 네 도움이 필요해."

동도강은 자신이 맡은 조직의 '비밀공작'에 득방을 가담시키려는 것이었다. 득방은 모르는 일이지만 절강성 정부의 조반파 조직은 "혁명적

군중의 혁명적 행동을 진압했다."는 이유로 절강성 당위원회를 제소할 준비를 하고 있었다. 자료가 준비되는 대로 직접 북경으로 가서 상소문을 올릴 계획이었다. 절강성 정부와 항주시 정부 간부들은 이 소식을 듣자마자 대책 마련에 나섰다. 동도강의 아버지를 비롯한 정부기관 대표들을 조반파보다 앞서 북경에 파견해 진실을 밝히기로 한 것이다. 이들을 무사히 북경까지 호송하는 임무는 당연히 동도강이 소속한 조직이 떠맡았다.

동도강은 플라타너스 나무 아래에서 자신이 알고 있는 것들을 미주알고주알 득방에게 털어놓았다. 아마 모 주석과 보황파 그리고 자신의 아버지를 향한 사랑이 그녀를 절박하게 만들었으리라. 이번 비밀행동에 문화대혁명의 생사존망이 걸린 것처럼 그녀의 표정은 매우 심각했다. 득방도 덩달아 심각해졌다.

> 바람은 소슬하고 역수는 차갑구나. 장사 한번 떠나면 다시는 돌아오지 못하리.

자객 형가荊軻는 진시황을 암살하러 떠나면서 '역수가'易水歌를 읊었다고 했다. 비록 이곳은 역수易水가 아니지만 득방은 형가가 느꼈던 것과 똑같은 소슬함과 비장함을 느낄 수 있었다.

가을바람이 일면서 낙엽이 흩날렸다. 오동나뭇잎이 득방과 동도강의 어깨에 떨어졌다. 동도강의 못 생긴 얼굴이 순간적으로 아름답게 느껴졌다. 득방은 그제야 모든 것을 깨달았다. 어머니가 죽은 것은 '혁명' 탓이 아니었다. 어머니가 지은 죄 탓도 아니었다. 일시적 충동으로 자결한 것도 아니었다. 어머니는 혁명 진영에 기어들어가 붉은 깃발을 내걸고 반혁명 활동을 하는 못된 자들의 박해를 받아 죽은 것이었다. 악독한 반혁명분자들, 이들은 '하늘은 높고 황제는 먼' 기회를 놓치지 않고 '혁명의 깃발'로 군중들을 위협하고 기만함으로써 천하를 혼란스럽게 만들었다. 게다가 지금은 허튼수작으로 모 주석과 당 중앙까지 기만하려 하고 있었다. 이들의 목적은 불 보듯 뻔했다. 바로 혼란을 틈타 정권을 탈취하는 것이었다. 이들의 행태는 절대로 용납할 수 없는 것이었다.

모 주석은 "창망한 대지에 묻노니, 누가 이 세상의 오름과 내림을 주재하는가?"라고 했다. 그렇다면 대체 누가 이 세상의 오름과 내림을 주재하는가? 동도강의 대답은 단호했다.

"바로 우리야!"

동도강은 거짓말을 할 줄 몰랐다. 그런 그녀가 눈도 깜짝하지 않고 득방을 솔깃하게 하는 말을 줄줄 쏟아내고 있었다. 물론 그 많은 말들을 미리 생각해둔 것은 아니었다. 득방을 만난 후 즉석에서 생각난 것이었다.

"가족인 나는 아버지를 북경으로 호송하는 임무를 맡을 수 없어. 여러모로 고려해본 후 이 일은 네가 적임자라는 생각이 들었어. 그래서 사람을 보내 너를 찾으러 다녔지. 여기서 이렇게 너를 만날 줄이야. 이는 분명히 하늘의 뜻이야."

동도강은 득방의 의구심을 눈치챈 듯 재빨리 말을 이었다.

"우리가 무엇 때문에 손화정을 선택하지 않았는지 궁금하지 않아? 손화정처럼 공진교 서쪽에 사는 소시민들은 중요한 임무를 맡을 그릇이 못 돼. 그들에게는 기껏해야 '혁명의 동반자' 역할이 어울려. 죽었다 깨어나도 혁명의 선봉장이나 혁명의 중심축은 못 돼. 너처럼 전 인류의 해방을 자신의 소명으로 간주하는 적자지심赤子之心을 지닌 사람이라면 또 모를까. 그래서 우리는 너에게 중요한 사명을 맡기기로 결정했어."

동도강이 혁명본부에서 갓 배워온 '홍색 이론'은 득방을 설득하는 데 큰 도움이 됐다. 득방은 머리가 뜨거워지기 시작했다. 이렇게 또 다시 조직의 품으로 돌아가는 건가? 조직의 신뢰를 받고 존중받는 느낌이 이렇게 좋을 수가 없었다.

'조직은 지금 위험에 처해 있어. 조직원들은 모든 수단을 다 동원해 나를 찾아다녔어. 그래, 이제는 내가 나서야 할 때야. 조직을 구할 수 있는 사람은 나밖에 없어.'

득방은 반쯤 마음을 굳혔다. 그러나 선선히 승낙하지 않고 고민하는 시늉을 했다.

"좋아, 생각할 시간을 좀 줘."

그때 삼륜차 한 대가 그들을 향해 달려 왔다. 득방은 삼륜차를 모는 사람을 보고 멍해졌다. 다름 아닌 포랑 삼촌이었던 것이다. 뒷칸에는 석탄재를 잔뜩 뒤집어쓴 사애광이 타고 있었다. 포랑은 득방을 보고도 전혀 놀라는 기색 없이 마당 안으로 쑥 들어갔다. 사애광은 잠깐 멍해 있다가 다급한 목소리로 득방을 불렀다.

"항득방, 잠깐 들어와 볼래? 너에게 돌려줄게 있어."

득방은 방금 전까지 뜨거웠던 머리가 식고 가슴이 따뜻해지는 느낌을 받았다. 얼굴이 달아오르고 기분이 들떴다. 사애광을 찾아왔다가 어떻게 동도강에게 잡혀 한참씩이나 비밀대화를 했던 거지? 그는 당황한 기색을 감추면서 모르는 척 동도강에게 물었다.

"사애광도 여기 살아?"

"응, 같이 살아. 사애광의 아버지는 원래 시市급 기관 간부였어."

동도강이 사애광을 '계급투쟁의 그물에서 빠져나온 미꾸라지'라고 한 것이 바로 이 때문이었군. 득방은 그렇게 생각하고 다시 물었다.

"그런데 너희 둘이 같이 있는 걸 나는 왜 한 번도 못 봤지?"

동도강이 마지못해 대답했다.

"어쩌다 그렇게 됐어."

"사애광이 성격이 나쁜가? 안 그래 보이던데."

동도강은 잠시 말이 없었다. 그러더니 짜증 섞인 목소리로 말했다.

"이게 다 어른들 때문이야. 나와 사애광은 어릴 때는 사이가 좋았어. 이 건물은 원래 사애광네 집이었어. 사애광의 아버지가 문제를 일으켜 정부기관에서 쫓겨나고 사애광의 어머니와 이혼한 뒤 그들 가족은 마당 뒤편에 있는 단층집으로 이사를 갔어. 얼마 후 우리 가족이 이 건물로 이사 왔지. 나중에 사애광의 어머니는 외지 남자에게 개가했어. 사애광은 어머니를 따라가지 않고 여기에 남았어. 이렇게 옮겨 다니다 어느 순간부터 서로 말을 안 하게 된 거야."

득방이 불쑥 물었다.

"사애광의 어머니가 너의 아버지 비서였어?"

동도강이 깜짝 놀랐다.

"네가 그걸 어떻게 알아?"

"여기 대자보에 다 적혀 있는데 뭘."

득방은 말을 마치고 마당 뒤편으로 향했다.

사애광네 단층집은 마당 뒤편 담벼락에 붙어 있었다. 옛날 같았으면 하인들의 거처나 창고로 쓸 낡고 작은 집이었다. 일렬로 쭉 늘어서 있는 집들 중 사애광의 집을 제외한 나머지는 전부 기관 간부들의 주방이나 자전거 보관소로 사용되고 있었다.

득방은 사애광네 집 안은 구경하지 못했다. 포랑 삼촌이 문을 막고 서서 석탄재와 물을 섞어 알탄을 만들고 있었기 때문이었다. 사애광은 포랑 삼촌의 왼쪽에 있는 수돗가에서 세수를 하고 있었다. 득방이 다가오는 것을 보고는 수건으로 얼굴의 물기를 훔치면서 고개를 들었다. 방금 전 석탄먼지를 잔뜩 뒤집어썼던 사람이 맞나 싶게 말쑥한 얼굴이었다. 헐렁한 남자 중산복中山服(손문孫文이 제창, 제작했다 해서 붙은 이름) 옷깃 사이로 마른 무청처럼 작고 가는 목이 살짝 보였다.

득방은 가슴이 두근거려 입을 열 수가 없었다. 사애광이 수건을 짜더니 집안으로 들어가면서 말했다.

"너에게 줄 게 있어."

"삼촌, 삼촌도 여기 계셨군요."

득방은 사애광이 나오기를 기다리면서 포랑 삼촌에게 슬쩍 말을 걸었다. 포랑 삼촌이 알은 체도 하지 않는 것이 아까부터 못내 마음에 걸렸다.

쭈그리고 앉은 채 손으로 알탄을 빚던 포랑이 고개를 들고 히죽 웃었다. 석탄재 반죽으로 범벅이 된 손을 들고는 사애광을 가리키면서 밝은 목소리로 말했다.

"네 입에서 '삼촌' 소리가 나오기만 기다렸다. 애광이하고 내기를 했거든."

'뭐야? 사애광이면 사애광이지 애광은 또 뭐야?'

득방이 속으로 코웃음을 치면서 조용히 중얼거렸다. 그러나 곧 억지웃음을 지으면서 본론을 입에 올렸다.

"무슨 내기를 했어요?"

포랑이 대답하지 않고 집안을 향해 소리쳤다.

"애광, 차를 내어 와."

사애광이 웃으면서 대답했다.

"제가 졌군요. 잠시만 기다려요."

잠시 후 사애광이 찻주전자를 들고 나왔다. 그녀는 포랑의 입에 주전자 주둥이를 대면서 말했다.

"마셔요, 뜨겁지 않아요."

득방의 표정이 굳어졌다. 그는 '둘이 지금 뭐하는 짓이야? 사애광, 너는 아직 학생이야, 성인이 아니라고.'라고 하고 싶었다. 하지만 그저 언짢은 표정으로 물을 수밖에 없었다.

"나한테 줄 게 있다면서? 나 바쁜 사람이야."

사애광이 머리에 썼던 군모를 벗어 득방에게 내밀었다.

"네 거야, 가져가."

득방의 얼굴이 확 달아올랐다. 아무 이유 없이 다짜고짜 사애광의 머리카락을 잘랐던 그날의 일이 생생하게 기억났다. 그가 고개를 한쪽으로 돌리면서 말했다.

"너 가져, 나는 또 있어."

"필요 없어."

사애광의 목소리는 얼음장보다 더 차가웠다. 예전에는 느끼지 못했던 범접할 수 없는 기운마저 느껴졌다. 득방은 가슴이 철렁했다. 사애광이 여전히 화난 목소리로 덧붙였다.

"빨리 가져가. 포랑 오빠가 내 머리를 다듬어줬어."

득방은 사애광이 예전보다 예뻐진 이유를 그제야 알 것 같았다. 들쭉날쭉 제멋대로 삐져나왔던 머리카락이 짧고 가지런하게 정리돼 눈썹을 살짝 덮고 있었던 것이다. 평범해 보이던 외모도 한결 생기 있고 어려 보였다. 언뜻 보면 가녀리고 잘 생긴 남자아이 같아 보이기도 했다.

뿐만 아니라 표정과 눈빛도 완전히 달라졌다. 득방은 "사랑에 빠진 여자의 얼굴에서는 빛이 난다."는 표현의 뜻을 알 것 같았다. 물론 그 '빛'은 그가 아닌 다른 사람이 만들어준 것이었다. 득방은 견딜 수 없이 마음이 쓰리고 아려왔다. 하지만 할 수 없었다. 그저 고개를 숙인 채 모자를 받아 들어야 했다. 순간 돌아가신 어머니가 사무치게 그리웠다. 그는 포랑 삼촌에게 인사도 하지 않고 뒤돌아섰다.

대문 앞까지 갔을 때였다. 뒤에서 그를 부르는 소리가 들려왔다. 사애광이 수건을 들고 뛰어왔다.

"너 얼굴에 먼지 묻었어."

득방은 수건을 받아 얼굴을 닦은 다음 사애광에게 돌려줬다. 사애광이 고개를 숙이고 말했다.

"그 모자 한번 써볼래? 늘어나지 않았는지 모르겠네."

모자는 크지도 작지도 않고 딱 맞았다. 둘은 무슨 말을 더 하면 좋을지 몰라 멀뚱멀뚱 서 있기만 했다. 어색한 침묵이 한참 흐른 뒤 사애광이 입을 열었다.

"네 가족에 대한 소식은 포랑 오빠에게 들었어."

득방은 아무 말도 하지 않았다.

"나, 갈게."

사애광이 고개를 숙인 채 작은 소리로 한마디 하고는 뒤돌아섰다.

"사애광!"

걸어가던 사애광이 멈칫 걸음을 멈췄다. 득방은 한 번 더 그녀의 이름을 불렀다.

"애광!"

사애광이 고개를 돌렸다. 득방을 바라보는 눈빛이 촉촉하고 아련했다.

득방은 심장이 목구멍으로 튀어나올 것 같았다. 하지만 겨우 자제하고 앞으로 가까이 다가가서는 사애광의 눈을 똑바로 보면서 말했다.

"네 머리카락이 우리 집에 있어. 가져다줄까?"

사애광의 얼굴이 빨갛게 달아올랐다. 입술이 바들바들 떨리고 눈물이 그렁그렁 맺혔다. 당황해진 득방이 황급히 말했다.

"울지 마, 원래는 오늘 가져다주려고 했어. 네가 집에 있는지 없는지 몰라서 빈손으로 온 거야. 울지 마, 내가 금방 가져다줄게."

사애광이 죽어라고 고개를 저었다. 득방이 물었다.

"왜? 싫어?"

사애광이 고개를 끄덕였다.

"안 가질래?"

사애광은 눈물을 닦고 말했다.

"네가 잘랐으니 네가 책임져!"

사애광은 말을 마치자마자 뛰어가버렸다.

득방은 그 자리에 굳은 채 섰다. 머릿속에서 '내가 책임지라고? 뭘 책임지라는 말이야?'라는 말이 맴돌고 있었다.

동도강은 초조하게 득방을 기다리고 있었다. 그러다 의기소침한 표정으로 대문 밖으로 나온 그의 팔을 덥석 잡았다.

"너, 그래서 어떻게 할 건데? 갈 거야 말 거야?"

득방은 동도강에게 대답을 해주지 않았다는 걸 까맣게 잊고 있었다. 그는 고개를 들어 하늘을 보면서 잠깐 고민했다. 젠장, 어딜 간들 매한가지인걸. 까짓것 비행기 한번 타지 뭐.

"간다, 가!"

제13장

항씨 집안의 충실한 고용인이자 1927년에 입당한 원로 혁명가인 소촬착은 고뇌가 깊었다. 크게는 국가 정세에서부터 작게는 손녀 채차와 채차의 약혼자, 그리고 그 자신에 이르기까지 그의 바람대로 이루어진 것이 하나도 없었다.

손녀 채차는 틈만 나면 할아버지에게 호소했다.

"운남 깡패 같은 포랑이 그의 어머니까지 데려다가 옹가산에 터를 잡으려고 작정했어요."

채차는 기초를 "어머님!"이라고 부르지 않았다. 예전처럼 "고모할머니!"라고도 하지 않았다. 대놓고 "그의 어머니!"라고 불렀다.

"그의 어머니는 성깔이 여간 사납지 않아요. 국민당 마누라니 어련하겠어요? 떵떵거리면서 잘 살다가 조반파들에게 집을 뺏기고 굶어죽을 지경이 되니 옹가산으로 피난 오겠다는 거잖아요."

"이게 다 할아버지 때문이에요. 저 파혼할래요. 항포랑하고 결혼하기 싫어요. 저도 도시사람들을 많이 알아요. 길 가는 아무 남자하고 결혼해도 항포랑에게 시집가는 것보다는 나을 거예요."

채차는 중요한 선택의 기로에 서 있었다. 그녀는 세상이 어떻게 돌아가는지 잘 모르는 농촌 처녀였다. 그러나 어느 날 눈을 떠보니 이미 '국가의 주인'이 돼 있었다. 그녀는 여전히 초대소에서 높은 사람들에게 차를 따르는 일을 하고 있었지만 그녀의 차를 받아 마시는 사람들은 싹 다 바뀌었다. 피둥피둥 살찐 몸에 비싼 옷을 걸치고 거들먹거리던 '큰 인물'들은 하나둘씩 고꾸라졌다. 고깔모자를 쓰고 팻말을 목에 건 채 거리에서 조리돌림을 당하거나 만인집회에 끌려 나와 비판투쟁을 받는 신세로 전락했다. 채차는 거리에서 그들의 망측한 꼬락서니를 처음 봤을 때 뭐가 어떻게 된 건지 몰라 얼떨떨하기만 했다.

초대소에 새로운 사람들이 들어왔다. 채차가 한 번도 보지 못한 사람들이었다. 노동자와 농민도 있었으나 대부분은 학생이었다. 채차는 그들에게 차를 따르는 일이 즐거웠다. '노장'老張, '노류'老劉, '소오'小吳……. 서로를 부르는 호칭도 얼마나 가식 없고 친근한가? 예전 같았으면 상상도 못할 일이었다. 과거에는 '지도자'라고 부르면서 고개를 숙인 채 공손하게 차를 올려야 하지 않았던가. 조반파 본부의 우두머리 중 하나인 소오는 대학 선생님이라고 했다. 얼굴이 잘생긴 데다 똑똑하고 지식도 많아 보였다. 언젠가 그가 초대소 대문 앞에 팔짱을 끼고 선 채 조리돌림을 당하는 주자파들을 보면서 채차에게 말했다.

"당신과 같은 빈하중농貧下中農만 주자파들에게 차를 따라야 한다는 법은 세상 어디에도 없소. 세상이 바뀌면 저런 자들의 자식들이 당신에게 차를 따르는 날이 올 거요. 우리는 그런 세상을 만들기 위해 반란을 일으킨 거요."

소오, 아니 오곤의 말을 듣는 순간 채차는 마치 몽둥이로 정수리를 얻어맞은 것처럼 번뜩 깨달음을 얻었다. 그녀는 찻주전자를 손에 든 채 깊은 생각에 잠겼다. 그녀의 가족은 증조할아버지 촬착, 할아버지 소촬착에 이어 아버지 소소촬착에 이르기까지 전부 자본가 집안인 항씨네 노복으로 살아왔다. 항씨 가족들을 위해 일하고 그들에게 차를 따라 올리는 것을 당연한 숙명으로 받아들여 왔다. 이 같은 삶은 무엇을 의미하는가? 세상이 바뀌지 않는 한 채차 역시 윗세대와 다를 바 없이 평생 남들에게 차나 따라 올리는 삶을 살아야 한다는 의미가 아니고 무엇이랴. 이번 '혁명'은 분명 득방에게 여러모로 큰 의미가 있었다. 그러나 채차에게도 또 다른 의미에서 생각과 행동을 바꿀 수 있는 중요한 계기가 됐다. 그녀의 목적은 단순하고 명확했다. 남들에게 차를 따르는 구질구질한 삶을 그녀의 자손들에게 더 이상 대물림하지 않겠다는 것이었다. 그녀는 인생 역전의 기회를 준 모 주석과 홍위병들이 새삼스레 고맙게 느껴졌다.

채차는 포랑과의 결혼에 대해서도 다시 한 번 심각하게 고민해봤다. 만약 석탄재를 뒤집어쓰고 일하는 별 볼 일 없는 남자와 결혼한다면 어떤 삶을 살게 될 것인가? 깊이 생각하지 않아도 답은 뻔했다. 그때부터 채차는 할아버지만 보면 '파혼' 노래를 불렀다. 소촬착은 변덕쟁이 손녀의 성화를 이겨내지 못하고 끝내 승낙하고 말았다. 그가 긴 한숨을 내쉬면서 말했다.

"그래, 알았다 알았어. 이 할아비가 전생에 지은 죄가 많은 모양이구나. 그래, 파혼하자. 하지만 내가 하는 말 잘 들어. 파혼과는 상관없이 포랑 모자는 우리 집에서 함께 살게 될 거야. 내 집에 누구를 들이든 그건 내 마음이야. 그 입 다물지 못할까? 꼴 보기 싫으면 네가 이 집에서 나가거라!"

채차는 뾰루퉁한 채 초대소로 돌아왔다. 밤에도 잠이 오지 않아 뒤척이다 보니 다음날 얼굴이 퉁퉁 부어버렸다. 초대소에 묵고 있던 오곤이 관심 있는 말투로 물었다.

"표정이 많이 안 좋구먼. 무슨 일이 있소?"

채차는 우물쭈물하다가 한참 뒤에 자초지종을 털어놓았다. 오곤은 딱히 위로할 말이 떠오르지 않았다. 지금과 같은 시대에 채차의 경우와 비슷한 일들이 얼마나 많이 벌어지고 있는가?

그날 저녁, 채차는 보온병을 들고 오곤의 방으로 찾아왔다. 하루 종일 시끌벅적하던 방안에는 오곤 혼자 있었다. 채차가 오곤에게 차를 따르면서 말했다.

"소오, 아무리 생각해 봐도 계급이 제일 중요한 것 같아요. 나도 이제부터 계급에 따라 사람 관계를 정리하기로 했어요."

혼자 술을 마시고 있던 오곤이 고개를 들었다. 순박한 시골처녀가 수줍은 미소를 띠고 그를 보고 있었다. 오곤은 다시 고개를 숙였다. 이번에는 채차의 포동포동한 손이 눈길을 끌었다. 갑자기 배꼽 아래에서 뜨거운 열기가 확 올라왔다. 그는 충동을 못 이겨 채차의 손을 덥석 잡았다. 그의 손에 잡힌 포동포동한 손이 덜덜 떨리고 있었다. 오곤은 두 눈을 질끈 감았다. '안 돼, 이러면 안 돼!' 오곤은 스스로에게 경고했다. 혁명을 위해서라도, 그리고 개인의 장래를 위해서라도 여자 때문에 구설수에 오르는 일은 더 이상 없어야 했다. 그는 잡고 있던 채차의 손을 슬며시 풀었다. 이어 정중하게 말했다.

"신중해야 하오. 언제나 세 번 숙고한 다음 행동해야 하오."

가방끈이 짧은 채차는 "세 번 숙고한 다음 행동하라."는 말이 무슨 뜻인지 몰랐다. 알고 싶지도 않았다. 그녀는 조금 전 그녀를 바라보던 오곤의 눈빛과 충동적으로 그녀의 손을 잡던 오곤의 손에만 온통 신경이 가 있었다. 바보가 아닌 이상 남자의 눈빛과 행동의 의미를 모를 여자가 있겠는가. 순결한 시골처녀의 얼굴에 감격스럽고 당혹스러운 표정이 스쳤다. 영리한 오곤은 속으로 피식 웃었다.

'순수하고 솔직한 여자로군. 조금 바보 같기는 하지만. 물론 백야와는 비교할 수도 없지.'

순결한 여자와 미묘한 감정을 주고받는 일은 매우 즐거웠다. 물론 다른 생각을 하나도 하지 않을 때만 가능한 일이었다. '다른 생각'에는 당연히 백야가 포함돼 있었다. 그는 백야 생각만 하면 마음이 괴로웠다. 그러다 보면 또 다른 여러 가지 생각들로 이어져 머릿속이 더 복잡해졌다. 특히 조쟁쟁의 얼굴을 떠올리면 머리가 지끈지끈 아파왔다.

호랑이도 제 말 하면 온다고, 조쟁쟁은 오곤이 술 한 모금을 막 입에 털어 넣었을 때 불쑥 찾아왔다. 허리에 두 손을 얹은 채 고개를 빳빳이 쳐들고 있는 자태가 꽤나 위풍당당했다. 그날 밤 그 일이 있은 후부터 조쟁쟁은 시도 때도 없이 제집처럼 오곤의 방으로 쳐들어왔다.

오곤은 그날 밤 그 일만 생각하면 자기 자신에게 화가 나서 미칠 것 같았다. 정말이지 '후회약'이라는 것이 있다면 그릇째로 들이키고 싶은 심정이었다. 물론 '만약 그날 밤의 상대가 조쟁쟁이 아닌 백야였다면 이따위 걱정은 할 필요도 없었을 텐데.' 하는 아쉬움도 없지 않아 있었다. 백야는 사랑 표현에 능하고 낭만적인 여자였다. 그렇다고 방탕한 여자는 아니었다. 자신만의 도덕적 잣대를 가지고 사랑을 할 때는 화끈하게 할 줄 아는 여자였다. 이런 매력은 남자들의 정복욕과 야심을 자극하기에 충분했다. 오곤이 백야에게 푹 빠져 헤어 나오지 못하는 것도 이런 이유 때문이었다.

하지만 조쟁쟁은 어떤가? 그날 밤 오곤은 조쟁쟁과 성관계는 하지도 못했다. 조쟁쟁이 먼저 유혹하고 들이대서 시작했으나 마지막에 가서는 그녀가 거부했기 때문에 실패했던 것이다. 그래놓고 이제 와서 마치 큰일이라도 있었던 것처럼 무조건 책임지라는 태도로 나오지 않는가.

오곤은 보기만 해도 머리가 아파오는 조쟁쟁한테서 눈을 돌렸다. 방금 전까지만 해도 하찮게 여겼던 채차에게 눈길이 갔다. 아아, 얼마나 순박하고 건강하고 우직한 여자인가? 이 여자라면 이럴 때 혼자 수심에 잠겨 있을지언정 찾아다니면서 따지지는 않을 것 아닌가. 마치 오곤의 마음을 헤아리기라도 한 듯 채차가 공손하게 말했다.

"그럼 두 분, 얘기 나누세요."

채차는 조쟁쟁에게도 차를 따라줬다. 조쟁쟁은 고맙다는 인사말은 커녕 고개 한 번 까딱하지 않았다. 오곤은 이맛살을 찌푸렸다. 똑같은 계급 출신의 사람에게 이게 뭐 하는 짓인가? 일개 농민이 '반란'을 일으켜 하룻밤 사이에 졸부가 됐다고 농민의 본분을 망각한 것과 무엇이 다른가? 그 아비에 그 딸이라고 거들먹거리는 꼬락서니란……. 오곤은 속으로 혀를 차면서 채차에게 말했다.

"가지 마오. 나도 모처럼 한가한 시간이니 같이 이야기나 합시다."

그러자 조쟁쟁이 까칠하게 말했다.

"한가하긴 뭐가 한가해요? 아버지가 당신을 당장 데려오랬어요. 중앙문화혁명소조에서 중요한 지시가 내려온 모양이에요."

'중앙문화혁명소조의 지시'라는 말에 오곤의 두 눈이 번쩍 뜨였다.

"무슨 지시요? 빨리 말해보오."

"보황파들이 또 한 번 큰 타격을 입었대요. 북경에 밀고하러 간 몇몇 '좀벌레'들이 비행기에서 내리자마자 '혁명 용사'들에게 잡혀갔대요. 문화대혁명의 진척과 더불어 주자파들의 움직임도 바빠지고 있어요. 하지만 어림도 없죠."

"그것 참 반가운 소식이군!"

오곤은 흥분을 감추지 못했다. 그 와중에도 조쟁쟁에게 당부하는 것은 잊지 않았다.

"다음에는 아버지 비서를 시켜 나에게 전화로 전달하면 되오. 당신이 연락병처럼 힘들게 왔다 갈 필요 없이 말이오."

"혁명 전우가 보고 싶어서 왔어요."

조쟁쟁의 얼굴이 발갛게 달아올랐다. 오곤은 조금 당황스러웠다.

'뭐야? 내 말뜻을 알아듣지 못한 거야? 의외로 순진한 구석이 있네.'

오곤의 말 속의 숨은 뜻은 분명했다. '고맙지만 구질구질한 핑계를 대고 나를 찾아오는 일은 더 이상 없었으면 좋겠다. 너하고 더 이상 엮이기 싫으니까.'라는 의미였다. 물론 영리한 조쟁쟁은 다 알고도 못 알아들은 척한 것이었다.

오곤은 심한 말을 해놓고 조금 미안했다. 외투를 조쟁쟁에게 걸쳐주면서 부드럽게 말했다.

"늦었으니 바래다주겠소."

채차는 잠시 짬을 내 외출했다. 그녀가 석탄가게에 도착했을 때였다. 포랑도 석탄 배달을 마치고 막 돌아온 참이었다. 그는 여전히 낡은 작업복 차림에다 온몸에 먼지를 잔뜩 뒤집어쓰고 있었다. 그러나 탄탄한 근육질 몸매와 남자답게 잘 생긴 얼굴은 화보에 나오는 '제철공장 용광로 사나이' 못지 않게 멋있었다.

오늘은 기필코 헤어지고 말겠다던 채차의 다짐은 포랑을 보자마자 와르르 무너져버렸다.

'시골에서 농사나 짓기에는 참 아까운 사람이야. 이제 곧 차 가공 공장으로 출근하게 된다지? 어쩌면 하찮은 삽질도 저렇게 멋있게 할 수 있을까? 저 사람은 근심걱정이 없는 사람 같아. 다른 사람들은 회의를 한다, 주자파를 잡으러 다닌다, 난리법석인데 자기는 세상과 아무 상관도 없다는 듯 저렇게 해맑게 삽질을 하고 있는 걸 보면 말이야. 저 사람 어머니의 문제가 살짝 마음에 걸리기는 하지만 남편과도 이혼했으니 더 이상 국민당 마누라 소리는 듣지 않을 거 아냐?'

생각하면 할수록 포랑만큼 좋은 남편감도 드물 것 같았다. 아까의 결심은 어느새 눈 녹듯 사라져버렸다. 채차는 뛰다시피 포랑에게 다가갔다. 이어 그를 부드럽게 불렀다.

"소포랑, 나 왔어요."

포랑이 일손을 멈추지 않고 말했다.

"채차 아가씨는 참 착하군요. 친절하게도 헤어진 남자친구를 보러 와주셨어요?"

"무슨 소리예요? 헤어지긴 누가 헤어져요? 당신 언제 퇴근해요? 제가 준비한 혼수 보러 같이 가요."

포랑이 깜짝 놀란 표정으로 마스크를 벗었다.

"우리는 이미 헤어진 거 아니오?"

"쉿, 목소리 낮춰요. 남들이 들으면 진짜 헤어진 줄 알겠어요."

채차는 황급히 포랑을 밖으로 끌고나왔다.

"누구 마음대로 헤어져요? 당신이 헤어지고 싶다면 헤어지는 건가요?"

"내가 아니라 채차가 헤어지겠다고 하지 않았소?"

포랑이 의아한 표정을 지었다.

"그건 홧김에 한 말이에요. 제가 그런 말을 하면 당신은 붙잡는 시늉이라도 했어야죠."

포랑은 채차의 얼굴을 찬찬히 살펴봤다. 햇볕에 살짝 탄 피부는 사과껍질처럼 두꺼웠다. 그는 얼굴이 두꺼운 여자를 싫어했다. 살짝만 건드려도 톡, 하고 터질 것처럼 여리고 함초롬한 여자가 좋았다. 그가 미안한 표정을 지으면서 말했다.

"미안하오. 나는 당신 같은 여자는 별로요."

채차의 두 눈이 튀어나올 것처럼 휘둥그레졌다. 포랑이 채차의 놀란 표정을 보고 큰 소리로 해명했다.

"다른 뜻은 없소. 나는 그저 소리를 지르지 않고 발도 구르지 않고 조용히 눈물만 흘리는 여자가 좋다는 거요."

포랑의 말이 끝나기 무섭게 채차의 커다란 눈에서 눈물이 뚝뚝 떨어지기 시작했다.

"너무해요. 당신이 어떻게 나를 버릴 수 있어요? 이제 나는 어떻게 얼굴을 들고 다녀요?"

채차는 고함을 지르지도 않고 발도 구르지 않았다. 손으로 얼굴을 가리고 훌쩍훌쩍 흐느낄 뿐이었다. 포랑도 채차의 말을 듣고 멍해졌다. '내가 지금 무슨 짓을 한 거지? 내가 제일 어렵고 힘들 때 나를 받아준 여자에게 너무 심한 말을 했어. 이 방정맞은 입이 문제야.' 포랑은 그렇게 생각하고는 재빨리 속옷 주머니에 있는 반지를 꺼내 채차의 손가락에 끼워줬다.

그날 밤 포랑은 밤늦도록 사애광의 집에 앉아 있었다. 두 손으로 머리를 감싸쥔 채 한숨을 푹푹 쉬면서 몇 번이나 같은 질문을 되풀이했다.

"애광은 왜 득방하고 같이 외지로 가지 않았어? 다들 혁명을 한다고 집에 붙어 있지 않는데 왜 여태 집에 있는가 말이야."

사애광이 포랑의 눈을 피하며 말했다.

"왜 그래요? 그 여자 때문에 그래요? 결혼하기 싫으면 안 하면 되잖아요."

"안 돼. 나는 반드시 결혼해야 해. 외삼촌은 내가 결혼을 해야 마음 놓고 일자리를 구해주시겠다고 하셨어. 나는 일자리가 필요하거든. 일자리를 얻기 위해서는 가정을 꾸려야 해."

포랑의 눈빛이 갑자기 이상야릇해졌다. 급기야 초등학생처럼 비쩍 마른 애광을 응시하면서 뜻밖의 물음을 던졌다.

"애광, 나와 결혼해주겠어?"

누더기 이불 위에 앉아 홀짝홀짝 차를 마시던 사애광이 찻잔을 든 채 멍한 표정을 지었다. 이어 얇은 콧방울이 벌름거리나 싶더니 낮은 울음소리가 배어나왔다.

"어떻게 그런 말을……."

당황한 포랑이 연신 손사래를 쳤다.

"농담이야, 농담! 울지 마. 내가 농담한 거야. 내가 미쳤다고 다 자라지도 않은 꼬맹이하고 결혼을 하겠어?"

사애광이 눈물을 그치고는 쑥스럽게 웃었다.

"깜짝 놀랐어요. 저는 이제 겨우 열여섯이에요. 저도 오라버니가 있었으면 좋겠어요. 다들 저만 괴롭혀요."

"누가?"

"항득방네 애들이오."

"뭐라고? 망할 놈의 자식, 나한테 걸리기만 해봐라. 엉덩이를 짓뭉개버릴 거야. 그런데 요즘은 또 어디를 싸돌아다니는지 통 보이질 않네. 걱정 마. 돌아오면 내가 아주 혼쭐을 내줄게."

"치, 결혼하면 마누라한테 꽉 잡혀 살 거면서. 앞으로는 석탄도 가져다주지 못하고 저 보러 오지도 못하겠죠?"

"그녀가 감히 나한테 이래라 저래라 한다면 두드려 패버리지 뭐. 뭐라고 자꾸 징징거리면 까짓것 이혼하면 되고. 이번에도 그녀가 울면서 나를 잡으니까……. 자랑은 아니고, 사실 나도 운남에서는 여자들에게 인기가 많았어. 항주로 돌아오지 않았더라면 아마 지금쯤 마누라를 백 명도 넘게 거느리고 있을걸?"

"어머나!"

사애광이 비명을 질렀다. 남자들의 허세 본능을 아직 모르는 그녀는 포랑의 허풍을 진담으로 알아들었다.

"안 돼요! 그러면 절대 안 돼요! 혼인법은 '일부일처제'를 규정했어요. 법을 어기면 안 돼요!"

포랑이 그윽한 눈으로 사애광을 뚫어지게 바라봤다.

'어휴, 열여섯이나 됐는데 아직 아기 같군. 서쌍판납 같았으면 벌써 아기 엄마가 됐을 텐데. 안고 싶어, 침대에 눕히고 싶어 미치겠어…….'

포랑은 응큼한 생각이 밀려왔다. 그러나 곧 나쁜 생각을 털어버리려는 듯 고개를 세게 흔들었다. 이어 일어서면서 조금 전에 받은 월급의 절반을 뚝 떼 사애광에게 내밀었다.

"봤지? 공평하게 절반씩 나눈 거야. 나는 한 푼도 더 가지지 않았어."

사애광의 눈에 또 눈물이 고였다.

"어머니가 두 달째 생활비를 보내주지 않고 있어요. 편지를 보냈는데 답신이 없네요. 다른 사람에게 돈을 빌렸다고 말했는데도 소식이 없어요. 정말 걱정돼요."

포랑이 가녀린 사애광을 와락 껴안았다가 이내 풀어줬다. 그리고 그녀의 어깨를 두드리면서 말했다.

"걱정 말래도 그러네. 여기가 조금 잠잠해지면 내가 강서江西에 갔다 올게. 그다지 멀지 않아."

포랑은 문밖에 서서 또 한 번 신신당부했다.

"밖에 나가지 마. 사람 같지도 않은 무리들하고 휩쓸리면 절대 안 돼, 알겠어? 내가 자주 보러 올게. 말 안 들으면 때릴 거야."

말을 마친 포랑은 곧 어둠 속으로 사라졌다.

포랑네 집 앞에 남루한 차림의 늙은 사내가 나타났다. 입고 있는 옷이 낡고 허름한 것까지는 그렇다 쳐도 여기저기 불에 탄 구멍이 나 있는 것이 충분히 의심을 살 만한 행색이었다. 안 그래도 며칠 전 이곳 광장과 골목에서 낡은 무대의상과 화보를 불태운 일이 있었던 터라 주민들은 낯선 사내의 등장을 무척 경계하는 눈치였다. 아니나 다를까, 포랑네 집을 강제로 차지한 '노동계급 마누라'가 대문 밖으로 나와 낯선 사내를 훑어봤다.

"뉘시오?"

남자는 키가 훤칠했다. 머리카락은 희끗희끗하나 숱이 매우 많았다. 그가 억지 미소를 지으면서 누가 들어도 어색한 공손한 말투로 대답했다.

"사람…… 찾으러 왔습니다. 여기 산다고 해서……."

포랑네는 대문 밖에 있는 곁채로 쫓겨나 살고 있었다. 집이 작아서 포랑은 그물침대에서 잠을 자야 했다. 이날도 하루 종일 일하고 돌아와 자고 있던 포랑은 꿈결에 익숙한 목소리를 알아듣고는 벌떡 일어났다. 이어 손에 잡히는 대로 커다란 외투를 들고 대문 앞으로 달려갔다. 낯선 방문객은 그가 예상한 그 사람이 맞았다.

"갑시다. 제가 안내해드리죠."

포랑은 자전거를 끌고 나왔다. '노동계급 마누라'는 두 사람을 힐끔힐끔 쳐다보면서 잔뜩 의심을 품었다.

'누구지? 이 집과는 무슨 관계지?'

그녀는 좋지도 않은 머리를 계속 굴렸다. 하지만 1950년대까지 거슬러 꼼꼼히 기억을 되살려 봐도 사내가 누구인지 도무지 알 수가 없었다.

포랑은 반백의 사내를 끌고 골목을 벗어난 뒤 외투를 사내의 어깨에 걸쳐줬다. 그리고 자전거 뒷자리를 툭툭 치면서 말했다.

"타세요."

사내가 물었다.

"어디 가는 거냐?"

"옹가산으로 가요. 저 곧 결혼해요."

두 사람의 눈길이 마주쳤다. 포랑이 먼저 입을 열었다.

"아버지, 하나도 안 변하셨네요."

나력이 주책없이 흐르는 눈물을 감추려고 눈을 껌벅이면서 미소를 지었다.

"어느새 이렇게 컸구나."

나력이 호포로虎跑路 길 양쪽에 다닥다닥 붙어 있는 대자보와 표어들을 구경하면서 아들에게 말했다.

"자전거가 좋구나."

"'비둘기'표예요. 큰외삼촌이 주셨어요."

"큰외삼촌은 괜찮으시냐?"

"둘째 외삼촌보다는 상황이 조금 나아요."

페달을 돌릴 때마다 포랑의 건장한 어깨와 등이 들썩들썩 움직였다.

"초풍 형수는 죽었어요. 한이 형님은 외양간에 갇혔고요."

"네 어머니는?"

나력은 아들의 등에 손을 얹었다. 솜옷을 입었는데도 뜨거운 열기가 훅 풍겨왔다. 얼굴을 때리는 맞바람이 더 이상 차갑지 않았다.

"처음에는 엄청나게 운이 나빴어요. 지금은 많이 괜찮아졌지만요. 다른 건 괜찮은데 우리 집을 차지한 그 늙은 여편네를 볼 때마다 열불이 나요. 얼마나 악질인지 몰라요. 아버지가 돌아오신 걸 알면 또 난리를 칠 거예요. 그래서 아까 그 여편네가 알아보기 전에 아버지를 끌고 나온 거예요. 오늘은 옹가산에서 푹 쉬세요. 내일 제가 어머니를 모셔오겠어요. 걱정 마세요. 이 아들이 있는 한 항주에서는 아무도 아버지를 건드리지 못해요."

포랑은 가슴을 탕탕 쳤다. 나력이 흐뭇한 미소를 지었다.

'나를 많이 닮았어. 20여 년 전에 내가 기초에게 했던 말을 똑같이

하고 있어.'

포랑이 아버지에게 물었다.

"그런데 아버지는 어떻게 나오셨어요? 도망치신 거예요, 아니면 풀려나셨어요? 아니면 휴가를 받으셨어요?"

나력이 그제야 손에 든 비닐봉지를 흔들어 보이면서 설명했다.

"농장에 큰불이 났어. 다른 건 다 타버리고 겨우 이 신발 한 짝만 건졌어. 너에게 주려고 준비한 건데."

나력이 불 속에서 겨우 꺼내온 솜신발 한 짝을 아들에게 내밀었다. 포랑이 얼굴에 솜신발을 갖다 댔다.

"두툼하니 따뜻하군요."

"한 짝밖에 없어서 아쉽구나."

"괜찮아요. 어머니에게 부탁하면 나머지 한 짝을 만들어주실 거예요."

포랑이 자전거 손잡이를 옆으로 획 꺾었다. 길옆의 풍경이 순식간에 시커먼 차나무 밭으로 바뀌었다. 나력은 아들의 등에 얼굴을 댄 채 아들의 허리를 꽉 안았다.

"미쳤어, 제대로 미쳤어. 여기가 어디라고 겁도 없이 노동교화범을 데리고 와? 이번에는 도저히 못 참아."

채차는 화가 나서 미칠 것 같았다. 포랑이 도무지 이해가 되지 않았던 것이다. 안 그래도 최근 들어 포랑과의 관계를 다시 심각하게 고민하고 있던 차였다. 그녀는 오곤의 추천으로 '항주시 교외 농민 조반파'의 대표를 맡고 있었다. 조반파 본부인 초대소 상주 자격도 얻었다. 그녀는 원래 있던 4인실 숙소에서 오곤의 옆방으로 자리를 옮겼다. 곧 그녀를 대하는 사람들의 눈빛이 달라졌다. 전날까지 그녀와 방을 같이 쓰던 동료는 날이 밝자마자 부르지도 않았는데 자발적으로 찾아와서 따끈따끈한 차를 따라줬다. 동료는 지난번에 채차가 퇴짜 놓았던 '해방군 아저씨'를 넌지시 다시 언급했다. 채차는 오늘밤 오곤과 어깨를 나란히 하고 신문사 권력을 탈취하는 행동에 참가하기로 돼 있었다. 큰 이변이 없는 한 모레, 즉 1967년 1월 1일은 그녀가 완전히 다른 사람으로 새롭게 태어나는 날이 될 것이었다. 이런 것을 일컬어 천지개벽이라고 하는가? 채차는 처음으로 '혁명'의 위대함을 실감했다. 무엇 때문에 그렇게 많은 사람들이 '혁명'을 원하는지 알 것 같았다.

채차는 갑자기 바빠졌다. 할 일도 많아졌다. 우선 공부를 해서 문맹에서 벗어나야 했다. 그녀는 소학교를 몇 년 다니기는 했으나 공부를 제대로 하지 않았다. 그래서 거의 까막눈이나 다름없었다. 그러나 오곤 같은 사람과 동석하려면 적어도 글자를 읽을 줄은 알아야 하지 않겠는가. 두 번째로 중요한 일은 포랑과 파혼하는 것이었다. 그녀와 포랑은 지난 반년 동안 헤어졌다 만났다를 수없이 반복했다. 하도 변덕이 심해 다른 사람들을 얼떨떨하게 만든 것은 말할 것도 없고 나중에는 채차 본인도 둘이 사귀는 중인지 아니면 헤어진 것인지 헷갈릴 지경이었다. 하지만 이제는 걱정할 것이 없었다. 군인 남자와 잘 될 확률이 높을 뿐 아니라 옆방에 있는 오곤도 그녀에게 은근한 눈빛을 보내고 있지 않은가. 채차는 이 나이 먹도록 남자들에게 이렇게 인기가 많았던 적은 처음이었다. 왠지 마음이 든든했다. 그래서 이번에는 어떻게든 운남 불량배 같은 포랑을 칼로 무 자르듯 정리해버리리라 다짐했다.

채차는 며칠 동안 옹가산에 오지 않았다. 오늘 짬을 내서 온 것도 포랑과의 파혼을 선언하기 위해서였다. 하지만 그녀가 입을 열기도 전에 할아버지가 먼저 입을 열었다.

"채차, 당장 조반파들에게 전해라. 나 소촬착이 할 말이 있으니 모 주석에게 전보를 보내라고 말이야."

채차는 어이가 없어 실소가 나왔다. 할아버지는 스스로를 대단한 인물로 착각하는 것이 틀림없었다. 아무리 착각은 자유라지만 1927년에 장개석蔣介石군과의 싸움에 참가했다는 이유만으로 모 주석에게 전보를 보낼 자격이 있다고 생각하다니, 이 얼마나 가소로운 추태인가. 게다가 모 주석에게 보내겠다는 전보 내용도 매우 반동적이었다. 채차는 할아버지가 요즘 떠도는 소문 때문에 펄펄 뛴다는 것을 알고 있었다. 소문에 따르면, 농촌에서 곧 '자본주의 꼬리 자르기' 운동이 시작될 것이라고 했다. 또 농민들은 자류지自留地(사회주의 국가에서 농업 집체화 이후에 농민 개인이 경영할 수 있도록 한 약간의 자유 경작지), 텃밭과 개인 보유의 과수나무를 전부 국가에 바쳐야 한다고 했다. 뿐만 아니었다. 여기에 한술 더 떠서 여러 생산대生產隊를 하나로 합병해 집체화 경영을 한다는 말도 나오고 있었다. 농민들은 당연히 반발했다. 문제는 다른 사람도 아닌 할아버지가 앞장서서 농민들을 선동한다는 사실이었다.

"망조가 들었어. 이게 1958년 '대약진' 시절로 돌아가는 게 아니면 뭐냐? 지금 우리를 굶어죽으라는 게 아니면 뭐냐?"

채차는 할아버지를 설득하려고 애썼다.

"할아버지는 집 주변의 차나무 몇 그루가 그렇게 아까워요? 그깟 나무들에서 차가 몇 냥이나 나온다고 그래요? 노 혁명가인 할아버지가 기어이 '자본주의 꼬리' 감투를 써야겠어요?"

소촬착이 버럭 화를 냈다.

"그래, 그깟 차나무 몇 그루가 아까워서 그런다. 됐냐? 너 그 차나무를 누가 심었는지 알기나 하냐? 네 증조부가 직접 심으신 거야. 그분은 혁명 활동을 하시다가 장개석에게 목숨을 잃었어. 그분이 심은 나무를 왜 국가에 바쳐야 하느냐! 토지개혁 때도 바치지 않았던 것을."

채차도 소리를 질렀다.

"그게 언젯적 얘기예요? 지금은 문화대혁명 시기라고요. 할아버지 노망나셨어요?"

소활착은 화가 머리끝까지 났다. 버르장머리 없는 계집애 같으니라고. 어릴 때부터 머리가 둔해서 10 아래의 더하기 빼기 계산마저 버벅거리던 녀석이 조반파 무리들과 휩쓸리더니 할아비를 노망난 노친네 취급을 해? 결국 그의 입에서 분노의 목소리가 터져 나왔다.

"뭐? 노망? 내가 노망났으면 네 결혼 자금을 마련할 수 있었겠냐? 너, 시내에 출근하면서 돈 얼마나 모았어? 말해 봐, 얼마나 모았냐고? 지금까지 겨우 밥벌이만 했지 모은 돈이 한 푼이라도 있냐? 보온병, 벽시계, 솜이불까지 이 할아버지가 아니었으면 누가 네 혼수를 준비했겠어? 할아비의 돈도 하늘에서 뚝 떨어진 것이 아니야. 몇 년 동안 남몰래 차를 따서 판 돈을 조금씩 모은 거지. 네가 뭘 안다고……."

채차는 누가 들을세라 다급하게 문을 걸어 잠갔다.

"쉿! 목소리 낮춰요! 조리돌림 당하고 싶어요? 차 투기거래는 엄연한 범죄예요. 걸리면 감옥에 간다고요. 몰랐어요?"

"내가 모른다고?"

화가 난 소활착은 입에서 나오는 대로 손녀에게 정곡을 찌르는 말을 던졌다.

"차라리 잘 됐구나. 그걸 잘 알고 있다니 이제는 네가 알아서 결혼을 하면 되겠네. 집이고 혼수고 너 스스로 알아서 장만해. 이 할아비는 한 푼도 지원 못 해준다!"

"싫다는데 결혼하라고 억지로 등 떠민 게 누군데요? 저는 처음부터 결혼 생각이 없었어요. 그러니 이 결혼은 없던 걸로 하고 할아버지도 손녀 혼수 준비를 핑계로 차를 몰래 파는 짓은 그만하세요. 저도 더 이상 예전의 채차가 아니에요. 혁명 조반파의 어엿한 일원이라고요. 그깟 차 몇 냥 때문에 할아버지가 잡혀가는 꼴은 못 봐요. 알겠어요?"

"그놈의 혁명! 그놈의 반란! 대체 누구를 위한 혁명이고 반란이냐? 농민들의 목소리를 반영하는 놈은 한 명도 없어. 모 주석도 너희 같은 인간들에게 눈과 귀가 가려지신 게야. 1958년 대약진 때와 똑같은 상황이야!"

채차는 당황스러워서 식은땀이 다 났다. 위험한 발언을 일삼는 할아버지를 이대로 내버려뒀다가는 감옥에 끌려가는 것은 시간문제일 터였다. 한편 말 한마디만 잘못해도 끌려가서 반죽음이 되도록 두들겨 맞는 세월에 할아버지만 용케 무사한 것이 신기하기도 했다.

소촬착이 발로 문을 탁 차서 열었다. 채차가 당황한 표정으로 물었다.

"할아버지, 어디 가요?"

소촬착이 건너편 산비탈의 차나무 숲을 가리키면서 퉁명스럽게 대답했다.

"모 주석에게 전보 치러 간다. 너희들은 입만 열면 거짓말이지만 나는 모 주석에게 진실을 고할 것이야."

소촬착이 나가자마자 포랑이 들어왔다. 화가 나서 씩씩거리는 채차의 눈에 포랑이 곱게 보일 리 만무했다. 채차는 포랑과 함께 온 남자가 그의 노동교화범 아버지라는 말을 듣자마자 바로 문턱에 올라서서 축객령을 내렸다.

"가요, 가! 밤이 깊어지기 전에 빨리 여기서 나가요! 앞으로 우리 집에 다시는 오지 말아요!"

포랑이 거칠게 채차의 팔목을 잡고는 불빛 아래로 끌고 갔다. 채차가 소리를 질렀다.

"왜 이래요? 이 손 놔요!"

포랑은 아무 말 없이 채차의 얼굴을 찬찬히 훑어봤다. 이어 채차가 맞다는 걸 확인하고는 잡은 팔을 놓으면서 입을 열었다.

"내 반지 돌려줘!"

채차는 허둥지둥 열쇠를 찾아 화장합 뚜껑을 열었다. 그리고는 그 안에 얌전하게 누워 있는 반지를 꺼내 바로 포랑에게 돌려줬다. 엄밀히 따지면 그녀가 반지를 손에 끼고 있었던 시간은 다 합쳐도 스물 네 시간도 되지 않았다. 하지만 포랑은 반지를 받고도 갈 생각을 하지 않고 장승처럼 버티고 서 있었다.

"왜 안 가요?"

포랑이 별안간 소리를 버럭 질렀다.

"더러운 년, 내가 예물로 준 차를 내놔!"

포랑의 화내는 모습을 처음 본 채차는 너무 놀라 엉겁결에 뒤로 몇 발자국 물러섰다. 이어 덜덜 떨리는 목소리로 물었다.

"차, 차라니요? 무슨 차 말인가요?"

포랑이 화장합 뚜껑을 열고 낡은 신문지로 싼 타차沱茶 두 덩이를 꺼냈다.

"이거야, 이거! 똑똑히 봐! 너에게 줬던 내 마음을 도로 가져왔으니 앞으로 다시는 보는 일이 없도록 하자. 너는 내가 여태껏 본 여자 중에 제일 못 생기고 제일 추한 여자야! 거울 좀 봐! 우웩, 토할 것 같아!"

포랑이 구역질하는 시늉을 하고는 타차 두 덩이를 아버지에게 던졌다.

"아버지, 빨리 갑시다! 더러워서 여기 더는 못 있겠어요."

나력은 어안이 벙벙한 채로 아들에게 끌려 나갔다. 부자를 태운 자전거는 어느새 휙, 하고 사라져버렸다.

채차는 한참을 멍해 있다가 겨우 정신을 차렸다. 그녀는 허둥지둥 거울 앞으로 달려갔다. 거울 속에는 남자도 여자도 아닌 몰골로 울상을 지은 얼굴이 보였다. 며칠 전 유행을 따른답시고 머리를 짧게 자른 것이 화근이라면 화근이었다. 숱 많은 머리카락이 정수리를 두껍게 덮고 있어 넙데데한 얼굴과 커다란 입이 더욱 도드라져 보였다. 누가 봐도 못난이였다. 졸지에 판단력과 자신감을 잃은 그녀는 머리를 싸쥐고 울음을 터뜨렸다. 그러나 울면서도 옷매무시를 고치는 것은 잊지 않았다. 옹가산에 있고 싶은 생각이 싹 사라졌다.

채차는 헝클어진 머리를 하고 조반파 본부로 달려갔다. 시계를 보니 밤 여덟시가 넘어 있었다. 옆방에는 불이 켜져 있었다. 채차는 짐을 내려놓고 옆방 문을 두드렸다. 문을 열어준 사람은 오곤이었다. 조쟁쟁도 방안에 있었다. 채차는 두 사람을 보자 마치 구세주를 만난 것처럼 설움이 복받쳤다. 급기야 오곤의 침대에 엎드려 큰 소리로 울음을 터뜨렸다.

"나, 나는 이제 그들과 철저하게 인연을 끊었어요. 철저하게 무산계급 혁명노선을 택했어요!"

"그런데 울기는 왜 울어요?"

조쟁쟁이 짜증이 잔뜩 섞인 목소리로 면박을 줬다. 조쟁쟁은 '빈하중농의 여성대표'인 채차가 이유 없이 싫었다. 진짜 눈치가 없는 건지 아니면 눈치 없는 척하는 건지 오지 말아야 할 때를 귀신처럼 알고 찾아오기 때문이었다.

채차가 눈물 콧물로 범벅된 얼굴을 들었다. 이어 방에 있는 거울을 힐끗 쳐다보고 풀이 죽은 목소리로 말했다.

"그는 내가 세상에서 제일 못 생긴 여자라고 했어요. 나만 보면 토할 것 같다고 했어요."

채차가 또다시 울음을 터뜨렸다.

오곤과 조쟁쟁의 눈빛이 서로 마주쳤다. 순간 조쟁쟁이 마치 무언의 명령을 받기라도 한 것처럼 벌떡 일어나면서 말했다.

"저질스러운 인간, 저질스러운 취향 따위는 상대도 하지 말아야죠."

오곤은 욕정으로 빨갛게 상기된 조쟁쟁의 얼굴과 산발을 한 넓데데한 채차의 얼굴을 번갈아 바라봤다. 후회가 막심했다. 하지만 대놓고 티를 낼 수도 없어서 일어서면서 두 여자에게 말했다.

"자자, 출발합시다. 신문사 쪽에서 기다리고 있을 거요."

호포虎跑에서 시내로 들어오는 길 양쪽으로 메타세쿼이아나무가 빼곡히 늘어서 있었다. 잎은 거의 다 떨어지고 뼈만 남은 손가락처럼 앙상한 나뭇가지들이 하늘을 향해 뻗어 있었다. 시커먼 하늘에 달무리가 두껍게 진 것이 무슨 일이라도 일어날 것 같은 밤이었다.

주변은 어두운 것 같기도 하고 또 으스름하게 밝은 것 같기도 했다. 바람이 세찼다. 포랑은 자전거 페달을 정신없이 밟았다. 둘 다 한참 동안이나 아무 말도 하지 않았다. 자전거 페달이 돌아가는 소리와 귓가를 스치는 바람 소리만 들릴 뿐이었다. 이욱고 타차 두 덩이를 손에 꼭 쥐고 있던 나력이 먼저 입을 열었다.

"여기 세워줘. 그리고 너는 돌아가거라."

포랑은 아버지의 말에는 대꾸도 하지 않고 부지런히 자전거 페달을 밟았다. 그렇게 한참을 더 간 뒤에야 입을 열었다.

"아버지, 고마워요. 안 그래도 어떻게 헤어질까 고민하던 중이었어요. 그녀가 아버지를 보자마자 알아서 떨어져 나가줬으니 차라리 잘 된 일이죠."

"우리 내려서 좀 걸을까?"

포랑은 아버지와 키가 엇비슷했다. 다만 나력은 등이 약간 굽었다. 둘은 마치 오랜 세월을 함께 해온 사람들처럼 서로의 보폭에 맞춰 천천히 걸었다. 어둠 속에서 가끔 눈을 맞추기도 했다. 참으로 오랜만의 재회였으나 그렇게 어색하지는 않았다. 나력이 말했다.

"내가 괜히 찾아와서 너를 힘들게 하는구나. 사실 잠깐 얼굴만 보고 가려고 했다. 교도관이 사흘만 말미를 줬단다. 네가 이 아비를 기억해줘서 기쁘고 고맙구나. 나는 네가 아비 얼굴을 잊어버렸으면 어떡하나 걱정했단다."

"아버지가 잡혀갈 때 저는 열 살이었어요. 아버지를 싣고 간 경찰차도 기억나요. 그날 바람이 많이 불었어요. 아버지의 새까맣고 숱 많은 머리카락이 띠풀처럼 치솟던 모습이 기억나요. 아버지는 지금도 여전히 숱이 많으시군요."

"내가 괜히 왔어. 네 어머니가 알면 화를 낼 거야. 그 아가씨가 설마 진짜 파혼을 선언한 건 아니겠지? 아마 홧김에 한 말일 거야."

나력은 여전히 믿기 어렵다는 표정이었다. 포랑이 쿡쿡, 웃으면서 말했다.

"이전에도 파혼 얘기가 지겹도록 나왔었어요. 저는 그래서 한족 여자들이 싫어요. 너무 변덕스럽거든요."

나력은 자전거를 사이에 두고 아들과 어깨를 나란히 한 채 걷는 이 순간이 그저 꿈만 같았다. 비록 사흘뿐이지만 이렇게 자유를 만끽하고 있다는 사실이 쉽사리 믿어지지 않았다. 그는 노동개조농장에 있을 때 줄곧 차나무만 심었었다. 나력이 문득 걸음을 멈췄다.

"좀 더 가면 화항관어花港觀魚(서호 10경 중 하나) 아니냐?"

"맞아요."

"더 안쪽으로 들어가면 금사항金沙港이지? 개규천蓋叫天이 거기 살았는데."

"쓰레기차에 앉아 조리돌림 당하는 늙은이 말인가요? '무송타호'武松打虎라는 전통극을 공연하던 사람 맞죠?"

"그 노인네도 잡혀갔어?"

나력이 믿기 어렵다는 반응을 보였다.

"조리돌림 당하지 않은 사람이 없어요. 둘째 외삼촌도 벌써 몇 번이나 당한걸요."

"……."

어느새 용정로龍井路에 들어섰다. 용정로는 항씨 가족들에게 매우 익숙한 곳이었다. 어둠 속에서 서 있는 종려나무 몇 그루가 보였다. 이쪽 저쪽에 무심하게 매달려 있는 커다란 잎사귀들이 바람에 살랑살랑 흔들리고 있었다. 마치 넓은 승복 자락을 펄럭이면서 제방을 휘적휘적 걸어 내려오는 승려와도 같았다. 종려나무 아래 무성하게 자라고 있는 차나무 숲도 예전 그대로였다. 나력은 하얗게 핀 차나무 꽃과 꽃잎에 맺힌 투명한 이슬까지도 눈앞에 보이는 듯했다. 두 사람의 마음이 통한 것일까? 포랑은 자전거를 세워놓고 아버지와 함께 차나무 아래로 향했다. 둘은 밤이슬을 맞으며 한참을 그 자리에 말없이 서 있었다.

포랑이 먼저 입을 열었다.

"아버지, 제가 비밀 하나 알려드리겠어요. 아무에게도 말하지 못한 비밀이에요. 아버지께는 말씀드릴 수 있어요. 저는 가끔, 지금처럼 이렇게 주변이 쥐 죽은 듯이 조용할 때, 혼자 산비탈이나 차나무 밭에 서서 불을 지르는 상상을 하고는 해요. 골치 아픈 것들을 모조리 불 태워버리면 얼마나 통쾌할까, 하고 생각하면서요."

나력이 아들의 어깨에 손을 올리더니 차나무 아래에 앉혔다. 둘은 석탄재가 잔뜩 묻은 외투를 같이 어깨에 걸쳤다. 나력이 말했다.

"나도 비밀 하나 말해주마. 아무한테도 말하지 않은 비밀이야. 실은 네 어머니와 나는 여기서 첫날밤을 보냈단다. 그리고 미얀마의 차나무 숲에서 너를 임신했지. 그 당시 나에게는 매우 의미 있는 하룻밤이었단다. 사랑하는 사람과 첫날밤을 보냈으니 죽어도 여한이 없다고 생각했지. 아마 네 어머니도 같은 생각이었을 거야. 하지만 얘야, 너는 아직 할 일이 많단다."

포랑은 아버지의 말을 조용히 다 듣고 자리에서 일어섰다. 이어 자전거를 밀면서 아버지에게 말했다.

"아버지, 걱정 마세요. 산에 불을 지르는 바보 같은 짓은 하지 않아요. 큰외삼촌댁으로 가요. 그곳에는 아버지가 주무실 수 있는 침대가 있을 거예요."

시끌벅적한 시내에 들어서자 현실감이 느껴졌다. 호빈로에 이르자 커다란 확성기를 두 개 매단 선전차량이 맞은편에서 다가왔다. 확성기를 든 사람이 〈우리는 무엇 때문에 '절강일보'浙江日報를 없애야 하는가–

절강성 인민들에게 고하는 글〉이라는 제목의 사설을 큰 소리로 읽고 있었다. 차 안의 사람과 차 밖의 사람들은 서로에게 관심이 없었다. 차 안에서 사설을 읽고 있는 사람은 조쟁쟁이었다. 조쟁쟁의 조수 채차는 그녀 옆에 앉아 있었다. 두 여자는 오곤이 직접 초고를 쓴 '정치선언'에 온통 정신이 팔려 있었다. 그러나 옷깃을 세운 채 자전거를 밀고 총총히 선전차량을 스쳐지나가는 두 남자의 귀에는 확성기 소리가 전혀 들리지 않았다. 그들의 마음은 방금 지나온 차나무 숲과 아련한 추억에 머물러 있었다.

1966년의 마지막 밤, 나력은 양패두 항씨네 집 앞에 서 있었다. 나력은 호숫가에서 지저귀는 밤 꾀꼬리 소리가 귓가에 들려오는 것 같았다. 그것은 기억 속에 고이 간직된 고향의 소리였다. 반평생을 떠돌이 생활과 감옥살이를 하며 살아온 그에게 이곳은 고향이자 집이었다. 나력은 문을 열려고 손을 내미는 포랑을 슬며시 제지했다. 그리고 문틈으로 안을 들여다봤다. 군인의 직감은 틀리지 않았다. 가화는 책상 앞에 앉아 있었다. 나력은 처음 항씨네 집에 찾아왔던 1937년 겨울밤을 떠올렸다. 그날 밤 가화는 특유의 침울한 표정을 짓고 그를 맞이했었다. 그리고 30년이 지난 오늘 밤 책상 앞에 홀로 앉아 있는 가화는 그때보다 더 침울한 얼굴을 하고 있었다. 나력은 천천히 문을 밀었다. 가화가 놀라서 일어나는 모습이 보였다. 동시에 그의 목소리가 들려왔다.

"돌아왔군……."

제14장

새로운 한 해의 시작은 묵은해의 마지막 날과 별반 차이가 없었다. 1967년 1월 1일, 항주의 하늘은 희끄무레했다. 해는 떴으나 맑다고 보기는 어려운 날씨였다. 운하 옆 거리와 골목은 여느 때와 마찬가지로 시끌벅적했다. 이곳은 대형 공장 밀집 지역인 데다 파벌 투쟁의 중심지로 하루가 멀다 하고 무력투쟁이 벌어지는 곳이기도 했다. 도심인 서호 호숫가가 상대적으로 조용한 곳이라면 이곳은 사람들을 격동시키는 온갖 사건 사고의 '온상'이라고 해도 과언이 아니었다. 물론 새해 첫날도 예외는 아니었다.

커다란 확성기 두 개를 매단 선전 차량이 다가왔다. 확성기에서는 격앙된 선전 문구가 흘러나오고 있었다.

"……1967년은 중국 전역에서 본격적인 계급투쟁이 발발하는 한 해가 될 것이다. 우리 당 내부에 숨어 있는 한 줌도 안 되는 주자파와 모든 우귀사신들을 향해 총공격을 하는 한 해가 될 것이다……."

공진교는 말이 없었다. 공진교 아래를 흐르는 대운하도 말없이 자기 갈 길을 가고 있었다. 옛날이나 지금이나 바쁜 걸음으로 공진교를 지나다니는 사람들은 생계유지도 힘든 일반 백성들이었다.

한 여자가 찌꺼기 섬유를 잔뜩 실은 수레를 끌고 오르막길을 오르고 있었다. 고개를 숙인 채 이를 악물면서 온몸의 힘을 짜내는 모습이 보기에 무척 애처로웠다. 그녀는 가끔 여자 목소리라고 믿기 힘들 만큼 큰 소리로 기합을 넣기도 했다. 밑바닥 생활을 하는 사람 특유의 고함소리였다. 지나가던 사람들 중에는 그녀를 알아보는 사람도 있었다. 그들은 대부분 고개를 돌려 그녀를 한 번 더 쳐다보고는 했다.

기초는 거리에서 수레를 끌면서 낯익은 사람들을 많이 만났다. 그 중에는 그녀한테 인사를 건네는 사람도 있고 당연히 못 본 척 쓱 지나가는 사람도 있었다. 예전에는 청자 찻잔을 들고 용정차를 마시면서 담소를 나누던 사람들이었다. 기초는 그들을 원망하지 않았다. 그저 그러려니 하고 넘어갔다. 고달픔을 참고 힘든 일을 견디는 것은 이제 매일의 일상이 돼버렸다. 다행히도 그 육체노동 덕분에 그녀는 중년의 나이에도 날씬한 몸매를 유지할 수 있었다. 젊은 시절의 미모 역시 완전히 사그라지지 않았다. 더구나 항씨 가문은 항주 시내에서 꽤 유명했기 때문에 거리에서 수레를 끄는 그녀의 모습은 사람들의 이목을 끌기에 충분했다.

기초는 설날 밤에 야근을 하고 다음날도 쉬지 못했다. 공진교 제사 공장에 가서 찌꺼기 섬유를 잔뜩 싣고 돌아올 때였다. 어쩐지 수레가 갑자기 가벼워진 느낌이 들었다. 고개를 돌려보니 아들이 웃으면서 옆을 향해 턱짓을 하고 있었다. 아들 옆에 서서 수레를 미는 사람을 확인한 순간 기초는 하마터면 그 자리에 주저앉을 뻔했다.

일가족 세 명은 대운하 다리 아래에서 한자리에 모였다. 기초는 나력을 끌어안고 울지 않았다. 감정을 억누르면서 무덤덤한 척하는 티가 역력했다. 그녀는 주위를 둘러보고 안심이 된 듯 입을 열었다.

"여기는 안전해요. 월이도 여기서 며칠 밤을 보냈다고 하더군요."

포랑이 어머니를 도와 수레 위의 찌꺼기 섬유를 내려놓으면서 뭔가 생각난 듯 문득 물었다.

"홍위병들이 우리 집에 쳐들어왔던 그날 밤이 생각나요. 그날 우리가 타고 도망갔던 배는 어떻게 됐는지 모르겠어요."

기초가 웃으면서 대답했다.

"그 이후로 며칠 동안 나는 제 정신이 아니었어. 누가 찾아올까봐 엄청 마음을 졸였지 뭐냐. 한 번만 더 비판투쟁을 당하면 못 버틸지도 몰라."

나력은 모자간의 대화에 끼어들 틈이 없었다. 그저 바보처럼 멍하니 서 있기만 했다. 기초가 고개를 들어 남편을 보고는 옆자리를 가리켰다.

"이리 와 앉아요. 이 바위는 깨끗해요."

나력은 여전히 선 채 우물쭈물 물었다.

"내가 뭘 도와주면 될까?"

기초가 일손을 재촉하면서 대답했다.

"나는 신경 쓰지 말고 하고 싶은 대로 해요. 우리가 진짜로 이혼한 것도 아닌데요, 뭐. 격식 차리지 않아도 돼요."

나력이 쭈그리고 앉아 기초의 손을 잡았다.

"방망이 이리 줘 봐. 나하고 포랑이 다 할 테니 당신은 쉬어."

기초가 빨랫방망이를 빼앗으면서 말했다.

"뭐 하는 짓이에요? 누가 보면 방망이 들고 싸우는 줄 알겠어요."

나력이 가볍게 호통을 쳤다.

"이리 내라고! 당신은 반평생을 고생만 했어!"

기초의 커다란 눈에 이슬이 맺혔다. 그녀가 운하 쪽으로 고개를 돌리면서 작은 소리로 물었다.

"여기 봐요. 많이 변한 것 같아요?"

나력은 머리를 흔들었다. 아내의 말에 대답을 할 수가 없었던 것이다. 오늘 거리에서 기초를 본 순간부터, 그녀가 가축처럼 땀을 흘리면서 수레를 끌고 가는 모습을 본 그 순간부터, 그는 목이 메어 말을 할 수가 없었다. 묵묵히 일만 하던 포랑이 입을 열었다.

"이렇게 더러운 강은 처음 봐요."

운남 밀림에서 살다 온 포랑은 이렇게 더럽고 냄새나는 강은 태어나서 처음이었다. 그를 더욱 놀라게 만든 것은 다리 위와 아래의 풍경이었다. 높다란 제방 옆 큰길은 투쟁을 하거나 투쟁을 받는 사람들의 인파로 북적이고 있었다. 또 제방 아래 더러운 인공운하에는 대형 여객선, 소형 기선, 화물선, 심지어 뗏목들까지 온갖 배들이 끊임없이 오가고 있었다. 강의 양안에는 비뚤비뚤 제멋대로 들어선 단층집의 지붕에서 붉은 깃발과 채색 깃발들이 바람에 펄럭이고 있었다. 환경 때문에 사람이 바뀐 걸까, 아니면 사람 때문에 환경이 바뀐 걸까? 처음 이곳에 와본 포랑은 세상에 이렇게 더러운 강이 있다는 사실과 사람들이 아무렇지도 않게 이런 곳에서 살고 있다는 사실에 큰 충격을 받았다.

기초는 한바구니 가득한 찌꺼기 섬유를 물에 담갔다. 시커먼 물 위로 기름이 둥둥 떴다. 기초는 물에서 건진 찌꺼기 섬유를 평평한 바위에 올려놓고 빨랫방망이로 두드리기 시작했다. 왼손을 높이 쳐들었다가 힘껏 내려치는 반동에 의해 어깨와 엉덩이가 들썩였다.

다 두드린 찌꺼기 섬유는 포랑이 받아서 장화 신은 발로 퍽퍽 밟았다. 비록 천한 일이지만 기초와 포랑은 불평 한마디 없이 손발을 맞춰가면서 열심히 일했다. 그 모습을 지켜보던 나력은 기어이 빨랫방망이를 빼앗았다. 그리고 기초가 하던 것처럼 힘껏 두드리기 시작했다. 방망이를 내려칠 때마다 희끗희끗한 머리카락이 아래로 흘러내렸다. 기초가 손을 내밀어 남편의 머리카락을 뒤로 넘겨줬다. 물끄러미 그 모습을 바라보던 포랑은 고개를 돌리고 멀찌감치 자리를 옮겼다.

한참의 침묵 끝에 나력이 입을 열었다.

"포랑에게 주려고 솜신을 장만했는데 불이 나서 한 짝밖에 남지 않았어. 당신이 나머지 한 짝을 만들어 줄 수 있겠어?"

"시간이 나면 만들게요."

나력이 방망이질을 멈추고 기초의 눈을 응시했다.

"기초, 내가 이번에 왜 왔는지 알아?"

기초가 눈을 크게 뜨면서 말했다.

"나한테 개가改嫁를 권하러 온 거겠죠? 그렇죠?"

나력이 입술을 실룩대면서 억지웃음을 지었다.

"어떻게 알았어?"

기초도 웃으면서 나력의 손에서 빨랫방망이를 빼앗았다. 이어 다리 위 사람들을 가리키면서 귀엣말을 했다.

"요즘 세상이 얼마나 험한데 나더러 누구한테 개가를 하라는 거예요?"

나력이 몇 초 동안 입술을 덜덜 떨다가 기어이 그 이름을 뱉어내고 말았다.

"양진!"

기초는 방망이를 든 채 그 자리에 굳어졌다. 하지만 이내 방망이로 나력의 어깨를 가볍게 때리면서 화를 냈다.

"나쁜 사람! 그런 말 하지 말아요!"

나력은 젊었을 때도 일부러 '양진'의 이름을 꺼내 기초의 약을 올리곤 했었다. 물론 농담으로 한 말이었으나 양진을 전혀 질투하지 않았다고 말할 수는 없었다.

나력이 방망이를 붙잡았다. 입은 웃고 있으나 눈에서는 눈물이 반짝였다.

"기초, 농담이 아니라 진심이야. 나는 언제 풀려날지 기약이 없는 사람이야. 그러니 나를 기다리지 말고 새로운 인생을 찾아. 양진은 좋은 사람이야. 당신도 양진을 좋아한다는 걸 알고 있어. 그는 지금 홀몸이고 대학 교수로 재직 중이라고 들었어. 양진이라면 나도 마음을 놓을 수 있어."

기초가 정색을 하고 물었다.

"솔직히 말해 봐요. 당신, 농장에서 딴 여자하고 눈 맞았죠?"

나력은 어이가 없는지 멍하니 있다가 한참 만에 길게 한숨을 내쉬었다.

"무슨 말을 하는 거야? 나는 당신이 걱정돼 며칠 동안 밤잠도 제대로 못 잤어. 장난치지 말고 좀 진지하게 말해 봐."

기초가 찌꺼기 섬유를 발로 꾹꾹 눌러 밟으면서 다리 위로 눈길을 돌렸다.

"당신도 참, 양진은 조반파들에게 잡혀가서 지금 어디 있는지도 몰라요. 죽었는지 살았는지도 모르는 사람에게 무슨 개가를 해요?"

나력이 깜짝 놀라며 벌떡 일어났다. 농장에 갇혀서 바깥소식을 제

때에 접하지 못한 것은 사실이지만 그새 양진이 잡혀가다니. 기초가 발놀림을 멈추지 않으면서 말을 이었다.

"솔직히 나는 당신과 가짜이혼을 한 것도 너무 후회돼요. 이혼하든 않든 별로 달라진 것도 없으니까 말이에요."

나력은 말문이 막혔다. 갑자기 침묵이 찾아왔다. 주위의 소음도 멈춘 것 같았다. 오랜만에 재회한 두 사람은 서로를 마주보면서 눈물이 흘러내리지 않게 눈만 깜빡였다. 이윽고 나력이 빨랫방망이를 쥐고 온힘을 다해 두드리기 시작했다. 탕탕탕탕! 절도 있는 방망이 소리가 다리 아래에 쩌렁쩌렁 메아리쳤다.

포랑이 바구니를 들고 다가왔다. 그는 오순도순 일하는 부모님을 보자 기분이 좋은 모양이었다. 싱글벙글 웃으면서 커다란 찻주전자에 든 농차를 꿀꺽꿀꺽 들이켰다. 이 얼마만에 맛보는 단란하고 평화로운 가족만의 시간인가! 공진교의 아치형 구조를 살펴보던 그가 갑자기 엉뚱한 질문을 했다.

"어머니, 예전에 아버지가 전당강 대교를 폭파시킬 때 여기 이렇게 서서 구경하셨어요?"

나력과 기초는 깜짝 놀라 자리에서 일어섰다. 이어 한참을 물끄러미 다리를 보던 기초가 입을 열었다.

"아니야, 서로 너무 멀리 떨어져 있어서 내가 목이 터져라 불렀는데 네 아버지는 듣지도 못했단다."

말을 마친 기초가 나력을 보면서 웃었다. 나력도 웃음으로 화답했다. 마음이 따뜻해지고 기분이 좋아졌다. 그가 다시 방망이를 들었다. 한 수레 가득한 찌꺼기 섬유를 다 두드리려면 시간이 꽤 걸릴 것 같았다.

같은 시대를 사는 사람들도 각자 삶의 방식은 모두 다른 법이다. 포랑의 삶을 대하는 태도는 두 조카보다 훨씬 단순하고 솔직했다. 그는 차 가공공장에 출근하기 시작했다. 물론 큰외삼촌과 같은 평차사評茶師가 되려면 아직 갈 길이 멀었다. 그가 주로 하는 일은 사들이고, 옮기고, 포장하고, 파는 등의 잡일이었다. 일은 힘들고 어려웠다. 그래도 그는 불만이 없었다. 한 달 노임도 고작 10위안을 웃돌 정도였다. 그래도 그는 불만이 없었다. 월급날이면 어김없이 절반을 뚝 떼 사애광에게 가져다주었다. 그는 새로운 일터가 좋았다. 하지만 공장 내의 파벌싸움에는 참여하지 않았다. 물론 누가 대자보 붙이는 일을 도와달라고 부탁하면 기꺼이 도와줬다. 차 공장에서도 파벌싸움이 치열했다. 양대 진영의 여인네들은 서로 잡아먹지 못해 안달 난 승냥이들처럼 눈만 마주쳐도 으르렁거렸다. 하지만 포랑을 미워하는 사람은 아무도 없었다. 처녀들 중 한 명이 집에서 가져온 고기소 호떡을 포랑의 밥그릇에 놓아주고는 그의 소매를 잡아끌면서 앵앵거렸다.

"똑바로 말해 봐요. 당신은 대체 누구 편이에요? 말 돌리지 말고 태도를 분명히 해요."

포랑이 희고 가지런한 이를 드러내면서 히죽 웃었다.

"예쁜 아가씨, 그렇게 무섭게 말하면 나 상처받아요. 내가 아가씨를 얼마나 좋아하는데."

처녀가 비명을 지르면서 포랑에게 주먹질을 했다.

"건달! 불량배! 이 사람은 불량배라고 내가 그랬지? 봐봐, 내 말이 맞지?"

얼마 지나지 않아 사람들은 포랑이 그들과는 다르다는 사실을 인정하지 않을 수 없었다. 마치 서쌍판납의 문명이 항주 지역과 천양지차인 것처럼 말이다. 포랑은 매우 바쁜 사람이었다. 그의 주위에는 여자가 많았다. 그 또한 여자들에게 매우 잘해줬다. 그의 딱 하나 불만이라면 한족 여자들이 보수적이고 남자들에게 요구하는 것이 많다는 사실이었다.

포랑은 사애광에게 온갖 열정을 다 쏟았다. 포랑 덕분에 사애광은 삶이 고되다거나 무섭다는 느낌을 점차 잊었다.

포랑은 틈만 나면 사애광에게 달려갔다. "애광, 애광!" 부르는 호칭도 친근하기 그지없었다. 사애광 역시 아기 새가 어미 새에게 의지하듯 포랑에게 완전히 의지했다. 의지할 곳이 전혀 없던 그녀에게 포랑은 친오빠처럼 든든하고 믿음직한 존재였다. 반면 득방을 향한 그녀의 감정은 포랑을 대할 때와는 달랐다. 그녀는 미간에 점이 있는 영준한 젊은이를 떠올릴 때마다 자기도 모르게 가슴이 설레고 얼굴이 달아올랐다.

사애광이 아파트 경비원을 통해 득방의 연락을 받은 것은 이번이 처음이었다. 부랴부랴 경비실로 달려가서 전화기를 들자 득방의 다급한 목소리가 들려왔다.

"나 지금 북경이야. 너 빨리 동도강을 만나서 내가 조사연구차 북경에 왔다는 증명서를 만들어달라고 해. 급하니까 얼른 만들어서 북경으로 보내줘!"

얼마나 급했는지 상투적인 인사치레도 없었다. 사애광이 전화기에 대고 소리를 질렀다.

"동도강은 요즘 손화정 패거리와 싸우느라 집에 안 들어온 지 한참 됐어. 내가 어디 가서 그 애를 찾아?"

"나는 지금 구치소에 있어. 모든 것이 너에게 달렸어."

'그래, 모든 것이 나에게 달렸어.'

사애광은 그런 생각이 들자 비바람을 맞으면서 항주 시내의 구석구석을 누볐다. 그리고 드디어 동도강을 찾아냈다. 동도강은 미심쩍은 표정을 지으면서 말했다.

"근데 득방은 왜 너에게 부탁했지?"

사애광은 거짓말을 했다.

"너를 못 찾으니까 그런 거지. 득방은 우리가 같은 집에 산다는 걸 알잖아."

사애광은 남들이 모르는 비밀을 득방과 단둘만 공유하고 있다는 사실에 묘한 흥분과 쾌감을 느꼈다.

사애광은 꼬박 이틀을 앓아누웠다. 득방의 일 때문에 추운 날 밖에서 헤매고 다니느라 감기에 걸렸던 것이다. 그녀는 그러나 포랑에게 아무런 내색도 하지 않았다. 하지만 마음속으로는 그녀를 돌봐주는 사람이 포랑이 아닌 득방이었다면 얼마나 좋을까 하는 생각을 골백번도 더 했다.

포랑은 거의 이틀에 한 번꼴로 사애광을 보러 달려왔다. 그 와중에 누군가 그의 전 여자 친구 채차의 근황을 말해줬다. 채차는 주머니가 네 개 달린 제복을 입은 군인(장교)에게 시집을 갔다고 했다. 포랑은 입을 삐죽 내밀면서 어깨를 으쓱했다. 별로 관심이 없다는 표정이었다. 그의 정신은 온통 사애광에게 쏠려 있었다. 요즘 들어 그녀에 대한 안 좋은 소문이 심심찮게 들리고 있었다. 그녀가 행실이 단정치 못하다는 소문이었다. 아마 학생들 사이에서 따돌림도 당하는 것 같았다. 그럴 때마다 사애광은 집에 돌아와서 눈이 퉁퉁 붓도록 울었다. 처음에는 그녀의 어머니를 "행실이 단정치 못하다."고 비난하던 사람들이 이제는 그녀에게 미움의 화살을 날리고 있었다. 그들의 논리대로라면 좋고 나쁜 행실도 유전이라는 말인가?

포랑이 요코 외숙모에게서 얻은 약을 가져왔다. 호경여당胡慶餘堂에서 만든 만응오시차萬應午時茶는 커피처럼 색깔이 진한 길쭉한 고체 덩어리였다. 사애광은 약을 보고 울상을 지었다.

"그건 뭐예요? 많이 써요?"

포랑이 뜨거운 물에 약을 녹이면서 정색을 했다.

"내가 의사니까 내 말 들어. 알겠어?"

오시차午時茶는 홍차에 연교連翹, 강활羌活, 방풍防風, 곽향藿香, 자소紫蘇 등의 약재를 섞어 만든 약차였다. 호경여당의 만응오시차와 일반 오시차의 다른 점이라면 묵은 홍차 대신 홍차와 녹차를 각각 절반씩 넣은 다음 9그램씩 길쭉한 덩어리로 눌러 만들었다는 것이었다. 주로 감기, 몸살, 식체, 복통, 설사 치료제로 사용되었다. 증상이 가벼울 경우 하루에 하나씩, 증상이 심하면 하루에 두 개씩 오전 9~10시와 오후 3~4시 두 번에 나눠 뜨거운 물에 우려마시는 식이었다. 만응오시차의 복용시간은 영국인들의 티타임 시간과 꼭 맞았다.

찻잔에 우러난 약차 색깔은 오래 묵은 황주처럼 진했다. 포랑은 약효 성분이 날아가는 것을 막고 좀 더 오래 우리기 위해 찻잔 뚜껑을 찾았다. 하지만 아무리 찾아도 찻잔 뚜껑이 없었다. 사애광이 미간을 찌푸리면서 푸념을 했다.

"찻잔을 새로 살 돈이 없어요."

포랑이 커다란 손으로 찻잔을 덮으면서 말했다.

"찻잔? 그까짓 거 내가 한 상자 가져다줄게. 우리 우파분자 형님이 용천산龍泉山에서 도자기를 굽고 있거든. 감기가 다 나으면 가져다줄게."

사애광이 어리광을 부렸다.

"손 닦았어요? 약에 석탄재 들어가는 거 아니에요?"

포랑이 손바닥을 펼쳐보였다.

"냄새 맡아 봐. 차향이 좋지?"

사애광이 두어 번 코를 킁킁거리더니 다시 울상을 지었다.

"저도 일자리가 있었으면 좋겠어요. 월급을 타면 어머니를 찾으러 강서江西에 갈 수 있잖아요. 어머니 소식이 끊어진 지 벌써 오래됐어요. 설마 득방의 어머니처럼 그렇게 된 건 아니겠죠?"

사애광이 말을 마치기가 무섭게 울음을 터뜨렸다. 포랑이 재빨리 찻잔을 사애광의 입가에 가져다 대면서 말했다.

"뚝! 내가 휴가를 받으면 강서에 갔다 오겠다고 약속했잖아?"

"어머니와 연락이 닿으면 이불을 한 채 해달라고 해야겠어요. 밤에 잘 때 추워서 얼어 죽을 것 같아요."

포랑이 자신의 이마를 찰싹 치면서 말했다.

"이 놈의 정신머리! 애광, 잠깐 눈 좀 감아 봐!"

사애광은 눈을 감았다. 얼굴에 찬바람이 스치는가 싶더니 다리에 묵직한 느낌이 전해졌다. 눈을 떠보니 포랑이 일할 때 입던 두꺼운 외투가 놓여 있었다. 순간 다시금 콧마루가 시큰해지면서 눈물이 나왔다. 포랑이 찻잔을 들면서 말했다.

"얼른 마셔. 한숨 푹 자고 땀을 쭉 흘리면 내일 아침엔 말짱해질 거야."

사애광은 고분고분 약을 다 마셨다. 하지만 누울 생각은 않고 멍하니 포랑을 쳐다봤다. 포랑이 잔소리를 늘어놓았다.

"빨리 눕지 않고 뭐해? 빨리 누워. 자고 나면 개운해질 거야. 얼른 누워. 내가 이불을 덮어 줄게."

사애광이 포랑을 보면서 조심스럽게 물었다.

"득방은 어떻게 됐어요?"

포랑이 또 자신의 이마를 때렸다.

"내 정신 좀 봐, 오늘은 왜 이리 깜빡깜빡하지? 누가 북경에서 득방을 봤다는 소식이 왔어. 영상이 일부러 양패두까지 와서 전해준 소식이야."

"정말? 언제 봤대요?"

사애광이 포랑의 말을 듣기 무섭게 벌떡 일어나려고 했다. 그런 그녀를 포랑이 눌러 앉혔다.

"흥분하지 마! 몸도 성치 않으면서 자꾸 이러면 화낼 거야. 누워! 내가 천천히 얘기해 줄게."

포랑의 이야기는 무척이나 길었다.

겨울방학을 코앞에 두고 영상은 난처한 상황에 처했다. 사실 방학이라고 해봤자 별로 의미가 없었다. 혁명을 한답시고 휴교령이 떨어진 지 오래됐기 때문이었다. 그동안 영상은 이리 피하고 저리 몸을 숨기면서 학생활동에 가급적 참가하지 않았다.

그런데 어젯밤 갑자기 전교생 긴급소집 통지가 날아왔다. 오늘 학교에 나오지 않는 학생은 '반혁명 용의자'로 간주해 책임을 추궁한다는 것이었다. 겁이 많고 소심한 영상은 수심에 잠겨 잠을 제대로 자지 못했다. 그리고 아침에 눈을 뜨고부터는 만만한 할머니에게 온갖 짜증을 다 부렸다. 큰할아버지가 집에 계시지 않으니 요코가 손녀의 화풀이 대상이 된 것이었다. 영상은 씻을 생각도, 밥 먹을 생각도 하지 않고 집안 구석구석을 뒤지고 다니더니 마침내 발을 구르면서 시끄럽게 울기 시작했다. 요코가 당황한 표정으로 물었다.

“아가, 울지 마. 뭘 찾고 있니? 이 할미가 대신 찾아줄 테니 얼른 밥 먹자.”

영상은 더욱 징징댔다.

“홍보서紅寶書(표지가 빨간색인 《모택동 어록》 책자), 홍보서가 없어. 그게 없으면 학교에 못 들어간단 말이야.”

“할미가 찾아 줄게. 어서 밥 먹어.”

영상은 그제야 죽그릇을 들었다. 하지만 안심이 되지 않는지 몇 입 먹다 말고 홍보서를 찾고 있는 할머니를 보더니 죽그릇을 탕, 내려놓고 또 울음을 터뜨렸다. 요코가 황급히 다가와서 물었다.

“우리 착한 손녀, 왜 또 그래? 어디 불편해?”

영상은 딱히 불편한 곳도 없으면서 일부러 트집을 잡았다.

“이걸 어떻게 먹어요? 너무 뜨겁잖아!”

요코는 죽그릇을 숟가락으로 젓고 입으로 호호 불어 식혔다. 이어 부드럽게 손녀를 달랬다.

“괜찮아, 괜찮아. 할미가 식혀 줄게. 울지 마, 할미가 있잖아.”

요코가 갑자기 무릎을 탁, 치면서 놀란 듯 소리를 질렀다.

“아이고, 내 정신 좀 봐. 포랑이 어제 홍보서를 빌려간 걸 깜빡했구나. 공장에서 출석 확인할 때 필요하다고 했어.”

영상은 얼이 빠져 목석처럼 그 자리에 굳어져버렸다. 순간 들고 있던 죽그릇이 바닥에 떨어져 죽이 쏟아지고 그릇은 산산조각이 났다. 영상은 진읍회가 차 탕관에 맞아 숨진 광경을 본 이후부터 가랑잎만 바스락거려도 놀랄 정도로 심약해졌다. 게다가 다른 것도 아니고 학교에 꼭 가져가야 할 ‘홍보서’가 없다니! 하늘이 무너지는 것처럼 눈앞이 깜깜해졌던 것이다. 요코가 손녀를 꼭 안고 토닥이면서 달랬다.

"아가, 괜찮아. 오늘은 학교에 가지 말자."

영상이 멍한 눈으로 중얼거렸다.

"안 돼요. 가야 돼, 가야 돼. 기차역에 반동 표어가 붙었대요. 작성자를 색출하기 위해 전교생의 글자체를 대조한대요."

영상은 숨을 죽이고 침대에 드러누웠다.

요코는 어찌할 바를 몰라 쩔쩔맸다. 손녀가 차라리 화를 내고 소리를 지르는 것이 더 마음이 편할 것 같았다. 어제 포랑에게 빌려주지 말았어야 했는데, 어디 가서 홍보서를 구하지?

요코가 수심에 잠긴 채 집 앞을 서성이고 있을 때였다. 빨간 비닐가방을 멘 내채가 커다란 엉덩이를 흔들면서 다가왔다. 이어 희색이 만면한 얼굴로 너스레를 떨었다.

"항씨네 사모님, 이 가방 어때요? 어제 우리 형님에게 선물 받은 거예요. 《모 주석 어록》과 《모 주석 시사詩詞》를 너끈히 넣을 수 있어요. 요즘 유행하는 거라던데, 어때요? 근사하죠?"

아미타불! 요코는 안도의 한숨을 내쉬면서 가슴을 쓸어내렸다.

"이게 다 모 주석 덕분이에요. 모 주석 만세, 만세, 만만세!"

요코는 구호를 외친 다음 체면을 차릴 여유도 없이 내채의 손을 덥석 잡았다.

"내아주머니, 우리 손녀 좀 구해주세요. 아주머니가 안 도와주시면 우리 손녀는 죽어요."

내채는 깜짝 놀랐다. 요코가 대가집 마나님이고 외국인이라는 것은 항주에서 모르는 사람이 없었다. 요코는 또 평소에 내채를 무척 예의바르게 대했다. 내채가 천한 신분이라고 무시하는 법이 없었다. 그럼에도 불구하고 내채는 요코를 존경하고 어려워했다. 함부로 요코의 손을 잡는다는 것은 감히 상상도 못했었다.

요코는 간절한 눈빛으로 전후 사정을 내채에게 설명했다.

'아무리 모 주석 어록이 필요하다지만 항씨네 사모님은 몸까지 팔았던 천한 년을 더럽다고 하지 않는구나.'

내채는 감격스럽기 그지없었다. 그 자리에서 화통하게 대답도 했다.

"어려운 일도 아니네요 뭐. 모 주석 어록을 한 권 드리죠."

내채의 말이 끝나기 무섭게 영상이 침대에서 벌떡 일어났다. 그러더니 다시 엉엉 울음을 터뜨렸다.

"할머니, 빨리 고맙다는 인사를 하세요. 빨리요."

요코와 영상은 내채의 팔을 잡아끌었다.

"안으로 들어가서 차 한 잔 하세요."

내채는 황송해 어찌할 바를 몰라 했다. 이웃들 중에 항씨네 집에 초대돼 차를 마신 사람이 과연 몇이나 있겠는가. 아무리 문화대혁명 기간이라지만 분에 넘치는 대접임에 틀림없었다.

영상이 뜨거운 차를 두 손으로 공손하게 받쳐 올리면서 말했다.

"내채 아주머니, 앞으로도 자주 놀러오세요. 저희 큰할아버지는 열사 유가족이라 아주머니에게 누를 끼치는 일은 없을 거예요."

영상은 "내채 아주머니를 잘 대접하라."고 할머니에게 신신당부했다. 그런 다음 곧바로 내채의 빨간 가방을 메고 학교로 뛰어갔다.

영상은 늦지 않으려고 죽을힘을 다해 달렸다. 붉은 완장을 차고 학교 대문을 지키던 남학생 둘이 팔을 흔들면서 소리를 질렀다.

"빨리, 빨리! 공안국 사람들이 벌써 왔어!"

다급해진 영상은 더 빨리 뛰었다. 그러다 대문 앞에서 그만 콰당 넘어지고 말았다. 영상이 메고 있던 빨간 가방은 멋진 포물선을 그리면서 대자보 벽 앞으로 날아가 떨어졌다. 영상은 무릎에 멍이 들고 얼굴도 긁혀서 피가 났으나 아프지 않은 척 억지로 웃으면서 일어났다. 앞에 가던 학생들이 뒤돌아보고 웃음을 터트리며 놀렸다.

"항영상은 곡예를 해도 되겠다. 넘어지는 재주가 제법인걸."

다가와서 부축해주는 사람은 아무도 없었다. 영상은 절뚝거리면서 가방을 주워 메고 교실로 들어갔다. 너무 아파 식은땀이 흐르고 눈물이 날 지경이었으나 억지로 참았다.

교실 안 분위기는 심상치 않았다. 돼지잡이 백정처럼 얼굴이 시뻘겋고 머리를 뒤로 바짝 빗어 넘긴 중년남자가 학생들에게 종이를 한 장씩 나눠주고 있었다. 아무리 봐도 공안국 사람 같아 보이지는 않았다. 진작에 타도되었던 선생이 언제 불려왔는지 학생들 앞에 나섰다. 그가 소리 높여 구호를 외쳤다.

"조반파를 따라 배우자! 조반파를 따라 배우자!"

입을 벌릴 때마다 금니가 번쩍이는 중년남자는 조반파였던 것이다. 학생들이 구호를 따라 외쳤다.

"조반파를 따라 배우자! 조반파를 따라 배우자!"

선생은 학생들에게 《모 주석 어록》 몇 페이지를 펼치게 하고는 읽기 시작했다. 영상은 열심히 따라 읽었다. 내채에게 빌린 '어록'은 새것처럼 깨끗했다.

'어록' 공부가 채 끝나지도 않았는데 갑자기 '금이빨'이 손가락으로 선생을 가리키면서 호통을 쳤다.

"구린내 나는 지식인, 저리 꺼져!"

선생은 벌벌 떨며 교실 구석으로 물러났다. '금이빨'이 구호를 불렀다.

"계급투쟁을 잊지 말자! 자, 열 번 복창!"

학생들은 손가락을 꼽아가면서 정확하게 열 번 복창했다. 곧이어 '금이빨'이 훈화를 시작했다.

"기차역이 여기서 멀어, 안 멀어? 가깝지는 않지? 우리 무산계급의 눈은 손오공보다 더 밝아. 어떤 계급의 적도 우리 눈을 피하지 못해. 우리는 이미 다 알고 왔어. 기차역에 반동 표어를 붙인 범인은 너희들 중에 있어!"

'금이빨'은 두 눈을 무섭게 부릅뜨고 학생들의 얼굴을 하나씩 훑었다. 영상은 무서워서 벌벌 떨었다. 반동 표어에는 "강청을 타도하자"라는 글이 적혀 있었다고 했다.

'왜 강청을 타도하자는 거지?'

영상은 무서운 와중에도 궁금증이 생겼다.

'금이빨'이 다시 호통을 쳤다.

"아직 늦지 않았으니 얼른 자수해! 솔직하게 자수하면 관대하게 처리한다!"

아무도 일어나지 않았다. 모두 죄 지은 사람처럼 고개를 푹 숙이고 있었다. '금이빨'이 드디어 명령을 내렸다.

"자기 이름과 '모 주석 만세'를 종이에 적어!"

맨 뒷줄에 앉은 영상은 선뜻 글씨를 쓰지 못했다. 온갖 생각이 머릿속을 휘저었다.

'누가 나에게 몽혼제를 먹인 뒤 내 손을 잡고 반동 표어를 쓴 것이면 어떡하지? 설마 내가 갑자기 몽유병에 걸려서 자다가 나가서 반동 표어를 쓴 건 아니겠지? 설마 내가 기억상실증에 걸려서 내가 한 짓을 기억 못하는 건 아니겠지? 만약에, 만약에 내가 한 짓으로 밝혀지면 나는 어떻게 되는 거지?'

영상은 고민에 고민을 거듭했다. 그러다 한 가지 방법을 생각해냈다.

'그래, 왼손으로 글씨를 쓰자. 위험이 조금 따르겠지만 반혁명 분자로 몰리는 것보다야 낫겠지.'

학생들은 모두들 누가 볼세라 팔로 가린 채 조심조심 글을 적고 있었다. 영상은 남들이 주의하지 않는 틈을 타서 왼손으로 재빨리 자기 이름과 '모 주석 만세'를 적었다. 그제야 긴장이 풀리면서 안도의 한숨이 나왔다.

'금이빨'은 시험지를 다 거두고 학생들에게 으름장을 놓았다.

"너희들 두고 보자!"

'금이빨'은 불룩한 배를 내밀고 교실을 나갔다. 학생들은 서로 멀뚱멀뚱 쳐다보기만 했다. 솔직히 '범인'이 스스로 자백하지 않는 이상 누가 '범인'인지 알아낼 방법은 없었다. 무겁던 교실 분위기가 점차 밝아지기 시작했다. 그런데 어찌된 영문인지 아이들이 하나둘씩 영상에게 몰려들었다. 반에서 키가 제일 큰 여자아이가 영상의 목을 꼭 껴안으면서 친한 척을 했다.

"항영상, 가방이 정말 예쁘구나."

키다리 소녀는 영상의 가방을 메고 교실을 왔다 갔다 했다. 오랜만에 친구들의 환대를 받고 기분이 붕 뜬 영상은 자기도 모르게 거짓말을 했다.

"북경에 있는 친척이 선물로 준 거야."

키다리 소녀가 말했다.

"나도 하나 부탁하면 안 될까?"

영상은 선선히 대답했다.

"당연히 괜찮지."

다른 아이들도 영상의 어깨를 흔들면서 졸랐다.

"나도 하나 갖고 싶어. 나도 갖고 싶어."

"알았어, 내가 집에 돌아가서 북경에 있는 친척에게 편지를 보낼게. 한꺼번에 여러 개 보내라고 말이야."

"너무 비싸지 않을까?"

영상은 큰소리를 탕탕 쳤다.

"돈 안 받을 테니 걱정 마. 내가 너희들에게 선물한 셈 칠게."

"영상, 고마워……."

"영상……."

"영상……."

아이들은 영상을 에워싸고 좋아서 어쩔 줄 몰라 했다. 키다리 소녀 역시 그랬다. 그러다 갑자기 불쑥 물었다.

"항영상, 너는 어느 편이야?"

"당연히 '홍폭'紅暴이지."

머리가 뜨거워진 영상은 결정적인 순간에 치명적인 실수를 범하고 말았다. 그녀는 학우들이 '홍색폭풍'紅色風暴이라는 조직을 지지한다는 것을 알고 있었다. 열두 살짜리 소녀가 정치에 대해 알면 얼마나 알겠는가. 그녀는 '홍색폭풍'이 무엇을 하는 조직인지도 모른 채 그저 학우들 무리에 끼고 싶다는 단순한 이유 하나로 주저 없이 '홍색폭풍'을 선택했다. 문제는 '홍색폭풍'을 줄인 '홍폭'은 전혀 다른 의미로 사용된다는 것이었다. '홍색폭풍'파의 불구대천의 적대세력인 '홍색폭동'紅色暴動파가 바로 '홍폭'으로 불리고 있었던 것이다. 영상과 학급의 급우들은 소학교 6학년 어린 아이들에 불과했다. 그러나 오랜 기간 정신적인 세뇌를 통해 파벌싸움의 갈래판 정도는 손금 보듯 잘 알고 있었다.

교실 분위기가 순식간에 싸해졌다. 수십 쌍의 눈동자가 일제히 영상을 향했다. 영상은 자신이 어떤 실수를 했는지도 모른 채 해맑게 웃고 있었다. 영상의 '뻔뻔한' 태도는 아이들의 놀라움과 분노를 자아냈다. '당연히 홍색폭동'이라니, 간이 배 밖으로 나오지 않고서야 이렇게 당당하게 입장 표명을 할 수 있을까? '그 아비에 그 새끼'라더니 이건 뭐 대놓고 반동분자 아비를 옹호하겠다는 것이 아니고 뭔가? 학생들의 눈길은 이번에는 '홍색폭풍'파의 우두머리격인 키다리 소녀에게 쏠렸다. 빨간 가방을 메고 온갖 자세를 잡으면서 예쁜 척을 하던 키다리 소녀는 영상의 한마디에 입을 딱 벌린 채 그만 그 자리에 굳어져버렸다. 제 정신을 차린 것은 한참이 지나서였다. 소녀는 빨간 가방을 벗어서 영상의 얼굴에 냅다 던졌다. 뾰족한 손가락으로 찌를 듯이 영상을 가리키면서 방금 전까지 생글생글 눈웃음을 짓던 눈을 무섭게 부릅떴다.

"퉤! 더러운 보황파, 더러운 새끼 반혁명분자!"

영상이 사태의 심각성을 깨닫기도 전에 아이들이 우르르 몰려들었다. 이어 밀고 당기면서 그녀를 교실 밖으로 끌어냈다. 참으로 순식간에 벌어진 일이었다. 영상은 그 이후의 일을 전혀 기억하지 못했다. 아이들이 그녀에게 뭐라고 말했는지, 아이들이 언제 흩어졌는지, 그리고 자신이 어떻게 집으로 돌아왔는지 마치 단기 기억상실증에라도 걸린 것처럼 아무것도 기억하지 못했다. 고작 열두 살밖에 되지 않은 아이가 가족의 죽음, 믿었던 사람의 배신에 이어 염량세태의 서글픔까지 겪어야 했으니 영혼이 너덜너덜해지지 않으면 그게 더 이상한 일이었다.

할아버지와 할머니는 집에 없었다. 영상은 만신창이가 된 몸과 정신을 겨우 추스르면서 찻잔에 차를 따랐다. 손이 덜덜 떨려 찻잔이 넘어지고 찻물이 바닥에 흘렀다. 생각하면 할수록 무섭고 겁이 났다. 그녀는 창문과 문을 꼭 닫아걸고 이불 속으로 기어들어갔다. 이불 속에서도 무섭기는 마찬가지였다. 갑자기 참고 참았던 눈물이 봇물 터지듯 쏟아져 나왔다. 똑똑똑! 누군가 문을 두드리는 소리가 났다.

'이건 환청이야, 무시해!'

영상은 이불 속으로 더 깊이 파고들었다. 바로 그때 문이 벌컥 열리고 군복을 입은 젊은 남자가 들어왔다. 젊은 군인은 이불 속에 웅크리고 누워 벌벌 떨고 있는 소녀를 보고 놀란 눈빛을 했다. 군인보다 더 놀란 영상이 비명 섞인 울음을 터뜨렸다.

"으앙!"

젊은 군인은 깜짝 놀라 굳은 채 꼼짝하지 않았다. 그러다 한참 후 조심스럽게 물었다.

"여기 항득도 동지네 집 맞아?"

영상은 여전히 덜덜 떨면서 이불 밖으로 나오지 않았다. 한참을 기다리던 군인은 대답을 포기하고 주위를 둘러보기 시작했다. 그가 찾는 득도에 대한 약간의 정보라도 눈에 띄지 않을까 해서인 것 같았다. 방은 크지 않았다. 물건도 별로 없었다. 군인의 눈에 모 주석이 녹색 군복을 입고 찍은 전신사진이 벽에 걸려 있는 것이 보였다. 사진 아래는 서랍장이었다. 서랍장 유리 상판 아래로 사진 여러 장이 보였다. 군인은 사진들을 훑어보면서 안도하는 표정이 되었다. 북경에서 만난 득방의 사진을 발견했던 것이다. 득방과 함께 만났던 백야의 사진은 없었다. 천천히 사진을 살펴보던 군인이 갑자기 눈을 크게 뜨고 놀란 표정을 지었다. 사진 속 군용 외투를 입은 젊은 군인이 아무리 봐도 자기 모습이기 때문이었다. 그것은 그가 갓 입대했을 때 찍은 명함판 크기의 사진이었다. 비록 유리 상판에 가려져 있고 한쪽 귀퉁이가 물에 젖어 흐릿했으나 그의 사진인 것만은 확실했다. 그는 사진을 꺼내들고 침대 위 영상 쪽으로 망연한 시선을 돌렸다. 영상은 번데기에서 탈피하는 나비마냥 이불 밖으로 머리만 쏙 내밀고 있었다. 방금 전의 놀라서 두려워하는 표정은 없었다. 영상이 사진과 군인을 번갈아보고는 놀라 소리쳤다.

"그 사진……, 아저씨 아닌가요?"

군인도 이 집에 찾아온 목적을 잊은 듯 강한 호기심을 내비쳤다.

"이 사진이 어디서 났어?"

사진은 영상이 채차 집에 갔다가 바닥에 떨어진 것을 주워 다른 사진들과 함께 보관한 것이었다. 하지만 그때는 사진 속 인물이 마법처럼 실제로 눈앞에 등장할 줄은 전혀 예상 못했었다. 군인의 이름은 이평수李平水였다. 항씨 가족과 일면식도 없는 그는 이렇게 극적으로 양패두 항씨네 집에 발을 들였다.

청년 군인 이평수가 이번 '운동'에 개입한 것은 어쩌면 지극히 자연스러운 일이었다. 1966년 11월 초, 지방정부가 군구軍區의 보호 아래 회의를 열고 북경 당 중앙의 지시를 전달할 당시 이평수는 군구 정치부 간사幹事였다. 그 무렵, 누가 이평수에게 여자를 소개해줬다. 옹씨 성의 여자는 초대소 종업원으로 근무하면서 항주 교외에 집이 있다고 했다. 몸이 튼튼하고 열정적이면서도 여느 항주 여자들처럼 약지 않다고 했다. 이평수는 종신대사를 쉽게 결정할 생각이 없었다. 청년 장교는 여자들에게 인기가 많지만 제대 이후로는 이런저런 시끄러운 일들도 많기 때문이었다. 그래서 제대하기 전까지는 결혼을 미루고 연애나 할 생각이었다. 하지만 옹씨 처녀는 성격이 급하고 적극적이었다. 하루에도 몇 번씩 전화를 하더니 급기야 부대에까지 찾아왔다. 여자가 부대에 직접 찾아올 정도면 보통 사이가 아닐 터, 전우들은 신이 나서 두 사람을 놀렸다. 이평수는 결국 주변 분위기에 휩쓸려 채차와 결혼식을 올렸다. 나중에 생각해보니 둘이 결혼 전에 몇 번 만났는지도 잘 기억이 나지 않았다.

그동안 이평수는 눈 코 뜰 새 없이 바쁘게 보냈다. 한번은 1,000명이 넘는 조반파들이 군부대 운동장에서 교대로 한 달 넘게 단식농성을 벌이고 있었다. 아무리 어르고 달래도 그들은 요지부동이었다. 병사들은 경기관총을 설치하고 기관단총을 품에 안은 채 화가 나서 어쩔 줄을 몰랐다. 너무 약이 올라 눈물을 흘리는 병사도 있었다. 그러다보니 간부들이 매일 아침 눈을 뜨면 하는 일은 병사들이 과격한 행동을 하지 못하도록 달래는 것이었다. 이평수의 조상은 대대로 군인이었다. 책사와 막료 같은 직위에 있기도 했다. 이평수 세대에 이르러 책사나 막료라는 직위는 사라졌으나 조상들의 총명한 유전자는 그에게 고스란히 전달됐다. 그는 만약의 경우 병사들이 분노를 못 이겨 조반파들에게 총질이라도 한다면 그 결과는 상상조차 할 수 없다는 것을 잘 알고 있었다. 부대 내에서 아주 특별한 때 가끔 조반파들과 충돌해 문제를 일으킨 병사들이 없지는 않았으나 그가 관리한 병사들은 한 번도 말썽을 일으키지 않았다. 그의 출중한 관리능력은 당연히 상부의 신임을 받게 됐다. 때문에 이듬해 초 북경에서 조반파와 군부대 간 충돌사건 해결을 위한 지원요청이 왔을 때 절강성 군구 수장은 일말의 망설임도 없이 이평수를 상경대표 명단에 넣었던 것이다.

이평수는 북경으로 떠나기 전에 채차와 황급히 결혼식을 올렸다. 그는 채차의 과거에 대해 전혀 몰랐다. 채차가 포랑과 사귀었었다는 사실에 대해 입을 꾹 다물었기 때문이었다. 그녀가 비밀을 지킬 수 있었던 것은 오곤 덕분이었다. 오곤은 귀에 못이 박히도록 그녀에게 말했다.

"세상에는 공개해도 되는 일이 있고 공개해서는 안 되는 일이 있소. 모든 걸 솔직하게 털어놓는다고 다 좋은 건 아니오. 원자폭탄만 봐도 그렇소. 폭발하기 전에는 쓸모없는 쇳덩이일 뿐이지만 폭발하기만 하면 엄청난 재앙을 일으키지. 무덤까지 비밀을 갖고 가야 하오. 터지지 않은 원자폭탄처럼 말이오."

채차는 오곤의 이마에 마구 입을 맞추면서 맹세했다.

"걱정 붙들어 매세요. 당신이 비밀로 하라고 한 것은 죽을 때까지 입도 뻥긋하지 않을 테니까. 하늘에 대고 맹세할게요."

그러자 오곤이 정색을 했다.

"내 말 아직 안 끝났소. 우리는 적을 대할 때는 엄동설한처럼 차갑게 대하고, 조직과 동지를 대할 때는 가족 대하듯 진실한 마음으로 대해야 하오. 가족에게는 아무것도 숨기지 않는 것처럼 조직에도 숨기는 게 없어야 하오."

채차가 진지하게 물었다.

"그러면 누구에게 어떤 말을 해야 하는지 어떻게 판단해요?"

오곤이 채차의 순진하면서도 우둔한 질문에 풋, 하고 웃음을 터뜨렸다.

"좋소, 앞으로 혼자 결정하기 힘들 때는 나에게 물어보오. 내가 참

모장 역할을 할 테니."

채차가 뛸 듯이 기뻐하면서 말했다.

"호호호, 그러면 나는 당신의 사령관인 건가요?"

채차와 오곤이 부적절한 관계를 맺은 지는 꽤 오래됐다. 오곤은 여자 없이 긴 밤을 혼자 보낼 사람이 아니었다. 백야가 없는 동안 그의 사생활은 난잡했다. 조쟁쟁도 걸핏하면 오곤을 찾아왔다. 그리고는 "혁명에 대해 논한다"는 핑계로 한밤중이 되도록 미적거리면서 돌아갈 생각을 하지 않았다. 여인의 무언가를 갈망하는 듯한 야릇한 눈빛을 오곤이 바보가 아닌 이상 모를 리 없었다.

조쟁쟁이 돌아간 어느 날 밤이었다. 오곤은 잠이 오지 않아 멍하니 앉아 있었다. 때마침 채차가 보온병을 들고 들어왔다.

"뜨거운 물을 가져왔으니 발 닦고 주무세요."

뜨거운 물은 핑계였다. 노총각과 노처녀의 몸은 이미 달아오를 대로 달아올라 있었다. 아니나 다를까, 술을 몇 잔 걸치고 취기가 알딸딸하게 오른 오곤이 불을 끄고 채차를 침대로 잡아끌었다. 날이 밝아올 무렵, 채차가 자기 방으로 돌아가려고 할 때에도 그녀의 목을 꽉 껴안고 놓아주지 않았다. 눈물, 콧물을 흘리면서 신세타령을 하는 것도 잊지 않았다. 불우한 어린 시절, 불행한 혼인, 뜻대로 되지 않는 출세에 대해 주저리주저리 잘도 떠들어댔다. 백야와 조쟁쟁에 대해서도 언급했다. 그리고 이렇게 덧붙였다.

"나는 백야를 잊을 수 없소. 조쟁쟁에게서 벗어날 수도 없소. 하지만 맹세컨대 내 영혼이 제일 필요로 하는 여자는 채차 당신이오. 나도 농촌 태생이오. 농촌에서 태어나 지금 여기까지 오기가 정말 쉽지 않았소. 계급 간 투쟁은 매우 복잡하오. 혁명도 그만큼 복잡하지. 사는 게

참 힘드오. 낮에는 살얼음판 걷듯 언행 하나하나를 조심해야 하지. 싫어하는 사람 앞에서 싫어하는 티도 못 내고 좋아하는 사람 앞에서 좋아하는 티도 못 내니 정말 죽을 맛이오. 그래서 나는 밤이 좋소. 밤이 되면 채차를 만날 수 있으니 말이오. 채차, 이런 나를 이해할 수 있겠소?"

채차도 눈물을 흘리면서 마음을 털어놓았다.

"사실 저도 고백할 게 있어요. 저도 사실 마음이 혼란스럽기 그지없어요. 저는 아직 포랑을 완전히 잊지 못했어요. 포랑은 제가 태어나서 처음으로 입을 맞춘 남자예요. 그리고 요즘 동료가 저에게 군인 남자를 소개해줬어요. 그 남자도 아주 잘 생겼어요. 하지만 제 가슴은 왜 이렇게 구멍이 뚫린 것처럼 허전할까요? 저는 아마도 상사병에 걸린 것 같아요. 오르지 못할 나무라는 걸 알면서도 눈을 뜨고부터 잠들기 전까지 머릿속엔 온통 당신 생각뿐인걸요. 심지어 꿈에서도 당신 얼굴이 보여요. 저 이제 어떡하죠? 제가 너무 주제넘은 생각을 하고 있는 거 맞죠? 저 이제 어떡해요? 당신이 없으면 하루도 못 살 것 같아요. 당신이 죽으라고 하면 당장이라도 창문을 열고 뛰어내릴 수도 있어요."

채차의 사랑 고백에 오곤은 무척 놀랐다. 하지만 내색을 하지 않은 채 채차의 튼실한 몸뚱이를 꽉 껴안았다. 이어 다시 눈물을 쥐어짜면서 감동 받은 소리로 말했다.

"죽다니? 두 번 다시 그런 허튼소리 하면 화낼 거요. 매일 예뻐해 줘도 모자랄 판에 죽기는 왜 죽어? 하지만 채차, 나는 사실 너무 힘드오. 백야 일은 해결되지 않았지. 조쟁쟁은 매일 귀찮게 따라다니지, 정말 어떻게 했으면 좋을지 모르겠소. 조쟁쟁 아버지의 얼굴 때문에 그녀를 매몰차게 대할 수도 없소. 낮에는 '만인대회'에서 온갖 멋있는 척을 다 하지만 밤만 되면 머리가 아파 잠도 못 자는 내 이런 고충을 누가 이해해 주겠소?"

한마디로 "백야와 조쟁쟁 둘 다 포기할 수 없다."는 말도 안 되는 소리였다. 여느 여자 같았으면 질투심에 불같이 화를 냈을 터였다. 그러나 채차는 달갑게 희생을 자처했다.

"걱정 말아요. 절대 당신을 힘들게 하지 않을 테니. 저는 당신을 진심으로 사랑해요. 사랑하는 사람을 힘들게 하는 건 진정한 사랑이 아니죠. 제 걱정은 마시고 하나만 약속해줘요. 제가 어떤 상황에 처하든 오늘처럼 저를 사랑해줄 수 있나요?"

"두말하면 잔소리지. 만약 내가 어느 날 불타서 재가 된다면 당신의 발 옆으로 날아올 거요. 내 마음을 털어놓을 수 있는 상대는 당신뿐이오. 다른 사람들은 아무도 필요 없소."

"그런 말 하지 마세요. 불에 타서 재가 돼야 할 사람은 당신이 아니라 저예요. 당신의 진심이 담긴 그 한마디면 저는 충분해요. 이제 저는 어떻게 살아야 할지 알 것 같아요."

둘은 마치 고해성사를 하듯 눈물을 흘리면서 서로를 향해 참회의 말을 늘어놓았다. 그 때문이었을까, 오곤은 채차가 나간 후 참으로 오랜만에 마음 편히 푹 잤다. 꿈속에서 그는 백야를 만났다. 그의 곁을 떠난 백야가 꿈속에 나타난 것은 처음이었다. 잘 자고 일어나니 기분이 상쾌했다. 그는 내친김에 비밀회의를 소집해 새로운 혁명임무와 관련한 일을 일일이 배치했다. 채차가 또 찻주전자를 들고 들어왔다. 전날보다 조금 더 예뻐 보였다. 오곤은 차 따르는 하찮은 일에서 채차를 '해방'시켜줘야겠다고 생각했다. 그리고 얼마 후 채차는 농민대표 자격으로 조반파 '혁명지휘부' 요원이 될 수 있었다.

채차는 오곤을 향한 사랑이 집착이 아니라는 사실을 증명하기 위해 이평수와 서둘러 결혼했다. 이평수는 결혼한 지 사흘 만에 북경으로 떠났다. 그리고 낮에 주은래 총리의 접견을 받은 그날 밤 전우의 소개로 득방과 백야를 만났다.

이평수의 전우는 북경 주둔부대 고위 장교의 비서였다. 고위 장교의 집은 깊은 정원에 둘러싸여 외부의 방해를 상대적으로 적게 받았다. 고위 장교는 아들이 둘 있었는데 둘 다 친구가 많은 데다 행적은 불투명했다. 어떤 날은 얼굴 볼 새도 없이 밖으로 나가 몇 날 며칠 돌아오지 않는가 하면 또 어떤 날은 며칠 연속 집에만 틀어박혀 두문불출하기도 했다. 마당 뒤편 곁채에 빈 방이 하나 있었다. 군복 차림의 젊은 남녀들은 이 방에 모여 혁명에 대해 담론을 나누곤 했다. 그들은 고위층 인물을 언급할 때 실명 대신 '별명'을 사용했다. 하지만 유독 한 사람에 대해서만은 예외였다. 그들은 '그 사람'을 습관적으로 '총리'라고 불렀다. 가끔 감정이 북받쳐오를 때에는 자신들 중 일부가 '도주범'일 뿐 아니라 조반파들이 눈에 불을 켜고 자신들을 찾고 있다는 사실조차 까맣게 잊은 것처럼 보였다.

한마디로 이곳은 1789년 프랑스혁명 당시 어떤 귀족의 집에서 열린 살롱 같은 분위기였다. 이평수는 담배 연기가 자욱한 이 방에 들어오면 마음이 편안해졌다. 아마 격식을 차릴 필요 없이 즉시 본론으로 들어가 자유롭게 의견을 교환할 수 있다는 것이 편안한 분위기를 만드는 데 한몫 했으리라.

이평수 옆에 앉은 젊은이는 미간에 붉은 점이 있었다. 얼굴도 남자답게 잘 생겼다. 이평수는 젊은이가 강남사람이라는 말을 듣고 고향 사투리로 말을 걸었다.

“내부정보를 조금 발설하자면, 당신들은 좋은 소식을 갖고 가지 못할 거요.”

이평수는 설명을 덧붙였다.

“상부에서 자가당착의 지시가 이렇게 많이 내려오기는 처음이오. 대체 왜 이렇게 됐는지 모르겠소. 이를테면 지금 여기서는 ‘유등도劉鄧陶(유소기劉少奇를 비롯해 등소평鄧小平과 도주陶鑄) 타도’를 외치는 목소리가 높으나 우리 절강성에서는 주 총리로부터 다른 지시를 받았소. ‘비판대회에서 누구를 타도한다는 말이 나오든 간에 성 군구 사람들은 손을 들거나 호응하지 말라.’는 지시 말이오. 그래서 우리 군구 대표들은 비판대회에서 아무도 손을 들지 않았지 뭐요.”

아래턱이 뾰족하고 표정이 침울한 젊은이가 말을 받았다.

“결국은 시간문제요. 조만간 당신들도 강요에 못 이겨 손을 들게 될 거요.”

그때 찻주전자와 차 통을 든 젊은 여자가 들어와 사람들에게 차를 따르기 시작했다. 곧 아래턱이 뾰족한 남자 차례가 됐다. 그러자 그가 손을 내밀어 여자의 머리카락을 만지면서 웃음을 지었다. 여자도 웃음으로 화답했다. 둘이 보통 사이가 아님을 과시하는 것 같았다. 모든 이들이 대화를 멈추고 묵묵히 여자를 바라봤다. 여자의 몸매와 얼굴은 사람들의 이목을 끌기에 충분했다.

하지만 이평수는 여자가 들고 있는 차 통에서 시선을 떼지 못했다. 눈치 빠른 여자는 재빨리 이평수에게 차를 따라주면서 말했다.

“진하게 우린 주차珠茶에요, 졸음 방지에 으뜸이죠.”

이평수가 말했다.

“나도 알아요. 이건 평수 주차죠.”

전우가 이평수의 어깨를 툭, 치면서 여자에게 말했다.

"이분 이름이 '평수'요, '평수'는 주차의 고장이지."

미간에 붉은 점이 있는 청년이 끼어들었다.

"차업종에 종사하셨죠? 말투를 보아하니 소흥紹興 사람 같군요."

이평수가 고향 사투리로 물었다.

"어떻게 알았소?"

"우리 가족도 예전에 차업종에 종사했었어요. 제 형님 이름은 '득도'랍니다. 다인들은 이름을 지을 때 차와 관련된 글자를 즐겨 사용하지요. 이름 짓는 방식도 바꿔야 할 때가 됐어요."

이평수는 반가운 기색을 감추지 못했다. 평수는 전 세계 유일의 원형 녹차 생산지였다. 평수의 주차는 외국인들에게도 인기가 많았다. 그런데 강남에서 멀리 떨어진 북경에서 이렇게 말이 통하는 사람을 만나다니, 이 무슨 인연인가? 이평수는 정겨운 고향말로 한바탕 회포를 풀 생각에 기분이 한껏 들떴다. 하지만 북경 표준말을 쓰는 사람들은 남방 사투리와 강남의 차에는 전혀 관심이 없었다. 그들은 예의상 두어 마디 건성으로 응대하고는 다시 세계혁명의 실행 가능성을 대화주제로 삼았다. 우의관友誼關을 통해 베트남에 들어갈 것인지, 아니면 서쌍판납을 통해 버마로 진격할 것인지, 그것도 아니면 우수리 강을 통해 소련으로 쳐들어갈 것인지에 대해서도 열띤 토론을 벌이기 시작했다. 시간이 길어질수록 방안의 공기는 점점 더 탁해졌다. 짙은 담배 연기와 진하게 끓인 농차 향기 때문에 숨이 막혔다. 대화가 점점 더 산으로 가고 있어 이평수는 슬그머니 자리를 피해 복도로 나왔다. 뜻밖에 방금 차를 따르던 여자가 복도에 서서 그를 기다리고 있었다. 그녀는 한 가지 부탁이 있다면서 어렵게 입을 열었다.

"항주로 돌아가시거든 항득도라는 분에게 편지를 좀 전해주실래요? 항득도는 미간에 점이 있는 사람의 형님이에요."

여자는 눈 주변이 거무스름했다. 그래서인지 깊은 수심에 잠긴 것처럼 표정이 침울해 보였다.

"그분은 대학 조교예요. 이곳의 상황을 그분에게 전해주세요. 그리고 어떻게든 방법을 찾아 동생을 항주로 데려가라고 말해주세요. 이곳은 너무 위험해요. 이 사람들과 어울리다가는 언제 어떤 일을 당할지 몰라요."

이평수는 득도라는 남자와 이 여자가 보통 사이가 아니라는 사실을 직감했다. 그러자 궁금증이 생겼다.

"항득도라는 분과 직접 연락하면 될 텐데 나한테 부탁하는 이유가 뭔가요?"

여자가 고개를 살래살래 저었다.

"제 부탁을 들어주실 거라 믿어요."

여자는 대단히 예뻤다. 하지만 이평수는 어떤 불행한 운명의 굴레가 그녀에게 씌워져 있음을 예감했다.

북방의 겨울은 남방과 비교가 안 될 정도로 추웠다. 이평수는 손과 발이 꽁꽁 얼어 서 있기조차 힘들었다. 하지만 여자는 아무렇지 않은 듯 편지 한 통을 건네면서 지나가는 말투로 물었다.

"혹시, 결혼하셨어요?"

젊은 여자에게 사생활 질문을 받으니 기분이 묘했다. 이평수가 얼굴을 붉히면서 대답했다.

"결혼한 지 얼마 안 됐어요."

여자가 고개를 끄덕였다.

"그렇다면 더 조심하셔야겠어요. 앞으로 이곳에 오지 마세요. 여기는 생각보다 안전하지 않아요."

이평수는 속으로 '참 착한 여자구나.'라고 감탄을 금치 못했다. 그리고는 여자의 우수가 깃든 눈을 보면서 무겁게 입을 열었다.

"군부대는 다릅니다."

"다르지 않아요. 조만간 분열될 거예요."

이평수는 놀란 표정을 지었다. 여자는 이평수의 손을 꼭 잡고 속삭이듯 말했다.

"저를 기억해줘요. 하지만 저를 만났다는 말은 누구에게도 하면 안 돼요. 이 편지는 반드시 직접 항득도에게 전해주세요. 제 이름은 백야예요. 앞으로 저에 대한 얘기를 듣게 되더라도 그냥 아무것도 모르는 척 해주세요. 당신을 믿어요. 사실 낯선 사람을 쉽게 믿는 성격이 아닌데 당신을 처음 본 순간 믿어도 되겠다는 강한 느낌이 왔어요. 어쩌면 당신이 다인이고, 당신 이름이 차와 관련된 이름이기 때문인지도 모르겠어요……."

이평수는 항씨네와 관련된 얘기는 채차에게 일절 하지 않았다. 그는 결혼증서를 받은 후에야 아내가 조반파의 일원이라는 사실을 알았다. 군구 마당에서 조반파 무리에 섞여 활기차게 뛰어다니는 아내를 보니 그야말로 후회가 막심했다. 시골여자니까 순박하고 가정적일 것이라는 생각은 완전히 오산이었다. 채차는 거의 매일같이 밖으로 나돌았다. 집에 붙어 있는 날이 드물었다. 결혼한 지 고작 두 달밖에 안 된 신혼부부가 알콩달콩은커녕 점점 서로에게 무덤덤해지기 시작했다. 게다가 이평수는 아내의 행동에서 이상한 점을 발견했다. 아내가 항씨네 사람들을 유달리 불편해한다는 것이었다. 그날 영상이 놀러왔을 때 아내의 표정이 돌변한 것을 보고 그는 자신의 직감이 틀리지 않았다는 사실을 확인했다.

아직 어린 영상은 문을 연 사람이 채차인 것을 보고 혼란스러움과 당혹감에 표정관리가 되지 않았다. 눈을 휘둥그렇게 뜬 채 채차와 이평수를 번갈아 가리키면서 말도 더듬었다.

"아저씨……, 당신들……, 아니……."

이평수가 조금 쑥스러워하면서 채차를 소개했다.

"내 아내야. 어서 들어와!"

남편에 애인까지 두 남자를 거느린 채 세상 부러울 것 없이 살고 있는 채차로서는 항씨네와 다시 엮인다는 것이 기분 좋을 턱이 없었다. 그녀는 당연히 영상은 거들떠보지도 않고 불쾌한 표정으로 이평수에게 말했다.

"우리 오늘 시내 나들이 간다고 하지 않았어요?"

'시내 나들이'는 채차가 그 자리에서 만들어낸 핑계였다. 아내의 불편한 심기를 눈치챈 이평수가 영상에게 물었다.

"무슨 일 있어?"

두 사람을 번갈아보던 영상은 채차가 그녀의 방문을 싫어한다는 것을 문득 깨닫고 고개를 살래살래 저었다.

"아무것도 아니에요. 지나가던 길에 심심해서 들렀어요."

영상이 말을 마치고 황급히 자리를 떴다. 이평수는 재빨리 뒤쫓아가서 물었다.

"득도 오빠가 심부름 보낸 거 아니야?"

영상은 그제야 사실을 털어놓았다.

"맞아요. 오빠가 아저씨 만나러 온댔어요. 저에게 먼저 가서 알려드리라고 했어요."

영상은 뭔가를 고민하듯 고개를 숙였다가 다시 번쩍 쳐들면서 말했다.

"결혼했다는 얘기는 왜 안 했어요?"

이평수가 웃음을 터뜨렸다.

"어른들 일을 그렇게 일일이 알아서 뭐하려고?"

그러자 영상이 버럭 화를 냈다.

"왜 그런지는 저도 몰라요."

영상의 모습은 다른 사람들 앞에서 당황하고 주눅 들기 일쑤이던 것과는 완전 딴판이었다.

"아무튼 우리 항씨네와 관련된 일은 아저씨 아내에게 절대 말하면 안 돼요."

"왜?"

철부지의 철없는 소리로 대수롭지 않게 여기던 이평수는 조금 놀란 표정을 지었다. 영상이 정색을 하고 말했다.

"지금은 알려드릴 수 없어요. 나중에 저절로 알게 될 거예요."

영상은 더 이상 말하지 않고 돌아서 가버렸다. 채차가 다가와서는 눈치를 보며 물었다.

"저 계집애가 뭐라고 하던가요? 뭔가 수상하네요."

이평수는 의심쩍은 눈으로 아내를 훑어봤다. 마냥 순박한 시골여자라고 생각했던 아내는 점점 더 이해할 수 없는 행동을 하고 있었다.

"아는 아이오?"

"알다마다요. 우리 할아버지, 우리 할아버지의 아버지까지 노예처럼 부려먹은 착취계급 집안인걸요. 항씨네 인간이라면 가죽을 벗겨놔도 알아볼 수 있어요."

이평수는 입을 딱 벌리고 말았다. 아내가 무엇 때문에 항씨 가족들을 그토록 증오하는지 이해할 수가 없었던 것이다.

물론 포랑은 이평수 부부의 대화 내용까지는 상세하게 알지 못했다. 그날 영상은 이평수의 집에서 나오자마자 쪼르르 포랑을 찾아갔다.

"세상에, 세상에 어떻게 이런 일이 있을까요?"

영상은 정말 많이 놀란 것 같았다.

"채차 언니가 해방군 아저씨하고 결혼을 하다니요? 사진 속 그 남자 말이에요. 게다가 그 아저씨는 득방 오빠하고 아는 사이 같았어요. 이게 대체 어찌된 일인지 모르겠어요."

영상이 다시 입을 열면서 포랑을 애써 위로했다.

"저는 처음부터 그 여자가 마음에 들지 않았어요. 못 생긴 얼굴에 뻐드렁니까지 전부 다요. 에휴, 포랑 삼촌, 너무 속상해하지 마세요. 그 여자하고 헤어진 건 정말 잘 된 거예요."

포랑이 영상의 말투를 흉내 내면서 큰 소리로 웃었다.

"애광, 네가 보기에 내가 그 여자하고 헤어지고 힘들어하는 것 같아?"

사애광은 편안한 자세로 누워 눈을 반쯤 감고 있었다. 포랑은 그런 그녀의 이불을 여며주고 두꺼운 외투를 더 덮어줬다. 사애광이 졸린 목소리로 대답했다.

"힘들어하긴요, 헤어지고 나서 좋아 죽더군요."

"졸려? 그럼 얼른 자. 잠들면 갈게."

"오빠가 옆에 있으면 잠이 안 와요."

"그럼 갈게."

"가지 말아요. 혼자 자는 건 더 무서워요."

"도대체 나더러 어쩌라는 말이야?"

"재미있는 얘기 해줘요."

"다 해줬잖아. 밑천이 거덜 났어."

"서쌍판납에서 태려의 남편에게 쫓겨난 얘기 해줘요."

"그게 언젯적 얘기야? 채차에게 쫓겨난 얘기 해줄게."

"싫어요. 오빠는 그 여자가 밉지 않아요?"

"음, 그날 하룻밤만 엄청 미워하고 다음날부터는 미워하지 않기로 했어."

"왜요? 오빠한테 그렇게 못되게 군 여자를 왜 감싸고돌아요?"

"못되게 군 건 그녀가 아니라 나야. 나는 그녀의 집이 필요해서 그녀를 좋아하는 척 연기를 했어. 지금에야 알게 됐지만 나는 단 한 번도 그녀를 사랑한 적이 없었어. 그녀를 처음 봤을 때도 '아, 조금만 더 예뻤으면 좋겠다.'는 생각을 했으니 말 다 했지 뭐."

"그래도 오빠 아버지까지 쫓아낸 건 너무 심했어요."

"그게 뭐가 이상해? 요즘은 그런 일이 비일비재해. 우리는 지금 운 좋게 방 안에서 얘기를 나누고 있지만 어둡고 추운 거리에는 갈 곳 잃은 사람들이 수두룩해……."

"누구야?"

사애광이 갑자기 벌떡 몸을 일으키면서 소리를 질렀다.

유리창을 두드리는 소리에 이어 남자의 쉰 목소리가 들려왔다.

"나야, 나. 사애광, 나 항득방이야."

사애광은 포랑이 미처 일어나기도 전에 내복 차림으로 달려 나갔다. 곧이어 살며시 문을 열면서 소곤대듯 말했다.

"빨리 들어와! 빨리!"

사애광은 재빨리 침대로 돌아가서 바지를 입기 시작했다. 동시에 얼굴에 홍조를 띤 채 잔뜩 들뜬 목소리로 포랑에게 말했다.

"항득방이 돌아왔어요."

득방이 찬바람을 휘몰면서 방 안으로 들어섰다. 순간 방 안에 포랑이 있는 모습을 보고 깜짝 놀라더니 고개를 숙인 채 작은 목소리로 어물거렸다.

"지, 지나가는 길에 잠깐 들렀어. 요즘 학교에 새로운 소식이 없나 해서."

사애광이 양말을 신으면서 속사포처럼 말했다.

"항득방, 얼른 앉지 않고 뭐해? 포랑 오빠, 득방에게 따뜻한 차 한 잔 주지 않고 뭐해요? 항득방, 밖이 꽤 춥지? 너 그동안 어디 있었던 거야? 맙소사, 너 몰골 좀 봐. 세수할래? 너는 가만히 앉아 있어. 내가 물 떠다줄게."

득방은 사애광이 친근하게 대하자 적이 안심이 됐다. 포랑과 사애광 사이에 아무 일도 없었을 거라는 확신도 들었다. 포랑이 뜨거운 차를 한 잔 따라주고 꽁꽁 언 득방의 얼굴을 손으로 문질러주면서 말했다.

"집에는 갔다 왔어? 다들 네 걱정이 태산이었어. 얼른 마셔. 오시차는 감기에 즉효란다. 목도리도 벗어."

사애광이 뜨거운 물에 적신 수건을 가져왔다. 포랑에게는 한 번도 베풀어준 적이 없는 친절이었다. 포랑은 갑자기 가슴에 찬바람이 몰려

오는 듯한 기분을 느꼈다. '주인공'이 등장했으니 '들러리'는 자리를 피해줘야 할 것 같았다. 그가 서운함을 애써 감춘 채 말했다.

"별일 없으면 나는 간다?"

사애광은 그제야 정신이 번쩍 든 듯 포랑에게 눈길을 돌렸다. 득방이 수건으로 얼굴을 닦으면서 말했다.

"너에게 해주고 싶은 말이 너무 많아, 사애광. 내가 그동안 어떤 일을 겪었는지 너는 아마 상상도 못할 거야. 포랑 삼촌, 저 대신 양패두로 가주실래요? 제가 돌아왔다고 가족들에게 전해주세요. 포랑 삼촌, 왜 그래요? 제가 너무 어려운 부탁을 했나요?"

포랑이 고개를 저었다. 표정이 매우 침울했다.

"아니야, 내가 왜 네 녀석의 부탁을 거절하겠어?"

포랑은 득방의 머리를 한번 쓰다듬어주고 손가락으로 사애광을 가리켰다. 그리고는 일부러 엄격하게 말했다.

"내일 아침 약 먹는 거 잊지 마, 알겠어? 내가 출근하면서 들러 검사할 거야. 말 안 들으면 때려줄 거야, 알겠어?"

사애광이 혀를 쏙 내밀면서 익살스러운 표정을 지었다. 하지만 "조금만 더 있다가 가라."는 말은 없었다. 포랑은 적이 실망했다. 그래도 그냥 나가기가 뭣해서 손 가는 대로 책상 위에 있는 종이를 한 장 들고 밖으로 나왔다. 등 뒤에서 문이 닫히는 소리와 오랜만에 만난 두 청년남녀의 흥분한 말소리가 들려왔다. 찬바람이 목을 파고들었다. 온몸이 덜덜 떨렸다. 방금 전 여기 올 때는 이렇게 춥지 않았었는데……. 그제야 포랑은 오늘 새로 받은 외투를 사애광의 집에 두고 온 것이 생각났다.

제15장

득도와 이평수가 처음 만난 그날, 이평수는 온종일 바쁘게 보냈다. 그날 낮에는 북경에 있는 주은래 판공실로부터 "저녁에 주 총리께서 군구 장병 전원에게 전화 지시가 있을 예정이니 준비를 잘하라."는 통지가 왔다. 이평수가 전화 회선을 점검하던 저녁 무렵 초소에서 전화가 왔다. 누가 그를 찾아왔다는 것이었다. 대문 밖에 나가보니 안경을 쓴 젊은 남자가 서 있었다.

"이평수라는 분을 찾습니다."

이평수는 처음 본 젊은 남자가 득도일 것이라는 직감이 강하게 들었다. 득도는 동생 득방처럼 남자답게 잘 생긴 얼굴이 아니었다. 또 그 시대의 여느 젊은이들처럼 패기 넘치고 기세등등한 모습도 아니었다. 표정은 차분하다 못해 초연한 느낌마저 줬다. 마치 세상 모든 일이 자신과는 아무 상관없다고 생각하는 듯했다. 득도는 안으로 들어가면서 인사말도 나누기 전에 황급히 물었다.

"그녀는 어떻게 지내던가요? 돌아온다는 말은 없던가요?"

이평수는 지나치게 흥분한 득도를 묵묵히 바라봤다. 그제야 득도에게 전해줄 것이 있다는 생각도 났다.

"경비실에서 좀 기다려주십시오. 주 총리의 지시를 듣고 나서 얘기합시다."

그날 밤 주 총리는 전화로 많은 말을 했다. 그중에서도 이평수의 심금을 울린 것은 '대를 위해 소를 희생하는 것은 시대정신과 도덕규범에 부합하는 행동'이라는 한마디였다. 감동의 여운은 득도를 다시 만날 때까지 지속됐다. 그는 금고에 고이 보관해두었던 편지를 꺼내 들고 득도를 만나러 갔다.

편지는 달랑 두 장이었다. 글씨에서 급하게 쓴 티가 났다. 득도는 편지 첫머리를 읽고 눈을 질끈 감았다. 표정에서 주체할 수 없는 희열이 느껴졌다. 이평수는 넋을 잃고 득도의 표정을 바라봤다. 시간이 한참 지나고 나서야 득도는 눈을 뜨고 편지를 읽기 시작했다.

사랑하는 이,

아빠를 잘 부탁해요. 아빠를 보호해 주세요.

급하게 써서 글이 두서없을 거예요. 시간이 부족한 탓도 있지만 다른 원인도 많아요. 북경에서 저는 갈 곳이 없어졌어요. 당신도 아마 제 소식을 들었겠죠? 사실 당신이 짐작한 것 이상으로 상황이 좋지 않아요. 어쩌면 영영 남방으로 다시 돌아가지 못할 수도 있어요.

한 가지 부탁이 있어요. 제가 어떤 일을 하건 그날 밤을 잊지 말아주세요. 당신을 만난 후 저는 다시 태어난 느낌을 받았어요. 물론 저에게 이런 말을 할 자격이 없다는 걸 알아요. 그래도 이 말만은 꼭 해야겠어요.

당신이 저에게 보여준 사랑은 일반적인 남녀관계의 세속적인 욕망을 벗어난 아름다운 감정이었어요…….

……글이 두서없군요. 마음이 혼란스러워요. 뭘 쓰면 좋을지 모르겠어요. '오, 언젠가는 당신이 다시 돌아오리라 확신했는데…….' 아아, 갑자기 시가 떠오르네요, 참 어이없죠?

소련 시인 아흐마토바의 〈백야〉라는 제목의 시예요. 제목이 제 이름과 같죠? 제가 전문을 외울 수 있는 유일한 시예요.

두 번째 페이지에는 시가 적혀 있었다.

문을 잠그지 않았다.
촛불도 켜지 않았다.
당신은 모르지, 지친 나에게
잠이 들 만한 힘이 없다는 것을.

나뭇잎이 하나둘씩 떨어진다.
노을도 어두워진다.
당신의 웃는 모습과 목소리,
아련하게 떠오른다.

예전의 모든 것은 이미 사라져버렸음을,
삶은 그 자체가 지옥임을.
오, 언젠가는 당신이
다시 돌아오리라 확신했는데.

……

편지는 여기에서 뚝 끊어졌다. 맺는말도, 마지막 인사도 없었다. 어떤 불가항력적인 사정으로 부득불 펜을 놓은 것이 틀림없었다. 득도는 편지를 한 번 쓱 훑어보고 주머니에 넣었다. 그날 밤, 두 사람은 당면한 정세, 이평수가 북경에서 만났던 사람들, 그리고 득방에 대해 밤늦도록 얘기를 나눴다. 백야에 대해서는 아무런 언급도 하지 않았다. 꼭 언급해야 할 때에는 다른 사람들과 한데 섞어서 슬쩍 언급하고는 했다.

나중에는 더 할 말이 없어서 둘 다 침묵을 지켰다. 득도는 어색하게 이평수를 보면서 억지웃음을 지었다. 입술이 일그러지고 덜덜 떨리는 것이 마치 '이봐요, 나는 오늘밤 우리의 첫 만남을 위해 최선을 다했어요.'라고 항변하는 것 같았다.

침묵이 깨진 것은 이평수가 대문 밖에서 득도를 배웅할 때였다. 이평수가 문득 생각난 것처럼 득도에게 물었다.

"채차를 알아요?"

득도가 잠깐 생각하고는 대답했다.

"잘 알죠."

"제 아내예요."

득도가 얼굴 근육을 하나씩 천천히 펴면서 웃음을 지었다.

"결혼하셨군요. 행복하기를 바랍니다."

"만난 지 두 달 만에 급하게 결혼했어요."

"알고 지낸 기간의 길고 짧음은 의미 없어요."

"하지만 우리는 서로에게 첫눈에 반하지 않았어요."

이평수는 갑자기 감정이 격해졌다.

"솔직히 나는 당신들이 부러워요. 나는 아내에게 한 번도 사랑의 감정을 느껴본 적이 없어요. 아내도 마찬가지일 겁니다. 지금 같은 시절에 결혼을 한 것이 과연 잘한 일인지 모르겠어요. 군대 내부에서도 혼란과 분열이 시작되고 있어요. 계속 이대로 나가다가는 조만간 큰일이 터질 겁니다. 나는 아내에 대해 아무것도 몰라요. 심지어 그녀가 우리 성 군구에 쳐들어온 조반파의 일원이었다는 것도 뒤늦게 알았어요. 이게 무슨 운명의 장난인지 모르겠어요."

이평수는 망연자실한 표정으로 처음 만난 득도에게 많은 말을 했다. 그는 득도를 믿었다. 득도가 판단력이 있는 친구임을 믿어 의심치 않았다. 득도는 열심히 귀를 기울여 들어줬다. 그가 할 수 있는 일은 들어주는 것뿐이었다. 아직은 그가 알고 있는 진실을 이평수에게 말해줄 수 없었으니까. 그리고 이평수의 아내에 대한 더 놀라운 사실 역시 마찬가지였다.

싫은 사람을 상대해야 하는 것만큼 싫은 일이 또 있을까. 득도는 그 사람의 이름만 떠올려도 숨이 막히는 기분이었다. 하지만 득도의 마음이 어떻든 관계없이 그 사람과의 대결을 피할 수는 없었고 준비는 착착 진행되고 있었다.

백야가 떠난 이후로 득도와 오곤은 한마디도 나누지 않았다. 둘이 서로 얼굴을 볼 기회가 전혀 없었던 것은 아니었다. 달갑지도 않은데 둘이 만나는 횟수는 점점 더 잦아졌다. 그동안 강남대학에서는 소규모 '토지혁명'을 방불케 하는 대변혁이 일어났다. 득도를 필두로 한 '득도파'가 서서히 세력을 형성해 오곤이 이끄는 '오곤파'에 대적할 만한 규모를 갖춘 것이다. 득도파의 굴기는 오곤이 전혀 예상치 못했던 일이었다.

이쯤 되자 여러 파벌 중에서 '영웅'으로 자처하던 오곤파도 위협을 느끼지 않을 수 없었다. 득도파와 오곤파는 운동장을 사이에 두고 각각 건물 하나씩을 차지한 채 본거지로 삼았다. 예전에 득도와 오곤이 매일 만나서 배드민턴을 치던 운동장이 지금은 양대 진영의 '군사분계선'이 됐다. 당연히 소규모 세력다툼이 끊임없이 이어졌다. 득도와 오곤은 각자의 지휘본부에서 창문을 넘어 전화기를 들고 지시하는 상대방의 모습을 볼 수 있었다. 가끔씩 각자 차를 타고 스쳐지나갈 때면 찬바람이 쌩쌩 일 정도로 기세가 위압적이었다. 물론 피치 못하게 정면으로 마주할 때도 있었다. 그럴 때마다 둘은 내면의 갈등을 감추기 위해 일부러 더 거만한 표정을 연출하고는 했다. 득도가 괴로운 이유는 그가 원하던 예전의 생활방식을 포기하고 완전히 새로운 삶을 살아야 하기 때문이었다. 이에 반해 오곤은 사라진 우정 때문에 괴로워하고 있었다. 그가 생각하는 득도의 이미지는 그와 대립하는 '최강의 상대' 그 이상도 이하도 아니었다. 하지만 이것은 이성적으로 생각할 때만 가능한 것이었다. 그는 정작 득도를 실제로 만나면 어김없이 감성이 이성을 앞서고는 했다. 득도의 눈빛은 불과 1년도 안 되는 사이에 완전히 바뀌었다. 화목심방에서 '육씨정'陸氏鼎에 대해 진지하게 설명해주던 예전의 득도는 영영 사라져버렸다. 오곤은 예전의 득도가 그리웠다. 특히 자기 자신에게 실망하게 된 날이면 더욱 사무치게 그리웠다. 솔직히 그는 득도가 자기 같은 사람이 될까봐 염려스러웠다.

득도와 오곤이 다시 만난 것은 득도가 백야의 편지를 받은 후 얼마 지나지 않았을 때였다. 오곤이 용금涌金공원 다방에서 만나자고 득도에게 먼저 전화를 했다. 득도는 조금 의외라는 생각이 들었다. 창문 너머로 건너편 건물 안에 있는 오곤의 실루엣이 보였다. 득도는 약간 망설였다. 창문 너머로 오곤이 문을 열고 나오는 모습이 보였다. 오곤은 자동차가 아닌 자전거를 타고 출발했다. 두 사람의 이번 만남이 사적인 만남이라는 방증이었다. 득도도 밖으로 나왔다. 하지만 자전거를 타지 않고 천천히 버스정류장까지 걸어가서 버스를 탔다. 그는 오곤의 얼굴을 보고 싶은 생각이 눈곱만큼도 없었다. 그는 요즘 스스로에 대해 점차 알아가는 중이었다. 오곤을 향한 자신의 감정에 대해서도 객관적으로 바라볼 수 있게 됐다. 따지고 보면 그는 처음부터 오곤을 친구로 생각하지 않았었다. 오곤의 친밀한 접근에 보답하기 위해 억지로 친한 척했을 뿐이었다.

분위기는 예상보다 험악하지 않았다. 창가 쪽 자리는 햇빛이 잘 들고 따뜻했다. 창문 밖 호수는 마치 바깥 세상에 아무 일도 일어나지 않는 것처럼 잔잔하고 고요했다. 오곤은 득도가 자리에 앉기를 기다려 입을 열었다.

"오늘은 일부러 여기에서 보자고 했네. 예전에 우리 두 가문이 경영했던 찻집이 이곳에 있었지. 나는 항주에 도착하자마자 여기부터 왔었네. 애석하게도 망우찻집의 옛터는 보이지 않더군. 자네 할아버지를 찾아가 물어볼까 생각도 했으나 찾아가지 않았어. 어르신께 예전 기억을 떠올리게 하고 싶지 않았거든."

득도는 창밖으로 고개를 돌렸다. 호수 가운데의 삼담인월도에서 물오리 몇 마리가 날갯짓을 하고 있었다. 새들이 사람보다 행복한 이유는 위선이 무엇인지 모르기 때문이 아닐까? 득도는 고개를 돌려 오곤을 보면서 물었다.

"우리 사이에 떠올릴 만한 추억이 있다고 생각하는가?"

오곤이 마른침을 삼키고 억지웃음을 지었다.

"왜 없겠나? 이걸 보게, 우리 고향에서 부쳐온 '보물'인데 받자마자 자네 생각이 나서 가져왔네."

오곤이 주머니에서 편지 한 통을 꺼냈다. 딱 봐도 1930년대 종이라는 사실을 한눈에 알 수 있었다. 오곤이 속지를 펼치면서 설명했다.

"우리 할아버지가 항주 민신국民信局(우편제도가 확립되기 이전에 있었던 사설 우체국)을 통해 우편으로 차를 부치고 받은 증빙서류라네. 일종의 택배송장인 셈이지. 여기 보게, 발송지는 '항주', 도착지는 '영파', 품목은 '차', 심지어 상자 개수까지 분명하게 기재돼 있어. 차를 우편소포로 부치는 방법은 항씨네와 오씨네가 앞장서서 제안했다고 들었는데 그런 점에서 보면 이 종이도 꽤 귀중한 자료 같아서."

득도의 눈빛이 반짝반짝 빛났다. 하지만 경거망동하지 않았다. 그는 속으로 곰곰이 생각했다.

'안 돼, 절대 넘어가면 안 돼. 조급해하지 말자. 곧 본심을 드러낼 거야.'

그러나 득도의 미세한 표정변화는 오곤의 예리한 눈을 벗어나지 못했다. 오곤이 봉투에 '역흘'力訖이라고 적혀 있는 두 글자를 가리키면서 말했다.

"여기 '역흘'이라고 적혀 있네. 속지에는 '다흘령부'茶訖另付라는 네 글자도 있고. 나는 차 쪽으로는 문외한이라 이게 대체 무슨 의미인지 모르겠네."

"'역흘'과 '다흘'의 의미를 알고 싶어서 나를 만나자고 한 건가?"

"다는 아니지만 조금 궁금하기는 했어."

득도가 자리를 박차고 일어났다.

"비록 '네 가지 낡은 것'에 속한다 할지라도 자네의 궁금증을 해결해주도록 하지. '역흘'은 '운임 지불', '다흘'은 '수고비'를 의미하네. 이제 가도 되지?"

오곤이 일어나지 않고 책상을 밀면서 긴 한숨을 내쉬었다.

"그만하지. 내가 자네하고 빙빙 돌려 말해서 뭐하겠나? 자네, 백야 소식은 들었나?"

득도는 잠깐 주저하다가 다시 자리에 앉았다. 하지만 선불리 입을 열지 않고 오곤이 말하기를 기다렸다. 오곤이 고개를 푹 숙였다.

"물론 들었겠지. 나는 최근에 그녀에 대한 소식을 들었네. 백야와 같이 있던 몇몇 간부 자제들이 소련으로 밀입국하려다 발각돼 그 자리에서 총살됐다네. 그녀가 그들의 밀입국에 가담했는지 여부는 아직 확인된 바가 없지만 그녀는 실종됐네."

"그것은 그녀가 아직 살아 있다는 반증이로군."

"이런 소식을 듣고 나서도 그녀에 대한 감정이 예전 그대로인가?"

"그건 내가 말해줄 이유가 없는 것 같군."

"자네 대답을 듣고 싶은 생각은 없네. 내 생각도 자네와 똑같으니까. 물론 나는 자네보다 그녀에 대해 더 잘 알고 있지. 그녀라면 나라를 배반하고 외국으로 도망가는 매국 행동이 충분히 가능해. 앞으로 그녀에 대한 소식은 공유했으면 좋겠소. 나중 일은 그때 가서 생각하고."

둘은 함께 다방을 나와 천천히 호숫가로 향했다. 모르는 사람이 보면 두 친구가 다정하게 산책하는 것으로 착각할 모습이었다. 자전거를 세워둔 곳에 이르러 득도가 입을 열었다.

"기왕 온 김에 용건만 간단히 얘기하지. 우리가 보낸 통지는 받았는가? 어떻게 할 생각인가?"

"무슨 통지?"

"오곤, 우리 사이에 눈 가리고 아웅 하는 짓은 통하지 않아. 빙빙 에둘러 말해봤자 서로의 시간과 감정만 소모할 뿐이지. 단도직입적으로 말할게, 도대체 양진 선생을 우리에게 넘길 건가, 말 건가?"

오곤이 자전거를 밀면서 말했다.

"내가 일부러 넘겨주지 않는다고 생각하지 말게. 경제학부는 자네 소관이니 양진 선생도 자네가 맡아야 마땅하지. 게다가 나는 양진 선생을 붙잡고 있어봤자 득보다 실이 더 크네. 나와 양진 선생이 어떤 관계인지는 세상 사람들이 다 아니까. 하지만 지금은 넘겨줄 수 없네. 내가 그 양반을 풀어주면 우리 쪽 사람들이 나를 가만두지 않을 거야. 양진 선생은 다른 사람과 달라. 역사의 증인으로 출두할 수 있는 사람이네. 득도, 동양정치에 대해서는 이제 완전히 이해한 건가?"

"일단 양 선생이 역사의 증인이 되기를 원하는지 봐야지."

"나는 자네의 선비 기질이 마음에 들어."

오곤이 웃음을 터뜨렸다.

"분명히 말하지만 나는 양진 선생을 넘겨줄 생각이 눈곱만큼도 없네."

득도가 자전거에 올라타는 오곤의 뒤에 대고 말했다.

"선비도 화가 나면 만만치 않다는 걸 알았으면 좋겠네. 자네가 문화대혁명 직전 연구생으로 있을 때 어떤 짓을 했는지 조목조목 빠짐없이 정리해뒀으니 그리 알게. 자네가 어떤 소인배이고 누구의 앞잡이인지 곧 만천하에 공개될 거네."

오곤이 자전거에서 펄쩍 뛰어내렸다. 얼마나 놀랐는지 말까지 더듬었다.

"항, 항득도, 감히 내 비밀자료를 수집하다니?"

"자네한테 배운 거지. 자네도 양 선생의 비밀자료를 수집하지 않았나?"

득도는 오곤이 약이 올라 펄펄 뛰기를 기다렸다. 혹여 몸싸움이라도 벌어지면 다른 사람들을 놀라게 하지 않으려고 일부러 그를 호숫가의 넓은 잔디밭으로 유인했었다. 그러나 오곤은 예상 외로 화를 내지 않았다. 그저 득도를 아래위로 찬찬히 훑어볼 뿐이었다. 그가 조용히 입을 열었다.

"자네가 백야를 좋아하는 것은 그다지 놀랍지도 않네. 백야를 본 남자치고 그녀에게 반하지 않은 사람이 없었으니까. 자네와 나는 수많은 백야 추종자들 중 하나일 뿐이지. 하지만 자네가 다른 사람의 비밀자료를 수집했다는 건 정말 뜻밖이네. 맞아, 내가 예전에 역사주의학파의 신봉자였다는 사실은 굳이 부인하지 않겠어. 하지만 자네가 내 과거를 들춰내봤자 제 얼굴에 침 뱉기일 텐데……. 왜냐하면 그 당시 우리는 한배를 탔으니 말이야."

"'동기와 상관없이 결과만으로 가치를 평가한다', 이것도 자네한테 배운 실천론적 관점이 아닌가?"

"그래서 뭘 어떻게 하자는 건가? 나더러 양진 선생을 풀어주라고? 어림도 없네. 그 양반이 내 손안에 있든 아니면 다른 사람에게 잡혀 있든 뭐가 다른데? 그 양반은 여전히 용감하고 완고해. 심지어 편집증적 집착도 보이더군. 하지만 자네가 아무리 뭐라고 해도 그 양반은 인류 역사에 잠깐 등장한 보잘 것 없는 인물에 불과해. 역사의 흐름은 아무도 거스를 수 없어. 득도, 자네는 이번 '운동'의 의미를 완전히 이해하기에는 아직 너무 순진하네. 옛 친구로서 충고 한마디 하자면, 자네는 '화목심방'으로 돌아가서 얌전히 있는 게 좋아. '운동'은 언젠가 끝이 날 거고,

새로운 권력구조가 안정되면 사람들은 다시 예전처럼 차를 마시게 될 테니까. '풍류'는 시대와 상관없이 인간의 본능이거든. 다만 대놓고 즐기느냐 아니면 남몰래 즐기느냐의 차이가 있을 뿐이야."

"자네가 지난 여름에 했던 말과는 완전히 다른 것 같은데……."

"그때는 나도 '운동'에 대해 잘 몰랐었어. 지금도 전부는 아니지만 그래도 어느 정도 알게 됐다고 자부할 만하지. 내가 자네 능력을 폄하하는 게 아니라 자네는 이런 운동에 어울리는 사람이 아니야. 그러니 내 충고를 잘 새겨듣고 예전처럼 영혼이 자유로운 '소요파'逍遙派로 만족하기 바라네……."

"악랄한 인간들."

득도가 갑자기 목소리를 높였다.

"나도 참는 데는 한계가 있어. 양진 선생을 더 이상 건드리지 말게. 그리고 나를 자꾸 자극하지도 말고. 가증스러운 자네 모습을 만천하게 까발리는 수가 있으니 두고 보게."

득도는 말을 마치자마자 벌레 피하듯 몸을 홱 돌려 성큼성큼 빠르게 걸어갔다. 그러자 오곤이 바로 따라와 자전거로 득도의 앞을 막았다. 이미 상처를 받을 대로 받은 마당에 더 이상의 체면치레는 필요 없었다.

서로를 향한 눈빛은 분노에 차 불이 뚝뚝 떨어질 것 같았다. 오곤은 얼굴이 창백해지다 못해 온몸을 사시나무 떨 듯 덜덜 떨었다. 급기야 아까 득도에게 보여줬던 편지를 꺼내 마구 구기더니 그의 얼굴에 냅다 던졌다. 이어 씩씩거리면서 자전거에 올라탔다. 득도는 허리를 굽혀 편지를 집어 들었다. 그리고는 화가 난 김에 갈기갈기 찢어버리려다가 멈칫했다. 편지봉투에 적혀 있는 '역흘'이라는 두 글자가 시선을 강하게 끌어당겼던 것이다. 그는 심호흡을 길게 하고 편지를 호주머니에 넣었다.

득도와 오곤이 맞붙은 그날 밤, 포랑은 득방이 돌아왔다는 소식을 양패두 항씨 가족들에게 전했다. 득도는 반가운 표정으로 포랑의 어깨를 툭툭 치면서 말했다.

"마침 잘 왔어요. 안 그래도 도움을 청할 일이 있었는데."

포랑도 히죽 웃으면서 말했다.

"그래? 마침 잘 됐다. 나도 너에게 줄 게 있었는데."

포랑은 주머니에 곱게 보관해 둔 '만응오시차' 포장지를 꺼냈다. 득도는 차와 관련된 옛날 물건들을 수집하고 있었다. 포랑이 가져온 포장지는 여느 포장지와 달리 목각 인쇄품이었다. 하지만 기뻐서 펄쩍 뛸 줄 알았던 예상과 달리 득도는 별로 기뻐하는 기색이 없었다. 그저 기계적인 동작으로 포장지를 꾹꾹 눌러서 반듯하게 편 다음 오곤에게 받은 편지와 함께 서랍에 넣고 자물쇠를 잠갔다. 이어 망연한 눈빛으로 포랑을 보면서 엉뚱한 질문을 했다.

"삼촌, 양진 선생을 알아요?"

포랑은 가타부타 말이 없이 어깨만 으쓱했다. 득도는 즉각 삼촌에게 고민거리를 털어놓았다.

"양진 선생이 상천축사에 갇혀 있어요. 지금은 양진 선생처럼 불법 구금된 '우귀사신'들을 구출해 보호하는 것이 우리 조직의 급선무예요."

포랑이 잘 이해가 되지 않는다는 표정으로 물었다.

"전부 구출해서 뭐할 건데? 집으로 돌려보낼 거야?"

득도는 고개를 저었다.

"아니에요. 그들을 전부 빼내 우리가 직접 통제할 거예요. 우리는 다른 건 몰라도 그들의 안전은 보장해줄 수 있어요. 일부 대학에서 불법구금 당했다가 목숨을 잃는 사람들이 속출하고 있어요. 진읍회 선생처럼 말이에요."

"아무리 그래도 너희들은 대학생이잖아. 득방네처럼 물불 못 가리는 철부지가 아니라고."

"지금이 어느 땐데 그런 걸 다 따져요? 중학생, 노동자, 농민들 중에도 폭력을 반대하는 사람이 있는 것처럼 대학생들 중에도 막 나가는 사람들이 많아요. 지식이 많고 적고와는 상관없어요. 그리고 잡혀가서 죽은 사람들이 다 맞아죽은 것도 아니에요. 어떤 사람은 스스로 목숨을 끊었고, 어떤 사람은 병에 걸렸으나 제때 치료를 받지 못해 죽었죠. 또 어떤 사람들은 너무 힘든 일을 시켜서 지쳐 죽고……, 매일 비판투쟁을 받고 있지도 않은 죄를 자백하라고 강요받는 사람들도 조만간 미치광이가 돼 죽고 말 거예요."

연달아 나오는 "죽는다"는 말에 포랑은 머리가 어지러워졌다.

"양진 선생도 갇혀 있다가 미치광이가 되는 건 아니겠지?"

"그럴 일은 없을 거예요. 아마 고모할머니가 그분에 대해 제일 잘 아실 거예요. 두 분은 젊었을 때부터 서로 아는 사이였대요."

득도의 말에 포랑이 자신의 이마를 탁 쳤다. 아버지가 잡혀간 직후 어머니를 따라 양진 선생을 만나러 갔던 기억이 그제야 떠올랐다.

포랑은 방 안을 휘 둘러봤다. 자그마한 선방禪房에 차 탕관, 다호, 찻잔, 질그릇, 다도茶圖, 찻잎 표본 등 차와 관련된 물건들이 가득했다. 단면이 깔끔하게 잘린 목판도 있었다. 포랑이 운남의 해묵은 차나무를 잘라 가져다준 것이었다. 포랑은 득도에게 신신당부를 했다.

"이 '보물'들을 잘 간수해. 혹시나 나중에 쓸 일이 있을지도 모르니까. 득방 그 녀석이 돌아오면 이 귀중한 것들이 하나도 남아나지 않을 거야."

득도는 포랑의 어깨를 끌어안았다. '과연 나중에 쓸 일이 있을까? 어쩌면 꽤 오랫동안 쓸 일이 없을지도 몰라.' 득도는 그렇게 잠깐 생각하고는 열쇠고리에서 열쇠를 하나 빼냈다.

"제가 집에 없는 동안 잃어버리지 않도록 삼촌이 잘 지켜주세요."

포랑이 열쇠를 받으면서 말했다.

"방금 무슨 말을 했더라? 양진 선생이 절에 갇혀 있다고 했나? 내 도움이 필요하면 언제든지 말해. 그분을 구출하는 일이라면 앞장설 테니까. 잊지 마, 나는 네 삼촌이야."

포랑은 득도의 어깨를 두드려주고는 바로 돌아갔다.

그날 밤, 득도는 그동안 모은 수집품들을 싹 정리했다. 어떤 것은 그대로 두고 어떤 것은 침대 밑에 숨겼다. 벽에 걸려 있는 그림 몇 장은 건드리지도 않았다. 자신의 과거를 깨끗하게 청산하기 싫은 마음이 작용했는지도 모른다. 어쩌면 언젠가 돌아올 그날이나 언젠가 돌아올 그녀를 위해 어떤 증표를 남겨두고 싶었는지도 모른다.

득도는 자정이 넘도록 바쁘게 움직였다. 득방은 그때까지도 오지 않고 있었다. 득도는 대문 밖에서 한참을 기다렸다. 그리고 가만히 뒷문도 열어놓았다. 너무 추워서 견딜 수 없을 지경이 돼서야 방으로 들어와 옷을 입은 채로 잠이 들었다. 동이 틀 무렵 포랑이 득도를 깨웠다.

"득방 그 녀석 안 왔어?"

"무슨 일이 생겼어요?"

"사애광도 집에 없어."

"사애광? 사애광이 누구예요?"

득도가 고개를 갸우뚱했다. 포랑이 고함을 질렀다.

"사애광도 몰라? 득방의 같은 반 여학생이야. 득방은 어젯밤에 애광의 집에 먼저 왔었어."

득도는 별 일 아니라는 듯 말했다.

"날이 밝자마자 일 보러 나갔겠죠. 동창이라면서요?"

"득방은 밤새도록 집에 오지 않고 여자 동창하고 같이 있었어. 둘이 잤을까?"

득도는 얼굴이 벌게졌다. 도둑이 제발 저린다고 포랑의 말이 자신과 백야의 관계에 대해 말하는 것처럼 들렸다. 그가 연신 손사래를 치면서 작은 소리로 말했다.

"그럴 리가요. 아마 밤새도록 수다를 떠느라 돌아올 시간이 없었겠죠."

"그래? 그렇다면 내가 방금 한 말 취소할게. 사애광은 감기에 걸렸단 말이야. 약을 제대로 먹었는지 아침에 가서 검사한다고 그렇게나 말했는데 어디 갔을까?"

득도가 갑자기 뭔가를 깨달은 듯 눈을 크게 떴다.

"혹시 삼촌의 여자친구?"

포랑이 즉각 두 손을 펼쳐보였다.

"글쎄, 맞는지 아닌지 지금은 잘 모르겠어."

득도의 예상대로 득방은 밤이 깊도록 잘 생각을 하지 않았다. 침을 튀겨가면서 그동안 보고, 듣고, 겪은 일들을 사애광에게 들려줬다. 우선 어떻게 북경으로 갔는지, 비행기에서 내리자마자 어떻게 괴한들에게 납치돼 한바탕 두들겨 맞은 후 거리에 버려졌는지, 어떻게 무일푼으로 홍위병 사령부가 운집한 북경 거리를 떠돌아다녔는지도 세세하게 털어놓았다. 이어 막다른 지경에 이르렀을 때 형님의 여자친구 어머니의 직장이 북경에 있다는 생각이 어떻게 문득 떠올랐는지, 그곳을 찾아갔더니 그분은 자결해 이 세상에 없고 그분의 딸이 어머니의 유품을 정리하고 있었다는 얘기 역시 들려줬다. 마지막으로 이 기막힌 우연으로 인해 어떻게 새로운 벗들을 만나게 됐는지, 그들과 함께 살면서 짜릿한 경험들을 얼마나 많이 했는지 등에 대해서도 빼놓지 않고 언급했다. 다만 누구의 도움을 받아 항주로 돌아오게 됐는지에 대해서는 한마디도 하지 않았다.

득방은 밤이 깊어지자 피곤이 몰려오는 것을 막을 수가 없었다. 방안은 포랑이 석탄난로 연통을 수리해주고 알탄을 충분히 장만해 준 덕에 후끈후끈했다. 따뜻한 난롯불은 피곤에 찌든 소년의 잘 생긴 얼굴을 훑고 있었다. 득방은 너무 피곤해서 떨어지지 않는 입술을 억지로 움직이면서 더듬더듬 말했다.

"애광……, 한 가지 부탁이 있어……. 나…… 내일 아침…… 운서雲棲에 있는 차연구소에 갔다 와야 해……. 아버지 얼굴을 못 본 지…… 너무 오래 됐어……. 같이 가줄 수 있겠어……?"

사애광이 하품을 하면서 포랑의 외투를 득방에게 걸쳐줬다.

"물론이지……. 네가 가는 곳이라면…… 칼산을 오르고 불바다에 뛰어들더라도…… 너와 함께 갈 거야……. 어차피 나는 갈 곳도 없어……."

사애광이 갑자기 뭔가 떠오른 듯 놀란 표정을 짓더니 빠르게 말했다.

"그런데 아침 일찍 나가야 해. 동도강에게 들키면 안 돼!"

득방은 대답이 없었다. 어느새 침대가에 엎드려 곤히 잠들었던 것이다.

다음날 이른 아침, 득방과 사애광은 찬 서리를 밟으면서 살금살금 문 밖으로 나왔다. 하지만 그들은 하필 만나지 말아야 할 사람과 기어이 딱 마주치고 말았다. 머리를 풀어헤치고 졸린 눈으로 막 칫솔을 입에 넣고 있던 동도강은 양칫물 담긴 컵을 든 채 그 자리에 굳어져버렸다. 그녀는 너무 놀라서인지 아니면 아직도 꿈을 꾸고 있다고 생각하는지 한동안 아무 소리도 못하고 멍하니 둘을 바라보기만 했다. 득방과 사애광은 그 틈을 타서 재빨리 달아났다. 동도강이 정신을 차리고 입에서 칫솔을 빼냈을 때는 이미 두 사람이 쏜살같이 사라진 후였다.

사애광이 숨을 할딱거리면서 우는 소리를 했다.

"야단났어, 야단났어. 동도강은 나를 엄청 미워할 거야."

"미워할 테면 하라지. 걔는 처음부터 너를 싫어했잖아."

"그때는 우리 어머니 때문에 싫어한 거고 이제부터는 나를 미워할 거야."

"무슨 말인지 모르겠어."

"너 바보야? 우리 둘이 이른 아침에 같이 있는 걸 보고 걔가 뭐라고 생각하겠어? 걔는 아마 우리 둘이……, 그래도 모르겠어?"

"모르겠어!"

득방이 참았던 웃음을 터뜨렸다. 몇 달 만에 처음으로 호탕하게 웃어보는 것이었다.

"걱정 마, 별일 아니야. 북경에서는 남녀를 불문하고 한 방에 모여 얘기를 나누다 그대로 쓰러져 자는 일이 비일비재해. 바닥, 침대, 소파……, 아무 데나 막 누워서 자."

차연구소는 꽤 먼 곳에 있었다. 두 사람이 그곳에 도착했을 때는 정오 무렵이었다. 혈기왕성한 젊은이들이라 그런지 둘은 그다지 힘들어하는 기색도 없었다. 그렇지만 차연구소의 조반파들은 '자본계급 학술권위자'를 면회하러 왔다는 말을 듣자마자 일언지하에 축객령을 내렸다.

"여기 없어요, 오운산五雲山 서촌徐村에 일하러 갔어요."

오운산으로 가려면 오던 길로 한참을 되돌아가야 했다. 득방이 미안한 표정으로 말했다.

"미안해, 너무 많이 걷게 해서."

사애광이 빙긋 웃으면서 말했다.

"괜찮아, 하나도 안 힘들어. 여기는 공기가 엄청 좋구나. 나, 여기는 처음이야. 이렇게 맑고 상큼한 차 향기도 처음 맡아봐. 네 아버지가 이렇게 좋은 곳에서 일하시는 줄 몰랐어. 차나무를 심고 가꾸는 일도 무척 재미있겠다. 안 그래?"

득방이 쑥스럽게 웃었다.

"나는 사실 이쪽 분야에 대해서는 아는 게 쥐뿔도 없어. 어렴풋이 기억나는데, 내가 소학교에 갓 들어갔을 무렵 아버지는 차연구소 설립 준비로 굉장히 바쁘셨어. 아버지는 집에 오면 너무 피곤해서 침대에 바로 쓰러질 지경이셨어. 그때 아마 연구소 부지 얘기도 나왔던 것 같아. 옛날 절터에 세운다고 했는데 잘 모르겠어. 지금은 운서로雲棲路 1번지에 있잖아. 나는 어릴 때부터 부모님, 여동생과 떨어져 할아버지하고 함께 살았어. 그래서 아버지가 하시는 일에 대해 잘 몰라."

득방이 잠시 뜸을 들인 후 말을 이었다.

"나는 예전에는 차도 안 마셨어. 사람들이 차를 마시는 모습을 보면 마치 봉건시대의 유민遺民 같아 보여서 싫었거든."

"어제는 벌컥벌컥 잘도 마시던데?"

"말도 안 되는 소리 같지만 나는 여기서는 마시지도 않던 차를 북경에 가서 제대로 배웠어. 거기서는 차 없이 하루도 버티기 힘들었거든. 지금은 완전 애차가愛茶家가 됐지. 나는 농차가 좋아. 그래서 용정차를 안 마시고 주차珠茶만 마셔. 너 주차 마셔봤어?"

"나는 차를 안 마셔. 우리 집에 있는 차는 전부 포랑 오빠가 가져다 준 거야. 포랑 오빠도 용정차를 안 마셔. 운남에서 가져온 죽통차만 마시더라. 너희 가족들은 참 이상해."

"나는 너하고 포랑 삼촌이 사이좋게 지내는 게 더 이상해. 우리 포랑 삼촌 잘 생겼지? 하긴 삼촌은 가방끈도 짧고 사상도 진보적이지 않지만 노래는 아주 잘해. 여자들에게 인기도 엄청 많아. 그렇지 않아?"

"모르겠어. 나는 형제자매가 없는 데다 부모님 사이도 안 좋아서 어릴 때부터 늘 외로웠어. 포랑 오빠는 가끔은 오빠 같고 가끔은 아빠 같기도 해. 그 사람은 굉장히 외로워해. 오빠는 여기 사람이 아니라서 그래. 아주 먼 밀림에서 왔잖아. 언젠간 다시 밀림으로 돌아가겠지? 안 그래?"

"그건 내가 너한테 묻고 싶은 말인데? 그런데 네가 포랑 삼촌에 대해 나보다 더 많이 아는 것 같다. 삼촌은 나를 별로 안 좋아해. 그건 나도 마찬가지지만. 우리 이 얘기는 그만하자. 저기 봐봐, 오운산에 다 온 것 같아. 우리 고등학교에 갓 입학했을 때 여기 한 번 왔었지?"

"맞아, 나도 생각나. 그때 진포뢰陳布雷의 무덤을 보러 갔었잖아."

'오운산'五雲山이라는 이름은 오색의 상서로운 구름이 오랫동안 흩어지지 않았다고 해서 붙여진 이름이었다. 오운산 기슭에 자리한 운서오雲棲塢는 '구름이 모인 후미진 곳'이라는 의미로 생긴 이름이었다. 조반파가 득방에게 가르쳐 준 '오운산 서촌령徐村嶺'은 '강찰자령'江擦子嶺으로도 불렸다. 그 서촌 라복산蘿卜山 위에는 동도강의 어머니가 의사로 근무하는 요양병원이 있었다. 사애광이 언급한 '진포뢰의 무덤' 역시 그곳에 있었다. 고등학교 1학년 수업활동 때 득방과 사애광은 동도강을 따라 이곳 요양병원을 참관하면서 겸사겸사 진포뢰의 무덤도 구경했던 것이다. 이곳에 진포뢰의 무덤이 있다는 사실을 아는 사람은 매우 적었다.

진포뢰는 세상경험이 적은 젊은이들이 한두 마디로 평가하기 어려운 인물이었다. 그는 자계慈溪에서 태어나 〈천탁일보〉天鐸日報, 〈상보〉商報와 〈시사신보〉時事新報의 주필을 역임했다. 민국 16년에 장개석의 막료로 들어가 장개석 시종실 주임, 국민당 중앙선전부 부부장, 중앙정치회의 비서장 등의 직무를 맡았다. 민국 37년에는 남경南京에서 자살로 생을 마감했다. 진포뢰는 앞선 이력에서 볼 수 있듯 장개석이 가장 아끼던 문장가였다. 하지만 장가蔣家왕조에 대한 실망감을 견디지 못하고 스스로 목숨을 끊은 비운의 인물이기도 했다. 장개석은 진포뢰의 장례식에 친히 참석했다고 한다.

중국 공산당은 정권을 잡고 신중국을 세운 뒤에도 진포뢰의 무덤을 없애지 않았다. 소문에 의하면 그의 자녀들 중에 유명한 혁명가가 있기 때문이라고 했다. 득방처럼 '좌 아니면 우', '정正 아니면 반反'의 정치적 분위기에서 성장한 젊은이들로서는 이해하기 힘든 특별한 사례라고 할 수 있었다. 득방은 한때 진포뢰 가족과 항씨 가문이 비슷한 점이 많다는 생각을 하기도 했었다. 물론 과거에는 진포뢰라는 인물에게 별로 호감이 가지 않았다. '아군이 아니면 적'이라는 이분법적 사고방식에 깊이 물든 탓도 있었으리라. 하지만 지금은 그렇지 않았다. 그동안 그의 인생관과 세계관은 크게 바뀌었다.

요양병원 대문은 활짝 열려 있었다. 마음의 준비가 없었던 것은 아니나 정작 병원 복도 끝에 있는 작은 문을 열었을 때 눈앞에 펼쳐진 광경은 두 사람을 아연실색하게 만들기에 충분했다. 진포뢰의 무덤과 주변의 차나무 숲은 완전히 난장판이 돼 있었다. 한참이 지난 후에야 득방은 허탈한 듯 입을 열었다.

"이렇게 궁벽한 곳도 빼놓지 않았구나."

득방은 파헤쳐진 무덤 주위를 빙 돌았다. 하지만 아무것도 찾아내지 못했다. 그가 한숨을 푹 내쉬면서 말했다.

"그들이 진포뢰를 가만 놔두지 않을 거라는 걸 예상하지 못했어."

사애광이 말했다.

"지난번에 왔을 때 동도강이 이 무덤 앞에 서서 '출신 성분도 중요하지만 더 중요한 것은 행동'이라는 말을 했었어. 진포뢰의 딸이 대만 청취자를 대상으로 하는 방송에서 했던 말이야. 모 주석도 긍정적으로 평가하셨었는데."

둘은 묵묵히 오던 길을 되돌아 나왔다. 득방이 무겁게 입을 열었다.

"안 그래도 너에게 말해주려고 했었어. 내가 북경에서 항주로 돌아오면서 상해를 경유할 때 들은 소식인데 진포뢰의 딸도 투신자살했대."

사애광은 고개를 숙인 채 아무 말도 하지 않았다. 진포뢰 부녀의 비극적인 죽음 소식에 큰 충격을 받은 것 같았다. 햇살이 쨍하게 비추는 나른한 겨울 오후는 마치 아무 일도 없었던 것처럼 조용하기만 했다. 차나무 숲에서는 그 흔한 새소리도 들리지 않았다. 둘은 묵묵히 걷기만 했다. 민가를 찾아 길을 묻고 싶지도 않았다. 심지어 얘기를 더 나누고 싶은 생각도 싹 사라졌다. 기분이 한없이 암담하고 쓸쓸했다.

득방의 내적갈등은 한두 마디 말로는 정리하기 어려웠다. 어떤 때는 누런 군복을 입고 붉은 완장을 찬 한 무리의 사람들이 그의 몸 안에서 치고 박고 육박전을 벌이면서 영혼을 초토화시키는 느낌이 들지만 정작 그 자신은 외부와 격리돼 아무것도 보지 못하고 듣지도 못하는 것 같았다. 또 어떤 때는 아무도 없는 사막, 달이나 망망대해 속의 외로운 배에 홀로 버려진 것처럼 마음이 시리고 무서웠다. 그는 초조하고 불안했다. 비록 모두 잠깐 나타났다 사라지는 느낌이라지만 혁명을 향한 뜨거운 열정을 품은 그에게는 지대한 고통이 아닐 수 없었다. 그래서일까, 과거 그나마 우러러보고 숭배했던 '영웅'들이 이제는 더 이상 '영웅'으로 느껴지지 않았다.

다만 한 가지는 분명했다. 과거에는 출신 성분 때문에 많이 고민했다면 지금은 그런 고민을 하지 않는다는 사실이었다. 그는 새로 얻은 깨달음을 사애광에게 말해주고 싶었다.

"사애광, 내가 그냥 하는 말이 아니니까 잘 들어. '혈통론'은 상식적으로 말도 안 되는 주장이야. 인도에는 카스트 제도가 있고, 중국 봉건시대에도 등급 제도가 있었어. 우리는 이런 제도를 없애기 위한 혁명을 해야 해. 루소는 '인간은 태어날 때부터 평등하다.'고 했어. 그래, 루소는 자본가계급의 대변인이니 그의 이론은 논외로 치자. 그렇다면 마르크스는 '혈통론'을 주장했을까, 하지 않았을까? 마르크스의 저서를 아무리 훑어봐도 '아비가 영웅이면 그 아들은 호한好漢이고, 아비가 반동분자면 그 아들은 망나니'라는 주장은 찾아볼 수가 없어. '혈통론'은 미개인들이 만들어낸 허튼소리에 불과해. '혈통론'이 얼마나 얼토당토않은 헛소리인지 역사가 증명해줄 거야."

득방의 장광설은 사애광을 크게 각성시켰다. 사애광과 동도강은 같은 또래의 여자였다. 그러나 진리를 추구하는 방식은 완전히 달랐다. 동도강이 나름의 '진리'를 고집하는 이유는 어릴 때부터 그렇게 해야 한다고 주입식 교육을 받았기 때문이었다. 그에 반해 사애광은 좋아하고 우러러보는 사람이 하는 말이 곧 '진리'였다.

사애광은 득방의 잘생긴 얼굴을 홀린 듯 바라보면서 나름 멋있는 말을 생각해내려고 애썼다. 그렇게 한참을 고민한 끝에야 입을 열었다.

"나는 잘난 가문 출신이라고 거들먹거리는 인간들이 제일 꼴 보기 싫어. 그들은 마치 우량종 개 같아."

득방이 놀란 눈으로 사애광을 바라봤다. 그녀는 그가 생각한 이상으로 '혈통론'에 대해 강렬한 반감을 표출하고 있었던 것이다. 언제부턴가 막연하게 이성으로 느껴지던 여자 학우가 이제는 듬직하고 굳건한 '전우'로 자리매김하는 순간이었다. 득도의 말투는 한층 더 확고하고 강경해졌다.

"우리는 아직 갈 길이 멀어. 언제든 희생할 준비가 되어 있어야 해. 너 투르게네프의 〈문지방〉이라는 시를 읽어봤어?"

사애광은 〈문지방〉을 읽어본 적이 없었다. 하지만 득방보다 더 결연한 어투로 말했다.

"나는 그 '문지방'을 넘고 말 거야."

둘 사이의 대화는 점점 장엄해지고 있었다. 득도가 잠깐 생각하고는 다시 입을 열었다.

"오늘 나눈 얘기는 우리 둘만 알고 있어야 해. 다른 사람에게 알려져 고발당하기라도 하면 감옥살이를 얼마나 해야 할지 몰라. 우리가 원대한 목표를 달성하려면 아직 갈 길이 멀어. 벌써부터 감옥에서 썩을 수는 없어."

사애광이 고개를 번쩍 들면서 말했다.

"마르크스, 엥겔스, 레닌, 스탈린과 모 주석의 이름을 걸고 맹세할 게."

당시에는 "하늘에 대고 맹세한다."와 같은 의미로 "모 주석의 이름을 걸고 맹세한다."는 말이 유행했었다. 사애광은 한술 더 떠서 마르크스, 엥겔스, 레닌과 스탈린의 이름까지 추가해 결연한 의지를 밝힌 것이었다.

깊은 대화를 마치고 나자 더 얘기할 것이 없어졌다. 두 사람은 각자 생각에 잠긴 채 다시 묵묵히 걷기 시작했다. 그때 아까부터 차나무 밭에 서서 두 사람을 주시하던 남자가 두 사람의 뒤로 다가왔다. 사애광이 인기척을 눈치채고 뒤돌아봤다. 그리고 그때까지 아무것도 모르고 있는 득방의 팔을 잡아당겼다. 득방은 고개를 돌려 의아한 눈빛으로 남자를 훑어봤다. 남자가 푹 눌러썼던 모자를 벗었다. 득방은 그제야 긴장을 풀면서 사애광을 소개했다.

"아버지, 저하고 같은 반 친구인 사애광이에요."

사애광이 항한에게 서둘러 인사를 했다.

"아저씨, 아저씨를 찾으러 연구소에 갔더니 여기로 가라고 해서 왔어요. 혼자서 뭐 하고 계세요?"

항한이 산비탈에 있는 사람들을 가리키면서 말했다.

"혼자가 아니야. 차나무 밭에 벌레가 생겼다는 제보를 받고 농민들을 도와주러 온 거란다."

항한은 아들의 얼굴에서 눈을 떼지 못했다. 득방의 눈가가 촉촉이 젖어들었다. 그는 눈물을 보이지 않으려고 몇 걸음 앞으로 걸으면서 하늘을 올려다봤다. 하늘은 구름 한 점 없이 맑았다. 문득 다시 올 수 없는 곳으로 영영 떠나간 어머니 생각이 떠올라 슬픔이 북받쳐 올랐다. 급기야 길가의 바위에 걸터앉아 손으로 눈을 힘껏 비볐다. 반년 사이에 아버지는 몰라볼 정도로 많이 늙었다. 그리고 그 역시 여태껏 경험해보지 못한 일들을 많이 겪었다.

그날 오후, 항한 부자와 사애광은 차나무 숲을 거닐면서 다양한 벌레들을 구경했다. 항한은 마치 진귀한 보물이라도 자랑하듯 차 벌레들에 대해 자세한 설명을 해주었다.

"중국은 예전부터 차나무 병충해 문제가 매우 심각했단다. 1953년~1954년에 운서향雲棲鄉에서만 자벌레로 인한 피해 면적이 600무에 달했어. 1954년에는 신차향新茶鄉에 자벌레가 출몰해 100무가 넘는 차나무밭을 초토화시켰고, 1960년대에 이르러서는 자벌레 대신 깍지벌레라는 놈들이 기승을 부리기 시작했어. 이번에 차농들은 새로운 위험신호를 감지하고 우리 연구소에 긴급히 도움을 요청했단다. 초록애매미충이라는 놈들이 준동한다고 말이야. 어디 해충뿐이겠니? 차나무 병해로 인한 손실도 막대하단다. 점무늬병, 갈색무늬병, 뿌리선충병……."

항한의 차나무 병충해에 대한 '강의'는 끝도 없이 이어졌다. 문화대혁명과 세상을 뜬 아내, 다른 가족들에 대한 얘기는 일절 없었다. 마치 세상에서 제일 중요한 것이 차 벌레와 차나무병인 것처럼 그것에 관해서만 얘기했다. 열심히 귀기울여 듣던 득방과 사애광은 나중에는 환각이 보이는 것 같았다. 수염이 더부룩한 중늙은이가 병든 차나무로 변해 몸에 잔뜩 달라붙은 온갖 벌레들과 사투를 벌이는 환각이었다.

해가 뉘엿뉘엿 지기 시작했다. 득방의 얼굴에 초조한 기색이 나타났다. 병든 차나무를 꼼꼼하게 살피던 항한이 일손을 멈추고 아들에게 말했다.

"이제는 돌아가거라. 할아버지를 잘 돌봐드려. 나는 괜찮다."

득방은 아버지의 목을 껴안는 대신 목도리를 꽉 움켜잡았다. 항한이 목도리를 풀어서 아들에게 주면서 말했다.

"너희들이 보러 와줘서 고맙구나. 나는 아직 끄떡없으니 걱정 안 해도 돼. 이래봬도 평생 무예를 연마한 몸이야."

득방은 사실 목도리는 필요 없었다. 아침에 나올 때 사애광에게 받은 것이 하나 있었기 때문이었다. 하지만 그는 말없이 아버지의 목도리를 받아들고 대신 자신의 목도리를 아버지의 목에 둘러드렸다. 바람이 불기 시작했다. 석양이 비추지 못한 곳의 차나무는 검푸른 색에서 시커먼 색으로 바뀌었다. 두 젊은이는 항한에게 작별인사를 했다.

한참을 묵묵히 걷기만 하던 두 젊은이는 어느 순간 서로 손을 맞잡았다. 잠시 후 득방은 사애광의 어깨를 감싸 안았다. 둘 다 득방의 아버지와 각양각색의 차 벌레에 대한 생각을 쉽게 떨쳐버리지 못하고 있었다. 득방 아버지를 만나기 전에 한껏 격앙됐던 비분강개의 분위기는 어느새 온데간데없이 사라져버렸다.

〈⑥권에 계속〉

더봄 중국문학 08

다인 5

제1판 1쇄 인쇄 2022년 5월 2일
제1판 1쇄 발행 2022년 5월 6일

지은이 왕쉬펑
옮긴이 홍순도
펴낸이 김덕문

책임편집 손미정
디자인 블랙페퍼디자인
마케팅 이종률
제작 백상종

펴낸곳 **더봄**
등록번호 등록일 2015년 4월 20일
서울시 노원구 화정로51길 78, 507동 1208호
대표전화 02-975-8007 || 팩스 02-975-8006
전자우편 thebom21@naver.com
블로그 blog.naver.com/thebom21

ISBN 979-11-88522-20-0 04820
ISBN 979-11-88522-15-6 (전6권)